本书获得牡丹江师范学院博士科研启动基金项目
（MNUB201519）经费支持

唐代小说
与明清相关题材戏曲比较研究

杨敬民 ⊙ 著

中国社会科学出版社

图书在版编目（CIP）数据

唐代小说与明清相关题材戏曲比较研究/杨敬民著.—北京：中国社会科学出版社，2016.8
ISBN 978-7-5161-8921-4

Ⅰ.①唐… Ⅱ.①杨… Ⅲ.①古典小说—小说研究—中国—唐代②戏曲文学—文学研究—中国—明清时代 Ⅳ.①I207.41②I207.3

中国版本图书馆 CIP 数据核字(2016)第 221741 号

出 版 人	赵剑英
责任编辑	顾世宝
责任校对	张　慧
责任印制	戴　宽

出　　版	中国社会科学出版社
社　　址	北京鼓楼西大街甲 158 号
邮　　编	100720
网　　址	http://www.csspw.cn
发 行 部	010-84083685
门 市 部	010-84029450
经　　销	新华书店及其他书店

印刷装订	北京君升印刷有限公司
版　　次	2016 年 8 月第 1 版
印　　次	2016 年 8 月第 1 次印刷

开　　本	710×1000　1/16
印　　张	21.25
插　　页	2
字　　数	352 千字
定　　价	78.00 元

凡购买中国社会科学出版社图书，如有质量问题请与本社营销中心联系调换
电话：010-84083683
版权所有　侵权必究

目　　录

绪　论 ……………………………………………………………… (1)
　一　唐代小说与戏曲比较研究综述 ………………………… (1)
　二　研究对象与基本思路 …………………………………… (6)
　三　创新之处与研究方法 …………………………………… (8)

第一章　唐代神怪题材小说与明清戏曲的再创作 ………… (11)
　一　《十二真君传》与明清许逊题材戏曲 …………………… (11)
　　（一）《十二真君传》撰者胡慧超考证 …………………… (12)
　　（二）《十二真君传·许真君》故事在道教典籍中的流变 … (19)
　　（三）程焞与程树榴《爱竹轩诗序》案 …………………… (32)
　　（四）对程焞生平的补证 ………………………………… (38)
　　（五）《十二真君传·许真君》与《龙沙剑传奇》 ………… (39)
　　（六）《十二真君传·许真君》与《拔宅飞升》杂剧 ……… (49)
　二　"雪拥蓝关"故事在明清戏曲中的重构 ………………… (56)
　　（一）唐五代小说中的故事本事 ………………………… (56)
　　（二）明清戏曲对"雪拥蓝关"故事的重演 ……………… (62)
　　（三）明清韩湘子题材小说、戏曲中的儒释道价值取向 … (70)
　　（四）明清韩湘子题材小说、戏曲对《西游记》情节的借鉴 … (80)
　三　《杜子春》与《扬州梦》等明清戏曲 ……………………… (82)
　　（一）唐代佛道修炼考验故事的比较 …………………… (83)
　　（二）冯梦龙对《杜子春》的再创作 ……………………… (88)
　　（三）寄寓身世之感的《扬州梦》传奇 …………………… (91)
　四　《樱桃青衣》与《樱桃梦》比较研究 …………………… (101)

（一）神仙度化的情节模式 ……………………………………（101）
　　（二）梦中有梦的梦幻叙事 ……………………………………（103）
　　（三）增加了慨世抒怀的情感寄托 ……………………………（104）
　　（四）多美共事一夫的婚恋描写 ………………………………（105）
　五 《裴谌》与《李丹记》比较研究 ………………………………（106）
　　（一）故事模式与结构的改变 …………………………………（107）
　　（二）创作主旨的改变 …………………………………………（108）
　　（三）引史入戏的自我寓言 ……………………………………（109）

第二章　唐代婚恋题材小说与明清戏曲的改编 ……………（112）
　一 现实婚恋题材小说在戏曲中的改编 …………………………（112）
　　（一）"始乱终弃"的爱情悲剧在戏曲中的多种诠释 ………（113）
　　（二）士妓婚恋题材小说在戏曲中善恶两极的分化 …………（121）
　　（三）经历磨难的坚贞爱情被涂抹了伦理道德的色彩 ………（127）
　　（四）情之至者能超越时空与生死 ……………………………（131）
　　（五）明清唐明皇与杨贵妃婚恋题材戏曲 ……………………（134）
　二 非现实婚恋题材小说在戏曲中的改编 ………………………（139）
　　（一）人神婚恋题材 ……………………………………………（139）
　　（二）人龙婚恋题材 ……………………………………………（147）
　　（三）人与动物婚恋题材 ………………………………………（153）

第三章　唐代豪侠题材小说与明清戏曲的演绎 ……………（156）
　一 唐代小说中"义合良缘"的豪侠在明清戏曲中的重塑 ……（156）
　　（一）唐代婚恋题材小说中的豪侠 ……………………………（157）
　　（二）明清戏曲中维护纲常的情侠 ……………………………（160）
　　（三）唐代小说中"义合良缘"豪侠的新变 …………………（165）
　二 《虬须客传》与明清戏曲中的"风尘三侠"之比较 ………（170）
　　（一）唐代小说与明清戏曲中的虬须客形象之比较 …………（171）
　　（二）唐代小说与明清戏曲中的李靖形象之比较 ……………（183）
　　（三）唐代小说与明清戏曲中的红拂形象之比较 ……………（189）
　三 唐代小说中忠贞节义的豪侠在明清戏曲中的重塑 …………（193）

（一）生死不相负的侠义精神与道德教化针砭世态人情 …… (194)
　　（二）抗颜直谏的节侠与忠奸对立斗争 ……………………… (206)

第四章　唐代小说与汤显祖戏曲作品之比较 ………………………… (215)
　一　《霍小玉传》与《紫钗记》之比较 ………………………………… (216)
　　（一）明人对《霍小玉传》的评价 ………………………………… (216)
　　（二）《紫箫记》对《霍小玉传》的改编 ………………………… (220)
　　（三）《紫钗记》对《霍小玉传》的改编 ………………………… (222)
　二　《南柯太守传》与《南柯记》之比较 …………………………… (224)
　　（一）《南柯太守传》"事皆摭实"的梦幻叙事 ………………… (224)
　　（二）《南柯记》"因情成梦"的梦幻叙事 ……………………… (228)
　三　《枕中记》与《邯郸记》之比较 ………………………………… (231)
　　（一）《枕中记》对"人生之适"的体悟 ………………………… (232)
　　（二）《邯郸记》"破噩梦于仙禅"的解脱 ……………………… (234)

第五章　唐代小说与明清戏曲创作艺术之比较 …………………… (239)
　一　唐代小说与明清戏曲创作理论之比较 …………………………… (240)
　　（一）唐代小说与明清戏曲教化观念之比较 …………………… (240)
　　（二）唐代小说与明清戏曲虚实观念之比较 …………………… (245)
　　（三）唐代小说与明清戏曲"尚奇"观念之比较 ……………… (248)
　　（四）唐代小说与明清戏曲"补史之阙"观念之比较 ………… (251)
　　（五）明清戏曲批评论著对唐代小说的评价 …………………… (254)
　二　唐代小说与明清戏曲艺术特色之比较 …………………………… (255)
　　（一）唐代小说的叙事体与明清戏曲的代言体 ………………… (255)
　　（二）唐代小说与明清戏曲的人物塑造 ………………………… (259)
　　（三）明清戏曲对唐代小说故事情节的借鉴 …………………… (265)
　　（四）从唐代小说叙事到明清戏曲艺术的挪移 ………………… (269)

第六章　唐代小说与明清戏曲文化内涵之比较 …………………… (271)
　一　唐代小说与明清戏曲婚恋观之比较 ……………………………… (271)
　　（一）婚恋观与社会风尚 ………………………………………… (272)

（二）门第郡望与郎才女貌 …………………………………（274）
　　（三）女性贞洁观的日趋强化 ……………………………（277）
　　（四）婚恋矛盾与情理矛盾 ………………………………（278）
  二　唐代小说与明清戏曲侠义观之比较 ………………………（282）
　　（一）秩序的否定者与纲常的维护者 ……………………（284）
　　（二）救人危难与铲除奸佞 ………………………………（286）
　　（三）侠义之行与侠义精神 ………………………………（287）
　　（四）明清戏曲中唐代豪侠的神道化 ……………………（289）
  三　唐代小说与明清戏曲宗教观之比较 ………………………（291）
　　（一）宗教叙事模式的套路化 ……………………………（293）
　　（二）劝惩教化功能的强化 ………………………………（294）

第七章　原创与改编小说、戏曲作品文化背景考索 ……………（297）
  一　兼收并蓄的文化政策与文化专制禁锢的加强 ……………（298）
　　（一）政治的宽容与专制集权的加强 ……………………（298）
　　（二）思想的多元与宣扬理学教化 ………………………（301）
　　（三）入仕的多途与八股取士制度 ………………………（305）
  二　唐代文人与明清文人的文化心态之比较 …………………（311）
　　（一）文化政策开明与严苛下的文人心态 ………………（312）
　　（二）情理的冲突与个性的高扬 …………………………（319）
　　（三）华夷观念的淡薄与强化 ……………………………（321）

参考文献 ……………………………………………………………（325）

绪　　论

　　绚丽多彩的唐代文学长廊中，唐代小说取得了辉煌的成就，为后世戏曲之渊薮。唐代小说，尤其是唐代传奇为元明清戏曲家提供了丰富的创作素材。相同题材被重新演绎，既可见后世作家对唐代小说的解读与诠释，也可见唐代小说嬗变过程中兼容吸纳新的时代基因，推陈出新以另一种艺术形式呈现而焕发新的生命与光彩。段启明说："中国古代的小说与戏曲，你中有我，我中有你，互相渗透，相得益彰，共同铸成中国封建社会后期文学的辉煌。研究二者的关系，揭示这一对孪生文学的文化蕴涵，当是一个饶有趣味的课题。"[①] 小说与戏曲之间的关系是双向互动的，小说影响戏曲的创作，同样戏曲也影响小说的创作。戏曲很重要的取材来源是小说，同样亦有小说汲取戏曲题材为其所用，如《三国演义》《水浒传》《西游记》等世代累积型小说撷取相同题材戏曲不断丰富完善累积成书即可证明。当然，题材的相互借鉴只是一个方面，艺术创作手法、文化审美取向等方方面面，小说与戏曲之间有太多值得研究的课题。

一　唐代小说与戏曲比较研究综述

　　20世纪以来，王国维、鲁迅、蒋瑞藻、孙楷第、周贻白、谭正璧等学者都曾针对小说与戏曲的渊源与关系进行过理论探析。小说与戏曲题材的相互借鉴与汲取已经成为众所周知的文学常识。小说、戏曲作为叙事文

[①] 段启明编著：《中国古代小说戏曲述评辑略》，华文出版社2002年版。

学其渊源流变前代学者也早有论及。元代陶宗仪在《南村辍耕录》中，将唐代传奇与后世戏曲并提，意在指出其沿革流变的轨迹。其云："唐有传奇，宋有戏曲、唱诨、词说。金有院本、杂剧、诸宫调，院本、杂剧，其实一也。国朝，院本、杂剧始厘而二之。"①从唐代的传奇小说到元人杂剧，陶宗仪试图梳理出一条文学发展的脉络，唐代小说成为戏曲发展源流中的一个环节。明代胡应麟在探讨唐代传奇与明代传奇戏曲的名称渊源时，指出唐代传奇"自是小说书名，裴铏所撰……盖晚唐文类尔，然中绝无歌曲、乐府若今所谓戏剧者，何得以传奇为唐名？或以中事迹相类，后人取为戏剧张本，因展转为此称不可知"②。小说与戏曲有着明显的区别，与戏曲的综合艺术相较，胡应麟认为"或以中事迹相类，后人取为戏剧张本"。也就是说，唐代的传奇小说作为一种文类与戏曲有着明显的不同，但题材却多为戏曲作品所借鉴，其影响大到戏曲用"传奇"来称谓。清代戏曲家李渔在《闲情偶寄·词曲部》中指出："填词非末技，乃与史传诗文同源而异派者也。"③蒋瑞藻亦云："戏剧与小说，异流同源，殊途同归者也。"④提出了小说与戏曲作为叙事文学同源异派、殊途同归的问题。

20世纪初期，小说戏曲研究侧重本事的考证，对题材的继承关系进行资料梳理。王国维在其《宋元戏曲史》第三章《宋之小说杂戏》中指出宋代滑稽戏"至其变为演事实之戏剧，则当时之小说，实有力焉"⑤。刘师培则认为汉乐府诗将叙事与乐教结合，为"金、元曲剧之滥觞"，"故传奇小说者，曲剧之近源也；叙事乐府者，曲剧之远源也"⑥。鲁迅指

---

① 俞为民、孙蓉蓉编：《历代曲话汇编——新编中国古典戏曲论著集成》（唐宋元编），黄山书社2006年版，第436页。

② （明）胡应麟：《少室山房笔丛》卷二九《庄岳委谈》下，上海书店出版社2009年版，第424页。

③ 俞为民、孙蓉蓉编：《历代曲话汇编——新编中国古典戏曲论著集成》（清代编）第一集，黄山书社2008年版，第234页。

④ 蒋瑞藻编：《小说考证》，上海古籍出版社1984年版，第337页。

⑤ 俞为民、孙蓉蓉编：《历代曲话汇编——新编中国古典戏曲论著集成》（近代编）第二集，黄山书社2009年版，第505—506页。

⑥ 刘师培：《中国中古文学史　论文杂记》，人民文学出版社1959年版，第132页。

出："元明人多本其事作杂剧或传奇，而影响遂及于曲。"① 其对于所论唐传奇《枕中记》《长恨歌传》《李娃传》《莺莺传》《虬髯客传》等，均指出元明清对应的戏曲作品。周贻白除指出唐代诗歌对后世戏剧唱词的影响，还认为唐代的小说对后世戏剧的本事取材具有相当影响。他说："至于被后世取为戏剧本事之篇章，则又当有剧作者本身的时代及其所处环境，掺入了自己的一些看法。"② 所以，将唐代小说与后世戏曲进行比较研究，可以了解戏曲作品在因袭旧有故事本事的同时，作者自觉或不自觉渗透于戏曲之中的时代观念及审美价值。谭正璧、谭寻在《唐代传奇给予后代文学的影响》③中指出了唐代传奇给予白话小说、唱词及戏剧的深刻影响，考证了《补江总白猿传》等三十三篇单篇流传的传奇小说对后世文学的影响，同时指出传奇集的题材也为后世小说家、戏曲家所袭用，尤其以《集异记》《本事诗》为甚。蒋瑞藻《小说考证》是研究小说、戏曲的资料汇编，该书分正编、续编、拾遗三个部分。该书资料翔实丰富，但对小说、戏曲并未加以明确区分，而统称为小说。鲁迅在《小说旧闻钞序》中评价："取以检寻，颇获裨助，独惜其并收传奇，未曾理析，校以原本，字句又时有异同。"④ 庄一拂《古典戏曲存目汇考》对每种剧目叙述其故事梗概，考订其故事来源与影响，搜罗四千七百多种曲目。顾颉刚、赵景深、王季思等学者则就某一个题材，如孟姜女、董永、西厢等故事的流变进行考索。

20世纪80年代以来，小说戏曲的比较研究日趋深入，研究者围绕小说戏曲的思想、艺术等方面进行了较为系统的研究。研究论文有：么书仪《元剧与唐传奇中的爱情作品特征比较》⑤比较分析唐传奇与元人爱情剧对人物性格、情节矛盾的不同处理，显示了不同时代不同阶层作家不同的爱情理想与社会理想。徐岱《小说与戏剧》⑥指出："小说与

---

① 鲁迅：《中国小说史略》，人民文学出版社2006年版，第71页。
② 周贻白：《中国戏曲发展史纲要》，上海古籍出版社1979年版，第60页。
③ 谭正璧著，谭寻补正：《话本与古剧》（重订本），上海古籍出版社1985年版，第69—102页。
④ 蒋瑞藻编：《小说考证》，上海古籍出版社1984年版，第1页。
⑤ 么书仪：《元剧与唐传奇中的爱情作品特征比较》，《文学评论》1984年第3期。
⑥ 徐岱：《小说与戏剧》，《小说评论》1987年第1期。

戏剧尽管是不同的文学样式，但二者的关系也并非人们通常所认为的那样疏远。"分析了小说当中的戏剧因素，以及小说戏剧审美指向上的一致性、审美形态上的同态性、审美效应上的同构性等。刘辉《论明代小说戏曲空前兴盛之成因——中国小说与戏曲比较研究弁言》[1] 提出："中国古典小说与戏曲，是一对血肉相连的姊妹艺术。"作者认为明代小说戏曲兴盛有赖其社会地位的提升，小说戏曲始见著录于官方书目，作家文集始收读小说戏曲之文、序、跋，选本始收小说戏曲，以及小说戏曲评点的发展，促进了小说戏曲的兴盛。20 世纪 90 年代学者对小说与戏曲关系的研究和重视达到一个新阶段。1993 年 6 月，天津市小说戏曲学会和南开大学、天津大学部分师生，就中国古代小说与戏曲的关系展开了一次专题讨论。经鲁德才、雷勇整理，讨论内容以《小说戏曲关系漫谈纪要》[2] 为题发表于《明清小说研究》1994 年第 2 期。鲁德才、宁宗一、许祥麟、宁稼雨、陈洪、李剑国等参与了讨论。此后，代表性论文有：程国赋《结构的转换——唐代小说与后世戏曲相关作品的比较研究》[3]，通过线状结构的不同、"戏眼"的设置、"贵剪裁"与"密针线"三个层面，审视唐代小说在元、明、清戏曲中的改编现象。董乃斌《戏剧性：观照唐代小说诗歌与戏曲关系的一个视角》[4]，指出唐传奇戏剧性的有无、多寡、浓淡，影响后世戏曲作者对题材的汲取，并以《长恨歌》与《长恨歌传》向后世戏曲的演进为例，揭示诗歌、小说、戏曲之间的关系。姚民治《中国古代小说戏曲同源互补论》[5] 则指出小说与戏曲属于不同的艺术门类，同源而生，相依相存，最终两峰并峙共同确立了文学主流的地位。谭帆《稗戏相异论——古典小说戏曲

---

[1] 刘辉：《论明代小说戏曲空前兴盛之成因——中国小说与戏曲比较研究弁言》，《艺术百家》1987 年第 3 期。

[2] 《明清小说研究》1994 年第 2 期。

[3] 程国赋：《结构的转换——唐代小说与后世戏曲相关作品的比较研究》，《南京大学学报》（哲学·人文科学·社会科学）2002 年第 1 期。

[4] 董乃斌：《戏剧性：观照唐代小说诗歌与戏曲关系的一个视角》，《文艺研究》2001 年第 1 期。

[5] 姚民治：《中国古代小说戏曲同源互补论》，《内蒙古民族大学学报》2004 年第 4 期。

"叙事性"与"通俗性"辨析》①揭示了作为"文本"的小说戏曲在"叙事性""通俗性"和文体观念上的差异,从"'诗心'与'史性':戏曲小说的本质差异""'诗余'与'史余':戏曲小说本体观念之对举""雅俗之间:戏曲小说的文人化进程"等方面深入论述,提出新的研究构想。储著炎《抒情的本色性——试论唐传奇与元杂剧爱情题材作品的内在联系》②指出唐传奇与元人戏曲所发之感皆是真心之感,所抒之情均为本色之情。陶慕宁《从〈李娃传〉到〈绣襦记〉——看小说戏曲的改编传播轨辙》③从《李娃传》之流播、情节之改动、人物形象与批评之演进三个方面探讨《李娃传》之别裁演绎。

小说与戏曲关系研究由著作中专设章节研究到专著陆续出版。如董乃斌《中国古典小说的文体独立》第六章《唐传奇与小说文体的独立》第六节《戏剧因素的介入》④中,提出唐传奇包含戏剧性,并根据庄一拂《古典戏曲存目汇考》归纳了唐传奇改编为戏曲剧目的情况。程国赋《唐代小说嬗变研究》⑤则针对唐代小说的嬗变这一独特的文学现象和文化现象进行研究。该书选取110篇有代表性的唐人小说作为研究对象,其中《元杂剧与唐代小说》《明清戏曲与唐代小说》及《从唐代小说到元明清戏曲艺术上嬗变特质》等章节阐述了唐代与后世戏曲文化观念的差异及嬗变特质。小说与戏曲关系研究的专著陆续出版。如许并生《中国古代小说戏曲关系论》⑥围绕古代小说戏曲之间的关系,就文化特征、发生机制和形成渊源、纵向和平行影响、内在联系进行了综合考察。涂秀虹《元明小说戏曲关系研究》⑦选择了三国、水浒、西游、春秋列国、五代史、包公、八仙七大题材进行小说与戏曲对同一题材不同艺术处理的比较研究,探求社会文化心理的差异,总结小说与戏曲互相

---

① 谭帆:《稗戏相异论——古典小说戏曲"叙事性"与"通俗性"辨析》,《文学遗产》2006年第4期。
② 《文学前沿》2007年年刊。
③ 《南开学报》(哲学社会科学版)2008年第1期。
④ 董乃斌:《中国古典小说的文体独立》,中国社会科学出版社1991年版,第235—243页。
⑤ 程国赋:《唐代小说嬗变研究》,广东人民出版社2002年版。
⑥ 许并生:《中国古代小说戏曲关系论》,文化艺术出版社2002版。
⑦ 涂秀虹:《元明小说戏曲关系研究》,上海三联书店2004年版。

融合影响的规律。沈新林《同源而异派——中国古代小说戏曲比较研究》[1]将中国古代小说和戏曲进行全方位、多角度的比较，研究同中之异和异中之同。该书分别从概念、起源、作者、版本、体制、传播方式、题材、创作手法、审美特征、文化内涵等方面进行系统深入的比较研究。徐大军《中国古代小说与戏曲关系史》[2]则力图展示小说与戏曲同源异质、互通互融的关系形态，同源异流、相互影响的关系脉络及相关问题和现象，深入研究小说与戏曲的艺术品性、形态特征和发展演变。徐文凯《有韵说部无声戏：清代戏曲小说相互改编研究》[3]则指出清代戏曲小说两种文体分别到达了自己的高峰时代，在完全成熟的状态下，其相互影响较前代更为自觉和密切。该书从清代戏曲小说之间的相互改编入手，对两种文体之间内在的相互渗透和借鉴，以及由此引发的规律和意义进行了深入探讨。一些硕士博士学位论文也对小说戏曲进行了比较研究，如卢惠淑《枕中记、南柯太守传与邯郸记、南柯记之比较研究》（博士学位论文，台湾师范大学，1998年）、黄大宏《唐代小说重写研究》（博士学位论文，陕西师范大学，2003年）、刘玮《元明戏曲与唐传奇的历史姻缘》（博士学位论文，中国人民大学，2007年）、吕萌《从婚恋题材看元杂剧对唐传奇的继承与发展》（硕士学位论文，中国石油大学，2011年）等。

二　研究对象与基本思路

本书以唐代小说与明清相关题材戏曲作为比较研究的对象。唐代小说为明清戏曲家提供了丰富的创作素材。唐代小说的嬗变途径之一，就是相同题材经由明清戏曲家的创作而以新的艺术形式呈现。这种呈现既是明清传奇、杂剧对原有题材的继承与发展，也是明清戏曲家在故事本事基础上驰骋才情、抒发胸臆的艺术创造。在以往研究基础上，本书侧重于研究唐

---

[1] 沈新林：《同源而异派——中国古代小说戏曲比较研究》，凤凰出版社2007年版。
[2] 徐大军：《中国古代小说与戏曲关系史》，人民文学出版社2010年版。
[3] 徐文凯：《有韵说部无声戏：清代戏曲小说相互改编研究》，中国传媒大学出版社2010年版。

代小说与明清神仙道化、婚恋及豪侠相关题材戏曲文本比较，唐代小说与明清相关题材戏曲的因革与流变，时代文化环境、文学思潮对唐代小说、明清戏曲创作的影响，唐代小说创作与明清戏曲创作艺术的比较、文化内涵的比较等内容。就唐代小说与明清戏曲的文本比较而言，研究者有相应的统计汇总可作为研究的基础。在诸多研究成果中，程国赋、黄大宏对唐代小说与明清戏曲的嬗变、唐代小说重写情况梳理的比较细密翔实。程国赋所制《唐代小说嬗变一览表》，确定明清时期由唐代小说嬗变的杂剧48种，其中明代杂剧21种，存11种，佚10种；清代杂剧27种，存22种，佚5种。此外，还有5种佚名作品。明清时期由唐代小说嬗变的明清传奇83种，其中明代传奇52种，存29种，佚23种；清代传奇26种，存21种，佚5种；佚名传奇5种。[①] 黄大宏所制《撰者可知的明代杂剧剧目与唐代小说题材关系一览表》涉及39位剧作家，54种杂剧，其中存25种，佚29种。《元明阙名作者杂剧剧目与唐代小说题材关系一览表》涉及27种杂剧，其中存7种，佚19种，存曲1种。《撰者可知的明代传奇剧目与唐代小说题材关系一览表》涉及80位剧作家，112种传奇，其中存46种，佚56种，存曲或存出10种。《撰者可知的明初戏文剧目与唐代小说题材关系一览表》涉及4位剧作家，5种戏文，其中存3种，佚2种。《明初阙名戏文剧目与唐代小说题材关系一览表》涉及18种戏文，其中存4种，佚14种。《撰者可知的清代杂剧剧目与唐代小说题材关系一览表》涉及46位剧作家，76种杂剧，其中存62种，佚12种，不详2种。《撰者可知的清代传奇剧目与唐代小说题材关系一览表》涉及57位剧作家，70种传奇，其中存40种，佚28种，存曲2种。《明清阙名作者所撰传奇剧目与唐代小说题材关系一览表》涉及43种传奇，其中存10种，佚19种，存曲或存出7种，未标存佚7种。[②] 黄大宏在统计中将取自唐代史书中的题材视为唐代小说本事，笔者认为值得商榷，故本书在比较研究中对以史书所载题材改编的戏曲不予择取。在具体的研究中，题材的继承与发展，小说与戏曲作为叙事文学的表现方式的异同，文本的细致比较，相同题材文化意蕴的时代差异，是本书的关键与重点。本书通过对唐代小说

---

① 参见程国赋《唐代小说嬗变研究》，广东人民出版社1997年版，第261—266页。
② 参见黄大宏《唐代小说重写研究》，重庆出版社2005年版，第362—382页。

与明清相关题材戏曲进行比较研究，管窥唐代小说与明清戏曲的思想文化内涵与艺术风貌，力求打通文体界限，探求相同题材在不同时代、不同文体中的嬗变轨迹。通过探讨相同题材在唐代与明清两代所反映的思想与文化内涵的差异，管窥时代文化对作家创作心态的巨大影响，以及这种影响具体表现在其作品中的诸种形态。这是由文化看文学与由文学看文化的双向互动过程，本书的比较研究，将会加深对唐、明清不同时代文化与文学创作关系的认识和把握。

三　创新之处与研究方法

唐代小说标志着小说作为独立文体进入有意识创作时代的到来。这一特征不仅表现在传奇小说的创作上，也表现在志怪小说、笔记小说的创作上。以传奇为代表的唐代小说既表现出"史才、诗笔、议论"的文人化特征，又表现出文人雅集交游过程中的游戏、娱乐的市民化趋向。唐代文人不会想到其笔下的小说作品为后世诸多话本、通俗小说、戏曲提供了无数鲜活生动的故事素材。唐代小说犹如蕴藏巨大潜能的宝藏，对其文化意蕴与思想价值的研究不能仅限于其本身的孤立研究，而应延展到其对后世叙事文学的深远影响进行整体观照，才能理解得更为全面而深刻。

中国古代小说与戏曲"同源而异派"，关于两种文学体裁的相互借鉴与影响的研究成果，我们在前面已经做了梳理。但以往学界对于唐代小说与明清戏曲的研究多为本事考索，或是简单就情节异同进行比较研究。所揭示的嬗变规律虽能反映一些共性特征，但却不足以反映深层次的思想、文化内涵的差异。具体到同一题材在不同思想观念、文化素养、社会地位的作家笔下也存在多种诠释，似同而异。同时，明清戏曲对唐代小说接受的途径也存在直接改编和间接改编的差异。如根据唐代小说改编的宋元话本、元代杂剧可能是明清戏曲的取材依据，但其故事本事却是唐代小说。以《许真人拔宅飞升》杂剧为例，其取材的直接来源并不是其故事本事《十二真君传》，而是来源于净明忠孝道的许逊题材道家仙传，这一事实长期被研究者所忽略。造成这现象的原因是人们片面关注故事本事，忽略了《十二真君传》首先是作为唐代道教仙传而创作的，而非后世普遍认可的唐代传奇。由《十二真君传》嬗变的作品既有宋元话本、元明清戏曲、小说，也有长期累积并保存于宋元明清各代道家典籍中的仙传。所以，研究唐代小说与明清戏曲的关系，既要研究其相互影响与流变轨迹，也要进行细致深入的文本比较研究，这是基础和前提。在这一方面，与已有的研究成果相比，本书在题材类型的统摄下对文本的个案研究是细密而深入的。

本书对现存于《古本戏曲丛刊》《六十种曲》《孤本元明杂剧》《盛明杂剧》《清人杂剧》中，以唐代小说为故事本事的戏曲进行了个案研究。侧重于以戏曲的嬗变印证唐代小说的思想文化内涵与艺术风貌，以唐代小说的嬗变体会明清戏曲异代书写的思想文化及时代精神的异同。以时间发展为经，以唐与明清不同时代横断面为纬，可以更好地理解唐代小说与明清戏曲的特征。以往对唐代小说与明清戏曲相关题材进行比较研究，只是作为小说与戏曲关系研究的一个方面。或是从宏观研究入手，比较分析戏曲与小说的关系，如许并生《中国古代小说戏曲关系论》、沈新林《同源而异派——中国古代小说戏曲比较研究》、徐大军《中国古代小说与戏曲关系史》等。或是从专题研究着眼，如徐文凯《有韵说部无声戏：清代戏曲小说相互改编研究》、程国赋《唐代小说嬗变研究》中的专门章节。因此，专题研究唐代小说与明情戏曲相关题材依然有较大的空间与价值，有助于拓展和深化唐代小说研究与明清戏曲研究。本书探讨了相同题材在唐代与明清两代不同文体中所反映的思想文化内涵的差异。在题材的继承中，随着时代的变化，文化的底蕴与内涵、审美倾向等方面都在发生变化，因此这种比较研究很有意义。

本书的另一个创造性成果是进一步梳理唐代小说与明清戏曲在神怪、婚恋及豪侠题材方面的继承与发展，立足于文本细读与比较研究，立足于文献的爬梳与整理，通过文本、文献、文化综合一体的考察研究，把握唐代小说与明清戏曲所反映的文化思想内涵，总结规律，进而深化拓展小说与戏曲的研究视野。

在研究方法的运用方面：注重文本文献、文化综合一体的研究。宏观着眼，微观入手，立足于文本，以文献为依托，考论结合，将文学研究放在文化的视野下去观照，这对于唐代小说与明清戏曲的研究显得更为重要；以文本分析为主，综合运用文献法和归纳法等方法。通过对文本的细读及分析，收集相关资料，总结提炼，形成结论；运用比较研究的方法。唐代小说与明清戏曲的比较研究，分析题材的继承与发展，着重于不同时代的思想与文化比较。

第 一 章

唐代神怪题材小说与明清戏曲的再创作

　　唐代神怪题材小说是明清神仙道化剧的取材来源之一。一些题材经由宋元以来的话本、杂剧等影响到明清戏曲的创作。但必须看到道教文化有其绵延不断的发展路径，即唐代神怪题材小说在道家仙传中累积流变，逐渐成为完善的故事系统。以往研究者更多地关注小说、戏曲之间的嬗变，却忽略了佛道宗教典籍、仙传在故事传承中的作用，以至于将明清戏曲神仙道化题材的取材来源锁定在元杂剧、话本小说等间接来源。殊不知这些神仙道化题材戏曲、话本，既有唐代神怪题材小说的影响，更有世代累积的道家仙传的影响。后者对明清神仙道化剧的影响更大、更直接，却往往被忽略了。因此，本章以唐代神怪题材小说与明清相关戏曲的个案文本解读为重点，目的在于深化对其嬗变规律的认识。

一　《十二真君传》与明清许逊题材戏曲

　　唐高宗、武后时期，胡慧超撰《十二真君传》，以道家仙传的形式、传奇文的曲折笔法将以许逊为核心的西山十二真君作为着力刻画表现的形象。至此，许逊形象为之一变，由具有孝悌品格与方术道流特征的文士，定型成为具有神仙道法的真君。胡慧超本人既是充满神奇色彩的道教人物，也是道教仙传中的真君圣者。由此可知，《十二真君传》虽然具有唐代传奇的艺术风貌，但归根结底还是以弘扬道法作为最终目的的道家仙传。正如李剑国先生对之叙录时所说："盖作者本意为显扬真君仙徒，各为立传，非有意于文事。"① 东晋时期的许逊，随着时间的推移，在道教中的地位不断上升，成为孝道、净明道等尊奉的祖师。在历代的道教典籍中，有关许逊的传记蔚为大观。而与此同时，《太平广记》《青琐高议》《许仙铁树记》《警世通言》等小说，《许真人拔宅飞升》《旌阳剑》《獭镜缘》《龙沙剑传奇》等戏曲均对许逊题材有所演绎。许逊斩蛟蜃、拔宅飞升等故事为人们所熟知，无论是道教典籍，还是小说、戏曲，均有记载或艺术表现。从故事的雏形到臻于完善，许逊的故事不断累积发展。其宗教故事的流传演变，既有道教信徒的神化丰富，也有通俗文学的推波助澜，形成交融渗透的局面。因此，对于许逊题材的小说、戏曲研究，不可忽略道教的文化底蕴，唯有对其进行文本、文献、文化综合一体的考察，才能较为清晰地梳理许逊题材小说、戏曲的流变轨辙。

（一）《十二真君传》撰者胡慧超考证

胡慧超（？—703），唐高宗、武后时居于豫章西山的道士。原名胡超，一名胡法超，字拔俗。高宗赐号洞真先生，其著述情况在《崇文总目》《新唐书·艺文志》等中有所记载，生平线索主要见于道教典籍之中，多渲染神化痕迹。其所撰《十二真君传》，大多亡佚，所存者为《太平广记》卷十四、卷十五所引《许真君》《吴真君》《兰公》三篇。其中，尤以《许真君》最具曲折变化的文笔，为后世的小说与戏曲提供了创作的故事素材。

1. 胡慧超的著述情况

胡慧超所撰《十二真君传》（又名《晋洪州西山十二真君内传》《西山十二真君传》）在《崇文总目》《通志略》《遂初堂书目》等中被归为道书类，在《新唐书·艺文志》《郡斋读书志》等中被归为神仙类。《宋史·艺文志》道家、神仙类中有余下同名《十二真君传》二卷。据《崇文总目》记载，胡慧超撰《神仙内传》一卷、《西山洪州十二真君传》，胡法超撰《许逊修行传》一卷。②《新唐书·艺文志》中一名领两书，有

---

① 李剑国：《唐五代志怪传奇叙录》上册，南开大学出版社1993年版，第127页。
② （宋）王尧臣等编次，（清）钱东垣等辑释：《崇文总目附补编》，《丛书集成初编》本，商务印书馆1937年版，第306—308页。

道士胡慧超撰《神仙内传》一卷、《晋洪州西山十二真君内传》的记载。杜光庭《道德真经广圣义序》中，提到了"唐嵩山道士魏征、法师宗文明、仙人胡超"等注疏《道德经》。① 由此，我们可以大致了解胡慧超的著述情况。

2. 道教典籍中有关胡慧超的记载

文献记载的胡慧超传记，最早的当属《崇文总目》《新唐书·艺文志》所记载的冲虚子《胡慧超传》。据《新唐书·艺文志》，冲虚子，失名。冲虚子其人的有关线索，据元代浮云山圣寿万年宫道士赵道一修撰的《历代真仙体道通鉴》卷三五记载可知："冲虚子姓罗名子房，唐玄宗开元中，父子修行于玉笥元贞观。其父尸解，葬空棺于观侧。冲虚子久亦功成，驾空舟于门外杉表，腾空而去。"② 因所见到的为元代文献，材料可靠性自然打了折扣，却让我们了解冲虚子系唐玄宗开元中修行于玉笥山元贞观的道士罗子房。据此判断，冲虚子《胡慧超传》应是目前所知关于胡慧超的最早传记。

有关胡慧超的生平，在唐代笔记、唐人所撰碑铭中可发现一些零星记载，但主要集中于道家的仙传中。唐张鷟《朝野佥载》中记载："周圣历年中，洪州有胡超僧出家学道，隐白鹤山，微有法术，自云数百岁。则天使合长生药，所费巨万，三年乃成。自进药于三阳宫。则天服之，以为神妙，望与彭祖同寿，改元为久视元年。放超还山，赏赐甚厚。服药之后三年而则天崩。"③《朝野佥载》是唐人写唐事，所以有重要的参考价值。据此可知洪州胡慧超曾为武则天炼药，所费巨万，丹药炼成后还山，三年后武则天崩。后世的道教典籍中也记载了此事，可以相互参证。南宋陈葆光《三洞群仙录》卷一"惠超拔俗，元素遁迹"引《仙传拾遗》："唐胡惠超，拔俗有道之士也，处众人中则头出众人之上，虽至长者才及其肩，时人谓之胡长仙。善能役使鬼神。"④ 可知其身材高大，人们称他为胡长仙。此外，《玉隆集》《西山许真君八十五化录》《历代真仙体道通鉴》《净明

---

① （清）董诰等编：《全唐文》卷九三一，中华书局1983年版，第9702页。
② 张继禹主编：《中华道藏》第47册，华夏出版社2004年版，第451页。
③ 《唐代笔记小说大观》上册，上海古籍出版社2003年版，第66页。
④ 张继禹主编：《中华道藏》第45册，华夏出版社2004年版，第272页。

忠孝全书》《许太史真君图传》等中均有关于胡慧超的记载。南宋白玉蟾《玉隆集》卷三四《续真君传》记载："隋炀帝时焚修中辍,观亦寻废。至唐永淳中,天师胡惠超重兴建之,明皇尤加龛奉。"① 同书卷三六《诸仙传》中《胡天师》的记载更加详细,称胡慧超于唐高宗上元间来自庐山,栖于豫章西山之洪井。通过传记知其喜欢谈论《博物志》,自称参校过《太清经》。"许吴二君尝授其延生炼化、超三元九纪之道,能檄召神灵,驱奋雷雨。"② 他剪除樟木精,重修游帷观,武后以蒲轮召之,不得已而出。后请辞还山,在洪崖先生古坛为武后炼丹三年。后还西山,居住在盱母靖。长安三年(703)二月十六日,让弟子于游帷观西北伏龙岗造砖坟,三日而讫,仙化解蜕。通过《玉隆集》中《续真君传》《胡天师》所记,可知胡慧超于唐高宗上元间(674—676年)来自庐山,栖于豫章西山之洪井。唐永淳中(682—683年)对隋炀帝时焚修中辍的游帷观加以重新修建。传记对胡慧超的神奇法力进行了较为详细的记载,明确了许吴二君曾经传授他"延生炼化、超三元九纪之道"。我们注意到,胡慧超熟知《博物志》,并曾参校《太清经》,这使他具备撰写《神仙内传》《十二真君传》《许逊修行传》的能力。传记明确记录了胡慧超仙化的具体时间。托名施岑《西山许真君八十五化录》中的《胡师化》也记载了胡慧超的事迹。值得注意的是《西山许真君八十五化录跋》中提到："验其抱金石之志怀饥渴之心者,惟汪道冲、宋道昇、赵道泰、赵道节、林守一、贾守澄、刘道益、孔守善而已。此数人者尝读《西山传记》,称颂祖师功德,有日于兹。迩来宋道昇捧所录《十二真君传》至,乞加订正。因以观之,见其词理重复、篇章混杂,使览者易生厌倦,深窃惜焉。岑乃校正事迹,分别章句,析为八十五化,化各著诗。"③ 此处提到了《西山传记》和《十二真君传》,是《西山许真君八十五化录》的重要文献依据。《胡师化》内容与《玉隆集》中《胡天师》相同,不同处是每化附诗,如《化录序》所说："是诗之作,岂门弟骋华炫藻之文词焉。诗传

---

① 张继禹主编:《中华道藏》第19册,华夏出版社2004年版,第923页。
② 张继禹主编:《中华道藏》第19册,华夏出版社2004年版,第933页。
③ 张继禹主编:《中华道藏》第46册,华夏出版社2004年版,第394页。

者，盖纪述其行事，赞扬其伟绩于祖师也。"① 所以，《胡师化》结尾处附诗一首："凛然修质气刚雄，法术精通喜著功。句曲校经存宝藏，旌阳授道戡妖凶。灵丹九炼因天后，古观重修役鬼工。德备龙岗藏剑杖，一朝解蜕脱尘笼。"② 通过诗句概括了胡慧超的一生主要事迹，是诸仙传所没有的。

《历代真仙体道通鉴》卷二七《胡慧超》与《玉隆集》中《胡天师》比较，《胡慧超》的内容涵盖了《胡天师》的内容，且绝大部分字句相同。不同之处在于《胡慧超》校订了《胡天师》中的一些讹误，如《胡天师》中有"喜谈晋司空张观文《博物》如其友"，而《胡慧超》则为"喜谈晋司空张华文《博物》如其友"。柳存仁在《许逊与兰公》一文中提出："观文殿本隋炀帝殿名，北宋仁宗庆历八年（1048年）以后始有观文殿学士之称，见《宋史》卷一六二《职官志二》。"③ 《胡天师》中记载："天师归西山，居于盱母靖，观有三清中门，真君横堂，皆鬼工所造。"关于真君横堂有小字注释："堂在今仙井函日亭上"，而《胡慧超》则为"堂在今仙井函旧亭上"。尤其值得注意的是，《胡慧超》中"唐高宗时偶抵京邑，诏除寿春宫狐妖，赐洞真先生"为《胡天师》所未载。同时，在传记中还增加了一大段内容："开元中，天师复出，为明皇所重，以诗送还山，云：仙客厌人间，孤云比性闲。话离情未已，烟水万重山。又世传明皇三公主从之学道，一曰玉真长公主，二曰玉真次公主，三曰真一公主。其后道成，皆隐翔鸾洞。师亦隐去。今伏龙山凌云观，乃师还山所居。公主从之学道处，凌云南去十余里，平地有山，为冢三。又师再藏剑印符钱处，俗呼曰三椰，至今属籍凌云观。其门人高弟甚多，最显者曰万天师、蔺天师。临川井山黄花姑云：游帷观有胡天师画真像壁。一日将颓，忽有一云水道士至，以木板模写之，俨然复前状。越夕而壁倒，道士亦不知所往。门堂以宋徽宗政和六年奉旨重造，始撤去，今惟真板存焉。"④ 在这里不嫌辞费，将这段增加的文字抄录于此。一是此传增加了

---

① 张继禹主编：《中华道藏》第46册，华夏出版社2004年版，第394页。
② 张继禹主编：《中华道藏》第46册，华夏出版社2004年版，第418页。
③ 柳存仁：《和风堂文集》中册，上海古籍出版社1991年版，第737页。
④ 张继禹主编：《中华道藏》第47册，华夏出版社2004年版，第403—404页。

胡慧超在明皇时复出得明皇赠诗及三位公主从之学道的内容；二是指出了其门徒很多，最显者有万天师、蔺天师；三是通过黄花姑之口说游帷观有胡天师画真像壁，不同于《胡天师》仅仅记载胡天师画真像壁一事。万天师在唐张鷟《朝野佥载》中有所记载："西晋末有旌阳县令许逊者，得道于豫章西山。江中有蛟为患，旌阳没水，剑斩之。后不知所在。顷渔人网得一石甚鸣，击之声闻数十里。唐朝赵王为洪州刺史，破之得剑一双，视其铭，一有'许旌阳'字，一有'万仞'字。遂有万仞师出焉。"①《孝道吴许二真君传》中也提到："至今年代虽遥，其物并在，惟有二剑，万天师入内云：进上内中供食，其车及诸物并在。"② 万天师名振，字长生，洪都之南昌人。其事迹见于《历代真仙体道通鉴》卷三一，但石中得剑的情节却发生了变化。"先是，渔者得青石，长七尺，扣之有音乐声。郡以献于朝，高宗命碎之，得二剑，镡上刻天师姓名。"③《朝野佥载》中"击之声闻数十里"的石头，变为"扣之有音乐声"，命令破石者变为唐高宗，万天师成了胡慧超的高徒。《胡慧超》中所提黄花姑，正是颜真卿《抚州临川县井山华姑仙坛碑铭》与《晋紫虚元君领上真司命南岳夫人魏夫人仙坛碑铭》中的华姑。华姑寻访魏夫人仙坛，"长寿二年，岁在壬辰，冬十月壬申朔，访于洪州西山胡天师。天师名超，能役使鬼神，见其恳切，遥指姑所居南二百步曰乌龟原。中有石龟，每蹂践田苗，百姓患之，乃击断其首，即其处也。明日，与姑登山顾望，西面有池水焉。天师谓姑曰：'池中有所见乎？'曰：'无。'师遂举左手，令姑自腋下观之，四仙浴焉。师曰：'尔有道分，必当得之。'因留与语数日"④。华姑与胡慧超之会，有明确的时间记载。也见于《历代真仙体道通鉴后集》卷四《花姑》。⑤《历代真仙体道通鉴》卷三六《张惠感》记载："有游帷观道士胡慧超，寿数百岁，因游高安吴田瀑布，致敬吴仙坛道浮云师惠感。"⑥ 让我们了解到胡慧超与华姑、张惠感的过从交往情况。

---

① 《唐代笔记小说大观》上册，上海古籍出版社 2003 年版，第 40 页。
② 张继禹主编：《中华道藏》第 46 册，华夏出版社 2004 年版，第 393 页。
③ 张继禹主编：《中华道藏》第 47 册，华夏出版社 2004 年版，第 425 页。
④ （清）董诰等编：《全唐文》卷三四〇，中华书局 1983 年版，第 3444 页。
⑤ 张继禹主编：《中华道藏》第 47 册，华夏出版社 2004 年版，第 645 页。
⑥ 张继禹主编：《中华道藏》第 47 册，华夏出版社 2004 年版，第 456 页。

此外，约出于元代的《许真君仙传》记载："洞真胡天师名惠超，字拔俗，不知何代人。居豫章西山洪井，真君授以三元九纪之道。唐长安三年二月望冲升，今龙兴玄妙观是其伐樟树精去处。"① 元代黄元吉等编撰的《净明忠孝全书》则将胡慧超尊奉为净明法师。卷一《净明道师旌阳许真君传》中有这样的记载："凡真君所遗物，皆有神守护，不可触犯……丹井旧有神龙出没，后胡洞真以符石，镇之铁柱。唐严譔作州牧，心颇不信，尝令发掘，俄迅雷烈风，江波泛溢，城郭震动，譔惧叩头悔谢，久而后止。"② 出于唐代的《孝道吴许二真君传》记载了许真君潭州斩龙，"其龙血入地，从地涌出变为一铁柱"③，唐末五代杜光庭《道教灵验记》卷二《宫观灵验》载《洪州铁柱验》④、宋代张君房《云笈七签》卷一一七《严譔掘洪州铁柱验》⑤ 中所载的许真君所铸的洪州铁柱，被改造为胡慧超镇丹井的铁柱。

《净明忠孝全书》卷一《净明法师洞真先生传》还增加了贞观中唐太宗召之不至的记载，并改变了师承，不是吴许二真君授法，而是"尝遇日月二君，授以净明灵宝忠孝之道"。传记中对除樟木精、除狐妖的描写较以往传记详细生动。如前所提《历代真仙体道通鉴》卷二七《胡慧超》中"唐高宗时偶抵京邑，诏除寿春宫狐妖，赐洞真先生"记载极为简略，而在《净明法师洞真先生传》中则为："高宗即位，复召先生，乃赴，馆于禁中。时宫中有妖，夜出伤人。上曰：'禁中有妖，师能除之否？'先生曰：'诺。'乃遍行宫中，至西掖垣下，指曰：'妖在此。'命武士掘之，入地数尺，得老狐十数只，并白骨甚多，杀之妖乃绝。上大悦，赏赐皆不受，力求还山，上许之，诏百官祖饯，御制诗为别，乃还居西山游帷观。"⑥ 人物对话简洁而富于个性。胡慧超对高宗除妖的问话，简单一个"诺"显示了充分的自信。遍寻宫中，指西掖垣下，曰："妖在此。"则果如其言，尽数剪除狐妖，足见其法力高强。对于高宗的赏赐皆不受，力求

---

① 张继禹主编：《中华道藏》第46册，华夏出版社2004年版，第425页。
② 张继禹主编：《中华道藏》第31册，华夏出版社2004年版，第573页。
③ 张继禹主编：《中华道藏》第46册，华夏出版社2004年版，第390页。
④ 张继禹主编：《中华道藏》第45册，华夏出版社2004年版，第77页。
⑤ 张继禹主编：《中华道藏》第29册，华夏出版社2004年版，第919页。
⑥ 张继禹主编：《中华道藏》第31册，华夏出版社2004年版，第575页。

还山，可见胡慧超淡泊名利、不慕荣华的道家品格。

3. 《豫章树》中的胡超师

《太平广记》卷三一五神二十五（淫祠附）有《豫章树》一文。该文脱出处。其似乎出于宋以前。虽然证据不足，但仍有一些特征。先看《豫章树》其文："唐洪州有豫章树，从秦至今，千年以上，远近崇敬。或索女妇，或索猪羊。有胡超师，隐于白鹤山中，时游洪府。见猪羊妇女遮列，诉称此神枉见杀害，超乃积薪将焚之，犹惊惧。其树上有鹳雀窠数十，欲烧前三日，鹳翔空中，徘徊不下。及四边居宅栉比，皆是竹木，恐火延烧。于时大风起，吹焰直上，旁无损害，遂奏其地置观焉。"① 前面所谈到的有关胡慧超的记载，称其为"胡超"的文献均见于宋以前。张鹜《朝野佥载》称"洪州有胡超僧出家学道"，颜真卿《抚州临川县井山华姑仙坛碑铭》《晋紫虚元君领上真司命南岳夫人魏夫人仙坛碑铭》称"洪州西山胡天师。天师名超"，杜光庭《道德真经广圣义序》称"仙人胡超"，而宋以后《崇文总目》《新唐书·艺文志》等，道教典籍《三洞群仙录》《玉隆集》等才开始称"胡慧超""胡法超"。所以，"胡慧超"的称谓已经透露了时代的信息。"唐洪州有豫章树，从秦至今，千年以上，远近崇敬。或索女妇，或索猪羊"中"从秦至今"似乎不是唐以后口吻，给人一种讲述本朝事迹的感觉。胡超师隐于白鹤山也不同于诸传来自庐山的记载，却恰与《朝野佥载》"隐白鹤山"相同。其积薪焚烧豫章树，烧前三日，鹳翔空中的记载颇有现实感，唯独结尾处大风之中不伤及百姓居宅见其神异。《玉隆集》《西山许真君八十五化录》《历代真仙体道通鉴》等记载樟木精为独足怪。胡慧超"一见叱骂，书符禁制，即命斩伐，积薪灌油，以火焚燎。妖祟遂灭，以地为观"。《净明法师洞真先生传》中则为："唐初，隐于洪州西山之洪井，时往来洪城。一日散步市中，见一民家悲戚，先生问之，答曰：'城侧有庙神，岁择女子以配，吾女明日当行，是以悲也。'先生曰：'吾当为汝除之。'于是，啸命风雷，焚击神庙，并庙侧一巨樟，根下白骨无数，拔其根掷于江中，逆流而上，至清江境，今樟树镇即其地也。州人感激，于庙所立观，今豫章玄妙观

---

① （宋）李昉等编：《太平广记》第七册，中华书局1961年版，第2495页。

是也。"①

因此，《豫章树》应为宋以前作品，文中胡慧超还没有书符禁制、啸命风雷的超凡法力。我们可以通过此文了解到胡慧超禁止淫祠的一些基本情况，也可看出一个相对真实的记录，而后宋元的道士们不断地神化胡慧超的事迹，使之最终升格为净明忠孝道的净明法师。

（二）《十二真君传·许真君》故事在道教典籍中的流变

胡慧超撰写的《十二真君传》是唐代许逊题材小说中最优秀的作品，后世同类题材小说、戏曲深受其影响。胡慧超是复兴许逊为首的十二真君信仰的重要人物，他重修游帷观，整理并撰写了《十二真君传》。其主要目的是弘扬道法，重构以许逊为首的神明体系，使西山祖庭的许逊信仰得以复兴。受六朝以来道教文学的影响，《十二真君传》首先作为仙传而创作，而非今天界定的唐代传奇，这一点是毋庸置疑的。我们从道教典籍中了解《十二真君传》故事的流变，更能看清其仙传的本质，进而了解道教仙传与后世小说、戏曲的互动关系。《十二真君传》在《太平广记》中保存了《许真君》《吴真君》《兰公》三篇，其中以《许真君》的情节最曲折生动，故事性最强，影响最大。所以，本书拟就《十二真君传·许真君》故事在道教典籍中的流变进行探讨。

1. 六朝时有关许逊的记载

许逊在正史中无传，从早期的文献看，许逊远不如吴猛的影响大。在六朝的文献记载中，许逊还没有超凡入圣、斩蛟除怪的法力，但是却具备了这一人物未来发展演变的基础，反映出这一人物的初始状态。通过保存于类书与志怪小说中的四则记载，可以了解到许逊的孝悌品格，以及预知善卜与解除邪祟的道士、方士的特征。同时期豫章地区的吴猛传说也具有上述特征。这也为二者日后成为豫章地区有影响的孝道信仰神明提供了可能。《艺文类聚》卷二一引《许逊别传》曰：

> 逊年七岁，无父，躬耕负薪以养母，尽孝敬之道。与寡嫂共田桑，推让好者，自取其荒，不营利。母常谴之："如此，当乞食无处居。"逊笑应母曰："但愿母老寿耳！"（《太平御览》卷四二四作

---

① 张继禹主编：《中华道藏》第31册，华夏出版社2004年版，第575页。

"母常随之""逊叹应母曰")①

别传是魏晋时期的一种史传之体,这是目前所能见到的《许逊别传》的唯一记载。七岁丧父的许逊承担赡养母亲的责任,躬耕负薪不辞辛苦,尽儿子对母亲的孝敬之道。他与寡嫂共田桑,而知推让好的土地,不求营利。许母常常因此责怪许逊:"如此,当乞食无处居。"逊笑应母曰:"但愿母老寿耳!"这里用"笑"字,体现了年幼的许逊具有乐观的性格。他孝敬母亲,礼让寡嫂。在生活重负下,母亲的责怪充满对幼子的爱意与对未来生活的担忧,许逊笑着应答,懂事之中带有稚气,也是对母亲担忧的一种宽慰。而《太平御览》的编辑者可能认为面对母亲的批评,"笑"不够恭敬,有损孝道,将之改作"叹",这一改动看似符合情理,却落于俗套,增加了超出年幼许逊年龄的沧桑感与沉重感,效果反不如用"笑"字。一字的改动,体现了不同时代背景下,人们对于孝道的不同理解。宋代的编辑者未能体会到许逊之"笑"的深度,这种笑看似轻松,实则包含着一份对母亲的挚爱,结合其七岁孩子的身份,让读者感到许逊生活的艰辛和心态的达观。这则记载,还透露了许逊有兄长,但当时已经离世。许逊没有值得炫耀的家族背景,有的只是一位七岁的孩子在生活的重负下表现出的孝悌礼让的品格。

《太平御览》卷五一九引《幽明录》曰:

> 许逊少孤,不识祖墓,倾心所感,忽见祖语曰:"我死三十余年,于今得正葬,是汝孝悌之至。"因举标榜曰:"可以此下求我。"于是迎丧,葬者曰:"此墓中当出一侯及小县长。"②

此文进一步印证了许逊少孤无父的事实,其孝悌精神感动幽冥世界的先祖之灵,阴阳沟通,指示许逊先祖所葬之地。并预言:"此墓中当出一侯及小县长。"这也是预言许逊日后成为县令的最早资料。两则记载足见许逊孝悌之行,对于生者的孝敬礼让,对于逝者的缅怀追思。而这正是以

---

① (唐)欧阳询撰,汪绍楹校:《艺文类聚》,上海古籍出版社1965年版,第381页。
② (宋)李昉等编:《太平御览》第三册,中华书局1960年版,第2360页。

许逊为核心的西山十二真君的孝道、净明道核心思想之一。《十二真君传·兰公》(《太平广记》卷十五)载兰公因"专精孝行,感动乾坤"。孝悌王下降凡尘传法于兰公,并对兰公说:"夫孝至于天,日月为之明;孝至于地,万物为之生;孝至于民,王道为之成。且其三才肇分,始于三气,三气者,玉清三天也。玉清境是元始太圣真王治化也;太清者,玄道流行,虚无自然,玉皇所治也。吾于上清已下,托化人间,示陈孝悌之教。后晋代尝有真仙许逊,传吾孝道之宗,是为众仙之长。"可见《十二真君传》虽然没有直接引用关于许逊的这两则记载,但在许逊的孝悌之行方面保持了内在的一致性。弘扬孝道之行是以许逊为首的西山孝道的核心内容之一。

此外,《幽明录》中还有两则关于许逊的记载。

一是许逊预言桓温征姚襄结果事。

> 桓温北征姚襄,在伊水上,许逊曰:"不见得襄而有大功?见襄走入太玄中。"问曰:"太玄是何等也?"答曰:"南为丹野,北为太玄,必西北走也。"果如其言。(《艺文类聚》卷六)[①]

东晋穆宗永和十二年(365),桓温北伐征讨姚襄,在史书中有记载。《晋书》卷九八《桓温传》记载:"师次伊水,姚襄屯水北,距水而战。温结阵而前,亲被甲督弟冲及诸将奋击,襄大败,自相杀死者数千人,越北邙而西走,追之不及,遂奔平阳。"[②]《艺文类聚》所引《幽冥录》中许逊对桓温北征姚襄的预言符合《晋书》记载的史实,无论许逊是否曾为桓温幕僚,但许逊这种神奇的预知能力,展现了其道士、方士的特点。

二是助刘琮诛蒋姑事。

> 刘琮善弹琴,忽得困病,许逊曰:"近见蒋家女鬼相录在山石间,专使弹琴作乐,恐欲致灾也。"琮曰:"吾常梦见女子将吾宴戏,

[①] (唐)欧阳询撰,汪绍楹校:《艺文类聚》,上海古籍出版社1965年版,第102页。

[②] (唐)房玄龄等:《晋书》,中华书局1974年版,第2572页。

恐必不免。"逊笑曰："蒋姑相爱重，恐不能相放耳；已为诛之，今去，当无患也。"琮渐差。(《北堂书钞》卷一〇九、《太平御览》卷五七七)①

这一则写了刘琮为钟山神蒋子文的妹妹蒋姑所祟，许逊诛之，使蒋姑离去，解除了刘琮的灾患。通过六朝仅留的四则关于许逊的记载，可知《十二真君传·许真君》并没有直接使用或借鉴这些材料。但这些记载却使我们初步了解到早期的许逊形象。

2. 《十二真君传·许真君》中许逊的家世渊源

《十二真君传·许真君》一改许逊少孤无父的苦寒出身，开篇就介绍了许逊的家世，称："许真君名逊，字敬之，本汝南人也，祖琰，父肃，世慕至道。东晋尚书郎迈，散骑常侍护军长史穆，皆真君之族子也。"胡慧超所撰的许逊家族谱录违反史实，因为就许逊本籍而言，与茅山上清道派句容许氏并无姻亲关系。柳存仁考证甚详，指出："汝南之说，无非用许靖、许邵为标榜，可毋论。迈固未尝为尚书郎，吴士鉴、刘承干《晋书斠注》已言其不足信，而许逊之地位又升为迈、穆之族父，皆为南宋道教诸公所不取，惟其所述逊之祖琰、父肃，至南宋又衍化为曾祖琰、祖玉、父肃三代，嗣后遂成定论。"② 有所不同的是出于唐代的《孝道吴许二真君传》，该文没有说明许逊的家族谱录，而称其为"晋代方外之士，洞晓密妙神仙之术……望本高阳，隋（随）晋过江"③。《玉隆集·旌阳许真君传》则称："句曲山远游君迈，护军长史穆，皆真君再从昆弟也。"④ 翻检《许真君仙传》《历代真仙体道通鉴》《净明忠孝全书》《西山许真君八十五化录》《许太史真君图传》等道教典籍，确如柳存仁所考证的那样，但值得注意的是，宋代刘斧《青琐高议》前集卷一《许真君斩蛟蛇白日上升》也没有采纳胡慧超所写的许逊家族谱录。通过《十二真君传·许真君》与《许真君 斩蛟蛇白日上升》文字对照，可知

---

① （宋）李昉等编：《太平御览》第三册，中华书局1960年版，第2606页。
② 柳存仁：《许逊与兰公》，《和风堂文集》，上海古籍出版社1991年版，第719页。
③ 张继禹主编：《中华道藏》第46册，华夏出版社2004年版，第389页。
④ 张继禹主编：《中华道藏》第19册，华夏出版社2004年版，第917页。

《许真君　斩蛟蛇白日上升》并无独创可言，因袭《十二真君传·许真君》之迹甚明。但其对许逊的记载却有意删除了胡慧超所建立的谱录，而只称"许真君名逊，字敬之，汝南人也，祖、父世慕至道"①。既没有"祖琰，父肃"的名讳，还删除了"东晋尚书郎迈，散骑常侍护军长史穆，皆真君之族子也"的关键一句。可见无论是道教典籍，还是小说，对于胡慧超违反史实的许逊家世谱录记载多数情况下不予采纳，在这一点上道教仙传与小说的编撰者是一致的。

3. 《十二真君传·许真君》确定的许逊师承关系

《十二真君传·许真君》中言："真君弱冠，师大洞君吴猛。乡举孝廉，拜蜀旌阳令。"后弃官而去，与吴猛同游于江左。这里明确了吴猛与许逊的师徒关系，我们在六朝文献中看不到吴猛为许逊之师的有关记载。作为中国古代二十四孝之一的吴猛，留存下来的六朝文献记载远远超出关于许逊的记载。虞世南《北堂书钞》中保存了《吴猛别传》的节文，《搜神记》《搜神后记》《幽明录》等志怪小说中也有关于吴猛的记载，并且《晋书》卷九五有传。从目前所见的文献来说，吴猛与许逊的师承关系到了唐代才逐渐得到确定。师徒关系随着许逊在孝道、净明忠孝道中地位的提升，也发生变化。六朝文献中看不出有任何关系的两个人渐渐成为师徒，吴猛成为许逊之师，最终变成先为师后为徒的关系，吴猛的一些神仙事迹也被移花接木到许逊身上。

北宋张君房《云笈七签》卷一〇六收录了一篇《许逊真人传》，该传简短，但却提供了许逊与吴猛师承关系发展的重要记载。

> 许逊字敬之，南昌人也。少以射猎为业，一旦入山射鹿，鹿胎从弩箭疮中出堕地，鹿母舔其子，未竟而死。逊怆然感悟，折弩而归。闻豫章有孝道之士吴猛学道，能通灵达圣。叹我缘薄，未得识之。于是旦夕遥礼拜猛，久而弥勤。已鉴其心，猛升仙去时，语其子云："吾去后，东南方有人姓许名逊，应来吊汝，汝当重看之，可以真符授也。"至时逊果来吊，其予以父命，将真符传逊。奉修真感，有愈

---

① 《宋元笔记小说大观》，上海古籍出版社2007年版，第1016页。

于猛。①

这篇传记没有后世附着于许逊身上的诸多神迹,只是写了以射猎为生的许逊的悟真原因,并写出了许逊对吴猛的崇敬仰慕之情。吴猛生前与许逊并未谋面,而在其升仙后,吴猛之子受父亲嘱托,将真符传授给前来吊唁的许逊。与之相互印证的是《云笈七签》中收录的《吴猛真人传》中没有任何与许逊师承关系的记载。《云笈七签》所收录的《许逊真人传》《吴猛真人传》虽然没有注明来源,但从其内容可知其创作时间较早。而段成式《酉阳杂俎》中则明确记录"晋许旌阳,吴猛弟子也"。

杜光庭《墉城集仙录》卷六《盱母》则记载:"西晋武帝时,同郡吴猛许逊精修通感道化宣行,居洪崖山,筑坛立靖。猛既去世,逊即以宝符真箓拯俗救民,远近宗之。"②该文记录了吴猛与许逊在豫章地区修道,吴猛去世后,许逊继其后在豫章地区以宝符真箓拯俗救民的情况。《十二真君传·吴真君》(《太平广记》卷十四)中也看不到吴猛与许逊有任何关系。《孝道吴许二真君传》则记载:"时共十二真君为友,内师事吴君。吴君名猛,字世云。"③《十二真君传·兰公》(《太平广记》卷十五)中写了斗中真人孝悌王向兰公传道,并说:"后晋代尝有真仙许逊传我孝道之宗,是为众仙之长。"文中还记载:"自尔,吴都十五童子,丹阳三岁灵孩,泊于兰公,并是仙之化现也。所传孝道之秘法,别有宝经一帙,金丹一合,铜符铁券,得之者唯高明大使许真君焉。"④小说中说唯独许逊得孝道秘法,"吴都十五童子,丹阳三岁灵孩"所指出的故事情节,正是杜光庭《墉城集仙录》卷五《婴母》(《太平广记》卷六二《谌母》引自《墉城集仙录》)中孝道明王化身十四五岁孩子求为婴母之子,未成后化身三岁的孩子被婴母收养,长大成人后传道婴母的故事。婴母姓谌氏,字曰婴。后吴猛、许逊求法于婴母,得婴母所传道法,孝道之法遂行江表。

---

① 张继禹主编:《中华道藏》第29册,华夏出版社2004年版,第827页。
② 张继禹主编:《中华道藏》第45册,华夏出版社2004年版,第224页。
③ 张继禹主编:《中华道藏》第46册,华夏出版社2004年版,第389页。
④ (宋)李昉等编:《太平广记》第一册,中华书局1961年版,第107页。

闲暇之日婴母对二人说:"世云猛昔为逊师,今玉皇玄谱之中,猛为御史,而逊为高明大使,总领仙籍,位品已迁。又所主十二辰配十二国之分,逊领玄枵之野于辰为子,猛统星纪之邦于辰为丑,许当居吴之上以从仙阶之等降也。"① 所以,我们结合《兰公》《婴母》可知,兰公得到孝悌王的孝道秘法,后兰公化身婴儿得婴母收养,他就是孝道明王。孝道明王传法于婴母,而婴母传法于许逊。这样许逊弱冠时师从吴猛,而后得到婴母传授的孝道明王道法,由于仙阶的变化,婴母让吴猛拜许逊为师。这样既尊重了吴猛在道教中原为许逊师父的事实,又巧妙地改变了两人的师承关系。关于婴母传法一事,《孝道吴许二真君传》与其他仙传有所不同。文中写道:"兰公受孝悌王旨,令将铜符铁券送达黄堂观,乃是諶母所居之宅。"② 这就明确说明兰公接受孝悌王的旨意,传法婴母。但此传写兰公化身为三岁小儿为婴母收养。长大成人后传法婴母,却又自称:"儿是先王次弟明王之兄也,我身为孝悌王,托寄阿母养育,绵历岁序,欲兴孝道迁延至今。"前后文出现明显的差异,而后诸仙传则无此论,此处应属于作传者的错误。因为,前文兰公得到孝悌王的秘法与铜符铁券,并接受孝悌王的旨意,到黄堂观传法给婴母。可后文收养之儿却是孝悌王的化身,而非兰公化身。孝悌王传法兰公,兰公传法婴母,婴母传法许逊,体现了孝道之法一脉相承。如果是孝悌王直接传法于婴母,则打乱了孝道之法的传承次序,兰公角色的意义就会为之消减。五代天台山道士王松年《仙苑编珠》保存了目前所能见到的有关《十二真君传》的最早记录。《仙苑编珠序》:"松年又寻《真诰》、《栖观传》、《灵验传》、《八真传》、《十二真君传》,近自唐梁以降,接于闻见者,得一百三十二人。伏以诰传文繁,卒难寻究,松年辄效蒙求四字比韵,撮其枢要,笺注于下,目为《仙苑编珠》。谨序。"③ 通过序文可知王松年在编辑《仙苑编珠》时,参考文献中有《十二真君传》。因为诸仙传文字过于繁杂,所以他模仿唐代诗人李翰《蒙求》四字比韵的体例,撮其枢要,完成了《仙苑编珠》。所以,我们只能看到王松年所录的《十二真君传》的节文。即卷下

---

① 张继禹主编:《中华道藏》第45册,华夏出版社2004年版,第221页。
② 张继禹主编:《中华道藏》第46册,华夏出版社2004年版,第391页。
③ 张继禹主编:《中华道藏》第45册,华夏出版社2004年版,第242页。

所载:"许逊拔宅时荷登晨;吴猛白鹿甘战彩麟;持幢周广执羽陈勋;鲁亨骨秀旰烈药神;施峰委付彭抗亲姻;黄辅龙骑钟嘉碧轮。"文中称"十二真君事尽于此"。在"许逊拔宅时荷登晨"条目下记载:"《十二真君传》:许君名逊字敬之,为蜀旌阳县令,师谌母受孝道明王法,与吴君于钟陵洞斩蛟蜃。以晋永康二年八月十五日,四十二人拔宅升天。"① 如果以王松年《仙苑编珠》中《十二真君传》的节文为证,许逊"师谌母受孝道明王法",而非孝悌王法。其实,杜光庭《墉城集仙录》而外,唐宣宗大中九年(855)由郎中出为袁州刺史的温璠有一篇《净观圣母记》,对于婴母与许逊的师承关系也有所记载。文中写道:"观以净为名,昔东晋许真人栖息之旧地。荤膻污触,必有变怪。按仙籍云:神仙中有孝道明王授道要于圣母,母传法于吴猛、许逊。逊字敬之,以孝廉上第补旌阳令。则圣母为旌阳之师矣。"② 所以,我们可以断定《十二真君传》中应有婴母的记载,结合《兰公》《净观圣母记》《仙苑编珠》等记载,《墉城集仙录》中《婴母》所依据的文献应属于胡慧超《十二真君传》的版本系统。到了元代黄元吉等编撰的《净明忠孝全书》,许逊的师承又增加了新内容,即"厥后复遇日月二帝君,授以净明灵宝忠孝之道"③。

4.《十二真君传·许真君》拔宅飞升时间的变化

这个看似简单的问题,却从一个侧面反映了许逊故事的演变。我们将诸多关于许逊的仙传记载罗列在一起,就会发现许逊拔宅飞升这样一个道教徒极为重视的时间,居然也有诸多不同的记载,而这些记载关涉许逊的寿数和一些神仙事迹,所以有必要加以分析。《十二真君传·许真君》中许逊拔宅飞升的时间为"东晋孝武帝太康二年八月一日"。这一时间本身就有问题,东晋孝武帝有"宁康"的年号而无"太康"年号,所以应为宁康二年八月一日。《青琐高议》前集卷一《许真君 斩蛟蛇白日上升》中因袭了这一时间,与《十二真君传·许真君》所记时间同为"东晋太康二年八月一日",去掉了"孝武帝"三个字。如果按这一时间,许逊飞升之日为公元374年9月22日。唐贞观时人陈宗裕《敕建乌石观碑记》

---

① 张继禹主编:《中华道藏》第45册,华夏出版社2004年版,第265—266页。
② (清)董诰等编:《全唐文》卷七九一,中华书局1983年版,第8290页。
③ 张继禹主编:《中华道藏》第31册,华夏出版社2004年版,第570页。

记载："至宁康二年八月十五日午时，许公举家拔宅仙去"，即公元374年10月6日。南宋时期假托许逊撰的《许真君石函记》的序言中所记升仙日也为宁康二年八月一日。王松年《仙苑编珠》中所记却是"晋永康二年八月十五日"。何以王松年依据《十二真君传》所记的时间会与《许真君》完全不同？这使我们不得不对《十二真君传·许真君》重新审视，怀疑《十二真君传》是否有多个版本，或者《十二真君传·许真君》经过后人修改。王松年所记时间也有问题，晋惠帝永康二年（公元301年1月26日至5月23日），而后改元永宁（永宁元年，即公元301年5月24日至公元302年2月13日）。改元后仍以永康纪年可以理解。所以，飞升时间为公元301年10月3日。《孝道吴许二真君传》记载："真君于晋元康二年八月十五日，合家良贱四十余口，宅宇鸡犬，一时升仙。"杜光庭《墉城集仙录》卷六《盱母》（《太平广记》卷六二）记载："惠帝元康二年壬子八月十五日，太上命玉真上公崔文子、太玄真卿瑕丘仲，册命拜许君为九州都仙大使高明主者，云车羽盖白日升天。"① 也就是公元292年9月13日。而《玉隆集·旌阳许真君传》《许真君仙传》《历代真仙体道通鉴·许太史》《西山许真君八十五化录》《净明忠孝全书·净明道师旌阳许真君传》等文中，飞升之日最终确定，即宁康二年八月一日，崔子文（应为崔文子，流传过程中讹误为崔子文）、瑕丘仲二仙宣玉帝旨意，告诉升仙之日。后八月十五日，举家拔宅飞升。

关于许逊的生辰，《十二真君传》《孝道吴许二真君传》并未提及，《玉隆集·旌阳许真君传》《历代真仙体道通鉴·许太史》《西山许真君八十五化录》《净明忠孝全书·净明道师旌阳许真君传》等均为"吴赤乌二年己未"。《许真君仙传》《许太史真君图传》则明确写为"吴赤乌二年，正月二十八日"，即公元239年3月20日。这样我们可推出许逊的生活时间起止，具体如下：239年至374年；239年至301年；239年至292年。也就是许逊寿数为136岁、63岁、54岁。关于许逊飞升的时间问题，柳存仁在《许逊与兰公》中，针对《孝道吴许二真君传》中晋元康二年许逊合宅飞升后有一段许氏宗谱记录，指出"此段宗谱之算法当托始自元康之世，尚在西晋"。文中对许逊随晋过江，发生在明帝太宁二年（324）

---

① 张继禹主编：《中华道藏》第45册，华夏出版社2004年版，第224—225页。

的王敦起兵、郭璞死事，有如下论断："则元康为抄写之误，或当如他书作宁康可知。然此段又明言许简于逊殁后博受孝道，永和三年（347）敕再为置观，一似许逊之死实在宁康之前。永和与宁康相距二十余年，则作谱者殊乏历史观念，可以想象。"① 柳存仁认为元康是抄写的错误，但又无法解释许逊死后永和三年敕再为置观的记载，事实上《孝道吴许二真君传》虽然写了王敦事，但却不似其他传记写明时间。其实如前所说，杜光庭《墉城集仙录·盱母》《孝道吴许二真君传》《仙苑编珠》所记许逊飞升之日与诸传不同，似乎不能以抄写讹误来解释。《墉城集仙录·盱母》《孝道吴许二真君传》中"晋元康二年（292）八月十五日"与《仙苑编珠》中"晋永康二年（301）八月十五日"，时间相近。如果《墉城集仙录·盱母》《孝道吴许二真君传》为抄写讹误，那么《仙苑编珠》中的时间又该如何解释？《仙苑编珠》中的飞升时间绝非抄写讹误，通过文本可证。因为文中记录了十二真君的飞升时间。时荷、陈勋、鲁亨、盱烈与真君同日飞升，吴猛于永嘉三年九月十五日飞升，甘战于陈太建元年正月七日飞升，周广于元康中执麾幢前引许君，施峰、黄辅于真君飞升后冲天，彭抗于永和二年八月十五日飞升，钟嘉于真君飞升当年十月十五日飞升。值得注意的是，《仙苑编珠》中所记十二真君与大家所知多有不同，鲁亨是曾亨之误，施峰为施岑之误，黄辅是黄仁览的父亲，钟嘉为钟离嘉。如果将之与《玉隆集·逍遥山诸仙传》《许真君仙传》《西山许真君八十五化录》《历代真仙体道通鉴·许太史》《净明忠孝全书·净明道师旌阳许真君传》《许太史真君图传》（以下简称诸仙传）等所记十二真君飞升之日对照，可发现一些端倪。《仙苑编珠》中周广于元康中执麾幢前引许君，早于同书许逊永康二年飞升的记载，但却与《孝道吴许二真君传》所记相同，而诸仙传均为周广在真君飞升之日与曾亨同骖龙车飞升。可见对周广与许逊同日飞升道教徒达成了共识，所以，《仙苑编珠》一书之中记录了许逊升仙的两种时间，说明《孝道吴许二真君传》所记并不是抄写讹误。《仙苑编珠》中吴猛于永嘉三年九月十五日飞升，与诸传所记宁康二年十月十五日不同。前面所提张君房《云笈七签·吴猛真人传》与杜光庭《墉城集仙录·盱母》均言吴猛早于许逊去世，可见为了服从

---

① 柳存仁：《和风堂文集》，上海古籍出版社1991年版，第716—717页。

于许逊的飞升时间，吴猛的飞升时间也在不断地修改调整。甘战于陈天建元年正月七日飞升与《许真君仙传》同，而其余诸传为陈太建元年正月七日。《仙苑编珠》中施峰、黄辅于真君飞升后冲天，没有明确时间，《西山许真君八十五化录》中施岑于宁康二年十一月二十八日飞升，其余诸传均为宁康二年十月二十八日飞升。黄辅、黄仁览在诸传中均从真君同日飞升。《仙苑编珠》中彭抗于永和二年八月十五日全家二十六人飞升，而诸传均为永和二年致政南游，宋高祖永初二年（职方载作义熙二年）八月二十四日飞升。钟离嘉诸传均为许真君飞升当年十月十五日飞升。之所以罗列《仙苑编珠》十二真君飞升时间与诸传的区别，主要是说明《仙苑编珠》所记时间并非抄写讹误，所以吴猛、彭抗等真君飞升时间均在元康、永康之后，宁康之前。这也能解释柳存仁提出的何以《孝道吴许二真君传》中永和三年敕再为置观的记载问题。《埔城集仙录·盱母》《孝道吴许二真君传》与《仙苑编珠》所记许逊升仙时间符合常理，许逊寿数54岁或62岁，应符合早期许逊故事的原貌。而随着许逊成为"箭垛式"人物，诸种神仙事迹集于一身，郭璞、王敦事又附会于吴许二真君的故事中，而造成许逊身后事附着于许逊身上，所以仙传的撰写者调整了许逊飞升的时间，也就难免留下修改的痕迹。仅从《仙苑编珠》记录的十二真君的飞升时间看，就可以断定其所依据的《十二真君传》与《太平广记》中保留的《十二真君传》版本不同。唐贞观时陈宗裕《敕建乌石观碑记》就已经记载："至宁康二年八月十五日午时，许公举家拔宅仙去"，为什么到了晚唐五代王松年《仙苑编珠》还有不同的记载？郭武对《仙苑编珠》与《敕建乌石观碑记》等史料不同的记载，以及许逊与东晋桓温等交往的不符，认为是《仙苑编珠》的讹误。指出彭抗飞升日比《敕建乌石观碑记》所记许逊飞升日早了近三十年，令人难以置信。[1] 其实，郭武忽略了彭抗飞升日在《仙苑编珠》中所记许逊飞升日之后，是符合情理的，似乎不能以抄写讹误作为结论。同时，我们考察之后的道教典籍也发现彭抗升仙时间修改的痕迹，就是原来升仙时间永和二年被改为致政南游的时间，宋高祖永初二年（职方载作义熙二年）八月二十四日最终成为飞升时间。可见，唐代有关许逊的飞升时间一直有多种说法并

---

[1] 郭武：《〈净明忠孝全书〉研究》，中国社会科学出版社2005年版，第160页。

存。宋元以后的道教典籍才逐渐统一，清代光绪年间《逍遥山万寿宫志》还编撰了许逊的年谱，宁康二年八月十五日拔宅飞升遂成定论。

5. 故事发生顺序的不同

这是一个不特别提出摆在面前便不被人们关注的话题。至少目前所见研究著作、论文，从未有人提到，更不用说深入讨论。关于《十二真君传·许真君》中许逊、吴猛与郭璞为王敦圆梦，二龙负舟以及斩蜃蛟的故事，研究其故事来源是研究者们共同关注的问题。如斩蜃蛟化用《风俗通义》中李冰事与《神仙传·栾巴》[①]的故事；许逊、吴猛与郭璞为王敦圆梦化用《晋书·郭璞传》与《神仙传·左慈》[②]的故事；二龙负舟化用《吕氏春秋》中二龙负舟、次非杀蛟，《北堂书钞》所引《幽冥录》、《云笈七签》中《吴真人传》、《太平御览》所引《豫章记》中载吴猛坐郭璞事，双龙载船回豫章事。胡慧超《十二真君传·许真君》融会了诸多神仙故事，集于许逊身上。这种融会似乎不应归功于胡慧超一人，而应有一个不断累积融合的过程。

《十二真君传·许真君》的故事顺序在诸多仙传中显得与众不同。所以，我们拟从故事顺序的问题入手，了解许逊故事在道教典籍中的细微变化。许逊的仙传随着时间的发展不断累积丰富，不断吸纳后世新生成的故事，最后出现《许真君仙传》《西山许真君八十五化录》这样集大成的仙传，成为邓志谟、冯梦龙的许真君题材小说丰富翔实的宝贵素材。《十二真君传·许真君》作为诸多许逊题材小说中的佼佼者，却与有关许逊的各种仙传在故事顺序上有明显的不同，这是撰写者独具匠心的设计，还是犯了常识性错误，值得分析思考。经过比较，《十二真君传·许真君》中许逊、吴猛与郭璞为王敦圆梦，二龙负舟以及斩蜃蛟的故事顺序，与《青琐高议·许真君　斩蛟蛇白日上升》和约出于明代的《搜神记·许真君》[③]的故事顺序相同。《孝道吴许二真君传》《玉隆集·旌阳许真君传》《历代真仙体道通鉴·许太史》《许真君仙传》《西山许真君八十五化录》《许太史真君图传》《逍遥墟·许真君》等多数仙传则与之不同，诸仙传

---

① 张继禹主编：《中华道藏》第45册，华夏出版社2004年版，第38页。
② 张继禹主编：《中华道藏》第45册，华夏出版社2004年版，第48页。
③ 张继禹主编：《中华道藏》第45册，华夏出版社2004年版，第529页。

中许真君的神仙事迹可能或多或少，但《许真君》中的故事顺序却为：斩蜃蛟，许逊、吴猛与郭璞为王敦圆梦，二龙负舟。原因很简单，许逊为王敦圆梦及二龙负舟发生在明帝太宁二年（324），这一年许逊86岁，晚于许逊斩蜃蛟的时间。《孝道吴许二真君传》与各传有明显不同之处。除飞升时间外，如该传许逊咸宁元年（275）为蜀旌阳县令，早于诸仙传一致认定许逊做旌阳县令的时间太康元年（280）。传记中还记载了吴猛带领三百徒弟去除建昌上辽大蛇，以炭化妇人试徒弟修道诚意，唯独许逊未染炭墨。这与段成式《酉阳杂俎》记载相同。而诸仙传转变成为许逊以炭妇试数百徒弟，唯有日后飞升的诸真君通过检验，未染炭墨。为什么在此谈这一故事？因为除《孝道吴许二真君传》外，诸仙传都将这一故事置于许逊斩蜃蛟以前，并标明为永嘉六年（312）事。所以，邓志谟《铁树记》、冯梦龙《旌阳宫铁树镇妖》甚至注明斩蜃蛟的时间为永嘉七年（313）。而《孝道吴许二真君传》中许逊对施岑说："吾今才四十，其蛟寿历千年，我亦为牛恐子不识，我将手巾于左膊为白骆牛，与伊相敌，汝可助剑击之。"[1] 既说明了许逊的年龄，也与《十二真君传·许真君》《青琐高议·许真君 斩蛟蛇白日上升》中许真君化为身有白绶的黑牛与蜃蛟所化黄牛相斗的情节有所区别。而宋元以来的诸仙传中，则将此情节做了改动，将许逊化牛与蛟相斗，改为许逊剪纸化为黑牛与蜃蛟所化黄牛相斗。而明代邓志谟《铁树记》、冯梦龙《旌阳宫铁树镇妖》虽然大量采用宋元诸仙传中许逊的故事素材，却保留许逊身化黑牛与蛟精所化黄牛相斗的故事情节，并修正了许逊以白巾于膊区分两牛的故事瑕疵。因为许逊与蛟精如果均化为黑牛，有白绶者为许逊，故事情节合乎情理。可是，蛟精身化黄牛，许逊却又以白巾于膊，身化有白绶黑牛，让弟子区分，则属于故事纰漏无疑。

　　许逊、吴猛与郭璞为王敦圆梦事，《十二真君传·许真君》中作真君曰"木上破天，未字也"云云。许逊掷杯绕梁，二君隐形而去。而诸仙传均为吴君曰"木上破天，未字也"云云。许逊掷杯化鸽，二君隐形而去。凡此种种，均可见许逊故事变化之痕迹。综上，《十二真君传·许真君》故事若以诸仙传作为参照，其故事安排顺序存在前后错乱的问题。

---

[1] 张继禹主编：《中华道藏》第46册，华夏出版社2004年版，第390页。

事实尽管如此，笔者却认为不是撰者无意犯了错误，反倒可能是有意改造或是《太平广记》的编撰者对《十二真君传》做了修改或删节的结果。这种对于故事的顺序调整没有影响其故事的效果，反倒增加了艺术趣味。因为《十二真君传·许真君》并未标明许逊做旌阳县令、为王敦圆梦、二龙负舟、斩蜃蛟的时间。忽略时间问题，旌阳为官，弃官与吴猛游于江左，劝王敦存晋室，事情相类有所整合，反倒让人觉得故事发展有内在的连贯性。掷杯绕梁，二君隐形而去。二龙负舟，斩蜃蛟，故事渐入佳境，波澜迭起而达到高潮。不同部分之间以"会""是时""后于"等词语恰当地过渡衔接。二龙负舟部分还有与诸仙传不同之处，就是真君对船师所说的话中增加了"吾缘贪与众真除荡妖害，暂须离此，游涉江湖"的内容，这就与后面许真君与施岑斩蜃蛟的故事有了照应关系，斩蜃蛟正是许逊游涉江湖、除荡妖害的精彩故事。若按斩蜃蛟、为王敦圆梦、二龙负舟的时间发展顺序，则有高潮突兀、虎头蛇尾的感觉。

（三）程煐与程树榴《爱竹轩诗序》案

嘉庆戊午年（1798），历经磨难，最终被流放到黑龙江卜奎（今齐齐哈尔）的文人程煐"初到边城，侘傺无聊，饥寒交迫，偶拈许旌阳除妖及湘媪、李鹞之事合为一传，谱以九宫，不浃旬而三十出成焉"[①]。

程煐创作完成了黑龙江第一部传奇戏曲《龙沙剑传奇》。这部传奇被尘封埋没了近二百年。1979年黑龙江省齐齐哈尔市图书馆清理馆藏古籍时偶然发现这部传奇，才使它重新面世，并引起学界的关注。这部传奇取材于唐人小说，寄寓了作者对人生际遇的思考，其本身的命运就是一部曲折的传奇！学者在研究这部传奇时，首先去了解作者程煐的生平经历，试图揭开一段尘封的历史，以求更好地理解《龙沙剑传奇》的创作意图，从而对作品表达的思想内容有更深刻的体会。笔者在阅读相关研究著作与论文后，发现均对程煐之父程树榴文字狱案语焉不详，而此案是程煐遭戍卜奎的原因所在，因此，对这一段历史有进一步梳理的必要。

---

① （清）程煐著，何凤奇、唐家祚合注：《龙沙剑传奇》，黑龙江人民出版社1986年版，第12页。

1. 程煐遣戍卜奎原因诸说

《龙沙剑传奇》被重新发现后，黑龙江的学者对其进行了研究，也较早地关注了程煐的生平经历。王全兴《读〈龙沙剑传奇〉随笔》："关于作者生平，我们知道很少。仅凭《黑龙江志稿》，知道他原来是江苏天长廪生，因何获罪？又怎样被发配到黑龙江？现在还无法知道。"① 润荃《程瑞屏和他的〈龙沙剑传奇〉》："程煐，别号珂雪头陀，安徽天长人，生平事迹，生卒年月均不详。"② 梁天林、唐家祚《黑龙江最早的一部传奇〈龙沙剑〉》③，何凤奇、唐家祚合注的《龙沙剑传奇》，对于程煐的介绍都以《黑龙江志稿》卷五七《人物志》记载为依据，即："程煐，字星华，一字瑞屏，安徽（原误作'江苏'）天长廪生。嘉庆戊午戍黑龙江。著有《珂雪集》，纪江省事甚详；又有《龙沙剑传奇》，今佚。历任将军副都统皆礼遇之。与银库主事西清研斋、吏部侍郎刘凤诰金门尤相友善。其卒也，凤诰归其丧于江南。"④

在何凤奇、唐家祚合注的《龙沙剑传奇》一书中，《阅读报告》称："程瑛及其所著都是有史可查的，可以为据的就是《黑龙江志稿》了。"《前言》指出："程煐因何而被遣戍？还没有见到直接说明这个问题的材料。"推断程煐可能因文字狱而被遣戍卜奎。值得注意的是郑朴民《天长文字狱与诗人程瑞屏》⑤，该文提到了程树榴文字狱，指出程树榴之子程煐是文字狱主要受害人之一。文中称于1960年在安徽桐城发现了《瑞屏诗抄》下卷一册，始于戊申（乾隆五十三年，1788），终于乙卯（乾隆六十年，1795），创作于天长狱中，共有各体诗二百二十多首。嘉庆元年（1796）遇赦，流放边疆。该文对于程树榴文字狱的论述颇多讹误，如认为是程煐的表弟与程树榴有隙，摘程煐诗句，控告程氏父子诽谤朝廷，造成文字冤案。这一结论令人疑惑且不合情理，例如何以摘取程煐诗句，而

---

① 王全兴：《读〈龙沙剑传奇〉随笔》，《黑龙江图书馆》1981年第Z1期。
② 润荃：《程瑞屏和他的〈龙沙剑传奇〉》，《黑龙江文物丛刊》1982年第1期。
③ 梁天林、唐家祚：《黑龙江最早的一部传奇〈龙沙剑〉》，《齐齐哈尔师范学院学报》1982年第4期。
④ （清）程煐著，何凤奇、唐家祚合注：《龙沙剑传奇》，黑龙江人民出版社1986年版，第146页。
⑤ 郑朴民：《天长文字狱与诗人程瑞屏》，载《天长文史》第1辑，中国人民政治协商会议安徽天长县文史资料研究委员会，1985年，第133—136页。

程树榴被杀，程煐却得以存活？但该文指出了程树榴与程煐的父子关系，为我们进一步了解程煐提供了重要线索。且郑朴民掌握直到今天也难得一见的《瑞屏诗抄》，有助于了解程煐在狱中的创作与经历。李兴盛《东北流人史》① 有专节论述程煐遭戍的内容，该书详细地介绍了程树榴所写诗序"牢骚肆愤，怨谤上苍"，被人告讦，于乾隆四十四年（1779）七月被处死，程煐"应斩监候，秋后处决"。后于嘉庆二年（1797）被免死减等，次年秋冬之际出塞，以及程煐在流放期间的经历。但对于程树榴《爱竹轩诗序》案没有过多介绍，所依据的文献资料依然为《黑龙江志稿》等。2009 年以来，张福星等学者撰写了一系列关于《龙沙剑传奇》的论文，见解独到，研究精深。如张福星《流人的戏剧：〈龙沙剑传奇〉研究》② 中关于程煐的简介在李兴盛的基础上有所丰富，更为详尽。

综上，可以看出程煐遭戍黑龙江卜奎是因为其父程树榴文字狱案，其历经了生死的磨难，挣扎着活了下来，最后卒于卜奎。其《龙沙剑传奇》经历了被盗后失而复得，佚失而又重新被发现。历史的真相渐渐趋近，但程树榴《爱竹轩诗序》案详细情况到底如何？关注《龙沙剑传奇》的诸多学者都没有更多的研究，而此案是关涉程煐人生转折的重大事件，所以有必要进一步探究。

2. 程树榴《爱竹轩诗序》案始末

《黑龙江志稿》虽然提供了程煐的身世有关线索，但并不是唯一可以为据的资料。可是截至目前，尚未见学者把注意力集中于程树榴《爱竹轩诗序》案，而此案中是否可见程煐的行踪？带着查出历史真相的想法，笔者重点查阅了《乾隆朝上谕档》《清朝文字狱档》，发现了记载程树榴《爱竹轩诗序》案的重要线索。也许是文学研究者忽略了历史文献，历史研究者忽略了文学研究的缘故，这些文献资料能够详细而直接地还原尘封的历史事件，可是学者们却从未留意这些文献。在《乾隆朝上谕档》中，关于程树榴《爱竹轩诗序》案共有五个上谕档，分别为是乾隆四十四年（1779）五月二十九日、七月初八日、七月十二日、七月

---

① 李兴盛：《东北流人史》，黑龙江人民出版社 1990 年版，第 245—247 页。
② 张福星：《流人的戏剧：〈龙沙剑传奇〉研究》，《中华文史论丛》2009 年第 3 期。

十七日、七月二十一日的上谕档。关于程树榴《爱竹轩诗序》案的奏折必可与上谕档相互印证，而这方面的原始材料是一般研究者很难看到的。笔者翻检了相关文献，发现《清朝文字狱档》（增订本）恰恰根据故宫博物院掌故部编的《掌故丛编》，补辑了王沅《爱竹轩诗》案，其中收录了乾隆四十四年（1779）五月十三日《闵鹗元奏王廷赞呈控程树榴序刻王沅诗文狂悖折》、六月初六日《戴第元奏咨会查办缘由折》、四月□日《王廷赞呈词一》、三月□日《王廷赞呈词二》、七月初九日《萨载等奏审拟程树榴等罪名折》。《乾隆朝上谕档》《清朝文字狱档》中所收录的材料具有互补性且不重复交叉，文献纪年清晰。值得说明的是，《掌故丛编》《清朝文字狱档》中，程树榴之子均为"程焕"，而《乾隆朝上谕档》中为"程煐"。《乾隆朝上谕档》为原文影印，所以，《掌故丛编》《清朝文字狱档》中的"程焕"与"程煐"当为一人，即程煐，"程焕"乃因字形相近而误刻，这一错误至今没有得到更正。所以，本书引文笔者均予以更正。

　　程树榴《爱竹轩诗序》案发生于文网严密、查禁违碍书籍、告讦中伤之风大盛的时代背景下，突如其来的灾难，使程树榴一家遭遇灭顶之灾。程树榴是安徽省天长县的捐贡，与王沅是至交好友。"乾隆四十二年六月王沅忽得痰迷病症不识文义，八月间程树榴前往探病，见其人似痴呆为之怜悯，复于书室中见有王沅所作《爱竹轩诗》稿一本取回阅看，因其平日能诗遭此奇疾，遂以为天之降厄心抱不平，即以前明之徐文长引证代为作序，归怨上苍，又复出资刊刷，共刷印四十二本，送给王沅三十五本，自留七本，连版片俱存在家。"① 由此可知，程树榴是于乾隆四十二年（1777）八月去探视病中的王沅，为王沅《爱竹轩诗》作序并出资刊印，印数及版片存留交代得非常清楚。程树榴《爱竹轩诗序》中首句："士有以诗遭奇穷，膺奇厄者矣。"② 竟然一语成谶，两年后这篇诗序给程家带来了无法逃避的灾难。乾隆四十四年（1799）三月初，程树榴妻子的堂弟王廷赞，"村居抱病，入城就医，偶于友人塾中得《爱竹轩诗》本"，他因与程树榴不睦，借此指责程序"牢骚讪谤，毫无忌惮，借怨天

---

① 《清朝文字狱档》（增订本），上海书店出版社2011年版，第691页。
② 《清朝文字狱档》（增订本），上海书店出版社2011年版，第688页。

以毁圣","因往责以大义,诓伊父子与恶党陶佑语反猖狂,同声诟詈"。三月初四日王廷赞将诗稿交给县书吏崇泉,嘱咐其送到县署查阅。初六日天长县令高见龙从盱眙审案回署,高见龙阅读崇泉所呈的诗稿后,让崇泉将原诗还给王廷赞,一面令崇泉至程树榴家查诗本,一面"于初七日亲诣学宫会同教谕孙麟、训导王守愚差门斗杨名传程树榴、程焕(燡)父子询问。程树榴因病未至,伊子生员程焕(燡)赴学,高见龙以王沅诗甚平庸,程树榴序内都是怨天之语不便存留,讯知诗板现存程树榴家内,复令门斗随同程焕(燡)将诗板缴学并呈出诗五本,即在明伦堂当众销毁"①。王廷赞见未深究程氏父子,"于初八日更余时分赴学禀见。该教谕以时已夜深令其明日再见"。《王廷赞呈词二》按照其自注系初八日所呈之词。据王廷赞呈词,初九日程树榴令子焕(燡)随潘洁、施廷琚入署拜过门生,十七日又入署谢恩。所以,四月十八日王廷赞再次呈词,即《王廷赞呈词一》。高见龙因呈词中涉及自身不便亲审,所以,一面通禀安徽巡抚闵鹗元等,一面将程树榴父子及王沅等押解赴安庆候究。据五月十三日《闵鹗元奏王廷赞呈控程树榴序刻王沅诗文狂悖折》②,闵鹗元是在五月初七日收到高见龙的通禀。据六月初六日《戴第元奏咨会查办缘由折》,戴第元是在五月十一日收到高见龙的通禀。其中闵鹗元折关于王廷赞"四月十八日"呈控程树榴所刻诗文的记载,与六月初六日《戴第元奏咨会查办缘由折》、七月初九日《萨载等奏审拟程树榴等罪名折》所记"四月二十八日"呈控程树榴所刻诗文的记载不符。从王廷赞欲置程家于死地的迫切心态看,"四月十八日"似乎更合情理,但奏折中两种时间记载并存,存疑为妥。五月十三日《闵鹗元奏王廷赞呈控程树榴序刻王沅诗文狂悖折》中称,王廷赞禀词内粘呈序文签出处"均系穿凿支离,有心文致,至所指摘王沅诗句隐语亦均系即事咏物之词。惟《早发姑苏》诗有'明发依然话太平'一语似有将前明国号暗入诗句之意"。"明发依然话太平"并非原作诗句,乃是王廷赞刻意截取"明发依然鼓枻行"与"坐听舟师话太平"两句诗首尾七字捏作一句。奏折中,因高见龙未经通禀劈板烧书,且有程树榴入署谢恩送行,并伊子程焕(燡)拜过门生的

---

① 《清朝文字狱档》(增订本),上海书店出版社2011年版,第691页。
② 《清朝文字狱档》(增订本),上海书店出版社2011年版,第685页。

控告需要核查，所以闵鹗元请旨，将高见龙、孙麟、王守愚暂行解任。五月二十九日奉朱批："此等挟仇控告，惟应断以公正，不必存意见也，钦此。"但王廷赞对所呈《爱竹轩诗序》详加批注，还是引起了乾隆的注意。如其在诗序中"造物者之心愈老而愈辣，斯所操之术愈出而愈巧"，注云："二语实无忌之尤者，我皇上体天立极，行健万年，同春九宇，春秋愈高仁恩愈普，彼王锡侯、徐述夔等皆其自取，予以显戮普天称快，今序称造物所比何人？若谓直指天讲，天有何老少，愈老愈辣所指何条？忍心害理此条为最。"①通过闵鹗元等人的奏折，我们可看出王廷赞陷害程家之心昭然若揭，他有意将程树榴《爱竹轩诗序》案与王锡侯《字贯》案和徐述夔《一柱楼诗》案联系在一起，果然如其所愿，引起了乾隆的重视，酿成了一场文字冤案。同日上谕档："朕初阅时尚以为此等自系挟仇控告，惟应断以公正，不必稍存意见，已于折内批示矣，及细阅抄录王廷赞呈词所开程树榴诗序有'造物者之心愈老而愈辣，斯所操之术愈出而愈巧'等语甚为狂诞，昔孔子称'不怨天'，今程树榴身列胶庠，所作序文竟敢牢骚肆愤，怨谤上苍，实属丧尽天良，自为天理所不容，即如此折，朕初阅以为不过挟嫌捏控之案，照常批示，及加细阅则其狂悖之语终不能掩，可见慢天悖妄之徒无不自然败露者，不可不严加惩治以彰国宪而正人心。"②七月初九日《萨载等奏审拟程树榴等罪名折》遵照乾隆旨意，详细奏知程树榴一案的始末，且提出处理意见。"应将程树榴即照大逆律凌迟处死"，"伊子程焕（煐）照逆犯子孙拟斩立决，据程树榴供称该犯出继与四房堂叔程瀚为子"。王沅"应照大逆不首律杖一百、流三千里"。"请将高见龙革职发往军台效力赎罪。"通过奏折可知程树榴曾祖程均贡原籍徽州。于程家获王沅《爱竹轩诗》十三本、程树榴旧谱一本等。同日上谕档："据萨载等将起出逆犯程树榴家内所藏家谱及诗共十四本解到，理合将原封缴进销毁，谨奏。"③当日，乾隆将程树榴一案批三法司核拟。七月十二日，乾隆对萨载拟将高见龙发往军台的处理提出严厉批

---

① 《清朝文字狱档》（增订本），上海书店出版社2011年版，第688页。
② 《乾隆朝上谕档》第九册，中国档案出版社1998年版，第707—708页。
③ 《乾隆朝上谕档》第九册，中国档案出版社1998年版，第744页。

评:"于高见龙并不援引正律,辄拟以军台效力从轻完结,是诚何心?"①斥责萨载包庇属员,辜负委任之恩。七月十七日,乾隆对程树榴一案的处理提出明确意见:"拟以凌迟,未得其获罪实情,非但无以服该犯之心,且恐无识妄议",他担心文网太密的议论,又将此案与王锡侯、徐述夔文字案比较,最后提出"程树榴著从宽改为斩立决。该犯既从宽减,所有故纵之知县高见龙及缘坐伊子程煐俱著从宽改为应斩监候,秋后处决,次余依议"。②至此,程树榴《爱竹轩诗序》案历时四个月终于结案。七月二十一日,乾隆在处理张万青呈控韩在扬等侵蚀赈济银两一案时,说萨载"专以沽名为事,深负朕委任之恩"③,再次对萨载处理程树榴案时对高见龙意存姑息提出斥责。

(四) 对程煐生平的补证

前文我们通过程树榴《爱竹轩诗序》案的文献资料,梳理出了《爱竹轩诗序》的来龙去脉,这些文献资料,同时对程煐生平有所补充,尤其是对程煐在乾隆四十四年(1779)的人生经历有所补充。虽然与前面内容重复处颇多,但为使眉目清晰,故将涉及程煐身世的内容摘出。

1. 程家原籍徽州。《萨载等奏审拟程树榴等罪名折》"惟程树榴家起获家谱一本,讯系前明旧本,伊曾祖程均贡在原籍徽州抄存"可为佐证。

2. 程煐出继与四房堂叔程瀚为子。(按:此系程树榴供词所提,是否是保护儿子的一种策略,待考。)

3. 程煐为天长名士,与当地文士诗酒唱和。王廷赞呈词中注:"王沅程煐等狂妄性成,自居名士久屈,结党会文,群居终日,言不及义,借倚著作,互相标榜写其不平,以为逞其讪谤仍使人不觉也",从一个侧面印证了程煐的个性与交游情况。

4. 乾隆四十二年(1777)孟秋,程煐刊印《爱竹轩诗》。程树榴《爱竹轩诗序》:"择其浑雅自然者百余篇,命儿子煐编次之以付梓。"可

---

① 《乾隆朝上谕档》第九册,中国档案出版社1998年版,第746页。
② 《乾隆朝上谕档》第九册,中国档案出版社1998年版,第749页。
③ 《乾隆朝上谕档》第九册,中国档案出版社1998年版,第756页。

为佐证。

5. 乾隆四十四年（1779）三月初（一至三日），王廷赞指责程树榴序"牢骚讪谤，毫无忌惮，借怨天以毁圣"，遭到程氏父子的斥责。

6. 三月初七日，高见龙会同儒学教谕、训导传唤程树榴之子生员程煃到学讯问，程煃回答："王沅先能诗，因得奇疾不识字，故为此文，别无他意。"并上交诗板及诗五本，于学宫当众销毁。

7. 王廷赞称三月初九日程树榴令子煃随潘洁、施廷琚入署拜过门生，十七日伊又入署谢恩。（按：七月初九日《萨载等奏审拟程树榴等罪名折》中王廷赞自认此事是传闻不确。）

8. 四月十八日（一说：四月二十八日），王廷赞再次控告，程树榴、程煃及家人被押往安庆听候提审。

9. 七月十七日，乾隆上谕档："程树榴著从宽改为斩立决。该犯既从宽减，所有故纵之知县高见龙及缘坐伊子程煃俱著从宽改为应斩监候，秋后处决。"

综上所述，程树榴《爱竹轩诗序》案文献材料丰富，这些材料线索清晰，有明确的纪年，均为确凿而直接的历史文献，较《黑龙江志稿》的间接引证更具有说服力。

（五）《十二真君传·许真君》与《龙沙剑传奇》

程煃《龙沙剑传奇》是一部寄托了作者身世之感的神仙道化剧。明清之际，《十二真君传·许真君》故事在道教仙传、小说、戏曲中不断地演绎重构并流传。宋元以来的道教仙传对《许真人拔宅飞升》杂剧、《许仙铁树记》等小说都产生重要影响，成为这些戏曲、小说的直接取材来源。许逊保持着在小说、戏曲中的主角地位，其形象与道教仙传的形象一脉相承。但也出现了依托《十二真君传·许真君》斩蛟蜃本事创作新剧情的戏曲。张大复《獭镜缘》与程煃《龙沙剑传奇》属于这方面的代表作品。《獭镜缘》在《曲海总目提要》卷二八有剧情提要，见于《新传奇品》《曲考》《曲海目》《今乐考证》等著录。故事情节荒忽幻怪，剧本佚。《龙沙剑传奇》不见著录，嘉庆三年（1798）程煃因《爱竹轩诗序》案流放到黑龙江卜奎（齐齐哈尔）后创作了该传奇，今存嘉庆七年（1802）缮写完成的世瑞堂抄本，藏于齐齐哈尔市图书馆。这部传奇并没有付诸演出,以抄本的形式在程煐的亲朋好友中流传,并得到高度赞誉。桐城程屺山跋称:"则惊才绝艳。直凌《琵琶》、《还魂》而上之"①,江西梦熊子序:"是书高华雄丽,兼实甫若士之长;而结构严密,绝不似则诚之渗漏,洵乎美锦之无类,白璧之无瑕也"②。本书拟就程煐如何化用《十二真君传·许真君》等小说本事,以其超群的艺术才华,对旧有题材进行重新构建,演绎一部新传奇,进行初步的研究。

1. 化用《十二真君传·许真君》等小说本事

作者自言:"初到边城,侘傺无聊,饥寒交迫,偶拈许旌阳除妖及湘媪、李鷁之事合为一传,谱以九宫,不浃旬而三十出成焉。"③ 直接说出了其创作传奇的取材来源。程煐熟稔神仙题材的小说,"凌虚雅爱神仙传,搜怪曾繙岳渎经"④,加之他在诗词、古文、制艺方面有很深的造诣,所以能够熔铸旧有的故事素材,翻旧为新,创作出抒写幽襟怀抱、表现自身才华的传奇。《龙沙剑传奇》的故事本事,主要是《十二真君传·许真君》《列女传·樊夫人》《女仙传·酒母》《独异记·李鷁》。程煐创作完成这部三十出的传奇后写道:"贯穿排比,俨成无缝之衣;上去阴阳,宛合自然之籁。文不加点,笔不停机,信手拈来,若有神助。"⑤ 程煐能够将互不相关的故事统摄于重新设计的故事框架内,使之服务于传奇的故事线索,"贯穿排比,俨成无缝之衣",体现了他传奇创作的能力。

(1) 故事主角的变化

虽然程煐主要依托《十二真君传·许真君》等小说的故事情节,但其不是简单的模拟因袭,而是别具匠心的艺术创作。《龙沙剑传奇·色目》中程煐对传奇角色的定位,有助于我们理解其编排传奇的创作思想。

---

① (清) 程煐著,何凤奇、唐家祚合注:《龙沙剑传奇》,黑龙江人民出版社1986年版,第141页。
② (清) 程煐著,何凤奇、唐家祚合注:《龙沙剑传奇》,黑龙江人民出版社1986年版,第9页。
③ (清) 程煐著,何凤奇、唐家祚合注:《龙沙剑传奇》,黑龙江人民出版社1986年版,第12页。
④ (清) 程煐著,何凤奇、唐家祚合注:《龙沙剑传奇》,黑龙江人民出版社1986年版,第138页。
⑤ (清) 程煐著,何凤奇、唐家祚合注:《龙沙剑传奇》,黑龙江人民出版社1986年版,第13页。

"传奇以生旦为主。外末、小生,所以陪生也;老旦、小旦、贴,所以陪旦也。近日梨园凡遇生、旦风流之剧,类以小生、小旦代之,而生、旦反置闲处。惟《双珠》、《寻亲》、《白兔》、《烂柯山》等苦戏始用正生、正旦。对此,令人发觚哉之叹也。"① 许逊、樊夫人等在原有的小说中均为故事的主角,并为人们所熟知。程煐将这些人物吸纳于新传奇中,既要保持经典的故事情节,同时又进行精心设计与改造。《龙沙剑传奇》以李鷫与萧绛云夫妻的遭遇为故事主线,在以生旦为主的故事格局中,展开了以许逊为首的仙道与以蛟怪为首的妖魔之间的斗争。程煐对人物角色的调整,反映了作家的创作意图,传奇中李鷫与萧绛云是着力塑造与表现的重点,而许逊、樊夫人等则由原有故事中的主要角色下降为次要角色。传奇以许逊、吴猛等角色陪衬李鷫,以樊夫人、元姑、妙姑等角色陪衬萧绛云。

(2) 故事发生时间的变化

传奇所化用的小说并非同一时代的故事,这就需要作者对故事发生的时间进行必要的调整,以避免故事的时空错乱感。众所周知,《十二真君传·许真君》是东晋道士许逊斩除蛟蜃事。《列女传·樊夫人》中记载了唐代贞观中樊云翘在湘潭化身湘媪,洞庭有白鼍,布雪城围困行旅,湘媪前往营救,飞剑除妖事。《独异记·李鷫》则记载了李鷫赴任途经洞庭湖为鼍妖所制,掣于水中,后被赴唐玄宗急诏过洞庭的道士叶静能所救。不同时代的故事融会,最终服从于主角的故事。所以,《龙沙剑传奇》的故事背景被置于唐代。第四出《说剑》鄱阳湖君被蛟精占据了水府,前往庐山五老峰下请许旌阳真人除妖。许逊自称:"自幼为儒,曾仕旌阳县尹;中年入道,来栖庐岳峰头。腹内九转,迹本昭于典午;洞中七日,世屡阅夫沧桑。修成万劫不坏之金仙,名在三天无上之丹箓。屡蒙帝召,未赴瑶京。"在自述中,程煐有意淡化了许逊故事的时间背景,将东晋白日飞升的许真君故事置于唐代。原有故事中慎郎入赘长沙太守贾至府为婿的故事,被改编为蛟精幻化为李鷫,假称落难入赘洪州刺史屈突仲卿府为婿。第二出《赠丹》太白金星假托瑕丘仲以丹相赠及第三十出《留剑》

---

① (清) 程煐著,何凤奇、唐家祚合注:《龙沙剑传奇》,黑龙江人民出版社1986年版,第15页。

玉帝封许逊为九州都仙太史、高明大使、神功妙济真君。崔子文、瑕丘仲传玉帝旨意,召许真君飞升事,是宋元以来许逊题材道教仙传中增加的内容。许逊的尊号也暴露出时代信息,如《玉隆集·续真君传》中记载"神功妙济真君"是政和二年(1112)宋徽宗敕封。[1] 可见程煐借鉴了宋元以来的许真君仙传。但这些并不影响程煐对故事的重构,他对故事的整合是成功的。

(3)故事情节的变化

对照《十二真君传·许真君》《列女传·樊夫人》《女仙传·酒母》《独异记·李骜》等小说,我们可以看到程煐对于小说本事的化用能力,他汲取原有故事的情节设计,同时按照故事发展的需要予以改造。传奇第一出《仙机》【满庭芳】概括了全剧的内容:

> 李子金童,萧娘玉女,下凡结就尘缘。鄱阳之任,湖上泛楼船。却值神蛟肆虐,起波浪、堕落重渊。亏酒母,雪城划断,救出女婵娟。
>
> 沉冤何处诉!李君被缚,澎浪矶边。幸相逢援手,得遇金仙。又值邪魔生幻,假姓字、官署丝牵。西江畔,除妖缚怪,同上大罗天。

在《龙沙剑传奇》中,情节更加离奇曲折,波澜起伏。蛟精占据了鄱阳湖,兴风作浪,致使李骜与萧绛云鄱阳湖落难,夫妻离散。李骜被蛟精囚禁,萧绛云则被樊夫人所救。蛟精贪恋萧绛云美色,幻化为李骜到洪都寻找,入赘洪州刺史屈突仲卿府为婿。萧绛云在酒店与被许逊救出的李骜重逢,未及相认,许逊师徒离去。萧绛云私自到洪都寻找李骜,险些落入蛟精之手,幸好被元姑、妙姑救出。许逊、吴猛、李骜跟踪到洪州刺史屈突府,蛟精逃回鄱阳湖。经过斗法、激战,蛟精与许逊幻化为牛相斗,被吴猛放箭射中逃走。蛟精逃到酒店被樊夫人设计醉倒擒获,许逊等奏请玉帝,用龙沙剑将蛟精斩除。许逊、吴猛、樊夫人等飞升,留龙沙剑给李骜与萧绛云,夫妻在庐山修道。

2. 世事无常的身世之感与济世安民的理想

《龙沙剑传奇》寄寓了程煐的身世之感,在作品中总是有意或无意传

---

[1] 张继禹主编:《中华道藏》第19册,华夏出版社2004年版,第924页。

达出作者对于人世间变幻无常、人情冷暖的深刻体验，这使我们很容易将之与程煐的亲身经历联系到一起。程虞卿跋云："然而命途多蹇，侘傺无聊，触境兴怀，寤言不寐。身已投于有北，情犹协夫以南。寄怀优孟之场，略举神仙之事。"① 程煐经历了十八年的牢狱磨难，被流放到边远苦寒的齐齐哈尔，用十几天的时间完成了《龙沙剑传奇》。此时，程煐的际遇正如浙西二吾居士序所说："知之者奴之，不知者儒之。儒其名，奴其实也。名不敢居，实不可道，名实两忘，逃诸空虚，则曰头陀而已尔。其境幻，其志悲矣！"② 西清《黑龙江外记》卷六记载："黑龙江极边苦寒之地。自设将军镇守，凡旗民杂犯重罪载在刑律者，或以免死，或以加等，发遣兹土，分管束、安插、当差、为奴诸条，各有等差，惟官吏奉谪、远夷徙置不在常例。"③ 根据这条记载可知被流放到黑龙江的犯人有管束、安插、当差、为奴等形式。又"流人罪状不一，皆自标名目，曰书案，曰花案。书案皆以文字得祸，殃及子孙，禁锢塞垣，有至四、五代者。花案则狂且之流，所谓自作孽也"④。程煐因其父程树榴《爱竹轩诗序》案得罪，属于因书案被流放的流人。一介书生沦为流人，正如二吾居士所说："儒其名，奴其实也。"虽然，我们没有直接的文献材料可以了解程煐的境遇，但西清《黑龙江外记》卷六中却有因为《字贯》案而被流放到齐齐哈尔的王某的一则记载，足以说明因书案获罪的流人的生活境遇。"江西王某为奴于某甲。一日，将军见某甲自担水，问左右记尝给渠一奴。曰：'然。''然则何不令担水？'曰：'书生不能也。''然则书生但能杀族父乎？'立杖王某，徙墨尔根。所谓杀族父，即犯字贯狱者，某所发也。后所犯子孙亦以减死来戍，甫入城，某适以是日死。"⑤ 文弱书生被流放到边疆，成为奴隶，因为不能从事体力工作，被杖责迁徙而亡。程煐因其才华后来成为副都统玉衡的幕宾，受到礼遇，但毕竟他是流

---

① （清）程煐著，何凤奇、唐家祚合注：《龙沙剑传奇》，黑龙江人民出版社1986年版，第142页。
② （清）程煐著，何凤奇、唐家祚合注：《龙沙剑传奇》，黑龙江人民出版社1986年版，第10页。
③ （清）西清：《黑龙江外记》，《丛书集成初编》本，商务印书馆1936年版，第65页。
④ （清）西清：《黑龙江外记》，《丛书集成初编》本，商务印书馆1936年版，第66页。
⑤ （清）西清：《黑龙江外记》，《丛书集成初编》本，商务印书馆1936年版，第66页。

放到边地的流人,其境遇是可想而知的。

戏曲中总是流露出世事无常的人生感受,稍加留意就能发现。如:

【尾声】(末)人心圈套尤难躲,(丑)我辈施为哪足云。(第六出《湖厄》)

【前腔】那世间险恶也难言,分明平地风云变,沧海横流忒可怜。

【节节高】还留恋,把恶浪掀,凶人本自无高见。妖魔哪里知机变,重看黑气满遥空,神号鬼哭奔如电。

【尾声】世情本自多奇变,风波何日不翻掀,怎能得,处处颠危遇老仙。(第七出《破围》)

【双调过曲】魂消,这奇灾第一遭;神焦,只存留命一条。(第八出《投店》)

人情皆似鬼,世事总非真。(第十五出《谒府》)

残酷的生活现实让程煐对于眼前的这个世界有着清醒的认识,"江左词人程瑞屏,廿年书剑叹飘零"。他所经历的那段不堪回首的往事犹如一场噩梦,永远是心头无法解开的结。父亲程树榴因为《爱竹轩诗序》于乾隆四十四年(1779)七月被处死,程煐本人"应斩监候,秋后处决"。后于嘉庆二年(1797)被免死减等,次年秋冬之际出关。近二十年的苦难经历,自然会在程煐心中郁结着悲愤与痛苦。尽管因为文字得祸的程煐仍然心有余悸,但是内心的激愤总是不自觉地在《龙沙剑传奇》中流露出来。在传奇中不同角色的宾白或唱词中,表达着人心险恶、世事难料的人生体验。

程煐在《读曲偶评》中提到:"近有金陵张漱石者,格律才气俱高,《梅花簪》一剧,希圣或远,希贤已近。虽后出,吾独有取焉。"[①] 张坚,字齐元,号漱石,别号洞庭山人。康乾时期的戏曲家,创作了《玉燕堂四种》,即《梦中缘》《梅花簪》《怀沙记》《玉狮坠》四种传奇。张坚一

---

① (清)程煐著,何凤奇、唐家祚合注:《龙沙剑传奇》,黑龙江人民出版社1986年版,第12页。

生不第，穷困出游，其创作传奇有抒愤写怀之意，这使程煐与其有传奇创作上的共鸣。杨济川《梦中缘序》称："漱石青年，负隽才，多奇气，乃扼于时命不偶，闲居无事，宜其情之抑郁而不伸者，必有所托以自鸣。故诗古文艺之外，尝编填词四种，而以《梦中缘》为第一种。"① 张坚在《玉狮坠自叙》中对于自己创作传奇的动机表达得更为清楚，他说："愁来思驱以酒，饮少辄醉，醉辄醒，而愁复来。乃思一排遣法：借稗官遗事，谱入宫商，代古人开生面。操管凝神，则愁魔远避而去。"② 张坚在传奇创作中折射自我的命运，作品中的男主人公"一个个或是奇祸缠身；或是家道中落，倍受厄运的捉弄，空有满腹经纶"③。通过程煐《读曲偶记》，结合《龙沙剑传奇》的创作，可知其取法于张坚的《梅花簪》。在人生的磨难中，程煐同样寄情于传奇创作，将郁结于内心深处的痛苦通过传奇达到自我排遣的目的，使之释放宣泄。《龙沙剑传奇》中，许逊、樊夫人等道教仙传中的祖师或神仙，没有成为程煐笔下的主角，作者偏偏选择了李鹗这位《独异志》中被鼍妖所制、困于洞庭湖的小说人物作为传奇的主角。现实中王廷赞诬陷程树榴，导致程煐被囚十八年。重生后的程煐，又燃起了济世安民的理想与抱负，他希望能够遇到许逊、樊夫人这样的神仙，使自己得遂心愿。所以，被囚于洞庭湖的李鹗是程煐的自我写照。虽然不能简单地将李鹗等同于程煐，但李鹗这一人物形象无疑折射了程煐的遭遇与命运，同时也寄托了程煐的人生理想。程煐入狱被囚的情况目前的研究成果基本没有论及，在缺少文献资料的情况下，《龙沙剑传奇》第十出《囚砜》中诸曲却间接让读者了解到程煐对于牢狱生活的切身体验。诸如，【仙吕引子】〔鹊桥仙〕"抽身无计。神摇心恐，抢地呼天无用"的惊恐与无助；【正宫过曲】〔清杯玉芙蓉〕"恨煞妖魔毒气凶，面缚何方送？落此机关，哪处堪逃；盼想家乡，路绝山穷"那种被妖魔所陷，无路可逃的绝望纠结着困境中对于家乡的眷念；【对玉环带清江引】〔对玉环〕"黑影迷蒙，周遭不透风；四壁牢笼，光明哪处通。抬头望也是空，转身力也穷，运蹇时乖潜身似蛰虫"，这是发自肺腑的呻吟，

---

① 蔡毅编：《中国古典戏曲序跋汇编》，齐鲁书社1989年版，第1690页。
② 蔡毅编：《中国古典戏曲序跋汇编》，齐鲁书社1989年版，第1681—1682页。
③ 胡世厚、邓绍基主编：《中国古代戏曲家评传》，中州古籍出版社1992年版，第615页。

对于一位有着痛苦经历的流放文人，这些曲词饱含着血泪。但作者对于文字之祸有着深刻体验，他不会也不敢以身犯险，所以，他改造唐代小说中的故事，将旧事翻新，曲折隐晦地表达自身过往的苦难历程。

作者颇有用意地将李鹬与龙沙剑结合在一起，人与剑相互辉映，体现作者的良苦用心。【尾声】"石室囚来贰负同，碧波深处此蛟宫。也应奇气冲牛斗，看取丰城起白虹"，作者将被囚禁的李鹬喻为《山海经》中被帝囚禁于石室的贰负，说其虽然被囚禁，但正如太阿、龙泉沉埋于丰城狱底一样，总有一天会光冲牛斗。宋元以来，如《玉隆集·旌阳许真君传》《西山许真君八十五化录》《历代真仙体道通鉴·许太史》《净明忠孝全书·净明道师旌阳许真君传》《许太史真君图传》等仙传中，都有许真君到新吴，憩于柏林，遇女童五人献神剑的记载。程焕没有选取道教仙传的记载，而是借用了太阿、龙泉宝剑的传说，这是值得注意的改动。第四出《说剑》中，作者借许逊之口说出了"若无功德垂后世，白日飞升亦枉然"的创作本旨。许逊说："我有神剑二口，本名太阿、龙泉，因我携向龙沙碛里磨淬几遭，大放光华，是以总名为龙沙剑"，"想此剑堕落丰城，沉埋许久。后虽得遇张、雷，亦非其主，是以延津化去。今日被贫道收来，仗他除妖救世，方是他得意之秋也"。第三十出《留剑》中，作者再一次通过许逊之口说："剑呵，剑呵！想你当日在丰城狱中，虽有奇气，煞甚凄凉；后来遇了张华、雷焕，亦是与俗子为缘。今日除妖救世，立此奇功，你方不负所长也。"龙沙剑埋于丰城狱底，虽被张华、雷焕发现却不得其主，只有除妖救世才得其所用。许逊等仙人飞升之日，将之留给李鹬与萧绛云夫妇。李鹬被蛟精囚禁于澎浪矶，被许逊、吴猛所救后，加入除妖救世的队伍，继承许逊、樊夫人济世安民的事业。龙沙剑与李鹬的经历何其相似，最终李鹬夫妇接过了龙沙剑，立志苦修。梦熊子、二吾居士评点第二出《赠丹》【商调过曲】〔二郎神〕"俺好男子输心国事，奠群黎"时，指出："此第一曲内即著此三字与末折结语'救世安民是内景'遥遥相对。盖作书之意，重此三字，故早于闲处逗出，非泛语也。虞书：在知人，在安民。知人所以安民也。能安民，则立德立功，不朽于世。躯壳虽坏，神气常新，乃真仙而。若烧丹运气以求不死，是不安命数之幻想，岂真有其事哉！作者此剧，可以辟道书之诬，阐圣经之旨。莫但作传奇读也。"① 作者在第三十出《留剑》中以昊天上帝的名义诏曰："朕惟飞铅炼汞，乃术士之小才；救世安民，实金丹之大道。灵台一点，即是仙根；道德千言，本无异数。"神道设教，通过神仙之口说出作者的创作主旨。"大厄虽除，谪期未满"的李鹬与萧绛云从许逊手中接过了龙沙剑继续在人间济世安民。正如【尾声】"世人都把神仙敬，却只解丹炉药井，哪晓得救世安民是内景"，也同于梦熊子、二吾居士评点"以救世安民为内景，则凡有功德于世者即是神仙也，何必白日飞升乃为仙哉"②。这也是死里逃生，被流放边疆的程煐重新燃起立德、立功、立言人生三不朽的抱负，追求济世安民人生理想的表达。

3. 正邪宜分与好生之德

《龙沙剑传奇》中以蛟精为首的妖魔隐喻入侵的异族，表达了作者华夷之辨的民族操守，对于这一点研究者有一致的认识。但作者的主观命意是否与客观效果一致，却是值得分析的问题。在阅读《龙沙剑传奇》时，有两处与《十二真君传·许真君》明显不同之处值得注意。

其一是《龙沙剑传奇》与《十二真君传·许真君》比较，作者对于以蛟精为首的妖魔并非除恶必尽。第二十七出《散党》中，樊夫人降服了前来援助蛟精的鳄鱼大王，并没有予以铲除，而因其"稍有良心，略知王法"放了鳄鱼大王，让其改过自新。梦熊子、二吾居士评点："稍有良心，略知王法，便自可恕。其劝世也深矣。彼明知王法而不遵者，无良心之故也，则亦乌可恕也哉。"③ 作者通过樊夫人之口说："孽蛟作祟，理合枭除。这鳄鱼虽系党奸，应分首从。那儒书上说道：歼厥渠魁，胁从罔治。正是恩威并用的道理。若一例杀害，便非上帝好生之心了。"梦熊子、二吾居士评点："掌生杀之权、作刑名之官者，当时时存此心。"所以，如果蛟精隐喻满族统治者，何以作者会对鳄鱼大王网开一面，予以悔过自新的机会呢？一位经历文字狱险些丧命的流放文人，是否有勇气重蹈

---

① （清）程煐著，何凤奇、唐家祚合注：《龙沙剑传奇》，黑龙江人民出版社1986年版，第21—22页。

② （清）程煐著，何凤奇、唐家祚合注：《龙沙剑传奇》，黑龙江人民出版社1986年版，第138页。

③ （清）程煐著，何凤奇、唐家祚合注：《龙沙剑传奇》，黑龙江人民出版社1986年版，第127页。

覆辙，将笔锋直指满族统治者，这看似理所当然的结论是否经得起推敲，值得考量。更何况程煐在《读曲偶记》中评价："《四声猿》幽而伤促；《桃花扇》爽而伤直；《长生殿》缛而伤繁；《钧天乐》激而伤怒：均才人，特偏才耳！"① 程煐的批评中蕴含着他对于传奇的创作取向，他取法张坚《梅花簪》"希圣或远，希贤已近"，程煐是强调传奇道德教化功能的创作者。所以，梦熊子序称："则是登优孟之场，实足阐圣贤之蕴。"二吾先生序称："传奇亦文也，传奇亦理也。理不谬于圣道，即文不愧于古人。"② 传奇表现了正义与邪恶的较量，如二吾居士所言："古往今来，立德立功谓之不朽；不朽，非仙乎？故曰：夫人而能为仙。凶人为不善谓之不祥；不祥，即怪耳。故曰：夫人而能为怪也。"立功立德则为修仙之道，凶人恶人则为妖异不祥，故仙怪的斗争即为善恶的较量。

其二是第二十八出《拜章》中许逊等对于擒获的蛟精没有像《十二真君传·许真君》中那样挥剑斩除，而是"未敢自行诛戮，理合谨缮表章，奏闻上帝，候取玉音，以彰天罚"。在接到了玉帝"即行诛戮，不得迟误"的旨意后，许逊才命徒弟持龙沙剑处斩妖孽，弃尸湖中。这一细节的变化值得我们思考，因为《十二真君传·许真君》及宋元以来的十几种关于许逊的仙传，包括《许逊铁树记》等小说，许逊斩蛟的故事均没有奏请玉帝批准而后斩杀蛟精的故事情节。作者如此写是出于什么考虑？与以往仙传中的许逊相比，《龙沙剑传奇》中的许逊变得谨慎多礼了，写完表章又供表案上，行执笏九叩的大礼。对于天界玉帝的尊崇，无疑出于对现实人世皇权的认同感，也就是说对于邪恶的铲除是要得到皇权的支持和认可的。这可能是作者自我保护的意识使然，也可能是作为受儒学教育的书生对于皇权的认同。第二十八出《拜章》结尾处"正是下民沾帝泽，恶人除尽得安恬"表现出了类似于《水浒传》"反贪官不反皇帝"的思想倾向。

---

① （清）程煐著，何凤奇、唐家祚合注：《龙沙剑传奇》，黑龙江人民出版社1986年版，第127页。

② （清）程煐著，何凤奇、唐家祚合注：《龙沙剑传奇》，黑龙江人民出版社1986年版，第10页。

(六)《十二真君传·许真君》与《拔宅飞升》杂剧

神仙道化剧《许真人拔宅飞升》，又称《拔宅飞升》，今存明万历四十三年（1615）脉望馆抄校内府本，作者无可考证。《今乐考证》《曲录》《也是园书目》著录。《孤本元明杂剧》《古本戏曲丛刊》中收录了该杂剧。因剧本末署有"万历四十三年七月初三日校内本清常道人"，故可知为赵琦美于1615年7月28日抄校完成。赵琦美，字玄度，官至刑部郎中。赵琦美与其父赵用贤均为明代藏书家，《脉望馆钞本古今杂剧》保存了一些元明孤本杂剧剧本。钱谦益撰有《刑部郎中赵君墓表》，可知其博闻强记，颖悟过人。自言："生平好兵家之言，思以用世；好神仙之术，思以度世"①，但未得其用。孙楷第《述也是园旧藏古今杂剧》上篇"述收藏经过"中，对赵琦美收藏杂剧经过考证甚详。② 作为一部许逊题材的杂剧，《拔宅飞升》是供奉明代宫廷的内府神仙剧，作为能够在戏曲舞台表演的杂剧，其对于许逊故事的重构，剧本自然流露的创作倾向，反映出的时代风貌，对于我们认识唐代《十二真君传》故事的流传演变，显得颇有意义。

1. 《拔宅飞升》取材于许逊题材道教仙传

《拔宅飞升》并非直接取材于《十二真君传·许真君》，而是取自宋元以来许逊题材的道教仙传。这一观点是基于《十二真君传·许真君》在道教典籍中的流变而提出的。如果不对道教典籍中许逊的各种版本仙传加以比较，很容易主观臆断，人云亦云，做出错误的判断。试举两例，来证明澄清这一问题的必要。《孤本元明杂剧》提要二百二十《拔宅飞升》称："事本《列仙传》诸书增益之。曲亦稳适，在明人神仙诸剧中，此为中驷。"③ 庄一拂《古典戏曲存目汇考》则称："本事出于《太平广记·十二真君传》而增益之……亦见《艺文类聚》。《青琐高议》有《许真人斩蛟蛇白日上升》内容大略相同。"④ 该考证中《许真人 斩蛟蛇白日

---

① （清）钱谦益：《钱牧斋全集》，上海古籍出版社2003年版，第1536页。
② 孙楷第：《述也是园旧藏古今杂剧》，《图书季刊专刊》第一种，1940年，第9—15页。
③ 《孤本元明杂剧》第一册，中国戏剧出版社1958年版，第50页。
④ 庄一拂：《古典戏曲存目汇考》，上海古籍出版社1982年1版，第609页。

上升》应为《许真君　斩蛟蛇白日上升》。王季烈、庄一拂两位戏曲研究家对《拔宅飞升》的概述不同程度地存在问题。王季烈与庄一拂都提到了杂剧的本事出处，一为本《列仙传》诸书增益之；另一为出于《太平广记·十二真君传》而增益之。虽然剧中崔子文（《列仙传》中为崔文子，宋元后关于许逊的仙传中多为崔子文）、瑕丘仲在《列仙传》中有传，但《列仙传》中并没有关于许逊的记载。唐代胡慧超撰《十二真君传》是《拔宅飞升》的本事出处，但值得注意的是崔、瑕丘两位仙人尚未在《十二真君传》中出现，而到了宋元以后的《玉隆集·旌阳许真君传》《许真君仙传》《历代真仙体道通鉴·许太史》《西山许真君八十五化录》《净明忠孝全书·净明道师旌阳许真君传》等仙传中，才出现了崔子文、瑕丘仲二仙传玉帝旨意，引导许逊全家拔宅飞升的故事情节。所以，虽然王季烈对该剧的评价颇高，将之归于明代神仙剧的中流作品，但说《拔宅飞升》出于《列仙传》诸书是不准确的。而庄一拂指出《太平广记·十二真君传》为《拔宅飞升》的本事出处并没有问题，但是他指出与《青琐高议》中《许真君　斩蛟蛇白日上升》大略相同则存在问题。因为他忽略了宋元以来保存在道教典籍中数量颇多的许逊题材的道教仙传。经过文本的比较，我们不难得知，《许真君　斩蛟蛇白日上升》仅仅对《十二真君传·许真君》做了简单字句改动，毫无独创可言。如果确实如庄一拂所说，就意味着《拔宅飞升》的故事情节与《十二真君传·许真君》大略相同。但事实并非如此，就其故事内容来说，《拔宅飞升》与《十二真君传·许真君》《许真君　斩蛟蛇白日上升》情节差异极大，而与宋元以来许逊题材的道教仙传却大略相同。

除前面所提崔、瑕丘二仙传玉帝旨意，引导许逊全家拔宅飞升的情节差异外，我们择取剧本部分情节来比较分析，以证明取材来源的问题。

如《拔宅飞升·头折》中许逊云："小官生于赤乌二年，我母梦金凤衔珠，坠于掌中，玩而吞之，遂生小官。素爱弓矢，因为猎射中一鹿，不想此鹿随堕一子，不顾其痛，则顾其子。小官感此一事，遂弃弓矢，回家攻习儒业。"许逊在杂剧中的这段道白，包含了许逊的神奇降生和修道悟真原因两个故事。在《十二真君传·许真君》及《青琐高议·许真君斩蛟蛇白日上升》中没有关于这两个故事的记载。而宋元以后的《玉隆集·旌阳许真君传》等仙传都记载了许逊母亲梦见金凤衔珠坠于掌中，玩而吞之，醒来怀孕而生许逊的故事。射鹿悟真的故事则早在张君房《云笈七签》卷一〇六收录的《许逊真人传》中就有记载："少以射猎为业，一旦入山射鹿，鹿胎从弩箭疮中出坠地，鹿母舔其子，未竟而死。逊怆然感悟，折弩而归。"① 陈葆光《三洞群仙录》卷四"敬之谢鹿"也记载了此事。② 而宋元以后的《玉隆集·旌阳许真君传》《历代真仙体道通鉴·许太史》等仙传中，都能看到射鹿悟真的记载。

《拔宅飞升·头折》中旌阳县令许逊点石成金，使贫民完成赋税而释之的故事情节，并不见于《十二真君传·许真君》《许真君斩蛟蛇白日上升》，但《玉隆集·旌阳许真君传》《历代真仙体道通鉴·许太史》等仙传中，却都记载了许逊以灵丹点瓦砾为黄金，令人埋于县圃，令未纳赋税者掘地获金，得以输纳。

擒蛟精、铸铁柱等故事情节，均与《十二真君传·许真君》《许真君斩蛟蛇白日上升》有较大差异，但都与宋元以来许逊题材仙传的情节相一致。如《拔宅飞升·楔子》中，许逊与蛟精斗法的情节，虽然主体的故事框架仍为《十二真君传·许真君》的故事内容，但是杂剧中却不再是许逊自身化为黑牛与蛟精所化黄牛相斗的故事情节，而是许逊剪纸化为黑牛与蛟精斗法。这一情节的改动恰恰与宋元以来许逊题材道教仙传保持了一致。宋陈葆光《三洞群仙录》中"真君牛斗"载："（蛟）乃往江浒化为黄牛，戏龙沙上。真人遂剪纸化黑牛往斗之，令弟子施岑持剑至其所，且戒之曰：'伺牛斗酣，即以剑挥其黄者。'施君如命，一挥中其左股，遂奔入城西门外衡泉井中，而黑牛复化为纸矣。"③ 而后宋元诸仙传多数将此情节采用，而不再是《十二真君传·许真君》中许逊化身黑牛与蛟精所化黄牛相斗的故事情节了。当然也有例外，如约出于明代的《搜神记·许真君》还保留着《十二真君传》的故事原貌。所以，通过《拔宅飞升》与《十二真君传·许真君》及诸仙传内容的比较，可知庄一拂的判断并不准确，《拔宅飞升》中的剧情与《十二真君传》差别很大，其取材的直接来源应为宋元以来许逊题材的道教仙传，《十二真君传》对

---

① 张继禹主编：《中华道藏》第29册，华夏出版社2004年版，第827页。
② 张继禹主编：《中华道藏》第45册，华夏出版社2004年版，第293页。
③ 张继禹主编：《中华道藏》第45册，华夏出版社2004年版，第367页。

《拔宅飞升》的影响是间接的。

2.《十二真君传》与《拔宅飞升》的故事组合

《十二真君传·许真君》中主要写了许逊、吴猛、郭璞三人为王敦解梦，许真君飞杯遁身，二龙负舟以及斩除蛟蜃，拔宅飞升的故事。而《拔宅飞升》则选择了许逊为旌阳县令点石成金赈济贫民，鄱阳湖斗蛟蛇，擒拿蛟精铸铁柱及拔宅飞升等故事。前面已经谈到小说与杂剧在故事情节方面的差异。《拔宅飞升》取材于道教仙传并曾付诸杂剧的演出实践。《十二真君传》中的许逊形象在《拔宅飞升》中得到了进一步丰富和发展。经由胡慧超对于十二真君故事的整理与收集，许逊的真君形象得以确定。胡慧超的主要目的是振兴豫章地区的许真君信仰，所以许真君的塑造汲取了《神仙传》《幽冥录》《搜神记》等相关故事精华，融会于许逊一身。将李冰、栾巴、左慈、吴猛等人的神仙故事，移植嫁接于许逊，使故事神奇幻怪，曲折生动。李剑国《唐五代志怪传奇叙录》说："盖作者本意为显扬真君仙徒，各为立传，非有意于文事。载事不离道术，因仙传本色，然真君除蜃一节，颇见幻化之趣，文亦曲折，诚头等笔墨，实《西游记》孙大圣、二郎神变化斗法之滥觞也。"①《十二真君传》故事的衔接与融合虽然称不上水乳交融，却使许逊成为十二真君中居于主导地位的神明。许逊的仙传如滚雪球一般，不断累积扩大，将相关的传说汇聚的同时，还不断吸纳新生成的显圣传说。《许真君仙传》《历代真仙体道通鉴·许太史》《西山许真君八十五化录》等仙传将许逊传说尽收其中，直接影响到邓志谟《许仙铁树记》这样许逊题材集大成的小说出现。而吴猛、周广、陈勋等真君的传记无论篇幅、内容在诸仙传中均变化不大，停留在志怪小说的层次。许逊故事的发展与吴猛等人故事的停滞不前，正是许逊神明地位不断上升在仙传中的反映。如果说《十二真君·许真君》通过一系列事迹展现许逊修炼仙道的实践，那么《十二真君传·兰公》《墉城集仙录·盱母》则在故事中透露了以许逊为首的十二真君信仰中以孝道为核心的理论。"夫孝至于天，日月为之明；孝至于地，万物为之

---

① 李剑国：《唐五代志怪传奇叙录》，南开大学出版社1993年版，第127页。

生；孝至于民，王道为之成。"①"人之行莫大于孝，孝于亲者必忠于君，理于家者必康于国。"（《墉城集仙录·盱母》）在唐代许逊信仰济世利民，积德累业，孝道秘法得以彰显。在小说中许逊是孝道秘法的传承人。以孝道为基础，他欲阻止王敦叛逆，与蛟蜃斗法，保豫章一方安宁。随着宋代帝王对许逊信仰规格的提升，宋徽宗给予许逊"神功妙济"的尊号。在战争纷乱的时代下，南宋玉隆宫何真公更加强化了净明道的"忠孝"内容。而这种思想本身在唐代就已经孕育于"孝于亲者必忠于君"的思想之中，可见忠孝思想原本就在许逊信仰中相辅相成。而到了元代，刘玉、黄元吉等人开创了净明忠孝道，其道教信仰进一步系统化、理论化。这方面研究可以参看秋月观瑛《中国近世道教的形成：净明道的基础研究》②。这就说明《拔宅飞升》杂剧取材于道教仙传，不仅有文献基础，更有净明忠孝道的道教发展基础。净明忠孝道与正一教、全真教、真大教一样成为有影响力的道教派别，并具有鲜明的三教融合的特点。《拔宅飞升》杂剧在选材上虽然与《十二真君传·许真君》有所不同，故事组合过程中显示出的明显差别却是杂剧中对于金丹、符箓、斋醮等道法或宗教仪式的突出强调。这正说明《拔宅飞升》杂剧以通俗的形式演绎道教仙传，以达到宣扬神仙道化、神化许真君形象的目的。但我们也看到《十二真君传·许真君》是宋元以来许逊题材仙传的基础文本，虽然许逊故事随着世代累积不断地增加新的内容，但《十二真君传·许真君》所记述的故事情节却成为诸仙传中经典的故事情节，即使做一些神化许逊的情节改动，故事的主体内容却没有根本性的改变。《拔宅飞升》杂剧通过择取许逊的故事演绎其修行得道的过程，杂剧故事既有满足宫廷娱乐的功能，同时又以通俗的戏曲形式演绎许逊的神仙事迹。杂剧第一折东华仙一上场的台词就充满了道教玄理："返本还元已到乾，能升能降号飞仙。一阳升时兴功日，九转周回得道年。炼药须寻金里水，安炉先立地中铅。此中便是还丹理，不遇真人莫妄传。"交代了许逊因思凡谪降人间历劫，与第四折

---

① 《太平广记》卷一五引《十二真君传》，载李时人编校《全唐五代小说》，陕西人民出版社1998年版，第127—128页。
② ［日］秋月观瑛：《中国近世道教的形成：净明道的基础研究》，中国社会科学出版社2005年版。

许逊白日飞升首尾呼应，构成戏曲的基本故事结构。杂剧的故事中充斥着道教的符箓道法内容，表现出神仙道化剧的特征。诸如，杂剧第二折中许逊书灵符宝篆驱蛟精和蛇精出水，第三折中许逊差使天蓬神将擒拿蛟精，将之用铁柱锁在紫霄观井中的斋醮仪式，第四折中许逊与夫人大谈宝鼎金丹之法，都可以使我们通过杂剧对于明代道教的一些情况有所认识和了解。

3.《拔宅飞升》中暴露出的社会现实

明代的神仙道化剧往往以歌舞升平、神仙度化、粉饰太平及神仙庆寿的内容为主，缺少元代神仙道化剧中知识分子落魄穷愁、愤世嫉俗、看破红尘的激愤悲慨。《拔宅飞升》杂剧具有明代神仙道化剧的共性特点，但是该杂剧却在表现许逊修真得道的同时，不经意间反映了明代万历年间的衰亡之象。明代万历年间是一个特殊的时代，既有前期张居正变法带来的明代衰败前的最后一抹绚烂色彩，也有后期明神宗长期荒废朝政，奢靡敛财暴露出的王朝衰败讯息。万历中后期小说和戏曲的创作都达到了一个新的阶段。神魔小说、世情小说、公案小说、历史演义在这一时期都有优秀的作品问世，传奇戏曲一流作家作品也不断涌现。由于明代神仙道化剧即使是朱权、朱有燉等创作的堪称一流的剧作在后世所获评价也不高，所以《拔宅飞升》往往并不被研究者所关注。但是就是这样一部神仙道化剧中，却有一些剧情反映了时代的真实景象，其认识历史的价值不容忽视。杂剧中所反映的内容，也许比那些高扬个性解放旗帜、具有鲜明时代特征的戏曲更有意义。因为被人们视为粉饰太平、神仙度化的宫廷戏曲中，自然流露出的反映时代现实的内容更能说明明代末世衰落的真实情况。杂剧第一折中县丞舒白手"律令一些不晓，则要银子铜钱。我每日忧愁思虑，为贪赃晓夜无眠"，县丞与外郎勒索百姓钱财，将拖欠钱粮的百姓关押在牢里。他们把许逊说成是"夹脑风"，认为他是呆傻疯癫，精神不正常。虽然许逊作为正末，他文典通达，体恤贫苦百姓，点石成金赈济拖欠钱粮的百姓，但是剧中县丞、外郎如凶神恶煞，他们以搜刮钱财为习惯，以拷打百姓为能事。在许逊与百姓的问答中，可以看到，百姓承受沉重赋税。被关押的百姓云"牢中一日胜如年，苦楚千般不可言。黎民被害心生怨，负屈衔冤只告天"，官吏并不体恤百姓，十分粮折支三分，百姓缴纳不起，就被关在牢中。官贪吏猾，即使是风调雨顺，辛勤耕作，仍然满足不了官吏一年四季的搜刮，百姓的境遇是"百般苦楚，典男卖女，苦打追征"，这正反映了明朝末年的历史真实。钱穆在《国史大纲》中谈道："吏、士分途始于明。天下有以操守称官者矣，未闻以操守称吏者。吏无高名可慕，无厚禄可望，夙夜用心，唯利是图。官或朝暮更易，吏可累世相传。官深居府寺，吏散处民间。官之强干者，百事或察其二三。至官欲侵渔其民，未有不假手于吏。究之入官者十之三，入吏者已十之五。吏胥为害，明、清两朝为烈。"[①]《拔宅飞升》杂剧四折二楔，在第一折与第二折、第三折与第四折之间各有一楔子。第三折与第四折之间的楔子，剧情是许逊锁蛟精于紫霄宫，在许逊离去后，紫霄宫道观举行了斋醮仪式。这一剧情虽然也有杂剧滑稽的情节设计，但却客观上达到了讽刺的效果。剧中紫霄观观主自称："我做观主实风流，经文道法则胡诌。若是有人来祭祀，一心则抢大羊头。小道是这紫霄观的一个观主，自小里偷东摸西，揣歪捏怪，胡行乱走，不老实。今日做了个观主，诸般法事不晓得一些儿。"前来祭祀的外郎、社长等认为许逊擒住蛟精不过是个虚头。观主甚至埋怨许逊不该将蛟精锁在紫霄宫。当许逊命天蓬神将用铁柱将蛟精锁于紫霄宫离开后。观主煞有介事念祝文，却趁着外郎、社长等祭拜的时机，抢走了三牲祭品。外郎与社长懊恼不已，外郎甚至偷走了门闩，要去换狗肉吃。这些情节令人忍俊不禁。《拔宅飞升》是宫廷承应戏曲，其主要的剧情本事出自《十二真君传》，其直接取材于宋元以来的道教仙传。我们通过一些戏曲书目提要看到的往往是类似于《十二真君传》的故事梗概，看不出剧情与小说的差异所在，加之研究者更多关注的是这一时期的传奇作品，对神仙道化剧评价往往不高，所以极少有人关注。但是作为明代宫廷上演的主要剧目，在渲染神仙道法的同时，剧作中自然流露出的时代信息，同样是我们认识明代社会的珍贵资料。在对许逊神仙故事的演绎过程中，虽然剧作家也许并非主观地去反映明代的社会现实，但其在滑稽戏谑中，却不自觉地将现实社会素材转化为杂剧的故事情节，成为许逊故事重构过程中值得关注的现象。

---

① 钱穆：《国史大纲》，商务印书馆2004年版，第703页。

二 "雪拥蓝关"故事在明清戏曲中的重构

韩湘子作为八仙之一,其故事在明清时期的小说、戏曲及各种民间传说中广为流传。对韩湘子故事的系统而深入的研究当属吴光正《雪拥蓝关故事考论》①,其对雪拥蓝关故事做了"涸泽而渔"式的清理,对故事的流变与文化意蕴进行了梳理与把握。可以看到,韩湘子事迹流布甚广,在小说中不断流变,而且在宋元明清的戏曲中不断得到演绎。虽然韩湘子故事日益丰富与发展,但其深入人心的事迹仍然是能开顷刻花及雪拥蓝关度脱韩愈。小说作为故事本事被戏曲所汲取,在不断的累积演化中,小说影响戏曲,戏曲也反过来影响小说的创作。这种影响并不是单向的,而是相互的。在小说、诗文、戏曲等多种艺术形式中,雪拥蓝关故事得到复杂呈现。本节通过雪拥蓝关故事在小说与戏曲中的互动与相互影响,透视小说本事如何在不断累积发展中成为后世戏曲故事的渊薮,在分析比较中探析雪拥蓝关故事在明清时代背景下被赋予的文化意蕴与内涵。

(一)唐五代小说中的故事本事

韩湘子得以位居八仙之列,追其渊源,实有赖于韩愈的影响力。韩愈在思想与文学领域的地位及其宦海浮沉的人生传奇,无疑对韩湘子神仙事迹的传播起到了推波助澜的作用。被苏轼评价为"文起八代之衰,而道济天下之溺,忠犯人主之怒,而勇夺三军之帅"②的韩愈在唐五代小说中就已经成为塑造表现的对象了。而韩湘子并未出现在唐五代小说中与雪拥蓝关故事结合在一起。我们借助于《太平广记索引》可知韩愈人名出现在小说中,或是小说主角,或是一笔带过,共计24则。其中出自《仙传拾遗》2则、《集异记》1则、《云溪友议》2则、《剧谈录》1则、《唐摭言》4则、《大唐传载》1则、韩愈《欧阳詹哀词序文》1则、《国史补》3则、《名画记》1则、《宣室志》3则、《酉阳杂俎》1则、《嘉话录》1

---

① 吴光正:《八仙故事系统考论——内丹道宗教神话的建构及流变》,中华书局2006年版,第340—404页。

② 孔凡礼点校:《苏轼文集》卷十七《潮州韩文公庙碑》,中华书局1986年版,第509页。

第一章　唐代神怪题材小说与明清戏曲的再创作　/　57

则、《乾𦠆子》1则、《北梦琐言》1则、无出处1则。① 由此可见，韩愈在唐五代的传奇与笔记小说中已经得到了塑造与表现。虽然，多为残丛琐语的故事片段，体现的是这一时期以稗官小说资谈助、补正史的小说观念。唐五代的小说中，段成式《酉阳杂俎·染牡丹花》、杜光庭《仙传拾遗·韩愈外甥》、孙光宪《北梦琐言·染青莲花》、沈汾《续仙传·殷文祥》有助于我们对雪拥蓝关故事渊源的了解。虽然，这一时期雪拥蓝关故事尚未归属于韩湘子身上，但主体的故事框架业已形成。《酉阳杂俎·染牡丹花》记载了韩愈有一年少的疏从侄子自江淮而来，韩愈让他学院伴子弟，不想子弟反为其凌辱。借僧院让他读书，经旬，寺主纲就诉其狂率。② 通过这则故事，可知这位不知名字的侄子行止疏狂，迥异于修习儒学的子弟，也不被寺院的僧侣所容。小说寥寥数语，反映了韩愈之侄与儒释的矛盾。韩愈斥责曰："市肆贱类营衣食，尚有一事长处。汝所为如此，竟作何物？"其侄徐曰："某有一艺，恨叔不知。"指阶前牡丹曰："叔要此花，青紫黄赤，唯命也。"而后其侄以"紫矿、轻粉、朱红，旦暮治其根"，一个月后本为紫色品种的牡丹竟然开出"色白红历绿"的花来，每朵花有一联诗"云横秦岭家何在？雪拥蓝关马不前"，乃是韩愈出官时诗。此则故事说明唐代人已经掌握了培育牡丹的一些技术，通过可溶于水的矿物质，置于牡丹根部，使之通过根茎吸收于牡丹花蕾，水分吸收后，色彩沉积于牡丹花中，改变了原本的色彩。而类似方法在《北梦琐言·染青莲花》③中又一次得到证明。小说中染工将红莲子浸泡于靛瓮，种植出青莲花。又提及小说作者所见，以鸡粪和土培育芍药花，使浅红的芍药花变成深红色。值得注意处是小说开篇曰："韩文公愈之侄，有种花之异，闻其说于小说。"这与中华书局出版的唐宋笔记丛刊本《北梦琐言》及上海古籍出版社出版的《唐五代笔记小说大观》中收录的《北梦琐言》有所差别，后二者作"唐文公愈之甥，有种花之异，闻于小说"④。出现"侄"与"甥"的差别，使本可用以断定《北梦琐言》所指小说的

---

① 王秀梅、王弘冰编：《太平广记索引》，中华书局1996年版，第484页。
② （宋）李昉等编：《太平广记》第九册，中华书局1961年版，第3315页。
③ （宋）李昉等编：《太平广记》第九册，中华书局1961年版，第3322页。
④ 《唐五代笔记小说大观》下册，上海古籍出版社2000年版，第1895页。

一句话变得不确定了。因为,五代杜光庭《仙传拾遗·韩愈外甥》,恰恰讲述了韩愈外甥的种花之异。但是,《酉阳杂俎·染牡丹花》却第一次将韩愈谏佛骨遭贬潮州刺史,途经蓝关所写的《左迁至蓝关示侄孙湘》诗与染牡丹花的故事结合到了一起。小说展示了韩愈之侄的奇技异能,同时也为日后小说将染牡丹花的情节附会于韩湘子提供了可能。

杜光庭《仙传拾遗·韩愈外甥》(亦收录于《太平广记》卷五四)中记载的故事则更加神异。小说中明确说"唐吏部侍郎韩愈外甥,忘其姓名",韩愈这位外甥落拓不喜读书,喜好饮酒,慕云水,二十年杳无音讯。与《酉阳杂俎·染牡丹花》中凌辱学院子弟,性格狂率,不被僧侣所容的韩愈侄子相比较,他"知识闾茸,衣服滓弊,行止乖角",与学院中诸表话论时,"不近诗书,殊若土偶"。也就是说,他在众人眼中也是一位品格卑下,行为不近情理,不通诗书的人。他衣衫褴褛,喜欢与奴仆赌博,或是沉醉三五日,或是出宿于外。在小说中,他拥有的奇术较《酉阳杂俎·染牡丹花》中的韩愈侄子更为神奇,诸如擅长卓钱锅子、双钩草"天下太平"字、炉中累炭支三日火等。小说将其归入神仙之属,韩愈"问其修道。则玄机清话,赅博真理。神仙中事,无不详究",这与前面谈论诗书时的情形迥然不同,形成了强烈的反差,而染花仅仅是其小技。他"红者可使碧,或一朵具五色,皆可致之"。小说写当年秋天,韩愈外甥于后堂染白牡丹一丛,云:"来春必作含棱碧色,内含有金含棱红间晕者,四面各合一朵五色者。自斫其根下置药,而后栽培之,俟春为验。"与《酉阳杂俎·染牡丹花》的区别在于,韩愈外甥突然潜去,不知所踪。可是当韩愈因谏佛骨遭贬,行至商山,泥滑雪深,他的外甥迎马首而立,并将韩愈送到邓州。他向韩愈介绍自己师承于洪崖先生,为东园公做九华丹。值得注意的是韩愈加敬曰:"神仙可致乎?至道可求乎?"外甥曰:"得之在心,失之亦心。校功铨善,黜陟之严,仿王禁也。"韩愈作诗与其告别。第二年春,花开如其所说,每叶花中有韩愈诗中"云横秦岭家何在?雪拥蓝关马不前"之句,证明了韩愈外甥的先知先觉。此则故事在《酉阳杂俎》韩愈侄子能染牡丹花的奇术异能基础上,增加了诸多奇术,同时,故事更具曲折神奇的色彩,后世故事的基本框架至此完成。《仙传拾遗》中韩愈对于神仙之术的兴趣,以及后来得到外甥"月华度世之道"的记载,已经初露度脱韩愈故事情节的端倪。

小说中提到的洪崖先生见于《神仙传》《三洞群仙录》《历世真仙体道通鉴》《净明忠孝全书》诸书。道教神仙中洪崖先生有两说：一为上古神仙洪崖先生；一为唐朝洪崖子张氲。约出于魏晋的《太上老君中经》，一名《珠宫玉历》，记载"五城真人者，五方五帝之神名也。东方之神名曰句芒子，号曰文始洪崖先生"①。约出于东晋的《太上灵宝洞玄灭度五炼生尸妙经》中就记载了洪崖先生师从金母，死于武威姑臧县浪山中，"百廿年墓开，尸形飞腾，受书为青城真人"②。约出于东晋的《洞真太上九赤班符五帝内真经》云："元文人以传太上大道君，元始天王以传南极上元君，太上以传扶桑大帝，大帝以传太微天帝君，太微天帝君以传后圣金阙帝君，以传上相青童君，南极上元君以传洪崖先生、太极四真人。"③类似记载也见于唐朝时《无上秘要》卷三三《洞真素灵下有妙经》中，"青童君以传南极上元君，上元君以传洪崖先生，洪崖先生以传太极四真人，皆炁炁相传"④。《太上秘要》卷八七《尸解品》云："飞琅玕之华而方营丘墓者，高丘子、衍门子、洪崖先生是也。"并且指出"洪崖先生今为青城真人"。⑤ 此记载也见于《真诰》卷十四、《云笈七签》卷八四《尸解叙》，文字稍有出入。⑥ 东晋葛洪《神仙传》中《卫叔卿》中还记载了汉武帝时中山神仙卫叔卿对其子度世说与他博戏的为"洪崖先生、许由、巢父、王子晋、薛容也"⑦。卫叔卿言与洪崖先生博戏事亦见于南宋陈葆光《三洞群仙录》卷五"梁伯求卫"条与"叔卿白鹄"条。⑧ 而《三洞群仙录》卷七"洪崖巢由"所记录的则不是上古的洪崖先生，而是唐朝的张氲。记载如下：

《高道传》：道士张氲号洪崖子，隐豫章山。开元中，明皇召问：朕何如尧舜，先生何如许由？对曰：陛下道高尧舜，臣德谢许由。昔

---

① 张继禹主编：《中华道藏》第 8 册，华夏出版社 2004 年版，第 214 页。
② 张继禹主编：《中华道藏》第 3 册，华夏出版社 2004 年版，第 761 页。
③ 张继禹主编：《中华道藏》第 1 册，华夏出版社 2004 年版，第 442 页。
④ 张继禹主编：《中华道藏》第 28 册，华夏出版社 2004 年版，第 111 页。
⑤ 张继禹主编：《中华道藏》第 28 册，华夏出版社 2004 年版，第 254 页。
⑥ 张继禹主编：《中华道藏》第 29 册，华夏出版社 2004 年版，第 826 页。
⑦ 张继禹主编：《中华道藏》第 45 册，华夏出版社 2004 年版，第 25 页。
⑧ 张继禹主编：《中华道藏》第 8 册，华夏出版社 2004 年版，第 298 页。

尧召由而由不至，今陛下召臣而臣来。上嘉之，拜先生太常卿，累迁至司徒，皆不受，乃曰：陛下何惜一山一水，令臣追迹巢由。上许之，居于西山巨崖，乃先生旧隐之处也。《豫章记》云：隋开皇改为洪州，以先生所居山名而名之。①

杜光庭《洞天福地岳渎名山记》云："西山天宝极玄洞天，三百里，在洪州南昌县，洪崖所居。"② 不知撰者所著《唐叶真人传》云："（叶法善）当归得旨，量移归至洪州，依宗华观，将弟子入西山洪崖先生学道之所，居涉三年，行上清隐法。"③《修真十书·玉隆集》卷三六《胡天师》也记载了胡慧超"乃于洪崖先生古坛迹炼丹，首尾三年"④。元赵道一《历代真仙体道通鉴》卷四《洪崖先生》、卷七《卫叔卿》、卷四一《张氲》也分别记载了上古时的洪崖先生与唐朝的洪崖子张氲。⑤

《洪崖先生》记载："洪崖先生者，或曰黄帝之臣伶伦也，得道仙去，姓张氏。或曰帝尧时已三千岁矣。汉武帝时，有卫度世者入华山寻其父叔卿，叔卿在绝岩中与数人博戏于石上，问之为谁，曰：洪崖先生、许由、巢父、大低公、飞黄子、王子晋、薛容也。"文中还引用了《西京赋》《真诰》《游仙诗》等有关洪崖先生的记载。并指出："洪崖山在豫章之西山，是先生隐焉。隋文帝开皇九年，改豫章郡为洪州，以先生所居山名之。"⑥《张氲》中引录了《太平广记》卷五四的故事，指出："丹霞翁曰：洪崖先生闻于古，洪崖子生于唐，其为二人明甚。然洪崖子者，玄宗亦尝称先生矣。韩愈所遇，果洪崖子耶，抑古洪崖耶？是未可知也，世必有知之者。"⑦ 所以，《洪崖先生》与《张氲》仙传在内容方面已经相互影响，有了相互融合的特征。《净明忠孝全书》中《净明经师洪崖先生传》⑧ 可以佐证。又如，《诸师真诰》中《洪崖仙伯诰》："一炁分真，五

---

① 张继禹主编：《中华道藏》第45册，华夏出版社2004年版，第317页。
② 张继禹主编：《中华道藏》第48册，华夏出版社2004年版，第83页。
③ 张继禹主编：《中华道藏》第46册，华夏出版社2004年版，第279页。
④ 张继禹主编：《中华道藏》第19册，华夏出版社2004年版，第934页。
⑤ 参见张继禹主编《中华道藏》第47册，华夏出版社2004年版。
⑥ 张继禹主编：《中华道藏》第47册，华夏出版社2004年版，第250页。
⑦ 张继禹主编：《中华道藏》第47册，华夏出版社2004年版，第491页。
⑧ 张继禹主编：《中华道藏》第31册，华夏出版社2004年版，第574页。

行毓质。作上古，神农之师表；受二仪，灵宝之真机。常示现于晋唐，每垂光于今昔。跨雪精于西岭，划长啸于开元。声动宸毓，清绝湛露之殿；法传羽褐，绵洪道日之辉。泽被寰区，恩周普率。大悲大愿、大孝大仁、洪崖先生青城仙伯、净明经师应化真君。"① 胡应麟《少室山房笔丛》卷四四《玉壶遐览三》则认为："然洪崖子者，玄宗亦尝称先生矣，韩甥所遇果何人耶？然则宪宗时氇隐商山，韩甥从而师之，况泌当肃、代际与氇游往，何足怪者？"② "盖青城为古洪崖所理无疑，而豫章则唐张氇先生隐处也。或疑洪州是开皇时改号，在唐前，然则豫章固旧有兹山，张氇隐焉，而井曰则氇之遗迹无惑也，设帝尧前，安有张姓？其谓张姓者，断因唐之洪崖而讹矣。"③ 至此，似乎韩甥师从张氇无疑，但为商山四皓之一的东园公炼丹，却又令人生疑，故当如《历代真仙体道通鉴》中《张氇》存疑为是。据明代朱权《天皇至道太清玉册》下卷《唐八仙》记载："天皇真人、广成子、洪崖先生、篯铿、赤松子、宁封子、马师皇、赤将子舆，皆黄帝时人也，至唐尧时，八人游于终南，人见之，以唐尧之世故称唐八仙，后世以唐李氏之朝洞宾等亦称为八仙。"④ 所以，唐八仙之一古洪崖先生作为韩愈外甥的师父也合乎情理，上古八仙与后世八仙有了师承渊源。

而五代沈汾《续仙传》所记载的殷文祥，又名殷七七，能使鹤林寺杜鹃花于重九之日盛开，烂漫如春。每日醉歌曰："琴弹碧玉调，药炼白玉砂。解酝逡巡酒，能开顷刻花。"⑤ 由此，通过《酉阳杂俎》《仙传拾遗》《北梦琐言》《续仙传》的记载，看到了雪拥蓝关故事的原本形态。这些故事以表现奇技异能为主，宣传道教神仙或是方士奇士。从《酉阳杂俎》中疏从侄子染牡丹花，花朵上所示诗句就已经理下了日后附会于韩湘子身上的可能。小说作者并不在意韩愈侄子或外甥姓甚名谁，而重在讲述奇人奇事，以满足唐人猎奇的心理。当然，随着此类故事的不断丰富，情节愈传愈奇，小说仙化的特征也更加明显。直到宋代刘斧《青琐

---

① 张继禹主编：《中华道藏》第44册，华夏出版社2004年版，第434—435页。
② （明）胡应麟：《少室山房笔丛》，上海书店出版社2009年版，第461页。
③ （明）胡应麟：《少室山房笔丛》，上海书店出版社2009年版，第462页。
④ 张继禹主编：《中华道藏》第28册，华夏出版社2004年版，第755页。
⑤ 张继禹主编：《中华道藏》第45册，华夏出版社2004年版，第430页。

高议》前集卷九《韩湘子 湘子作诗谶文公》,雪拥蓝关的故事才真正落实到韩湘子身上。① 小说中的韩湘子不同于韩愈的侄孙韩湘,在性格特征方面与《酉阳杂俎》中的韩愈侄子、《仙传拾遗》中的韩愈外甥一脉相承。他落魄不羁,不喜读书,经常醉酒狂歌,面对韩愈"汝堂堂七尺之躯,未尝读一行书,久远何以立身,不思之甚也"的批评,韩湘子以诗言志。小说中韩湘子的言志诗体现了内丹心性之学,化用了《续仙传》中殷文祥的诗句。与《酉阳杂俎》《仙传拾遗》不同,小说中韩湘子开顷刻之花,不仅是展示奇异之术,更是对尘外之言并非虚妄的验证。牡丹花不再需要一个月或由冬至春的生长周期,而是"取土聚于盆,用笼覆之",巡酌间,就能开出类似于世之牡丹的艳美花朵。花朵之上"云横秦岭家何在?雪拥蓝关马不前"诗句,直到韩愈因谏佛骨事遭贬潮州才得到验证。小说通过韩湘子与韩愈的对话表达了韩愈的思想。湘曰:"公排二家之学,何也?道与释,遗教久矣,公不信则已,何锐然横身独排?焉能俾之不炽乎?故有今日之祸。湘亦其人也。"公曰:"岂不知二家之教,然与吾儒背驰。儒教则待英雄才俊之士,行忠孝仁义之道。昔太宗以此笼络天下之士,思与之同治。今上惟主张二教,虚己以信事之。恐吾道不振,天下之流入昏乱之域矣,是以力拒也。今因汝又知其不诬也。"韩湘子赠韩愈丹药抵御瘴毒,并预言"公不久即归,全家无恙,当复用于朝矣"。《青琐高议》中《韩湘子作诗谶文公》直接影响了道教一些典籍对于韩湘子的塑造,诸如陈葆光《三洞群仙录》中"韩湘蓝关"和《历代真仙体道通鉴》卷四二"韩湘"等,均采录于《青琐高议》。

(二) 明清戏曲对"雪拥蓝关"故事的重演

在八仙题材的戏曲中,有关韩湘子的戏曲为数不少,但大多佚失。考虑到元代戏曲对明清戏曲的影响,有必要对元代的韩湘子题材戏曲进行梳理。明末清初张大复《谱选古今传奇散曲集总目》中收录了有关韩湘子的戏文,记载云:"凡所录,只分传奇、散曲二种,各以见谱先后为序。

---

① 《宋元笔记小说大观》,上海古籍出版社2007年版,第1076—1078页。

第一章 唐代神怪题材小说与明清戏曲的再创作 / 63

各书其全名,间考作者姓名里居。"① 于"元传奇"中收录了《韩文公风雪阻蓝关记》《韩湘子三度韩文公记》(与前合抄一册)。②

钟嗣成《录鬼簿》记载纪君祥有杂剧《韩湘子三度韩退之》,"纪君祥,大都人。与李寿卿、郑廷玉同时。寿卿廷玉在同时,三度蓝关韩退之,松阴梦里三生事。《驴皮记》情意资,《冤报冤赵氏孤儿》。编成传,写上纸,表表于斯"③。据傅惜华《元代杂剧全目》记载:"《韩湘子三度韩退之》,各本《录鬼簿》、《今乐考证》、《曲录》,并著录此剧正名。《太和正音谱》、《元曲选目》,均作简名:《韩退之》。今日未见此剧传本。"④ 赵明道有杂剧《韩湘子三赴牡丹亭》。"赵明道,大都人。钟公《鬼簿》应清朝,《范蠡归湖》手段高。元贞年里升平乐,□□章,歌汝曹,喜丰登雨顺风调。茶坊中嗑,勾肆里嘲,明明德道泰歌谣。"⑤ 朱权《太和正音谱》则在"群英所编杂剧"中列有赵明远《韩湘子》一剧,评"赵明远之词,如太华晴云"⑥。据傅惜华《元代杂剧全目》记载:"《韩湘子三赴牡丹亭》,各本《录鬼簿》、《今乐考证》、《曲录》,著录此剧正名。贾本《录鬼簿》,简名:《牡丹亭》。《太和正音谱》、《元曲选目》,简名作:《韩湘子》。《曲海总目提要拾遗》简名作《三赴牡丹亭》,此剧未见全本。"⑦ 同书傅惜华还提及《韩退之雪拥蓝关记》,指出:"元明戏曲书目,未载此目。《也是园书目》著录此剧。题为赵明远撰。按《百川书志》著录《韩文公雪拥蓝关记》二卷,亦未审是否为赵作。"⑧ 值得提出的是,赵景深《元人杂剧钩沉》辑佚无名氏《蓝关记》第三折

---

① 俞为民、孙蓉蓉编:《历代曲话汇编——新编中国古典戏曲论著集成》(清代编) 第一集,黄山书社2008年版,第25页。
② 《寒山堂新定九宫十三摄南曲谱》,载俞为民、孙蓉蓉编《历代曲话汇编——新编中国古典戏曲论著集成》(清代编) 第一集,黄山书社2008年版,第29页。
③ 俞为民、孙蓉蓉编:《历代曲话汇编——新编中国古典戏曲论著集成》(唐宋元编),黄山书社2006年版,第332页。
④ 傅惜华:《元代杂剧全目》,作家出版社1957年版,第116页。
⑤ 俞为民、孙蓉蓉编:《历代曲话汇编——新编中国古典戏曲论著集成》(唐宋元编),黄山书社2006年版,第339页。
⑥ 俞为民、孙蓉蓉编:《历代曲话汇编——新编中国古典戏曲论著集成》(明代编) 第一集,黄山书社2009年版,第48页。
⑦ 傅惜华:《元代杂剧全目》,作家出版社1957年版,第140页。
⑧ 傅惜华:《元代杂剧全目》,作家出版社1957年版,第141页。

【南吕·贺新郎】，辑录如下：

> 【南吕·贺新郎】恰才玉皇朝罢下瑶阶。独步那万仞山头，只疑在九霄云外。花篮药钁随身带，脚到处将灵芝便采。更高如徐福蓬莱，梅花寻不见，随后暗香来。冰肌玉骨堪人爱，元来前村深雪里，昨夜一枝开。①

赵景深所辑曲见于《太和正音谱》卷下、《北词广证谱》。其在说明中指出："马廉注《录鬼簿》据钱目有赵明道撰《韩退之雪拥蓝关记》剧，又纪君祥有《韩湘子三度韩退之》剧，据贾仲明吊纪君祥'三度蓝关韩退之'句，纪氏此剧亦有简称《蓝关记》可能，或与此有关。今存明传奇有《蓝关记》，为神仙道化类故事，题材当与此相同。"由此可知，赵景深并未将此曲归属于赵明道或是纪君祥，而是依据《太和正音谱》署名为无名氏的《蓝关记》。关于无名氏《蓝关记》第三折残曲，严敦易《元剧斟疑》论证甚详，他针对元代杂剧中相同题材的《升仙会》《牡丹亭》《韩退之》分别缕为剖析，提出"这本《蓝关记》似不是《升仙会》，他是《牡丹亭》或《韩退之》？尤其前者，虽皆有可能，但又或难近似。设事实上果皆非是，那么，就应当在韩湘子的题材的杂剧类列中，替他加上一种"，并提出"若《蓝关记》真的轮着了应该列为这第四种，事实上许是比较正确的。他的作者，则似应当为明初人，恐怕挨不上元人的座位"②。

贾仲明《录鬼簿续编》记载："陆进之，嘉禾人。福建省都事。与余在武林会于酒边花下。好作诗，善文，多有乐府、隐语于时。杂剧《升仙会》（陈半街得悟到蓬莱，韩湘子引渡升仙会）。"③朱权《太和正音谱》"古今无名氏杂剧一百一十本"中有《升仙会》一剧。④此剧已经佚

---

① 赵景深辑：《元人杂剧钩沉》，上海古典文学出版社1956年版，第138页。
② 严敦易：《元剧斟疑》，中华书局1960年版，第528—529页。
③ 俞为民、孙蓉蓉编：《历代曲话汇编——新编中国古典戏曲论著集成》（明代编）第一集，黄山书社2009年版，第9页。
④ 俞为民、孙蓉蓉编：《历代曲话汇编——新编中国古典戏曲论著集成》（明代编）第一集，黄山书社2009年版，第56页。

失,《雍熙乐府》卷四有【仙吕·后庭花】和【青歌儿】佚曲二支,原不分【青歌儿】,赵景深将之辑入《元人杂剧钩沉》加以改正。从该剧题目正名以及残曲来看,此剧应为度脱陈半街的神仙道化剧,而非度脱韩愈的戏曲。辑录如下:

> 【仙吕·后庭花】俺看你访蓬莱入洞天,俺看你赴瑶池游阆苑。看的是朱顶金精兽,伴着衔花鹿献果猿。玩四季景幽然,端的是堪任堪羡。到春来碧桃花娇景闲,到夏来荷莲放景色鲜,到秋来菊花黄三径边,到冬来蜡梅绽风雪天。
>
> 【青歌儿】呀!堪写入丹青丹青手卷,不枉了隐迹隐迹林泉。闲来时朗诵《黄庭》十数遍,每日家瓦炉柏子香燃,石鼎内茶煎。静抚瑶琴冰弦,渴饮涧下清泉。你若听我良言,养性修坚,口授心传,百衲衣穿,志心修炼;都只要倚着山,靠着水,穿着花,度着柳,家住茅屋两三间。稳骑鹤背翩翩,闲着听仙乐喧喧。俺出家儿超的凡,出的世,离的尘,闲遥遥做一个无是无非大罗仙。陈半街!我和你同赴蟠桃宴。①

《金瓶梅词话》中两次提及韩湘子题材杂剧,第三十二回《李桂姐拜娘认女,应伯爵打诨趋时》中,西门庆得子官哥,在西门府"教坊呈上揭帖,薛内相拣了四折《韩湘子升仙记》"观看。②第五十八回《怀妒忌金莲打秋菊,乞腊肉磨镜叟诉冤》中,在西门庆生日酒宴上,"下边乐工呈上揭帖,到刘、薛二内相席前,拣令一段'韩湘子度陈半街'《升仙会》杂剧"③。这至少说明嘉靖、万历年间,尚有《韩湘子升仙记》《升仙会》杂剧传本并上演。值得注意的是,《金瓶梅词话》在西门庆得子和生日宴会上,两次上演韩湘子题材的杂剧,实为作者有意安排。因为韩湘子题材的杂剧与当时的喜庆氛围并不和谐,以此暗示西门庆、官哥的命运

---

① 赵景深辑:《元人杂剧钩沉》,上海古典文学出版社1956年版,第128页。
② (明)兰陵笑笑生著,陶慕宁校注:《金瓶梅词话》,人民文学出版社2000年版,第369页。
③ (明)兰陵笑笑生著,陶慕宁校注:《金瓶梅词话》,人民文学出版社2000年版,第713页。

及家族的败落信息。朱有燉《瑶池会八仙庆寿引》云："庆寿之词，于酒席中，伶人多以神仙传奇为寿。然甚有不宜用者，如《韩湘子度韩退之》、《吕洞宾岳阳楼》、《蓝采和心猿意马》等体，其中未必言词尽皆善也。故予制《瑶池会》、《八仙庆寿》传奇，以为庆寿佐樽之设，亦古人祝寿之意耳。宣德七年季冬良日，锦窠老人书。"① 朱有燉明确说明《韩湘子度韩退之》这样的神仙传奇不宜在庆寿酒席上演，所以他创作了喜瑞吉祥、歌舞升平的神仙道化剧《瑶池会》《八仙庆寿》等。

到了明代，根据祁彪佳《远山堂曲品》可知有《蟾蜍记》《升仙记》、□□□锦窝老人《升仙记》三种韩湘子题材传奇。《蟾蜍记》被列入"具品"，因作品不存我们无从了解该剧何以命名为《蟾蜍记》，只能通过祁彪佳的简短品评了解该剧。祁彪佳云："湘子于筵前顷刻开牡丹，有'云横秦岭'、'雪拥蓝关'之句，曾见之于《外纪》。及考《太平广记》，韩昌黎谪潮州，行次商山，有云水迎立马首送至邓州者，盖其甥而非侄也。此凑集孟郊、贾岛诸人，而未得作法，故联合无情。惟记中以《谏佛骨表》为曲，亦自朗彻可观。"② 可知此剧也是韩湘子开顷刻花，雪拥蓝关度脱韩愈的故事情节，不同于其他传奇的是剧中凑集了孟郊、贾岛等人的故事情节。"杂调"中列有未题撰者的《升仙记》，云："传湘子，不及《蟾蜍记》。若删其俚调，或可收之具品中。"③ 同时也列有□□□锦窝老人《升仙记》，云："湘子经三演。别一本以《升仙》名者，原不足观；而此则荒秽特甚，即宪宗自称宪宗，文公自称文公，可概见矣。"④ 现存明万历年间金陵富春堂刊本《新刻出像音注韩湘子九度文公升仙记》，傅惜华《明代传奇全目》认为是锦窝老人《升仙记》流传下来的版本，然傅惜华也说明富春堂刊本《新刻出像音注韩湘子九度文公升仙记》

---

① 明宣德间周藩刻本《瑶池会八仙庆寿》卷首，载俞为民、孙蓉蓉编《历代曲话汇编——新编中国古典戏曲论著集成》（明代编）第一集，黄山书社2009年版，第193页。
② 俞为民、孙蓉蓉编：《历代曲话汇编——新编中国古典戏曲论著集成》（明代编）第三集，黄山书社2009年版，第595页。
③ 俞为民、孙蓉蓉编：《历代曲话汇编——新编中国古典戏曲论著集成》（明代编）第三集，黄山书社2009年版，第617页。
④ 俞为民、孙蓉蓉编：《历代曲话汇编——新编中国古典戏曲论著集成》（明代编）第三集，黄山书社2009年版，第622页。

卷首并未署明撰人名氏,不知其何以将此剧归于锦窝老人名下。① 郭英德《明清传奇综录》则认为:"现存明刊本未题撰者,似当归于阙名传奇,而不当属之锦窝老人,傅惜华著《明代传奇总目》著录有误。"② 《曲海总目提要》卷四十有《升仙记》提要,谓:"不知何人所作。剧中大概,据《韩仙传》组织而成,然其事多诬,今详载于后。"③ 富春堂刊本《新刻出像音注韩湘子九度文公升仙记》(古本戏曲丛刊初集《新刻出像音注韩湘子九度文公升仙记》)传奇应该是以某一《韩湘子三度韩文公》为蓝本创作的,从其文本中可以找到多处内证。如第一折中(内道)"是本《韩真人三度文公雪拥蓝关记》",又有"诗:家何在云横秦岭,马不前雪拥蓝关;曰:韩真人一生修道,老文公三度成仙"。第十四折【园林好】:"凡庸岂知,端的是设来妙计三度汝,早皈依,成正果,赴瑶池。"第三十六折钟离权捧着玉旨云:"金册玉旨度汝上升,三度成功遂其志愿。"传奇结尾处曰:"韩神仙领金册来回三度,老文公弃官爵正果朝元。"所以,可以判断该传奇据某一《韩湘子三度韩文公》戏曲敷衍增加以《韩仙传》等故事情节创作完成,故而传奇多处提到三度情节,与九度情节不吻合,留下了累积创作的痕迹。

明代的戏曲选本保存了大量的韩湘子传奇的曲文。胡文焕《群音类选》收录了《升仙记》中《绣房想侄》《湘子见叔》《画堂开宴》《婶母思侄》《设计害愈》《行程伤感》《初度文公》《文公雪阻》《虎咬张千》《复度文公》等曲文。④ 分别与富春堂刊本的第七折、第十二折、第十三折、第十五折、第二十二折、第二十五折、第二十七折、第三十折、第三十一折等中相关曲子相同,可知属于同一版本系统。万历刊本《摘锦奇音》目录有《升仙记》中"韩文公马死金尽""文公雪拥蓝关",而正文中只收录《韩文公马死金尽》一出。⑤ 《玉谷新簧》中有《升天记》"雪

---

① 傅惜华:《明代传奇全目》,作家出版社1959年版,第407页。
② 郭英德编著:《明清传奇综录》,河北教育出版社1997年版,第107页。
③ 俞为民、孙蓉蓉编:《历代曲话汇编——新编中国古典戏曲论著集成》(清代编)第二集,黄山书社2009年版,第1419页。
④ 《群音类选》,载王秋桂主编《善本戏曲丛刊》第四辑42,台湾学生书局1987年版,第468—491页。
⑤ 《摘锦奇音》,载王秋桂主编《善本戏曲丛刊》第一辑13,台湾学生书局1984年版,第224—238页。

拥蓝关"一出①，对照曲文、宾白，此出戏与《摘锦奇音》"韩文公马死金尽"基本相同，但细微处有差别。如"韩文公马死金尽"中【傍妆台】为第一支曲，而"雪拥蓝关"中则将之置于【驻云飞】之后，内容相同而位置不同。此外还有个别字词的差异等，较明显处是"雪拥蓝关"结尾"蓝关秦路远，进退马行迟。休官并罢职，从此上天梯"一诗是"韩文公马死金尽"中所没有的。《玉谷新簧》中有《升天记》"雪拥蓝关"一名及内容与《摘锦奇音》中《升仙记》"韩文公马死金尽"相同，让人怀疑《摘锦奇音》目录中有《升仙记》"韩文公马死金尽""文公雪拥蓝关"，而正文中"文公雪拥蓝关"缺失，可能是一出两名的缘故。《词林一枝》中《升仙记》"文公责侄"②与《八能奏锦》③中《蓝关记》"文公责侄"，二者属于同一版本系统，曲文相同。郭英德《明清传奇叙录》中《升仙记》提要④及吴光正《雪拥蓝关故事考论》均提到《词林一枝》与《八能奏锦》中"文公责侄"出于富春堂刊本。⑤ 不知两位先生核查的是何种版本？笔者孤陋，核查了《古本戏曲丛刊初集》刊印的富春堂刊本《新刻出像音注韩湘子九度文公升仙记》，发现并无"文公责侄"这出戏。该戏并没有韩湘子修道的过程，而"文公责侄"的故事情节正是韩湘子师从钟离、吕二师修习道法，演唱道情时被家人听到，家人告诉了韩愈，韩愈震怒斥责侄子，并赶走了钟离、吕二师。富春堂刊本略去了韩湘子修道成仙的过程，仅通过第二折中韩愈夫妇及裴绿英的宾白可知，韩湘子与两个道士离家出走已经五年，出走前韩湘子与裴绿英虽然是夫妻，但有名无实，同床不同被，他昼夜打坐修炼。《徽池雅调》中《升

---

① 《玉谷新簧》，载王秋桂主编《善本戏曲丛刊》第一辑12，台湾学生书局1984年版，第1833页。

② 《词林一枝》，载王秋桂主编《善本戏曲丛刊》第一辑14，台湾学生书局1984年版，第116—125页。

③ 《八能奏锦》，载王秋桂主编《善本戏曲丛刊》第一辑15，台湾学生书局1984年版，第83—86页。

④ 郭英德编著：《明清传奇综录》，河北教育出版社1997年版，第109页。

⑤ 载吴光正《八仙故事系统考论——内丹道宗教神话的建构及流变》，中华书局2006年版，第370页。

仙记》"雪拥蓝关"也不同于富春堂刊本。①

明代汤显祖《牡丹亭》第六出《怅眺》中昌黎祠香火秀才韩书生讲述了自己的家世，自称是韩湘子的嫡派苗裔。说是韩愈因上《上佛骨表》，遭贬潮州。雪拥蓝关，遇到已经成为下八洞神仙的韩湘子，写下"知汝远来应有意，好收吾骨瘴江边"，后来韩愈死于潮州，韩湘子收其骨，在衙里遇到自己原来的妻子，动了凡念，传了宗祀。这一情节直接影响到清雍正年间《四名家传奇摘出》中的《蓝关雪》第一出《湘归》。七夕韩湘子与妻子杜氏相会。其云："贫道韩湘子，自从遇见叔父，命我归家，又蒙钟离仙师，吩咐我尘缘未尽，倘该留下儿孙一脉，后来凑入《牡丹亭记》。咳！虽然如此，却是犯戒仙也。"② 车江英，江西人。生平事迹不详，为康熙、雍正年间人。他负隽俊之才，寝食于韩柳欧苏四大家之文数十年，创作《四名家传奇摘出》。包括《蓝关雪》《柳州烟》《醉翁亭》《游赤壁》四戏。清雍正乙卯年（1735）浚仪散人序《四名家传奇摘出》云："文章经济，久登其堂奥，仿佛其为人。是以搦管舒啸之下，得以言夫四君子之所欲言，而遂其四君子未逮之志焉耳。"

清代中叶，还有杨潮观《吟风阁杂剧》中的《韩文公雪拥蓝关记》，礼亲王永恩《度蓝关》及王圣征《蓝关度》等杂剧。《曲海总目提要补编》中有《蓝关度》的情节梗概，情节与《韩湘子九度文公升仙记》多有不同。《缀白裘》中收有梆子腔杂剧"途叹""问路""雪拥""点化"四折，写了韩愈遭贬，于行途慨叹，韩湘子让清风、明月幻化为渔人、樵夫指点韩愈。后又于蓝关，让土地幻化为猛虎惊散了韩愈与仆人张千、李万。最后度化韩愈，使之尸解成仙。③ 明清两代，还有明代万历年间余象斗刊刻的吴元泰著《八仙出处东游记》、明天启年间金陵九如堂刊刻杨尔增著《韩湘子全传》及清代《八仙得道传》等小说，这些小说或是取材于《青琐高议》，或是汲取于《韩仙传》，或是增饰韩湘子道情等民间传

---

① 万历刊本《徽池雅调》，载王秋桂主编《善本戏曲丛刊》第一辑17，台湾学生书局1984年版，第88—89页。

② （清）车江英：《四名家传奇摘出》，载《清人杂剧二集》，据北京大学图书馆藏马氏不登大雅文库喜鸿堂抄本影印。

③ 《缀白裘》，载王秋桂主编《善本戏曲丛刊》第五辑17，台湾学生书局1987年版，第2489—2510页。

说，使韩湘子题材的小说也如戏曲作品一样丰富多彩。

（三）明清韩湘子题材小说、戏曲中的儒释道价值取向

明清韩湘子题材的小说与戏曲中依然保留有唐五代小说本事中"能开顷刻花"与"雪拥蓝关马不前"的主要情节，但《韩仙传》对于小说和戏曲的创作影响更大。元末明初陶宗仪《说郛》、明代《宝颜堂秘笈》等收录了《韩仙传》。《四库全书总目》卷一四九子部道家类存目提要记载：

> 《韩仙传》一卷（两江总督采进本）
> 旧本题唐瑶华帝君韩若云撰。篇中自序，祖为韩仲卿，父为韩会，叔父为韩愈。即世俗所传韩湘事。然湘字北渚，不识何以称韩若云也。传中自称遇吕洞宾传授得道。考吕岩为吕渭之孙，当在湘后，何以湘转师之？又《太平广记》载解造逡巡酒，能开顷刻花，及牡丹瓣上现"云横秦岭家何在，雪拥蓝关马不前"句，称为愈之疏从，自江淮来者，不云即湘；而愈集秦岭蓝关一诗题云，示侄孙湘，亦不云侄；与此传皆不合，其为伪托明矣。元陈栎跋《韩昌黎画图》一篇，辨湘事甚详，见所作《定宇集》中。①

《曲海总目提要》卷四十《升仙记》云："事记成式，与公同时不诬，其余则是唐时人因愈辟佛老，故多造异说谤之。《韩仙传》则殊冗杂，不能典雅，必是明朝请仙或道士手笔。② 可以说，自段成式《酉阳杂俎》记载韩愈疏从侄子事，故事因革流传，韩愈原先那种骨鲠正直，以中兴唐王朝为己任，辟佛老，高扬儒家传统，力求重建儒家主流意识形态的一代文宗形象逐渐发生变化。陈寅恪《论韩愈》从六个方面论述了韩愈在中国文化史上承前启后的重要地位："一曰：建立道统，证明传授之渊源；二曰：直指人伦，扫除章句之繁琐；三曰：排斥佛老，匡救政治之弊害；四

---

① （清）永瑢等：《四库全书总目》，中华书局1965年版，第1259页。
② 俞为民、孙蓉蓉编：《历代曲话汇编——新编中国古典戏曲论著集成》（清代编）第二集，黄山书社2009年版，第1420页。

曰：呵诋释迦，申明夷夏之大防；五曰：改进文体，广收宣传之效用；六曰：奖掖后进，期望学说之流传。"① 我们可以看到，从《酉阳杂俎》《仙传拾遗》等，到元明清的戏曲、小说中，韩愈逐渐成为韩湘子度脱的人物形象。诸多故事中，最核心的内容恰恰是体现韩愈辟佛老，表现出大无畏勇气与斗志的上《论佛骨表》事件。《旧唐书·韩愈传》记载："凤翔法门寺有护国真身塔，塔内有释迦文佛指骨一节，其书本传法，三十年一开，开则岁丰人泰。十四年正月，上令中使杜英奇押宫人三十人，持香花，赴临皋驿迎佛骨。自光顺门入大内，留禁中三日，乃送诸寺。王公士庶，奔走舍施，唯恐在后。百姓有废业破产、烧顶灼臂而求供养者。"② 自元和十三年（818）平定了淮西吴元济之后，宪宗不顾裴度、崔群的反对，重用皇甫镈、程异，宠信柳泌炼丹制药，甚至封柳泌为台州刺史，以便其入天台山采仙药。宪宗日渐骄奢，不但好神仙方术，而且崇信佛教。元和十四年（819）宪宗的这次礼佛活动将京城崇佛活动推向了一个高潮。就在这个时候，韩愈大胆进谏，上《论佛骨表》。其以"伏以佛者，夷狄之一法耳"开端，历数了自黄帝至周穆王等帝王在位时，天下太平，百姓安乐，帝王寿考。此时佛法并没有流传到中国，并不是因为事佛才这样的。而自汉明帝时佛法流传到中国，宠信佛法的帝王"乱亡相继，运祚不长"，"事佛渐谨，年代尤促"，由此提出"佛不足事，亦可知矣"的论断。他指出宪宗此举的后果是"然百姓愚冥，易惑难晓，苟见陛下如此，将谓真心事佛。皆云天子大圣，犹一心敬信；百姓何人，岂合更惜身命？焚顶烧指，百十为群，解衣散钱，自朝至暮，转相仿效。惟恐后时，老少奔波，弃其业次。若不即加禁遏，更历诸寺，必有断臂脔身，以为供养者。伤风败俗，传笑四方，非细事也"。韩愈视神圣的佛骨为枯朽之物，"乞以此骨付之有司，投诸水火，永绝根本，断天下之疑，绝后代之惑"。③

在《原道》中韩愈提出复兴儒学道统的思想："博爱之谓仁，行而宜

---

① 陈寅恪：《金明馆丛稿初编》，生活·读书·新知三联书店2001年版，第319—312页。
② （后晋）刘昫等：《旧唐书》卷一六〇，中华书局1975年版，第4198页。
③ 屈守元、常思春主编：《韩愈全集校注》，四川大学出版社1996年版，第2289—2290页。

之之谓义；由是而之焉之谓道，足乎己无待于外之谓德。"韩愈既批评了"老子之所谓道德云者，去仁与义言之也。一人之私言也"，也对佛教"必弃而君臣，去而父子，禁而相生养之道，以求其所谓清静寂灭者"进行了批判。[①] 虽然在辟佛老方面的内在精神是一致的，但《上佛骨表》更能展现韩愈骨鲠无畏的品格。此表一上，也使韩愈身陷险境，若非裴度、崔群等大臣极力解救，韩愈难逃极刑。历史上宪宗并不是一个昏庸无能的君主，他能够重用杜黄裳、李绛、裴度等一代名臣，不仅知人善任，鼓励文臣大胆进言献策，也有容忍臣子的气量，但这一次他非常愤怒，曰："愈言我奉佛太过，我犹为容之，至谓东汉奉佛之后，帝王咸致夭促，何言之乖剌也！愈为人臣，敢而狂妄，固不可赦。"[②] 韩愈被贬为潮州刺史，家人也被遣离长安。其幼女病死于商山南层峰驿。侄孙韩湘与韩愈伴行，韩愈写有《左迁至蓝关示侄孙湘》《宿曾江口示侄孙湘二首》。韩湘的弟弟韩滂则陪着叔祖母同行，一年后死于袁州。北宋司马光评价曰："自战国之世，老、庄与儒者争衡，更相是非。至汉末，益之以佛，然好者尚寡。晋、宋以来，日益繁炽，自帝王至于士民，莫不尊信。下者畏慕罪福，高者论难空有。独愈恶其蠹财惑众，力排之，其言多矫激。"[③] 清代梁章钜《退庵随笔》卷十八"读子"中有两段关于韩愈辟佛的评价值得注意。其一："李文贞曰：唐时佛教盛行，不得韩公大声疾呼，再过几年，竟将等于正教矣。韩公胆气最大，当时老子是朝廷祖宗，和尚是国师，韩公一无顾忌，唾骂无所不至，其气竟压得他下，欧阳公亦辟佛，气便弱。韩公辟佛虽不若程朱之精，然是先锋驱除，到程朱便据有城池矣。"其二："纪文达师曰：尝闻五台僧明玉之言云：辟佛之说宋儒深而昌黎浅，宋儒精而昌黎粗。然披缁之徒畏昌黎不畏宋儒，衔昌黎不衔宋儒也。盖昌黎所辟，檀施供养之佛，为愚夫妇言之也；宋儒所辟，明心见性之佛，为士大夫言之也。天下士大夫少而愚夫妇多，僧徒所取给亦资于士大夫者少，资于愚夫妇者多。使昌黎之说胜，则香积无烟祇园无地，虽有

[①] 屈守元、常思春主编：《韩愈全集校注》，四川大学出版社1996年版，第2662—2665页。
[②] （后晋）刘昫等：《旧唐书》卷一六〇，中华书局1975年版，第4200页。
[③] （宋）司马光等：《资治通鉴》卷二四〇，中华书局2012年版，第7881—7882页。

大善知识能率恒河沙众枵腹露宿而说法哉？此如用兵者先断粮道不攻而自溃也，故畏昌黎甚，衔昌黎亦甚。使宋儒之说胜，不过尔儒理如是，儒法如是，尔亦不必从我；我佛理如是，佛法如是，我亦不必从尔。各尊所闻，各行所知，两相枝拄，未有害也，故不畏宋儒，亦不甚衔宋儒。然则唐以前之儒，语语有实用。宋以后之儒，事事皆空谈，讲学家之辟佛于释氏毫无加损，徒喧闹耳。"[①] 韩愈的思想中包含着华夷之辨的内容，有对于君臣秩序的维护，更有重树儒家思想权威的诉求。在儒释道并存，传统的儒家思想主体地位面临来自佛家等宗教的冲击时，韩愈作为忠君的臣子做出了大胆的行动。吴光正提出："在道情、宝卷、小说和传奇中，谏迎佛骨被贬蓝关成为神仙度化韩愈的一步棋子，从而在不同程度上消解了儒佛争衡的内在意义。"[②] 在对文本细读的基础上，我们有足够的理由相信，对于韩愈谏迎佛骨的《论佛骨表》的取舍，反映了明清两代华夷之辨的敏感问题。也可以说，清代的道情、宝传、小说、戏曲都毫无例外地消解了谏迎佛骨事件中的华夷之辨的民族意识，而这种意识在这一历史事件中是非常清晰的存在。大唐盛世兼容并包的气度与文化自信，随着其由盛而衰发生了改变。以韩愈为代表的中唐士大夫阶层，在力求恢复王朝强大及儒家在思想领域的权威地位时，已经以民族主义的姿态出现，对于异族之法极力排斥。所以，儒释的争衡中，还包含了华夷之辨的民族意识。

《韩湘子九度韩文公升仙记》与《韩湘子全传》中都收录了《论佛骨表》。《韩湘子九度韩文公升仙记》第十九折中节录了《论佛骨表》，对照原文，发现戏曲作者仅仅做了细微的改动，但这些改动足以反映明代的时代信息。如，《论佛骨表》原为"臣某言"，而戏曲中改为"臣韩愈诚惶诚恐稽首顿首熏沐谨奏"。明代皇权空前强化，封建专制集权加强，对于"臣某言"的改动，显现了明代文臣地位的下降，诚惶诚恐地议政言事，这种谦卑的表达方式暴露了明代文臣的心态，所以戏曲中韩愈被押赴法场将要斩首示众之时，还在说"这的死生有命，怎敢把吾皇怨"。同时，《韩湘子九度韩文公升仙记》第十八折、第十九折中，通过韩愈的唱词对

---

① （清）梁章钜：《退庵随笔》，光绪元年校刊《二思堂丛书》，福州梁氏藏版。
② 吴光正：《八仙故事系统考论——内丹道宗教神话的建构及流变》，中华书局2006年版，第384页。

佛教的否定是显而易见的，如："争奈，大羊曹，逞腥臊，佛骨来朝，乱我中华教""夷虏坏人伦惑生灵""我绝蛮夷本为民望"。这就是说虽然作为神仙度化的一个环节，儒释的矛盾被不同程度地消解，但是这本以道教为尊的戏曲，借韩愈之口对于佛教的贬抑是非常明显的。作品反映了儒释的争衡，更反映了道教信徒利用儒释的争衡，借儒否定释的用心。围绕着韩愈"佛者，夷狄之一法耳"的论断，戏曲中"夷虏""蛮夷"等大量诋毁蔑视的词语，让我们发现韩愈的华夷之辨的民族意识被突出地表现出来，不知这是否与万历后期，明王朝与努尔哈赤的后金政权交战，民族意识被激化有关，但至少戏曲中华夷之辨的民族意识被凸显出来了。《韩湘子全传》第十八回则全录了《论佛骨表》，甚至连前面所提司马光的评价也被抄录于小说之中了。到了清朝这种思想无疑是触犯禁忌的，所以《蓝关九度道情》《韩仙宝传》《八仙得道》等，无一例外地淡化或节略了这部分内容。这恰恰说明清朝对于思想领域的控制，即使是道情、宝卷、小说、戏曲等各种形式的通俗文学，也对明朝作品中的一些涉及敏感话题的内容进行了删节，以避免文字之祸。

　　如果说《仙传拾遗》《青琐高议》中的相关小说中，韩愈只是表达了对于神仙世界、道法的兴趣，对于神仙之不诬的认同，那么，到了元末明初《韩仙传》之后的明清相关小说、戏曲中，韩愈则成为度脱的对象，由儒家理想信念的坚定捍卫者，最终颠覆固有的信仰，成为道教的信徒，甚至成为其神明体系的一员。作为一位坚决辟佛老的大儒，他的改旗易帜无疑具有更大的说服力，可以更好地建立民间大众对于道教理论认同及度化飞升的深信不疑。但值得注意的是《韩仙传》中，韩愈多次表达了对神仙之术的否定，认为神仙之术是"惑世诬民之术"。如窦氏见白鹤入庭，后韩湘子出生，韩会认为合"有仙者出"之谶，韩愈说："异教也，神仙杳茫，兄何独取乎？吾闻周孔正世，余不复知矣。未闻以黄老之无父君者，可以定天下也。弟每深恨此辈，他日有望，必人其人，火其书，明道以导，尽去其教而后已。"雪拥蓝关之时，韩愈对前来度化他的韩湘子说："君命谪潮，予当匍匐事命。力不足死亦理顺。而欲我随遁，是逐君怒。纵仙可学，安可成乎？予有死而已，汝勿言。"韩愈忠君尽臣节的表白深深地打动了韩湘子。而后韩湘子助韩愈杀广溪鳄鱼，除袁州啸聚之贼，甚至亲自取进士以使韩愈信服神仙之术，直至天帝不赘韩愈于上仙之列，让韩湘子送其道昆仑为使的时候，韩愈"方大悔"。①《韩湘子九度文公升仙记》则明确表明这本戏"无风尘花柳之音，绝世俗功名之念"，在第三折中，借韩湘子之口说韩愈"贪酒色财气、富贵功名，迷失本来真性"，"朝欢暮乐，享受荣华，只顾眼前，不思身后如何是好"。在第六折中，韩愈满足于"富贵功名、才学德望"俱有，"绫锦千箱，食有珍馐，位居当朝宰辅"，而不肯听从韩湘子的劝告去学道。韩愈为了让韩湘子祈雪，没有儒者的诚信，假意发咒说如祈雪成功，愿意随其出家学道，否则受"三尺冰内苦，七尺雪内灾"。而类似情节在《韩湘子全传》第十四回《闯华筵湘子谈天，养元阳退之不悟》中也存在，当韩湘子说有仙鹤、仙羊为韩愈庆寿，但前提是要韩愈朝天立个誓愿。韩愈说："汝果有仙鹤、仙羊，我情愿跟你出家。"并发誓"我若不肯跟汝出家，三尺雪下死，七尺雪内亡"。在小说、戏曲中，韩愈辟佛老的坚定被演绎成为醉心于世俗的功名富贵与奢华生活，其出尔反尔的举动突出了韩湘子度脱的难度，也大大损害了韩愈的品格。在《韩湘子九度文公升仙记》中，被贬谪的韩愈，面对韩湘子、蓝采和所化身的前来度脱他的樵夫，依然心存功名之念，明明是被贬潮州，却说"我去潮州做官"。当樵夫点破说"你敢是犯天颜该死人"，他却不肯承认，说"我不是"。从元杂剧"三度韩文公"，到明清"九度韩文公""十二度韩文公"，小说、戏曲中极力渲染度脱韩愈的难度，故事在不断累积中丰富发展。

韩湘子度脱韩愈的小说、戏曲、道情、宝卷等，大都以贬谪凡尘，人世历劫，度脱成仙作为故事的基本结构。韩湘子与林英（林芦英）是前世思凡的仙鹤与天河岸边的仙芦；韩愈前世为卷帘大将，被贬降凡尘，最后省悟前缘，皈依大道，举家成仙。到人间本身就是一个历劫经受磨难的过程，所以，韩愈雪拥蓝关所遭遇的一切是人世经历磨难的过程。韩愈这样一位忠贞正直的文臣，在现实的世界中走投无路，彻底绝望，最终被韩湘子度化成仙，这恰恰反映了现实政治的残酷。韩湘子前几次度化韩愈均以失败告终，请吕洞宾指点。吕洞宾设计，让韩湘子、蓝采和变化为番僧进献佛骨，预言性格耿直的韩愈必然上表阻挡，届时宪宗将其贬到潮州。也就是说，韩愈之所以陷入困境，遭遇祸患，是由于其骨鲠不阿的性格。

---

① （明）韩若云：《韩仙传》，《宝颜堂秘笈》（汇集第三）。

《韩湘子全传》第十九回《贬潮阳退之赴任，渡爱河湘子撑船》中，宪宗因韩愈上表大怒，要将之斩首，在众臣的保奏下，方贬为潮州刺史。宪宗虽然免除韩愈死罪，但依然欲置其于死地。潮州有鳄鱼为患，是极恶的烟瘴之地。当吏部尚书说需要五个月到达时，宪宗说："既然如此，着韩愈单人独马，星夜前去，钦限三个月内到任。如过限一日，改发边卫充军；过限二日，就于本地方斩首示众；过限三日，全家尽行诛戮。"《韩湘子宝传》等也有类似情节，仅限期有所不同而已。可见小说、宝卷中，宪宗发雷霆之怒，就是想置韩愈于死地。结合前面所提小说、戏曲中韩愈上表及对于皇帝的诚惶诚恐等细微表现，无疑体现了明清封建集权空前加强，文人的意志与思想不得不屈从于皇权之下，逆忤皇帝意志就会被处以极刑或严厉的惩罚。应该说，《韩湘子全传》《韩仙宝传》中通过情节暴露了帝王的残酷，但主人公却并没有慑服于皇权之下，在一些情节中反而在道教为尊的宗教思想掩护下，将神权置于君权之上。《韩湘子全传》第十二回、第十三回及《韩仙宝传》第六回《三大人南坛祈雪，杜夫人夜梦韩湘》中，韩湘子化身道童"出卖风云雨雪"，他不但要求韩愈等官员迎接，还要求走法坛的中门。中门在小说中明确写道"中间那座高的是龙凤门，皇帝御驾来才从此门进去"，在皇权尊严的面前，《韩湘子全传》《韩仙宝传》中的这一情节值得关注。这一点《韩湘子全传》尤为突出。第十三回当祈雪成功后，宪宗宣召韩湘子。韩湘子直立于金銮殿上，不行君臣之礼。宪宗怒道"普天之下莫非王土，率土之滨莫非王臣"云云，韩湘子则宣称自己"天子不得臣，诸侯不得友"，拒绝人间的俗礼。面对施展法术腾云而起的韩湘子，宪宗屈尊愿为弟子。当宪宗请教长生之术时，韩湘子告诫帝王不应追求长生之道，而应"以四海为家，万民为子，自有正心诚意之学，足以裨益斯民，保护龙体"。宪宗向韩湘子求金丹，韩湘子则认为宪宗整日沉迷"爱河欲海""疲神耗精"，金丹也是无用的，只有"静心寡欲，养气存神"才是长生之道。此回写韩湘子为韩愈上寿时，借仆人张千之口说"五行三界内，惟道独称尊"；借林学士之口说"（老子）骑青牛出函谷关，东度大圣成仙，西度胡人成佛，南答孔子问礼，方才引出历代的神仙"。韩湘子则说"人爵不如天爵贵"，并念了一首诗云："唐朝天子坐金銮，鹭序鸳班两下编。五行僧道伏官管，凡夫焉敢管神仙。"其实，神仙凌驾于世俗君权之上的思想在《神仙传·卫叔卿》中就有呈现。卫叔卿乘浮云驾白鹿见汉武帝于殿前，武帝惊问其是谁，答曰："我中山卫叔卿也。"帝曰："中山非我臣乎？"叔卿无应而去。武帝悔恨，让梁伯之与叔卿子度世去寻找叔卿。当度世找到父亲，叔卿曰："我前为太上所遣，欲戒帝以灾厄之期，及救危厄之法，国祚可延。而帝强梁自贵，不识道真，反欲臣我，不足告语，是以弃去。"① 韩湘子见宪宗的故事情节很可能受了《神仙传·卫叔卿》的影响，但是其在表达的方式上更为大胆。面对以之为臣的武帝，卫叔卿做出的举动是无回应飘然而去，事后对其子说明了去见武帝以及弃之而去的原因。看似相似的情节，韩湘子却在与宪宗正式见面时公然不行君臣之礼，对宪宗"普天之下莫非王土，率土之滨莫非王臣"的说法给予了否定，让宪宗先倨后恭，提出愿为韩湘子的弟子。这些情节客观上削弱了君权至高无上的地位。"人爵不如天爵贵"也反映对于君权与神权的选择。在韩湘子题材的仙传、小说、道情等中均有描写。有趣的是，人爵与修真、功名与长生不可兼得的观念也在悄然发生变化。《韩仙传》中，吕洞宾化为宫无上拜谒韩愈，馆于韩府为韩湘子师。其曰："修身可入人爵，而老死迷真。修真可登仙，而长生不朽。二者不可并学，子欲何择？"也就是说修身与修真二者不可兼得，必须作出选择。这与《青琐高议·韩湘子》中韩愈为诗别韩湘子时所云："好待功成身退后，却抽身去卧烟萝"，那种成就功名全身而退，而后修仙得道的思想有了根本的不同。《韩湘子全传》第四回《洒金桥钟吕现形，睡虎山韩湘学道》中，钟离师问韩湘子云："愿学长生二字，愿学功名二字？"借钟离、吕二仙之口指出功名富贵到头来终无结果，万事皆空。修习长生之术，才能够白日飞升，长生不老。《蓝关九度道情》第二卷《过继》中，钟离、吕二仙改变了以往小说、戏曲中的说法，问湘子曰："儒有君子儒有小人儒，你可想学哪一样？"在韩湘子的追问下，二仙作出了解释，即："小人儒是口耳之学，你若志在功名，我教你诗词文章，不过五七年间可以立马成万言，七步成章，慢说争魁夺解，就是取卿相之尊易如拾芥。但怕一旦无常，尽成虚幻，就是小人儒了。""君子儒是性命之学，你要学圣贤，就把颜子为仁、孟子养气的工夫传你，做到至诚无息的时候，便参天地，赞化育，阎罗不能管，无常不

---

① 张继禹主编：《中华道藏》第45册，华夏出版社2004年版，第23—24页。

能拘，就是君子儒了。"在这里，诗词文章与功名富贵成了"小人儒"，而修习金丹大道，却有了来自颜子、孟子的理论支持，被视为"君子儒"。经世致用的入世精神成为低层次的选择，而求仙悟道却成为高层次的追求。二者不是对立的双方，必须作出非此即彼的选择，而是同为儒者，只是因为追求不同而成了"小人儒"或是"君子儒"。可以说《蓝关九度道情》这种化用儒学为道教所用的做法更具有蒙蔽性，正所谓披着儒学的外衣以掩饰其道教的实质。

小说还反映了现实政治的腐败，官僚的腐朽与贪婪。第十三回有诗云："衮衮公侯着紫袍，高车驷马逞英豪。常收俸禄千钟粟，未除民害半分毫。满斟美酒黎民血，细切肥羊百姓膏。为官不与民方便，枉受朝廷爵禄高。"第二十回中通过雪山樵夫点化韩愈，隐喻了宦海浮沉的险恶，一班走兽为官为宦，可谓是"玄豹为御史，黑熊为知府；魑魅为通判，魍魉为都护；豹狼掌县事，猛虎管巡捕；獐鹿做吏卒，兔鹿是黎庶；狮羊开张店，买卖人肉铺"。《蓝关九度道情》第七卷《祈雪》与诸本不同的是，通过韩湘子之口说："抉树寻根，治病寻源，这大旱灾不求其本，但持法力强求何益？"那么什么是根源呢？如下：

> 权奸窃势纲纪乱，开捐纳贡鬻官爵；贪官污吏成丝罗，苛条杂派交争利，行事更比强盗恶，把小民当成寇仇祸。像这样黑天黑地，又何怪旱魃为虐？富家翁把因乘逞奸巧弄智能，不杀穷人富不浓。五谷丰收不贱卖，田地贵了买不成。贫人们吞声咽气受摆弄，弄成个修罗世界。又何怪大地火坑愚迷人，见识小，没了路，发懊恼，破这性命胡厮闹，理义廉耻全不顾，天地良心不要了。各伙成群学杀盗，弄成个饿鬼地狱，这劫怎能逃躲？

韩湘子提出的解决办法是"第一条：停捐息税；第二条：开仓散粮，再饬各省督抚县道讲解圣谕，印刷善书，家喻户晓，教养一行，不求雨而雨自至矣"（光绪十三年淮邑同辅氏跋《蓝关九度道情》抄本）。神仙道化剧及神魔小说等不遗余力地让韩愈不再留恋红尘以及人世间的功名利禄，彻底超脱飞升，但是道教的信仰者怎么也没有想到在改造韩愈的同时，他们已经被世俗的世界所同化。《韩仙宝传》第十一回《韩文公走雪得道，韩神仙忠孝两全》中，当玉帝让韩愈恢复卷帘大将原职的时候，韩愈并不谢恩，玉帝龙颜大怒。在韩湘子的求情下，玉帝封韩愈为南京都土地，韩愈却欢天喜地。韩湘子不解韩愈为什么不愿做天上的大罗仙，却愿意做品级低的土地小神。韩愈的回答是："卷帘职分真清淡，玉帝驾前不敢言。我爱南京都土地，猪羊鸡酒用不完。快快去接你婶母，同到南京受香烟。"（光绪八年板存浦市楚汉堂刻字店，德扬氏、静安氏重镌《韩仙宝传》）韩愈的选择充满了世俗的欲望，他并不追求超脱凡俗的天界生活，不喜欢在玉帝身边受拘束，而喜欢充满世俗情趣的人间生活。作为南京都土地，他是超脱生死的神仙，神仙品级的低下又使他远离帝阙避祸全身，而且能够在人间与妻子同享用不完的猪羊鸡酒与供奉香火。这种选择既包含着对以往因为小错贬谪人间的反思，也充满了世俗烟火的实用心态，暴露了道教的世俗化取向。这种修仙长生与享受人间快乐兼而有之的抉择，我们在《神仙传·白石生》中也可以看到。小说中白石生两千余岁，"不肯修升仙之道。但取其不死而已，不失人间之乐"。面对彭祖的提问，他回答说："天上不复能乐于此间，但莫能使老死而。天上多有至尊相奉事，更苦于人间耳。"[①]

与以度脱韩愈为主要情节的神仙道化剧、神魔小说不同，清代车江英《蓝关雪》与杨潮观《韩文公雪拥蓝关》等，力求重塑韩愈的一代儒臣形象，重在抒写文士的胸臆与忠贞情怀。浚仪散人序《四名家传奇摘出》云："韩柳欧苏脍炙人间，读其文靡不乐闻其遗事。乃前此曾无取其梗概，被之管弦者。车子独以慧心绣口，措意敷词，使其形声口吻俨若再生，而一发胸中磊落之气，其人品襟怀固与四君子并驱千古矣。"《蓝关雪》中依托史实，第一折《湘归》中湘子得道成仙，三年后七夕之夜归家，夫妇同看双星。第二折《报参》中韩愈接到兵部通知，吴元济反叛，命李愬进军，裴度为监督，韩愈为参谋，韩愈与妻子告别。第三折《赏雪》中天降大雪，吴元济与众姬赏雪饮酒，李愬雪夜奇袭，擒拿吴元济。第四折《衡山》中衡山南岳大帝得知贬为潮州刺史的韩愈要经过衡山，想遍观山景，就让鬼判安排风伯届时吹散笼罩的云霭，让韩愈赏玩。韩愈遭贬途中虽然也有悠悠离恨，却并没有消极绝望，"思居士，忆武侯，两

---

① 张继禹主编：《中华道藏》第45册，华夏出版社2004年版，第20页。

者谁输算,又何心吊古览奇挥翰墨"。戏曲每折各为一个故事片段,结构松散,虽然以《蓝关雪》命名,但只是在第四折写了韩愈观赏衡山风光。写韩愈事遵从史实,韩湘子仅仅出现在第一折,并无韩湘子度脱韩愈情节。杨潮观《韩文公雪拥蓝关》在同类题材戏曲中也别具特色,为文人气息浓郁的一折短剧。杨恧序《吟风阁杂剧》云:"公余之暇,复取古人忠孝节义足以动天地泣鬼神者,传之金石,播之笙歌,假伶伦之声容,阐圣贤之风教,因事立义,不主故常,务使闻者动心,观者泣下,锵锵鼓舞,凄入心脾,立懦廉顽,而不自觉。刻成,因以吟风阁名之。以是知公之用心良苦,公之劝世良切也。"① 杨潮观自云:"蓝关,思正直之不挠也。道之在天者日,其在人心者,心君气母,内不受邪,则光耀直达,通彻三界,吾于昌黎发之。"② 该剧借韩湘子之口说出"弃世学神仙,神仙笑人误;岂知忠孝心,即是神仙路","忠臣孝子""义烈人豪"虽然经历许多磨难,但是"他一道罡风迎浩气,直冲黑雾贯丹霄。莫说那邪魔煞党,辟易奔逃。就是星官天将,敢毛骨森萧。则俺八洞高真斯遇处,也要一边拱立让他遭。忠和孝,这是天上人间齐印可,万空充塞起心苗"。通过神仙之口说出,不需要弃世学仙,忠孝心就是神仙路。忠贞正直的人浩然正气,足以震慑邪魔,让神仙敬畏。韩愈不再是《韩湘子度脱韩文公升仙记》《韩湘子全传》《蓝关九度道情》等作品中,那个蓝关雪阻,悲苦求助的人物形象。他"丹心日照,惯与风霜傲",上表遭贬,依然忧心"佛教灭伦,妖僧惑世,我一发不中,势愈猖獗",坚定不移地捍卫孔孟之道,维护纲常名教。所以,雪拥蓝关的故事,因为创作者崇道或是尚儒,而表现出不同的思想倾向。韩愈辟佛老,正直忠贞的思想性格是一以贯之的,在以度脱为主的神仙道化剧或神魔小说中,这种主体性格表现得近于偏执固执。而在以弘扬儒家思想为己任的文人笔下,韩愈身上散发着凛然正气,面对困厄达观无畏,展现了文人的铮铮傲骨。

(四)明清韩湘子题材小说、戏曲对《西游记》情节的借鉴

韩湘子题材的小说、戏曲等不但汲取唐五代小说本事的养分,同时小

---

① (清)杨潮观著,胡士莹校注:《吟风阁杂剧》,上海古籍出版社1983年版,第244页。
② (清)杨潮观著,胡士莹校注:《吟风阁杂剧》,上海古籍出版社1983年版,第148页。

说、戏曲、道情、宝传等也彼此渗透和影响。故事系统不断地进行自我完善，同时也借鉴吸收同时代优秀作品的创作经验或故事情节。《西游记》作为神魔小说的优秀代表，其对于明清时期的神仙道化剧、道情、神魔小说有着深刻的影响。邓志谟以《十二真君传》为故事本事，汇集许逊相关仙传等创作完成的《铁树记》，冯梦龙删节《铁树记》完成的《警世通言·旌阳宫铁树镇妖》都明显受到《西游记》一些故事情节的影响。如《铁树记》第十二回《许旌阳四次斩蛟，龙王太子辅孽龙》化用《西游记》故事情节，创作新的故事情节。这样即可以借助于《西游记》在读者当中的影响，也可以丰富故事的情节与趣味性。小说中借助《西游记》中美猴王龙宫借宝，得到如意金箍棒，斩妖降魔，及鹰愁涧小白龙的故事，进行了故事改造与设计，使之成为许逊斩蛟故事中的一次高潮。孽龙多次被许逊击败，党羽损失惨重，南海龙王三太子为帮助孽龙拿着南海龙宫如意杵与许逊斗法。南海龙宫本有如意棍和如意杵两件法宝，如意棍被孙悟空取走，如意杵被龙太子擅自取出作为武器。龙王三太子使用如意杵大战许逊师徒，若不是观世音救助，许逊师徒险些落败。龙王三太子因此犯了死罪，在观世音的指点下，到鹰愁涧躲避，等待三百年后路过的取经僧人唐三藏。同样，这种影响也能在韩湘子题材的小说与戏曲中找到。《韩湘子全传》第二十回《美女庄渔樵点化，雪山里牧子醒迷》中，蓝采和让清风、明月变成美女，等待韩愈到来，设美女局考验韩愈。此回明显借鉴了《西游记》第二十三回《三藏不忘本，四祖试禅心》的故事情节。可笑的是韩愈被贬途中还贪恋美色，结果竟如猪八戒一样，被明月仙高高地吊在松树上，还留有一诗挂在树梢。诗云："笑杀痴迷老相儒，贪官好色苦踌躇。而今绷吊松梢上，何不朝中再上书。"作者化用了《西游记》的故事情节，使这一情节成为神仙不断考验韩愈的一个环节，使沉迷于酒色财气的韩愈迷途知返，最终醒悟，被韩湘子度脱成仙。只要读一读《蓝关九度道情》就会发现其深受《西游记》影响。如第二卷《过继》中，钟离、吕二仙三更传道给韩湘子的情节完全就是《西游记》中菩提祖师三更传道给孙悟空故事情节的翻版。《蓝关九度道情》第八卷《做梦》批语写道：

如《西游记》上唐僧在陷空山无底洞中与那金鼻白毛鼠团聚于

东南巽宫，诸天将寻之不见，悟空慧眼一观曰："在这里！在这里！"八戒曰："一定有了和尚孩了。"又朱紫国金圣娘娘弄得赛太岁骨软筋麻，只是不得沾身。诸为此说纯是直然泄漏，而人不能悟，故作做梦一段切为发明。

第十六卷《走雪》结尾处批语中有"小西天假佛不如是甚，荆棘岭之妖仙莫若此极"云云。可知，《韩湘子全传》《蓝关九度道情》的创作者熟知《西游记》的故事情节，他们或是巧妙地化用大家耳熟能详的故事情节，加以利用和改造，使之成为新故事；或是以之作为道情批语，形象生动地以西游故事解读韩湘子故事中道教的修炼理论。从一个侧面说明了《西游记》对于神魔小说或神仙道化剧的深刻影响，还说明了同一题材的小说、戏曲在不断地累积丰富的同时，也不断地吸收同时期优秀小说的故事素材，相互汲取渗透，使故事日臻完善。

三 《杜子春》与《扬州梦》等明清戏曲

唐传奇《杜子春》是一篇情节曲折跌宕、幻怪离奇的小说作品，见于《太平广记》卷十六，注出于李复言《续玄怪录》。南宋初年曾慥《类说》卷十一收录于牛僧孺《幽怪录》题为《贫在膏肓》。李时人认为"今人多据《广记》将本篇归《续玄怪录》，误"，"且《续玄怪录》作者李复言乃落魄举子，故书多穷达命定之慨叹，气度风格亦多与本篇不类，故应据陈刻本及《类说》将本篇归《玄怪录》"。① 王梦鸥则通过牛僧孺小说叙事多托于唐以前，小说取材及白居易《梦仙诗》等方面论证《杜子春》应为牛僧孺所作。② 《杜子春》作者牛僧孺、李复言、郑还古三说中，除郑还古一说系明清时期小说编辑者妄题之谬外，牛作或李作各有持说者。本书认可《杜子春》系牛僧孺所作的说法。众所周知，《杜子春》受《大唐西域记》卷七《婆罗疮斯国·烈士池及传说》故事的影响，相似题材小说还有《酉阳杂俎》续集卷四"误贬"之《顾玄绩》、薛渔思

---

① 李时人编校，何满子审定：《全唐五代小说》，陕西人民出版社1998年版，第838页。
② 王梦鸥：《唐人小说研究》（第四集），台湾艺文印书馆1978年版，第39页。

《河东集》中的《萧洞玄》、裴铏《传奇》中的《韦自东》等，均为描写修炼丹药失败，表达仙道难成的故事。明清小说戏曲以《杜子春》为故事本事加以演绎的作品有《醒世恒言·杜子春三入长安》、《绿野仙踪》第七十三回《守仙炉六友烧丹药》、《韩湘子全传》第八回《韩湘凝定守丹炉》以及清代戏曲胡介祉《广陵仙》、爱新觉罗·岳端《扬州梦》。

（一）唐代佛道修炼考验故事的比较

在诸多以"烈士池"为故事本事的佛道修炼考验故事中，以《杜子春》的艺术价值最高，影响最大。为了进一步认识以《杜子春》为代表的唐代修炼考验故事，有必要对《大唐西域记》中的"烈士池及传说"[1]、《玄怪录·杜子春》、《酉阳杂俎·顾玄绩》、《河东集·萧洞玄》及《传奇·韦自东》进行简要比较。《大唐西域记》中"烈士池及传说"亦见于《大方广佛华严经随疏演义钞卷》卷十二[2]、《宗镜录》卷六八等佛教典籍。这些佛教典籍通过隐士与烈士修道失败的故事来说明[3]人世一切皆如梦幻泡影，幻境起于人心，修道者只有保持内心的平静，克制自我的欲念，达到洞悉一切皆是虚幻的境界，无动于心，才能修道成功。传说中烈士手持利刃守护于法坛前，在幻境中为了信守"一夕不声"的承诺被往昔主人杀戮，备受投生苦辛，但在妻子杀稚子时却发声叫喊。《折疑论》卷五云："烈士之勇也，知穷之有命，知通之有时，临大难而不惧者。"[4]《大唐西域记》中的烈士可谓临难不惧死的勇士，为了助隐士修道，他在幻境中可以毫不顾惜生命，可以自己承受苦厄，但当他面对妻子杀稚子的惨烈一幕时，却无法忍受。他自云："我时惟念，已隔生世，自顾衰老，唯此稚子。因止其妻，令无杀害，遂发此声耳。"他之所以失败，是因为在类似于梦魇状态的幻境中以幻为真，无法承受亲生骨肉惨遭

---

[1] 参见（唐）玄奘、（唐）辨机著，季羡林等校注《大唐西域记校注》，中华书局1985年版，第576—578页。

[2] ［日］高楠顺次郎、［日］渡边海旭等监修：《大正新修大藏经》第36册，台湾新文丰出版有限公司1983年版，第1736页。

[3] ［日］高楠顺次郎、［日］渡边海旭等监修：《大正新修大藏经》第36册，台湾新文丰出版有限公司1983年版，第2087页。

[4] ［日］高楠顺次郎、［日］渡边海旭等监修：《大正新修大藏经》第36册，台湾新文丰出版有限公司1983年版，第2118页。

妻子杀戮,忘记了"一夕不声"的承诺,导致功亏一篑。值得注意的是隐士没有将修仙失败归咎于烈士,其曰:"我之过也,此魔娆也。"在受其影响的《酉阳杂俎·顾玄绩》① 中,中岳道士顾玄绩寻找配合其修炼者,后遇一人"神静有胆气",所以一年之中赠金数百,求其一夕勿语。其人如梦如幻,被杀投生于大贾家,长成后仍思玄绩不言之戒。娶妻生子,共有三子。他的妻子为了让他说话,竟然次第杀三子,其人不觉失声。《河东集·萧洞玄》② 中王屋山灵都观道士萧洞玄得神人所授大还秘诀,需得一勇士相助炼丹药。后遇到争渡臂折而颜色不变的"终无为",请其助己炼还丹。"终无为"经历种种幻相,最终还是投生后见妻杀其子,而"痛惜抚膺,不觉失声"。小说以"终无为"作为勇士的名字,其用意非常明显,说明炼丹不得其士,修炼求仙无论做出怎样的努力,终究是无所作为而失败。《传奇·韦自东》③ 中韦自东则是在太白山智杀夜叉后,有一道士求其仗剑护卫炼龙虎丹的药鼎,妖魔幻化为巨虺、美女均被韦自东以剑刺之而灭,后幻化为乘云驾鹤的道士诓骗了韦自东,破坏了药鼎,致使炼丹失败。可以看到,除韦自东误以为妖魔幻化的道士是修炼龙虎丹的道士之师上当受骗外,《顾玄绩》《萧洞玄》中护卫丹炉的勇士,都因再世投生,不能忍受妻子杀害亲子而忽忘不言之诺,以幻为真,导致炼丹失败。

《杜子春》④ 中,杜子春"少落魄,不事家产,然以心气闲纵,嗜酒邪游,资产荡尽",六七年间得到策杖老人三次巨额资助,终于幡然悔悟,复归于名教。当然老人的资助是有目的的,他其实是"黄冠绛帔士也",选择杜子春是为了让其相助修炼丹药。当杜子春如约至华山云台峰,老人将他引到炼丹药之所,嘱咐说:"慎勿语,虽尊神、恶鬼、夜叉、猛兽、地狱、及君之亲属为所囚缚,万苦皆非真实,但当不动不语耳,安心莫惧,终无所苦。当一心念吾所言。"当老人离去后,果如老人所言,杜子春在幻境中经历了种种险恶的考验。与前面所提小说不同,当

---

① 《全唐五代小说》卷四八,第1350—1352页。
② 《全唐五代小说》卷三七,第1021—1022页。
③ 《全唐五代小说》卷六五,第1813—1814页。
④ 《全唐五代小说》卷三十,第834—838页。

阎罗王也不能使杜子春说话，不得不让其再世投生时，阎罗王曰："此人阴贼，不合得作男身，宜令作女人。"所以，与《顾玄绩》《萧洞玄》相比，独此小说主人公再世投生为女身。这其中固然有作者蔑视女性的成分，但女性面对亲子被杀的惨烈场面无法忍受，似乎更合乎人类的天性。小说中老人将失败归咎于杜子春，抱怨曰："措大误余乃如是！"并说明了炼丹失败的原因，他说："吾子之心，喜怒哀惧恶欲，皆能忘也。所未臻者，爱而已。向使子无'噫'声，吾之药成，子亦上仙矣。嗟乎，仙才之难得也！吾药可重炼，而子之身犹为世界所容矣。勉之哉！"可以看到，诸多同类题材的小说中，杀子情节成为考验修道者能否成仙的关键情节。这些烈士、豪侠之士，他们可以将生死置之度外，忍受种种惨烈的考验，表现出超出常人的意志，却无法忍受亲子被杀，而导致炼丹的失败。程毅中认为："在印度的传说里，本意是把爱说成是魔；我们在唐人小说里看到的是爱战胜了'道'。尽管道士的炼丹术失败了，我们却喜欢那个七情未泯的杜子春，到底还是个现实世界的人，而没有变成槁木死灰的神仙。"[①] 吴志达则认为："以摔死亲子来考验道心，是灭绝人性之举；杜子春因有爱心，成不了仙，这是最伟大的母爱、神圣的人性对于宗教的反叛。这也许不是作者的本意，但客观效果却揭露了宗教的冷酷。"[②] 两位先生所论都很有道理，但如果用以观照《大唐西域记》中"烈士池及传说"、《酉阳杂俎·顾玄绩》、《河东集·萧洞玄》等作品，小说中人物何尝不是七情未泯，因无法割舍父子之爱而无法成仙呢？看似相同的故事是否有所不同？通过上述唐代小说可知，无论男人或女人，根植于血缘的骨肉之情是无法抗拒的天性，是修道求仙者无法逾越的巨大障碍。《杜子春》与其他同类小说相比，作者不但表现人类的天性，还有意识地将儒家的名教与道教的灭情窒欲的冲突与矛盾加以表现。杜子春炼丹失败了，但是小说却客观上完成了他对于儒家名教的复归，对儒家的伦常进行了生动诠释。小说中一再强调杜子春对于儒家名教的复归，这是值得注意的现象。面对老人三次赠金，第一次他面对老人"言其心，且愤其亲戚疏薄也，感激之气，发于颜色"；第二次"惭不对"，"愧谢而已"；第三次

[①] 程毅中：《唐代小说史》，人民文学出版社2003年版，第191页。
[②] 吴志达：《中国文言小说史》，齐鲁书社1994年版，第421页。

"不胜其愧,掩面而走"。挥霍无度的败家破业者杜子春在逐渐改变。当老人第三次赠予他三千万缗时,他幡然悔悟,对老人说:"我得此,人间之事可以立,孤孀可以衣食,于名教复圆矣。感叟深惠,立事之后,惟叟所使。"而后杜子春履行自己的诺言,将人间之事安排好后,前往华山云台峰报恩。杜子春用老者所赐钱财安置孤孀,"婚嫁甥侄、迁祔旅櫬,恩者煦之,仇者复之",所做的一切都表明其复归于名教。此时的杜子春不再是富而骄、贫而忧的浪荡子,而是一位扶弱济贫的仁者。所以,杜子春的改变是对儒家立身处世之道的回归。但我们也必须看到杜子春身上的豪侠品格,他恩怨分明,为了酬答救济之恩,不惜以生命履行诺言。杜子春并非主动地求仙访道,他经历的种种考验均是为了报答老者的资助之恩。当炼丹失败,老者说杜子春"所未臻者,爱而已"。对于老者所说七情,儒家的态度与道教明显不同。《礼记·礼运》云:"何谓人情?喜怒哀惧爱恶欲,七者弗学而能。"陈祥道曰:"愚谓爱,谓相亲爱,如父爱子,子爱父是也。"马晞孟则云:"情者,心之所发;心者,情之所具。情虽有七,而喜也,爱也,皆欲之别也;怒也,哀也,惧也,皆恶之别也。"[①]为了实现自己的报恩承诺,完成炼丹的使命,杜子春在幻境中经历了肉体和精神的考验,这种考验甚至触及尘世的伦理纲常。显然在夫妇之伦与父子之伦或母子之伦的取舍中,小说更重视父子之伦或母子之伦。杜子春犹如一位虔诚的殉道者,他在肉体与精神的摧残下,无所畏惧地坚持下去。在幻境中尊鬼执其妻子相胁迫,苦不可忍的妻子叫号求救直至被寸寸剉死,杜子春竟然不为所动。当其被斩后再世投生为女子,与丈夫恩爱生子,也终无一言。但是,当愤怒的丈夫将他们的孩子"乃持两足,以头扑于石上,应手而碎,血溅数步"时,杜子春爱生于心,忘记了约定,叫出声来,以致炼丹失败。小说改变了《大唐西域记》中"烈士池及传说"、《酉阳杂俎·顾玄绩》、《河东集·萧洞玄》父亲目睹亲子被杀的情节,发展为母亲目睹亲子被杀的情节。虽然这种改变如前所说有蔑视女性的因素,但相对于包含子嗣继承家族观念的父子之爱,母子之爱似乎更符合根植于血缘关系的人类天性。面对杀子惨剧,杜子春在幻境中理性的自

[①] (清)孙希旦撰,沈啸寰、王星贤点校:《礼记集解》,中华书局1989年版,第606—608页。

我与再世投生的女身两个意识瞬间达成了一致，一切都说明了骨肉之情的巨大力量。《礼记·郊特牲》第十一之二云："男女有别，然后父子亲；父子亲，然后义生。义生然后礼作，礼作然后万民安。无别无义，禽兽之道也。"① 黑格尔说："亲子关系是以自然一体为基础的，而夫妻关系却来自婚姻，而婚姻就不只是起于单纯的自然的爱或自然的血缘关系，而是起于自觉的愿望，因而属于自觉意志的自由道德范畴。"② 钱穆的有关论述有助于对《杜子春》等类型小说的深入理解，他说："'佛法'与'孝道'，本是两种正相背驰的精神而能同时存在。佛教教理主张'无我'，乃至于'无生'。但中国传统的家庭精神，正着重在'由小我来认取生命之绵延'。中国家庭是父子重于夫妇。夫妇的结合尚是'人为'，父子则属'天伦'。只有从父子观念上，才可看出生命之绵延，才可把人生融入大自然。"③ 在小说中杜子春可以不顾惜夫妻情分，但却无法忘情于亲子的关系，足可看出血缘关系的力量。以杀害亲子考验修道者的意志，唐代小说中均以修道者失败而告终，说明这种残忍的考验超出人类的天性，是严重违背中国传统伦理的，这种割断生命绵延的反伦理的行为得不到认可，人类不会容忍一个冷漠无情的所谓"仙才"，所以，作家宁可让笔下的人物成为炼丹的失败者。假如作家让笔下的人物成功经历所有考验成为仙道，这部小说必然成为一部思想内容低劣的小说。借用黑格尔的话说："我们对这种宗教狂热就不仅不能同情，而且要把这种抛舍看作不道德的而且违反宗教本质的，因为它把本身合理的和神圣化的东西都抛弃和践踏了。"④ 牛僧孺《养生论》中论述的观点也有助于我们理解小说的思想倾向，他说："先人无求生以害仁，有杀身以成仁，又有患难以相死，此则得死，此则得道得死而为寿，不以非道得生而为寿也。"⑤ 牛僧孺认为求长生不能违背礼义人伦，不以五常之道为人，即使长生也没有任何意义。他的论断是"能养生于道者，生死长短可也"。所以，杜子春炼丹失败，实际上是他复归于名教的表现，他不能为求长生得道而背弃儒家的五常

---

① （清）孙希旦撰，沈啸寰、王星贤点校：《礼记集解》，中华书局1989年版，第708页。
② ［德］黑格尔：《美学》第二卷，朱光潜译，商务印书馆2010年版，第203页。
③ 钱穆：《中国文化史导论》，商务印书馆1994年版，第150—151页。
④ ［德］黑格尔：《美学》第二卷，朱光潜译，商务印书馆2010年版，第309页。
⑤ （清）董诰等编：《全唐文》，中华书局1983年版，第6970页。

之道。

(二) 冯梦龙对《杜子春》的再创作

冯梦龙《醒世恒言》卷三七《杜子春三入长安》是以《杜子春》为蓝本再创作的话本小说。《醒世恒言叙》云:"六经国史而外,凡著述皆小说也。而尚理或病于艰深,修词或伤于藻绘,则不足以触里耳而振恒心。"① 冯梦龙特别强调小说的通俗性,以使其更好地发挥劝惩教化的作用。有关这一点《喻世明言叙》云:"大抵唐人选言,入于文心;宋人通俗,谐于里耳。天下文心少而里耳多,则小说之资于选言者少,而资于通俗者多。试令说话人当场描写,可喜可愕,可悲可涕,可歌可舞;再欲捉刀,再欲下拜,再欲决脰,再欲捐金。怯者勇,淫者贞,薄者敦,顽钝者汗下。虽小诵《孝经》、《论语》,其感人未必如是之捷且深也。噫!不通俗而能之乎?"② 所以,唐传奇《杜子春》在冯梦龙的改编下呈现出世俗化、通俗化的特征,而这种变化也直接影响到后世的同一题材的戏曲创作。

冯梦龙评价《杜子春》时说:"道家云:丹将成,魔辄害之。盖神鬼所忌也。愚谓不然。种种诸魔,即我七情之幻相也。如人感梦,由未忘情。至人无情,所以无梦。子春之遇,梦也。七情中各有未臻,岂惟爱哉!特以子春为一则耳。"③ 在冯梦龙看来,杜子春是七情未泯者,种种幻相是由其未能忘情所导致。这与冯梦龙的情教思想是一致的。他在《情史序》中云:"天地若无情,不生一切物。一切物无情,不能环相生。生生而不灭,由情不灭故。四大皆幻设,惟情不虚假。有情疏者亲,无情亲者疏。无情与有情,相去不可量。我欲立情教,教诲诸众生。"④ 所以,冯梦龙的笔下对于七情未泯的杜子春多了一份理解与包容。小说改变了唐传奇中"子春既归,愧其忘誓,复自效以谢其过,行至云台峰,绝无人迹,叹恨而归"的结局,增加了杜子春以其诚心经老君点化得道升仙,

---

① (明) 冯梦龙编著:《醒世恒言》,岳麓书社2006年版,第1页。
② (明) 冯梦龙编著:《喻世明言》,岳麓书社2006年版,第1页。
③ (明) 冯梦龙评纂:《太平广记钞》,团结出版社1996年版,第97页。
④ (明) 冯梦龙:《情史类略》,岳麓书社1984年版,第1页。

与其妻子韦氏将祖居舍为太上仙祠，募化黄金，兴铸仙像后白日飞升的故事情节。这种改变明显是唐代文人化的传奇小说向明代市民化的话本小说转变所作的调整。皆大欢喜的圆满结局是明清两代文人所喜闻乐见的，也体现了冯梦龙借助于小说"导愚适俗"，实现劝惩教化的创作意图。在冯梦龙的思想中，儒释道三教，"以二教为儒之辅也"。冯梦龙侧重于杜子春这一人物的转变，在由贫而富，由富而贫的人生经历中，他体会了世态炎凉与人情冷暖，"洗心涤虑，六根清净无为；养性修真，万缘去除都尽"，最终决意修炼仙道。他已经由唐代小说中的报恩行为，发展为对于世事的洞悉与了悟。所以，当他因爱情未泯炼丹失败后，他没有放弃，也体现了锲而不舍的执着与坚持。他斋戒三年再次到华山云台峰寻访老者而不得，后又于云台峰苦苦等候三年，最终因其至诚得到了老君的点化。值得注意的是，老君点化杜子春，并不是让其抛舍人间的一切，老君言道："既是你已做神仙，岂有妻子偏不得道。我有神丹三丸，特相授汝，可留其一，持归与韦氏服之。教他免堕红尘，早登紫府。"杜子春夫妇得道升仙并不是小说的终结，冯梦龙还有意安排了夫妇捐赠祖舍为"太上行宫"，筹募黄金塑老君金身，并在升仙之际大显神通，晓谕众亲眷云："横眼凡民，只知爱惜钱财，焉知大道！但恐三灾横至，四大崩摧，积下家私抛于何处？可不醒哉！可不惜哉！"可以说，冯梦龙将杜子春的妻子坐实为韦氏，并让夫妇在老君的点化下同登仙府，这一情节的改编使我们有理由认定冯梦龙的话本小说对《扬州梦》传奇的影响更为直接。在《杜子春》中，杜子春于幻境中投生王家为女身，长大成人后嫁给进士卢珪。还有冯梦龙将杜子春的妻子坐实为韦氏，这些均符合唐代的门第与郡望。《新唐书·柳冲传》中关于氏族的记载如下：

> 过江则为"侨姓"，王、谢、袁、萧为大；东南则为"吴姓"，朱、张、顾、陆为大；山东则为"郡姓"，王、崔、卢、李、郑为大；关中亦号"郡姓"，韦、裴、柳、薛、杨、杜首之；代北则为"虏姓"，元、长孙、宇文、于、陆、源、窦首之。[①]

[①] （宋）欧阳修、（宋）宋祁：《新唐书》卷一九九，中华书局1975年版，第5677—5678页。

文中按地域划分了魏晋南北朝隋唐的名门氏族，山东"郡姓"中的"王"与"卢"姓，关中"郡姓"中的"杜"与"韦"姓，在小说中恰恰符合。由此可知，冯梦龙熟悉唐代的氏族情况，其增加韦氏的描写并不是随意为之，而是力求符合唐代的生活实际。且杜、韦两家在汉代就是关中大姓，很有钱财。《史记·货殖列传》记载："关中富商大贾，大抵尽诸田，田啬、田兰。韦家栗氏，安陵、杜杜氏，亦巨万。"① 结合唐代关陇贵族韦杜二姓的史实，可知冯梦龙在小说中所写"元来杜陵、韦曲二姓，乃是长安巨族，宗支十分繁盛。也有为官为宦的，也有商贾经营的……"符合唐代韦杜二姓的实际。所以，杜子春出身巨富是有现实生活基础的。从《杜子春三入长安》的题目就可以发现，冯梦龙笔下杜子春故事的重心发生了转移。唐传奇《杜子春》中老人三次赠金杜子春的故事虽然情节离奇，但就其篇幅与笔墨的浓墨重彩，显然作者在云台峰炼丹经历考验的情节上花费了更多的精力。而冯梦龙对《杜子春》的再创作却着重写了杜子春三入长安的故事情节。在小说中，冯梦龙对于世态人情的揭示是深刻的。杜子春巨富时豪奢挥霍，恣情放纵；落魄穷愁时东央西告倍受冷眼。小说没有简单化地处理，而是深入细致地写出了现实社会的人情冷暖。如在杜子春家境败落之初，因为其原是大财主，当他借债时"才说的声，东也挪来，西也送至，又落得几时脾胃"。当其彻底败落后，至戚因为情不可却，也有周济他的，但对于杜子春来说，却是"热锅头上，洒着一点水"。这种描写非常符合现实生活的实际，也就是破败伊始，由于人们对于其家族实力的认识还存有惯性思维，并不会断然拒绝杜子春的借债。当杜子春陷入困境时，至亲也会给一些帮助，但是当其一而再再而三地挥金如土，由富而贫时，遭遇人情冷暖，则是社会风气与个人因素共同作用的结果。小说中老者第一次见子春时已经道出了原因，他说："俗语有云：世情看冷暖，人面逐高低。你当初有钱是个财主，人自然趋奉你；今日无钱，是个穷鬼，便不礼你，又何怪哉！"当老者第二次见子春时，他说："论起你怎样会败，本不该周济你了，只是除了我，再有谁周济你的？"所以，杜子春在富贵荣华与贫穷落魄的不同境遇中，体

---

① （汉）司马迁：《史记》卷一二九，中华书局1959年版，第3281页。

会到了"待求人难上难,说求人最感伤。朱门走遍自彷徨,没半个钱儿到掌"的残酷现实,但仔细想来这些不正是其当初"财物撒漫贱如沙"的奢华挥霍所造成的吗?杜子春在三次接受老者赠金的过程中,仅从每次老者给予他"三百个钱"的情节来看,他在发生改变。第一次他到酒店,"放开怀抱,吃个醉饱";第二次他吃透支了二百文钱,与酒家发生争执;第三次他不去酒家,一改挥霍钱财的性格。没有钱财的穷窘时候,众亲眷亲情淡漠,而当其再次拥有巨额财富后,众亲眷设酒饯行,前倨后恭。这一情节也影响到《扬州梦》传奇的创作。

此外,冯梦龙《杜子春三入长安》细腻生动地刻画了人物的内心世界。如其第一次遇到策杖老者,当老者愿意资助他三万两,让他第二天午时到波斯馆去取钱时,杜子春又惊又喜、又信又疑的复杂心理在冯梦龙笔下展现得淋漓尽致。他惊喜的是"我终日求人,一个个不肯周济,只道一定饿死。谁知遇着这老者发个善心,一送便送我三万两,岂不是天上掉下的造化";让他怀疑的是"我有好多亲属,尚不礼我,这老者素无半面之识,怎么就肯送我银子";继而他又抱有希望,认为老者看起来是至诚的,没有必要说谎,"明天一定是该去。去也是,不去也是"。

(三)寄寓身世之感的《扬州梦》传奇

清代的传奇中,胡介祉《广陵仙》与爱新觉罗·岳端《扬州梦》均是以《杜子春》为故事本事创作的传奇作品。清代这两部传奇的作者都借杜子春的故事表达自己对于现实人生的反思与感怀,这种借古人旧事抒写作者情怀与人生感慨的做法,正是这一时期作品所常见的。

胡介祉,字循斋,号茨村,大兴人,原籍浙江山阴。尚书胡绍龙之子,历官河南按察使,工诗善曲,有《随园诗集》。毛奇龄《西河合集诗话》称:

> 少参为山阴少保公哲嗣,其诗盛为当时所推。吴门汪编修即少保门下士,生平以宋诗为宗,其序少参诗曰:"诗莫盛于唐,莫盛于开元、天宝之际,杜子美、李太白、王摩诘其尤学所师承也。胡子诗能

宗太白、摩诘而得其正者欤？"则少参可知矣。①

由此可知，胡介祉诗歌以唐诗为宗，师法杜甫、李白与王维的诗歌创作。其创作的《广陵仙》传奇佚失，我们可以从《曲海总目提要》卷二三了解其故事梗概及与唐传奇《杜子春》的区别。其记载：

> 据杜子春三入长安事，增饰成编。子春侨居广陵，获成仙果，故曰广陵仙也。与《扬州梦记》各别。事本《太平广记》，后人演为小说。此两记又从小说中翻换而成，不尽合于本传也。
>
> 据云：杜子春，字青韶，（《广记》无字。）长安人，侨居广陵。父在时，曾官太宰，为娶平章韦相之女为室。子春风流自喜，歌舞六博，家资百万，缘手散尽。妻母韦夫人酷爱女及婿，而相子韦坚极力扼之，子春家童李福又曲意奉坚，时于相前揭子春之短。相奉命督师征海寇，家事皆坚主持，遂拒子春，不复顾惜。子春窘甚。（此段皆《广记》所无。）
>
> 太上老君化为老者，赠金三万。坚令诸妓诱之呼卢，一宿费尽。老者复赠金十万。子春买货漂洋，尽为海寇劫去。（按《广记》以钱为数，小说改为赠银，其数与剧相符，关目各别。）老者又赠金三十万。子春乃遍行善事，（此段剧与《广记》相合。）功行圆满，入华山莲华峰访老者。其弟子引入老君祠，教以修炼，遇种种魔障，（此段亦与《广记》合。）不为所迷，遂证仙果。（《广记》学仙不成。此异。）其子少年登第，娶平章孙女淑娥为室。（此段《广记》所无。）而坚与福用计勒取子春女乐一部，女旦瑶笺被逼自缢，竟索二人之命，同日俱毙。子春于成仙之后，复邀长安诸友并合以旧宅为太上老君行宫。（此两段亦《广记》所无。）……按剧中云：子春父官太宰，妻父韦平章，与《广记》全不相合。介祉父为尚书，恐即借以自寓。其中间说白，颇悔少年时荡费家资，疑非无因而发也。韦坚

---

① 钱仲联主编：《清诗纪事》，凤凰出版社2004年版，第936页。

是唐明皇时人。不过借用其姓名耳。①

清代周祥玉、邹金生编辑《新定九宫大成南北词宫谱》卷九、卷十二，有《广陵仙》四支佚曲，可以让我们管窥《广陵仙》的特点。四支佚曲如下：

【金菊对芙蓉】无据浮生，难穷昊壤，些儿不负年华。喜逢时昌运，世际亨嘉。怡情那惜金如土，笑愚见终类池蛙。任我狂达，酒倾竹叶，笛奏梅花。(《新定九宫大成南北词宫谱》卷九)②

【酒家醉芙蓉】(最撩人)暖日和风景色佳，(见那些)短砌空庭，青抽嫩芽。深树鸟声来上下，娇声咿哑。幽雅小池，斜系采莲艖。石桥过翠篱一架，难描画，寻常浪夸，总千金，一宵春色不亏咱。(《新定九宫大成南北词宫谱》卷九)③

【麻婆好绣鞋】斗移斗移疏星挂，楼头鼓四挝。月转月转回廊下，遥闻吠小獓，一庭花影乱交加。剪银灯绛纱闹喧喧，又惊他栖树昏鸦。停玉斝，进名茶，好留余兴再行踏，好留余兴再行踏。(《新定九宫大成南北词宫谱》卷九)④

【舞霓裳戏千秋】宜赏无过月与花，好韶华。玉案眉齐永宜家，意儿洽，清歌一曲花阴下，悠悠纤手接红牙。果然潇洒，傲然他尘世烟霞。沉沉醉，欢声杂。低低笑，柔情乍。管领春无价。(把)人间乐事，占绝非夸。(《新定九宫大成南北词宫谱》卷十二)⑤

我们有理由认为以杜子春故事为题材的清代传奇除爱新觉罗·岳端《扬州梦》外，还有一同名传奇。这一传奇在《曲海总目提要》卷四十有《扬州梦》提要：

---

① 俞为民、孙蓉蓉编：《历代曲话汇编——新编中国古典戏曲论著集成》（清代编）第二集，黄山书社2009年版，第850—854页。
② 王桂秋主编：《善本戏曲丛刊》第六辑，台湾学生书局1987年版，第1187—1188页。
③ 王桂秋主编：《善本戏曲丛刊》第六辑，台湾学生书局1987年版，第1309—1391页。
④ 王桂秋主编：《善本戏曲丛刊》第六辑，台湾学生书局1987年版，第1403—1404页。
⑤ 王桂秋主编：《善本戏曲丛刊》第六辑，台湾学生书局1987年版，第1414—1415页。

近时人所撰。与《太平广记》所载杜子春事及《醒世恒言》中杜子春三入长安皆合。杜子春，长安人，为扬州巨商，后遇老君得道，故采杜牧之"十年一觉扬州梦"为名也。①

根据提要对于剧情的概述，这一剧本与冯梦龙《醒世恒言·杜子春三入长安》相合，故可知此《扬州梦》非岳端《扬州梦》。岳端的传奇虽依托冯梦龙小说创作，但情节发生了诸多改变，绝非此《扬州梦》。因为，在诸多戏曲研究的专著中鲜有人提及此《扬州梦》，故而笔者在此特别一提，以期引起研究者注意。

爱新觉罗·岳端（蕴端、袁端）（1671—1704），字兼山，又字正子，号玉池生，别号红兰室主人、东风居士、长白十八郎等。著有《玉池生稿》《扬州梦》传奇及选孟郊、贾岛诗编《寒瘦集》等。他是努尔哈赤的曾孙，其祖父阿巴泰是努尔哈赤的第七子，其父亲是阿巴泰第四子岳乐，初封镇国公，袭封安郡王，晋安亲王。岳端的母亲赫舍里氏是辅政大臣一等公索尼的女儿，康熙朝权臣索额图的妹妹。岳端十五岁受封勤郡王，二十一岁降为贝子，二十九岁被革除贝子的爵位，成为闲散宗室，三十五岁病故。

据《圣祖实录》卷一八八，康熙三十八年（1698），圣谕云："固山贝子袁端，各处俱不行走，但与在外汉人交往饮酒，妄恣乱行，著黜革。"②出身于天潢贵胄，岳端却深受汉族文化的浸润，他喜欢与汉族文人寒士交游赋诗，厌弃朝廷内部的尔虞我诈与明争暗斗，最终被康熙皇帝黜革。《扬州梦》传奇创作完成于康熙三十八年（1698），这不能不使我们将这部传奇的创作与作家的人生际遇联系在一起，而体会到岳端勘破人世冷暖，对于人生的思考。康熙己卯（三十八年，1699）冬十月尤侗序云："若将函谷之游幻作扬州之梦，事虽恍惚，意实深长。盖聚人世酒色财气之业，造成生死轮回。亦举吾身喜怒哀乐之缘，变出悲欢离合。笑炎

---

① 俞为民、孙蓉蓉编：《历代曲话汇编——新编中国古典戏曲论著集成》（清代编）第二集，黄山书社2009年版，第1410—1412页。

② 《清实录》第五册，中华书局1985年版，第1000页。

凉之丑态,险同牛鬼蛇神。指利欲之迷途,酷似刀山剑树。田园妻子总落虚空,口舌形骸终归魔障。"康熙庚辰(三十九年,1700)洪昇序云:"其写杜子春豪荡穷愁,各极佳致,至老聃两番赠金,与三藏以酒色化三车事相类,盖人生快意一过,即兴味萧然,惟未得者想慕之焉耳。"康熙辛巳(四十年,1701)朱襄跋云:"《扬州梦》者,红兰主人谈道之作也……人之见之闻之者,宜莫不有味乎其言。谓之乐府可也,谓之喻老亦可也。何也?道故在于有名无名之际者也。"孔尚任《燕台杂兴三十首》其三云:"压倒临川旧羽商,白云楼子碧山堂。伤春未醒朦胧眼,又看人间梦两场。"注云:"玉池生作《扬州梦传奇》,龙改庵作《琼花梦传奇》,曾于碧山堂、白云楼两处扮演,予皆见之。"[1] 在阅读《玉池生稿》时,笔者发现胡介祉与岳端彼此相识并且关系十分密切。略举几例,以证明所言非虚。岳端《松间草堂集》中有诗《夏日游谷园分韵二首》,记载如下:

连日苦阴霾,摊书坐小斋。晴天正当午,竹轿过斜街。绕径多芳树,登筵尽我侪。主人无别好,诗酒见襟怀。

尚书休沐地,偏似野人家。(胡氏先人曾为尚书,园即故居。)古屋连苍藓,荒林叫暮鸦。窗无白日影,架有紫藤花。坐爱清幽处,浑忘归路赊。[2]

这两首诗写了岳端拜访胡介祉,在谷园朋友们相聚甚欢,由中午到黄昏,乐而忘归。此外,《辛巳七夕同胡介祉、何百钧、徐兰、侄孙文绍诸同人红兰室分韵》[3]《春日招余宾硕、查昇、胡介祉、刘德方、徐兰、陈世恭、顾卓游复朴园分韵二首》[4] 等诗均可使我们了解二者的交往情况。

---

[1] 汪蔚林编:《孔尚任诗文集》,中华书局1962年版,第380页。
[2] (清)爱新觉罗·岳端著,陈桂英点校:《玉池生稿》,天津古籍出版社1990年版,第63页。
[3] (清)爱新觉罗·岳端著,陈桂英点校:《玉池生稿》,天津古籍出版社1990年版,第64页。
[4] (清)爱新觉罗·岳端著,陈桂英点校:《玉池生稿》,天津古籍出版社1990年版,第69页。

胡介祉《广陵仙》以杜子春故事"借以自寓。其中间说白，颇悔少年时荡费家资"，而岳端《扬州梦》更多了一份"转瞬时光频换，回头富贵成空。追思往事便朦胧，谁说至人无梦"①的人生体验与感悟。

1. 历劫谪凡与生旦离合的叙事结构

岳端的《扬州梦》对《杜子春》及《杜子春三入长安》的故事结构进行改编，这种改编与明清之际多数神仙道化戏曲的历劫谪凡叙事结构相一致，即牵情堕世—人间历劫—度化升仙的叙事结构。《扬州梦》将人们熟知的修炼成仙的故事改成历劫谪凡的故事。关令尹喜得道升仙千余年后，忽萌生尘世之念，想要度化久堕轮回的妻子，他重投人世为长安的杜子春。老君亲自到人间点化杜子春，并安排麻姑点化杜子春的妻子韦氏。杜子春在老君第二次赠金后，在狐朋狗友的诱骗下赌博将家产荡尽，无脸面对妻子，离家出走去云台山找老君报恩。被债主索债，韦氏"醒悟了那尘世的恩爱豪华到头来不过是镜花水月"（第十四出《索债》），万念俱灰，拜麻姑为师。杜子春到云台峰守丹失败，无望中投涧自杀，斩断了爱缘。老君点化杜子春，使其幡然醒悟。最终，杜子春与韦氏俱得道成仙，重新相会，随老君升仙回兜率宫。郭英德指出："在北曲杂剧中，假如一部剧本中正末、正旦俱全，也大多是以末、旦离合作为主要叙事模式的。而且，此后的传奇戏曲作品也同样承袭了这种生、旦离合的叙事模式。因此可以说，男女主角的离合悲欢是中国古典戏曲的基本叙事模式，为历代戏曲作家所津津乐道。"②岳端在创作过程中，既汲取了明清神魔小说、戏曲历劫谪凡的故事结构，也赋予了杜子春故事生、旦离合悲欢的叙事模式。杜子春、韦氏各领一条线索，双线交织，丰富了原有的故事情节。

2. 对世态炎凉与人情冷暖的深刻体验

岳端的传奇大幅度增加了对于世态炎凉与人情冷暖的抒写与表达。岳端作为皇室宗亲，天潢贵胄，他由郡王降为贝子，由贝子黜落为庶人，他所经历的荣辱升降，他所面对的人情冷暖，对于他的创作影响是深刻的。

---

① （清）爱新觉罗·岳端：《扬州梦》第一出《标引》，康熙四十年启贤堂藏版的《扬州梦》刻本，《古本戏曲丛刊》五集影印本。
② 郭英德：《明清传奇文体研究》，商务印书馆2004年版，第297页。

岳端在传奇中增加了杜子春的朋友、家仆、亲戚等几个层面的人物,以达到揭示"炎凉之丑态",勘破"利欲之迷途"的效果。

(1) 重利轻义、翻脸无情的朋友。在传奇中,杜子春所结交的朋友汤之盘、靳况、钱金两相公等,都是一些蝇营狗苟、重利轻义的人。作者颇有用意地以"汤之盘""靳况""尤守""钱金两相公"作为这些狐朋狗友的名字,以人名谐音表达对这些人物的否定。"汤之盘"这一人名语出自《礼记·大学》,即"汤之《盘铭》曰:'苟日新,日日新,又日新。'"① 作者借《礼记·大学》之语,制造出戏谑讽刺的效果。第四出《归家》中,汤之盘自云:

> 自家非别的,汤之盘的便是,只因贱字叫做苟日,外边人见了我便是这两字呼。假如我才说句话,便齐声叫道:"苟日的言语有理。"若是我立个主意,众人就说:"苟日的主见不差。"我想这两个字虽是有典有则,叫出来其实有些不雅,为此改为日新,谁想这些人依旧叫旧字如初,可笑你们但知出语伤人,不知自己也做了苟日的朋友了。

这些人"心有窍随机应变,口有舌能言会辩。帮闲惯赚富翁钱,赚得他穷,渐渐把他疏远"(第十二出《赏灯》【青歌儿】),在杜子春富贵时,他们曲意迎合,怂恿杜子春流连秦楼楚馆,挥金如土。当杜子春落魄穷愁时,他们翻脸无情,落井下石,另投新主。第四出《归家》中,汤之盘、靳况得知杜子春得老者赠金后,在其未归时,虚情假意送给杜子春妻子韦氏钱米,博得杜子春夫妇的信任,认定他们是济困扶危的患难朋友。第六出《游园》中,汤、靳、钱、金等人欢聚于杜家,汤之盘等人又借机撺掇杜子春与风尘女子柳玉娘重拾旧情。第十二出《赏灯》中,杜子春与汤、靳等在柳家彻夜笙歌宴饮,置办花灯,挥霍无度。第十三出《被逐》中,汤之盘等人与惯于赌博的尤守设计,在柳玉娘家安排赌局,使杜子春输掉了所有家产。杜子春一旦败家破产,汤、靳等人顿时翻脸,侮慢无礼。第十四出《索债》中他们甚至闯入

---

① (清)朱彬撰,饶钦农点校:《礼记训纂》,中华书局1995年版,第870页。

杜府内宅，将韦氏赶出家门。

（2）见风使舵、忘恩负义的家仆。传奇第六出《游园》与第八出《计贫》中，还塑造了杜子春的一个家仆强悍。强悍"为人彻底聪明，作事通天手段"，杜子春让他管理文券。在强悍眼里杜子春"既痴且呆"，于是他乘机捞钱白赚。强悍很清楚杜子春结交的是一些"个个能言舌辩，入门一味奉承，背地百般欺骗"的狐朋狗友，但为人油滑的他却不肯提醒劝告，而是"背后顺水推船，人前逆风拉纤"。杜子春败运穷途，派强悍到姑表至亲杭州刺史处打秋风。强悍等候了一个月，仅获得十二两银子。当强悍看到杜子春夫妇落魄的样子，遂隐匿了打秋风获得的钱财，而且出言不逊、倨傲无礼，拒绝与杜子春同去长安，自寻出路去了。此外，还有杜子泽的家仆胡珩、苟泰善，柳玉娘的老鸨等，都是一些唯利是图的人物。

（3）势利贪吝、毫无亲情的亲戚。韦氏曾对杜子春说："那些亲戚俱是仕宦人家，他们在势利两字中大有讲究的，我劝你不要痴心了。"（第二出《辞家》）传奇间接刻画了表亲杭州刺史对前来打秋风的强悍的冷漠，同时也直接刻画了杜子泽、杜继人等同宗的势利贪吝。杜子泽这位有钱有势的族长外貌端重，却是嗜钱如命，一毛不拔。其侄子京兆府尹杜继人更是个趋炎附势的势利小人。第九出《投亲》中，杜子泽正盘算上坟修谱的费用找杜子春出，杜子春却到长安投亲寻求援助，杜子泽与杜继人对杜子春的态度前后反差巨大，让杜子春感到他们毫无亲情可言，愤慨之下与之断绝了往来。第十一出《祖饯》中，杜子春获得老者赠送的十万两银子，杜子泽与杜继人听说后，居然厚颜无耻、虚情假意地前去为子春饯行。杜子春又一次被他们轻易蒙骗，还拿出一千两银子作为上坟修谱的费用。

在传奇中，杜子春在困厄之中看不到任何希望，无论是所谓的至亲、朋友，还是家仆、妓女，这些人满眼只有金钱与权势。只有素不相识的老者两次赠予他巨额钱财，给他以帮助。岳端笔下的杜子春没有像唐传奇与冯梦龙笔下的杜子春接受老者的三次赠金，而是在第二次获赠十万两银子挥霍一空后，彻底绝望，离家出走，前往云台峰赴约。他看透了人世的虚幻，当再次遇到老者时拒绝了百万的赠金，愿意随老者修炼仙道。其妻子韦氏也是在穷途末路的时候，愿意随麻姑修道的。从这一方面来说，在情节的设计与安排方面，岳端的传奇与唐传奇《杜子春》及冯梦龙《杜子春三入长安》明显不同。岳端的传奇虽为神仙道化剧，但其对于世态人情的揭示十分深刻，这与其自身的人生体验是有关系的。在他所作《行路难》诗中，"今古人生寄一世，人世艰危千万端"①的抒写，对于人生困苦与仕途艰危的感慨与传奇中的杜子春是一致的。

3. 对扬雄、王戎的讽刺与否定

传奇第十九出《转轮》中，同以往杜子春题材的小说不同，岳端增加了在阎罗殿审讯扬雄、王戎两人的情节。作者在戏曲中增加这些故事情节，恐非仅仅为了增强剧场效果，追求戏谑滑稽的氛围。对于西汉思想家、文学家扬雄的评价也是一个存在分歧的话题。东汉至唐朝，桓谭、王充、张衡、韩愈等非常推崇扬雄，认为其超越诸子，可与圣人并列。到了宋代以后，司马光、曾巩、王安石等褒赞扬雄，而二程、朱熹等则贬抑扬雄。《二程先生遗书·二先生语四》云："世之议子云者，多疑其投阁事。以《法言》观之，盖未必有。又天禄阁世传以为高百尺，宜不可投。然子云之罪，特不在此。黾勉于莽、贤之间，畏死而不敢去，是安得为大丈夫哉?"②朱熹《资治通鉴纲目》记载"莽大夫扬雄死"，"然扬雄所作《法言》，卒章盛称莽功德可比伊尹、周公，然后又作《剧秦美新》之文以颂莽，君子病焉"。③自程朱以后，扬雄多被訾毁。岳端对于扬雄"阳修名节，阴附新莽"持否定态度，传奇中阎罗的批语是"扬雄系鼠窃狗偷之辈，合令变狗转生阳世"。扬雄在剧中还提出让其变成母狗，理由是"临财母狗得，临难母狗免"。竹林七贤之一王戎俭啬案，阎罗批语"王戎善于谋利，若发在穷荒僻壤为民，必将百计营求，为非作歹，遗害无穷，合将钱一文变作铜枷，枷号阴府，永不许转生阳世"。王戎居然十分满意，表达"古今谁似我生死不离钱"的喜悦。岳端借扬雄、王戎事，辛辣地否定了贰臣之行，批判了悭吝贪婪之徒，其笔锋所向必有所指，借

---

① （清）爱新觉罗·岳端著，陈桂英点校：《玉池生稿》，天津古籍出版社1990年版，第48页。
② （宋）程颢、（宋）程颐：《二程遗书》，上海古籍出版社2000年版，第125页。
③ （宋）朱熹：《朱子全书》，上海古籍出版社、安徽教育出版社2002年版，第508页。

戏曲抒写胸臆，表达激愤之情是显而易见的。

4. 由疏狂到虚无的转变历程

通过传奇中杜子春从豪荡疏狂到穷愁落寞的人生历程，我们可以看到岳端由郡王到贝子，由贝子到庶人的人生体验。如前洪昇所说的"盖人生快意一过，即兴味萧然，惟未得者想慕之焉耳"。岳端因为与汉族文人交游，作为皇室宗亲却无视满汉的界限，被康熙皇帝贬黜。岳端虽然也希望"谁人一为公卿说，诗酒场高名利场"（《春日喜问亭兄过访偕侄孙昭及诸同人分韵》）①，但他依然保持其文人的雅致与疏狂，吟唱着"兴来狂笑并狂吟，醉后藉糟而枕曲"（《过晴云书屋观米南宫〈潇湘夜雨图〉漫成长歌三首呈素庵表弟芬》）②、"野处忘城市，狂夫今更狂"（《春日园居寄怀表弟素庵芬昆季》）③，最后他看破红尘，走向虚无消极。如他的《咏怀二首》其一云："人世相纷争，纷争利与名。仆将利让人，树名思自荣。拥书或达旦，得句夜时兴。近好黄老言，颇知生死情。虚名复何益？日夕常营营。枯骨不借润，徒招人妒生。"④ 其实在早期的诗作《题老子图》中他就借尹喜随老子西出函谷关事，表达了"我生千载后，颇有相随志"⑤ 的向往之情。所以，岳端将杜子春与老子、尹喜故事结合在一起，进行了再创作，可看作这一思想的延续。第二十四出《升仙》中，杜子春炼丹失败，被老君逐出，彻底绝望投涧自杀。传奇让杜子春"撒手赴狂澜，才把爱欲斩断"，方得到老君的点化，从沉迷中醒悟。这种处理不同于以往作品。杜子春只有对现实彻底绝望才会选择投涧自杀，这也许是岳端心态的一种折射。作者通过老君之口说："吾之所以有大患者，为吾有身。及吾无身，吾有何患？"人生如梦，一切终归虚

---

① （清）爱新觉罗·岳端著，陈桂英点校：《玉池生稿》，天津古籍出版社1990年版，第62页。

② （清）爱新觉罗·岳端著，陈桂英点校：《玉池生稿》，天津古籍出版社1990年版，第65页。

③ （清）爱新觉罗·岳端著，陈桂英点校：《玉池生稿》，天津古籍出版社1990年版，第68页。

④ （清）爱新觉罗·岳端著，陈桂英点校：《玉池生稿》，天津古籍出版社1990年版，第79页。

⑤ （清）爱新觉罗·岳端著，陈桂英点校：《玉池生稿》，天津古籍出版社1990年版，第26页。

空。消极虚无的思想也体现在岳端的最后的一首诗《癸未除夕立春》："虚度三旬半，惊看四序周。灯花开夜色，爆竹乱更筹。旧岁还拖尾，新春忽起头。朝来何所祝，吾道贵无求。"[①] 对于现实的绝望，使岳瑞失去了人生的追求。万家灯火，辞旧迎新的欢乐对他而言没有任何意义。在消极颓废中，他任由生命枯萎。在创作这首诗两个月后，岳瑞离开了人世。

四 《樱桃青衣》与《樱桃梦》比较研究

唐代梦幻题材小说《枕中记》《南柯太守传》《樱桃青衣》等，均反映了落魄无成、仕途坎坷的唐代士人对于人生如梦的感慨，万念俱灰后向宗教的皈依。与《枕中记》《南柯太守传》相较，《樱桃青衣》情节结构、题旨立意与二者相近，文采逊色，情节亦粗陈梗概而无曲折波澜。所以，《樱桃青衣》常常被《枕中记》《南柯太守传》的光彩所掩，鲜有专文研究，只是在小说史或研究《枕中记》《南柯太守传》的论文中附带一提。因为明代陈与郊以《樱桃青衣》为本事，创作了《樱桃梦》传奇（《古本戏曲丛刊二集》），所以，于此加以比较研究，以体会陈与郊对唐代小说的利用与改造。

（一）神仙度化的情节模式

《樱桃青衣》收录于《太平广记》卷二八一，阙出处，一般认为其为陈翰《异闻集》中作品。就小说创作而言，其虽与《枕中记》相似，也有自身的特点。

与《枕中记》吕翁的点化及《南柯太守传》以实证梦不同，《樱桃青衣》表现的是文人在生活窘迫、仕宦坎坷的失意状态下，人生选择的转向与自我调节。小说中讲经的僧人并非点化者，不似《枕中记》中的吕翁以超然的姿态俯视着沉醉于尘世荣华富贵的众生。小说中落魄困窘的卢生在精舍中听佛讲因疲倦而入梦，荣华富贵的卢生又在精舍中礼佛昏醉而

[①] （清）爱新觉罗·岳端著，陈桂英点校：《玉池生稿》，天津古籍出版社1990年版，第82页。

梦醒。从入梦到出梦，一切回归到最初的原点，梦境之中"婚宦俱毕"的快意与梦醒之后"服饰如故"的落寞形成了巨大反差，也促成卢生对人生的洞察与彻悟。心存仕宦热念的卢生却入佛寺听讲，这说明卢生自身在寻求解决内心困惑的办法，所以让其在佛寺中体悟梦幻人生是有象征意义的。宗教的环境促使其通过梦境反思人生，但起作用的却不是僧侣的佛讲，而是卢生的自我觉醒。卢生发出"人世荣华穷达，富贵贫贱亦当然也。而今而后，不更求宦达矣"的叹息，既有通脱豁达的一面，又有失落无奈的一面。但这一人生转向是卢生自我做出的抉择，而非来自仙者的点化之力。

娶高门大姓女，科举仕宦进身是唐代士人普遍追求的理想。小说中先婚恋，后仕宦的情节，是以梦境反映社会现实的真实图景。在梦境中满足了一位"频年不第"的士子的人生理想。小说反映了唐代重门第阀阅的社会现实。范阳卢氏、博陵崔氏、荥阳郑氏世代联姻，既重视婚姻联盟，也在子弟仕宦之途方面互相援引。在青衣的引导下，卢生依附了一门清贵的高门大姓崔家。其姑为卢生订婚郑氏，选择吉日成婚，大宴宾朋，婚礼办得极其华盛。美好婚姻之后，随即是仕宦生涯的顺风顺水，与现实中"频年不第，颇窘迫"形成反差。但卢生成功的原因是裙带关系，而非才华。其姑具有掌握卢生仕途的力量，反映了贵族构成了利益集团操控了取士与官员的选拔任命。"礼部侍郎与姑有亲"，在其帮助下卢生擢第。"吏部侍郎与儿子弟当家连官，情分偏洽"，使卢生应宏词科高中甲第，授秘书郎。因"河南尹是姑堂外甥"，在其帮助下，敕授王屋尉。梦境之中描写了唐代科举仕宦的现实，卢生梦中仕途春风得意，正从反面说明了他在现实中失意的原因所在。由梦而悟的卢生寻仙访道，绝迹人世，体现了唐代士人在仕宦与仙道人生路径之间的一种选择。仙道之路与仕宦之途相较，又何尝是一路坦途？重要的是唐代士人对人生荣辱升降、贵贱祸福的深沉思考。

陈与郊（1544—1611），字广野，号禺阳、玉阳仙史，或署高漫卿，室名任诞轩，浙江海宁人，曾任太常寺少卿。创作了《诙痴符》传奇四种，即《樱桃梦》《鹦鹉洲》《麒麟罽》《灵宝刀》。"诙痴符"语出《颜氏家训》卷四："吾见世人至无才思，自谓清华，流布丑拙，亦以众矣。江南号为诙痴符。"杂剧有《昭君出塞》《文姬入塞》《袁氏义犬》传世。

著有《隅园集》，辑有《古名家杂剧》《古今乐考》等。吕天成《曲品》将其列为"中之下"，称"禺阳给谏，富而好文"。①《樱桃梦》"此摭青衣樱桃事。梦中观巨鹿一战，亦奇快。词藻工丽，可追《玉合》"②。祁彪佳《远山堂曲品》将《樱桃梦》列入"逸品"，其云："炎冷、合离，如浪翻波叠，不可摸捉，乃肖梦境。《邯郸》之妙，亦正在此。先生此记，尽泄其慨世之语，而其才情宕逸，皆不可一世；乃其守律正音，则居然老宿也。记中樱桃园之事，出《艳异编》，《李丹》已采入矣。"③ 陈与郊根据《樱桃青衣》创作了《樱桃梦》传奇，其在唐代小说的故事基础上进行了大胆的艺术再创作，内容与唐代小说有着明显的差异。

《樱桃梦》传奇与诸多神仙道化戏曲一样，将戏曲情节的发展置于神仙度化的情节模式之中。唐代小说中卢生的自悟自醒被改编为神仙的度化。当然，这一度化不是谪凡历劫的模式，而是将漫漫人生浓缩于短暂的梦境之中，点化度脱的过程起于入梦，终于梦醒。《邯郸记》《南柯记》《樱桃梦》戏曲中所表现的故事均为这一度脱模式。陈与郊在戏曲中安排了黄里先生这一形象，黄里先生通过梦境点化度脱卢生，使卢生醒悟人世酒色财气终归一梦，卢生最终追随黄里先生上山修道。

（二）梦中有梦的梦幻叙事

陈与郊在《樱桃梦》传奇中对梦幻叙事进行了有益的探索。《曲海总目提要》卷六指出："凭空撰出黄里先生、宁阳子、崔闲、张怡云等名目，及斩鬼遇仙诸事，虽极意经营，而头绪纷杂，不成章法，且悁忿恣骂，无和平之音，视临川之谱《邯郸》，不逮远矣。"④ 祁彪佳赞誉"《邯郸》之妙，亦正在此"，而《曲海总目提要》则认为"视临川之谱《邯郸》，不逮远矣"，由此可见，对于同一戏曲的评价仁者见仁智者见智，

---

① 俞为民、孙蓉蓉编：《历代曲话汇编——新编中国古典戏曲论著集成》（明代编）第三集，黄山书社2009年版，第93页。
② 俞为民、孙蓉蓉编：《历代曲话汇编——新编中国古典戏曲论著集成》（明代编）第三集，黄山书社2009年版，第93页。
③ 俞为民、孙蓉蓉编：《历代曲话汇编——新编中国古典戏曲论著集成》（明代编）第三集，黄山书社2009年版，第139页。
④ 俞为民、孙蓉蓉编：《历代曲话汇编——新编中国古典戏曲论著集成》（清代编）第二集，黄山书社2009年版，第257页。

褒贬不一。《樱桃梦》与《邯郸记》《南柯记》等戏曲作品相同，戏曲情节的主体均被置于梦境中推进发展。但同中有异，在于陈与郊大胆尝试，在戏曲情节中表现了梦中之梦。通过看似无序混杂的情节表达了对于现实世界的真实情感，荒诞之中寄寓着现实的思考。正所谓"梦之梦也，在梦不知梦，出梦知梦。出梦知梦，正不知仍在梦"（《樱桃梦·开宗》）。作者借黄里先生幻化的竹林寺僧人之口指出："醒不出思虑之中，梦却出思虑之外，则怕梦也不假。"作者就是要通过梦醒之真妄，使人知道生死之去来。作者通过《破嗔》《觉贪》《幻侠》《晤仙》，以梦让卢生破妄归真，以梦中之梦点醒卢生使其破除嗔心贪念进而悟道。正如梦梦生题云："假也，真也，梦也，觉也。然无真不即假，无觉不由梦，梦因假而觉亦假，假因梦而真亦梦也。知此可与读《樱桃记》也。"此处不由得让人想起《红楼梦》中"太虚幻境"那幅"假作真时真亦假，无为有处有还无"的对联，二者有异曲同工之妙，饱含对于人生的感悟。

（三）增加了慨世抒怀的情感寄托

陈与郊《樱桃梦》的创作与唐代小说《樱桃青衣》相较，作品中充溢着慨世抒怀的情感寄托，体现了作者对世态炎凉的深刻体验。作品创作完成后，明万历三十二年（1604）齐悫评价说："谱或深于意，一游戏为之。谓无当谱韵，不敢谓中有所寄托则不然，读自见之。"明清两代评论者均体会到陈与郊寄托于作品之中的慨世与激愤情感。徐朔方在《晚明戏曲家年谱》之《陈与郊年谱》中指出《樱桃梦》以《樱桃青衣》为骨架，对故事情节所作的改动"显然同作者本人的仕途失意有关"。[1] 明清以来对其剧作慨世或悁忿虽褒贬不一，但却足以证明陈与郊借唐代小说抒发慨世胸臆的事实。李维桢撰《太常寺少卿陈公墓志铭》是了解陈与郊生平线索的重要文献。[2] 隆庆元年（1567），二十四岁的陈与郊以《春秋》举于乡。万历二年（1574）陈与郊与沈璟同年及第，出于王锡爵之门，被授河间府推官。万历五年（1577）"复除顺德府宪令理官，从侍御史按

---

[1] 徐朔方：《晚明戏曲家年谱》第二卷（浙江卷），浙江古籍出版社1993年版，第397页。
[2] （明）李维桢：《大泌山房集》，载《四库全书存目丛书》集部一五二，齐鲁书社1997年版，第351—353页。

部狱，出入官，臧否经其手"。在用法严苛的现实环境中，陈与郊为官清廉，对诉讼案件处理公允，他善于断案，"所保全甚众，所平反不可数计"。陈与郊迁官离任，"遮道泣而留行者二三百里内接踵，呼为陈佛，至今尸祝之"。陈与郊任吏科给事中后，卷入党争漩涡之中。万历十七年（1589）其复为礼闱同考官，"科臣两同考礼闱亦数十年稀见，以是益海妒矣"。刑部山东司主事吴正志、光禄寺卿王汝训等人先后加以弹劾，指责陈与郊招权纳贿。万历十八年（1590），王汝训、万国钦等弹劾陈与郊，陈与郊擢太常寺少卿提督四夷馆。《明史·王汝训传》记载："吏科都给事中海宁陈与郊者，大学士王锡爵门生，又附申时行，恣甚。"[1] 这一年其母亡，陈与郊闻讣奔丧。万历二十年（1592），"有以行取考选过滥，追论诠曹及公，遂免官"。文臣间的相互攻讦，仕途的荣辱浮沉使陈与郊对人情冷暖有着深刻的体验，这些现实生活的感受很自然在《樱桃梦》中得以体现。作者开宗明义，指出人生皆梦，"至于忽聚忽散，或泣或歌，乍谄乍谤，梦中之无据者也"（《樱桃梦·开宗》）。人情冷漠，世事无常是传奇着力表现的内容。传奇中增加了张虚、李真等忘恩负义的小人，以及趋炎附势的官僚。通过《猎饮》《逆旅》《迎吠》《召起》《慨世》《恶诮》等出戏，写出了卢生宦海浮沉中各色人物的嘴脸。《破嗔》《觉贪》《访道》《幻侠》《悟仙》等出戏，写出了黄里先生对卢生的点化过程。神仙点化的情节中也包含着愤世嫉俗，对功名利禄的否定。如第八出《破嗔》中，卢生梦中做梦，跋古评今，指出："咱笑那陷淮阴的丞相与那屈坐扬子云的史官好没天理也。"他断阴狱惩处了残人杰、戮天民的汉代酷吏张汤、杜周，发泄胸中不平之气。第十一出《觉贪》中，梦中做梦，与西施、绿珠、王嫱三位女仙宴饮，点破其嗔心与贪念。第二十二出《幻侠》中，在黄里先生化身的宁阳子引导下，卢生穿越时空亲眼目睹了项羽叱咤风云大战秦军的战争场面，领悟到"过眼豪华一似梦醒"。

（四）多美共事一夫的婚恋描写

明清戏曲中婚恋题材故事经常会设置多美共事一夫的故事情节，往往以专情贞烈的品格塑造女性形象，而男子却以风流多情自赏。《樱桃梦》

---

[1] （清）张廷玉等：《明史》卷二三五，中华书局1974年版，第6117页。

中卢生也具有这一特征。第三出《入梦》中,他挑逗樱桃侍女。第五出《议亲》、第六出《结婚》中,卢生与郑霓裳结为夫妇。第九出《幽期》中,卢生就移情于樱桃了。其云:"小生初遇樱桃,十分留意。自谐连理,一会无因。唉!叵奈严严整整不做美底夫人,又兼着乖乖觉觉会提防底娘子。"第十一出《觉贪》中,卢生梦中与仙女相会,竟冒称自己姓阮。第二十八出《渔色》中,遭贬的卢生又与张怡云定情。正如该出戏中卢生奴仆所说:"相公近来落托,士夫与那闲游贵介有一种铺张高旷深谈释氏苦空,有一种卖弄风流好播倡家翰墨。相公什么样人品,什么样地位,什么样年纪也落在这套子中。"这应该是明代落魄文人的真实写照,或谈禅论道回避现实,或流连风月诗酒风流。

综上,在唐代小说的故事框架下,陈与郊运用文人之笔进行了艺术再创作。作品表达了作者对于仕宦之路的厌倦,对于趋炎附势社会风气的否定。传奇采用神仙度化的故事模式,以及多美共事一夫的情节等,均带有不同于唐代的时代气息。

五 《裴谌》与《李丹记》比较研究

《裴谌》见于《太平广记》卷十七,注明出处为《续玄怪录》。又见于《艳异编》《古今说海》《逸史搜奇》诸书。作品中"王敬伯"因宋人避讳,在《古今说海》《逸史搜奇》中被改为"王恭伯"。明代四明大雅堂编《李丹记》(《古本戏曲丛刊五集》),陈继儒评,赵当世校,是根据唐代小说《裴谌》创作的戏曲作品。《李丹记》一名《再来人》,是一部神仙道化题材的传奇作品。目前对于此剧的研究还只限于作品版本情况、剧目情节和作者的考证。杜颖陶《始得李丹记校读记》[1]记其于1933年7月,在御霜簃藏曲中,发现抄本《再来人》传奇一部,仅存上卷十八折,并且存在"玄"字被挖去末笔的避讳现象,为清代顺治年间抄本。孙楷第《戏曲小说书录题解》中亦有《再来人》传奇著录,抄本仅存十八折。其云:"盖剧所演大致虽本《广记》引《续玄怪录》之文,而关目稍有窜

---

[1] 《剧学月刊》1935年第7期。

改，不尽依之，亦曲家演古之常习也。"① 王树伟《记最近所见几部珍本戏曲小说》记录了所见《李丹记传奇》上卷的版本情况②，明代刘还初撰，陈继儒批评。作者别署天放道人。缺序文目次，存上卷十八折。周妙中《江南访曲录要》③ 介绍了上海图书馆收藏的明代刊本《李丹记》版本情况，提出陈继儒《题李丹记》中所称"浙东海日先生"系明代刘还初，怀疑"刘志选、刘还初、刘慈水为一人"。程芸《明传奇〈李丹记〉作者刘还初新考》④、潘明福《明传奇〈李丹记〉作者考补》⑤ 确认戏曲的作者是刘还初，即《明史》卷三〇六《刘志选传》所载的阉党刘志选。刘志选早年是直言抗谏的英雄，家居三十年，七十岁复出，却成为附逆的阉党，其人生经历可谓前后殊途。《李丹记》创作于建言受贬之时，所以陈继儒《李丹记题辞》称"浙东有英雄曰海日先生"，以英雄目之，指出其"尝以建言出部曹，又以神明宰名邑。一旦挂冠神武，逍遥山水间"。《李丹记》传奇对唐代小说《裴谌》进行了改编，主要有以下几个方面。

（一）故事模式与结构的改变

《李丹记》作为神仙道化剧，其对唐代小说《裴谌》所进行的改造亦遵循神仙道化剧的共同规律。即前面多次谈到的谪凡历劫、度化升仙的故事模式与男女主人公双线发展的情节结构。传奇中王恭伯与赵瑶娟前世分别是玉皇殿前香案吏、金母座下执拂侍儿，五百年前盂兰大会上两人相遇一笑而被谪降人间。戏曲作者改变了唐代小说的故事情节，将戏曲故事发展置于度化升仙的故事模式之中。许真君降丹李，命蓬莱散仙梁芳到人间济度裴谌、王恭伯、赵瑶娟三人。在唐代小说中，裴谌、王敬伯、梁芳三人为方外之友，梁芳修道无成而死。他的死造成了裴谌、王敬伯在求仙与仕宦人生道路选择上的分道扬镳。小说中梁芳的死是故事情节发展的关键节点，但是这一人物形象并无清晰的面目与具体情节。在戏曲中，作者充分利用这一人物，使其成为许真君济度计划的具体执行者。同时，传奇以

---

① 孙楷第：《戏曲小说书目题解》，人民文学出版社1990年版，第311页。
② 《文物》1961年第3期。
③ 《文史》第二辑，中华书局1963年。
④ 《文献》2011年第1期。
⑤ 《文献》2013年第1期。

生旦为主的情节结构也促使作者加强了对赵瑶娟的情节设计。使得男女主人公升仙的历程构成贯穿戏曲的双线结构，时而平行发展，时而交汇聚合，使故事情节更加摇曳多姿，曲折生动。尤其是情节中还用奇幻的情节，以裴谌、李花仙子幻化为假马周、假赵瑶娟考验王恭伯的修道意志，情节奇幻生动。

（二）创作主旨的改变

唐代小说《裴谌》反映了仕宦与求仙两种人生道路的选择。关四平师《是入仕为官，还是入道求仙——唐代小说中士林人生道路问题探讨之一》一文有精辟的论述。文章指出："从题材各自演变的轨迹说，仕宦与求仙两种题材在唐代以前已经是各有渊源，且源远流长，但认为做官与求仙各有所乐，则是唐代士人在面对入仕与求仙矛盾时的一种超越前人的宽容心态，体现出一种带有时代新色彩的多元人生价值取向。"[①] 小说作者于小说结尾处更感叹"神仙之变化，诚如此乎？将幻者鹜术以致惑乎？固非常智之所及"。小说中王敬伯于求仙中途改变志向，转而选择仕宦之途，面对裴谌修成仙道他虽怅然若失，但并没有舍弃仕宦重归仙道。很明显《李丹记》的创作主旨发生了变化。王恭伯经历了求仙、仕宦、求仙这样一个过程，由小说中的求仙失败者而变为虽经曲折终获成功者。从求仙到仕宦，反映的是人生道路的中途转向；从仕宦到求仙，反映了人生道路的优化。整个过程的重点则是不断地考验度化的过程。陈继儒《李丹记题辞》认为作者"痛悯一切群生沉五欲、昧三生，痴如赴火之蛾，危似啮藤之鼠。此非庄语格言之所能觉也。乃借裴谌、王恭伯故事作《李丹记》传奇，从人间唱演一翻，可以哭世，可以傲世，可以住世，可以出世"。强调戏曲以通俗的艺术形式警醒教化世人的功能，与小说中裴谌所说"怜其为俗所迷，自投汤火，以智自烧，以明自贼，将沉浮于生死海中，求岸不得，故命于此，一以醒之"的目的一脉相承。不同之处在于小说不明确强调教化目的，而在裴谌警醒王敬伯之时客观达到了教化读者的作用。戏曲作家、评论者则突出强调戏曲的教化功能，并以之作为创

[①] 中国社会科学院文学研究所中国古代小说研究中心编：《中国古代小说研究》，人民文学出版社2008年版，第57页。

作目的引导戏曲的创作实践。《李丹记凡例》特别强调说："是编专为劝修道之士莫犯色戒，从头彻尾不离此意，故绝无旁出而诨谑亦少。"①《李丹记》上卷第一折《开宗》【玉梅春】中亦云："尘缘无奈情根重，金丹难待天仙种。爱河跳出即真宗，试访终南白鹿洞。"所以，王恭伯在戏曲中因五百年前一笑情缘谪降凡尘，其为情根未断的痴情种，因此能否断绝情欲成为其修真成败的关键。上卷第七折《证道》中梁芳对弟子大谈性命之道、玄妙之理。指出："大道在心，一心坚凝，万欲自净，七情不摇。要知大道，只在净心。"并发现王恭伯尚有疑心，心志不坚。第九折《鼎试》借鉴了《玄怪录·杜子春》炼丹守炉的故事情节。妖魔不能动摇王恭伯心志，但其却被嫦娥所惑，导致炼丹失败。陈继儒对此段情节评点说："受病处被师友看破，直缠到底，吃跌做忌，因祸致福。"又如上卷第十七折《初访》、第十八折《掷李》，下卷第三折《再访》、第四折《入梦》、第五折《入幻》、第六折《完姻》、第七折《索朕》、第十一折《梦魔》、第十三折《幻魔》等，作者以戏为文，以文为戏，写了王恭伯为情所惑，迷恋被裴谌摄到樱桃园弹筝的赵瑶娟。同时，又设置了假赵瑶娟、假马周，演绎一系列幻怪曲折的情感故事。正所谓"万缘由意造，千劫为情生"（下卷第四折《入梦》）。戏曲以梦境、幻境与实境的交错，使情节变化曲折，真假错认，进而考验王恭伯的修真意志是否坚定。正如作者在《李丹记凡例》中所说："悲欢离合之处力脱蹊径，中间变幻百出脉络自贯，令观者不厌。"摇曳多姿的戏曲情节较唐代小说更加丰富而生动，贯穿着宿世情缘的离合，真幻统一，使故事富于变化而引人入胜。

（三）引史入戏的自我寓言

《李丹记》与陈与郊《樱桃梦》、岳瑞《扬州梦》等以唐代小说为题材创作的神仙道化剧有一共同特征，就是引史入戏，或是抒发胸臆，或是表达经世抱负。所以，陈继儒在《李丹记题辞》中说："神仙者，英雄之退步也。"刘还初贬谪闲居，寄情词曲，以释道自遣，看似通脱，实则并未释怀。虽然"室中所置惟经案药炉、一衲一瓢与二氏之书而已"，"数梦左元放授以至道……清虚恬淡裴谌辈中人也。虽托寓言，实亦自道"。

---

① 参见《李丹记》，《古本戏曲丛刊五集》本。

陈继儒一语道出传奇实为作者自寓的事实。所以结合《明史·刘志选传》，刘志选七十岁再次出仕，醉心仕宦谄媚魏忠贤，足见其绝非清虚恬淡修道之人。《李丹记》创作之时为万历二十八年（1600），这一年汤显祖完成了《南柯记》，屠隆《彩毫记》也完成于这一年前后。刘还初对王恭伯形象的塑造融入了对自我的一种期许，表达其经世与出世的人生体验。那么这位时人眼中的抗颜直谏的英雄在戏曲中要表达怎样的理想呢？

1. 先仕宦后求仙的人生理想

作者借王恭伯之口表达了先仕宦后求仙的人生理想。上卷第二折《合志》中王恭伯是"簪缨世裔，清白家风，先朝王子乔之重孙，当今文中子之嫡侄"，他才华横溢却生辰不偶，自言"欲先去经邦济世，少垂竹帛之勋。后来访道栖真，立证神仙之位"。由此可见，王恭伯不同于唐代小说中中途改志的人物形象，一出场就以先仕宦后求仙规划自己的人生。其色根未泯是前世姻缘，放弃求仙追求仕宦则是其对先仕宦后求仙的人生理想的实践。作者借王恭伯、裴谌之口说"济世安民，亦是积功累行"，"成得仙时救世度人，长生不老便是大忠大孝。若做官时未除贪诈，贻祸国家倒是不忠不孝了"。由此可见，戏曲对于王恭伯的塑造体现了儒道思想的融合，仕宦与求仙并不矛盾，积极入仕反而是济世安民的善举，求仙问道也是忠孝之行。

2. 文人应有磊落豪气与济世情怀

传奇赋予了王恭伯磊落豪侠的气概，他能够舍财济人于危厄。这既可看作其得成仙道积累世功的善行，也可视为作者的自况。上卷第十一折《旅逢》中，作者特意安排下山的王恭伯在新丰与"侠骨天成傲，英雄自古叹蓬飘"的马周相遇，两人一见如故，惺惺相惜。上卷第十三折《成名》中，唐太宗读了中郎将常何所进《太平十二策》大悦，询问常何知为马周、王恭伯所作，授予两人官职。作者将马周之事融入传奇，既是剧情发展的需要，也为王恭伯的治世才华张本。下卷第九折《积功》中，再次赴白鹿洞修道的王恭伯，渡湖遇龙，投明珠救舟中众人性命。途经古庙，献宝镜镇妖救童女张氏性命。陈继儒评点曰："二事总属魔，然舍己利物侠士能为，惟白鹿洞弃妾一着，真英雄霹雳手。"在陈继儒眼中，王恭伯舍弃异宝救助黎庶体现了其豪侠精神。戏曲吸纳了马周故事，使之与王恭伯的磊落豪侠之事相辉映。从中可以体会到戏曲作家的用心，他渴望自己能够像王恭伯与马周一样，得遇明君，舒展济世的怀抱。

3. "宽政亦是积功"的为官之道

作者在戏曲中对王恭伯的为官之道进行了表现，强调雨露无私，法外施仁。陈继儒评价"宽政亦是积功"十分恰当。具体表现在下卷第二折《刺刑》、第十七折《演法》。戏曲借用史实入戏，可见作者经世的理想。第二折《刺刑》中，王恭伯明断三起案件。第一起开河入汴之事，王恭伯认为是"天行劫数，怎问得官吏侵欺"；第二起唐临追论封德彝欲开棺戮尸之事，王恭伯认为"致君臣之好不终，亦不可为训，姑夺赠改谥罢了"；第三起皇甫德参上书激怒皇帝之事，王恭伯认为"自来人臣言事，不激切，不能动上听。若罪了德参，后来谁复敢言"。王恭伯所施行的宽仁之政，可以看作作者刘还初的为官从政的理想。现实中刘还初因直谏贬官，戏曲中王恭伯则对皇甫德参尽忠言事、不顾忌讳给予充分肯定，其中寄托了作者"谪宦无名倍足悲"的情感。下卷第十七折《演法》中，成仙的王恭伯大显神通，当着唐太宗、马周等人之面大断阴狱，审断了萧瑀告傅奕谤毁佛法案、裴寂谤讪刘文静冤死案、萧翼骗《兰亭集序》案，雪了千古不白之冤。让唐三藏超度泾河龙王一事，则是《西游记》故事对戏曲创作影响的又一例证。肯定傅奕逆耳忠言，洗脱刘文静不白之冤，批评萧翼的欺诈行为，通过对人间、阴间案件的明察秋毫、公正断案，可以间接体会到作者对为官之道的理解，即忠贞清正、宽仁睿智是其政治理想。但历史总是富于戏剧性，总是有让人意想不到的结果。刘还初家居三十年，经同科进士叶向高援引再次出仕，晚节有亏，附逆魏忠贤，最终自尽身死。何以有如此转变？仅凭现存史料无法说得清楚，但《李丹记》所反映的思想内容与文化内涵，却足以说明人的多面性与复杂性。被归于阉党的罪恶之臣，也曾被视为英雄，也曾有济世的抱负。作者作为自诩淡泊名利的高雅之士，最终却醉心仕宦丧失名节，这就足以使《李丹记》成为一部不容忽视的戏曲作品。

第二章

唐代婚恋题材小说与明清戏曲的改编

唐代婚恋题材小说以其丰厚的思想意蕴、高超的艺术水准，形象生动地展现了唐代社会的婚姻习俗、婚恋观念、婚恋形态的方方面面。与豪侠题材、神怪题材相比较，唐代的婚恋题材小说更具有开创性，更能够反映唐代社会文化生活与世态人情。婚恋题材是文学艺术表现的永恒主题，唐代婚恋题材小说更以其凄美曲折的故事情节、真实而不矫饰的情感表达感染后世的读者，成为历久弥新的文学经典。唐代婚恋题材小说各种类型，诸如现实婚恋题材小说、超现实婚恋题材小说中的精品佳作都为明清戏曲家所改编，成为唐代婚恋题材小说的另外一种生命形态。这些戏曲作品中既有对唐代婚恋题材小说的继承与发展，又有推陈出新的创作。明清戏曲代表流派、作家都对唐代婚恋题材小说表现出浓厚的兴趣。代表流派昆山派、吴江派、临川派、苏州派等，代表作家张凤翼、陈与郊、陆采、沈璟、汤显祖、洪昇、李玉、李渔等，这些人们熟知的戏曲流派与戏曲作家，他们对于唐代婚恋题材小说的改编与再创作延续了原作的生命，也成就了自身戏曲创作的辉煌。

一 现实婚恋题材小说在戏曲中的改编

能够代表唐代现实婚恋题材小说思想水平与艺术水平的作品，自然也是明清两代戏曲家乐于改编的绝佳素材。《莺莺传》《霍小玉传》《李娃传》《柳氏传》《无双传》等，在明清戏曲家笔下呈现出明清两代的文化风貌与审美特征。

（一）"始乱终弃"的爱情悲剧在戏曲中的多种诠释

在唐代婚恋题材小说中，元稹的《莺莺传》是一篇对后世影响极大的名作。小说以张生与崔莺莺哀艳感人的情感历程为我们展示了始乱终弃的爱情悲剧。鲁迅指出："元稹以张生自寓，述其亲历之境，虽文章尚非上乘，而时有情致，固亦可观，惟篇末文过饰非，遂堕恶趣……明则有李日华《南西厢记》，陆采《南西厢记》等，其他曰《竟》曰《翻》曰《后》曰《续》者尤繁，至今尚或称道其事。"[①] 陈寅恪在论述元稹"哀艳缠绵"的悼亡诗与艳诗对后世文学影响时，亦指出："如《莺莺传》者，初本微之文集中附庸小说，其后竟演变流传成为戏曲中之大国巨制，即是其例。"鲁迅、陈寅恪等在研究《莺莺传》时均指出其对后世戏曲创作影响深远。研究董解元《西厢记诸宫调》与王实甫《西厢记》者甚众，笔者于此试就明清戏曲对《莺莺传》的诠释进行简要研究。

元稹就《莺莺传》的创作动机在小说结尾处云："时人多许张为善补过者。予常于朋会之中，往往及此意者，夫使知者不为，为者不惑。"其所谓过者是"始乱之"的过往，即张生与崔莺莺凄美曲折的爱情。当张生用所谓"忍情"抛弃莺莺时，却被时人称许为"善补过"。在情感与理智的对抗中似乎以理智的胜利而告终，作者想要以此达到"使知者不为，为者不惑"的创作目的。但作者看似理智的表达中却并非彻底的绝断，而是藕断丝连，以其带有眷恋的细腻文笔塑造了婉约深情的爱情经历。即使是当时，文人也更多深叹称异这样一段爱情，所以元稹带有自况性质的创作反而带给他负情薄幸的负面影响。且不说从元稹自身追忆过往的艳情诗中不难看出其并未真正"忍情"，即使身边朋友杨巨源也在《崔娘诗》"风流才子多春思，肠断萧娘一纸书"的诗句中透露了对莺莺深切的同情之意。唐人罗虬《比红儿诗》中有诗句云："人间难免是深情，命断红儿向此生。不似前时李丞相，枉抛才力为莺莺。"北宋毛滂《调笑令》中曰："薄情年少如飞絮，梦逐玉环西去。"赵令畤《商调蝶恋花鼓子词》则云："弃掷前欢殊未忍，岂料盟言，陡顿无凭准。"而在《董解元西厢

[①] 鲁迅：《中国小说史略》，人民文学出版社2006年版，第84页。

记》中更让张生与崔莺莺以相携出走的大胆行动争取美满的婚姻。王实甫《西厢记》则提出"愿普天下有情的都成了眷属"的美好愿望。值得注意的是，元稹的《莺莺传》除了始乱终弃的结局外，故事情节基本为《董解元西厢记》《西厢记》所采纳。以《董解元西厢记》为例，在卷一中张生与莺莺佛殿相遇，记载："正传道：张生二十三岁，未尝近于女色。其心虽正，见此女子，颇动其情。"① 正传即元稹《莺莺传》。又如卷一中引用李绅《莺莺本传歌》。卷五中张生与莺莺偷会西厢，记载：

> 怎见得有如此事来？唐元微之《莺莺传》为证："红娘捧莺而去，终夕无一言。张生辨色而兴，自疑于心曰：'岂其梦耶？岂其梦耶？'所可明者：妆在臂，香在衣，泪光莹莹然犹莹于衽席而已。"

卷七中全文引用了莺莺写给张生的书信。卷八在张生、莺莺美满团圆后，作者以刘汭诗"蒲东佳遇古无多，镂板将令镜不磨。若使微之见新调，不教专美《伯劳歌》"作结。笔者不避烦琐就是要说明董解元在诸多情节上汲取唐代小说《莺莺传》，却没有认同元稹小说始乱终弃、善能补过的创作主旨，最终经由唐宋以来的同情之心而使此故事发展成为圆满的爱情喜剧。

而明清西厢题材戏曲的创作主旨则呈现出多样化诠释的特点，这一时期的戏曲作家以改写、续写、翻改等多种形式创作了大批西厢题材戏曲作品。如明代崔时佩、李日华《南西厢》、陆采《南西厢》、无名氏《东厢记》、秦之鉴《翻西厢》、周坦《拯西厢》、卓人月《新西厢》、黄粹吾《续西厢升仙记》、屠本畯《崔氏春秋补传》、周公鲁《锦西厢》等。清代则有查继佐《续西厢》、碧蕉主人《不了缘》、汤世潆《东厢记》、程瑞《西厢印》、张锦《新西厢记》、周圣怀《真西厢》、陈莘衡《正西厢》等。在明清诸多模仿、解读与翻改的戏曲创作中，我们可以看到明清时期思想文化对西厢题材的渗透与改造。无论是延续"有情人终成眷属"的婚恋故事，还是遏淫止诲的反西厢戏曲创作，明清戏曲家进行多种尝试与努力，既拓展了西厢题材戏曲的思想文化内涵，也带有鲜明的时代特色。

---

① 凌景埏校注：《董解元西厢记》，人民文学出版社1962年版，第8页。

1. 对《西厢记》主题的继承、弱化与改造

关四平师认为："《西厢记诸宫调》对《莺莺传》的题材性质进行了改造，将《莺莺传》所表现的婚与恋的矛盾性改造成婚与恋的一体性。王实甫的《西厢记》则完全继承了《西厢记诸宫调》的改造成果。"① 明清西厢题材戏曲并没有止步不前，在表现婚与恋的一致性的同时，对董解元、王实甫表现的主题进行弱化与改造，甚至使其对封建礼法进行适应性的回归。约于嘉靖十三年（1534）之前，崔时佩、李日华《南西厢》根据南曲发展的实际，改北曲《西厢记》为南曲作品，其创作虽忠实于王实甫《西厢记》，但却是取形遗神的改编。李日华等已经不再有王实甫敢于挑战礼教，大胆宣告"愿普天下有情的都成了眷属"的锐气与勇气。所以，在改编过程中必然遗失原作的精髓。通过《南西厢》第一出《家门正传》可以感受到这一点，如【顺水调歌】：

（末上）大明一统国，皇帝万年春。五星聚奎，偃武又修文。托赖一人有庆，坐见八方无事，四海尽归仁。如此太平世，正是赏花辰。

遇高人，论心事，搜古今，移宫换调，万象一回新。惟愿贤才进用，礼乐诗文，一腔风月事，传与世间闻。②

这一脱离故事本身，为大明王朝歌功颂德的《家门正传》恰恰反映了此时创作者与王实甫所处的文化环境与创作心态早已不同。《董解元西厢记》卷八，杜太守曲文中有"婚姻良贱，明存着法律，莫粗疏，姑舅做亲，便不败坏风俗？"（【双调·文如锦】）可以说李日华、陆采均弱化青年男女爱情与媒妁之言、父母之命的冲突，而强化金元杂剧中宗法、礼教的理论依据，为张崔的爱情披上了合乎礼法的外衣。如李日华在《南西厢》中让杜确对崔母说："老夫人焉可知诽谤之言，有伤风化。况且郑恒与小姐是姑舅之亲，岂可配为夫妇，决行不得。"杜确还对郑恒说："既与崔小姐姑舅之亲，律有明条，岂做得夫妻。"陆采不满李日华对王

---

① 关四平：《唐代小说文化意蕴探微》，人民文学出版社2012年版，第90页。
② （明）毛晋编：《六十种曲》第三册，中华书局2007年版，第1页。

实甫《西厢记》的改编，于嘉靖十四年（1535）完成《南西厢》创作，指出："李日华取实甫之语翻为南曲，而措词命意之妙几失之矣……况嘲风弄月又吾侪常事哉。微之唐名士也，首恶之名彼且蒙之，予亦薄乎云尔。"① 然而陆采《南西厢》第三十六出中，杜确亦对崔母说"中表的亲岂可为婚"，指出郑恒与崔莺莺的婚约不符合礼法。虽然陆采自云："曾咏明珠掌上轻，又将文思写莺莺。都缘天与丹青手，画出人心万种情"，但其创作也没有达到王实甫的艺术水准与思想高度。

2. 遏淫止诲的翻案改写

明清之际一直存在《西厢记》是否为淫书的争论。明清之际《西厢记》的序跋、评点、校注蔚为大观。只要略加翻检，就可发现明清两代都有以《西厢记》为淫亵戏加以禁毁的记载。不满《西厢记》，遏淫止诲的翻案作品值得注意。秦之鉴的《识闲堂第一种翻西厢》传奇（以下简称《翻西厢》）② 开篇有研雪子《翻西厢本意》一文，其考据史实，指出："稹尝附宦官，后犹悔之。稹非不自爱者，乘至亲丧乱而诱于弱女弟，此禽兽之行，稹愈不欲自白其污矣。况常人之情，私己者则悦。若崔果私稹，稹后即欲补过绝之，则亦已矣。极力毁之，岂人情也哉。藉曰毁之非仇于乞姻，亦必有他故。予诚不得其解也。予考其迹如此，推理又如此，故历序当年诬谤始末，作为《翻西厢》，为崔郑洗垢，为世道持风化焉。"可见作者翻改《西厢记》立意于人情，其不仅翻改《西厢记》，更针对元稹的《莺莺传》进行了翻案创作。所以其在第一出《标概》中以【蝶恋花】表明创作本意。其曰：

醉墨眠书今渐老，无计消愁，独爱翻新调。世事茫茫难自料，闭门一任多青草。　　堪叹昔人都去杳，公案重重，细看还颠倒。剪蕊拈花成句稿，算来又恐知音少。

---

① 《陆天池西厢记》，《古本戏曲丛刊初集》本，据大兴傅氏藏明周居易刊本影印。
② 《玉茗堂批评新著续西厢升仙记》，原题盱江韵客撰，《古本戏曲丛刊初集》本，据北京大学图书馆藏明来仪山房刻本影印。

周埛《拯西厢》传奇①第三十四出《止义》【余音】曰："古语云发乎情止乎礼义，这就是《国风》好色而不淫的注解，可以拯救人心。愿天下以义制情的都成了眷属。"②第十七出《诤病》【煞尾】曰："良药比忠言苦口同逆耳，便将他假病做真医，还医可了一部昏沉沉的《西厢记》。"并在此出总评中指出："一部《西厢》总为一个色字，写得举国若狂。借琴童口中痛砭其失。由是张生恍然大悟，不崇朝而改过者，彼诸人亦必自知其非矣。故曰可医一部《西厢记》也，此天地间有数文字，惜不使实甫读之。"③宣扬拯救人心，为世道风化张本是西厢翻案戏曲的基本特征。翻改者视张生与莺莺的爱情为淫乱秽行，所以以道德教化为己任进行遏淫止秽的改写。一部有情人终成眷属的爱情传奇最终被改造为"以义制情"的作品，这种改写使西厢故事发生了本质的变化。

3. 悔悟修禅，消除前怨

明清之际西厢题材戏曲中出现一批以佛道因果报应之说改造西厢故事的作品，虽其格调不高，但却使婚恋题材的故事与神仙道化题材的故事合流。其所要达到的目的却与其他西厢题材戏曲一样，劝惩教化，遏淫禁欲。如黄粹吾《玉茗堂批评新著续西厢升仙记》传奇④俨然是一部神仙度化剧，搬演迦叶尊者点化张生、莺莺、红娘悟道升仙故事。第一出《开场》【满庭芳】云：

> 兰蕙奇逢，玄霜捣尽，休言事迹荒唐。浮生世态，一梦熟黄粱。莫诧将无作有，大都来提醒熙攘。英雄辈，早寻退步，奚待到乌江。

祁彪佳《远山堂曲品》评曰：

---

① 《拯西厢》，载《明清抄本孤本丛刊》第九册，首都图书馆编辑，线装书局影印本1996年版，第188—189页。
② 《玉茗堂批评新著续西厢升仙记》，原题盱江韵客撰，《古本戏曲丛刊初集》本，据北京大学图书馆藏明来仪山房刻本影印。
③ 《拯西厢》，载《明清抄本孤本丛刊》第九册，首都图书馆编辑，线装书局影印本1996年版，第188—189页。
④ 俞为民、孙蓉蓉编：《历代曲话汇编——新编中国古典戏曲论著集成》（明代编）第三集，黄山书社2009年版，第587页。

"情缘尽处,立地成佛",以此为《西厢》注脚,亦是慧眼一照。但莺娘千古艳香,忽然消减,其如色界之寂寞何?且成佛又何必在红娘后也?①

清代汤世潆在《东厢记》传奇自序中,则批评元稹"文人无行,见色而迷寻",《曲海蠡测》中对该剧的叙述可作为佐证,认为"作《西厢》者,殆亦鄙其后之不义,故极写其前之多情"。他不满《西厢》诲淫,故而"以张生留京候试,寓大觉寺之东厢为题,叙其悔过潜修,悲沉沦于既往,辞婚拒色,坚操守于方来。莺莺则风闻别赘,误信讹传,叹红颜薄命,惟之死而靡他,念白发高堂,暂饭空而留养"。②此戏意在矫正张崔私合之非,正如其总目所云:"张君瑞痛前非潜修拒色,崔莺莺不再适衔恨归空。小红娘伤薄幸悔担作合,老苍天嘉改过特赐团圆。"

清代韩锡胙《砭真记》传奇亦属同类作品,因未睹原作,只能据谭正璧、谭寻《曲海蠡测》中对该剧的叙述作为佐证。其记载:

书叙真人妙湛,不满《会真记》"尤物移人,知过必改"二语,会同文昌、阎君,请到无垢仙女(崔莺莺),传到原书作者元微之,审出当时真相。张生乃微之自托,记中《逾墙》之后,全为微之所捏造。阎君大怒,欲将他送入拔舌地狱,真人却主张:"令微之托生人世,做个极穷极通的秀士,一生蹭蹬,自将《会真记》改正,注明因果,传播儒林,人人览之,可以觉悟。"微之果投生为张白,由富而贫,饿死复生,由此得悟前因,乃"刺指血,一日书字三张,遍贴天下名胜游人来往去处"。使人人皆知,个个习晓,然后功成行满,依旧继续他的富贵生活。③

宿命因果,报应昭彰。戏曲家在戏曲中表达了对于元稹《莺莺传》

---

① 俞为民、孙蓉蓉编:《历代曲话汇编——新编中国古典戏曲论著集成》(明代编)第三集,黄山书社2009年版,第648页。
② 吴毓华编:《中国古代戏曲序跋集》,中国戏剧出版社1990年版,第569页。
③ 谭正璧、谭寻:《曲海蠡测》,浙江人民出版社1983年版,第25页。

故事情节的不满，通过元稹的再世投生救赎前世的罪过。这种借助佛道因果解读西厢故事的创作在思想本质上与翻案改写的作品并无二致，所不同之处是增加了一层浓重的宗教宿命色彩。

4. 生离死别中书写婚恋悲欢

明清戏曲家在西厢题材戏曲的创作实践中对于张生、崔莺莺婚恋悲剧抒写的尝试值得关注。明清戏曲多美满团圆的故事结局，但不能以偏概全。祁彪佳在《远山堂剧品》中评《崔氏春秋补传》时就指出："传情者，须在想像间，故别离之境，每多于合欢。实甫之以《惊梦》终《西厢》，不欲境之尽也。至汉卿补五曲，已虞其尽矣。田叔再补《出阁》、《催妆》、《迎奁》、《归宁》四曲，俱是合欢之境，故曲难逼元人之神，而情致终逊于谱离别者。"① 祁彪佳认为别离之境胜于合欢之境，如果戏曲中都是合欢之境会影响作品的情致。《西厢记》以《惊梦》结束，更具有不尽之情致。保存在《群音类选》中的佚名《东厢记》传奇，虽然无法断定其全貌，且有曲无白，但笔者根据《群音类选》收录的《湖上奇逢》《传情惹恨》《春鸿请宴》《月夜听琴》《云雨偷期》《致祭感梦》等出戏，可以判断崔莺莺在张生归来时已去世。在《致祭感梦》中【新水令】【步步娇】【雁儿落】等曲词情深沉哀痛，诉说着张生无尽的悲伤。如【雁儿落】：

> 我为你跨征鞍千里驰，我为你着戎衣擒强剧，我为你睆断了待月期，我为你受够了贪花气，我为你诉不了离愁苦，我为你心腹事有谁知，我为你流尽了眼中血，我为你用穷了心上机。妻一旦今朝成抛弃，怎不教人孤世么恓，这幽怀诉向谁？②

作者连用八句"我为你……"，将张生对莺莺的深情表现得淋漓尽致，他为了莺莺付出所有的努力，但莺莺已亡，张生悲伤痛苦无法言表。

---

① 俞为民、孙蓉蓉编：《历代曲话汇编——新编中国古典戏曲论著集成》（明代编）第三集，黄山书社2009年版，第648页。

② （明）徐文焕编：《群音类选》，载王桂秋主编《善本戏曲丛刊》第四辑42，台湾学生书局1987年版，第1343页。

明代卓人月《新西厢》传奇已佚，但其《新西厢序》①足以引起我们的重视。他认为："今演剧者，必始于穷愁泣别，而终于团圆宴笑，似乎悲极得欢而欢后更无悲也，死中得生，而生后更无死也，岂不大谬也！"提出戏曲的功能是"风世"，而"风莫大乎使人超然于悲欢而泊然于生死"。他指出："崔莺莺之事以悲终，霍小玉之事从死犹终。小说中如此者不可胜计，何以王实甫、汤若士之慧业而犹不能脱传奇窠臼耶？余读其传而慨然动世外之想，读其剧而靡焉兴俗内之怀，其为风与否，可知也。"显然，卓人月将唐代小说《莺莺传》《霍小玉传》与《西厢记》《紫钗记》进行比较，不满意戏曲创作的格套，他寻求创作的突破，以使戏曲创作不失小说原作之意，追求阅读欣赏过程中"慨然动世外之想"的效果。所以，《新西厢》"段落悉本《会真》，而合之以崔、郑墓碣，又旁证之微之年谱"。他认为合崔莺莺"始乱之，终弃之"、元稹"天之尤物，不妖其身，必妖于人"二语可以概括全剧。

笔者阅读了周公鲁《锦西厢》、查继佐《续西厢》、碧蕉主人《不了缘》等西厢题材续作，发现《不了缘》②以《莺莺传》后段故事情节为依据进行了再创作。崔母违背前盟，在张生回归探望莺莺时，她已经嫁给了郑恒。但张生依然深爱着莺莺，而莺莺也从未忘情于张生，有情人并没有结合。该剧正名写道："两错怨双文恩断，单相思君瑞情痴。《会真诗》西窗投递，不了缘萧寺提撕。"虽然该剧第四折通过法本点出张崔二人的不了情缘，但张生"欲就不能，欲舍不可"的真实情感表达得细腻真实。该剧所表现的是婚与恋的矛盾，而非婚与恋的一致性。此剧的悲剧意味深长，并没有因佛教色空观的宣扬而被抹杀。作者对张生"始乱之，终弃之"的负情特征进行了改造。在第一出戏中张生说："老夫人狠计难堪，俺小姐芳心可矢，怎下得抛撒前来，《情史》上可不道我薄幸了么？"可见作者虽然借鉴《莺莺传》后段故事，但他并没有将张生塑造为负心薄幸之人，还特意点出《情史》中的观点。众所周知，冯梦龙《情史类略》将《莺莺传》归入"情仇类"，其观点是：

---

① 吴毓华编：《中国古代戏曲序跋集》，中国戏剧出版社1990年版，第298—299页。
② （清）邹式金：《杂剧三集》卷二五，碧蕉主人《不了缘》影印本。

传云时人以张为善补过者，夫此何过也？而如是补乎？如是而为善补过，则天下负心薄幸，食言背盟之徒，皆可云善补过矣！女子钟情之深，无如崔者。乱而终之，犹可救过之半。妖不自我，何畏乎尤物？微之与李十郎一也，特崔不能为小玉耳！①

冯梦龙认为张生是负心薄幸之人，崔莺莺是用情至深之人，还将两人与《霍小玉传》中的李益、霍小玉相比照。碧蕉主人的《不了缘》虽非一流作品，但他没有落入生旦美满团圆的窠臼，表现了婚与恋的矛盾。焦循《剧说》中评价说："情词凄楚，意境苍凉，胜于查氏所续远甚，董、关而外，固不可少此别调也。"② 由此可见，西厢题材戏曲并非一味以美满团圆作为故事的结局，也有反映人生缺憾婚恋悲剧的艺术创作。

（二）士妓婚恋题材小说在戏曲中善恶两极的分化

在唐代婚恋题材小说中，反映文士与妓女的情感故事是重要的类型之一。唐代此类小说中，《李娃传》《霍小玉传》堪称经典之作，对后世小说、戏曲创作影响极大。《李娃传》《霍小玉传》之属反映了文士与平康里妓女的婚恋故事；《柳氏传》《虬髯翁》《昆仑奴》之属则反映了文士与家妓的婚恋故事，凡此种种不再一一列举。鉴于《李娃传》所描写的荥阳生与李娃悲欢离合故事具有代表性，且在明清戏曲中不断得到重写，故以其作为比较研究的对象可达到以点代面的目的。《李娃传》中荥阳生与李娃的爱情经过离合曲折，最终二人得以圆满结合。李娃在小说中是作者笔下"节行瑰奇""虽古先烈女，不能逾也"的妓女，但小说却并不掩饰其作为风尘女子的行为瑕疵，如她参与老鸨的"倒宅计"。荥阳生是一位沉迷于风尘女子，历尽沧桑，最终迷途知返的读书人。在小说中，他的命运因李娃而改变，败因李娃，盛亦因李娃，故可谓其幸与不幸皆由李娃也。

晚唐孙棨《北里志》生动地记述了唐代长安文士在平康里与妓女狎

---

① （明）冯梦龙：《情史类略》，岳麓书社1984年版，第413页。
② 俞为民、孙蓉蓉编：《历代曲话汇编——新编中国古典戏曲论著集成》（清代编）第三集，黄山书社2008年版，第355页。

游交往的情况。《北里志序》记载:"诸妓皆居平康里,举子、新及第进士、三司幕府都未通朝籍未直馆殿者,咸可就诣。如不吝所费,则下车水陆备矣。其中诸妓,多能谈吐,颇有知书言语者,自公卿以降,皆以表德呼之。其分别品流,衡尺人物,应对非次,良不可及。"① 可见,唐代文人与妓女有着密切的关系,他们宴游享乐,既可展示诗酒风流的洒脱,又可满足对于红颜的渴望。在平康里演绎着文士与妓女的悲喜与聚散。荥阳生是带着家族的寄托与希望赴京参加秀士考试的,时辈推伏,其父视之为荣耀门庭的千里驹。服玩车马之饰极其奢华,两年的生活费用可谓充足,但其并未用心于科举治学,却沉迷于声色之欢,"日会倡优侪类,狎戏游宴,囊中尽空,乃鬻骏乘及家童",最后资财挥霍一空。荥阳生为色所诱而心地单纯,见李娃"妖姿要妙",诈坠马鞭徘徊不去,累眄于娃,而不敢措辞;与李娃相会虽百万亦不惜,交之以心,"尽徙囊橐"于李娃家。李娃则熟谙风月,富于心机,"回眸凝睇,情甚相慕"以诱之,荥阳生欲留宿而为其言之,她又不收荥阳生双缣之费,待以宾主之仪。所以,两人的相识相聚并非纯洁的爱情,而是钱色交易。在荥阳生打听李娃情况时,已经知道"李氏颇赡。前与之通者多贵戚豪族,所得甚广。非累百万,不能动其志也"。当李娃与老鸨施"倒宅计",其可谓是演技极佳不露声色。荥阳生中计"惶惑发狂,罔知所措","绝食三日,遘疾甚笃",沦落凶肆而"每听其哀歌,自叹不及逝者,辄呜咽流涕",可见其伤痛之深。直到东西两肆挽歌竞技,荥阳公鞭毙荥阳生,抛弃而去。荥阳生由贵胄公子沦为挽歌郎,再由挽歌郎沦为衣衫褴褛,"夜入于粪壤窟室,昼则周游廛肆"的乞丐,至此,任何人都会哀荥阳生之不幸,怒妓女之贪狠。在施行诡计的事实面前,即使李娃确实对荥阳生有情,也不能掩饰其美艳外表之下的灵魂之丑。如果作者就此结束故事,这也是符合生活真实并不断在士妓之间上演的情感故事。李娃颇类于《红楼梦》中"正邪两赋"的人物,白行简对其的塑造亦可谓"美恶并举"。眼睛是心灵的窗口,初遇荥阳生"回眸凝睇,情甚相慕",虽有诱惑的目的,但也是爱意萌生的表现。闻"遗策郎"来了,大悦整装易服而出,可见其期盼荥阳生的到来。荥阳生资财耗尽,"姥意渐怠,娃情弥笃",可见李娃之用情。但在小说

---

① 《唐五代笔记小说大观》,上海古籍出版社2003年版,第1403页。

的前半部分李娃的行为是有瑕疵的，而这正是生活真实的艺术展现，是风尘女子的应有之态。

如果说荥阳生在小说前半部分是一步步走向人生的谷底，那么在其无望沉沦陷入绝境之时，与李娃重逢，则是否极泰来。李娃是以荥阳生的拯救者形象而出现的，作者由隐晦李娃之情而转变为充分表现李娃之情。荥阳生于风雪交加中行乞，李娃闻其声而知其人，云："此必生也。我辨其音矣。"李娃连步而出，面对"枯瘠疥疬，殆非人状"的荥阳生，以绣襦拥之归西厢。此处对荥阳生"愤懑绝倒，口不能言，颔颐而已"的描写是精彩生动的一笔，这既是荥阳生悲愤至极心情的反映，也是其贫病虚弱的写照，与李娃失声长恸"令子一朝及此，我之罪也"相映，无声而胜过有声，此情此景画面感极强。她拒绝了老鸨驱赶荥阳生的要求，反省自己的所作所为。诸如，使荥阳生荡尽钱财，"互设诡计，舍而逐之，殆非人。令其失志，不得齿于人伦。父子之道，天性也。使其情绝，杀而弃之。又困踬若此"云云。其心意坚决让老鸨为之退步妥协，也反映了一个事实，那就是荥阳生所经历的一切，李娃全都知晓，她救助荥阳生是其深埋于心的爱的爆发，绝非一时冲动之举，或是良心不安所致。胡应麟评价说："娃晚收郑子，仅足赎其弃背之罪，传者亟称其贤，大可哂也。"[1] 弇州山人赞曰："叛臣辱妇，每出于名门世族。而伶工贱女，乃有洁白坚贞之行……娃之守志不乱，卒相其夫，以抵于荣美，则尤人所难。"《义伎传》则评曰："娃之濯淖泥滓，仁心为质，岂非蝉蜕者乎？"冯梦龙则曰："世览《李娃传》者，无不多娃之义。夫娃何义乎？……绣襦之裹，盖由平康滋味，尝之已久，计所与往还，情更无如昔年郑生者，一旦惨于目而怵于心，遂有此豪举事耳。生之遇李厚，虽得此报，犹恨其晚。乃李一收拾生，而生遂以汧国花封报之。生不幸而遇李，李何幸而复遇生耶？"[2] 胡应麟赎罪之说，忽略了李娃与荥阳生之间的真挚爱情。说李娃"仁心为质"亦失于笼统。倒是冯梦龙"情更无如昔年郑生者，一旦惨于目而怵于心，遂有此豪举事耳"的分析更合乎李娃的妓女身份与

---

[1] （明）胡应麟：《少室山房笔丛》卷四一《庄岳委谈下》，上海书店出版社2009年版，第434页。

[2] （明）冯梦龙：《情史类略》，岳麓书社1984年版，第474—475页。

心理。有所不同的是，笔者认为"惨于目而怵于心"，并非触动李娃做出功利化的取舍，而是引发其压抑于心的对真挚爱情的渴求，是爱的力量使其污染了的灵魂得到救赎和净化。她既挽救了荥阳生，也使自己涅槃重生。李娃救治荥阳生，"为汤粥，通其肠；次以酥乳，润其脏。旬余，方荐水陆之馔"，足见她生活经验之丰富。她劝学助教，让荥阳生学业精熟，而登甲科。她熟谙科举制度，远见卓识，指出"子行秽迹鄙，不侔于他士。当砻淬利器，以求再捷，方可以连衡多士，争霸群英"。她更深知门第观念下，妓女的处境与选择。所以，当生应直言极谏策科，获得第一，授成都府参军，她谓生曰："今之复子本躯，某不相负也。愿以残年，归养老姥。君当结媛鼎族，以奉蒸尝。中外婚媾，无自黩也。勉思自爱，某从此去矣。"小说中并没有写李娃的表情，但其辞情恳切而寓以挚爱。生泣曰："子若弃我，当自刭以就死。"可验证两人此时的感情今非昔比，这又衬托出李娃对现实的冷静判断。最后，李娃与荥阳生得到了荥阳公的认可，因为是李娃让污辱门风的儿子浪子回头，光耀了门庭。

两人成秦晋之好，作者还特意写了婚后的生活。李娃恪守妇道，相夫教子，夫妻孝顺父母，以致天降祥瑞，荥阳生累迁清显之任，李娃则被封为汧国夫人。

在分析了唐代小说的基础上，我们再看一看明清的同题材戏曲，可发现思想观念之差异，审美取向之不同。明代戏曲与《李娃传》丰富复杂且美恶并举的故事及人物不同，呈现出"美则无一不美，恶则无一不恶"的特征。《李娃传》在明清戏曲的再创作中向善恶两极分化发展可谓典型。向善一极发展的有朱有燉《李亚仙花酒曲江池》杂剧、徐霖《绣襦记》，向恶一极发展的有郑若庸《玉玦记》。虽呈善恶两极分化，创作意图却是殊途同归的。

明代朱有燉《诚斋杂剧》中有《李亚仙花酒曲江池》杂剧，是在元代高文秀《郑元和风雪打瓦罐》、石君宝《李亚仙诗酒曲江池》的基础上创作完成的。作者在《李亚仙花酒曲江池引》中云："人之性本善，因习而相远，始有善恶高下之分，此物欲蔽之也。李娃为狭斜之伎女，而能勉其夫为学,以取仕进,始终行止,不违名教,可谓贞洁能守者也。"① 朱有燉强调戏曲的教化劝惩功能,认可李亚仙不违名教、贞洁能守的节操。其实在石君宝的杂剧中,李亚仙已经不再参与鸨母的"倒宅计",她可以不顾一切去探望沦为挽歌者而被郑父打得半死的郑元和。让梅香在风雪中找到行乞的郑元和并亲自加以救护。郑元和记恨父亲绝情,又是李亚仙苦劝其认父。而到了明代就更强调作品的风化纲常,所以,朱有燉对于名教的维护,对于妓女的"贞洁能守"的评价,足以反映明代戏曲创作的价值取向。

明代徐霖(一说薛近兖)《绣襦记》(《六十种曲》本)与《李娃传》的故事看似相同,却悄然发生了变化。郑振铎对此剧评价颇高。他说:"《绣襦》实为罕见的巨作,艳而不流于腻,质而不入于野,正是恰到浓淡深浅的好处。这里并没有刀兵逃亡之事,只是反反覆覆的写痴儿少女的眷恋与遭遇,却是那样的动人。触手有若天鹅绒的温软,入目有若蜀锦的斑斓炫人。"② 青木正儿认为:"比较之,此记最为忠实演述原作小说之情节者。然关目有取自周宪王之作者,登场人物姓名亦多袭前人杂剧之旧。"③ 可就是这"最忠于原作"的戏曲,其情节、人物与创作的主旨变化却极大。以李娃形象为例,唐代小说中那种烟花女子的风月之气被净化,老练而阅历丰富代之以贤淑闺秀。李娃一登场就表达了"身虽堕于风尘,而心每悬于霄汉,未知何日得遂从良之愿"(第四出《厌习风尘》)。原本是李娃在门前招客的情节,变得像是青年男女一见钟情的偶遇。小说中李娃与荥阳生相谈甚欢,在戏曲中将一些对话交由鸨母、银筝完成。但作者却将小说中鸨母的一段话移植给李娃。当荥阳生表达朝夕思念之情,"欲酬仰慕之私"时,李娃云:"男女之际,大欲存焉。情苟相得,虽父母之命,不能止也。贱妾固陋,若不弃嫌,须荐君子之枕席。"(第九出《述叶良俦》)小说中鸨母"曷足以荐君子之枕席"的话,就这样发生了变化。在《谋脱金蝉》《竹林祈嗣》《诡代僛居》《生拆鸳鸯》诸出戏中,李娃不再是"倒宅计"的参与者、谋划者,而与荥阳生一样

---

① 吴毓华编:《中国古代戏曲序跋集》,中国戏剧出版社1990年版,第38页。
② 郑振铎:《插图本中国文学史》,北京出版社1999年版,第799页。
③ [日]青木正儿:《中国近世戏曲史》,中华书局2010年版,第94页。

成为受欺骗者、受害者。鸨母与贾二妈定下的金蝉脱壳之计使李娃与荥阳生"欲婚谐伉俪"的计划破灭。李娃斥鸨母曰:"娘,虽则我门户人家,也要顾些仁义,惜些廉耻,何故这等狠毒?天不容地不载呵。"(第二十出《生拆鸳鸯》)与小说中不同的是,李娃自从与荥阳生分别,终日悲啼,拒不接客,她"坚贞,立志脱风尘","去旧染修身谨行,喜莹然白璧何愧玷青蝇"(第二十四出《逼娃逢迎》)。当李娃听说荥阳生穷途做乞丐时,"两泪交颐掩面空悲泣"。《襦护郎寒》《剔目劝学》则更见作者之用心。第三十三出《剔目劝学》将《青楼集》中樊事真金篦刺目事移植于李娃身上。李娃日夜陪读,为激励荥阳生苦学,竟然自剔一目。传奇中李娃能够得到封建家长认可,正源于此。第四十出《汧国流馨》中,皇帝诏曰:"成都参军李氏,本系鸣珂妓女,乃能剔目毁容,劝夫勉学,卒底于成。虽古先烈女,不能逾也。兹用封为汧国夫人。呜呼!乱臣间见于世族,辱妇每出于名门。尔李氏狎邪而白坚贞之志,波靡而励中立之行,是则尤人所难者也,岂非秉彝之美,不有间耶!"值得注意的是诏书所言正与前面所引王世贞评论相同,可见小说评论对戏曲创作之影响。传奇将生旦的离合归咎于鸨母的贪狠,生旦的情感真挚专一而少钱色交易之色彩。烟花妓女却尽善尽美,坚贞刚烈,小说中原有的瑕疵已荡然无存。郑儋被塑造为"风化重纲常"的清廉官员。如第一出《正学求君》中【榴花泣】说他"论古之学者,所学甚精详,知本末重纲常,彬彬文质好行藏。看行孝弟,余力学文章"。作品中人物动辄宣扬纲常礼教的特征明显。

郑若庸《玉玦记》(《六十种曲》本)则化用《李娃传》中情节,写了南宋王商与妻子秦庆娘的悲欢离合故事。王商落第,寓留临安,游荡于妓女李娟奴家中。作者意在"戒烟花倾家殒命"。王商醉心于李娟奴,在钱塘江口癸灵神王庙两人结夫妇之盟。秦庆娘被张安国所掳,剪发毁容以守贞节,而王商却沉迷女色,眠花卧柳,最后钱财耗尽,被李娟奴与鸨母设"倒宅计"欺骗。李娟奴诱骗昝喜钱财,又与鸨母将其毒杀投入江中。妓女的贪狠,如戏中所云好像"猱儿",即"山中小兽,善能与虎猱痒。那虎因他猱得快活,伏地爬在虎头上,猱破顶骨,吃了脑髓,死尚然不知"(第八出《入院》)。李娟奴被昝喜鬼魂所祟病亡,鸨母杀人事发,亦被做了京兆尹的王商处以极刑。戏曲受《焚香记》王魁事影响,不但有

《阳勘》，还有《阴判》。王商的生魂赴阴司与癸灵神审讯李娟奴、昝喜。惩罚娟奴三世为牝猪，昝喜为野鸥。可见郑若庸化用李娃故事，着意于妓女的奸险阴狠，将之极端化为"恶则无一不恶"的教化剧情了，这与《绣襦记》"美则无一不美"相互辉映，正体现明清戏曲改编唐代小说《李娃传》的不同审美取向。

（三）经历磨难的坚贞爱情被涂抹了伦理道德的色彩

唐代婚恋小说中反映爱情经历磨难而终获圆满的故事以许尧佐《柳氏传》、薛调《无双传》、裴铏《郑德璘传》等为代表作品，它们也是明清戏曲经常取材的故事本事。关四平师认为这类小说具有独特的审美价值与思想意义，"将爱情置于一定时间流程中检验之，从而证明其超凡的真诚度与持久性"[①]。唐代小说中离合悲欢、心诚志坚的爱情故事，在明清戏曲的创作中发生了带有时代特征的改变，总体而言呈现伦理化、道德化的倾向，但这些经受时间检验的美好爱情仍然是常说常新的话题，仍然以其独特的魅力在被不断演绎。

1. 由强调真情到附着贞洁观念

《柳氏传》写了韩翊（韩翃）与柳氏的爱情故事。此事亦见于《本事诗·情感第一》，情节及诗句稍异。作者在篇末的议论值得注意，他说："然即柳氏，志防闲而不克者；许俊，慕感激而不达者也。向使柳氏以色选，则当熊辞辇之诚可继；许俊以才举，则曹柯渑池之功可建。夫事由迹彰，功待事立。惜郁堙不偶，义勇徒激，皆不入于正。斯岂变之正乎？盖所遇然也。"也就是说在作者看来，柳氏一心防范非礼的行为，想守住自己的节操，却没有做到。以柳氏的色貌与品格，却"不入于正"，遭逢诸多不幸，是令人惋惜的。其中颇有些怀才不遇，生不逢时的感慨。冯梦龙评曰："柳非贞妇，然其识君平于贫贱时，可取也。"[②] 笔者认为韩翊、柳氏的爱情有如下特征：

（1）相互欣赏的爱情

柳氏亦可谓独具识人慧眼。她自门窥视，根据韩翊交游"皆当时之

---

① 关四平：《唐代小说文化意蕴探微》，人民文学出版社2012年版，第33页。
② （明）冯梦龙：《情史类略》，岳麓书社1984年版，第137页。

彦"而断定曰:"韩夫子岂长贫贱者乎!"她既欣赏其才华,又着眼于其未来的发展。柳氏是"家累千金,负气爱才"的李生的幸姬,但她却大胆表露对韩翃的爱意。此时的韩翃"有诗名,性颇落托,羁滞贫甚"。冯梦龙评曰:"柳非贞妇,然其识君平于贫贱时,可取也。"这与红拂、红绡慧眼识人相似。而李生欲将柳氏赠予韩翃,与韩翃的惊悚相比,柳氏却能"知其意诚",也可见其知人之明。这从李生成人之美,资以重金三十万可得到证明。"翃仰柳氏之色,柳氏慕翃之才,两情皆获",称得上是郎才女貌的美好结合。

(2) 经受磨难考验的爱情

柳氏可以忍受别离之苦,鼓励韩翃去建功立业,劝他不要沉迷于眼前的家庭生活。她对韩翃说:"荣名及亲,昔人所尚。岂宜以濯浣之贱,稽采兰之美乎?"她生活陷入困境,"鬻妆具以自给"。遭逢动乱,她"剪发毁形,寄迹法灵寺"以自保。韩翃送麸金与《章台柳》诗,她回赠一诗,表达离别的思念与忧伤。当其被沙吒利"劫以归第,宠以专房"后,韩、柳也无法割舍相互的感情。柳氏"当遂永诀,愿置诚念",韩翃"意色皆丧,音韵凄咽",均可见情深且绝望的复杂心情。最后,因有许俊、侯希逸的豪侠之举,两人才得以团聚。小说中柳氏虽失身于沙吒利,但仍不失其节操与品格,最终实现与韩翃的重聚。柳氏先为李生幸姬,又为韩翃之妾,再为沙咤利之宠,作者归于遭遇使然,对其更多的是赞美与同情,足见唐人婚恋观念的宽容与开明,以及追求知己之爱,不畏强权而礼顺人情的爱情理想。

明代梅鼎祚《玉合记》是以《柳氏传》为本事进行再创作的传奇作品。许俊之豪侠行为、韩翃与柳氏之离合是研究者关注的重点。但笔者却发现梅鼎祚的创作中有一细节恰恰反映了明代文人的时代特征,与唐代小说有明显不同。即作者着意强调柳氏之贞洁,这就完全改变了柳氏"志防闲而不克者"的形象。小说中的李生在戏曲中成了仙游浊世的李王孙。李王孙让韩翃与柳氏结为夫妻。她不再是小说中李生的幸姬,用柳氏的话说:"弄管持觞,既免蒸梨之过。称诗守礼,何来唾井之嫌?"(第十一出《义姤》)沙吒利将柳氏骗入府第欲行不轨,却被老夫人所阻,且沙吒利惧怕其妻,因此几年来只是将其养在家中。(第三十八出《谢谮》)所以,皇帝诏书中评价曰:"柳氏智占卫足,才敏挥毫,赵璧终完,南金愈砺,封昌黎郡夫人。"曲文中"妻贤节操凛冰霜"是对其的总结性评价。(第四十出《赐完》)戏曲将唐代小说中失贞的柳氏改变为一位坚守贞洁的女性。这一细微的改变虽然不符合现实的情理，却从一个侧面反映了明代的贞洁观念。

沈璟《红蕖记》则是以裴铏《郑德璘传》为依据创作完成的，全名《十无端巧合红蕖记》。该作以郑德璘与韦楚云的爱情为主线，又增加崔希周与曾丽玉的姻缘为副线，描写了有情人终成眷属的故事。沈璟亦受明代中晚期个性解放思潮的影响，肯定青年男女的真情。但戏曲充满了宿命定数的思想。作者在作品中表达了"办盟香，把苍天谢。愿普天下姻缘簿牒，都似我等今生完备也"的美好愿望。与唐代小说相比较，沈璟总是在青年男女炽热的爱情表达中，适时加入合乎礼法道德的言论，使情节中庸平和。如在龙神的帮助下，郑德璘得以与韦楚云结合，郑德璘所言是"前缘已定，天赐良缘"。而此时韦楚云却云："心先允，敢爱身，只是媒妁之言犹未尽。念双亲初弃遗孤，忍一时割痛成婚。况乘人难你名不顺，伤君义声我终遗恨。君自当有妇，亦当有故庐在。岂可野合匆匆教人笑妾奔。"① 当崔希周与曾丽玉经历曲折终于见面，曾母让两人马上成亲，曾丽玉日思夜想的美好姻缘就在眼前，她却说："一时情爱，虽为悦己者容；百岁婚姻，终以自媒为丑。况摽梅未及，奴可待年；而折桂有期，郎应计日。但坚然诺，何急于归。"② 自主的婚恋回归于"父母之命，媒妁之言"的明媒正娶，以及对于功名富贵的追求，从中不难看出创作者思想的保守。

2. 矢志不渝的爱情理想在多重主题下的消解

唐代的婚恋小说主题在明清戏曲中往往被增容丰富，这与戏曲的体制相关。杂剧以一本四折的体制为主，明清两代渐渐出现一折的短剧，并非为了演出，而是表达文人的情致，或是抒发垒块之愁。明清传奇篇幅较长，以几十出的戏曲演绎唐代小说的故事，往往会出现作者调整故事情节，使得婚恋、豪侠、政治、神道题材合流的情况。戏曲的主题更加丰富，故事情节更加曲折，人物形象也更加饱满。薛调《无双传》是一篇

---

① （明）沈璟著，徐朔方辑校：《沈璟集》，上海古籍出版社1991年版，第72页。
② （明）沈璟著，徐朔方辑校：《沈璟集》，上海古籍出版社1991年版，第86页。

描写主人公为了爱情矢志不渝的婚恋小说，同时又可称得上是一篇豪侠小说。加上小说中涉及唐代朱泚谋逆变乱的历史，这就为明代陆采《明珠记》提供了创作的空间。

《明珠记》中增加了忠奸对立的内容。在《无双传》中，是政治动乱造成了社会动荡与家庭不幸。藩镇作乱，刘震因"受伪命官"，夫妇两人被处以极刑，无双则没入掖庭。在《明珠记》中，刘震成为一位敢于与奸佞斗争的忠臣，遭受奸谋屈陷。所以，戏曲中无双与王仙客的离合与忠奸斗争的此消彼长密切相关。这势必造成读者或观众对忠奸对立的关注，而转移对原有爱情故事的重视。王仙客到京有两件事：一是取功名；二是求与无双的亲事。初到刘府王仙客向舅母提起与无双的亲事，舅母表示同意，此时刘震回来，谈论的却是朝纲大事。【绛都春晓】一曲云：

　　官高禄厚，见豺狼当道，怎生罢休。猛拼扣碎金阶首，从教洗净朝班垢，怎容他奸谋成就。（第四出《探留》）

刘震在朝堂之上奏请将"奸邪不忠"的丞相卢杞枭首示众。戏曲中卢杞也欲置刘震于死地。卢杞为一己私仇甚至请金吾卫大将军王遂中找古押衙去刺杀刘震，遭到古押衙的拒绝。姚令言、朱泚叛乱，刘震并未受伪命官，但卢杞却借机诬陷，刘震一家被抄没。王仙客与无双的爱情也因此受到了阻隔。在第十一出《激乱》中，作者借姚令言之口说出是卢杞克减衣粮导致兵变。在第十二出《惊破》中，作者对小说中临危允婚的情节进行了改编。经过舅母几次苦劝刘震同意了王仙客与无双的婚事。舅母让两人见面，并一同商议成亲事宜。这时刘震赶回家中告知姚令言兵变。小说中"与我勾当家事，我嫁与尔无双"的话也被修改。刘震让王仙客、塞鸿带着细软家私先走，并说"事定之日，无双与你为妻"。这些情节的改变将忠奸矛盾在戏剧冲突中彰显出来，似乎一切罪责都归咎于卢杞这一奸佞，这与小说是不同的。因此，当全家团圆，刘震获得平反昭雪，得到天子"言必指佞，难不忘君"的评价时，"狂谋召乱，巧饰诬忠"的卢杞则被削爵贬职。（第四十三出《荣封》）就这样在小说中以牺牲十余人生命为代价，仅存王仙客与无双隐姓埋名，"浪迹天涯以避祸"的故事情节不复存在，不仅全家团聚，而且沐浴着浩荡的皇恩。小说中自刎而亡的古押衙,在戏曲中隐逸归仙,因其"不从奸相之谋,见机而作。力图知己之报,出奇无穷",天子赐号通灵玄妙先生。笔者认为,小说中男女主人公经历了重重磨难,排除了种种阻碍,最终结合所付出的代价是沉重的,彰显了"死而不夺"的坚贞爱情。而明代传奇则以理想化的处理消解淡化了唐代小说中反映的深刻社会矛盾及为了爱情不顾一切的情感强度。

《明珠记》一方面在现实中通过天子的承认使王仙客、无双的爱情合法化,另一方面通过神仙道化的情节介入,使之成为天赋姻缘。茅山仙道对弟子云:"我受职天曹,掌管天下婚姻之籍。昨有邓州王仙客与妻刘无双,本是一对姻缘,争奈时运未到,不能相遇。押衙古洪,乃是仙都散吏,谪在人间,合替他出力,救出无双出宫,再得完聚。"(第三十二出《买药》)为了酬报知己付出生命代价的豪侠古押衙成为谪凡人间的仙都散吏,离合悲欢的爱情也早已是写在婚姻簿上的姻缘,只是时运未到而已。

明代戏曲家沉迷于双美共事一夫的故事模式,无意中改变了小说中痴情专一、执着坚韧的王仙客形象。《明珠记》中无双表达的"父母我岂不从,但婚姻一定为定,女子从一而终",这是对于女性的要求。戏曲中却增加了王仙客娶采萍为妾的情节,这是明清传奇中习以为常的情节安排。例如,《龙膏记》在改编《传奇·张无颇传》时也有相似的情节处理。在元湘英与张无颇的爱情故事中,作者就让张无颇先娶了湘英小姐的侍女冰夷,而后历尽波折,湘英才与张无颇结合。《明珠记》的这种改变符合明代文人的婚恋观念,今天看来却损害了王仙客痴情专一的人物形象。其"赠与佳人,暂宽心下恨,聊伴旅中身"的行为不能与唐代小说中的王仙客等价齐观。因此,唐代小说中浓烈炽热的情感,矢志不渝的爱情理想,在明清戏曲中被消解得淡薄而合乎礼法的口味了。

(四)情之至者能超越时空与生死

在唐代婚恋题材小说中,有一类作品对于情的张扬与肯定是热烈且充满浪漫想象力的。小说作家为了突出情之深、爱之烈,赋予情感巨大的力量,使之超越时空与生死,创造爱情的奇迹。即使是在礼法森严的时代,这样的小说也会以各种面貌重现。孟棨《本事诗·崔护》、范摅《云溪友议》卷中《玉箫化》可以作为此类小说的代表作品。随着个性解放思潮高涨，明清两代作家对此类小说表现出很高的关注度，强调真情的力量，或是从中汲取创作营养，或是改编重写。唐代小说作家与明代戏曲作家，在真情能够超越时空与生死这一点上有高度默契。冯梦龙在《情史类略》中将《崔护》与《韦皋》归于"情灵类"。其评曰："人，生死于情者也；情，不生死于人者也。人生，而情能死之；人死，而情又能生之。即令形不复生，而情终不死，乃举生前欲遂之愿，毕之死后；前生未了之缘，偿之来生。情之为灵，亦甚著乎！夫男女一念之情，而犹耿耿不磨若此，况凝精禽神，经营宇宙之魂玮者乎！"① 冯梦龙对于情的阐释与汤显祖所提倡的"至情"是一致的。"人生，而情能死之；人死，而情又能生之"，正是《崔护》所呈现的故事模式；而"前生未了之缘，偿之来生"，则是《玉箫化》所展现的故事模式。情超越生死，精诚不散，瑰奇而美丽。

明代孟称舜《桃花人面》是根据《崔护》故事本事创作的杂剧作品。孟称舜是一位深受汤显祖创作影响的戏曲家。如他在《娇红记题词》中云："情之所钟，莫深于男女，而女子之情，则更无藉诗书理义之文以讽谕之，而不自知其所至，故所至者若此也。"②《桃花人面》杂剧在唐代小说的基础上，写了崔护与叶蓁儿的婚恋故事。叶蓁儿是为情而死又因情而生的痴情女子。较之唐代小说，孟称舜更加突出叶蓁儿的痴情，更加重视人物细腻的情感表达。如崔护讨水与叶蓁儿相见，崔护的曲词多是其内心活动的描写，而叶蓁儿的内心世界则是通过动作加以展现。剧本通过女作斜倚觑生科、女低整衣科、女作欲言又止科、女作摇头科、女作低头不语科、女作目注不应送生，将叶蓁儿的矜持娇羞与对崔护的爱意表露无遗。尤其是送崔护出门时，叶蓁儿长叹掩门曰："早知相见难相傍，何似今朝不相见。"（第一出）叶蓁儿与崔护"一见留情，别后思之，忽忽若有所失"。她渴望爱情，但却没有人可以诉说。她希望能够如世间的夫妻，"有情相诉，有病相怜"。（第二出）崔护再次来访却不见叶蓁儿，只好题诗于门。"朝朝凝望，刻刻挂怀"，正因叶蓁儿苦苦等待崔护的到来，所以错失这次宝贵的重逢机会给她带来巨大的精神痛苦。她甚至怀疑这一切并非真实。其垂危之际曲词云：

---

① （明）冯梦龙：《情史类略》，岳麓书社1984年版，第310页。
② 吴毓华编：《中国古代戏曲序跋集》，中国戏剧出版社1990年版，第200页。

想当初只为一杯水儿,害得这十分沉锢。咱如今也不愿做一个并冢鸳鸯,连理树枝,比目游鱼。崔郎呵,果若是我有缘,你有情,后期来处也,愿把一杯水儿浇奴坟墓。(第五出)

孟称舜的创作丰富了唐代小说《崔护》的故事情节与人物形象。叶蓁儿与汤显祖创作的杜丽娘一样成为戏曲文学中的痴情形象。更可贵的是孟称舜从唐代小说圆满的故事中体会到人生的不圆满。无论是杂剧开场的【鹧鸪天】,还是结局处的曲词都让人体会到这一点。沈泰对结局处评价说:"此处竟堪作断肠集。"也许这正是崔护《过都城南庄》诗所表达的哀伤缠绵的诗歌情韵。正如杂剧中曲词:"生还死情未灭,死还生恨早枯。看花开花谢皆尘土,桃花不似看花日,人面还如识面初。鸟解歌,花自舞,人间天上,此乐何如。"(第五出)

唐代小说中表现的超越生死的真情,在汤显祖、孟称舜等人的戏曲创作中得到进一步表现。他们在创作中肯定青年男女的美好情感,以情反理,摆脱理学的思想束缚,咏赞真情的力量。

《玉箫化》中韦皋与玉箫两世情缘被明清两代戏曲不断演绎。如陈与郊《鹦鹉洲》、杨柔胜《玉环记》、周昂《玉环缘》、张梦琪《玉指环》等,这些作品虽然在情节上有明显差异,但对"前生未了之缘,偿之来生"的故事模式却无一例外地加以继承,这也成为故事的亮点所在。正如明代天然痴叟《玉箫女再世玉环缘》中所云:"情之一字,生可以死,死复可以生。故虽天地不能违,神鬼不能间。"[①] 给痴情抱恨而逝者以再生的希望,让无情者在情的感染下伤心难过。正如天然痴叟所云:"有恨女郎须释恨,无情男子也伤情。"这也许就是此类小说经久不衰的价值所在。祁彪佳《远山堂曲品》评价陈与郊《鹦鹉洲》云:"此即元《两世姻缘》剧,但其传玉箫处,从《云溪友议》来,较剧更详。传玉环者,以此女为妓,冤矣。"[②] 祁彪佳指出《鹦鹉洲》受元杂剧与《云溪友议》的影响,这是符合实际的。而以玉箫为妓则是明代杨柔胜《玉环记》中

[①] (明)天然痴叟:《石点头》,内蒙古人民出版社1985年版,第181页。
[②] 俞为民、孙蓉蓉编:《历代曲话汇编——新编中国古典戏曲论著集成》(明代编)第三集,黄山书社2009年版,第541页。

的故事情节。明清传奇中韦皋与玉箫的爱情已经不是戏曲的主要情节,仅仅是一夫两妇故事的副线情节。玉箫并非旦角,只是小旦或是贴的角色。文人借韦皋事抒发怀才不遇、人情冷暖之感。如《玉环记》(《六十种曲》本)所云:"炎凉世态皆如事,人事亲疏古有之,留与人间作话题。"(第三十四出《继娶团圆》)这在一定程度上削弱了韦皋与玉箫爱情感动人心的强度,但"忆多情心上萦系,喜今日得谐连理"的浪漫爱情理想还是令人神往不已的。

(五) 明清唐明皇与杨贵妃婚恋题材戏曲

唐代小说中,反映唐明皇与杨贵妃婚恋题材的小说作品以陈鸿《长恨歌传》、曹邺《梅妃传》(或谓宋代传奇)最具有代表性。此外,《开元天宝遗事》《明皇杂录》《开天传信记》等笔记小说中亦多有描写。其中以《长恨歌传》《梅妃传》对后世戏曲创作影响最大。安史之乱既是唐朝由盛而衰的转折点,也是唐明皇与杨贵妃、梅妃生离死别,爱恨纠葛的关键环节。国家的兴亡与个人的情感悲欢交错,这使得唐明皇与杨贵妃、梅妃的婚恋故事成为后世戏曲家所喜爱表现的题材。徐朔方在谈到白居易《长恨歌》作为《长生殿》的最早依据时,指出:"它和许多唐人传奇一样,看起来好像没有什么深刻意义,其实是因为它所包含的某种东西,一方面已不是传统精神所能解释,另一方面又没有成熟到能够让自己的特征完全显露出来。像《莺莺传》、《李娃传》、《柳毅传》,要一直到金元杂剧作家手里,才能使人认识到它们的全部价值,虽然金元杂剧里的东西在唐人传奇里早就有了萌芽状态的存在。"[①] 唐代小说中所蕴含的思想内涵与文化意蕴,在明清戏曲家的作品中被诠释与解读,使其价值被重新认识。当然,不同时代作家所关注的重点会有所不同,其爱恶褒贬的标准也各有差异,这些都会表现于明清戏曲的创作实践之中。关四平师从婚姻与爱情、感情与政治层面切入,指出李、杨题材反映了"御女特权与专情追求的矛盾""帝王情场与国运朝纲的矛盾""歌颂爱情与寄寓兴亡的矛

---

① 徐朔方:《长生殿前言》,载(清)洪昇撰、徐朔方校注《长生殿》,人民文学出版社1983年版,第3页。

盾"。① 这些见解不仅深化了我们对于唐代李、杨题材小说的认识，同样适用于李、杨题材的明清戏曲的认识与分析。以唐明皇、杨贵妃故事为题材的戏曲，元代关汉卿创作了《唐明皇哭香囊》杂剧，白朴创作了《唐明皇秋夜梧桐雨》《唐明皇游月宫》杂剧，庾天锡创作了《杨太真霓裳怨》《杨太真华清宫》杂剧，等等。明清两代则有吴世美《惊鸿记》、屠隆《彩毫记》、徐复祚《梧桐雨》、孙郁《天宝曲史》、洪昇《长生殿》、唐英《长生殿补阙》、程枚《一斛珠》等。徐朔方将《长生殿》以前的作品分为两类："像《长恨歌》、《梧桐雨》是一种，像《天宝遗事》诸宫调、《惊鸿记》则是另一种。"② 这种分类是以对杨贵妃秽事的夸大或删除作为标准的。这一标准同样适用于明清戏曲，事实上明清戏曲的这一取向也取决于戏曲家对杨贵妃与梅妃的态度。

明代吴世美《惊鸿记》传奇，今存明万历十八年（1590）刻本。《古本戏曲丛刊》二集据万历间金陵世德堂刻本影印。其本事取材于《梅妃传》《长恨歌》及《长恨歌传》《杨太真外传》等。戏曲中对纵情声色、荒淫误国持明确的批判态度。在第一出《本传提纲》中，【清平乐】云："翠鬓金缕，春暖梨花雨。多少英雄迷此际，误国殃民任取。"【汉宫春】则云："看往代荒淫败乱，今朝垂戒词场。"传奇对杨贵妃原为寿王妃的情节并不加以掩饰，指出"召入杨妃寿邸"。戏曲描写了唐明皇与梅妃、杨贵妃的爱情纠葛，而以梅妃为主，对其寄予深切的同情，对杨贵妃则多有贬低。如第六出《寿邸恩情》中，杨玉环自言："开元二十二年十一月嫁与寿邸，蒙寿王殿下教妾歌舞，精通音律。寿王爱禅，妾亦道枚雅素，以娱其意。以此情思契合，思慕非常。"该出评语曰："寿王爱禅，妃子便度为尼，固其迎合逢媚在寿邸已然。"明皇于花萼楼宴请诸亲王，汉王潜以足蹑梅妃履，妃退阁而去，明皇连召不至。汉王担心事发，与驸马杨回、太师杨国忠设诡计陷害梅妃，诬谤梅妃与太子私通，同时极言寿王妃倾国美貌，让明皇宣召寿王妃入宫。二妃争宠，杨妃、安禄山进谗梅妃与太子有私，明皇下诏斩梅妃、太子。在宋王谏言下，废太子为庶人，贬梅

---

① 关四平：《唐代小说文化意蕴探微》，人民文学出版社2012年版，第127—142页。
② 徐朔方：《长生殿前言》，载（清）洪昇撰、徐朔方校注《长生殿》，人民文学出版社1983年版，第4页。

妃于幽宫。安禄山进献助情花得宠,凡此种种,无不显示唐明皇与杨贵妃恣情声色,荒淫误国。《梅亭私誓》与《七夕私盟》两相对照,唐明皇与杨贵妃的情感并不似《长生殿》那样真挚专一,精诚不散。传奇改变了《梅妃传》的故事结局,梅妃没有死于乱军之手,她避迹于玄都观,后与至观进香的唐明皇重逢。唐明皇让临邛仙人招致杨贵妃之灵。借杨贵妃之口,了解前世之事。明皇乃是孔升真人,梅妃乃是许飞琼,杨贵妃乃是太一玉妃,李白则是方壶仙吏。明代尚有《沉香亭》传奇,根据《曲海总目提要》卷十五《沉香亭提要》可知,故事情节与《惊鸿记》相同,属于同一故事系统。《沉香亭提要》指出:"其情节与《惊鸿记》相同,而提出李白赋《沉香亭》诗以为标目,盖曰'惊鸿'者,以江妃赐白玉笛作《惊鸿舞》而得名,曰'沉香亭',则取杨妃赏花,李白赋诗为大关键。"①

将唐明皇与梅妃、杨贵妃故事演绎为戏曲的作品还有清康熙十年(1671)孙郁创作的《天宝曲史》,今存康熙十四年(1675)《漱玉堂三种传奇》稿本,《古本戏曲丛刊》三集据之影印。松涛《天宝曲史序》云:"天宝至今千年矣,其帝妃秘戏,宫寺微言,雪崖皆以三寸不律,一一拈出。然则有曲史可以补正史之未备矣。"沈珩《题词》云:"雪崖《天宝曲史》一书,在少陵当日犹有所讳,而不敢尽者。雪崖直谱其事,以为人主色荒昵恶者戒。前此未有曲史则读诗史者,亦未尽错综而得其解也。有诗史,曲史其可少乎?"赵沄《天宝曲史序》则指出:"雪崖此编以实录作填词,明皇创始梨园,而采萍楼东之赋,玉环长恨之歌,天生两旦始末也。外末净丑莫不极一时之选。"孙郁则在《凡例》中云:"俱遵正史,稍参外传,编次成帙,并不敢窃附臆见,期存曲史本意云尔。"戏曲在《试歌》《移宫》诸出戏中并不隐讳杨玉环曾为寿王妃的身份。唐明皇从高力士口中得知寿王妃绝色丰致,艳冶绝伦,度为女道士,赐名太真。杨玉环入宫前,梦仙女引其到西池谒见王母,王母让其记住四句偈语:"燕市人皆去,函关马不归。若逢山下鬼,环上系罗衣。"此情节来源于《杨太真外传》,以谶语形式总括安禄山叛乱、哥舒翰兵败、杨玉环

---

① 俞为民、孙蓉蓉编:《历代曲话汇编——新编中国古代戏曲论著集成》(清代编)第二集,黄山书社2009年版,第590页。

缢死马嵬坡等情节，使戏曲发展笼罩在命运定数的神秘氛围之中。梅妃、杨贵妃相妒成仇，与唐明皇爱情纠葛，其主体情节基本遵循《长恨歌传》《梅妃传》《杨太真外传》等唐宋小说。程枚创作的《一斛珠》传奇（今存乾隆五十九年刻本），也是以曹邺《梅妃传》为依据创作的戏曲作品。戏曲中安禄山入京，自缢的梅妃被梅花神姑射仙人所遣侍女救至梅花庵。在神女帮助下，唐明皇与梅妃之魂相会于梦中。最后，两人终于团聚。所以，可以看出明清戏曲无一例外地对梅妃的遭遇寄予深切的同情，对杨贵妃则褒贬并存。而真正纯化净化唐明皇与杨贵妃爱情故事，达到同类题材戏曲最高水平的作品当属洪昇《长生殿》。

以《长生殿》来说，无论其主题是爱情、政治，还是双重主题，在戏曲中都歌颂了超越生死界限，打破空间束缚的至情。而这种至情体现在帝王与妃子身上尤其具有现实意义。《长生殿例言》就谈道："后又念情之所钟，在帝王家罕有。马嵬之变，已违凤誓，而唐人有玉妃归蓬莱仙院，明皇游月宫之说，因合用之，专写钗合情缘，以《长生殿》题名，诸同人颇赏之。"[①] 可见作者有感于李隆基与杨玉环"古今罕有"的爱情，这是创作《长生殿》的主要原因。《长生殿》第一出《传概》【满江红】阐述了作者的创作主旨：

今古情场，问谁个真心到底？但果有精诚不散，终成连理。万里何愁南共北，两心那论生和死。笑人间儿女怅缘悭，无情耳。　　感金石，回天地。昭白日，垂青史。看臣忠子孝，总由情至。先圣不曾删《郑》《卫》，吾侪取义翻宫徵。借太真外传谱新词，情而已。

洪昇肯定精诚真挚的情，不仅限于男女之情，而且扩展到"臣忠子孝"的情感。虽然他亦强调"乐极哀来，垂戒后世，意即寓焉"[②]（《长生殿自序》），但作品中充溢的贯通现实与理想的真情却更有感动人心的力量。杨贵妃与梅妃的争宠被视为"情深妒亦真"的表现。在马嵬坡生离死别之际，杨玉环还不忘吩咐高力士将定情钗合殉葬。第三十八出

[①] 吴毓华编：《中国古代戏曲序跋集》，中国戏剧出版社1990年版，第394页。
[②] 吴毓华编：《中国古代戏曲序跋集》，中国戏剧出版社1990年版，第393页。

《弹词》中,作者借李謩之口提出不能把罪责只归于杨贵妃,"当日只为误任边将,委政权奸,以致庙谟颠倒,四海动摇"。这些情节改变了杨贵妃形象,使帝妃的爱情得到美化,为超越现实,月宫重圆做好铺垫。用作品中曲词评价杨贵妃"羡你死抱痴情犹太坚"十分恰当,而评价李隆基由多情反复到痴情专一,则是"笑你生守前盟几变迁"。(第五十出《重圆》)作者一方面强调"情一片,幻出人天姻眷。但使有情终不变,定能偿夙愿";另一方面又用"情缘总归虚幻"的思想来"垂戒来世"。最后还不忘在【尾声】中写道:"旧《霓裳》新翻弄,唱与知音心自懂,要使留留万古无穷。"所以,笔者认为在依据唐代小说创作的戏曲中,洪昇《长生殿》是歌颂真情的佼佼者。

在《长生殿》创作的基础上,唐英创作了《长生殿补阙》戏曲。其情感取向明显倾向于梅妃,对唐明皇用情不专,杨贵妃恃宠骄纵、狐媚惑主持批判的态度,与《长生殿》立意明显不同。甚至又将洪昇隐去的秽行拈出,指出杨贵妃原为寿王之妃的身份。戏曲共两出,第一出《赐珠》、第二出《召阁》。第一出《赐珠》中,梅妃由西宫被迁移到上阳东楼。身无罪戾而被罢斥,梅妃不知缘由,暗中打听才得知,"原来朝臣杨国忠有一个妹子,名唤玉环,已经卜定与寿王为妃。圣上贪其姿色,悄悄纳入宫中,定情宠幸"。因明皇吩咐宫监隐瞒,所以梅妃也佯装不知。但她却表示出忧虑,其思曰:"但恐到那蛾眉不肯让人,狐媚偏能惑主的时候,只怕你调停不来,天下国家大有关系也!"明皇密命小黄门赠明珠一斛给梅妃,梅妃退珠呈奏笺。诗曰:"柳叶双眉久不描,残妆和泪污红绡。长门自是无梳洗,何必珍珠慰寂寥?"第二出《召阁》中,明皇云:"寡人得此二美,足慰万机之劳。但宠恩虽出一心,而新旧难分二体,这几是人情世事之常。"明皇密差小黄门带明皇的行装衣帽,用戏马接梅妃到翠华西阁相会。高力士叹明皇贵为天子,却"作此藏头露尾的行径",指出杨贵妃"宠压后宫,情性娇纵"。梅妃亦叹曰:"事无可奈,恰似私行夜奔。"[①] 杨玉环与江采萍争宠,本于曹邺《梅妃传》,唐英意在补阙《长生殿》,对《长生殿》中梅妃爱情专一,唐明皇用情不专进行了生动

[①] (清)唐英撰,周育德点校:《古柏堂戏曲集》,上海古籍出版社1987年版,第123—134页。

刻画。

二 非现实婚恋题材小说在戏曲中的改编

唐代婚恋题材小说中有人神婚恋、人鬼婚恋、人与动物或植物精灵婚恋等模式。与上一节现实世界男女的婚恋题材不同，这些模式的婚恋故事是现实世界中婚恋故事的异化与变形，体现着唐代小说家的奇思妙想，寄寓着浪漫的理想，对后世的志怪传奇小说及戏曲创作产生了深远的影响。唐代小说中人神、人龙、人猿及人狐等婚恋题材小说，在明清戏曲中都有相应的作品传世。如裴铏的《裴航》《张无颇》《孙恪》，李朝威的《柳毅传》，沈既济的《任氏传》等传奇经典，经由宋元话本、元代杂剧的改编创作，到了明清两代依然深受戏曲家的喜爱，明清戏曲家依据这些小说本事创作了一批戏曲作品。

（一）人神婚恋题材

1. 文士与仙女的婚恋

描写文士与仙女婚恋的唐代小说与明清戏曲作品以《裴航》的蓝桥题材为代表，《裴航》出于晚唐裴铏《传奇》，《太平广记》卷五十引。明清戏曲中依据其作为故事本事的作品有龙膺《蓝桥记》传奇、杨之炯《玉杵记》传奇、云水道人《蓝桥玉杵记》传奇、吕天成《蓝桥记》传奇、黄兆森《裴航遇仙》杂剧等。云水道人《蓝桥玉杵记》与黄兆森《裴航遇仙》（一名《蓝桥驿》）作品存世。《裴航》反映的是文士与仙女的婚恋，作品中裴航与云英的爱情故事既能满足人们对于美好爱情的追求，同时可遂烟云缥缈的仙道理想。裴铏笃信道教，隐居钟陵郡西山，道号谷神子。小说的本意是弘扬仙道，由于道教并不排斥男女之情的表达，所以，小说中爱情故事反而较仙道内容更让读者神往。云水道人《蓝桥玉杵记》[①]并非直接取材于唐代小说《裴航》，而是源自道家仙传。在戏曲卷首有《裴仙郎全传》、《刘仙君传》（《樊夫人附》）、《裴真妃传》、《铁拐先生传》、《西王母传》。通过《裴仙郎全传》与戏曲内容对比可

---

① 《古本戏曲丛刊初集》据明万历浣月轩刻本影印。

知,《蓝桥玉杵记》直接取材于《裴仙郎全传》。

(1) 创作主旨:由弘扬仙道到"首重风化,兼寓玄诠"的变化

在《裴航》中,作者通过裴航的故事表达神仙出世的思想。他引用《老子》中"虚其心,实其腹"的话,认为"今之人,心愈实,何由得道之理"。在小说中裴航与云英的恋情是引导其"超为上仙"的必要环节。而樊夫人、云英等女仙则是裴航体道成仙的引导者。而明代云水道人《蓝桥玉杵记》则有着明显不同的创作目的。我们可以通过明万历三十四年(1606)虎耘山人《蓝桥玉杵记叙》了解此剧的创作缘起,其云:

> 余师谢迹尘嚣,怡情云水,久不作声闻想。适友人把玩蓝桥胜事,丐为传奇以风世。师咤之曰:"箕山之隐,闻风却飘,予遑为人间饰鼓吹乎?"友人复跽而请曰:"黄钟绝而雷缶鸣,郢曲高而知音寡,先生得无是虑邪?世有钟仪,伯牙未可辍操也。"师数辞不得,乃强取故传,稍加铅饰,表以羽曲,大都托人籁以鸣天籁,皆风世寓言也。

云水道人的传奇意在"风世",以之达到教化劝惩目的。他在《蓝桥玉杵记凡例》中明确提出"首重风化,兼寓玄诠"的创作主旨。作者自述:"蓝桥胜事自堪夸,莫羡天台满赤霞。寓意风流供世玩,谭真咳吐落丹砂。浮华过眼成虚幻,荒草回头好叹嗟。但解逢场聊作戏,何须海上觅仙家。"(卷末收场诗)这一变化,充分说明了明代神仙道化剧的创作首要前提是要劝惩教化,要有助于维护儒家的纲常教义。也就是说弘扬仙道、体会道教修真的玄理退居次要的地位,而通过戏曲作品教化人心、裨益风化才是第一位的。这种以教化为先的创作,明显有别于唐代小说的故事本事。

(2) 仙凡之恋转变为谪凡历劫的宿世姻缘

在《裴航》中,裴航与云英的仙凡之恋,既带有偶遇的特征,又似乎是冥冥之中的定数使然。落第游于鄂渚的裴航与樊夫人同舟赴襄汉,因其美丽而产生爱慕之心。他写诗一章传情达意,但此诗更像一首表达爱恋之情其表、访求仙道其里的作品。这也许是作者为了体现裴航具有成仙资质的笔法。而樊夫人所赠之诗,既是对裴航诗的回应,也是对未来的预言。

其诗曰:"一饮琼浆百感生,玄霜捣尽见云英。蓝桥便是神仙窟,何必崎岖上玉清。"这首诗起到了对裴航的提醒与引导作用,避免了裴航与云英失之交臂的可能。因为,当裴航于南桥驿边求浆而饮时,小说中写道:

  航揖之求浆,老姬咄曰:"云英擎一瓯浆来,郎君要饮。"航讶之,忆樊夫人诗有"云英"之句,深不自会。

可以看出裴航已经意识到眼前所经历的一切是樊夫人诗中所预示的内容。尽管小说中写其"深不自会",但这已足以引起裴航的注意。裴航追求爱情的过程就是其成仙的过程。裴航突出的特征是他敢于为所爱付诸行动,有一份执着和韧劲。樊夫人的美丽使其"愕眙良久之",云英的脱俗之美使其"惊怛,植足而不能去",这些描写突出了女性之美的巨大吸引力。裴航能够把握这次带有偶遇性质的姻缘,就在于他能够大胆表白爱恋之情,并能够以其真诚与执着赢得爱情。他不考虑女方家境贫寒,不以科举为意,可以履百日之约寻访玉杵臼,并百日捣药不辞劳苦。而这一切恰恰是超越凡尘世俗观念,持之以恒修仙体道所应有的素质。

  在明清的仙传与戏曲中,裴航与云英的婚恋情节发生了带有时代特征的改变。仙凡之间的爱情转变成为谪凡历劫的宿世姻缘。该剧第一出《本传开宗》【沁园春】概括了全剧的内容:

  羽客裴航,玉真李女,宿缔鸳鸯。惜暗投玉杵,云中转劫,正逢两姓缔同乡。早丧萱椿,托身岳父,悔婚逐出事非常。最堪羡晓云死节,玄母幸相防。 崔相赠金游郢,樊仙诗引思偏长。更蓝桥会后,卢生挽试,名登天府,秩拜玉堂。奉使北征,成功报捷,辞封践约宿因偿。证上果,超亲天界,忠孝永留芳。

  在《蓝桥玉杵记》中,玉天仙张苇航与妻子广寒仙樊云英在中秋团圆之日蟾宫折桂,因为动了俗世之情,被玉帝谪贬人间历劫。因为太常博士裴广志与飞骑将军李遐寿订有儿女之约,所以二仙请求投胎到裴、李两家再配姻缘。张苇航投生为裴航,樊云英投生为李晓云,经历曲折坎坷后,两人重归天界为仙。谪凡历劫的宿世姻缘已成为明清戏曲的故事套路，使得青年男女的美满结合成为必然，使故事在皆大欢喜中获得圆满。

（3）戏曲对婚恋情感的刻画更加细腻生动

戏曲虽然以历劫修仙为创作意旨，但是对于青年男女的婚恋情感表达还是有其细腻动人之处，较唐代小说《裴航》更为曲折，对于男女相思相恋的真实感受刻画得比较充分。在戏曲中，玉天仙张苇航与妻子广寒仙樊云英，虽然为神仙眷侣，但却有无法遏制的人的真实情感。在天界中萌生俗世的爱恋之情，直接导致二仙谪凡。一位是"帘卷银钩懒画眉"，一位是"伤秋宋玉情无已"。在清冷的月宫，两位仙人迸发出无法割舍的眷恋之情。可见即使是位列仙班，有夫妻之名的神仙，也不容许有俗世的凡念。但有意思的是，一方面张苇航因扰乱月宫，樊云英因牵情瀛海而被贬下凡尘，另一方面两人却请求玉帝让他们分别投生于有指腹婚约的裴、李两家。张苇航没有更多的懊悔，却对樊云英说"天若从人愿，又结再生缘"。所以神仙道化剧并不排斥对于人的情感欲望的表达，唯有对其细腻真挚地刻画，才有助于对于人世浮华虚幻的醒悟。在天界张苇航与樊云英的眷恋情感与神仙的清规戒律构成了矛盾冲突，但玉帝却礼顺人情，让二仙投生到裴、李两家。

在人间，裴航与晓云的婚恋却遭遇李遐寿夫妇的悔婚。使得故事中增加了世态炎凉与人情冷暖的内容。裴航不再是小说中落第的秀才，他父母双亡，寄身于李遐寿家中。裴航在高祖清泠真人的点化下，喜欢悟道求仙。第十五出《称觞昼锦》中，巧妙地刻画了青年男女的彼此爱恋，同时一语双关地暗示了二者的前世姻缘。在李遐寿的寿宴上，裴航看到晓云不禁背云："呀！这小姐天姿国色，浑如月殿婵娟。"晓云则背云："呀！裴公子龙姿凤表，不减玉天仙子。"既是青年男女对于彼此相貌的赞美，也包含了对于他们前世的暗示。接下来作者以第十六出《写怨南园》抒写晓云的闺怨，以第十七出《孤馆伤春》写裴航见晓云后相思成病。如裴航唱词"闭月姿堪怜堪爱，羞花貌多情多态。只为着凤侣莺俦，倒做了游蜂浪蝶。心强排，眉锁不曾开。人情反覆一似风中叶，何日交欢玉镜台，难挨。十二时中肠九回，伤怀。辜负花间燕语来。"这种对于青年男女相思相恋心理的细致描绘是小说所不能及的。

因为作者重视戏曲的教化作用，所以在裴航与晓云的婚恋故事中增加了坚贞节烈的内容。清明节时李晓云让侍妾给裴航送去彩线艾符，恰巧被李遐寿撞见，李遐寿暴怒之下悔婚将裴航逐出李府。李遐寿后又逼迫李晓云嫁给富豪金万镒，李晓云不肯改操另嫁，抱石投河，舍身全节。得道的祖母玄静将其救起，为了日后夫妻再会，节义两全，晓云跟从玄静到终南山学道。小说中裴航与樊夫人的偶然邂逅，在戏曲中被改编成为铁拐真人奉王母旨意化为楚江舟子，载着樊夫人在鄂渚等裴航。为了给裴航透露云英（即晓云）的消息，好让夫妻日后重逢。乘船的时间被作者安排在七夕这一天。所以，当裴航私窥到樊夫人姿容与晓云难分彼此时，他内心无限伤感。裴航思念晓云，感伤她"冰清玉清，抱石魂犹凛。情深怨深，红颜多薄命"（第二十三出《倚棹酬吟》）。这就使得裴航较小说中更加痴情专一。在第二十五出《蓝桥订约》中，玄静不急于让裴航与晓云合婚，是因为李遐寿将云英投生时所带玉杵卖了，玄静恐玉帝加罪，所以裴航寻玉杵与小说中相比多了一层意义。

　　作品既有婚恋、仙道故事内容，又增加了仕宦的故事内容。在作者看来，修道成仙与"忠孝永留芳"（第一出《本传开宗》）并不矛盾。作品中裴广志说："进不能进身彝鼎，退不能乐志山林，尸位素餐，亦大丈夫之羞也。"（第二出《绮席联盟》）牛元翼征讨王庭凑，其唱词"忠君爱国心无已，刎颈分金谊独深"（第三出《叛兵侵境》），洋溢着忠君爱国的思想感情。当李遐寿兵败逃归，其母说："人臣事君之节，有死无贰。兵败逃归，岂得为人臣子乎！"（第六出《云英入梦》）戏曲中，裴航在寻找玉杵的过程中，为了一洗被李遐寿逐出府第之耻，加之好友卢颢的激励，他参加科举策试，获得探花。后为翰林学士兼兵部尚书郎，监军河朔击败了王庭凑。这一点体现了不同时代的文人心态，从中亦可见时代文化背景不同的影响。小说中裴航放弃科举仕进之路追求爱情，而明清戏曲中让其在仕宦之路上展示锋芒，而后放弃一切去兑现诺言。这其中固然有先婚恋、仕宦，而后归仙的思想影响，但其客观达到的效果丝毫不逊色于唐代小说，相反更会引发人们的思考。戏曲中裴航宣称："下官原无志于功名，但君命所逼，万不得已。来此同破奸党，如今事已大定，下官请解绶归。"重视科举功名，忠君爱国，保持臣节，听命于君王，这些思想都典型地体现了明代文人的文化心态，某种程度上说在神仙道化戏曲中有如此体现更说明戏曲创作的思想取向。此外，一些情节的变化，说明人物形象的细微改变。如小说中裴航卖掉仆人、马匹，买玉杵臼。传奇中则是裴航的权宜之计，让仆人、马匹暂时抵押在玉器店，在其升仙后还不忘让好友卢颢赎回仆人和马匹。捣药情节也不再是云英对裴航的考验，而是裴航主动承担。玄静借此消磨裴航的凡心欲火，并施缩地之法让其夜游月宫。最后，毕姻霞外，裴航才知云英就是晓云。

总之，该戏重风化，阐玄诠，体现了明清两代神仙道化戏中婚恋内容的一些共性特征：一是谪凡历劫，重归天界为仙。二是在合乎礼教的前提下，肯定真挚坚贞的爱情。笔者不认同完全否定礼法的观点，而是认为不同时代下，虽然有人们思想僵化或开放程度的不同，但对于美好情感的追求是共同的。该剧作者云水道人对裴航、云英的仙凡恋情是肯定的。作品中玉帝让两位相恋的仙人谪凡人间做一对有婚约的恋人，并安排清冷道人、玄静成全他们并点化升仙，说明神界已经有了"人情味"。王母娘娘对尸解得道升仙的玄静说："这姻缘当保全，人间仙侣天应眷。"（第十二出《西昆参圣》）三是肯定人间的秩序与礼法，通过因果报应惩恶扬善。李遐寿夫妇悔婚背盟，金万镒、钱媒婆毁人美好姻缘，均在阴司受到严厉的惩罚。（第三十五出《冥司业报》）而裴广志夫妇却从阴司得以超拔，与儿子裴航同升天界。四是重视婚恋与仕宦。男女主人公在人间得遂仕宦之志与夫妻团圆之时，选择归隐求仙。

2. 仙人与女子的婚恋

在这一类型的小说中李复言《续玄怪录·张老》反映的婚恋内容比较特殊，明清以此为故事本事创作的戏曲、小说有徐霖《种瓜记》传奇、冯梦龙《喻世明言》卷三三《张古老种瓜娶文女》、李玉《太平钱》传奇等。清代的《太平钱》传奇还将《续玄怪录·定婚店》故事融入传奇之中，使此部戏曲作品兼容了《张老》《定婚店》小说的婚恋故事并成为有机整体。《张老》与《定婚店》均充满了命运定数的思想观念，此方面论述已多，不再赘述。抛除小说中消极的内容，客观地审视这两篇小说，其所揭示的婚恋内容又有可取之处。

（1）打破世俗的婚恋观念

《张老》[①] 这篇小说写了一位年迈的园叟张老谋娶扬州曹掾韦恕的女

---

① 《太平广记》卷四八引《续玄怪录》，载李时人编校、何满子审定《全唐五代小说》，陕西人民出版社1998年版，第1158—1164页。

儿，二人成婚后远去天台山，人们才了解到张老是仙人。一位年逾古稀的园叟迎娶仕宦之家的花季少女，这样的婚姻发生在今天也不会让更多的人认同。门第与年龄的巨大差异，是阻碍这种婚姻的主要原因，小说真实地展现了这些阻碍。张老请媒媪求婚，第一次曰："某诚衰迈，灌园之业，亦可衣食，幸为求之。事成厚谢。"媪大骂而去。张老自知衰迈，但其认为操灌园之业可自食其力，他请媒媪求婚，这种追求爱的勇气本身就是难能可贵的。追求爱情人人平等，不能因年龄、门第、贫富的差异，而剥夺一个人追求爱情的权利。但理论上可以唯美理想，现实中却被世俗无形的力量牢牢束缚，直到今天也是如此。媒媪大骂而去是符合生活实际的。第二次，媪曰："叟何不自度，岂有衣冠子女肯嫁园叟耶？此家诚贫，士大夫之家敌者不少。顾叟非匹，吾安能为叟一杯酒，乃取辱于韦氏！"可见在媒媪眼中最主要的矛盾是门第悬殊，衣冠子女嫁给园叟是不可能的事情。媒媪的态度如此，当其向韦恕提婚时，韦恕表现得十分激烈。他认为园叟有这种想法简直是对韦家的轻视，并提出"今日内得五百缗则可"。其本意是为难园叟，没有想到张老一口答应，顺利迎娶了韦女。婚后夫妻生活和顺，可是"亲戚恶之"，中外之有识者责韦恕："既弃之，何不令远去也！"当张老夫妇离去，韦恕思念其女，认为女儿会"蓬头垢面，不可识也"。可是，当韦女之兄韦义方前去探望妹妹，却发现张老夫妇是令人羡慕的神仙眷侣。张老不再是年迈的园叟，而是"戴远游冠，衣朱绡，曳朱履"，"仪状伟然，容色芳嫩"的神仙了。虽然这篇神仙题材小说充满宿命因果内容，但就其所达到的客观效果而言，包含着对于世俗婚恋观的否定因素，门第、贫富、年龄虽然会对爱情产生影响，但并不是决定因素。

（2）对婚恋规律带有合理性的总结

虽然《定婚店》① 中表达了婚姻天定的宿命论观点，但也在一定程度上对婚恋的规律有所揭示。在命运天数面前，人所做出的抗争努力显得无力回天。就如小说中韦固那样通过残忍刺杀的方式力图改变命运，但最终仍然无法改变。就如小说中所总结的那样"乃知阴骘之定，不可改变"。

---

① 李时人编校、何满子审定：《全唐五代小说》，陕西人民出版社1998年版，第1145—1147页。

当然，今天看来这些思想是不足取的，但这不应成为无视小说中可资借鉴内容的理由。在《定婚店》这样的小说中，对婚恋带有规律性的总结同样值得关注。当韦固询问自己与潘司马之女的姻缘时，月下老人曰："未也。命苟未合，虽降衣缨而求屠博，尚不可得，况郡佐乎？君之妇，适三岁矣，年十七当入君门。"当韦固问其布囊中是何物时，曰："赤绳子耳。以系夫妻之足。及其生，则潜用相系，虽仇敌之家，贵贱悬隔，天涯从宦，吴楚异乡，此绳一系，终不可逭。君之脚已系于彼矣，他求何益？"上述引文在揭示婚姻天定的观点的同时，其实也包含着合理的观点。没有感情或未能达到两情相悦的程度，其结果何尝不是"虽降衣缨而求屠博，尚不可得"呢？若情之所至，"虽仇敌之家，贵贱悬隔，天涯从宦，吴楚异乡"，都不能成为婚姻的阻力。这虽然有些牵强，但笔者认为也是一种比较合理的解读。

清代李玉《太平钱》传奇①将《张老》与《定婚店》融会于传奇之中。其故事概要在第一出《开场白》【满庭芳】已经道出：

  张老仙翁，潜踪瓜圃，还驴喜遇多娇。伤春病感，媒氏苦相邀。给谏冲冲怒激，征奇聘故难蓬蒿。钱十万，豪门娶妇，白发已萧萧。
  韦固真英烈，天涯愤刺，王屋欣遭。笑归家廿载，父母临霄。及第喜逢佳遇，氤氲簿注定难逃。双缘巧，太平作合，蓬岛共逍遥。

此剧情节与冯梦龙《张古老种瓜娶文女》的故事情节更为接近，该小说应为其取材的直接来源。

3. 传奇中值得注意的一些改变

（1）强化了宿世姻缘的内容

如在戏曲第十八出《山会》中，韦恕的女儿告诉兄长韦固说："我本是紫华夫人，与东华大帝凤成仙眷，只因一念偶差，遂落人间，前故隐迹而离广陵，今特还元而归天界。"韦固也夙有仙契，张老让金甲神摄韩休女生魂到绛云楼侑酒，韦固赠诗。韦固与韩休女成婚才知道对方就是其于定婚店刺杀，在绛云楼侑酒之人。李玉将韦恕儿女姻缘集中表现，并都以

---

① （清）李玉：《李玉戏曲集》，上海古籍出版社2004年版，第759—885页。

十万太平钱为聘礼，促成两对姻缘，体现了他对小说本事的化用能力。

（2）对以门第、才貌、金钱为婚姻标准的否定

张老既非仕宦名胄，也不是满腹经纶的文士，更不是商贾巨富。他只是一位年过八旬的瓜园老叟，但他却娶到了韦恕女儿文姑，正如张老所说"论姻缘何须齿齐"（第十出《忆娇》）。韦恕之子韦固渴望获得美好的姻缘，他立下"三不娶"大愿："非族若燕山不娶，非才如道韫不娶，非色比夷光不娶。"可知他对门第、文才、容貌的要求。他对婚姻的渴望甚至超过对功名的渴望，如他表示"我若得洞房花烛风光美，煞强似金榜题名姓氏标"（第六出《梦簿》）。可二十年后他所娶之妻正是当年他欲杀害的贫婆怀中的小女孩。

（3）在突出"神性"的同时，也突出了"人性"

不同于《张老》，在《太平钱》中，作者将张老的"神性"透露给观众。如在第四出《还驴》中，他对御赐白驴唱道："你且权时归去，何必留恋蓬蒿，向我多萦绊。"他的园中有"四时不绝"的瓜果。所居环境"真个是人间不减蓬壶洞"。韦恕难为他，要十万太平钱，他能轻松奉上。文姑认为："若个是蓬枢瓮室寻常辈，何处觅金谷泉宝。"更值得关注的是对张老"人性"的刻画。韦恕一家到张老瓜圃游玩，张老看到了文姑小姐，事后竟然相思成病。在第十出《忆姣》中，张老神思恍惚，日夜思念文姑。他急于找媒媪求婚，"料膏肓顿起相思悴，看我萧疏丰致，鹤发童颜，还做个风流佳婿"。韦恕反悔所许婚事，他闹娶，表示："我拼着这老性命，死在这里，不怕他不把女儿嫁我！"（第十二出《送钱》）神仙不再禁欲绝情，而是充满了对爱情的渴望，充满了世俗的情怀。

（二）人龙婚恋题材

唐代人龙婚恋题材小说以李朝威《柳毅传》（一名《洞庭灵姻传》）[①]为代表作品。关四平师对这篇小说的主题有过归纳：其一，同情不幸婚姻中女子的遭遇，肯定其追求幸福的勇气与正义性；其二，"父母之命"的包办婚姻，往往导致女子的不幸，而有感情基础的自主婚姻，才有可能获

[①] 《太平广记》卷四一九引，载李时人编校、何满子审定《全唐五代小说》，陕西人民出版社1998年版，第577—586页。

得幸福；其三，超越了从一而终的封建婚姻观念，肯定了女子再婚的合理性。① 在此总结基础上，笔者有二点浅见补充。

其一，龙女对柳毅的爱慕之情源于知恩图报的情感。如其所言"泾川之冤，君始得白。衔君之恩，誓心求报"。她一直遗憾"誓报不得其志"，最终得到父母的支持，以清河卢氏女身份嫁给柳毅，得遂心愿。她还对柳毅表达了"勿以他类，遂为无心，固当知报耳"的报恩之意。

其二，有意消除人们对人龙结合的顾虑。小说中龙女以卢氏女的身份嫁给柳毅，当柳毅发现其类于龙女时，龙女曰："人世岂有如是之理乎？"龙女为柳毅生子后，才主动承认自己的身份。其言"故因君爱子，以托贱质"，说明龙女认为此时其与柳毅的婚姻已进入比较稳固的阶段，是表明身份的时候了。龙女完全隐去神性，生儿育女，说明龙女可以过常人的生活。柳毅在与龙女的对话中谈道："终以人事扼束，无由报谢。呀，今日，君，卢氏也，又家于人间。则吾始心未为惑矣。从此以往，永奉欢好，心无纤虑也。"可见，当柳毅对龙女心存好感之时，确实存在龙为异类的顾虑，这也是影响柳毅与龙女感情发展的原因之一。而顾虑消除之时，正是两人婚姻稳固之始。

明清两代以《柳毅传》为本事创作的戏曲有许自昌《橘浦记》传奇、李渔《蜃中楼》、何镛《乘龙佳婿》等。那么在这些明清戏曲中又表达了怎样的婚恋观念呢？

许自昌《橘浦记》于万历四十四年（1616）刊刻。② 此剧的重点是讽刺忘恩负义之人禽兽不如，感叹人情冷暖、世态炎凉。叶昼《题橘浦记》云：

  读《橘浦记》罢，拍案大叫曰："人耶，畜生；畜生耶，人。人畜生耶，劣畜生；畜生人耶，胜人畜生。胜人耶，畜生人；劣畜生耶，人。咳！"

秽道比丘《橘浦传奇叙》云："兹泾阳之事描写殆尽，中间鼋蛇等颇

---

① 关四平：《唐代小说文化意蕴探微》，人民文学出版社2012年版，第211—212页。
② 《古本戏曲丛刊初集》本，据北京图书馆藏日本影印明万历间梅花墅刊本。

知感恩，一段真心。奈人为物之灵，反生忮害。作记者其有感于近日人情物态乎？是可慨也，特为拈出。"在这部传奇中对柳毅与龙女的婚恋故事的改编，有以下两个方面的变化值得注意。

其一，龙为异类，托以人形得遂姻缘。在传奇中，洞庭龙君、龙女并无拥有神通的优越感，反而总是充满身为异类的担忧。当柳毅答应为龙女传书时，龙女就明确表示"愿操箕帚两依依"（第五出《觅鲤》）。当龙女获救后，她向父亲明确表示非柳毅不嫁。洞庭龙君曰："这个是你终身的事，你既要嫁他我有什么不从你处。只是他在人间，我你居于水府，若竟着人去议婚，那柳生未必慨然无疑，成就这亲事哩。"（第十二出《邀盟》）洞庭龙君于是设计，与龙女化身客商父女，在船上等上京应试的柳毅，成就女儿婚事。其曲词中仍然有"恐他形迹嫌疑不肯应允"（第二十二出《遗佩》）。当柳毅中状元后，洞庭龙君设宴邀请柳毅，还在忧虑"只怕他以我们为异类不肯惠顾也未可知"（第二十九出《追欢》）。柳毅与龙女团圆之时，龙君还特意强调说："小女昨蒙玉帝见怜，已赐人胎，方敢结褵。小神幽明相判，人禽异途，怎敢涴坐以玷华筵。"

其二，龙女甘愿屈尊为柳毅之妾。该传奇也未脱双美共事一夫的窠臼。虞世南女儿嫁给柳毅为正妻，而龙女甘愿为妾。第二十二出《遗佩》中，化身为客商女的龙女对柳毅说："奴家有一言相禀，相公是青云之客，奴家是再醮之妇。相公你若中了，一任相公择取高门，奴家愿为媵婢，以侍巾栉。"第二十九出《追欢》中，洞庭龙君点明化身客商父女之事，柳毅告诉了母亲给他订婚虞小姐事。通过洞庭龙君两次重申龙女愿为媵婢的态度。

李渔在顺治十六年（1659）完成了《蜃中楼》传奇。该传奇综合了柳毅传书与张生煮海的故事。孙治在《蜃中楼序》中指出："至如唐人所传柳毅事甚奇，人艳称之。但泾河小龙，夫也，一旦而诛殛之，妄一男子无故而为伉俪，要于大道不可谓轨于正也。李子以雕龙之才，鼓风化之铎，幻为蜃楼，预结丝萝，状而后钱塘之喑呜睚眦，柳生之离奇变化，皆不背驰于正义，又合张生煮海事附焉。"① 垒庵居士在《总评》中指出此

---

① （清）李渔：《李渔全集》第四卷《笠翁十种曲》，浙江古籍出版社1992年版，第207页。

剧"可以砥淫柔暴,敦友谊而坚盟言"①。

1. 肯定自主自愿的婚姻,但却强调婚姻天定

不可否认,在这部传奇中,李渔肯定了青年男女自主自愿的婚姻,誉之者可以说其否定了门当户对的父母包办婚姻。但就故事整体而言,李渔并非反封建的斗士,他创作戏曲只是用以娱乐观众,养家糊口。他甚至希望自己的作品有益风化,达到教化人心的目的。所以,陈治说该传奇"鼓风化之铎,幻为蜃楼",垒庵居士认为其"可以砥淫柔暴"。因此,笔者认为没有必要刻意拔高或贬低作品的价值,而就作品的客观实际分析就好。作者特意安排了柳毅、张生除夕之夜,静听人言,占卜姻缘的一出戏。(第二出《耳卜》)他们所听到的曲子暗示了两人姻缘,指出了"看你两口儿的姻缘,也离不得湖与海"。这无疑使故事带有冥冥中自有定数的味道。他们都渴望才子佳人的故事发生在自己身上。如《太师围醉》【太师引】:

> 盼良姻,好事浑无信,苎萝西空余故村。我想古时的人忒煞命好,不但相如之遇文君,卫公之致红拂,那样好事,令人垂涎。还有遇仙妃于洛浦,狎神女于高唐的,一发妒他不过。难道"风流"两字,都被前人占尽,不流一些余地与后面人受用不成?

柳毅如此,同时李渔还借张生之口说"就是千金小姐,绝世佳人,无媒而合,不约而逢,也都是读书人的常事"。在蜃楼之上,柳毅与龙女舜华订下婚约,还为好友张生与龙女琼莲订婚。最终,有情人终成眷属。但应注意的是,李渔在演绎风情的同时,又使其合乎正轨,也就是不偏离礼教。所以,作品中青年男女相爱是天定的姻缘,虽然遭到龙君的反对,却得到玉帝与东华上仙的帮助。第五出《结蜃》中,东华上仙上场就介绍说:

> 只因瑶池会上,有两个顽仙,一双玄女,偶犯小过,谪落人间。

---

① (清)李渔:《李渔全集》第四卷《笠翁十种曲》,浙江古籍出版社1992年版,第313页。

那顽仙托身，一个姓柳，一个姓张；那玄女托生，一在洞庭，一在东海。这四个男女，该合成两对夫妻。今日二女在蜃楼眺望，柳生在海上闲行，不但有仙凡虚实之分，又有海水沧波之隔。若无神仙暗渡，两边怎得相亲？我便到海滨之上，去接引他们一番，有何不可？

青年男女私订婚姻不但不违背礼教，反而是天意所归，得到东华上仙的暗中帮助。当他们的婚姻遭遇挫折。玉帝说这是劫数中应有的魔障。他还赐东华上仙御风扇、竭海杓和玄元至宝钱三件法宝，用以降服火龙，成就婚姻。所以，从传奇内容出发，是玉帝、东华上仙成就了青年男女的婚姻，当然这里巧妙地包含着青年男女自主自愿的婚姻理想。

2. 揭示了门当户对包办婚姻的弊端

传统的婚姻观念讲究门当户对，讲究父母之命、媒妁之言。青年男女对自己的婚姻没有太多的话语权与选择的自由。封建家长出于门第、金钱、权势等因素为子女缔结婚姻，考虑的是家族的利益，而非子女个人的幸福。在《蜃中楼》中，泾河龙王的儿子是一个"吃饭不知饱饥，睡觉不知颠倒"的痴呆。可是当泾河龙王向钱塘君提亲时，却把他说得天花乱坠。钱塘君信以为真，大喜曰："衽甲枕戈，是英雄本色，真吾门之佳婿也。两个侄女，都不曾许人，毕竟先长后幼，二家兄的居长，竟许配公郎便了。"（第七出《婚诺》）就这样草率地将龙女婚姻大事定了下来。洞庭龙君的女儿嫁给泾河龙王的儿子，可谓是门当户对，但在对泾河龙王带有骗婚性质的语言的描写中，反映了父母之命、媒妁之言的弊端。

3. 更注重龙女的坚贞与节操

传奇中龙女舜华与柳毅私订婚约。而钱塘君作为叔叔却将其许配给泾河龙王的痴呆儿子。在抗争的过程中，龙女表现出无所畏惧、誓死为柳毅守节的坚贞与刚烈。第十四出《抗姻》中，其【北越调·斗鹌鹑】：

念奴家生长闺房，颇识些高低天壤。也曾将女史频翻，也曾将人伦细讲；也曾读烈女词章，也曾学贤妻标榜。见了那二天的面觉羞，见了那淫奔的怒欲狂；见了那死节的气概偏昂，见了那矢贞的心儿忒痒。

她拒绝成亲拜堂，不惧公婆的淫威家法，夫家为了惩罚她，让其到泾河边去牧羊。而龙女却认为这是因祸得福，"不但可以保全名节，又可以觅便寄书"。又如在第十八出《传书》中，她咬破手指，以血为墨写下血书。此时柳毅做了御史，遇到龙女不急于相认。龙女哭诉自己的经历，柳毅曰："从古来为臣死忠，为妇死节。你既要做节妇，当初为甚么不死？"龙女陈述了"三不便"理由，即"不宽父母之忧，反加老母之罪"；"柳郎不知我为死节之妇，反以我为失信之人"；"不但埋没妾身名节，又且耽搁舍妹终身"。此龙女已非彼龙女，与唐代小说《柳毅传》中龙女相比较，其既有私订终身的大胆，又是一位刚烈贤贞的节妇。明清戏曲中，龙女成为"节妇"的改变，可以看出程朱理学的影响，可以看出时代文化对文人心态及作品改编的渗透。戏曲作品作为承载教化功能的艺术形式，作者借以表达对于封建伦理道德的弘扬。统治者对于理学的崇尚，其在思想文化领域的专制政策，使得戏曲创作者不得不迎合依附，或是深受影响而浑然不觉，成为一种自觉的创作意识。龙女追求爱情的美好情感，在礼法纲常的约束下，缺少了一份个性的张扬与人性的大胆抒写。

裴铏《传奇·张无颇》也是一篇人龙婚恋题材的小说。这篇小说最值得称道的是，当广利王与王后了解到龙女喜欢上了张无颇，没有横加干涉，而是成全女儿与张无颇的婚姻，表现得非常开明。明代杨珽有传奇《龙膏记》（毛晋编《六十种曲》本）。此传奇写了张无颇与元载女儿湘英的故事。吕天成《曲品》卷下云："此张无颇事，往予谱为《金合记》，此君见之，谓龙宫见怪，易为元载女。是亦一见也，然非本传矣。"[1] 该剧在一些剧情设计上颇类于陆采《明珠记》，如奴婢冰夷冒充湘英顶罪，被郭子仪收为义女，嫁给中了进士的张无颇。后经历曲折湘英与张无颇团圆。剧中有元载与鱼朝恩政治矛盾的内容。元载没有小说原作中龙王夫妇的开明，当他发现湘英与张无颇有情时，竟然逼女儿自杀，并安排王缙欲置张无颇于死地。幸亏袁大娘营救，张无颇才死里逃生。此剧也不免附着谪凡历劫、点化修真的内容，可见此为明清戏曲的共同特征。

---

[1] 俞为民、孙蓉蓉编：《历代曲话汇编——新编中国古典戏曲论著集成》（明代编）第三集，黄山书社2009年版，第146页。

（三）人与动物婚恋题材

人与猿婚题材小说《孙恪》①，又名《袁氏传》，在明清亦有相同题材戏曲作品传世，清陈烺《仙缘记》（《玉狮堂十种曲》影印本）就是依据《袁氏传》创作的传奇。该剧创作于光绪七年（1881），卷首陈烺《自序》略云：

> 辛巳冬，寓武林刘氏斋中。朔霙洒牖，短檠对影，庭前枯木簌籁。夜半寝不能寐，挑灯捡《袁氏传》读之。叹夫情之至，义之正，虽异类同归，其至诚所感，激厉所成，卒能悬崖撒手，不为情欲利名所牵累。是其胸襟知识夐绝高远，以视世之宴安鸩毒，留恋于绮丽之场，终身惑溺而不知返者，相去不綦远哉！此余《仙缘记》传奇之所由作也。

在这部传奇中作者寄寓了对于现实人生的思考，陈烺自负经济之才，却浮沉于下僚，在内心深处不免产生仕宦、婚姻等皆为浮光泡影的虚幻之感。正如其好友周舫题诗所云："名士穷途唤奈何，青衫憔悴泪痕多。仙人何意成嘉偶，千尺情波溢爱河。"在传奇中孙恪与袁氏的婚恋故事基本遵循《袁氏传》，但也有值得注意的变化。在第三出《访僧》中，惠幽评孙恪"天资夙悟，孝行独纯。前程显达可期，神仙无难立致"。他赠孙恪碧玉环一只，并预言"他日富贵姻缘、神仙眷属都在于此，二十年后，重来证明因果也"。所以，在传奇中碧玉环成为剧情发展的重要线索，其作用已不只是印证袁氏仙猿的身份了。袁氏缺少了唐代小说中的主动性与豪侠特征，而是更加矜持与痴情。如在小说中，袁氏与孙恪见面时，曰："即君久盼帘帷，当尽所睹，岂能更回避耶？愿郎君少驻内厅，当暂饰装而出。""女为悦己者容"，小说中袁氏盛装而出，其对孙恪的喜爱之情表露无遗。而传奇中则是袁氏买了孙恪的玉环，知道自己的姻缘在此人身上，她却犹豫"但是女孩儿家，如何说得出口"（第九出《园遇》）。小

---

① 《太平广记》卷四四五引《传奇》，载李时人编校、何满子审定《全唐五代小说》，陕西人民出版社1998年版，第1830—1834页。

说中，张闲云赐剑孙恪，让其除妖，袁氏大怒斥责孙恪曰："子之穷愁，我使畅泰，不顾恩义，遂兴非为。如此用心，则犬彘不食其余，岂能立节行于人世也？"她搜到宝剑后，"寸折之，若断轻藕"。这些描写展示了袁氏的性格中刚烈豪侠的一面。而这些描写在传奇中被删除，小说中袁氏的"大怒""笑曰"，传奇中被改易为"号泣介"，她的神异性被弱化了，而人情味更浓郁了。她对孙恪曰："妾已匹君数载，岂祸君者？何不念香火情，遽行凶毒乎？"（第十三出《闺忿》）她在原谅孙恪的同时，激励其刻苦攻读，其曰："今与君约，从此独宿书斋，奋志功名。若得一第，君既足慰泉下亲心，妾亦藉以自解。"传奇中还增加了孙恪携袁氏及二子赴任，九子山飞云豹欲劫袁氏为压寨夫人，被张闲云遣神兵所救的情节。最后，夫妻重游峡山寺，袁氏化白猿重归山林。孙恪悟二十年前惠幽之语，安排好家事后披发入山修道。

人狐婚恋题材小说沈既济《任氏传》也被清代崔应阶改编为《情中幻》杂剧。该剧在《今乐考证》《曲海目》《曲录》中皆列为传奇，实为杂剧。题目正名：郑六郎春旅遇狐仙，韦九郎义激成欢晤。任幻娘弄术摄宠奴，黎山母指引归真路。阙名《情中幻》传奇也是以依据《任氏传》创作完成的作品。该传奇笔者未见，故录邵茗生《岑斋读曲记》中《情中幻传奇》的介绍，以了解其大略。

《情中幻传奇》四卷一册，都六十四页。每页八行；行二十六字至三十六字不等。乾隆元年丙辰仲伏汝南郡钞本。共十六出，其目如左：《示因》、《订游》、《度曲》、《情动》、《幻合》、《滞宠》、《移居》、《投艳》、《窥艳》、《摄宠》、《神视》、《公爱》、《归真》、《巡猎》、《遇敌》、《情圆》。

此本罕见，不著撰人姓氏。原藏怀宁曹氏；今归上海涵芬楼。每阕皆详注工尺板眼，殊足珍贵。剧意略谓：唐天宝年间，解元郑谱，排行第六。才名藉甚，世号"六郎"。依表兄韦銎，旅居长安。访求佳偶，无当意者。任氏幻娘，九尾狐仙也。与郑有一载夫妻之分，骊山老母，遣了尘缘。三月三日，六郎与韦銎闲游曲江，邂逅幻娘，便订婚焉。韦銎赴刁将军宴先行，至则大张声乐。韦恋歌伎宠奴；而侯门难入！六郎挈卷寄居韦家，銎见幻娘奇艳，调之峻拒；乃结为兄妹。幻娘知鉴眷宠奴，翌夜飞入刁府，摄取归鉴。次岁，六郎授职槐里府尉，携眷赴任。行至剑阁，值二郎神率天将巡行，幻娘斗法不胜，几濒危殆！遇骊山老母，救使归真；后又引度六郎，同归洞府，与幻娘成神仙眷属云。①

据情节简介，可知《情中幻》杂剧、《情中幻》传奇都增加了姻缘前定的内容，原有的悲剧性故事结局被改编为大团圆式故事结局。在骊山老母的帮助下，任氏获救归真，郑六郎也被引度，夫妻终成神仙眷属。小须弥山头陀和南《情中幻题词》云："有情皆幻，色色空空，兔角无形，龟毛不实，此欢如境界，呈露当场，即以为天下有情人当头一棒可耳。"戏曲宣扬色空观的思想，认为一切尘世情感皆归于虚幻，这便是"情中幻"的题中之义。

---

① 《剧学月刊》第4卷第6期。

第 三 章

唐代豪侠题材小说与明清戏曲的演绎

唐代豪侠题材小说作为独立的题材类型也是明清戏曲创作取材的重要来源。对于唐代豪侠题材小说在明清戏曲中的改编情况，有必要采取适度的宽泛标准。因为，唐代小说中的豪侠艺术形象也出现在婚恋题材小说以及神怪题材小说之中。所以，围绕传世的明清戏曲作品分析唐代小说中的豪侠形象嬗变，不能局限于唐代豪侠题材小说。婚恋题材小说《柳氏传》《霍小玉传》《无双传》等中"义合良缘"的豪侠，豪侠题材小说《吴保安》《裴伷先》《谢小娥传》《红线》《聂隐娘》等中节义、贞烈的豪侠，以及神怪题材小说《柳毅传》《杜子春》等中的义勇烈士，均可在明清戏曲中找到其嬗变发展的特征。即强化了豪侠忠孝节义的品质，他们自觉维护纲常名教与礼法秩序，成为铲奸除恶的正义力量。同时，豪侠在戏曲中呈现出神道化倾向，使豪侠题材与婚恋、神怪题材合流，使戏曲所承载的内容更加丰富，文化内涵更加多元。

一 唐代小说中"义合良缘"的豪侠在明清戏曲中的重塑

唐代小说中的豪侠最初以"义合良缘"的形象出现在作品中，使婚恋题材小说增加了波澜曲折的传奇性，为豪侠小说异军突起做了先期的准备。借用梅鼎祚《玉合记》中"许中丞义合良缘"一句，笔者认为"义合良缘"作为这一类豪侠的概括非常准确。原因有二：一是唐代小说中豪侠形象较早出现于《柳氏传》《霍小玉传》《昆仑奴》《无双传》等婚恋题材的作品之中，成为促成青年男女美好爱情的主要力量；二是强调唐代小说中豪侠的"义"，抓住了唐代小说中豪侠的主要特征。唐代李德裕《豪侠论》云："夫侠者，盖非常之人也，虽以然诺许人，必以节气为本。义非侠不立，侠非义不成，难兼之矣……士之任气而不知义，皆可谓之盗矣。然士无气义者，为臣必不能死难，求道必不能出世。"[①] 也就是说，是否以"节气为本"是豪侠与盗贼的重要区别，"任气而不知义"者是盗贼，而不是豪侠。陈平原指出："侠客形象并非一开始就出现在唐传奇的舞台上，先是神怪登台，继而是恋爱中的青年男女，然后才轮到打抱不平的侠客。而且侠客登台也是先充当背景，逐渐才挪到舞台的中心。在公元九世纪的上半叶的传奇中，黄衫客、许虞侯、古押衙都只是穿插性的人物，主角仍是热恋中的青年男女，侠的出场只是帮助排忧解难的'手段'。（分别见蒋防《霍小玉》、许尧佐《柳氏传》及薛调《无双传》）从九世纪下半叶的段成式、裴铏、袁郊等人开始，侠客才成了真正的主角，'豪侠小说'也才真正诞生。"[②] "义合良缘"的豪侠并没有因为其作为唐代小说中排忧解难的配角而黯然失色，相反却成为小说中正义的力量，给予遭遇磨难的青年男女爱情的希望，使他们得遂心愿，美梦成真。随着时代的推移，许虞侯、黄衫客、古押衙、昆仑奴等没有湮没于文学发展的长河中，仍然得到人们的喜爱，经由明清戏曲家的再创作，成为《玉合记》《紫钗记》《明珠记》《昆仑奴剑侠成仙》等戏曲中的重要角色而焕发新的生命力。

（一）唐代婚恋题材小说中的豪侠

在许尧佐《柳氏传》[③]中，豪侠仗义的许俊一直被人们所称道。在韩翃与柳氏悲欢离合的爱情故事中，许俊以其侠肝义胆，急人之难，成为促成韩、柳离而复聚的关键人物。面对计无所出、神情沮丧的韩翃，许俊挺

---

① （清）董诰等编：《全唐文》卷七〇九，中华书局1983年版，第7277页。

② 陈平原：《千古文人侠客梦——武侠小说类型研究》，人民文学出版社1992年版，第25页。

③ 《太平广记》卷四八五引，载李时人编校、何满子审定《全唐五代小说》，陕西人民出版社1998年版，第619—622页。

身而出：

> 乃衣缦胡，佩双鞬，从一骑，径造沙吒利之第。候其出行里余，乃被衽执辔，犯关排闼，急趋而呼曰："将军中恶，使召夫人。"仆侍辟易，无敢仰视。遂升堂，出翊札示柳氏，挟之跨鞍马。逸尘断鞅，倏忽乃至，引裾而前曰："幸不辱命。"四座惊叹。

小说中侯希逸大惊曰："吾平生所为事，俊乃能尔乎？"并在其献状中云："臣部将兼御史中丞许俊，族本幽蓟，雄心勇决，却夺柳氏，归于韩翊。义切中抱，虽昭感激之诚；事不先闻，固乏训齐之令。"作者更在小说结尾处评价说：

> 然即柳氏，志防闲而不克者；许俊，慕感激而不达者也。向使柳氏以色选，则当熊辞辇之诚可继；许俊以才举，则曹柯渑池之功可建。夫事由迹彰，功待事立。惜郁堙不偶，义勇徒激，皆不入于正。斯岂变之正乎？盖所遇然也。

如果说小说中侯希逸评价许俊出于义愤做出冲动之举是为了许俊开脱，那么，结尾处议论的文字则反映了许尧佐的观点。他惋惜许俊、柳氏之才色不获所用的同时，对柳氏志在防范外人的非礼却未能做到，许俊能够见义勇为却不够通达事理提出了批评，"惜郁堙不偶，义勇徒激，皆不入于正"。小说中许俊绝非莽夫，其让韩翊写下书札，为柳氏准备好马匹，利用沙吒利出行的机会，设计将柳氏救出沙府。在短时间内考虑周详，一气呵成。

蒋防《霍小玉传》[①]是一篇叙述委曲、精彩感人的爱情悲剧。在李益与霍小玉的爱情故事中，我们也看到了豪侠的踪影，黄衫客虽为情节发展的配角，但却是李益与霍小玉爱情发展的推动力量，给人深刻的印象。小说中提到"风流之士，共感玉之多情；豪侠之伦，皆怒生之薄行"。小说

[①] 《太平广记》卷四八七引，载李时人编校、何满子审定《全唐五代小说》，陕西人民出版社1998年版，第727—734页。

中黄衫客就是怒李益薄行的豪侠之一，虽然其在小说中所占篇幅不多，却与许俊形象一样，是"义合良缘"的豪侠，他设计将李益带到霍小玉家，并准备了酒馔数十盘，以期成全李益与霍小玉的美满姻缘。但他的努力并没有改变李益与霍小玉的爱情悲剧，只是故事发展中的一段插曲。小玉梦黄衫客抱李益来，并让小玉为李益脱鞋。小玉解梦曰："鞋者谐也，夫妇再合。脱者解也，既合而解，亦当永诀。由此征之，必遂相见，相见之后，当死矣。"黄衫客正是促进李益与霍小玉再聚的关键人物，也让我们看到婚恋小说中的豪侠身影是怎样的一种形态。徐朔方评价说："侠义的黄衫客本是唐人小说的创造，但是只有汤显祖笔下才成为真正出于幻想的浪漫主义色彩的人物。在小说里，婚姻制度及其牺牲者的矛盾表现为李益负心与霍小玉多情的冲突。黄衫客把李益带回到霍小玉的面前，用八分计谋二分强力，干涉并未改变悲剧的结局。以小说而论，这样处理很好，它对封建婚姻制度的批判比《紫钗记》集中有力。"[①] 寄托了作家成全美好姻缘理想的黄衫客无法改变唐代婚恋制度与自由相恋的矛盾，更无法改变青年男女的爱情悲剧。但是他在唐代小说中的出现却给受损害者带来希望，犹如黑暗世界中的一丝光亮，即使转瞬即逝，却足以慰藉无望的心灵。

与许俊、黄衫客相比较，薛调《无双传》[②] 中的古押衙虽然也为小说情节穿插性人物，但却呈现出向小说主角发展的趋向，以其鲜明而独特的豪侠个性为读者所瞩目。李剑国对许俊、黄衫客、古押衙等"义合良缘"的豪侠进行了比较，他说："夫借豪侠以致团圆，《柳氏传》以开其端，《霍小玉传》亦用之，唯终成离散耳。而古押衙较许俊、黄衫豪士尤奇，差可比肩者昆仑奴耳。然昆仑奴之飞檐走壁，仗其术也，古押衙之运筹计谋，仗其智也，所谓'一片有心人'者，乃稍近人情矣。"[③] 古押衙在小说中，有运筹帷幄的过人智慧，其酬答恩情的不情与果决，给人以深刻的印象。胡应麟评云："《王仙客》亦唐人小说，事大奇而不情，盖润饰之

---

① 徐朔方：《汤显祖评传》，南京大学出版社1993年版，第66—67页。
② 《太平广记》卷四八六引，载李时人编校、何满子审定《全唐五代小说》，陕西人民出版社1998年版，第1576—1581页。
③ 李剑国：《唐五代志怪传奇叙录》，南开大学出版社1993年版，第577页。

过,或乌有、无是类,不可知。"① 古押衙感于王仙客之深恩,"愿粉身以答效",设计解救身陷宫掖的刘无双。为了成全王仙客与刘无双两位有情人,古押衙杀死了茅山使者、采萍、塞鸿等所有知情人,最后,为了保守秘密自刎而亡。如小说中所云:"噫,人生之契阔会合多矣,罕有若斯之比。常谓古今所无。无双遭乱世籍没,而仙客之志,死而不夺。卒遇古生之奇法取之,冤死者十余人。艰难走窜,后得归故乡,为夫妇五十年,何其异哉!"牺牲十余个无辜的生命,使一对痴情儿女得遂美好姻缘,付出的代价巨大且震撼人心。也许出于善良意愿的人们认为其故事不合情理,情节过于残酷,但身处乱世,古押衙所施奇计不以此无情之方式,又怎能保守秘密?斩草除根,杜绝一切隐患,使王仙客与刘无双得以共度五十年美好生活,无情的背后正说明古押衙思虑之周详深远。读者在感喟有情人终成眷属的同时,也惊叹古押衙的豪侠之举过于残忍无情,但这正是人们在现实生活中不得不面对的真实,身处乱世的人们丧失了相互的信任,唯有死了的人才能保守秘密。所以,古押衙智勇豪侠而不情使其在唐代小说中显得非常独特。

(二) 明清戏曲中维护纲常的情侠

唐代小说中的许俊、黄衫客、古押衙等豪侠随着时间的发展,成为明清戏曲中的人物角色,在继承与创新中,戏曲家对于这些豪侠人物进行了再创作。我们将这些唐代小说中的豪侠与明清戏曲中的豪侠加以比较,就可以体会其同中之异。

梅鼎祚的《玉合记》② 对许俊形象进行了重塑。这一形象与唐代小说中的许俊一脉相承,所谓"雄威看许俊,立时飞马,夺取孤凰"(第一出《标目》)。他是戏曲中"义合良缘"的豪侠。侯希逸称赞他"义烈超群,骁腾绝世"(第八出《除戎》),韩君平则说他为"名在五陵豪侠之雄"(第二十一出《杭海》)。在第三十七出《还玉》诸出戏中,一如小说故事情节,甚至直接引用小说中的文字,使故事情节紧凑扣人心弦。但值

---

① (明)胡应麟:《少室山房笔丛》卷四一《庄岳委谈下》,上海书店出版社 2009 年版,第 434 页。
② (明)毛晋编:《六十种曲》第六册,中华书局 2007 年版。

得注意的是，小说中侯希逸大惊曰："吾平生所为事，俊乃能尔乎？"在戏曲中被改为"此我平生所难事，君乃能之"（第三十九出《闻上》）。将同样具有豪侠性格的侯希逸做了细微的改变。也许梅鼎祚认为小说中侯希逸的由衷赞叹不符合其身份吧？第四十出《赐完》中，皇帝的圣谕评价"中丞许俊，勇张克敌，义切全伦"，改变了唐代小说中对于许俊"义勇徒激，皆不入于正"的评价，使许俊的豪侠行为成为维护伦常的义举。

李贽《昆仑奴序》云："许中丞片时计取柳姬，使玉合重圆；昆仑奴当时力取红绡，使重关不阻：是皆天地间缓急有用人也，是以谓之侠耳。"① 李贽在肯定了忠臣志士扶颠持危、临难勇为的侠义品格的同时，强调"侠士之所以贵者，才智兼资，不难死于事，而在于成于事"。进而提出"彼以剑侠称烈士者，真可谓不知侠者矣。呜呼！侠之一字，岂易言哉！自古忠臣孝子，义夫节妇，同一侠耳"。李贽对于侠的阐述与唐代李德裕的《豪侠论》一脉相承，都认为侠者是"天地间缓急有用人"，才智兼资，更应具有忠孝节义的品质，而不是以剑术之类的武技称侠。冯梦龙更是独具慧眼，提出"一柳氏，而先后三侠士成就之。何韩郎之多幸也"②。也就是说，赠柳姬的李生、救出柳姬的许俊及上表的侯希逸都被冯梦龙视为侠士。冯梦龙指出："许虞侯义形于色，勃然而往，设沙将军在家，可若何？幸投其间，以计取之，不然，未能折柳，何以报韩？"可见，许俊绝非鲁莽冲动之辈，而是一位侠义果敢的豪侠。

汤显祖以唐代小说《霍小玉传》为题材创作了《紫钗记》，黄衫客的形象在戏曲中得到了丰富和发展。汤显祖在《紫钗记题词》中云："霍小玉能作有情痴，黄衣客能作无名豪。余人微各有致。第如李生者，何足道哉。"③ 沈际飞《题紫钗记》评价"黄衫人敢"④。吴梅则在《四梦总跋》中云："《还魂》鬼也，《紫钗》侠也，《邯郸》仙也，《南柯》佛也。殊不知临川之意，以判官、黄衫客、吕翁、契玄为主人，所谓鬼、侠、仙、

---

① 吴毓华编：《中国古代戏曲序跋集》，中国戏曲出版社1990年版，第68页。
② （明）冯梦龙：《情史类略》卷四《许俊》，岳麓书社1984年版，第137页。
③ 徐朔方笺注：《汤显祖全集》第二册，北京古籍出版社1999年版，第1157页。
④ 蔡毅编：《中国古代戏曲序跋汇编》，齐鲁书社1989年版，第1217页。

佛，竟是曲中之意，而非作者寄托之意。"① 提出黄衫客等为"提缀线索者也"。由此可以看出，无论是汤显祖本人，还是后世的评论者，都强调黄衫客在《紫钗记》中的重要地位，尤其是其对于故事情节的提缀作用。唐人小说中，黄衫客虽然促成了李益与霍小玉的最后见面，但并没有改变他们的爱情悲剧。而汤显祖的笔下却是"黄衣客、回生起死，钗玉永重辉"，最终促成了李益与霍小玉的姻缘。第六出《堕钗灯影》中黄衫客出场。第十出《回求仆马》中间接描写了"有个翩翩豪侠徒"借给李益仆人与骏马。第四十八出《醉侠闲评》中黄衫客从店小二、鲍四娘之口得知李益负心，被卢府所劫，小玉守誓言病重。其云："此乃人间第一不平事也，俺不拔刀相救，枉为一世英雄!"第四十九出《晓窗圆梦》中，小玉梦里"见一人似剑侠非常遇，着黄衫衣。分明递予，一绵小鞋儿"。送钱霍府的豪奴则称"世上无名客，天下有心人。拔剑谁无义？挥金却有仁。俺主翁乃是埋名豪客"云云。而后第五十一出《花前遇侠》、第五十二出《剑合钗圆》中，黄衫客以其非凡的力量将近于被软禁的李益带到霍小玉身边，使他们得以团聚。在戏曲中，主要矛盾不再是唐代小说中门第观念与李益负心所造成的矛盾，而是以卢杞为代表的权奸与李益、霍小玉的冲突与矛盾。这也就使得原本的爱情悲剧附着了反对权奸的政治内容。黄衫客寄寓了汤显祖蔑视权臣、追求自由的理想。但更值得注意的是，黄衫客"路相看不平拔剑"的豪侠行为已经与唐代小说有所区别，他已经成为一位反抗权奸、维护纲常的仁义英雄。第五十三出《节镇宣恩》中，在人们担心权倾朝野的卢太尉不肯善罢甘休之时，黄衫客却有暗通宫掖的本事，借助于皇帝不满卢太尉专权，令人弹劾。并通过言官将卢太尉强婚之事奏知皇帝。通过刘公济宣诏的圣谕可以看出作者的态度。在圣谕中评价李益"不婚权艳，甚晓夫纲"；评价霍小玉"怜才誓死，有望夫石不语之心；破产回生，有怀清台卫足之智"；而黄衫客则是"援钗幽淑女，有助于纲常；拟剑不平人，无伤律令"。所以，从李贽"自古忠臣孝子，义夫节妇，同一侠耳"的论述，到梅鼎祚笔下"勇张克敌，义切全伦"的许俊，再到汤显祖笔下"有助纲常""无伤律令"的黄衫客，明清戏曲家笔下的豪侠均是封建伦常的捍卫者，即使如李贽、汤显祖这样

---

① 蔡毅编：《中国古代戏曲序跋汇编》，齐鲁书社1989年版，第1272页。

的个性解放的思想家笔下的豪侠也没有摆脱时代思想的影响。

那么,《无双传》中假诏营救刘无双、牺牲十几人生命促成王仙客与无双姻缘的古押衙,在明清戏曲作家的笔下又会呈现出怎样的变化呢?显然,在封建皇权空前加强的明清时代,这一人物形象既冒犯皇权,又违反纲纪,如果不做相应的改变是不会被封建统治者所容的。明代陆采《明珠记》[1] 正是根据唐代薛调《无双传》改编创作的传奇作品。情痴子《明珠记序》云:"乃古押衙、昆仑奴,千古之情使。"[2] 野休子《明珠记引》则评云:"古来侠士,无如古押衙……惟侠士一片热肠,触人金石精神,而以金石投之,押衙之肯为仙客死,能为无双生者,以两人夐夐铮铮,故不令照乘双明珠,不及蕞宾一寸铁也。"[3] 冯梦龙在《情史类略·古押衙》中评价说古押衙、刘无双、王仙客、塞鸿、采萍等均为"人间有心人也",针对小说中人物为成全王仙客、刘无双相继而死的情节,他引述范蜀公的话曰:"假使丁令威化鹤归来,见城郭人民俱非,即独存,亦何足乐?吾不知王郎与无双偕老时,亦复念此否?"[4] 可见,冯梦龙、胡应麟等明代文人对于事奇而不情的《无双传》情节并不认同。陆采的传奇中,虽然遵循《无双传》的故事情节,但古押衙的"不情"被改变,他侠肝义胆、义重如山。第五出《奸谋》中,刘震弹劾卢杞欺君误国,卢杞怀恨在心,约金吾卫大将军王遂中商议,欲使一人刺杀刘震。通过王遂中之口提到古押衙"心如聂政,谋比荆轲"。第九出《拒奸》中,古押衙在与到访的王遂中交谈中,认为锄麑、荆轲均非义士。他认为锄麑是"愚客,平生不识人邪正,到其间悔之无及。死孤槐空为怨鬼,有谁怜惜";而荆轲则是"狂客,何如早谢当年宠,事无成枉劳心力。死秦庭分明儿戏,自倾燕国"。他拒绝了高官厚禄的诱惑,不肯替卢杞行刺刘震。如其所唱曲词"刚直,义胆如天,豪情盖世,孤怀一点忠赤",面对内有奸臣弄权,外有骄将悍卒,民生凋敝的现实,最后古押衙到富平山中归隐。直到第二十三出《巡陵》中刘无双与敕使公公谈话时,得知父亲遭遇的重祸是由于

---

[1] (明)毛晋编:《六十种曲》第三册,中华书局2007年版。
[2] 蔡毅编:《中国古代戏曲序跋汇编》,齐鲁书社1989年版,第1193页。
[3] 蔡毅编:《中国古代戏曲序跋汇编》,齐鲁书社1989年版,第1194页。
[4] (明)冯梦龙:《情史类略》,岳麓书社1984年版,第141页。

得罪了卢杞,并了解到"豪侠好义,天下有心人"古押衙,于是留书给王仙客云:"闻有古押衙,英名满丹阙,义轻千金赠,勇洒吴钩血。君其念鄙姿,为余访俊杰。"而后《访侠》《雪庆》《吐衷》等出,王仙客寻访古押衙,结成知己之交,后吐露衷情,请其营救刘无双。《买药》《写诏》《伪敕》《饮药》《珠赎》《授计》等出,情节一环紧扣一环,古押衙以奇计救出无双。值得注意的是,古押衙"弃世利如浮云,嗜信义如饥渴",不接受王仙客明珠之赠的答谢,更重视平生得遇的知己。所以,作者在第四十三出《荣封》中,通过圣谕给予古押衙"不从奸相之谋,见机而作。力图知己之报,出奇无穷。盖有古烈士之风,不愧隐君子之操"的高度评价。清代崔应阶与吴恒宪合著《双仙记》,现存乾隆三十二年(1767)家刻本,藏于北京图书馆等,也是根据唐代小说《无双传》创作的戏曲传奇。《双仙传自序》云:"而无双、古押衙之奇人奇事,虽有《明珠记》传演,究之未畅其情。窃思无双、古押衙与段张掖、李西平同时,其奇忠奇烈,读史者人人击节,而愚夫愚妇则未之闻也。夫段司农之忠烈,甚于颜常山,而李令公之勋业,更不减郭汾阳。然而一晦一彰,岂有数存乎其间哉!特恨传其奇者不并及之耳。因于退食之暇,欲增其事以公天下之同好。"[1] 胡德琳《双仙记跋》云:"爰借双仙之遗事,补昭李段之奇忠。非徒才子佳人,情文曲尽,直使忠臣义士,歌泣交生。"[2] 徐绩《双仙记题词》云:"借彼闺中事,直将节义敷。"[3] 基于以上的论述,我们可以得出的论断是:古押衙在明清的戏曲中已经不再是那个为防止泄密自杀而死的无情烈士,他已经成为忠肝义胆的侠义英雄;他不再是以武犯禁的豪侠,即使归隐山林,当其得知皇帝赐他封号,他欣然下山接受封号,还说"天子所赐,小道怎敢不受"。所以,他也同许俊、黄衫客一样,已经成为维护封建纲常的侠义英雄,在增加了反权奸内容的同时,都泯灭了原有的对于礼法、权威的挑战精神。

---

[1] 蔡毅编:《中国古代戏曲序跋汇编》,齐鲁书社1989年版,第1865页。
[2] 蔡毅编:《中国古代戏曲序跋汇编》,齐鲁书社1989年版,第1867页。
[3] 蔡毅编:《中国古代戏曲序跋汇编》,齐鲁书社1989年版,第1868页。

(三) 唐代小说中"义合良缘"豪侠的新变

裴铏的《昆仑奴》[①] 是一篇人们耳熟能详的豪侠小说。小说写了唐大历中昆仑奴磨勒帮助主人崔生获红绡妓的豪侠事迹。同样是"义合良缘"的豪侠，昆仑奴与许俊、黄衫客、古押衙相比，显然他的地位卑下却智勇双全，他已经成为小说中的主角，而不再作为故事的配角而出现。李剑国指出："昆仑奴之飞檐走壁，仗其术也，古押衙之运筹计谋，仗其智也。"昆仑奴在小说中以其神异之术给读者留下了深刻印象，但其又何尝不是智勇兼资的豪侠？在小说中，昆仑奴与崔生、"盖代之勋臣一品者"相比，熠熠生辉。一主一仆，地位悬殊。崔生遇事寡决，表现为书生的懦弱。在勋臣府邸遇到红绡后，他"神迷意夺，语减容沮，恍然凝思，日不暇食"，对于昆仑奴的询问，他曰："汝辈何知，而问我襟怀间事。"昆仑奴却表现出与其身份地位不相匹配的自信，他曰："但言，当为郎君释解，远近必能成之。"当其了解情况后，曰："此小事耳，何不早言之，而自苦耶？"他表现出的轻松与陷于苦闷的崔生形成了鲜明对比。崔生百思不解的手语之谜，昆仑奴却轻松破解。他对于勋臣府邸的情况了如指掌，他让崔生准备深青绢两匹，制束身之衣。持炼椎击毙守护歌妓院门的"其警如神，其猛如虎"的曹州孟海之犬。十五之夜，背负崔生逾越十重垣，使之与红绡相会。红绡对崔生说："知郎君颖悟，必能默识，所以手语耳。又不知郎君有何神术，而能至此？"崔生身为千牛（千牛为武职，《隋志》："东宫左右内率府有千牛备身八人，掌千牛刀。以千牛刀者，取其解千牛而芒刃不顿。"[②]），可是他既没有解开手语之谜，也没有逾越重垣之术，这些恰恰被身份卑微的异族昆仑奴轻松做到。与崔生相比，昆仑奴具有位卑才高的特征。当红绡对崔生表明心迹曰：

某家本富，居在朔方，主人拥旄，逼为姬仆，不能自死，尚且偷

[①] 《太平广记》一九四引《传奇》，载李时人编校，何满子审定《全唐五代小说》，陕西人民出版社1998年版，第1786—1789页。

[②] （宋）司马光等著，（元）胡三省音注：《资治通鉴》，中华书局2012年版，第5837页。

生,脸虽铅华,心颇郁结,纵玉箸举馔,金炉泛香,云屏而每进绮罗,绣被而长眠珠翠,皆非所愿,如在桎梏。贤爪牙既有神术,何妨为脱陛牢?所愿既申,虽死不悔,请为仆隶,愿侍光容,又不知郎君高意如何?

这番言语使读者了解到红绡的身世经历及其被迫为姬妾,忍辱偷生,渴望逃脱牢笼。使青年男女的偷情相会变成了使红绡解脱桎梏,获得自由的义举。在关键时刻崔生愀然不语,而昆仑奴却说:"娘子既坚确如是,此亦小事耳。"其负囊橐妆奁往返三次,后背负崔生、红绡飞出峻垣。昆仑奴以其"势似飞腾,寂无行迹"给勋臣很大的威慑,勋臣在红绡失踪后,不敢声张,唯恐带来祸患。当事情败露,崔生因惧怕而将事情始末告诉勋臣,勋臣以"某须为天下人除害"的名义,命甲士五十人到崔生院欲擒昆仑奴,"磨勒遂持匕首,飞出高垣,瞥若翅翎,疾同鹰隼。攒矢如雨,莫能中之。顷刻之间,不知所向"。以致勋臣悔惧,每夕,多以家童持剑戟自卫,如此周岁方止。勋臣色厉内荏,惶惶不可终日,与昆仑奴的豪侠气概形成了鲜明对比。结尾处言十余年后有人见昆仑奴卖药洛阳,容颜如旧更见其神异,也为后世将其神化提供了依据与可能。冯梦龙评曰:"崔生文弱,红绡所知,况使蹈不测之渊,行非常之事乎?哑谜相授,聊以为戏耳。而生勒贤爪牙力,卒成其事。如此大媒,岂金瓯一酌所能酬哉!一品不能谁何昆仑,然于崔生夫妇何难哉!而能筹之不较,从古豪杰丈夫,其纵酒渔色,止以遣怀消忌,不为淫乐,得失固非所计也。"① 小说中,昆仑奴蹈不测之渊,成全崔生与红绡的姻缘,使一见钟情的青年男女结合,其中既有对于门第观念的挑战,也有对于权贵巧取豪夺的否定。昆仑奴隐形埋德,使具有千牛之职的崔生黯然失色,也使得勋臣惶恐畏惧。与懦弱胆小的崔生相比,昆仑奴智勇兼备;与强迫红绡为姬妾的勋臣相比,昆仑奴扶危济困,豪侠仗义,其与古押衙可相伯仲,堪称情侠。

《昆仑奴》在元代有杨景贤《磨勒盗红绡》杂剧(已佚)、佚名《磨勒盗红绡》戏文等。明代有梁辰鱼《红绡妓手语传情》、梅鼎祚《昆仑奴剑侠成仙》杂剧,以及合昆仑奴、红线故事而创作的更生子《剑侠传双

---

① (明)冯梦龙:《情史类略》,岳麓书社1984年版,第145页。

红记》传奇。清代还有许燕珍《红绡咏》等。通过梅鼎祚《昆仑奴剑侠成仙》杂剧（《盛明杂剧初集》卷二二）、更生子《剑侠传双红记》传奇①，可以了解明清戏曲对于《昆仑奴》的改编及明清戏曲家对于《昆仑奴》的解读与评价。与唐代小说相比，明清戏曲中的昆仑奴故事有明显的不同。

1. 昆仑奴身上寄托作家怀才不遇的感慨

士为知己者死，豪侠能够临难勇为，扶危济困，但他们需要独具慧眼的人去发现。昆仑奴身居下层，却身怀绝技，义勇豪侠，引发了位卑多才的明清文人的思考与共鸣。李贽云："古今天下，苟不遇侠而妄委之，终不可用也。或不知其为侠而轻置之，则亦不肯为我死、为我用也。"② 李贽所说"不遇侠而妄委之"和"不知其为侠而轻置之"，从两个方面说明了独具慧眼的伯乐的重要性，没有知人之明，必然会造成以庸才为贤才，以贤才为庸才的社会现象。所以，李贽的评语隐含着怀才不遇的感慨。梅鼎祚《昆仑奴传奇自题》云："太乙生好览外家言，至《昆仑奴传》怃然自失矣。噫嘻！人不易知，知人不易，信夫！"可见，当梅鼎祚读唐传奇《昆仑奴》时，触动他的是知人之难，怀才不遇的苦闷，进而抒发了"今世稍见尊，辄能以易士，士即贱，乃不奴若也者，心悲之"的感慨。③ 季豹氏则在《〈昆仑奴〉杂剧题后》云："大都士有负才而失其职，其不平辄傅之文章诗赋……郭汾阳用兵神武疑有神威，而昆仑蔑焉，如入无人之境。当其时，岂复能奴畜之乎？此以见贵之不足恃矣……生故以文赋名家，性最介，而为是者，则以此奇事补史臣所不足，词虽极工丽，其蹈厉不平之气时时见矣。"④ 所以，明清戏曲家及评论者往往借昆仑奴故事抒发怀才不遇的感慨，将现实中的不平之气通过戏曲情节加以表现。这种以古人之事表达现实感慨的做法也是明清文人戏曲创作中常见的。

---

① 《古本戏曲丛刊》二集，古本戏曲丛刊编刊委员会影印北京图书馆藏明文林阁刊本。
② （明）李贽：《昆仑奴序》，载吴毓华编《中国古代戏曲序跋集》，中国戏剧出版社1990年版，第68页。
③ 吴毓华编：《中国古代戏曲序跋集》，中国戏剧出版社1990年版，第83页。
④ 吴毓华编：《中国古代戏曲序跋集》，中国戏剧出版社1990年版，第84页。

2. 昆仑奴的仙道化与文人化特征

在明清戏曲家的再创作中，昆仑奴呈现出仙道化与文人化的特征。这种变化，使得唐代小说中那位身为仆隶，勇悍豪侠，智勇兼备的昆仑奴有了不同的特征。如果说唐代小说于结尾处告诉读者，昆仑奴十余年后卖药洛阳，容颜依旧，透露了其神异，那么，在明清戏曲中，昆仑奴则一出场就是一位有着不凡身世的剑侠。无论在梅鼎祚《昆仑奴剑侠成仙》中，还是更生子《剑侠传双红记》中，昆仑奴都是剑侠与神仙的结合体，他把托迹于仆隶作为凡尘历劫的考验。如《昆仑奴剑侠成仙》第一折：

（昆仑大帽青衣上）裘马谁为感激人？岂论书剑与风尘。五湖归去孤舟月，再到天台访玉真。某崔府昆仑奴是也。本结仙胎，旁通剑术。驱神役鬼，出有入无。只为那尘缘未尽，薄谪难辞，就托迹在崔老爷家，做个苍头。见今服侍他郎君在此。尽着他坠镫执鞭，少不得负薪汲水。正要忍辱，才是炼魔。直到主恩少报，限期已满，方可脱身，再图正果。

与小说不同，昆仑奴一出场，就显示出其神异非凡，陈述其"本结仙胎，旁通剑术。驱神役鬼，出有入无"的本领，其谪凡为奴是忍辱炼魔，再证仙果的考验过程。他甚至可以用文人化的语言与崔生谈论国家大事，品评郭子仪的功业，完全不像是一位奴仆。如：

【仙吕点绛唇】百二咸京，赤符膺命悬金镜。海晏河清，北极皇舆正。

俺唐朝建都关中，到玄宗皇帝开元年间，真个主圣臣良，兵强国富。后来那妃子专宠，奸臣擅权，弄得好一场大乱也！

【混江龙】山河壮盛，忽渔阳鼙鼓动华清。玉环山下鬼，铁骑国西营。

这郭令公呵！特地亲提灵武驾，翩然远救朔方兵，真个是戈挥太白，剑扫搀抢，眼标铜柱，臂夺金城，乾坤再整，日月重明。（生）朝廷却也报得他厚了。（昆仑）到如今胏常姓勒，带砺功成，貂行奕叶，麟阁图形。旌门列戟，珠履盈庭，雕房锁阒，绣褥银屏。则闻的燕莺夹座闹春声。又则见貔貅出猎乘秋令,受用些迷花宠柳,鼓瑟吹笙。

而更生子《剑侠传双红记》中,则将昆仑奴与红线的豪侠小说故事相结合。磨勒因为"归仙未经忍性"与因为误用药物害了三命的杏叟被玉帝下旨谪贬人间,成为一仆一婢。袁公送磨勒谪下凡尘,到崔府为奴;车中女子则送杏叟投于薛嵩处为红线女。袁公、车中女子、昆仑奴、红线女等豪侠小说中的人物都成为仙界的神仙,到人间历劫是为了修成正果。第三折《临凡》中昆仑奴说"我等名既列于瑶池,身未登乎金阙,虽通剑侠还要济人",在戏曲中,昆仑奴盗红绡与红线女盗金盒成为剑仙谪降凡尘后所立的奇功,最终修成正果,得道升仙。更生子的《剑侠传双红记》明显将梅鼎祚《昆仑奴剑侠成仙》杂剧与梁辰鱼《红线女》杂剧相融合,主要的曲文因袭痕迹十分明显,但其仙道化的特征更加明显,将昆仑奴与红线女的豪侠故事变成神仙谪凡历劫的故事。

3. 消解了唐代小说对于姬妾制度与门第观念的批判力度

明清戏曲中的昆仑奴形象与唐代小说中的昆仑奴形象看似相同,实则同中有异。在《昆仑奴剑侠成仙》与《剑侠传双红记》中,崔生与红绡成了天界的仙童与琼宫的玉女谪凡,使得唐代小说中青年男女一见钟情,突破权势、门第观念禁锢的爱情故事在精神内涵方面被彻底改变。更为明显的是,明清戏曲家将唐代小说中的盖世勋臣明确为郭子仪,并将昆仑奴与勋臣的冲突与矛盾进行消解。例如,《昆仑奴剑侠成仙》第一折中,作者有意对唐代小说中穷奢极欲的勋臣形象进行改造,通过郭子仪之口表达了"天忌多取,位极身危"的担忧,因朝中有嫉贤妒能的鱼朝恩与程元振,所以其乞骸归第,他表白说:"都道俺穷奢极欲,哪知是明哲保身。"第二折中,将红绡自述的关键处进行了删节。摘录如下:

　　妾家本居朔方,为人姬仆,脸虽铅华,心颇郁结,纵玉箸举馔,金炉泛浆,云屏而每进绮罗,绣被而长眠珠翠,皆非所愿。贤爪牙既有神术,何妨为脱陛牢?虽死不悔,请为仆隶,愿侍光容,又不知郎君高意如何?

文中删除了"某家本富""主人拥姬,逼为姬仆,不能自死,尚且偷生""如在桎梏"等语,这实际是有意淡化或删除了勋臣的劣行,将其逼迫富家女红绡为姬妾,红绡想要摆脱桎梏的情节改变了。当红绡失踪后,郭子仪却说:"他势如飞跷,绝无行迹,是一个大侠了。若再声闻,徒生祸害……只是这般人却都不为朝廷所用,眼见天下又多事也。正是严廊多倖位,草莽有英雄。"其在唐代小说的基础上,增加了豪侠不为朝廷所用的忧虑与感慨,表现出对于国家大事的担忧。昆仑奴对围捕他的卫士说:"上覆你们老爷,一女子何足惜,所惜失一烈士耳。他富贵已极,缓急有时,那里没有用着我们处?"针对郭子仪"须为天下除害"的说法,昆仑奴说出"你见害天下的那里是俺这一班贫贱的人",进而指出"设金鸡宝帐"的安禄山、"坐偃月深堂"的李林甫、"南征北讨要开疆"的杨国忠才是天下的祸害。最后,郭子仪不再是唐代小说中那个追捕昆仑奴未遂,惶惶不可终日的勋臣了,而表现出惜才爱才大度包容的特征,他甚至要推荐昆仑奴去做羽林郎。昆仑奴甚至点化郭子仪,说:"郭令公,你原是那武曲星。天遣你来佐中兴的圣主,数十年功垂竹帛,名播华夷。仙路非遥,光阴有限,早讨个急流勇退也。"(第四折)所以,昆仑奴形象在明清戏曲中已经发生了变化,虽然主体的情节遵循唐代小说那位"义合良缘"的豪侠原型,但其所表现出的仙道化、文人化以及与封建权贵的和解,都使得昆仑奴呈现出了明清时代下的新变化。这种变化我们不能简单地判断其优劣,而应看作同一人物形象在不同时代下呈现的丰富的艺术之美。

二 《虬须客传》与明清戏曲中的"风尘三侠"之比较

《虬须客传》可谓是唐代豪侠小说的典范作品,其见于《太平广记》卷一九三,不署撰者,题为《虬髯客》,注出于《虬髯传》。[①] 唐代苏鹗著《苏氏演义》有云:"近代学者著《张虬须传》,颇行于世。乃云隋末

---

① 李时人编校,何满子审定:《全唐五代小说》,陕西人民出版社1998年版,第1779—1783页。

第三章　唐代豪侠题材小说与明清戏曲的演绎　/　171

丧乱，李靖与张虬须同诣太原寻天子气，及谒见太宗，知是真主。"① 其作者有张说、杜光庭、裴铏诸说。《崇文总目》《通志·艺文略》等不署撰者；《说郛》《虞初志》等署名张说；《容斋随笔》《宋史·艺文志》等署名杜光庭；《绀珠集》《海录碎事》等署名裴铏。凌玄洲云："此传本张燕公撰，或曰杜光庭非也。其事与唐史不合，史称大业十四年文皇年十八起义兵，而炀帝以元年幸江都，是时文皇甫六龄，安得谓仅二十而有天子相乎？若以此幸为十二年事，则杨素之亡已久。且卫公尝上高祖急变，岂能识天子尘埃中邪？其为子虚乌有之说无疑矣。说之岂真昧，此特故为舛谬以显其寓言耳。虽然亦奇甚矣。"② 李剑国在《唐五代志怪传奇叙录》中对于《虬须客传》的考证最为翔实，故笔者对于《虬须客传》的考索从略。本书侧重于唐代小说中的红拂、李靖、虬须客三位豪侠与明清戏曲中"风尘三侠"的比较，所以重点考察张凤翼《红拂记》传奇、冯梦龙《女丈夫》传奇、凌濛初《红拂三传》杂剧、曹寅《北红拂记》等明清戏曲对于《虬须客传》故事的丰富与发展。

（一）唐代小说与明清戏曲中的虬须客形象之比较

1. 唐代小说中的虬须客

《虬须客传》中的虬须客有着快意恩仇的豪侠性格。其于灵石旅舍与李靖、红拂女相遇结识。其奇异的形貌与粗犷豪放的鲜明个性给人以深刻的印象。他"赤须而虬，乘蹇驴而来，投革囊于炉前，取枕欹卧，看张氏梳头"。当他与红拂结为兄妹，三人同食煮熟的羊肉，竟然于革囊中，取出一人头并心肝作为下酒物。以匕首切心肝共食之。曰："此人天下负心者，衔之十年，今始获，吾憾释矣。"就此情节而言，虬须客还仅仅是一位诛杀"天下负心人"的侠客。唐代小说中这种豪侠不局限于男子，数年间隐姓埋名寻访追杀仇人的女侠也不少见。例如李端言《蜀妇人传》、薛用弱《集异记·贾人妻》、皇甫氏《原化记·崔慎思》等，都有女侠复仇后提人头与丈夫告别，杀其亲子以绝其念的故事情节。所以，虬须客在小说中出场虽然形貌奇异，行止粗犷，快意恩仇，但这些还不足以

---

① （唐）苏鹗：《苏氏演义》，中华书局2012年版，第38页。
② （明）张凤翼：《红拂记》，《古本戏曲丛刊初集》本，据北京图书馆藏明朱墨刊本影印。

让读者感到其异于其他豪侠之处。虬须客成为唐代豪侠小说中独特的一个，主要在于其是一位"有志图王者"，并且是懂得权衡形势的豪侠。小说结尾处云："乃知真人之兴，非英雄所冀，况非英雄乎？人臣之谬思乱，乃螳螂之拒走轮耳。我皇家垂福万叶，岂虚然哉？"杜光庭《神仙感遇记·虬须客》结尾处亦云："乃知真人之兴，乃天受也，岂庸庸之徒可以造次思乱者哉！"① 由此可见，《虬须客》所表达的是在晚唐李氏王朝没落，藩镇割据的历史环境下，作者欲以李唐建国之初承天顺命的故事，警示思乱谋反之人。此类作品还有陆藏用《神告录》，写丹丘生应天受命却无意于此，李渊遂得天下事。小说中虬须客相貌有似于李世民，诸多学者所引的杜甫诗、唐宋笔记小说等已经说明了这一点。我们不必坐实其外貌是某人，作为小说虚构的艺术形象，也许作者只是为了说明其异于常人的形貌。就如杜甫《送重表侄王砅评事使南海》诗云："上云天下乱，宜与英俊厚。向窃窥数公，经纶亦俱有。次问最少年，虬髯十八九。子等成大名，皆因此人手。下云风云会，龙虎一吟吼。愿展丈夫雄，得辞儿女丑。秦王时在坐，真气惊户牖。"仇兆鳌注云："此记夫人先见之明。卜良臣，识真主，建功业，只在此数言决之。太宗虬髯，恐非十八九所有，此亦传讹也。"② 又如《酉阳杂俎》《南部新书》《清异录》等均记载了李世民虬须。因"髯"与"须"有别，研究者辨析小说应为《虬须客》，但明清戏曲均讹为《虬髯客》。这位同样具有虬须的豪侠在未见到李世民之前本欲逐鹿天下，但当"望气者言太原有奇气"，他到太原欲见李世民以判断虚实。作者通过虬须客与李靖的对话对李世民的出场进行了铺垫。当虬须客询问李靖曰："亦知太原之异人乎？"李靖曰："尝见一人，愚谓之真人，其余将相而已。""其人何姓？"曰："同姓。"曰"年几？"曰："近二十。""今何为？"曰："州将之爱子也。"当虬须客在刘文静家看到"不衫不履，裼裘而来，神气扬扬，貌与常异"的李世民后，见之心死。饮数巡，起招靖曰："真天子也。"而后又约刘文静与道士对弈，虬须客与靖旁立为侍者，再次约李世民观棋，其"精彩惊人，长揖而坐。神清

---

① 李时人编校，何满子审定：《全唐五代小说》，陕西人民出版社1998年版，第1786页。
② （唐）杜甫著，（清）仇兆鳌注：《杜诗详注》卷二三，中华书局1979年版，第2043—2044页。

气朗，满坐风生，顾盼晔如也"。道士一见惨然，下棋子曰："此局全输矣！于此失却局哉！救无路矣！救无路矣！复奚言？"罢弈而请去。既出，谓虬髯客曰："此世界非公世界也，他方可图，勉之，勿以为念。"后虬髯客将家资尽数赠予李靖夫妇，谓曰："尽是宝货泉贝之数。吾之所有，悉以充赠。何者？欲于此世界求事，或当龙战三二十载，建少功业。今既有主，住亦何为？太原李氏，真英主也。三五年内，即当太平。"小说中将李世民作为天命所归的真命天子，这是有历史现实作为基础的，体现了唐代传奇既依托于史实，而又不拘泥于史实的艺术构思。《虬髯客》中李靖口中太原年近二十的"真人"李世民，《旧唐书》中也有类似记载：

有书生自言善相，谒高祖曰："公贵人也，且有贵子。"见太宗，曰："龙凤之姿，天日之表，年将二十，必能济民安世。"[1]（《旧唐书·太宗本纪上》）

小说中有关"望气者言太原有奇气"的说法，也能从史书中找到相似的记载。如：

颐尝密谓秦王曰："德星守秦分，王当有天下，愿王自爱。"秦王乃奏授太史丞，累迁太史令。[2]（《旧唐书·薛颐》）

又如通过观相了解李世民有天子气象，为非凡之人的记载有：

武德中，太宗平王世充，与房玄龄微服往谒之，远知迎谓曰："此中有圣人，得非秦王乎？"太宗因以实告，远知曰："方作太平天子，愿自惜也。"[3]（《旧唐书·王远知》）

文静见李世民而异之，深自结纳，谓寂曰："此非常人，豁达类

---

[1]（后晋）刘昫等：《旧唐书》，中华书局1975年版，第21页。
[2]（后晋）刘昫等：《旧唐书》，中华书局1975年版，第5089页。
[3]（后晋）刘昫等：《旧唐书》，中华书局1975年版，第5125页。

汉高,神武同魏武,年虽少,命世才也。"①(《资治通鉴·隋纪七》)

上使李密迎秦王世民于豳州,密自恃智略功名,见上犹有傲色;及见世民不觉惊服,私谓殷开山曰:"真英主也,不如是,何以定祸乱乎!"②(《资治通鉴·唐纪二》)

可见史书中在王知远、刘文静、李密这些乱世的隐逸高士、智者、英豪眼中,李世民不仅有着异于常人的相貌,而且具有非凡气度与襟怀,是天下的英主。

李氏当王的图谶之说在隋末更是人所周知,一些李姓英雄以此为借口起兵逐鹿天下,其中以李渊父子、李密、李轨等为有实力者,我们通过史书记载可知,如:

李世民说渊曰:"今盗贼日繁,遍于天下……且世人皆传李氏当应图谶,故李金才无罪,一朝族灭。"③(《资治通鉴·隋纪七》)

会有李玄英者,自东都逃来,经历诸贼,求访李密,云:"斯人当代隋家。"人问其故,玄英言:"比来民间谣歌有《桃李章》曰:'桃李子,皇后绕扬州,宛转花园里。勿浪语,谁道许!''桃李子',谓逃亡者李氏之子也;皇与后,皆君也;'宛转花园里',谓天子在扬州无还日,将转于沟壑也;'莫浪语,谁道许'者,密也。"④(《资治通鉴·隋纪七》)

武威鹰扬府司马李轨,家富,好任侠;薛举作乱于金城,众人推李轨为主,曹珍曰:"久闻图谶李氏当王;今轨在谋中,乃天命也。"⑤(《资治通鉴·隋纪八》)

---

① (宋)司马光等著,(元)胡三省音注:《资治通鉴》,中华书局2012年版,第5837—5838页。
② (宋)司马光等著,(元)胡三省音注:《资治通鉴》,中华书局2012年版,第5933页。
③ (宋)司马光等著,(元)胡三省音注:《资治通鉴》,中华书局2012年版,第5839页。
④ (宋)司马光等著,(元)胡三省音注:《资治通鉴》,中华书局2012年版,第5817页。
⑤ (宋)司马光等著,(元)胡三省音注:《资治通鉴》,中华书局2012年版,第5853—5854页。

在明清传奇中张凤翼《红拂记》、冯梦龙《女丈夫》等将虬髯客的道友坐实为徐洪客,而徐洪客却在史书中与一度有机会问鼎天下的李密有过书信交流。如:

> 泰山道士徐洪客献书于密,以为:"大众久聚,恐米尽人散,师老厌战,难可成功。"劝密"乘进取之机,因士马之锐,沿流东指,直向江都,执取独夫,号令天下"。密壮其言,以书招之,洪客竟不出,莫知所之。①

《全唐文》卷二三一收录了李密《招道士徐鸿客书》,所以不能排除李密等历史人物对于虬髯客这一虚构人物创作的影响。同样是有志于天下的英雄人物,有的丧失机遇而命赴黄泉,有的却是识时务者为俊杰,另辟天地终成帝业。袁郊《甘泽谣·魏先生》就记载了李密帮助杨玄感谋反失败后隐姓埋名,与得道之士魏先生相识。魏先生评价李密曰:"吾子无帝王规模,非将帅才略,乃乱世之雄杰耳。"并提出"公于国则为帅臣,私于己则曰乱盗"的看法,他对李密建议曰:"吾尝望气汾晋,有圣人生。能往事之,富贵可取。"②

值得注意的是,范公偁《过庭录》中《黄须传》似乎是《虬髯客》的另一种流行的版本。从明清之际到今天,学者一直都有两种不同的意见,即《虬髯客》是在《黄须客》基础上创作完成的,或者《黄须客》是宋人对《虬髯客》的改写。例如,李剑国认为范公偁《过庭录》中所载《黄须传》"今按其事全似《虬传》,但异情亦多,非范公偁误记《虬传》为《黄须传》。此传似出于宋前。宋初张齐贤撰《洛阳缙绅旧闻记》,卷三《白万州遇剑客》载黄须剑客之事,不唯特征名号相同,取首级煮食亦似之,此必本《黄须传》。然则是传不出唐世,必出五代,而其所载之事必盛传于晚唐,疑裴铏乃据黄须翁事演成虬髯客耳。"③ 饶宗颐《〈虬

---

① (宋)司马光等著,(元)胡三省音注:《资治通鉴》,中华书局2012年版,第5861页。
② 《太平广记》卷一七一,载李时人编校、何满子审定《全唐五代小说》,陕西人民出版社1998年版,第1718页。
③ 李剑国:《唐五代志怪传奇叙录》,南开大学出版社1993年版,第587页。

髯客传〉考》认为"二书所言，虽为一事，而传闻异辞，情节小异"，"似《虬传》即据《黄须传》加以增饰者"①。而薛洪勣则认为："《黄须传》（梗概见《过庭录》），当是宋人据唐人《虬须客传》改写的。细节有不少变动，最引人注目的一点是，把唐太宗活动的地点，由太原改为汴京，这显然是出于维护宋朝的正统地位的政治需要。明人《续剑侠传》以为《黄须传》是《虬须客传》的初稿，恐怕是一种错觉。"② 小说中为汴州而非汴京，《隋书·志第二十五·地理中》载荥阳郡浚仪时云："东魏置梁州陈留郡，后齐废开封郡入，后周改曰汴州。开皇初郡废。"③《旧唐书·志第十八·地理一》载"汴州，隋荥阳郡之浚仪县也。武德四年，平王世充，置汴州总管府"，"天宝元年，改汴州为陈留郡。乾元元年，复为汴州"。④ 元稹则有"汴州抱吴楚之津梁，据咽喉之要地"⑤ 的认识。白居易也有"梁宋之地，水陆要冲，运路咽喉，王室藩屏"⑥ 的评价。所以，《黄须传》将李世民活动的地点由太原改为汴州，视为维护唐王朝的正统地位似乎也说得通。

2. 明清戏曲中的虬髯翁

张凤翼（1527—1613），字伯起，号灵墟，别号泠然居士。长洲（今江苏苏州）人，明嘉靖四十三年（1564）中举，后屡次赴会试而不中，晚年以鬻文为生。《红拂记》是其十九岁新婚时创作完成。尤侗《题北红拂记》云："唐人小说传卫公、红拂、虬髯客故事，吾吴张伯起新婚，伴房一月而成《红拂记》，风流自许。"⑦《红拂记》中的虬髯翁，在不同评论者眼中亦有不同的评价。陈继儒《红拂记序》云："虬髯翁龙行虎步，高下在心，一见李公子，知其必君，一见李靖，知其必相让，至下手一局

---

① 傅璇琮、罗联添等编：《唐代文学研究论著集成》第二卷，三秦出版社 2004 年版，第 201 页。
② 薛洪勣：《传奇小说史》，浙江古籍出版社 1998 年版，第 216—217 页。
③ （唐）魏征等：《隋书》，中华书局 1973 年版，第 835 页。
④ （后晋）刘昫等：《旧唐书》，中华书局 1975 年版，第 1433 页。
⑤ （清）董诰等编：《全唐文》，中华书局 1983 年版，第 6597 页。
⑥ （清）董诰等编：《全唐文》，中华书局 1983 年版，第 6754 页。
⑦ 俞为民、孙蓉蓉编：《历代曲话汇编——新编中国古典戏曲论著集成》（清代编）第三集，黄山书社 2008 年版，第 426 页。

棋，十年后旗鼓震于东南，筹策丝毫不爽，不尤奇乎！"① 凌濛初《红拂杂剧小引》则云："其最舛者，髯客耻居第二流，故弃此九仞，自王扶余。既得事矣，乃谓其以协禽高丽，重踏中土，称臣唐室。操此心于初时，岂不能亦随徐、李辈，博一侯王封，得必自为夜郎耶！剖厥图像，有大冠修髯而随队拜跪者，髯客有灵，定为掩面。"② 由此可知虬髯翁这一形象与唐代小说中的虬须客既有内在的一致性，又有张凤翼的改造。陈继儒对于《红拂记》中虬髯翁的赞美之词，我们也可以用来评价唐代小说中的虬须客。而凌濛初对于《红拂记》中虬髯翁形象的否定，则是以唐传奇虬须客形象作为参照，指出其故事情节设置的败笔，人物性格的前后矛盾。与唐代传奇中充满神秘色彩的虬须客不同，《红拂记》将神龙见首不见尾的虬须客的身世经历交代得非常清楚。第九出《太原王气》中，交代了虬髯翁与徐洪客夜观天象，看到参井分野的太原有王气，虬髯翁云：

　　自家姓张名仲坚，生长东鲁。以杀人避仇，卜居西京。我素有大志，见天下将乱，昔广蓄赀财，规造缗券。或龙战二三十载，意欲建立少功业。

第十二出《同调相怜》中，虬髯翁与素昧平生的李靖、红拂女相遇于灵石。张凤翼将唐代小说中互不相识的豪侠改写为彼此闻名的英雄。如：

　　（旦招生相见介外）足下上姓？（生）小生姓李名靖。（外）原来是李药师。（生）足下上姓？（外）我姓张名仲坚。（生）莫非是虬髯公否？（外）正是。（合）相逢何必曾相好。

---

① 俞为民、孙蓉蓉编：《历代曲话汇编——新编中国古典戏曲论著集成》（清代编）第三集，黄山书社2008年版，第330页。
② 俞为民、孙蓉蓉编：《历代曲话汇编——新编中国古典戏曲论著集成》（清代编）第三集，黄山书社2008年版，第231页。

虬髯翁十年追杀负心人的豪侠行为在戏曲中得到了进一步深化，正如他的唱词所云：

【前腔】（外）这是负心人行短才乔，转眼处把人嘲诮。更烂翻寸舌，易起波涛。果是腹中怀剑，笑里藏刀，对面情难料。十年今始得，肯相饶，断首刳心绝獍枭。

传奇中李靖称赞虬髯翁"气概雄豪"，"更报仇雪耻，义比山高"，红拂则将其视作高渐离、专诸一类的刺客豪侠。但是，虬髯翁在《红拂记》中却存在一种内在的矛盾性格，与小说中李靖所主张的"岂不闻见物不取，失之千里。既遇明主，何必远去"的观点不同，虬髯翁则主张"大丈夫宁为鸡口，勿为牛后"（第十五出《棋决雌雄》），虬髯翁可以毫不吝啬地将家财尽数赠予李靖夫妇，让他们日后"以佐明主"，但其自身却具有"擒兔月中谋已就，怕从龙人下心难死"（第十八出《掷家图国》）的个性特征。他素有图王之志，因见中原有主，故潜入扶余，与徐洪客用奇计，夺了王位，做了扶余国王。但在传奇第三十四出《华夷一统》中，其出兵助唐，"手缚大丑，归顺中国，特赐节钺，加封海道大总管"。凌濛初认为这一情节的设置是"最舛者"，但这却恰恰说明了张凤翼建功立业、"华夷一统"的志趣与理想。正如冯保善所说："作为少年即有志于用世、崇尚武事、渴慕边庭建功的张凤翼，既然要借助其创作寄托志向，便不会忘记写上一笔扫荡边庭、剿灭外敌的文字，这也是《红拂记》传奇较之《虬髯客传》小说，要增添灭高丽一节的命意所在。"[①] 所以，在剿灭外敌的同时，让有图王之志的虬髯翁臣服归顺，正是其少年时代志向的体现，这种"华夷一统"的理想与崇尚武事、渴慕边庭建功的志向是一体的，虽然造成了虬髯翁这一人物形象前后矛盾，但却是作家理想与志向的体现。

但一些戏曲家对以轻柔婉转的南曲表现虬髯公很不满意，如祁彪佳

---

① 冯保善：《凌濛初研究》，人民文学出版社2009年版，第279页。

在《远山堂剧品》中云:"眉公常恨以南曲传髯客,如雷霆作婴儿啼。"① 所以凌濛初以北曲创作了《红拂三传》,包括《莽择配》、《蓦忽姻缘》、《虬髯翁》(一名《正本扶余国》)三剧。祁彪佳《远山堂剧品》中将《莽择配》《蓦忽姻缘》归为"妙品",将《虬髯翁》归为"雅品"。其高度评价凌濛初的创作,认为:"向日词坛争推伯起《红拂》之作,自有此剧,《红拂》恐不免小巫矣。"② 当然,也有评论者对凌濛初的这种创作形式提出否定性的评价,如尤侗指出:"浙中凌初成更为北剧,笔墨排奡,颇欲睥睨前人;但一事分三记,有叠床架屋之病。"③ 祁彪佳云:

> 凌初成既一传红拂,再传卫公矣,兹复传虬髯翁,岂非才思郁勃,故一传、再传至三而始畅乎?丰骨自在,精神少减,然贾其余勇,犹足敌词场百人。④

在凌濛初《红拂三传》中,今存《识英雄红拂莽择配》⑤ 与《虬髯翁正本扶余国》(《盛明杂剧二集》所收《虬髯翁》)二剧,《李卫公蓦忽姻缘》已经佚失。作者《莽择配》与《虬髯翁》二剧中,对《红拂记》中虬髯翁形象进行了再创作。相较于张凤翼的创作,凌濛初以北曲创作,不尚辞藻的骈俪典雅,更加注重本色当行。如《莽择配》第二出中,虬髯翁切仇人心肝与李靖、红拂女同食,其言:"好下酒物来!吃得俺快活也!"又如:

> 【滚绣球】多管是犬吠尧,肯恕饶。他那里胸中作暴,怎可便鞘

---

① 俞为民、孙蓉蓉编:《历代曲话汇编——新编中国古典戏曲论著集成》(明代编)第三集,黄山书社2009年版,第634页。
② 俞为民、孙蓉蓉编:《历代曲话汇编——新编中国古典戏曲论著集成》(清代编)第三集,黄山书社2008年版,第634页。
③ 俞为民、孙蓉蓉编:《历代曲话汇编——新编中国古典戏曲论著集成》(清代编)第三集,黄山书社2008年版,第426页。
④ 俞为民、孙蓉蓉编:《历代曲话汇编——新编中国古典戏曲论著集成》(清代编)第三集,黄山书社2008年版,第641页。
⑤ 周贻白选注:《明人杂剧选》,人民文学出版社1958年版,第269—259页。

里藏刀。厮撞着头便落。好一个分金的管鲍，一剑儿不须用对案的萧曹。他说道十年来则这个知心友，一霎里完成着刎颈交。且将来多下村醪。

在《莽择配》与《虬髯翁》中，虬髯翁与其道兄保留了唐代小说中的称谓，并没有如张凤翼一样，将之坐实为张仲坚与徐洪客。《莽择配》中虬髯翁的行迹基本符合唐传奇《虬须客》中的故事情节。在以其为主唱的末本戏《虬髯翁》中，虬髯翁既有手刃仇人，"俺将他一半供餐，一半摔"的豪侠之举，也有"三尺龙泉万卷书，老天生我意如何。山东宰相山西将，彼丈夫兮我丈夫"（第一出）的壮志豪情。他清楚地看到隋炀帝荒淫无道，"造迷楼分明是高筑起是非堆，开汴河分明是生掘着兵戈海。弄的个人人思乱，处处生灾"（第一出）的罪案。他等待时机，欲图王霸之业。当虬髯翁一切准备就绪时，其道兄却发现"太原地面祥云笼罩，紫雾腾涌"（第一出），有真人出世。于是虬髯翁与道友分别赴太原，虬髯翁在途中遇到李靖夫妇。与张凤翼不同的是，凌濛初着重刻画了虬髯翁看到李世民后的惊恐，与《红拂记》中的"魂摇心死"相比，凌濛初剧中虬髯翁的豪气似乎完全被真命天子李世民所震慑。当虬髯翁亲眼看到李世民时，其唱词云："似这般扬扬神采谁相类，昂昂气宇谁能配。长揖罢，吓得俺身躯退。瞥眼间，搅得俺心窝碎。眼见得输了也么歌，眼见得输了也么歌。这局中还放甚么雌雄对？"（第二出）即使是事后，他还唱云："俺和你旅店乍相逢，豪门图识面。怎知道残棋一局太煎熬，吓的人来喘喘。今日个特地跟寻，则待要尽心诉告，你可也放情缱绻。"（第三出）作为末本戏的主角，虬髯翁在真命太子李世民面前被吓得"身躯退""吓的人来喘喘"，这是值得注意的细微变化。凌濛初在本剧的题目正名中有"唐天子江山争不得"一句，正说明其对于唐代小说中"乃知真人之兴，乃天受也，岂庸庸之徒可以造次思乱者哉"思想的继承。明代中后期，朝政腐败，内忧外患，民不聊生，农民起义此起彼伏，这与唐代中晚期有相似之处。凌濛初出身于官僚仕宦之家，传统的封建教育使其有根深蒂固的维护皇权正统思想，所以，虬髯翁虽然是其赞美的豪侠，但在具体的细节中却屈服于真命天子，而不敢与之抗衡。当他判断形势，权衡利害，决意放弃逐鹿中原，另辟天地建功立业时，虽然他的内心充满了不甘，但他还是果断地做出选择，表现出识时务者为俊杰的英雄襟怀。他既有"一向的眼望捷旌旗，则待要耳听好消息。怎知道恁般地位，霹空里落了便宜"（第二出）形势逆转、希望落空的失落，又有"太平车载不起冲天怨，一霎儿把刚肠闷软。锦江山，眼盼盼，难留恋"（第三出）的不舍。但他清醒地认识到"若甘心肯伏降，那侯封也自膻。则倔强性，从来受不得人轻贱。况藏弓烹狗为常事，若祝华呼嵩更报然。似这样，真无见。可不道无为牛后，宁作鸡前"（第三出）。当他海外称王，进一步表达了"凝旒端冕，自称王，索强如下场头，封侯拜将。江山原坐享，黎庶尽心降，四境封疆，却也自居人上"（第四出）的思想。虽然凌濛初不满张凤翼让虬髯翁接受唐朝的册封，如凌濛初《红拂杂剧小引》云："其最舛者，髯客耻居第二流，故弃此九仞，自王扶余。既得事矣，乃谓其以协禽高丽，重踏中土，称臣唐室。操此心于初时，岂不能亦随徐、李辈，博一侯王封，得必自为夜郎耶！剞劂图像，有大冠修髯而随队拜跪者，髯客有灵，定为掩面。"[1] 但其《虬髯翁》第四出仍然写了虬髯翁接到兵部尚书李靖的檄文，欲出兵助唐征讨高丽的故事情节。

《墨憨斋重定女丈夫传奇》[2] 为"长洲张伯起、刘晋充二稿，吴邑龙子犹更定"。冯梦龙在张凤翼、刘晋充以及凌濛初等人传奇、杂剧的基础上更定完成《女丈夫》传奇三十六折。《洪客祈雨》《同调相怜》《期访真人》《棋决雌雄》《知时谋避》《掷家图国》《虬髯下海》《海外称王》《扶余擒虏》《兄妹重逢》等折对虬髯翁进行了间接或直接地塑造。在第二十九折《登楼沥酒》中，批语曰："向东南沥酒语见本传，少此折不得。"由此可见，冯梦龙熟悉《虬须客》的故事情节，并有意将戏曲中的曲文与传奇小说本事比较。第三十一折《海外称王》中，批语曰："虬髯公海外称王一段气象，也须敷演一场，岂可抹杀。演此折须文武宫监极具整齐，不可草率涉寒酸气。"此折依据凌濛初《虬髯翁》杂剧第四折，但冯梦龙与凌濛初对于虬髯翁的艺术形象的理解既有默契又有不同。冯梦龙在凌濛初的基础上，将虬髯翁出兵助唐的原因改写为他与红拂"有言在

---

[1] 俞为民、孙蓉蓉编：《历代曲话汇编——新编中国古典戏曲论著集成》（明代编）第三集，黄山书社2009年版，第330页。

[2] （明）冯梦龙：《墨憨斋定本传奇》，中国戏曲出版社1960年版。

先，许他倘有用我之日，片纸相闻，便当相助"。所以，第三十三折《扶余擒房》中，柴绍表示要表奏虬髯翁擒获高丽王的功劳时，虬髯翁并不在意，而是要见红拂，他在意的是兄妹之情，以及兑现自己的诺言。第三十四出《兄妹相逢》中，他并不认同李靖夫妇"为国尽忠，不图封赏"的评价，而说"他得中原，俺得扶余。各自为君，说什么尽忠报国，之为当初临行之际，与一妹有一言相约，因此冒险而来。如今夷王已擒，不负前诺了"。批语云："伯起旧本虬髯同听诏书，便于下海本色相反，如此作别才不损志气。"

曹寅有杂剧《北红拂记》[①]，创作于康熙壬申年（1692）九月。其《柳山自识》云：

> 李药师非常人，虽小说家亦喜以事撼实之，每恨其笔无飒爽之气。及见张灵虚填词，竟以私奔为奇事，与破镜乐昌合传；冯犹龙以陈眉公言，虽单作一记，而以卫公参柴绍，红拂参娘子军，犹为穿凿。且二本皆以虬髯翁降唐为圆场，龌龊琐屑，画虎不成几类狗矣。壬申九月入越，偶得凌初成填词三本，三人各为一出，文义虽属重复，而所论甚快，笔仿元人，但不可演戏耳，舟中无事，公之梅谷同好，因为之添减，得十出，命王景文杂以苏白，故非此无调侃也。庶几一洗积垢，为小说家生色，亦卒成初成苦心也。叙事凌本甚当，但填词少不称叙，已随笔改补。梅谷云："优于王实甫，故不然；然过于关汉卿远矣。"

曹寅认为张凤翼与冯梦龙的传奇中"皆以虬髯翁降唐为圆场，龌龊琐屑，画虎不成几类狗矣"，而对凌濛初杂剧评价甚高，其中有失察之处。如上所说，冯梦龙《女丈夫》中虬髯翁并未降唐接受册封，出兵是为了"言必信"兑现诺言。在实际的创作中，曹寅《北红拂记》第十出《传书》内容也与凌濛初《虬髯翁》相同。周兴陆指出："后人加上虬髯客助唐剪灭高丽，实际上体现了'率土之滨，莫非王臣'的忠

[①] 中国艺术研究院藏有邵锐抄本《北红拂记》，上海图书馆藏有康熙年间刻本《北红拂记》。

君意识，曹寅亦概莫能外。"① 因此，明清戏曲家对虬髯翁的塑造，主要围绕着其海外称王与助唐剪灭高丽而有不同的取向。他们试图解决这一形象雄豪称王与维护皇权的冲突。就总的倾向而言，明清戏曲中的虬髯翁在维护皇权正统的创作意识下已经与唐代小说中的原型有了明显的不同。

(二) 唐代小说与明清戏曲中的李靖形象之比较

1. 唐代小说中的李靖

李靖在《虬髯客传》中，究其角色地位而言逊色于虬髯客、红拂，但其亦是成功的艺术形象，为人所称道。史传记载"靖姿貌瑰伟，少有文武材略"，有"大丈夫若遇主逢时，必当立功立事，以取富贵"的高远志向。"左仆射杨素、吏部尚书牛弘皆善之。素尝抚其床谓靖曰：'卿终当坐此。'"②《虬髯客传》中，杨素权重望崇，骄奢倨傲，李靖以布衣谒见，献奇策，并对其倨傲态度提出批评，指出："天下方乱，英雄竞起。公为帝室重臣，须以收罗豪杰为心，不宜踞见宾客。"当红拂主动投奔而来，李靖"愈喜愈惧，瞬息万虑不安。而窥户者无停履"，这与镇静从容的红拂形成了对比。对于红拂夜奔李靖的故事，冯梦龙评价曰：

> 红拂一见，便识卫公，又算定越公无能为，然后相从，是大有斟酌人。或曰："红拂既有殊色，必有特眷，万一追讨甚急，将如何？"余曰："卫公，智人也，计之熟矣。布衣长揖，责以踞见宾客，越公遂敛容谢之。越公能受言者也。设追讨相及，靖必挺身往见，不过费一席话耳。越公岂以一妇人故，而灰天下豪杰之心哉！"③

唐代的伦理关系远不如后世那样严密严格，所以后世评论者认可李靖的豪侠之行，却有意淡化红拂与李靖私奔之事。汤显祖评点中就多次提到李靖与红拂并不是私奔或窃妇的行为，他指出"非私奔也，浑是侠节"，

---

① 周兴陆：《试论曹寅的〈北红拂记〉》，《红楼梦学刊》2007年第1辑。
② 《旧唐书》卷十七《李靖传》。
③ （明）冯梦龙：《情史类略》，岳麓书社1984年版，第113页。

"原非窃妇而迤英雄伎俩如此"①。也就是说他俩的结合,是困顿豪侠间惺惺相惜与相互知赏。胡应麟认为:"卫公虽韩柱国甥,绝不闻处道相值。缘李百药尝盗素侍女,素执将斩之,睹百药俫体俊秀,因畀侍儿归。《豪异秘纂》遂嫁此事卫公。"② 李百药事见于《隋唐嘉话》卷上。在灵石旅舍,虬须客欹枕看红拂梳头的无礼行为,引起了李靖的愤怒,在其未决之时,红拂及时制止,并与虬须客结为兄妹。这一情节体现了三人各自的性格,如汤显祖所评"都是豪侠之气",但李靖在见识方面却逊色于红拂。小说通过李靖之口提出:"尝识一人,愚谓之真人也。其余,将帅而已。"应了"太原有奇气"的望气之说。李靖遇到李世民后,他依靠虬须客的巨额财产资助,"以奇特之才,辅清平之主",建立了功业,官拜左仆射。李靖与虬须客身处乱世,不同的选择成就了各自功业。值得一提的是范公偁所见《黄须传》,其中黄须翁对李靖云:"今天下大乱,汝当平天下,然有一人在汝上。若其人亡,则汝当为王。汝可从我寻之。"其意颇同《神告录》。与《虬须客传》不同,小说中李靖亦有机会争夺天下,但其居于李世民之次。所以,李靖听从黄须翁之言,辅佐李世民以成就自己的功业。《隋唐嘉话》卷上记载:"卫公始困于贫贱,因过华山庙,诉于神,且请告以位宦所至,辞色抗厉,观者异之。伫立良久乃去。出庙门百许步,闻后有大声曰:'李仆射好去。'顾不见人。后竟至端揆。"③《续玄怪录》则有《李卫公靖》,《太平广记》卷四一八引,记载了李靖微时代龙神行雨事。上述故事内容亦被后世戏曲作品所采纳,与《虬须客》故事情节有机结合,构成新的故事情节。

2. 明清戏曲中的李靖

张凤翼《红拂记》中李靖角色的地位已经高于唐传奇中的虬须客,成为传奇的男主人公。第二出《杖策渡江》写道:

【瑞鹤仙】少小推英勇,论雄材大略,韩彭伯仲。干戈正汹涌,

---

① (明)张凤翼:《红拂记》,《古本戏曲丛刊初集》据北京图书馆藏明朱墨刊本影印。

② (明)胡应麟:《少室山房笔丛》卷四一《庄岳委谈下》,上海书店出版社2009年版,第434页。

③ 丁如明、李宗为、李学颖等校点:《唐五代笔记小说大观》,上海世纪出版有限公司、上海古籍出版社2000年版,第94页。

奈将星未耀。妖氛犹重，几回看剑扫秋云。半生如梦，且渡江西去，朱门寄迹，待时而动。

传奇中李靖文韬武略，却"苦为当权媢嫉，摈弃不录"，他"待时而动"，寻求建功立业的机会，故而杖策渡江欲谒见杨素。正如其所感慨的那样，"区区肉眼笑英雄"。汤显祖评："肉眼笑英雄，世间正自不少，亦不得不任之耳。"第四出《天开良佐》则化用了《隋唐嘉话》中的李靖告神于西岳事，西岳大王奉玉皇敕命要晓谕李靖一番。李靖求卦，其云："拜求一卦，倘三问不对，亦何神之有灵？我便当斩大王头，焚其庙。"显示其豪侠之气。其占卜是否有天子之分的情节，反映了李靖亦有图王之志，但当卦象不好时，他随即调整了预期，愿意"捧忠竭节从明主，仗剑除残早济时"。汤显祖评："英雄未遇自有一种抑郁无聊之状，李卫公从龙之愿乃其素心。此作者善摹其无聊之词耳。若卦上不得为天子便思退为宰相，则几为痴人前说梦矣，览者宜得之。"在梦中，西岳大王赠其一诗："南国休嗟流落，西方自得奇逢。红丝系足有人同，月府一时跨凤。去处须寻金卯，奔时莫易长弓。一盘棋局识真龙，好把尧天日捧。"将李靖与红拂私奔，投太原刘文静，遇虬髯翁，后棋局识真龙，辅佐唐王事尽数概括其中，后一一验证。传奇中，李靖有"抱奇才未遇明时"的感慨，求见杨素，对杨素的倨傲给予了义正辞严的批评，并提出"论四海干戈未息肩，只为着土木疲民。况边庭黩武连年，繁刑重敛谁不怨，山林啸聚争思乱。为今之计除是罢役休兵渐抚安"（第七出《张娘心许》）的治乱之策。李靖这些观点应是张凤翼的思想体现，是张凤翼对明王朝日益没落的担忧。作者有意写了李靖觉察到杨素身边侍女"秋波几番偷觑"，对其有顾盼之意。写出了李靖与红拂的会心之处，不是一厢情愿，而是两情相悦。所以，当红拂夜奔而来时，李靖"骤然惊见喜难持"，与红拂假扮村中进香夫妇同往太原投刘文静。对于这一情节安排凌濛初提出了批评，凌濛初《红拂杂剧小引》云："李药师慷慨士，侯王且不屑一盼，彼侍者自瞩目，岂其所关情者！乃归逆旅，思之，有是理乎？"① 传奇还通过刘文静向李世民介绍李靖是天下奇才，虽有"命世姿，非凡志气。王佐略，出人头地"（第十一出《隐贤依附》），但却无枝可栖。李靖有豪侠的气概，胸襟洒脱，与虬髯翁结识，引以为知己。虬髯翁亦评价其"双眸炯炯贯星辰，更谈兵说剑如神"（第十三出《期访真人》）。第十六出《俊杰知时》中，李靖与虬髯翁同寻刘文静，应了"金卯弓长"之梦，表达了"从龙顺天应人"，"既遇明主，何必远去"的看法。虬髯翁、徐洪客、李靖的选择不同，但却各具英雄本色。第十八出《抛家图国》中，李靖"深自愧资身无计，空两手造华居，乏执贽效芹私"的曲文则显示出书生的酸腐之气，与红拂、虬髯翁的豪宕慷慨形成了反差。第二十四出《明良遭际》中，李靖投军，献策唐王先平王世洛，后征萧铣，激怒唐王险些被杀，幸亏李世民将其救下。而此情节在史书中有所记载：

> 考异曰：柳芳《唐历》及《唐书靖传》云："高祖击突厥于塞外。靖察高祖有四方之志，因自锁上变，将诣江都，至长安，道塞不通而止。"按太宗谋起兵，高祖尚未知，知之犹不从。当击突厥时，未有异志，靖何从知察之！又上变当乘驿取疾，何为自锁也！今依《靖行状》云："昔在隋朝，曾经忤旨，及兹城陷，高祖追责旧言。公忼慨直论，特蒙宥释。"但《行状》题云魏征撰，非也。按征以贞观十七年卒，靖二十三年乃卒，盖后人为之，托征名。又叙靖事极怪诞无取，唯此可为据耳。②

第二十八出《寄拂论兵》中，李靖采纳了徐德言"以夷狄讨夷狄，为力既易，成功必速"的建议，寄书信给扶余、新罗，请其相助征讨高丽，为虬髯翁出兵助唐设下伏笔。李靖最终官拜尚书，职任元帅，征服高丽，建立了自己的功业。

---

① 俞为民、孙蓉蓉编：《历代曲话汇编——新编中国古典戏曲论著集成》（明代编）第三集，黄山书社2009年版，第330页。
② （宋）司马光等著，（元）胡三省音注：《资治通鉴》第一八四，中华书局2012年版，第5971页。

在凌濛初《虬髯翁》杂剧中，李靖称"凭着俺的本事哪处不讨得些荣华富贵，倒为些小事情辜负这娘子识英雄的心事，况且哪显得俺男儿汉志气"。汪坛评曰："看得荣华富贵为小事，便能做掀天揭地来。"（第一折）凌濛初杂剧中让李靖视荣华富贵为唾手可得，宁可撇开，也不能辜负红拂。

而冯梦龙《女丈夫》则重点对张凤翼的《红拂记》进行了改写。如第二折《李靖渡江》中，他对【瑞鹤仙】进行改写，评云："原稿曲文用韩彭将星、调羹、济川等语，不肖李靖大志，且与西岳庙一折不相照，今改正。"在【鹧鸪天】曲中，冯梦龙让李靖表达了"投笔人争羡虎头，漫夸谈笑觅封侯。丈夫自有图王志，钟鼎勋名未足酬。嗤管晏，薄伊周，掀天事业岂难收。泥蟠未展神龙志，且任时人笑弊裘"的豪情。【锦缠道】更是完全不同于张凤翼《红拂记》，其评曰："首句三字宜韵，原稿本待学失韵矣。我有屠龙剑二句太长，唱者遂误增一板。可恨且奇才大用等语，亦不似图王口吻，故全改。"可见冯梦龙对曲词的修改既考虑韵律和谐，符合演唱的实际需要，还使其与后面的故事发展有所照应，使曲词符合人物的胸怀气度。在传奇中增加了第二折《洪客祈雨》、第三折《龙宫赠奴》的故事情节。此处其故事本事为《续玄怪录·李卫公靖》所记传奇。徐洪客具有呼风唤雨的法力神通，李靖骑龙驹行雨事亦基本遵循唐人传奇。还有《女丈夫》第六折《西岳示梦》遵循张凤翼《红拂记》第四出《天开良佐》，取材于《隋唐嘉话》李靖告神于西岳事。第八折《越府献策》中，冯梦龙在细微处改造了李靖形象，将唐传奇中红拂语嫁接给李靖，当他看到杨素痰疾病状，云："此老行尸余气，当不久于人世矣。我李靖来此差了。"当红拂改装夜奔而来时，"一生飘泊无知己"的李靖感慨"我想多少英雄豪杰，尚然不识小生，这小娘子倒识我"（第十折《改装夜奔》），充分表达了知己之感。而着重写杨素不追李靖以成其美，亦体现冯梦龙英雄惜英雄的认识。在第十七折《掷家图国》中，冯梦龙为了突出李靖的豪侠气概，在张凤翼、凌濛初创作基础上，增加了李靖鞭打轻视其的虬髯翁家奴情节。在第十九折《女侠劝驾》中，李靖与红拂得虬髯翁倾家相赠后，红拂依据李靖所言西岳大王梦中语，认定李世民就是当世真人，劝说李靖投奔他，建立奇勋。冯梦龙不满意原本叙别的离别情语，认为"志在功名，离别何足叹"。但李靖还是表现出了对红拂的眷恋不舍。与诸本传奇、杂剧不同，冯梦龙将柴绍与平阳公主补入传奇。李靖投唐王献策，其先平王世洛、萧铣不攻自破的建议激怒唐王李渊，险些被杀，幸被李世民所救，夜投渭北，助柴绍往金川剿王世洛。红拂则募兵投平阳公主，组成娘子军。夫妻后于驿馆相逢，已经各建功勋。此后东南沥酒，征战高丽等情节，亦与张凤翼《红拂记》、凌濛初《虬髯翁》大略相同。明显区别是其以《神人庆胥》结束全剧，照应西岳大王梦中谶语，冯梦龙评曰："不用生旦结局，而以二神收之，此是化腐为新处。"使西岳大王和龙母之事与前面有了照应。

清代曹寅所撰《北红拂记》则不满于张凤翼、冯梦龙诸作，进行了再创作。其《柳山自识》云："李药师非常人，虽小说家亦喜以事摭实之，每恨其笔无飒爽之气。及见张灵虚填词，竟以私奔为奇事，与破镜乐昌合传；冯犹龙以陈眉公言，虽单作一记，而以卫公参柴绍，红拂参娘子军，犹为穿凿。"曹寅笔下的李靖多了一层正统的思想色彩，这与其所处的时代及其与康熙皇帝的特殊关系密切相关，所以曹寅删改了张凤翼与凌濛初剧本中犯忌的字眼，诸如"天下方乱，英雄竞起"，"时运乖蹇"之类。清代杨潮观《吟风阁杂剧》中则以《续玄怪录》中的《李卫公靖》为故事本事，创作了《李卫公替龙行雨》[①]，作者以小序点明创作主旨，曰："行雨，思济世之非易也。以学养才，敛才归道，非大贤以上，其孰能之？"在替龙母行雨过程中，李靖认为天下大旱，按龙母吩咐行雨并不济事，结果给人间带来了灾难。事后文中子王通批评李靖好心造孽，说："从来救世的人，偏会做出误世的事来，也只为他信心太深，便下手太重了；那干大事的人，恶心不可有，好心也不可有，造化之妙，普物无心，你须省得。"杨潮观借李靖行雨故事，翻出新意，使李靖形象在唐人小说基础上又有了新的发展。李靖深刻反思自己的少年鲁莽之行，决定虚心向文中子学道，正如曲词所说："那的是弄神通小巧，怎的是做英雄全套，且低头负笈受甄陶。"济世救民并非易事，只有不断地陶养性情，以学养才，敛才归道，才能有所作为，实现人生的理想。

---

① （清）杨潮观撰，胡士莹校注：《吟风阁杂剧》，上海古籍出版社1983年版，第14—19页。

（三）唐代小说与明清戏曲中的红拂形象之比较

1. 唐代小说中的红拂

红拂是唐传奇《虬须客》中光彩照人的女侠。她集美丽与智慧于一身，既有识别英雄的慧眼，又有非凡的胆识与机智。她本是杨素府上的婢女，身份卑微，但她却能通过李靖骋辩陈词断定其是可依托终身的奇才。当李靖要离开杨府时，她非常机智地临轩指吏曰："问去者处士第几，住何处？"从而轻松掌握了李靖的住址。她大胆追求所爱，改装易服深夜私奔李靖。汤显祖评曰："故是有心人自见胆略。"（古本戏曲丛刊初集《红拂记》）红拂言："妾侍杨司空久，阅天下人多矣，无如公者。"她镇定从容，考虑周详，投奔李靖绝非一时儿女情长的冲动之举，而是深思熟虑之后的慎重选择。面对李靖的担心，红拂则认为："彼尸居余气，不足畏也。诸妓知其无成，去者甚众矣。彼亦不甚逐也。计之详矣，幸无疑焉。"其与李靖"雄服乘马，排闼而去"，更见其英姿飒爽的豪侠风范。在灵石旅舍，她识虬须客是英雄人物，义结兄妹。汤评："可见张氏胜卫公多多许。"虬须客赞曰："一妹以天人之姿，蕴不世之艺，从夫之贵，以盛轩裳。非一妹不能识李郎，非李郎不能荣一妹。起陆之渐，际会如期，虎啸风生，龙吟云萃，固非偶然也。"小说中对于红拂的塑造，使作品具有反抗权威，大胆追求幸福的意义，同时也表现了志同道合的英雄儿女建功立业、辅国安民的济世理想。

2. 明清戏曲中的红拂

李贽高度评价"红拂智眼无双"[①]，陈继儒也在《红拂记序》中云："余读红拂记，未尝不啧啧叹其事之奇也。红拂一女流耳，能度杨公之必死，能烛李生之必兴，从万众中蝉蜕鹰扬，以济大事。奇哉！奇哉！何物女流，有此物色哉？"[②]徐复祚《三家村老曲谈·张伯起传奇》则云："近见坊刻李卓吾批点《红拂》，大要谓：'红拂一妇人耳，而能物色英雄

---

① （明）李贽：《焚书》卷四，载俞为民、孙蓉蓉编《历代曲话汇编——新编中国古典戏曲论著集成》（明代编）第一集，黄山书社2009年版，第542页。

② 俞为民、孙蓉蓉编：《历代曲话汇编——新编中国古典戏曲论著集成》（明代编）第二集，黄山书社2009年版，第231页。

于尘埃中。'是赞《虬髯传》中红拂耳,未尝赞张伯起红拂也。知音之难如此。"① 红拂慧眼识英雄,得到了明清戏曲家的高度赞誉。

在张凤翼《红拂记》中,红拂"情耽书史,性好兵符。每闻唤声,好不耐烦也"(第三出《秋闱谈侠》),她厌倦在杨府中生活,而有着"空有炼石奇林,误落裙钗后。魂断西风不自由,心事萦牵别样愁"的苦闷。传奇中红拂被李靖慷慨的言辞,伟岸的外貌所吸引。(第七出《张娘心许》)汤显祖评:"慧心女子当由慧业文人化身。"一语点出了红拂的苦闷与忧伤,某种程度也是张凤翼的自我抒怀。第十出《侠女私奔》中,红拂的唱词颇能体现这一点,如:

> 自怜聪慧早知音,瞥见英豪意已深。侠气自能通剑术,春情非是动琴心。奴家自从见那秀才之后,不觉神魂飞动。我想起来,尘埋在此,分明是燕山剑老,沧海珠沉,怎得个出头日子。若得丝萝附乔木,日后夫荣妻贵,也不枉了我这双识英雄的俊眼。

曲词爽劲,将红拂的女侠性格表现无遗。其既有识英雄的眼力,才识胆略更自超迈。如【前腔】:"女中丈夫,不枉了女中丈夫。人中龙虎,正好配人中龙虎。"她从容定计,与李靖连夜潜逃。第十二出《同调相怜》中,与虬髯翁义结兄妹,更见其识英雄的慧眼。汤显祖评:"妇人之智远超妇人之仁,巧思。"在虬髯翁眼中她是"能鉴别追随豪俊"的巾帼英雄,徐洪客评价"妇人家尚识豪俊"(第十三出《期访真人》。杨素认为"此女识见不凡,志气颇远"(第十七出《物色陈姻》)。第十六出《俊杰知时》中,当红拂通过李靖得知李世民是"非常品","果然是异人"时,她说:"既然如此,你们何不就连袂相从,和他草莱中缔盟,待风云同济昌时,不使青萍负您。"与唐代小说不同的是,红拂在张凤翼的传奇中有着非常浓重的功名富贵思想。这与张凤翼新婚燕尔,年轻人意气风发的创作心态有关。如第二十一出《教婿觅封》中,红拂劝李靖投李世民建功立业,认为以李靖的才艺,应在"四方鼎沸,群雄蜂起"的时

---

① 俞为民、孙蓉蓉编:《历代曲话汇编——新编中国古典戏曲论著集成》(明代编)第二集,黄山书社2009年版,第258页。

代，展经纶之志，不应"坐以待老"。正如其曲词所云："试看龙虎纷争日，岂是鸳鸯稳睡时。"第二十六出《奇逢旧侣》中，红拂与徐德言、乐昌公主夫妇重逢，她马上劝乐昌公主曰："你徐官人才貌双全，况声名素著，当此立功之秋，若不出去图些事业，可不枉了这般人品。"虽然举荐徐德言亦见红拂识人之明，但其对于功名富贵的重视程度可见一斑，这在一定程度上损害了红拂的豪侠形象。同时，传奇后半部，红拂还时常表现出一副弱女子的样子，不再有其前期的豪侠气度。如第二十五出《兢避兵燹》中，薛仁杲犯西京，红拂躲避兵乱。其【缕缕金】："玉箸落，翠蛾愁。出门思避难，欲谁投。无奈弓鞋窄，行行落后。悔教夫婿觅封侯，孤身怎奔走。"汤显祖评："是儿女辈情语，不是红拂语气。"又【缕缕金】："心惊恐，泪交流。歧路从谁问，半含羞。恐被朱颜误，遭他毒手。水流花落鸟声愁，咸阳怎回首。"曲文中红拂的吟唱展现了一位弱女子在战乱中无法自保的恐慌心理，她不再是一位叱咤风云的女中丈夫，而是一位慌不择路的少妇，完全没有豪侠的气概。

凌濛初《莽择配》则对红拂进行了必要的重新创作，祁彪佳《远山堂剧品》将《莽择配》《蓦忽姻缘》列为"妙品"，称："向日词坛争推伯起《红拂》之作，自有此剧，《红拂》恐不免小巫矣。""眉公常恨以南曲传髯客，如雷霆作婴儿啼。乃以红拂之侠，使歌纤调，亦是词场一恨事。初成以慷慨记之，且妙有蕴藉，每见其胜卫公一筹。"[1]《楔子》中，红拂称："俺执拂豪家历数年，偷阅游宾整万千，多是行尸视肉一般般。"第一出中写道：

> （旦扮红拂上）俺红拂的便是。自见李秀才英雄慷慨，盖世无双。有心便待嫁他去。只等夜阑人静，再作区处。想俺家本是香闺女侠，眼识英雄，情耽书史。只因误堕风尘，没作豪门姬妾。终日选伎征歌，随行逐队。也无可我意的人，也无知我心的人，好是不耐烦！俺这家门户，好不颓气也！

---

[1] 俞为民、孙蓉蓉编：《历代曲话汇编——新编中国古典戏曲论著集成》（明代编）第三集，黄山书社2009年版，第634页。

这位慧眼识英雄的女侠，虽然误堕风尘，但从"也无可我意的人，也无知我心的人"的表白，可以看出她追求知心可意的爱情。在豪门姬妾中她"浑一似鹤入群鸡"（【仙吕点绛唇】），她厌倦眼前的生活，"有一等冷鼻凹的学士杀风景，他管谁唱将来几拍；有一等赳脸儿的郎君强风情，平白地歪厮缠多回。俺埋怨尽狐鼠队追陪怎俗；他得意煞笙歌部出入相随。"（【混江龙】）红拂改装，带势剑金牌夜奔李靖。她甚至在【天下乐】曲中唱道："论着俺女班头也原该封品位。"第二出中，当李靖欲对频瞧红拂的虬髯翁发怒时，红拂摇手阻止，"忙怎么，秀才们气性高。休要平地失俊豪！"（【滚绣球】）她对虬髯翁云："俺不耐去侍巨寮，则待要配俊豪。随他评论煞娶而不告。那里管讲道学的律有明条。免礼波！由他自去孔庭门外依班坐，俺这答里其实用不着。要甚么乌鹊填桥。"（【滚绣球】）她甚至与虬髯翁、李靖共食仇人的心肝。"将酒杯儿捧着嘻嘻哈哈的笑。这是甚么人也么哥！这是甚么人也么哥！做咱们下酒的香香甜甜的料。"（【叨叨令】）她也有夫贵妻荣的思想，如第四出中其云："封我卫国夫人。可算夫荣妻贵，不负三兄所期。"但凌濛初更强调"枉须眉不识人，却被俺女娘们笑破口"（【清江引】）。

而冯梦龙《女丈夫》则将徐德言、乐昌公主破镜重圆事一笔带过，增加柴绍、平阳公主事。第十二折《郡主募兵》为红拂投募张本。平阳公主散财招兵，正所谓"闺中豪侠军容壮"，以娘子军为号。第二十一折《红拂投主》中，红拂以虬髯翁所赠家私，召集家丁数千投郡主。红拂不再是张凤翼笔下的红拂，而是一身戎装，熟悉兵法韬略的女中丈夫。如当郡主问其是否知晓兵法时，红拂答曰："阵势须分奇正，更阴阳、虚实应变察情。山川险易要详明，五行生克分衰盛。先谋后战，持重老成；吊民伐罪，恩威并行。四方管取皆平定。"（【皂罗袍】）红拂留在郡主军中做女参谋，同建功勋。"莫道裙钗无将略，不教男子独封侯。"第二十七折《对开幕府》中，唐王下诏，郡主被赐号"平阳公主"，红拂也因"募众捐千金之产，持筹有百中之能。信女中之丈夫，为新朝之奇事"而被封为"卫国夫人"。第三十折《女侠修书》中，则将情节改易为红拂修书，请虬髯翁来腹背夹攻高丽。并将红拂作为信物。虬髯翁出兵是为了兑现他"片纸相闻，便当相助"的诺言。第三十三折《扶余擒虏》中，平阳公主与红拂盛装歌舞，让李靖、柴绍设下埋伏，以歌舞迷魂之计击败高丽军队。此是冯梦龙借助《旧唐书·柴绍传》改编的故事。《旧唐书·柴绍传》中，柴绍在与吐谷浑、党项军队作战时，使用计谋出奇制胜。记载曰：

> 吐谷浑与党项俱来寇边，命绍讨之。虏据高临下，射绍军中，矢下如雨。绍乃遣人弹胡琵琶，二女对舞，虏异之，驻弓矢而相聚观。绍见虏阵不整，密使精骑自后击之，虏大溃，斩首五百余级。①

由此，红拂一改张凤翼传奇中红拂的缺陷，一身戎装，英姿飒爽，成为征战沙场的巾帼英雄。

曹寅《北红拂记》则对大胆追求爱情的红拂进行改造，使其充满了情与理的矛盾。如第四出《私奔》中红拂有云："今日一见李秀才，英雄倜傥，有心待嫁他去，俺想女子私奔，乃人伦大耻。看此世界纷纷攘攘，岂可面逢国士而不寄托终身，将来是何底止？"第二出《朝回》中，曹寅还删掉了凌濛初杂剧中红拂"误堕风尘"的表白，又如第四出《私奔》中，删掉了红拂"哪里管讲道学的律有明条"一句。

综上所述，唐代传奇《虬髯客》中的虬髯客、李靖、红拂形象，在明清戏曲中得到了进一步丰富和发展。这些戏曲作品既有对于小说原有情节的遵循，也有作家根据各自的创作思想、审美情趣、价值观念等，对故事情节进行的再创作，或是将豪侠故事改造成为生旦离合的爱情故事，或是表现个性解放的思想观念，或是回归正统的思想规范。总之，唐传奇《虬髯客》在张凤翼、凌濛初、冯梦龙、曹寅等明清戏曲家的戏曲作品中得以重现艺术的光彩。

三 唐代小说中忠贞节义的豪侠在明清戏曲中的重塑

唐代豪侠小说中，牛肃传奇小说集《纪闻》中有两篇带有写实性的小说值得关注，即《吴保安》《裴伷先》。这两篇豪侠小说因确有其事，

---

① （后晋）刘昫等：《旧唐书》卷五八，中华书局1975年版，第2314页。

事俱按实而被宋祁等采入《新唐书》之中。《纪闻》为唐代创作年代较早的小说集,《太平广记》所引《纪闻》佚文,纪年多为开元、天宝年间,少数作品为至德、乾元年间。牛肃,约生于武周圣历前后,卒于代宗时。祖籍京兆泾阳,据《元和姓纂》卷五载,曾官岳州刺史。这两篇豪侠小说的故事被明清戏曲不断重演。《吴保安》事,明代沈璟据此创作了《埋剑记》传奇,郑若庸则创作了戏文《大节记》。而《裴伷先》事,则被明代许三阶据以创作了《节侠记》,许自昌改订了《节侠记》,清人王翃创作了《留生气》传奇。作为被史传采用的两篇豪侠小说,其在明清戏曲创作中呈现怎样的改变,有比较研究的必要。

(一) 生死不相负的侠义精神与道德教化针砭世态人情

1. 《吴保安》体现的侠义精神

《吴保安》[①] 见于《太平广记》卷一六六,并收入《新唐书·忠义传》,小说中吴保安与郭仲翔的侠义精神,主要体现在如下几个方面。

(1) 急人之忧、济物之道的侠义精神

祁彪佳《远山堂曲品》对《埋剑记》进行了评价,其所评内容与其说是对沈璟戏曲的评价,不如说是《吴保安》小说的写照。"郭飞卿陷身蛮中,吴永固以不识面之交,百计赎出,可谓不负生友。飞卿千里赴奠,移恤永固之子,可谓不负死友。世有生死交如此,洵足传也。"[②] 吴保安与郭仲翔两人虽为同乡,却没有见过面,更非深交至友。故在书信交往中,吴保安言"幸共乡里,籍甚风猷,虽旷不展拜,而心常慕仰",郭仲翔言"虽未披款,而乡里先达,风味相亲,想睹光仪,不离梦寐"。当吴保安赎郭仲翔至姚州,两人才真正相识。小说中素昧平生的两个人,却在人生的磨难中成为深交至友。一位倾家赎友,十年历尽艰辛;另一位知恩图报,千里赴奠,抚恤孤子,两人的侠义之行感人至深。吴保安信中提到"侧闻吾子急人之忧,不遗乡曲之情",而郭仲翔则言"济物之道,古人犹难,以足下道义素高,名节特著,故有斯请,而不生疑"。这些虽为双

[①] 李时人编校,何满子审阅:《全唐五代小说》,陕西人民出版社1998年版,第227—231页。
[②] 俞为民、孙蓉蓉编:《历代曲话汇编——新编中国古典戏曲论著集成》(明代编)第三集,黄山书社2009年版,第628页。

方客套之语，但二者在小说中通过自己的行动践行了"急人之忧"与"济物之道"的豪侠精神。

(2) 死生相救、分义情深的侠义精神

冯梦龙《喻世明言》卷八《吴保安弃家赎友》开篇《结交行》云："古人结交惟结心，今人结交惟结面。结心可以同死生，结面哪堪共贫贱？"患难之中，死生相救，才是深交至友的认识，用以说明吴保安与郭仲翔的友谊比较恰当。值得注意的是，唐代小说中两个人均官职低微。郭仲翔虽有才学，但却依靠其叔代国公郭元振的援引才做了姚州都督李蒙帐下的判官。其叔希望其在征讨南蛮的战争中建功立业，以"俾其縻薄俸也"。所以当方义尉吴保安致信请郭仲翔荐引时，两个人更容易产生共鸣。通过小说可知"幼而嗜学，长而专经"的吴保安职位卑微，任期将满，受困于吏部的铨选，写信给郭仲翔，希望得到他的帮助，也能到李蒙军中任职。唐代对于官吏的考核与任命权集中于中央，任期满后要赴京调选。吴保安家境贫窭，又无显赫门第，所以他寻求郭仲翔的帮助，否则"更思微禄，岂有望焉"。郭仲翔深深地被来信所感动，顾念乡曲之情，将吴保安推荐给李蒙，李蒙召其为管记。所以，郭仲翔亦可谓吴保安的知心之人。吴保安日后能够历尽艰苦救赎郭仲翔盖源于此。在吴保安未至之时，李蒙被蛮兵所败身死，郭仲翔被擒为虏。蛮俗有以钱财赎囚俘的风俗，郭仲翔写信给吴保安，希望吴保安告知郭元振营救他。吴保安虽然曾利用郭仲翔是"国相犹子"的身份而寻求职位，但营救郭仲翔时却是出于朋友之义，因为此时郭元振已卒。徐复祚《南北词广韵选》评云："当永固营赎飞卿时，代公已物故矣。赎之于代公在位之日易，赎之于物故之后难，此意传中亦宜发明之。"[①] 为了筹措千匹绢赎郭仲翔，素来贫窭的吴保安倾家置换二百匹绢，弃妻儿，在嶲州十年不归，经营财物，共得七百匹绢。妻儿饥寒交迫，寻吴保安，受到姚州都督杨安居的救济。吴保安倾家救友的义举感动了杨安居，后者决定与之共同救赎郭仲翔。这种对朋友之义能够感化教育他人，可见作者之用心。作者通过作品中杨安居之口评价吴保安曰："吾常读古人书，见古人行事，不谓今日亲睹

---

① 俞为民、孙蓉蓉编：《历代曲话汇编——新编中国古典戏曲论著集成》（明代编）第二集，黄山书社2009年版，第291页。

于公。何分义情深，妻子意浅，捐弃家室，求赎友朋，而至是乎！"杨安居于府库假官绢四百匹，以助吴保安凑足千匹绢之数。当郭仲翔在蛮洞买美女十人以谢杨安居，杨安居曰："吾非市井之人，岂待报耶！钦吴生分义，故因人成事耳。公有老亲在北，且充甘膳之资。"所以，正是吴保安对郭仲翔的患难与共的友谊使杨安居"因人成事"，力助吴保安救回郭仲翔。

（3）意志坚忍、孝义为先的侠义精神

在人们高度评价吴保安的时候，往往忽视了郭仲翔，或是对其颇有微词。主要是其赠美女以报杨安居之恩，报恩于吴保安身后等。这些未免有对古人苛求之嫌，这就如吴保安倾家赎友，置妻儿于不顾一样，今人亦难理解。通过郭仲翔致吴保安的信及小说追述的故事情节，可知郭仲翔所经历的苦难历程。其信中云："吾自陷蛮夷，备尝艰苦，肌肤毁剔，血泪满地。生人至艰，吾身尽受。"小说结尾处的追述，虽然可见吴保安救郭仲翔的恩德，但人们却忽略了郭仲翔对于逃离苦难的执着与坚韧。无论是蛮首待之"饮食与其主等"，还是苦役鞭笞，还是钉足于板，"木锁地槛"，都没有改变郭仲翔脱离苦海的意志。这也让人想到小说中郭仲翔徒跣赴奠，又负吴保安夫妇尸骨"徒行千里至魏郡"的情节，足以说明郭仲翔报恩之至诚。郭仲翔在蛮洞时，为了防止他逃走，洞主"乃取两板，各长数尺，令仲翔立于板，以钉自足背钉之，钉达于木"，伤疮经多年才得以痊愈。郭仲翔以伤残之躯负骨千里，其坚忍之意志是常人所不及的。

郭仲翔身上还体现了孝义的品格。其在致吴保安的信中言："思老亲于旧国，望松槚于先茔。忽忽发狂，膈臆流恸，不知涕之无从！"获救而归后，在做蔚州录事参军时，他迎亲到官。后来做代州户曹参军，其母亡故，他葬母，行服墓次，乃曰："吾赖吴公见赎，故能拜职养亲。今亲殁服除，可以行吾志矣。"百善孝为先，郭仲翔从赡养母亲到行服墓次都符合孝道。他身上的侠义精神是以孝道为基础的。《礼记集解》云：

> 父母存，不许友以死，不有私财。郑氏曰："不许友以死，为忘亲也。死，为报仇雠。"孔氏曰："亲存须供养，则孝子不可死也。若许友报仇怨而死，是忘亲也。亲亡则得为友报仇，故《周礼》'主

友之仇视从父兄弟'。家事统于尊，财关尊者，故不有私财。"①

可见郭仲翔不同于那些"淡漠了骨肉血缘生育之恩而一心一意于朋友之友爱"②的豪侠，他身上体现的侠义精神是建立在儒家的礼与孝道基础上的。郭仲翔知恩图报，情深义重。吴保安夫妇均卒于眉州彭山。郭仲翔"哭甚哀，因制缞麻，环经加杖"，徒跣负骨千里，出家财二十万厚葬吴保安，刻石颂美。亲庐其侧，行服三年。对吴保安之子爱之如弟，为之娶妻，恩养，甚至让官位于保安之子。缞麻、环经、行服三年等均是为父母守孝的礼仪，这些足见郭仲翔酬恩之心与失去至交的伤痛。善待吴保安之子，更是尽父辈之责任，真诚感人。《新唐书·忠义传》将《吴保安》列入其中，如书中所云："夫有生所甚重者，身也；得轻用者，忠与义也。后身先义，仁也。身可杀，名不可死，志也。"③吴郭两人身上体现了忠贞孝义的精神与品格。

2.《埋剑记》对《吴保安》侠义精神的继承与发展

《埋剑记》今存明万历年间继志斋刻本，《古本戏曲丛刊初集》据之影印，二卷三十六出。吕天成《曲品》评云："郭飞卿事奇，描写交情，悲歌慷慨。此事郑虚舟采入《大节记》矣。《大节》则以吴永固为生。"④可知除沈璟《埋剑记》外，郑若庸《大节记》也采用《吴保安》本事题材进行戏曲创作。与《埋剑记》不同，《大节记》以吴保安为核心人物。因该剧佚失，具体情况已无法了解。据吕天成《曲品》可知《大节记》"工雅不减《玉玦》"，合叙了孝子、仁人、义士三事。沈璟作为与汤显祖齐名的戏曲家，其《南九宫十三调曲谱》为曲学格律的规范。他曾依附首相申时行，因受1588年顺天乡试舞弊牵连，次年告病还乡，从此开始了其二十年的戏曲创作生涯。沈璟的戏曲创作虽然有思想倾向平庸保守的局限，但也有值得称道之处。他创作了豪侠题材戏曲《埋剑记》《义侠

---

① （清）孙希旦撰，沈啸寰、王景贤点校：《礼记集解》卷一，中华书局1989年版，第22页。
② 韩云波：《中国侠文化：积淀与承传》，重庆出版社2004年版，第77页。
③ （宋）欧阳修、（宋）宋祁：《新唐书》，中华书局1975年版，第5459页。
④ 俞为民、孙蓉蓉编：《历代曲话汇编——新编中国古典戏曲论著集成》（明代编）第三集，黄山书社2009年版，第119页。

记》，可以看出其对于侠义精神的推崇与弘扬。在改造重写的过程中，体现了沈璟对于侠义精神的理解，豪侠形象身上的道德教化意味增强，成为符合封建伦常观念的忠义英雄。如《义侠记》中对《水浒传》中武松的重新塑造，虽然将武松故事改造为生旦悲欢离合的故事，表达了"荷皇恩把前非鼎新。男儿志欲酬圣恩"、"人生忠孝与贞信，圣世还须不弃人"（第三十六出《家荣》）的思想，但传奇中也有"今古英雄称义侠，报恩雪忿名高"（第一出《家门》）、"凛凛英姿义胆，论男儿侠骨生香"、"宁为紫塞千夫长，不作青衿一老生"（第二出《游寓》）的豪侠气概。他对于英雄豪杰所经历的磨难能够寄予深切的同情。所以，可以断言沈璟是一位有着侠义情怀的戏曲创作者，其《埋剑记》既有对于唐代小说《吴保安》的侠义精神的继承，又有其个人对于侠义精神的理解。

（1）有意将吴地豪侠事迹与戏曲作品结合

从《埋剑记》与《义侠记》的创作看，沈璟作为江苏吴江人对于本地古今豪侠充满了敬仰之情，在戏曲作品中将吴地的豪侠事迹融入其中。这既可以看出沈璟对于家乡人才辈出的自豪感，也可使戏曲情节增加吴地的特征，使戏曲可以更好地在吴地传播。在《埋剑记》中，他以唐代小说《吴保安》及《新唐书·忠义传》中收录的吴保安事迹为故事本事，同时创作明显受《史记·吴太伯世家》季札挂剑徐君冢树事迹的影响。《史记·吴太伯世家》记载：

> 季札之初使，北过徐君。徐君好季札剑，口弗敢言。季札心知之，为使上国，未献。还至徐，徐君已死，于是乃解其宝剑，系之徐君冢树而去。从者曰："徐君已死，尚谁予乎？"季札曰："不然，始吾心已许之，岂以死倍吾心哉！"[1]

季札生死不相负，重信义的事迹体现了吴地的侠风，为后世所景仰。从《埋剑记》的命名，到戏曲情节的构思，沈璟均对季札事有所借鉴。徐复祚《南北词广韵选》评《埋剑记》云："此传笃于友谊，深可为纷纷轻薄者之戒。且借延陵挂剑事，名之曰《埋剑》，亦极佳。独增出一珊瑚

---

[1]（汉）司马迁：《史记》，中华书局1959年版，第1459页。

鞭，后用卖鞭得信，如卖香囊故事，未免拾人剩唾耳。"① 无论徐复祚评价是否公允，戏曲中郭仲翔与吴保安互赠宝剑与珊瑚鞭，并以之作为贯穿戏曲情节的重要物件是不容忽视的事实。戏曲中吴保安的儿子名字为"吴延季"，正可见沈璟延续季札侠义精神的用心之处。沈璟更在戏曲中通过人物之口，提出对于季札挂剑的认识。第三十四出《痛悼》中，当吴延季拟遵父亲遗命将宝剑送还郭仲翔，郭仲翔云："说哪里话？古人有挂剑于墓树者，还是你吴家故事，你岂不闻？但我以为挂而不埋，徒为他人所得。他日亦无所藉手，以见故人于地下。我且待葬你父亲之日，就将此剑并埋坟内。一以见交情之有始终，一以使此剑之得所托，却不是好？"延季云："恩叔此意，更出延陵季子之上，只恐我父亲魂魄不安。"② 第三十五出《埋剑》中，郭仲翔为吴保安上坟并将宝剑与珊瑚鞭一同埋葬。吴延季唱词：

【南侥侥令】昔人挂墓傍，百世已流芳。况你此段交情相酬报，真个比延陵意更长，比延陵意更长。③

可见在沈璟的创作中，郭仲翔与吴保安的友情堪比季札对于徐君的情谊，甚至超越了古人，有始有终，百世流芳。沈璟对于吴地英豪的敬仰情怀并非只在《埋剑记》中有所体现，在《义侠记》中也有体现，是一种自觉的创作。《义侠记》中虚构了临难勇为与朋友共患难的叶子盈。很有意思的是，沈璟特意在作品中表明叶子盈是苏州人。第十一出《遘难》中，柴进认为"乐莫乐兮心相知"，纵有三千客，不如有武松这样知心重义的朋友。更借叶子盈之口针砭"世人结交须黄金，没有黄金交不深"的现实。作品写道：

（小生）先生，贵地自古多产英豪，历历可数。（末）小子不知，

---

① 俞为民、孙蓉蓉编：《历代曲话汇编——新编中国古典戏曲论著集成》（明代编）第二集，黄山书社2009年版，第291页。
② （明）沈璟著，徐朔方辑校：《沈璟集》，上海古籍出版社1991年版，第264页。
③ （明）沈璟著，徐朔方辑校：《沈璟集》，上海古籍出版社1991年版，第267页。

请大官人略说一二。

【祝英台】（小生）每神游三让里，屈指最多才。（末）那几个是？（小生）季札子游，庆忌要离。（末）汉时有谁？（小生）严助买臣为侪，贤哉。（末）还有几个贤人？（小生）朱张顾陆相承，四姓余芬犹在。（末）自古称朱文张武，顾忠陆厚，至今尚为望族。（小生）怎如文正忠宣绝代？

【前腔】（末）光采，真个地偏灵。人杰出，方策耀千载。（小生）山水如何？（末）玄慕洞庭，虎阜天池，泽薮具区弘开。（小生）可惜不曾去游览。（末）难买，少年有限光阴，何不遨游湖海。（合）待清秋须买扁舟南迈。①

在殷天瑞前来抓捕柴进之前，此出戏通过柴进与叶子盈的对话，将春秋战国以来吴地的英豪逐一点出，同时还介绍了吴地的山水，可谓人杰地灵。在危难关头，柴进让叶子盈逃走，叶子盈说："大官人说了苏州许多贤人，小子也要与苏州争气，决当为朋友而死。"直到第十三出《奇功》，梁山英雄救了柴进、叶子盈，约其上梁山时，叶子盈说："官人有难，不忍辞去。如今既已上山，小子就此告辞。"宋江送他二十两盘缠，他推辞云："休将金宝饵英才，我今日原非为利来。"②由此可见，沈璟是有意地将吴地的英豪写入其戏曲作品中，同时他通过吴保安与郭仲翔、叶子盈等人物形象歌颂了患难与共的真挚友谊。

（2）采撷史传与诗文材料，丰富戏曲的豪侠精神

沈璟创作《埋剑记》，汲取了史传中豪侠的事迹以及咏侠诗的素材，使作品中充溢着豪侠的精神。从戏曲的情节处理看，沈璟更多地借鉴了《新唐书·忠义传》中吴保安与郭仲翔的事迹。如在戏曲中，吴保安求谒郭仲翔，两人结为兄弟，此与小说情节不符，却与《新唐书·忠义传》的记载相符。且小说中吴保安为方义尉，而戏曲中吴保安为义安尉，恰与《新唐书·忠义传》一致。故可知沈璟在创作《埋剑记》的过程中，对唐代小说《吴保安》《新唐书·忠义传》有关素材均有采撷，但其又不拘泥

---

① （明）毛晋编：《六十种曲》第十册，中华书局1958年版，第25—26页。
② （明）毛晋编：《六十种曲》第十册，中华书局1958年版，第33页。

于故事本事，所以情节与小说、史传多有不同，体现出独立的创作意识，而非对故事的简单复写。如戏曲中，对于郭元振的塑造，就是以史传中的豪侠事迹为原型，删除其性格的缺陷，保留其仗义疏财的豪侠性格。郭元振在《旧唐书》与《新唐书》中均有传，比较文本，沈璟是以《新唐书》为依据的。《新唐书·郭元振传》记载：

> 郭震字元振，魏州贵乡人，以字显。长七尺，美须髯，少有大志。十六，与薛稷、赵彦昭同为太学生，家尝送资钱四十万，会有缞服者叩门，自言"五世未葬，愿假以治丧"。元振举与之，无少吝，一不质名氏。稷等叹骇。
>
> 十八举进士，为通泉尉。任侠使气，拨去小节，尝盗铸及掠卖部中口千余，以饷遗宾客，百姓厌苦。武后知所为，召欲诘，既与语，奇之，索所为文章，上《宝剑篇》，后览嘉叹，诏示学士李峤等，即授右武卫铠曹参军，进奉宸监丞。[1]

《埋剑记》第四出《举觞》中，郭元振云："老夫姓郭字元振，魏州人也。少游太学，偶遇家中寄到四百万钱。见一人三丧未举，遂举此钱相赠，不问姓名。及十八而登甲科，作尉通泉而被诖误。因献《古剑》之咏，幸运蒙祝网之仁。"从这一段自我陈述中，可以看出沈璟对于《新唐书·郭元振传》的借鉴，但他还是做了一些必要的调整，如其将"尝盗铸及掠卖部中口千余，以饷遗宾客，百姓厌苦"的劣迹删除，而解释为"作尉通泉而被诖误"。沈璟为了表现郭仲翔的豪侠气度，在第二出《看剑》中，让其吟咏郭元振的《古剑篇》。诗云："昆吾铁冶飞炎烟，红光紫气俱赫然。良工锻炼凡几年，铸得宝剑名龙泉。龙泉颜色知霜雪，良工咨嗟叹奇绝。玻璃玉匣吐莲花，错镂金环映明月。正逢天下无风尘，幸得周防君子身。精光黯黯青蛇色，文章片片绿龟鳞。非直结交游侠子，亦曾亲近英雄人。"郭仲翔借这首《古剑篇》以表达怀才不遇，时未遭逢，无人鉴识的感慨。但沈璟却有意识地删掉诗歌的后四句，即"何言中路遭

---

[1] （宋）欧阳修、（宋）宋祁：《新唐书》，中华书局1975年版，第4360—4361页。

弃捐，零落飘沦古狱边。虽复沉埋无所用，犹能夜夜气冲天。"① 可见其对于人物情感的把握符合其恬淡平和的性格特征。与小说比较，戏曲丰富强化了以下几个方面的侠义精神。

其一，生死如一、坚贞不渝的侠义精神。

沈璟希望在人情冷漠的现实世界中，通过郭仲翔与吴保安的真挚友情，达到教化人心的目的。其在第一出《提纲》【行香子】中开宗明义，云："达道彝伦，终古常新，友朋中无几何存。朝同兰蕙，暮变榛荆。又陡成波，翻作雨，覆为云。 所以先贤，著《绝交》文，畏人间轻薄纷纷。我思前事，作劝人群。可继萧朱，追杜左，比雷陈。"第七出《决策》中，吴保安云："当面输心背面笑，嗟世态之悠悠；覆手作雨翻手云，恨交情之落落。"第十五出《对泣》中，仙吕过曲【胜葫芦】："倾盖相看意偏深，将一诺重千金。吾以愧夫末世浇漓甚。波澜反覆，多少悠悠路人心。"第二十二出《殖货》【宜春令】："时情薄，古道微。昨论交今朝已携。雷陈胶解，孙庞倾夺纷纷起。守着他能使鬼的钱神，肯僦采故人行的狼狈。谁知道这末世颓波，见古人芳轨。"第三十出《惜别》双调过曲【摊破金字令】："我想时情太薄，翻覆纷纷是。（生）纵使然诺暂许，终是行路悠悠尔。（众）管鲍当初，定不如此。我把肺肝相示，为知己死。看来不比轻薄儿，一朝少参差，不将手救之，却又排之，更不垂慈。把从前断金如故纸。"【夜雨打梧桐】："倒不如邯郸市，游侠儿，节烈使人思。古来时，信陵求士。七十衰翁伏剑，也只为感恩私。当年孝标曾属词，又有翟公叹息，叹息一生一死，交情可试。愿从兹，闭户把时人说将起耳难闻。"沈璟慨叹世间人情浇薄与反复无常，渴望肝胆相照的知己之情，对节烈豪侠的精神品格神往不已。

其二，建功边塞、重侠轻儒的侠义精神。

沈璟的作品中，充溢着酬恩报国、驰骋沙场的游侠精神。作者虽为儒者，但却流露出重侠轻儒的思想。如第五出《诘戎》中李蒙的曲词"由来壮士耻为儒，报国纵横见丈夫"，明显汲取了唐代诗人建功边塞，重侠轻儒的侠义精神，化用了卢照邻《刘生》"报恩为豪侠，死难在纵横"的诗句，将诗歌中浓厚的功业追求在戏曲中表达出来。第七出《决策》中，

---

① （宋）计有功辑撰：《唐诗纪事》，上海古籍出版社2008年版，第109页。

吴保安也具有这种特征，他云：

> 平生气不平，抱剑欲从征。宁为百夫长，胜作一书生。下官姓吴名保安，字永固，魏州人也。家无儋石，义薄云天。业本儒流，慕为侠客。孤军死赵，笑他无忌寡谋；狗盗出秦，羞杀孟尝养士。显髡钳之季布，不让朱亥；知囚虏之夷吾，何殊鲍叔。赴期元伯，范巨卿亦是信人；不背魏其，灌仲孺可称义士。

戏曲中吴保安同样表达了建功立业，重侠轻儒的思想。在对信陵君、孟尝君、季布、朱亥、鲍叔牙、范式、灌夫这些战国、汉代的豪侠的评价中，突出了吴保安的侠者风范。他与郭仲翔、李蒙等一样，吟唱着"只为儒冠困人心懒，霄汉限九关。不如投笔去，从戎登将坛，纾国难，策功紫塞，著名青简"（南吕过曲【白练序】）。第九出《前驱》仙吕引子【天下乐】："（生上）男儿仗剑当樽酒，谁说临歧步步愁。"明显化用唐陆龟蒙《离别曲》，其诗曰："丈夫非无泪，不洒离别间。仗剑对樽酒，耻为游子颜。蝮蛇一螫手，壮士疾解腕。所思在功名，离别何足叹。"第十出《后发》【归朝欢】："（小生）成和否，成和否，此志甚坚。心匪石如何可转。家和国，家和国，未能两全。"第十二出《败闻》【风入松】："（小生）霍嫖姚当时有云，（外合）胡未灭，何暇问家门。"建功边塞，弃笔从戎，捐躯赴国难的豪侠精神在戏曲中的抒发，体现了沈璟的理想追求，使作品洋溢着豪宕的侠气。

其三，移孝以为忠的侠义精神。

沈璟进一步强化了《吴保安》中以孝为先的侠义精神。虽然戏曲中改变了其母亡故后报恩以及徒跣负骨千里的故事情节，但将忠孝节义的伦常观念与唐代小说中的豪侠精神相结合是该作品的突出特征。在明人眼中，沈璟就是一位忠贞孝义的名臣。他直言谏争恭妃册封皇贵妃，"不惜一官争之，盖一日名重天下矣"。"'夸者死权'，沈公自信平生，夷然不屑；'烈士徇名'，沈公竟不免。"[①] 姜士昌对于沈璟的评价来源于《史

[①] （明）姜士昌：《明故光禄寺丞沈公伯英传》，转引自（明）沈璟著、徐朔方辑校《沈璟集》，上海古籍出版社1991年版，第908—909页。

记·伯夷叔齐列传》，即"贾子曰：'贪夫徇财，烈士徇名，夸者死权，众庶冯生'。《索隐》云："太史公言己亦是操行廉直而不用于代，卒陷非罪，与伯夷相类，故寄此而发论也。"① 可见在明人眼中，沈璟也是忠贞廉直的义士。而其《家传》中记载：

> 公孝友天植，事王父母、父母皆得欢心。晚事母卜太宜人，尤尽色养。事诸父、从祖及诸宗长，谦抑卑逊，不异为童子时。久而宗人化之，凌犯之风衰焉。至其为长，宁屈己居下，若示之标准而作其弟者。其丧葬王父母及奉直公，皆独任之，不以累诸弟。与闵宜人白首相庄，终身无颣颜诤语。斯皆人情所难也。②

根据上述材料，我们不难理解沈璟戏曲作品中为什么充满了对于君臣、父子、夫妇、兄弟、朋友之伦的尊奉之情。不仅郭仲翔忠孝侠义，其妻颜氏也符合封建妇女的德言工容的要求。第十三出《妇功》、第十七出《拒谗》、第二十三出《疗疾》等，着力塑造了颜氏的忠贞节烈。当颜父谎称郭仲翔战死逼她改嫁，她想为丈夫殉节，又恐婆婆无人照顾。在悲痛中表现出女性的刚强。她照顾病危的婆婆，仿效古人割股疗亲，可谓贞孝绝代。李贽云："自古忠臣孝子，义夫节妇，同一侠耳！"③ 所以，颜氏的贞烈也是侠义精神的体现，似乎不能简单以今人眼光批评为封建糟粕。而郭仲翔在戏曲中，更是体现了对母亲的孝道、对国家的忠心、对朋友的信义。他拒绝南诏高官厚禄的诱惑，宁可为奴也不降顺，"报主不负平生"（第十四出《士节》）。沈璟在第十八出《混迹》与第三十六出《恩荣》中，通过曲词道出了移孝以为忠的侠义精神。其云：

> 忍死含羞，捐生犹豫，只为君亲未报，况无兄弟可依。我在则衰慈聊慰余年，我死则寡妻岂能就养。因此不辞戮辱，曲尽纲常，将移孝以为忠，故往役不往见。

---

① （汉）司马迁：《史记》卷六十一，中华书局1959年版，第2127页。
② （明）沈璟著，徐朔方辑校：《沈璟集》，上海古籍出版社1991年版，第907页。
③ 吴毓华编：《中国古代戏曲序跋集》，中国戏曲出版社1990年版，第68页。

【仙吕过曲·解三酲】做傭奴岂吾所愿，屈沉杀满腹烦冤。想那自髡钳的季布甘卑贱，又有个高渐离击筑迍邅。今日我夷方独掩牛衣泣，又只恐丰剑空将龙气悬。愁难展，怎学得傭春庑下，举案亲前。（第十八出）

承天宠，彼此移孝为忠，义深情重。（第三十六出）

也就是说，郭仲翔以季布、高渐离这些忍辱负重的侠义英雄自励，忍死含羞，是为了挣扎着活下来，将来报答君亲，赡养母亲，善待妻子，尽臣子、儿子、丈夫的责任。"曲尽纲常，将移孝以为忠"正是沈璟创作的豪侠鲜明的特点之一。沈璟将《孝经》中孝道的观念融于传奇的创作之中，使人物身上体现了"夫孝始于事亲，中于事君，终于立身"①的孝道思想。作品中屡次提到"移孝以为忠"，这正是《孝经》中阐发行孝道与立身扬名关系的重要理论。《孝经·广扬名章第十四》记载：

子曰："君子之事亲孝，故忠可移于君；事兄悌，故顺可移于长；居家理，故治可移于官。是以行成于内，而名立于后世矣。"②

这正是儒家所强调的能孝亲者必能忠于君，立身扬名是实现孝道的最终目标。郭仲翔已经成为遵循儒家道德伦理，忠孝节义的英雄。

（3）体现在作品中的江湖文化与民间文化

在沈璟作品中体现了江湖文化与民间文化，这是值得注意的现象，也有助于理解沈璟作品中的侠义精神。有理由推断沈璟在《埋剑记》创作过程中，受到了英雄传奇小说《水浒传》及相关神怪小说的影响。第十八出《混迹》中，郭仲翔称吴保安"吐胆倾心真剑侠"，并在【太师引】曲中称"昔日有个白猿公精于剑术。便做道他要点化我呵，我为学剑吃人凌践，枉自说刚肠百炼"。第二十一出《濒危》中，从酋望家中逃出来

---

① （唐）李隆基注，（宋）邢昺疏：《孝经注疏》，《十三经注疏》本，北京大学出版社2000年版，第5页。

② （唐）李隆基注，（宋）邢昺疏：《孝经注疏》，《十三经注疏》本，北京大学出版社2000年版，第55页。

的郭仲翔在客店被店主用蒙汗药麻翻，准备用其祭祀蛟神，幸亏仆人郭顺仗义营救，才免得一死。此情节不能不让人想到《水浒传》中的类似情节。结合沈璟《义侠记》中对于武松的塑造，其熟稔《水浒传》可知，所以其用此情节来表现郭仲翔所经历的诸多磨难。第二十四出《慢藏》中，吴保安带着绢布去营救郭仲翔，却在平蛮寨被人欺骗，损失了一箱绢布。作者用离合体曲文暗示人物的身份，颇有用意。两个骗子，一个叫作诓马扁，一个叫作脱水骨。事后吴保安醒悟，称"那诓马扁，马扁是个骗字。脱水骨，水骨是个滑字。诓骗脱滑，分明是两个鬼名，却被他哄过了"。

而在第二十六出《除孽》中，吴保安在蛟神庙住宿，黑蛟精作怪侵扰，经过恶战吴保安用郭仲翔所赠龙泉宝剑杀死蛟精为民除害。曲文云：

【浆水令】想当初周侯斩蛟，许旌阳亦曾著劳。我今除却此神妖，非吾胆勇，独擅雄豪。这是龙泉剑，能辟妖。飞卿福庇应不小。不争我，不争我将他配着。郭君处，郭君处倘遇木客山魈。

此出戏说明了民间祭祀神明的情况，也增加了戏曲中斩妖降魔的故事情节。可见沈璟用以表现朋友情深的豪侠戏曲中也存在着神怪的内容。

（二）抗颜直谏的节侠与忠奸对立斗争

1. 《裴伷先》蕴含的侠义精神

《裴伷先》[①] 见于《太平广记》卷一四七《定数》引，出自牛肃《纪闻》。《古今说海》《旧小说》中均收录，题为《裴伷先别传》。《新唐书·裴炎传》附有裴伷先事，就其情节而言，与小说大致相同，而以史传纪实特征代替了小说的文采。《裴伷先》蕴含着哪些值得注意的侠义精神呢？

（1）抗颜直谏、重义轻死的侠义精神

作为臣子能够坚持道义，直言敢谏，亦可视之为侠义之事。如唐德宗

[①] 李时人编校，何满子审定：《全唐五代小说》，陕西人民出版社1998年版，第224—226页。

时，谏议大夫阳城就因伏阁上疏，与拾遗王仲舒共论裴延龄为奸佞不应为宰相，而为人所称赏。《旧唐书》卷一九二、《新唐书》卷一九四有其传，《太平广记》卷一六七《气义》引其侠义事。裴伷先所面对的政治环境更为险恶，其能免于一死实属奇迹，所以，《太平广记》将小说归入《定数》而非《豪侠》。裴伷先无疑是维护李唐的忠臣义士。在武周革命的激烈斗争中，面对无情的杀戮，他没有因为伯父裴炎被杀而畏惧退缩，却以远迁庶民的身份封事请见，要"面陈得失"。葛兆光说：

> 八世纪初的唐王朝，其实刚刚经历了一次思想与秩序的双重危机。武则天取代李氏天子，以大周换了大唐，不可思议地以女子之身当了皇帝，"牝鸡之晨，惟家之索"，不仅传统的"妇人不得预外政"已经失效，就连"天尊地卑，乾坤定矣，卑高以陈，贵贱位矣"的宇宙论依据，似乎也受到严峻的挑战……①

裴伷先在朝堂之上，面对盛怒的武后，其言论正是世族旧勋对武周政权合理性的质疑，体现了对于旧有思想与秩序的维护。他毫无避讳，指出武后是"先帝皇后，李家新妇"，应该遵守妇道，保李唐宗社。但武后杀戮忠臣，"封崇私室，立诸武为王，诛斥李宗，自称皇帝"，必然导致"海内愤惋，苍生失望"。他提醒武后不要重导历史覆辙，提出"产、禄之诫，可不惧哉"。在严酷的政治环境下，裴伷先对武后的质疑体现了唐代世族的铮铮铁骨，以及不畏强权、坚守道义的豪侠精神。《新唐书·则天武皇后》中记载：

> 太后曰："朕辅先帝逾三十年，忧劳天下。爵位富贵，朕所与也；天下安佚，朕所养也。先帝弃群臣，以社稷为托，朕不爱身，而知爱人。今为戎首者皆将相，何见负之遽？且受遗老臣伉扈难制有若裴炎乎？世将种能合亡命若徐敬业乎？宿将善战若程务挺乎？彼皆人豪，不利于朕，朕能戮之。公等才有过彼，蚤为之。不然，谨以事

---

① 葛兆光：《中国思想史》第二卷（七世纪至十九世纪中国的知识、思想与信仰），复旦大学出版社2001年版，第9页。

朕，无诒天下笑。"群臣顿首，不敢仰视，曰："惟陛下命。"①

此则记载中群臣唯命是从，屈于威慑，而裴伷先置生死于度外，其对李唐的赤胆忠心更显鲜明，侠义之气充溢，体现了士之节操。西汉刘向《说苑·臣术》中认为"人臣之行有六正六邪"，如以之评价裴伷先，其应属"敢犯主之严颜，面言主之过失，不辞其诛，身死国安，不悔所行"的直臣。② 其也符合《说苑·立节》对于士节的总结，即"士君子之有勇而果于行者，不以立节行谊而以妄死非名，岂不痛哉！士有杀身以成仁，触害以立义，倚于节理而不议死地，故能身死名流于来世。非有勇断，孰能行之"③。唐人李德裕《豪侠论》云："夫侠者，盖非常人也。虽以然诺许人，必以节气为本。义非侠不立，侠非义不成……士之任气而不知义，皆可谓之盗矣。然士无气义者，为臣必不能死难，求道必不能出世。"④ 由此可见，裴伷先身上体现了儒家的伦理道德，他重义轻死，是一位"义气相兼"的侠者。

（2）疏财结客、患难共赴的侠义精神

仗义疏财，养客蓄士也是裴伷先的豪侠特征。其受杖责几死，贬至攘州，娶流人女卢氏，生男愿。后来卢氏死，其携子潜归家乡，一年后事情暴露，又被杖责一百，迁徙至北庭。这一次裴伷先货殖五年，获得资财数千万，并利用裴炎侄儿的身份与享禄二千石的高官交往。他受到降胡可汗的礼遇，娶其女，获得了很多黄金、马牛羊。他门下食客数千人，并建立了北庭至东都的关系网络，对于朝廷的动态能够短时间内探知。裴伷先疏财结客正是侠的特征之一。牟发松说：

今读《史记》、《汉书》游侠传，无论"有土卿相"之侠，还是闾里布衣之侠，乃至暴豪之侠，无不养刺客、藏亡命，即《韩非子·八奸篇》所谓"聚带剑之客，养必死之士"。而见养的剑客、死

---

① （宋）欧阳修、（宋）宋祁：《新唐书》卷七十六，中华书局1975年版，第3479页。
② （汉）刘向撰，向宗鲁校证：《说苑校证》，中华书局1987年版，第35页。
③ （汉）刘向撰，向宗鲁校证：《说苑校证》，中华书局1987年版，第77页。
④ （清）董诰等编：《全唐文》卷七〇九，中华书局1983年版，第7277页。

士如专诸、豫让、聂政、荆轲之辈，《史记》乃延收入《刺客列传》之中。①

无论是卿相之侠，还是布衣之侠，结交英雄豪杰、蓄士养客的特征都是突出的，即使发展到明清时代《水浒传》等英雄传奇小说中也有相应的表现。裴伷先既结交公卿，又网罗游侠之属，并且联系诸蕃，达到了一定规模。"朝廷动静，数日伷先必知之"，裴伷先在积聚力量，掌握着朝廷的动向。补阙李秦授建言武后诛杀流人，认为流人"如一旦同心，招集为逆"，必然危及社稷安全。诛杀流人事有史书为证，除《新唐书·裴炎传》所附裴伷先事迹中有记载，《新唐书·则天皇后传》也有相应记载：

> 有上封事言岭南流人谋反者，太后遣摄右台监察御史万国俊就按，得实即论决。国俊至广州，尽召流人，矫诏赐自尽，皆号哭不服，国俊驱之水曲，使不得逃，一日戮三百余人。乃诬奏流人怨望，请悉除之。于是太后遣右卫翊府兵曹参军刘光业、司刑评事王德寿、苑南面监丞鲍思恭、尚辇直长王大贞、右武卫兵曹参军屈贞筠，皆摄监察御史，分往剑南、黔中、安南等六道讯鞫，而擢国俊左台侍御史。光业等亦希功于上，惟恐杀人之少。光业杀九百人，德寿杀七百人，其余亦不减五百人。太后久乃知其冤，诏六道使所杀者还其家。国俊等亦相踵而死，皆见有物为厉云。②

值得注意的是，裴伷先事先获得准确消息，在逃亡的过程中，他以武力对抗追兵。"马牛橐驼八十头，尽金帛"，可见其财富之丰；铁骑果毅都尉二人，跟随的三百多人都全副武装，勇武过人者超过半数，可见其门下招致的侠客之众。北庭都护派出八百铁骑追杀，其妻父可汗派出五百铁骑迎战。在遭遇战中，其麾下殊死战斗，二将皆战死，而朝廷也付出了丧失八百骑的惨重代价。通过小说情节可知裴伷先确实是一位继承战国两汉

---

① 牟发松：《汉唐历史变迁中的社会与国家》，上海人民出版社2011年版，第191页。
② （宋）欧阳修、（宋）宋祁：《新唐书》卷七十六，中华书局1975年版，第3482页。

以来侠风的豪侠，其门下三百余人与之共患难，赴危厄而不惜生命的情节在唐代小说中是不多见的，从一个侧面也反映了武周革命的时代背景下，李唐世族勋臣与武周势力的残酷斗争。小说中对武则天的态度是显而易见的，她"诛斥李氏及诸大臣"，滥杀无辜，甚至不择手段，牺牲属下为自己开脱，这在一定程度上体现了牛肃所生活时代对武则天的认识与态度。小说中李秦授杀流人绝后患的建议虽然残忍狠毒，但却并不是针对裴伷先个人的举措，这些细节在后世的戏曲创作中为突出主要矛盾而发生了改变。

2. 《节侠记》对《裴伷先》侠义精神的继承与发展

《曲海总目提要》卷十四《节侠记》指出此戏系"明初旧本，演裴伷先事（力抗武后为节，豪结诸蕃为侠，合以标名）"①。现存明末汲古阁原刻初印本、汲古阁刻《六十种曲》所收本、明崇祯间刻本等。许三阶创作，许自昌改订。《节侠记》对《裴伷先》进行改编，突出表现了如下侠义精神。

（1）维护纲常、忠贞节义的侠义精神

《节侠记》将裴伷先置于尖锐的忠奸对立的矛盾冲突之中，突出其忠贞节义。南宋耐得翁《都城纪胜》与吴自牧《梦粱录》中都谈到影戏，曰："公忠者雕以正貌，奸邪者刻以丑形，盖亦寓褒贬于其间耳。"② 明清小说亦然，如《三国演义》《水浒传》均有在忠奸对立中表现人物的特点。在戏曲中褒忠惩恶，以期实现教化之功能也是常态。朱有燉《关云长义勇辞金引》云："人之有生，惟有忠孝者为始终之大节。忠孝之道，必以诚而立焉。予观自古高名大节之人，诚乎忠孝，载之简册，流芳于永世，历历可数耳。"③ 裴伷先在戏曲中体现了忠贞节义之大节。以裴伷先为代表维护李唐的忠贞节侠与以李秦授为代表的逸佞奸邪进行残酷的政治斗争。裴伷先与李秦授的矛盾冲突，取代了小说中裴伷先与武后的矛盾冲

---

① 俞为民、孙蓉蓉编：《历代曲话汇编——新编中国古典戏曲论著集成》（清代编）第二集，黄山书社2009年版，第549页。

② 俞为民、孙蓉蓉编：《历代曲话汇编——新编中国古典戏曲论著集成》（唐宋元编），黄山书社2006年版，第129页。

③ 俞为民、孙蓉蓉编：《历代曲话汇编——新编中国古典戏曲论著集成》（唐宋元编），黄山书社2006年版，第202页。

突。戏曲中，李秦授阿谀武承嗣，陷害裴炎，杖责裴伷先，欲借诛除流人之机杀死裴伷先等。淳斋主人《题节侠记》云："然此传奇之妙，不在于伷先之能谏，而在于老媪之不杀；不在于刘生之死义，而在于闺华之怜才。至若承嗣、秦授之怙宠趋炎、倾斜侧媚，描写逼真，如灯取影，可谓化工。"① 许自昌改订本中总评曰："无一处疏漏，无一处懈缓，次第之妙，落笔之神，学富五车，才超千古，曲词练而机，流白意深而语简，《鸣凤》不独擅美于前矣。"总评高度评价《节侠记》所达到的艺术水平，同时将之与最早将现实政治斗争引入戏曲的《鸣凤记》并称，足见此剧的政治斗争描写是突出的。裴伷先一出场就有侠者风范，其曰："自小豪雄意气扬，翩翩结客少年场。千金不惜酬知己，一剑还堪倚太行。"他"伉侠好交，多才负气"，有着鲜明的政治立场。他对裴炎说：

> 以侄儿论来，太后昵狎邪佞，残害忠良，杀子屠儿，弑君酖母，犹复包藏祸心，窥窃神器，神人之所共嫉，天地之所不容。李敬业公侯冢子，骆宾王词赋名流，共起义旗，匡复唐室，州郡响应，朝野震惊。正当趁此时节，迟延不讨，留住大兵。看有机会，劫迁太后于内殿，奉迎大驾于房州，则人心自服，天下自安，维扬之师，可传檄而定矣。（第二出《忧国》）

在裴炎遇害后，裴伷先"丹心一点奏明光，拼死忠贞无两"（第六出《直谏》），上封事请见武后。小说中裴伷先直谏武后的慷慨陈词被采入《节侠记》中，使裴伷先这一人物形象与小说中人物形象具有一致性。他"非为一家阿党，只为万古纲常"，"忠心耿耿，九死以不移"（第七出《勘责》回评）。戏曲中强调了有着共同政治倾向的反对武周力量的凝聚。第九出《送别》中，"情洽金兰，义轻生死"的数百名各阶层人士不惧淫威为裴伷先送别，在李多祚的劝阻下才散去。平章事魏玄同、琅邪王、河南巡抚狄仁杰等送驴车一辆，还有黄金、彩缎作为盘缠。岭南刺史派官吏迎接裴伷先的到来。第十四出《订访》、第十五出《侠晤》中，骆宾王（改号无名）、凤阁舍人张说、江陵布衣俞文俊、铁骑将军刘生等反对武

---

① 《节侠记》，《古本戏曲丛刊初集》本。

周的侠义之士汇聚一堂，与裴伷先相交。正如剧中所云："裴太仆忠肝侠骨，虚左迎宾，正是我辈中人。"裴伷先经历了九死一生，最后在戏曲第三十二出《圆全》中作者对其评价可谓定论："忠贞节侠殊堪羡，任摧残赤胆常悬。总浮沉壮心自坚，今日里夷夏共瞻。"

（2）周旋危险、高谊如天的侠义精神

小说中为了保护裴伷先逃入胡地而战死的"铁骑果毅都尉二人"，在戏曲中被许三阶充分地演绎，落实为果毅都尉李多祚、铁骑将军刘生。果毅都尉李多祚在《新唐书》卷一一〇中有传。李多祚系靺鞨人，骁勇善战，累迁右鹰扬大将军、右羽林大将军。后与张柬之等诛张易之、张昌宗，协助中宗复位，被封为辽阳郡王。许三阶依据史实，在戏曲中将李多祚塑造成为勇略过人，数次帮助裴伷先化险为夷的侠义英雄。在戏曲中他成为裴伷先的宾客之一，在第二出《忧国》中，裴伷先向叔父裴炎推荐说："侄儿宾客中有一个果毅都尉李多祚，忠诚许国，勇略过人。若委将兵，定不辱命。"他称赞李多祚"酬恩龙剑堪临难，匡时豹略能观变"。第九出《送别》中，李多祚便服为裴伷先送行，卓有识见，他对准备送行的人们说："如今诸兄上数百人在此，倘若奸人知道，又好说聚众谋反了。诸兄倒不如请回，下官少间见裴兄时，道达盛意便了。"为了保存实力，避免奸贼的进一步迫害，他认为众人不必一起前去送行。第十八出《再贬》中，裴伷先与妻子卢郁金从岭南私自逃归，被李秦授与武承嗣发现，他们将卢氏母女重新发配岭南，将裴伷先发配到塞外，并设毒计买通押解人员欲在途中将裴伷先杀害。李多祚厚赏押解人员，粉碎了李秦授的诡计，使得卢氏母女、裴伷先一路平安。正所谓"生死交情方知结客功"。二十六出《密报》中，在李秦授因谗奏杀流人，意在斩草除根杀害裴伷先的危急时刻，是李多祚派遣勇士事先通知裴伷先早作准备。第二十九出《泰回》、第三十出《诛佞》中，戏曲采用了史书中的记载，张柬之与李多祚帮助中宗复位。李多祚举荐裴伷先，说其"才兼文武，名震华夷"，建议中宗擢用裴伷先。在李秦授监斩裴伷先的紧急关头，李多祚带着中宗谕旨将其救下。当裴伷先说"小弟得保微命，复叨显官，皆出兄恩，何以为报"时，李多祚回答"这是为国，非弟私情，何以言报"。可见在戏曲中，李多祚一次又一次地营救裴伷先，作者表现的并不是李多祚与裴伷先之间的私义，而是为国铲除奸佞的大义，这已经超出了小说中豪侠之间的个人恩仇。

（3）冀知报恩、重诺轻生的侠义精神

铁骑将军刘生也是许三阶着力塑造的豪侠。在刘生身上体现了冀知报恩、重诺轻生的侠义精神。刘生并非凭空创造的豪侠，在南北朝、唐代的诗歌中刘生就一直作为任侠尚武的形象而被不断描写。《刘生》为齐梁横吹曲辞，《乐府诗集》卷二四题解云：

> 《乐府解题》曰："刘生不知何代人，齐梁已来为《刘生》辞者，皆称其任侠豪放，周游五陵三秦之地。或云抱剑专征为符节官，所未详也。"按《古今乐录》曰："梁鼓角横吹曲，有《东平刘生歌》，疑即此《刘生》也。"[①]

在《乐府诗集》中收录了《刘生》同名诗歌九首，作者分别为梁元帝、陈后主、张正见、柳庄、江晖、徐陵、江总、弘执泰、卢照邻。南北朝诗人的笔下刘生任侠豪放，重然诺，交游宴饮极其豪奢。如梁元帝《刘生》诗云："任侠有刘生，然诺重西京。扶风好惊坐，长安恒借名。榴花聊夜饮，竹叶解朝酲。结交李都尉，遨游佳丽城。"[②] 而唐代诗人多描写刘生酬报知己，征战从军的豪侠性格。初唐四杰中杨炯、卢照邻都创作过《刘生》诗。值得注意的是，《节侠记》中的刘生形象正是在隋唐诗人笔下的刘生基础上创作而成，体现了诗歌对戏曲创作的启发与影响。第十四出《订访》中，刘生出场云："英名振关右，雄气逸江东。游侠五陵内，去来三秦中。自家铁骑将军刘生是也，平生负气，浪游岭南。"对照可知这正是采用了隋朝弘执泰《刘生》诗的内容。其诗曰："英名振关右，雄气逸江东。游侠五陵内，去来三秦中。剑照七星影，马控千金骢。纵横方未息，因兹定武功。"[③] 第二十七出《遁荒》中，曲词云："卿家本六郡，生长入三秦。剑锋生赤电，马足起红尘。"则是采用了初唐杨炯《刘生》诗的内容，诗曰："卿家本六郡，年长入三秦。白璧酬知己，黄

[①] （宋）郭茂倩编：《乐府诗集》，中华书局1979年版，第359页。
[②] （宋）郭茂倩编：《乐府诗集》，中华书局1979年版，第359页。
[③] （宋）郭茂倩编：《乐府诗集》，中华书局1979年版，第361页。

金谢主人。剑锋生赤电,马足起红尘。日暮歌钟发,喧喧动四邻。"① 传奇中,刘生不肯屈从于武周,正如其所言"岂肯北面而事妇人,既不能借尚方之剑,以斩佞臣,只索拂衣归隐"(第十五出《侠晤》)。当他与张说等侠义之士与流放到岭南的裴伷先见面时,他被裴伷先的"远见旷度,翩翩豪举"所吸引,将之引为知己,认为自己的一腔热血终于有用处了。裴伷先后因私自归京而被贬至塞外,刘生却因为"交情难泯"而千里探视,并代卢氏为裴伷先送去了寒衣。他因对裴伷先义胆忠肝而遭遇迫害,无处控诉而怒气冲天。在裴伷先逃往胡地的过程中,刘生一路护卫,表现了对朋友的忠义。正如其曲词所云:"俺恨的世情交道义寒,俺恨的白首盟须臾变,俺恨的遇崎岖袖手观,俺恨的临祸难将人闪……"(第二十八出《追获》【北雁儿落带得胜令】)最后,他与追兵血战壮烈牺牲。许三阶在传奇中成功地塑造了李多祚与刘生形象,既为塑造裴伷先豪侠形象起到了烘托作用,也演绎了两个别具个性的英雄。

---

① 《全唐诗》(增订本)卷五〇,中华书局1999年版,第615页。

第 四 章

唐代小说与汤显祖戏曲作品之比较

明代万历年间，各种社会思潮风起云涌。在晚明浪漫传奇的洪流中，汤显祖以卓尔不凡的思想与艺术才情确立了其戏曲巨擘的地位。十分巧合的是，明代与清代戏曲艺术的巅峰之作居然都与唐代小说有着不解之缘。汤显祖的"临川四梦"、洪昇的《长生殿》无不从唐代小说中汲取营养，这足以说明唐代小说的深远影响与超越时代的艺术生命力。汤显祖对唐代小说非常熟悉。他为《虞初志》《续虞初志》等写序并加以点评。其"临川四梦"中，《紫钗记》《南柯记》《邯郸记》直接取材于蒋防《霍小玉传》、李公佐《南柯太守传》、沈既济《枕中记》，《牡丹亭》也汲取了唐代小说的情节构思与养分。这些早已是基本的文学常识，无须太多说明。汤显祖在《点校虞初志序》中曰："《虞初》一书，罗唐人传记百十家，中略引梁沈约十数则，以奇僻荒诞，若灭若没，可喜可愕之事，读之使人心开神释，骨飞眉舞。虽雄高不如《史》、《汉》，简澹不如《世说》，而婉缛流丽，洵小说家之珍珠船也。"[①] 他喜爱唐代小说的情节之奇，情感之充沛，文采之"婉缛流丽"。可以说他把握了唐代小说的精髓所在，这为他取材创作戏曲作品奠定了坚实的基础，使其能够取唐代小说故事之形，而不遗其神，甚至更胜一筹，推陈出新。大唐的开放与包容，思想的多元与自由，令汤显祖神往不已。他在《青莲阁记》中云："世有有情之天下，有有法之天下。唐人受陈隋风流，君臣游幸，率以才情自胜，则可

[①] 徐朔方笺校：《汤显祖全集》，北京古籍出版社1999年版，第1652页。

以共浴华清,从阶升,嬉广寒。令白也生今之世,滔荡零落,尚不能得一中县而治。彼诚遇有情之天下也。今天下大致灭才情而尊吏法,故季宣低眉而在此。假生白时,其才气凌厉一世,倒骑驴,就巾拭面,岂足道哉!"[1] 唐代是"有情之天下",而明代则是"有法之天下"。汤显祖明确指出了"灭才情而尊吏法"的时代,无视文人的才华,扼杀了他们的浪漫情怀与艺术创造力。基于此,笔者认为,汤显祖喜欢创作于"有情之天下"的唐代小说,并从中取材以创作反映其"至情"论的戏曲,为"有法之天下"增添一份真情。

一 《霍小玉传》与《紫钗记》之比较

蒋防《霍小玉传》描写了由于门第、科举等原因,李益与霍小玉的爱情悲剧。明代胡应麟评价说:"唐代小说记闺阁事,绰有情致,此篇尤为唐人最精彩动人之传奇,故传诵弗衰。"[2] 这篇小说在明清被改编为戏曲作品,汤显祖先后创作了《紫箫记》《紫钗记》,还有蔡应龙《紫玉记》、潘诏《乌栏誓》等。

(一) 明人对《霍小玉传》的评价

《霍小玉传》作为唐人传奇的经典佳作,明代文人对其的评价是值得关注的。通过这些评价既可以了解明代文人对《霍小玉传》的理解与接受情况,也可更好地分析汤显祖对《霍小玉传》的取材与改编,究竟有哪些值得称道之处。《虞初志》收录了袁宏道、屠隆、汤显祖、钟瑞先等对于《霍小玉传》所作的点评。[3] 归结起来体现在以下几个方面。

1. 肯定小玉之情深义重

明代文人主要针对《霍小玉传》的情节内容随机生发,进行体悟式的点评。他们均被小玉的深情所打动,肯定小玉用情的专一,对李益刻骨

---

[1] 徐朔方笺校:《汤显祖全集》,北京古籍出版社1999年版,第1174页。
[2] 汪辟疆校录:《唐人小说》,上海古籍出版社1978年版,第82页。
[3] (明)袁宏道参评,(明)屠隆点阅:《虞初志》,中国书店1986年版,第8—16页。

铭心的挚爱。综合起来明代文士既喜爱小玉之明艳美丽，肯定其对李益之痴情，同时又嗟叹其悲剧命运。钟瑞先考证史传以证明小玉的身世，其曰："玉既为霍王女，虽不甚收录，分资遗居，自非烟花中人物也，传何得以娼字目之？"此论从唐代小说文本出发，认为小玉是霍王的女儿，虽然其因为庶出而离开王府，但仍是郡主的身份，不能以烟花女子视之。汤显祖在《紫箫记》与《紫钗记》中均赋予小玉霍王小女的身份，而删除了涉及小玉娼妓身份的描写，可见其对于小玉身份的认识。《紫箫记》第九出《托媒》中李益对鲍四娘说出择偶的标准，第一个条件就是"贵种"，可见汤显祖笔下的霍小玉绝非娼妓，而是贵胄名门之女。又如《紫钗记》第二出《春日言怀》中李益自言"年过弱冠。未有妻房。不遇佳人，何名才子"，而没有采用《霍小玉传》中"思得佳偶，博求名妓"的记载。小说中小玉与李益床笫欢爱之后，小玉自言"妾本倡家，自知非匹"云云，汤显祖则在第十六出《花院盟香》中将其改为李益参加开场选士之时，其云"妾本轻微，自知非匹"云云。所以，明代文人似乎更愿意承认小玉为没落的郡主，不愿意将其视为假托高门以抬高身价的风尘女子。而袁宏道则似乎有一种矛盾的心态，其在小玉与李益初会之时，评曰："烟花聚合自少一种珍重、庄严之趣，惟其合之易，所以离之亦易。"但其又评曰："致泣前鱼，虽青楼常态，小玉固是情种，断非是流。"也就是说，《霍小玉传》中李益与小玉之缠绵描写已经显露出烟花女子与风流才子的遇合特征，袁宏道认为此时已经预示着小玉未来的命运。虽然"其合之易，所以离之亦易"，但小玉却是情痴情种，而非色衰爱弛遭到遗弃的青楼女子。汤显祖评小玉临终之言曰："恍惚一见，凄然数语，使人销魂极矣。"在《紫钗记题词》中评价"霍小玉能作有情痴"。在冯梦龙《情史类略》中将《李益》划入"情报类"。其引长卿（可能为屠隆，隆字长卿）的评语将霍小玉与李娃进行了比较，"悲小玉之为人"，认为："玉之以怜才死，以钟情死，以结恨死，而犹不忘李郎也。三娶之后，小玉在焉。其恨之极，妒之极，正其爱之极也！"肯定小玉之深情，"而益恨李十郎之无情矣"。[①] 所以，通过汤显祖、屠隆、袁宏道的零散评语，可以判断明代文人着力于把握小玉的情痴、情种的特征，屠隆的评语对小

---

① （明）冯梦龙：《情史类略》，岳麓书社1984年版，第492页。

玉的痴情体会尤深。小玉择偶以才华和格调相称为标准，其对李益由爱之深到恨之切，在爱恨之中体现了小玉的至情。袁宏道分析说："岂特忍人，还是俗汉！想李郎当日亦偶擅才名，霍故错认为风流婿耳。青眼负心，白头致恨，风流安在哉！"小玉没有看清李益"忍人""俗汉"的面目，错认其是风流佳婿，结果给自己带来了无尽的痛苦。明代文人对于小玉的评价与唐代小说《霍小玉传》文本内部的情感取向一致。小说中玉工侯景先、延光公主对小玉"贵人男女，失机落节"的悲惨遭遇悲叹伤感。崔明允每有李益音信"必诚告于玉"，夏韦卿批评李益"伤哉郑卿，衔冤空室！足下终能弃置，实是忍人。丈夫之心，不宜如此"。小说更写道："风流之士，共感玉之多情；豪侠之伦，皆怒生之薄行。"所以，就小说文本而言，诸色人物无不同情小玉，感慨小玉的遭际。

2. 否定李益的薄幸行为

在诸人之评点中，情感的天平无一例外倾斜于小玉，而对李益的评价极低。虽然屠隆感慨李益"风流如许，殊不似薄幸亏心"，但诸人均对李益持否定的态度。如袁宏道针对李益遵母命娶卢氏女的情节，评价曰："为李郎计，禀白其母，延置侧室，定亦小玉所甘欲，断其望真薄幸郎矣。"明代文人反感李益背弃盟约之行为。汤显祖也评曰："风流薄幸古称马乡，较十郎薄乎云尔矣。""第如李生者，何足道哉！"可以看到，李益被明代文人赋予了"无情""薄行""薄幸亏心"的标签，视为负心的形象。明代文人中唯独屠隆似乎体会到了小说中李益形象的丰富性，认为其在小说中风流多情的形象特征不能简单地以"薄幸亏心"来涵盖。但屠隆只是说出了其阅读的体会，而无意于深究李益这一形象的内涵。到清代更有极端如尤侗者，对于李益欲杀之而后快。在尤侗《钧天乐》传奇中，玉帝通过天庭另行组织考试，取下第的真才硕学之士沈白和杨云为状元、榜眼。传奇中玉帝让沈白巡视地府，判了四宗"埋香冤狱"，为霍小玉报仇，认为黄衫客应手刃负心寡义的李益，以了却这一桩负心公案。袁宏道批评李益是"忍人""俗汉"，他甚至为李益提出了解决的办法。试想如果真如袁宏道所说，李益禀告其母，纳小玉为侧室，《霍小玉传》就不会成为不朽的唐代传奇。当浪漫的爱情理想遭遇现实的客观压力时，青年男女不得不面对冰冷残酷的现实。如前所说，小说文本中舆论一边倒地倾向于霍小玉，但这只是小说世界的理想而已。因为，即使是这些报以深切同情的人们如果被置于李益的角色，他们同样难以承受礼教、门第、父母之命等重重压力，悲剧依然会重演。当然，性格的差异使他们在对抗压力的过程中采取的对策会有所不同。在小说中小玉有着对于未来的隐忧，表现出其对两人情感发展的预见性。两人初次见面欢会之后，她"但虑一旦色衰，恩移情替，使女萝无托，秋扇见捐"。当李益以书判拔萃登科，授郑县主簿赴任之际，小玉断言"况堂有严亲，室无冢妇，君之此去，必就佳姻。盟约之言，徒虚语耳"，进而提出八年"短愿"后，剪发披缁的想法。尽管李益信誓旦旦，可是当其面对家庭与社会的压力时，他表现得软弱无力，屈从于母亲，准备迎娶甲族卢氏之女，致使"衍期负约"。袁宏道认为："时阻事隔亦情之常，不令人通，惭耻忍割，则负心之极矣。"面对压力软弱无力，采取回避行为，不但不能解决问题，反而暴露出李益书生无用，软弱偏执的性格缺陷。这种性格与其猜忌暴虐的性格有着内在的一致性，不能只是简单地看作小玉死后的报复行为所导致。所以，人们能够理解"时阻事隔"的衍期行为，但是有意隔绝消息的"惭耻忍割"行为却不会被人们所认同。当然如果从理解李益的角度出发，他与没落为娼妓的小玉可以在自我构建的浪漫爱情中得到短暂的快乐，却无法在现实的社会体系中找到有力的支持。他屈从于家族的利益后，如何面对小玉都不得不承担负约背盟的心理压力。在见与不见的抉择中，也许选择不见，让时间消磨那段刻骨铭心的爱情是最好的选择。但时间却没有让小玉遗忘李益，反而证明了小玉的至情，这又使得李益陷入更深的愧疚之中，使传奇向悲剧的方向演进。

3. 肯定了黄衫客的侠义，对卢氏寄予同情

对于黄衫客的侠义行为，明代文人给予了充分肯定。黄衫客急人之困，豪侠仗义，促成美好姻缘，成为唐代小说中"义合良缘"的豪侠类型。这一类豪侠还有许俊、古押衙和昆仑奴等，因在前章已经详细论述，于此从略。在明人的评点中，人们对卢氏寄予了极大的同情。如袁宏道指出："冤哉卢氏，何迁怒至此！而李郎竟无恙，岂爱缘犹未尽耶？"小说作者结合史实将李益猜忌妻室及施行家庭暴力归咎于霍小玉的报复，这体现了作者的思想局限，有损于霍小玉这一形象。报复不针对薄幸负约的李益，却针对无辜的同样在婚姻制度下不能主宰自己命运的卢氏，这无疑是小说的败笔。但这种描写并不是一无是处，也有其价值所在。如屠隆在这

一情节中看到了小玉"其恨之极,妒之极,正其爱之极也"。同时指出:"卢氏姿态不知于玉若何,一以负心冤死,一以庭讼遣归,李郎尚得有人道否?"把造成小玉、卢氏的悲剧根源归结于李益缺少人道的行为。宇文所安有十分精辟的总结,他说:"浪漫传奇想象性地构建了一个经过取舍的小世界,它既存在于一个社会主导性的世界之中,又因为情人相互间的专注投入而与此社会主导性世界相分隔。在社会中构建这样一个自主的领域,会导致矛盾与冲突,而浪漫传奇叙事则进一步探索这一矛盾与冲突。"① 按照这一思路,李益与霍小玉因为浪漫的爱情而构造了与主导性世界矛盾的自主领域,在矛盾与冲突中,李益选择了退缩,而小玉选择了坚守。无论退缩与坚守,二者都成为主导性世界的牺牲品。当李益回归主导性世界,迎娶了令人羡慕的高门大姓女,他并没有得到美满幸福的婚姻。这种包办婚姻扼杀了李益的浪漫多情,同样也牺牲了卢氏选择幸福姻缘的权利。猜忌多疑的李益对卢氏的暴虐行径,使他具有了受害者与施虐者的双重身份,而无辜的卢氏则完全是受害者。因此,小说展示了自主浪漫爱情破灭的悲剧,也展示了所谓门当户对的婚姻给青年男女带来的戕害。也许从这一点来说,小说中的败笔也有其深刻的认识价值。

(二)《紫箫记》对《霍小玉传》的改编

了解了明代文人对《霍小玉传》的评价,也有必要对《紫箫记》进行考察。《紫箫记》是汤显祖的早期作品,该剧已经将李益这一人物形象进行了改变,使之成为有情有义的人物形象。明确了霍小玉霍王府郡主的身份,将爱情的悲剧改变为生旦团圆的喜剧结局。在戏曲中,有几处体现汤显祖对《霍小玉传》看法的内证,鲜有人关注,于此特别一提。

其一,对李益身份的确认与辨析。第七出《游仙》中,霍王听郑六娘唱词曲,询问是何人所作时,剧文如下:

> (六娘)传是陇西人李益秀才所作。(霍王)闻说朝中有个李益,他平生甚是妒嫉,那得如此!(宫臣跪介)有两个李益:老李益现今

---

① [美]宇文所安:《中国"中世纪"的终结:中唐文学文化论集》,生活·读书·新知三联书店 2006 年版,第 106 页。

在朝官职，少李益才举博学宏词。有妒嫉的是老李益。

这段剧文很明显是汤显祖有意安排，指出了作品中男主角是痴情而富有才华的少李益，而不是好妒嫉的老李益。但李益形象的瑕疵也十分明显。如传奇中，汤显祖化用了唐代小说《独异志》中曹彰以妾易马事和《纂异志》中《韦鲍生妓》事，写了花卿与郭小侯以妾易马的故事情节。鲍四娘对花卿情深义重，却被用来交换马匹。而这样一次交易，却是李益出的主意。他建议说："花骠骑爱金埒之名马，郭小侯赏玉尘之妙音，倘肯相移，各成其美。"当我们看到鲍四娘"悲红颜薄命飞蓬"之时，李益的形象受到了损害。甚至在剧中，鲍四娘骂李益"冤家！为你来惹出这断肠事"（第四出《换马》）。李益择偶的标准有三件："一要贵种，二要殊色，三要知音。"他甚至公然说："俺是要享用的人。霍王去后，只怕府中清淡了，养活小生不得。"当他听樱桃介绍霍王府的奢华生活后，兴奋地说"俺便在此终身尽霍府享用了"。（第九出《托媒》）可见这一人物形象贪恋美色，更贪图奢华富贵的生活。

其二，有意解释了小玉与李益同姓婚配的问题。第十出《巧探》中，鲍四娘向郑六娘介绍李益的情况，两人的谈话着重澄清了同姓婚配的问题。剧文如下：

（六娘）那人姓甚？（四娘）便是前日做人日登高曲儿的相公，姓李，名益。（六娘）原来是他。霍王甚爱其词，极是佳选。只一件来，俺女儿虽从封邑，改赐姓霍，其实天家姓李，同姓有妨了。（四娘）赐姓霍，便是霍了。古时王侯同姓在官中的，后来转更蕃盛。

《紫钗记》第十出《回求仆马》中，李益与崔允明、韦夏卿商议借仆马一事，崔允明说："十郎，你不曾同姓为婚，怎生巫马期以告？要马我崔家尽有。"可见，汤显祖很在意霍小玉与李益同姓为婚的事情，所以在《紫箫记》与《紫钗记》中都提到了这一问题。

其三，着重强调了霍小玉是霍王的女儿，是待字闺中的郡主。戏曲通过鲍四娘说媒、樱桃冒名相亲、鲍四娘授房中事等，突出李益与霍小玉婚姻的纯洁性。《紫箫记》虽然依据《霍小玉传》创作，但故事情节差别较大,初步确立了李益的痴情形象,改小说的悲剧结局为七夕团圆。作者还通过作品本身辨析了存在两个李益、同姓禁婚及霍小玉的贞洁等问题。笔者认为这些细节颇见汤显祖早期创作的特点,体现出他对《霍小玉传》的一些看法,有助于深化我们对《紫钗记》的认识。

(三)《紫钗记》对《霍小玉传》的改编

汤显祖在《紫钗记题词》中介绍了《紫钗记》的创作情况。其云:

> 往余所游谢九紫、吴拾芝、曾粤祥诸君,度新词与戏,未成,而是非蜂起,讹言四方。诸君子有危心,略取所草具词梓之,明无所与于时也。记初名《紫箫》,实未成。亦不意其行如是。帅惟审云:"此案头之书,非台上之曲也。"姜耀先云:"不若遂成之。"南都多暇,更为删润,讫,名《紫钗》。中有紫钗也。霍小玉能作有情痴,黄衣客能作无名豪。余人微各有致。第如李生者,何足道哉!

根据题词可以了解,《紫箫记》创作尚未完成就谣言四起,有人认为作品有所影射。为了让谣言不攻自破,汤显祖将其付梓,以明并无影射之意。后在《紫箫记》基础上,修改、增饰完成了《紫钗记》。作品的亮点是突出了霍小玉之情痴,黄衫客之豪侠等。黄衫客作为"义合良缘"的豪侠,笔者在前面有关章节已经论述,于此不再赘述。该剧将"紫箫"易为小说中原有的"紫钗",并使紫钗成为关涉生旦离合发展的道具。同时,该剧为文人之曲,有案头化特征,不适于舞台搬演,故题词中有"此案头之书,非台上之曲也"的评价。

《霍小玉传》真实地反映了唐代的婚恋观念、门第观念。李益与霍小玉的爱情悲剧,虽然有李益性格的因素,但究其主要原因还是门第的悬殊,家族利益的驱使。霍小玉清醒地认识到她与李益感情所面对的阻力,但依然一往情深,增加了人物悲剧的色彩。中宵之夜,两情相悦之时,小玉却表达了顾虑与担忧。她说:"妾本倡家,自知非匹。今以色爱,托其仁贤。但虑一旦色衰,恩移情替,使女萝无托,秋扇见捐。极欢之际,不觉悲生。"此时小玉还仅仅是担心色衰爱弛。当李益授郑县主簿,离别之际,霍小玉则进一步表现出其洞悉未来的智者之忧。她明确指出:"以君才地名声，人多景慕，愿结婚媾，固亦众矣。况堂有严亲，室无冢妇，君之此去，必就佳姻，盟约之言，徒虚语耳。"横亘在霍小玉与李益面前的是不可逾越的士庶有别的婚姻观念、门第观念和来自封建家长的阻力。霍小玉洞悉一切，却无力改变。她许下的八年之期的短愿，最终也是无法实现的痴想而已。李益在母亲的安排下娶高门大姓卢氏女为妻，最终酿成他与霍小玉的爱情悲剧。

汤显祖改变了小说中的矛盾冲突，着重展现美好爱情与权臣奸佞的矛盾冲突。为此，汤显祖在人物形象和情节设置等方面做出调整。在保持唐传奇中小玉的痴情的同时，将小玉斥责李益负心，长恸号哭数声而绝，以及死后怨魂作祟报复的情节予以删除。改变了李益的薄幸，在《紫箫记》的基础上进一步改造李益这一人物形象，使其不仅痴情专一，还能立功边塞，富有才华。同小说类似，李益作为文人的软弱性还存在。主要表现在对卢太尉的步步紧逼，表现出的书生无用。黄衫客问他："怎生这般畏之如虎！"李益回答"三畏"，即卢太尉以上奏其诗有怨望之意，小玉的人身安全及朋友安全相威胁，使他畏首畏尾，计无所出。卢太尉这一矛盾冲突的制造者是新增加的人物。原本小说中在太夫人安排下娶卢氏女的情节，改编为卢太尉胁迫逼婚的情节。卢氏"一门贵盛，霸掌朝纲"，卢太尉想要在中式士子中选高才作为女婿。因为李益中状元后没有到卢府拜谒，他表章荐李益到玉门关外做参军。而后又召回李益做孟门参军，不许其回家。他让王哨儿到霍家，诈称李益入赘卢府。同时又用小玉因穷困鬻卖的紫钗，欺骗李益小玉已嫁他人。幸得黄衫客"义合良缘"，暗通宫掖，最终借助皇帝的力量，铲奸除佞，促成"剑合钗圆"。通过皇帝肯定了"伉俪之义"与"任侠之风"。剧中对李益"不婚权艳，甚晓夫纲"，对小玉"怜才誓死，有望夫石不死之心"，以及对黄衫客"有助纲常""无伤律令"的评价，可见该剧维护纲常教义，并非离经叛道的作品。其故事结局的设计也是明代传奇固有的套路。作品是汤显祖通过戏曲表达"至情"的初步尝试。他在戏曲中的开场与结局处都强调了"情"。如"人间何处说相思？我辈钟情似此"（第一出《本传开宗》）。又如"堪留恋，情世界业姻缘。尽人间诸眷属，看到两团圆"。汤显祖在剧中展现的不仅是郎才女貌，经历权臣重重阻碍，终成眷属的故事。其亮点用该剧《尾声》可以很好地说明，即"一般才子会诗篇，难遇的是知音宅眷，也只为豪士埋名万古传"。另外，关于戏曲的结局设计，明末孟称舜、卓人月的评价值得注意。汤显祖在戏曲史上地位，使我们看到的更多是对其的溢美之词和刻意拔高其作品的思想高度。而不同的意见，尽管声音微弱，却值得重视。卓人月在《新西厢序》中云："崔莺莺之事以悲终，霍小玉之事以死犹终。小说中如此者不可胜计，乃何以王实甫、汤若士之慧业而犹不能脱传奇之窠臼邪？余读其传而慨然动世外之想，读其剧而靡焉兴俗内之怀，其为风与否，可知也。"① 在大团圆的戏曲模式影响下，优秀的戏曲家汤显祖也不免流于俗套，卓人月的看法是符合实际的。但当时戏曲强调娱乐性，所以汤显祖不选择悲剧结局也在情理之中。

二 《南柯太守传》与《南柯记》之比较

李公佐《南柯太守传》是唐代梦幻题材小说中的佼佼者。该小说见于《太平广记》卷四七五引，注出于《异闻集·淳于棼》。唐代小说中梦幻题材小说的代表性作品还有沈既济《枕中记》、元稹《感梦记》、白行简《三梦记》、沈亚之《异梦录》《秦梦记》等。其中，以《南柯太守传》《枕中记》影响最大。清代王希廉《红楼梦总评》云："从来传奇小说，多托言于梦。如《西厢》之草桥惊梦，《水浒》之英雄恶梦，则一梦而止，全部俱归梦境。《还魂》之因梦而死，死而复生；《紫钗》仿佛相似，而情事迥别。《南柯》、《邯郸》，功名事业，俱在梦中：各有不同，各有妙处。"② 无论是唐代小说，还是后世的戏曲、小说，有关梦幻题材的书写从未间断。《南柯太守传》这样一篇唐传奇经典在汤显祖的《南柯记》中又将如何演绎？"南柯一梦"的异代解读又有怎样的异同？

（一）《南柯太守传》"事皆摭实"的梦幻叙事

《南柯太守传》的梦幻叙事与《枕中记》是有所区别的。虽然同为梦幻题材小说，在唐代却有不同的评价。李肇《国史补》评价沈既济撰《枕中记》为"庄生寓言之类"，肯定其良史之才，却将李公佐《南柯太

---

① 吴毓华编：《中国古代戏曲序跋集》，中国戏剧出版社1990年版，第298页。
② 朱一玄编：《红楼梦资料汇编》，南开大学出版社2001年版，第580页。

守传》归入"文之妖也"。① 这主要是因为李公佐笔下的大槐安国不仅是梦境中虚幻的王国,而且在现实中又是大槐树下的蚂蚁窟穴。亦真亦幻,恍惚迷离。并非单纯的梦境,而是人离魂入蚁国的妖异之境。其仍具有《卢汾》小说妖异的特征。《卢汾》选自《妖异记》,内容是卢汾与友宴饮于斋中,夜阑月出之后,听到厅前槐树穴中有"语笑之音,丝竹之韵",卢汾与友入穴,被一青衣女子引到审雨堂,与紫衣妇人及妖艳绝世女子数人欢宴。忽大风至,审雨堂遭毁,一场欢聚被惊散。卢汾与友惊醒,看到厅前风折之槐,蚁穴中死去的蝼蛄、蚯蚓,乃知梦中入蚁穴非虚。卢汾对友人说:"异哉!物皆有灵,况吾徒适与同宴,不知何缘而入。"② 从小说的构思及故事的框架等方面看,其直接影响了李公佐《南柯太守传》的创作。唐代小说中梦中被妖异所惑的作品都有类似构思。如张读《宣室志》中就记载了一则青蛙幻形惑人的故事。值得注意的是,这则故事也是通过梦幻的途径来实现的。石宪疲惫偃于大木下,"忽梦一僧,蜂目,被褐衲,其状甚异",邀请其游清暑之地,共浴玄阴池。一梦而醒,"见已卧于大木之下,衣尽湿而寒栗且甚"。后石宪竟寻梦中之境,发现确实有玄阴池,僧人乃是池中之蛙。宪曰:"此蛙能幻形以惑于人,岂非怪之尤者乎!"③ 可见,这类小说共同的特征是:通过梦幻途径而被妖异所惑,醒后又由当事人验证所梦非虚,"事皆摭实"。李肇称其为"文之妖",也许正缘于此。李公佐又借鉴《枕中记》,以蚁国之富贵荣华、宠辱升降书写人生若梦之旨,使小说独放异彩,与《枕中记》并驾齐驱,为此类小说之佳篇。

这篇小说融梦幻、妖异与离魂情节于一炉。值得注意的是,淳于棼梦中进入蚁国,沉醉致疾是原因之一。即便是今天,民间也有身患疾病的人精神恍惚,易遭邪祟的看法。所以,小说中与其同入蚁国的周弁、田子华,在现实中一位暴疾已逝,另一位重病在床。小说中通过淳于棼亡父书信中"岁在丁丑,当与女相见",以及大槐安国王遣送淳于棼时所说"后三年,当令迎卿",两次暗示淳于棼死期。小说中"后三年,岁在丁丑,

---

① 《唐五代笔记小说大观》,上海古籍出版社2000年版,第193页。
② (宋)李昉等编:《太平广记》第十册,中华书局1961年版,第3903页。
③ 《唐五代笔记小说大观》,上海古籍出版社2000年版,第988页。

亦终于家。时年四十七，将符宿契之限矣"，使约定之期得到验证，为小说增加了诡异的色彩。而小说中具有离魂特征之处，是紫衣使者送淳于棼返家，"入其门，升其阶，已身卧于堂东庑之下。生惊畏，不敢前近。二使因大呼生之姓名数声，生遂发寤如初"。这段描写更说明了淳于棼为蚁所感，具有离魂的特征，而不是纯粹的梦幻。这种描写与陈玄佑《离魂记》中"寝梦相感"的离魂描写是极其相似的。可以《宣室志》中董观与僧习灵的故事为参照，小说中习灵说："夫人之所以为人者，以其能运手足、善视听而已，此精魄扶之使然，非自尔也。精魄离身，故曰死。"①所以，淳于棼因酒致疾，魂游蚁国，似梦非梦，似妖非妖的描写，使小说颇有奇幻妖异色彩。

现实中的人间，梦幻中的蚁国，就如神怪小说中的人间与仙界一样，形成了时间与空间的对照。在小说中，人间、仙界、妖境可以并存，人可以到仙界，也可以到妖境。仙与妖也可以跨界互通。空间的距离可以打破，时间的绵长或短暂在不同空间却形成巨大的反差。"仙境方一日，世上已千间"，而人间片刻之间，梦境、妖境中却已是几十年光阴流转。在小说中，淳于棼被紫衣使者引入蚁国，又被紫衣使者送回人间。人在引导之下进入妖境，而蚁也可以幻化人形来到人间。淳于棼到蚁国后，一女子回忆上巳日在禅智寺观石延舞《婆罗门》及七月十六日在孝感寺听契玄法师讲《观音经》时曾与淳于棼相遇，其"情意恋恋，瞩盼不舍"之事。淳于棼曰："中心藏之，何日忘之。"这段插叙，正说明淳于棼与幻形入世的灵芝夫人、琼英、上真仙曾邂逅于人间，淳于棼颇有爱慕眷恋之情。蚁国与人间并存，妖境与人境互通而又不同。蚁国中几十载，不过是人间之片刻。时间的绵长与短暂形成巨大反差，足以让人反省自身，慨叹人生如梦。所以，淳于棼回归人间之后，他寻穴探源，既证实了所历一切皆为实境，又证明了蚁国"有大恐，都邑迁徙，宗庙崩坏。衅起他族，事在萧墙"谶言的应验。小说与以往同类小说相同之处在于"事皆摭实"的验证性。不同之处在于作品中人物的自我觉悟，"生感南柯之浮虚，悟人世之倏忽，遂栖心道门，绝弃酒色"，从而达到李肇所说"贵极禄位，权倾国都，达人视此，蚁聚何殊"的彻悟。李公佐编此小说既有"以资好

---

① 《唐五代笔记小说大观》，上海古籍出版社2000年版，第1018页。

事"的目的，更希望"窃位著生，冀将为戒。后之君子，幸以南柯为偶然，无以名位骄于天壤间云"。

梦幻世界中的婚恋与仕宦是现实的写真，幻中有真，以真寓幻。李公佐在小说中虽然表达了类似于《枕中记》的感慨，但却缺少一份超然，其希望小说发挥劝诫作用，足以证明其无法放弃现实人生，没有真正参透一切。所以，他表达的是对当权者的警示，而不是求仙访道的玄理。因此，梦中之境似幻实真，可以用李公佐"事皆摭实"的认识，看一看蚁国中的婚恋与仕宦之路。陈寅恪《读莺莺传》指出："盖唐代社会承南北朝之旧俗，通以二事评量人品之高下。此二事，一曰婚，一曰宦。凡婚而不娶名家女，举仕而不由清望官，俱为社会所不齿。"[①] 淳于棼是一位"嗜酒使气，不守细行。累巨产，养豪客"的游侠，小说中写的是游侠豪客的婚恋与仕宦梦。淳于棼在大槐安国的经历是其婚恋、仕宦盛衰的过程。淳于棼的婚礼不是娶名家女，而是娶大槐安国的金枝公主。小说极写了东华馆的富丽堂皇，升广殿上国王的威仪，婚礼筹备的奢华气象。自以为"贱劣之躯"的淳于棼成为大槐安国的驸马，其"荣曜日盛，出入车服，游宴宾御，次于王者"。小说中所写的华阳姑、青溪姑、上仙子、下仙子，遨游戏乐，风态妖艳，也是唐代社会男女交往情况的真实写照。陈寅恪指出："六朝人已侈谈仙女杜兰香萼绿华之世缘，流传至唐代，仙（女性）之一名，遂多用作妖艳妇人，或风流放诞之女道士之代称，亦竟有以之目倡伎者。"[②] 在小说前半部分，淳于棼由游侠豪客到王国驸马，实现了婚恋与仕宦这两件大事的双丰收。婚姻直接促成了淳于棼仕途一帆风顺。淳于棼坦言："我放荡不习政事。"却成为南柯郡太守，统治二十年之久。这使得淳于棼颇有依靠姻亲关系统治一方的藩镇特征。其治理南柯郡"风化广被，百姓歌谣"，似乎也是实现清明政治和一展雄才大略的济世理想。此时的淳于棼不再像入梦之初的"昏然忽忽，仿佛若梦""心甚迷惑""心意恍惚，甚不自安"，随着婚恋、仕宦达到巅峰，他已经完全沉迷于梦幻之中而不自知了。接着是物极必反，乐极哀来。檀萝国入侵，周弁兵败。周弁、金枝公主相继而亡。淳于棼罢郡归国，因其"威

---

① 陈寅恪：《元白诗笺证稿》，生活·读书·新知三联书店 2009 年版，第 116 页。
② 陈寅恪：《元白诗笺证稿》，生活·读书·新知三联书店 2009 年版，第 111 页。

福日盛，王意疑惮之"。加上"衅起他族"的谶语，淳于棼被遣返回人间。至此淳于棼由巅峰而陷入低谷。其由沉迷梦幻而渐次清醒。在宠辱升降的过程中，梦幻之境亦如人间。接送淳于棼的紫衣使者前卑而后倨的描写，迎接仪式之盛大与遣返人间之萧索，都是小说梦幻叙事的精彩之笔。这种对比也体现为现实与梦幻的巨大反差。鲁迅高度评价《南柯太守传》说："其立意与《枕中记》同，而描摹更为尽致，明汤显祖亦本之作传奇曰《南柯记》。篇末言命仆发穴，以究根源，乃见蚁聚，悉符前梦，则假实证幻，余韵悠然，虽未尽于物情，已非《枕中》之所及矣。"[①] 明确指出了《枕中记》与《南柯太守传》的同与不同之处。

（二）《南柯记》"因情成梦"的梦幻叙事

汤显祖《南柯记》与《南柯太守传》相比，突出的特点就是汤显祖将《南柯记》创作为"因情成梦"的传奇。虽然借鉴了唐代小说故事情节，但汤显祖却将"至情"注入作品之中，使之成为统摄传奇的灵魂。汤显祖在《复甘义麓》中云："性无善无恶，情有之。因情成梦，因梦成戏。戏有极善极恶，总于伶无与。"[②] 情分善恶，"因情成梦，因梦成戏"，正说明情是汤显祖戏曲创作的核心，虽然《南柯记》《邯郸记》中充满了释、道的宗教气息，但在情与理的对抗与冲突中，情总是占上风。汤显祖在戏曲创作中重视"至情"的抒发与表达。这种"至情"在《牡丹亭》的创作中显然被理想化了，显示出无往不胜的巨大力量。汤显祖在《牡丹亭题词》中云："情不知所起，一往而深，生者可以死，死可以生。生而不可与死，死而不可复生者，皆非情之至也。"[③] 至情可以超越时空，超越生死。在当炽热如火的激情燃烧殆尽之时，回归冷静是必然的趋势。弃官出世，与达观、李贽等人的交往，使汤显祖对社会人生有了更深层次的体悟。理想化的"至情"在世事的无常与忧患面前已经适时地变化调整。《南柯记》与《邯郸记》正是汤显祖汲取唐代小说养分，"因情成梦，因梦成戏"的戏曲作品。他在唐人小说的基础上更进一层，俯视人生的

[①] 鲁迅：《中国小说史略》，人民文学出版社2006年版，第85页。
[②] 徐朔方笺校：《汤显祖全集》，北京古籍出版社1999年版，第1464页。
[③] 徐朔方笺校：《汤显祖全集》，北京古籍出版社1999年版，第1153页。

虚妄与荒诞。他在《南柯梦题词》中指出，当"人之视蚁，细碎营营，去不知所为，行不知所往"时，殊不知"天上有人焉，其视下而笑也，亦若是而已矣"。人之视蚁，正如天上之人俯视人间一样，当局者迷，旁观者清。汤显祖感叹"世人妄以眷属富贵影像执为吾想，不知虚空中一大穴也。倏来而去，有何家之可到哉"。① 所以，《南柯记》与《牡丹亭》所表达的"至情"不同，其情已经超越男女情感的狭小天地，进而关注并警醒利欲熏心、追名逐利的芸芸众生。在戏曲中淳于棼是一位至情者，但他又是一位挣脱情丝的觉悟者，"梦了为觉，情了为佛"。在汤显祖看似彻悟的情节改编中，反而充溢着他对至情的呼唤与渴望。沈际飞《题南柯梦》云："临川有慨于不及情之人，而乐说乎至微至细之蚁；又有慨于溺情之人，而托喻乎醉醒醒醉之淳于生。淳于生未醒，无情也。惟情至，可以造世界；惟情尽，可以不坏虚空。而要非情至之人，未堪语乎情尽也。"② 在汤显祖至情的梦幻世界中，作者以幻写真，增加了对清明政治的向往与对官场污浊的否定。淳于棼在现实世界中空怀一身本领却一事无成，他苦闷空虚，咏叹"论知心英雄对愁，遇知音英雄散愁"（第二出《侠概》）。可就这样一位落魄的游侠，却是大槐安国所要寻找的智勇有情人。在人间英雄无用武之地，在大槐安国却为乘龙佳婿。其中寄托的人生感慨是唐代小说中所没有的。正如大槐安国国母所说"要求人世之姻，必须有眼之人"，"不拘门户则待有良姻"。（第五出《宫训》）淳于棼因痴情妄起而注定了与金枝公主的人蚁情缘。人们鄙薄其因婚姻而获得富贵荣华、功名利禄，但又何尝不是对现实的嘲弄与反拨。在用人与识人方面，人反而不如蝼蚁。在无情的人间，有情的淳于棼是孤独者，他落寞空虚，烦恼惆怅。可是在蚁国他却是夫妻和谐，造福南柯郡一方百姓。这是讽刺，还是寄托作家理想？就如淳于棼曲词所唱："敢前希望，忆年时醉游侠场。普人间没有俺东床，凑南柯饮着琼浆。"（第十八出《拜郡》）二十年南柯太守，淳于棼对南柯郡的治理体现了汤显祖的政治理想。山川秀美，百姓和谐礼让，"何止苟美苟完，且是兴仁兴让"。父老赞"征徭薄，米谷多，官民易亲风景和。老的醉颜酡，后生们鼓腹歌"；秀才赞"行乡

---

① 徐朔方笺校：《汤显祖全集》，北京古籍出版社 1999 年版，第 1156 页。
② 徐朔方笺校：《汤显祖全集》，北京古籍出版社 1999 年版，第 2570 页。

约,制雅歌,家尊五伦入四科。因他俺切磋,他将俺琢磨";村妇赞"多风化,无暴苛,俺婚姻以时歌《伐柯》。家家老少和,家家男女多";商人赞"平税课,不起科,商人离家来安乐窝。关津任你过,昼夜总无他"。士农工商对南柯郡赞叹不已,这里俨然是一个国泰民安的德政乐园。(第二十四出《风谣》)治理南柯郡如此,传奇还提出了治国之法"一曰贤贤,二曰亲亲。恩礼之施,用此为准"(第二十五出《玩月》)。当然,大槐安国也并非理想国,汤显祖也借幻境写出了官场的污浊,通过淳于棼堕落的过程,反思社会对人的同化作用。明代吏治的腐败在戏谑之间被揭示出来。如在第二十一出《录摄》中,对官吏的刻画入木三分:

【字字双】(丑扮幕府官上)为官只是赌身强,板障。文书批点不成行,混帐。权官掌印坐黄堂,旺相。勾他纸赎与钱粮,一抢。

【前腔】(吏上)山妻叫俺外郎郎,猾浪。吏巾儿糊得翅帮帮,官样。飞天过海几桩桩,蛮放。下乡油得嘴光光,(揖介)销旷。

这出戏曲讽刺了明代吏治腐败,词讼要银子被视为理所应当。小吏公然说:"不要银子,做官么?"甚至对幕官说道:"爷既要银子,怎么不买本《大明律》看,书底有黄金。"基层官吏如此,上层官僚的相互倾轧,奢靡堕落在传奇中也有所揭示。右相段功与淳于棼争权,淳于棼归朝之后,一改南柯郡时勤政爱民的清廉形象,他交游王公贵戚,甚至与琼英、灵芝、上真穷奢极欲,行为不检。最终引起国王猜疑,加上天象示警,富贵之梦破灭。

境由心生,梦因情起。汤显祖在唐代小说的基础上,增加了佛教因果之说,使缘起缘灭之间,充满了宗教意味。第四出《禅请》中,契玄禅师自述五百年前,他是达摩身边比丘,手执莲花灯中热油无意倾泻注入蚁穴,结下了业债。所以,五百年后的契玄到玄感寺正是要完成度化蝼蚁的因果。第八出《情著》中,契玄又用佛偈指出淳于棼在蚁国的姻缘,指出"惟有梦魂南去日,故乡山水路依稀",就是破除烦恼之时。第四十三出《转情》、第四十四出《情尽》情节与第八出《情著》相互照应,契玄以慧剑斩断淳于棼情障,淳于棼代作者立言曰:"人间君臣眷属,蝼蚁何殊?一切苦乐兴衰,南柯无二。等为梦境,何处生天。"淳于棼"求众生身不可得，求天身不可得，便是求佛身也不可得，一切皆空了"，在这种立地成佛的描写中，笔者没有感到作家超越凡尘的释然，反而觉得是一种无可奈何的精神安慰而已。

三 《枕中记》与《邯郸记》之比较

经历了世事沧桑与宦海浮沉的沈既济以良史之才创作了唐代梦幻题材传奇《枕中记》。沈既济生平事迹见于《旧唐书》卷一四九《沈传师传》、《新唐书》卷一三二。通过史书可知其为吴人，长于经学。大历中为江西从事，后经杨炎推荐，召拜左拾遗、史馆修撰。后杨炎因卢杞谗毁等原因贬死崖州。沈既济受牵连贬为处州司户。《任氏传》寄托怀才不遇的感慨，《枕中记》感慨浮生若梦，宦海浮沉，都与作家此时的经历与心态密切相关。《枕中记》在唐代就产生了很大影响。就传奇创作而言，唐代梦幻题材的作品均不同程度受其影响，如《南柯太守传》《樱桃青衣》等。历代文人将此故事作为典故写入诗文，道教将其附会为汉钟离度化吕洞宾升仙事，宋元以来的话本、杂剧关于"黄粱梦"的作品数量很多，但最成功的作品当数汤显祖的《邯郸记》。汤显祖在《邯郸梦记题词》中，对于士人穷困或通达时的心态进行了分析，其曰：

> 士方穷苦无聊，倏然而与语出将入相之事，未尝不怃然太息，庶几一遇之也。及夫身都将相，饱厌浓醒之奉，迫束形势之务，倏然而语以神仙之道，清微闲旷，又未尝不欣然而叹，惝然若有道，暂若清泉之活其目，而凉风之拂其躯也。又况乎有不意之忧，难言之事者乎？回首神仙，盖亦英雄之大致矣。①

士人无不怀抱着兼济天下的入世理想，但当其失意于仕宦之途时，与之谈论"出将入相"，无疑会触碰其柔软的神经，使其压抑埋藏于内心的理想喷薄而出；而对那些已经得遂仕宦心愿的士人来说，仙道是热闹处着一冷眼的清凉剂，也是慰藉疲倦心灵的精神家园。

---

① 徐朔方笺校：《汤显祖全集》，北京古籍出版社1999年版，第1154页。

（一）《枕中记》对"人生之适"的体悟

沈既济《枕中记》中，吕翁与卢生关于"何谓之适"的探讨，是困扰士人的话题。这也让人想到《庄子·外篇·至乐》①中道家对人生苦乐的看法。其曰："夫天下之所尊者，富贵寿善也；所乐者，身安厚味美服好色音声也；所下者，贫贱夭恶也；所苦者，身不得安适，口不得厚味，形不得美服，目不得好色，耳不得音声。"这些世俗的苦乐观，在庄子看来都是追求感官享受，人们争先恐后追逐的并非真正的快乐。他提出"至乐无乐，至誉无誉"。不为外物所累，"无为而无不为"，获得内心的快乐，才是至乐。沈既济《枕中记》中，卢生叹息"大丈夫生世不谐，困如是也"，认为自己苟活于世，没有什么快乐可言。而吕翁却认为卢生形体"无苦无恙"，"谈谐方适"，"此不谓适，而何谓适？"这番"适"与"不适"的对话，对人生的思考与庄子有关"至乐"的思考是一致的。吕翁的立场与道家思想一脉相承，而卢生的苦闷正是士人功利世俗理想无法实现时的普遍心态。在吕翁看来，此时的卢生身体健康，衣食无忧，正享受着人生的快乐。而卢生却并没有体会到这一点，他充满世俗的欲念。他在回答吕翁"而何谓适"的提问时说："士之生世，当建功树名，出将入相，列鼎而食，选声而听。使族益昌而家益肥，然后可以言适乎。吾尝志于学，富于游艺，自惟当年，青紫可拾。今已适壮，犹勤畎亩，非困而何？"卢生所表达是唐代士人的人生理想，但究其本质与庄子所言的世人苦乐观是一致的。小说中吕翁并没有以抽象高深的玄理去说教，而是授之以枕，让卢生"荣适如志"。梦中一切如卢生所愿，卢生醒来后才发现自己所追求的"适"，不过是一场虚幻而已。梦中那富贵荣华、文治武功的一生，不过是现实中短暂的一梦。小说重在表现卢生的自我体悟，他所追求的"人生之适"并非真正的"适"。所以，他怃然良久，终于有了对人生更深层次的思考，其曰："夫宠辱之道，穷达之运，得丧之理，死生之情，尽知之矣。此先生所以窒吾欲也。敢不受教。"放弃世俗的欲念才能真正享受"人生之适"，即使是今天这一点对于追求功利的人们也是有其价值的。不被浮华乱眼的外在物质欲望蒙蔽，追求内心的安详平静，体会

---

① （清）王先谦：《庄子集解》，《诸子集成》（三），中华书局1954年版，第268—277页。

精神的超越与快乐，其思想是极具指导意义的。小说并没有以点化成仙或求仙访道作为故事的结局。卢生"稽首再拜而去"，让小说余音缭绕，韵味无穷。也许他"衣短褐，乘青驹，行邯郸道上"，从此不再为功名富贵的欲望所累，逍遥无为，享受人生的快乐。虽然人们可以想象诸多的可能，但笔者认为这不是作者要表达的重点。重点是作者对现实人生的思考，即"何谓适"，以及在世事无常变幻中"窒欲"，实现内心的平静。在沈既济的作品中，对仕途的变幻莫测有所揭示，卢生陷入危难之时，也曾发出"吾家山东，有良田五顷，足以御寒馁。何苦求禄"的后悔之言，但作者最终还是让卢生实现了让士人羡慕追求的完满一生。沈既济在小说中体现的"良史才"，使李肇将其作品与韩愈的《毛颖传》等量齐观，可以看到唐人似乎并未将《枕中记》视为传奇文。沈既济在《论则天不宜称本纪议》中对史官之文有明确的阐述，也可从中体会《枕中记》的创作意图。其曰：

> 史氏之作，本乎惩劝。以正君臣，以维邦家，前端千古，后法万代。使其生不敢差，死不忘惧，纬人伦而经世道，为百王准的，不止属辞比事，以日系月而已。故善恶之道，在乎劝诫；戏诫之柄，存乎褒贬。是以《春秋》之义，尊卑轻重升降，几微仿佛，几虽一字二字，必有微旨存焉。①

鲁迅对沈既济传奇的评价是："既济文笔简炼，又多规诲之意，故事虽不经，尚为当时推重，比之韩愈《毛颖传》；间亦有病其俳谐者，则以作者尝为史官，因而绳以史法，失小说之意矣。"② 这正证明沈既济创作《枕中记》意在劝惩，意在自我排遣，寻求精神解脱，而不是宣传求仙访道的遁世之想。

沈既济《枕中记》中，卢生在梦中娶清河崔氏女，举进士，应制举，历任显要官职，权重位崇，虽然两次遭人构陷，但均有惊无险，最终"族益昌而家益肥"，善始善终。卢生在梦中实现了唐代士人的人生理想。

---

① （清）董诰等编：《全唐文》，中华书局1983年版，第4866页。
② 鲁迅：《中国小说史略》，人民文学出版社2006年版，第75页。

《隋唐嘉话》中中书令薛元超曰:"吾不才,富贵过分。然平生有三恨:始不以进士擢第,不得娶五姓女,不得修国史。"① 所以,《枕中记》以梦写真,反映了唐代仕宦、婚恋的真实形态。其越真实、越圆满,对卢生的警醒强度也就越大。《全唐文》中收录了沈既济的《上选举议》《选举杂议》《词科论(并序)》《选举论》等文章。其在《上选举议》中强调:"科举之法三科:曰德也,才也,劳也。然安行徐言,非德也;丽藻方翰,非才也;累资积考,非劳也。今乃以求天下之士,固未尽矣。"② 提出选拔人才应德才劳兼备。在《选举论》中,他还提出士农工商对国家的重要性,其曰:"置禄所以代耕也,农工商有经营作役之劳,而士有勤人致理之忧,虽风猷道义,士伍为贵,其苦乐利害,与农工商也不甚相远也。后代之士乃撞钟鼓,树台榭,以极其欢;而农工鞭臀背,役筋力,以奉其养。得仕者如升仙,不仕者如沉泉,欢娱忧苦,若天地相远也,夫上之奉养也厚,则下之征敛也重,重养厚则上觊其欲,敛重则下无其聊。"③其对选举之弊的认识深刻,也使我们从一个侧面了解,何以小说中的卢生对功名富贵的欲望如此强烈。工农商劳役赋税沉重,社会地位不断下降,而一旦仕进,则奉养优厚,所谓"得仕者如升仙,不仕者如沉泉,欢娱忧苦,若天地相远也",应是真实写照。以小说证史,卢生否极泰来的人生际遇也说明了这一点。

(二)《邯郸记》"破噩梦于仙禅"的解脱

汤显祖《邯郸记》完成于明万历二十九年(1601)。汤显祖在这一年正月被吏部考察以"浮躁"为由罢职。吕天成《曲品》评汤显祖为"上之上","丽藻凭巧肠而俊发,幽情逐彩笔以纷飞。蘧然破噩梦于仙禅,矍矣销尘情于酒色"。④ 其评《邯郸记》为"上上品",曰:"穷士得意,兴尽可仙,先生提醒普天下措大,功德不浅。即梦中苦乐之致,犹令观者

---

① 《唐五代笔记小说大观》,上海古籍出版社2000年版,第103—104页。
② (清)董诰等编:《全唐文》,中华书局1983年版,第4866页。
③ (清)董诰等编:《全唐文》,中华书局1983年版,第4868—4869页。
④ 俞为民、孙蓉蓉编:《历代曲话汇编——新编中国古典戏曲论著集成》(明代编)第三集,黄山书社2009年版,第88页。

神摇,莫能自主。"① 汤显祖在戏曲的创作实践中强调其劝惩教化的功能,从这一点来说,与沈既济提出的"史氏之作,本乎惩劝"的观点是相似的。汤显祖《宜黄县戏神清源师庙记》云:

> 可以合君臣之节,可以浃父子之恩,可以增长幼之睦,可以动夫妇之欢,可以发宾友之仪,可以释怨毒之结,可以已愁愤之疾,可以浑庸鄙之好……岂非以人情之大窦,为名教之至乐也哉。②

汤显祖《邯郸记》在《枕中记》的故事基础上,将情节改编为神仙度化剧的结构模式。从形式上其宗教的意味更为浓厚。在戏曲第三出《度世》中,吕洞宾"临凡觅度扫花人"。第三十出《合仙》中,卢生经八仙点化成为蓬莱山门扫花人。神仙临凡、考验点化、度脱升仙,这是神仙度化剧之熟套。汤显祖的戏曲可以说就是一部神仙度化剧,其中"黄粱一梦"是考验历劫的过程,一觉醒来,卢生打破情痴业障而成仙。汤显祖作为明清戏曲史上伟大的戏曲家,其创作并非另起炉灶,既有超越创新,也有因循继承,这才符合实际。笔者浅陋,认为戏曲中神仙度脱的内容并没有形式上、思想上的创新之处,反而使作品不如《枕中记》蕴藉深刻。梁廷枏《曲话》卷二云:"汤若士《邯郸梦》末折《合仙》,称呼为《八仙度卢》,为一部之总汇。排场大有可观,而不知实从元曲学步。一经指摘,则数见者不鲜矣。"③ 也许是《邯郸记》创作于《南柯记》次年的缘故,汤显祖将"梦皆摭实"的梦幻叙事运用于《邯郸记》的创作中。所以在第二十九出《生寤》中,当卢生从梦中醒来,并未如小说中那样透彻地领悟人生真谛,而是依然眷恋梦境中经历。吕洞宾告诉他,儿女是店中鸡狗变的,妻子是青驴变的,君臣则是妄想游魂。《枕中记》中士人的梦境是单纯的梦境,而《邯郸记》则将虚幻梦境以现实中的鸡狗驴去印证。这种对于梦境验证的方法明显受之前《南柯记》的影响,因

---

① 俞为民、孙蓉蓉编:《历代曲话汇编——新编中国古典戏曲论著集成》,(明代编)第三集,黄山书社2009年版,第122页。
② 徐朔方笺校:《汤显祖全集》,北京古籍出版社1999年版,第1188页。
③ 徐朔方笺校:《汤显祖全集》,北京古籍出版社1999年版,第2607页。

此已经不再符合沈既济原作本意了。

汤显祖《邯郸记》在《枕中记》的情节框架基础上，将明代的世态人情写入传奇，"以其静心闲阅世人之闹，以其痴情冥砭世人之點"①。彻底远离了官场的尔虞我诈，汤显祖在重新审视这个世界时，他看着那些痴迷追逐功名富贵的人们，发出了"度却卢生这一人，把人情世故都高谈尽，则要你世上人梦回时心自忖"的警世之言。吴梅指出："记中备述人世险诈之情，是明季宦途习气，足以考万历年间仕宦况味，勿粗鲁读过。"②《邯郸记》中所记之事或是影射张居正，或是暗合申时行、王锡爵等人事。前人时贤考索用力甚勤，笔者认为这种研究有助于《邯郸记》的深入研究，但从文本出发，研究其客观反映出的明代世情也十分必要。戏曲中将卢生娶高门大姓女的情节以荒诞的形式促成。梦中误入崔府的卢生竟以类似被逼婚的形式入赘崔府。与沈既济所写梦境之真不同，汤显祖在一些细节上提醒人们梦境之假。如第六出《赠试》中，崔氏说"天上弔下一个卢郎"，小丫头马上更正说"不是弔下卢郎，是个驴郎"，崔氏埋怨小丫头说出了本相。又如用醋蒸盐煮的方法破石开河等情节，这只能是虚幻梦境中的离奇方法。但崔氏资助卢生无数金钱，助其获取功名却是对现实的讽刺。正如卢生对崔氏所说："多谢贤卿将金赀广交朝贵，竦动了君王，在落卷中翻出做个第一。"（第十出《外补》）《曲海总目提要》云：

> 显祖负大才，以不得鼎甲，意常鞅鞅，故借卢生事以抒其不平。指其时之得状元者，藉黄金，通权贵，故云："开元天子重贤才，开元通宝是钱财。若道文章空使得，状元曾值几文来。"其指阅卷之宰相，则云："眼内无珠作总裁。"讥之如此。按嘉靖壬戌科鼎甲三人，申时行、王锡爵、余有丁皆入阁，而曲本卢生、萧嵩、裴光庭，皆以同年鼎甲入相，作者亦有寓意也。③

---

① 徐朔方笺校：《汤显祖全集》，北京古籍出版社1999年版，第1696页。
② 吴梅：《中国戏曲概论》，中国人民大学出版社2004年版，第175页。
③ 俞为民、孙蓉蓉编：《历代曲话汇编——新编中国古典戏曲论著集成》（清代编）《曲海总目提要》（上），黄山书社2009年版，第252页。

卢生胆大妄为，借掌制诰之机，竟然偷偷给崔氏写封诰。其因此获罪，被贬到陕州凿石开河。虽然戏曲中为卢生设置了一个对立的奸佞宇文融，但卢生也绝非善类，这一形象是丰富复杂的，不能单纯用善或恶来评价。所以，卢生与宇文融之间并非以往戏曲作品中忠奸对立的斗争，充其量是官场尔虞我诈的较量。正如《明史》对这段历史的总结：

> 神宗冲龄践阼，江陵秉政，综核名实，国势几于富强。继乃因循牵制，晏处深宫，纲纪废弛，君臣否隔。于是小人好权趋利者驰骛追逐，与名节之士为仇雠，门户纷然角立。驯至怼、憨，邪党滋蔓。在廷正类无深识远虑以折其机牙，而不胜忿激，交相攻讦。以致人主蓄疑，贤奸杂用，溃败决裂，不可振救。故论者谓明之亡，实亡于神宗，岂不谅欤。①

《邯郸记》中，卢生开疏河道，为了讨皇帝欢心居然选择千名女子为殿脚棹歌女。他不但考虑接待好文武百官，还与宦官勾结，送礼给高力士。安排各路粮货船千百艘在河道里营造航运繁荣的假象。卢生的这些媚上邀功的做法，在不同时期以不同形式上演，对一些不择手段向上攀爬的官僚进行了刻画写真。吐蕃入侵，宇文融为了难为卢生，推荐卢生征讨吐蕃。卢生用"御沟红叶之计"，离间吐蕃君臣关系，除掉了吐蕃悉那逻丞相，击败了吐蕃大将热龙莽，在天山勒石纪功而返。卢氏自以为功高盖世，却被宇文融联名萧嵩以"交通蕃将，图谋不轨"的罪名诬陷。卢生从绑赴云阳市问斩，到充军崖州鬼门关，九死一生，历尽磨难。值得注意的是卢生危难之时并无同僚救援。第二十出《死窜》中，高力士因皇帝要斩功臣，想看看有什么官员奏事，却只见崔氏领着儿女，为丈夫鸣冤。他感慨："满朝文武，要他妻儿叫冤，可怜人也。"高力士为崔氏转奏，皇帝才赦免了卢生死罪。之后，又是没入宫掖的崔氏将回文宫词织在锦缎上，使天子悯其志，为卢生平反。在传奇中崔氏对卢生的真情是值得肯定的。

戏曲还对官僚奢侈淫靡的生活进行暴露与展示。明代中后期淫风大

---

① （清）张廷玉等：《明史》，中华书局1974年版，第294—295页。

炽，《金瓶梅》、"三言二拍"等小说中对于色情的露骨描绘，是这一时期社会风气的真实反映。李国文指出：

> 要是能通过时光隧道，回到万历年间，那时的北京也好，南京也好，乃至大小城市，妓院娼馆，充斥市廛，神女娈童，诱色卖身，媚药秘方，大行其道，淫具亵器，公开买卖。而在街市集镇，茶楼酒肆，那些御女之道，房中之术，淫秽文字，春宫图画，更是堂而皇之地大明大摆。因此，实际上全社会对于淫荡，已到了毫不以为羞耻的田地。①

汤显祖在第二十七出《极欲》中写了卢生的荒淫与奢靡的生活。其出将入相五十多年，晚年生活极其放纵。皇帝赐他教坊女乐二十四名，他振振有词，道貌岸然曰："皓齿蛾眉，乃伐性之斧；莺声燕语，乃叫命之枭；细唾黏津，乃腐肠之药；翻床跳席，乃厌痿之机。"而实际上他却是纵酒欢歌，将所赐女乐分二十四房，每房挂一盏绛纱灯笼为号，供他纵欲享乐，以所谓的采战之术追求长生。台阁重臣并非阁中机务繁忙累病，而是因纵欲无度病入膏肓，其中褒贬不言自明。汤显祖以梦写真，看似超然，但却从未放弃对现实世界的关注。张果老法旨中云："直扫得无花无地非为罕，这其间忘帚忘箕不是痴。那时节骑鸾鹤朝元证圣，才是你跨驴驹入梦便宜。"（第三十出《合仙》）这也只能是有情之汤显祖在无情世界中的自我安慰而已。

---

① 李国文:《明末淫风与文学浊流》,《文学自由淡》2003 年第 6 期。

第五章

唐代小说与明清戏曲创作艺术之比较

　　唐代小说经由明清戏曲家的再创作而成为杂剧或传奇，题材的借鉴与汲取是最直接明显的事实。明末清初戏曲家李渔所说"稗官为传奇蓝本"（《绣像合锦回文传》第二卷卷末评），概括了戏曲借鉴小说题材的情况。同时，戏曲也影响小说的创作。明清两代跻身一流作品行列的《三国演义》《水浒传》《西游记》等均不同程度受戏曲影响，同时小说也成为戏曲的创作题材，这种影响是双向的。唐代小说被改编成为明清戏曲，笔者已经集中针对婚恋、豪侠、神怪等题材的改编情况进行了分析研究，故于此不复多言。本章着重分析作为叙事艺术成熟标志，进入有意创作阶段的唐代小说，与以其为故事本事的明清戏曲在创作艺术方面有怎样的异同。在理论与创作实践方面，唐代小说给予明清戏曲怎样的影响。这就需要以叙事文学的共性特征来关注唐代小说与明清戏曲，因为我们会发现在叙事理论方面二者的共同之处。小说与戏曲叙事的内在要求，以及叙事传统一以贯之的发展，都促成了二者作为叙事文学在艺术创作中的共通性。当然，不能因此而否定小说与戏曲作为独立文学样式相互区别的独特个性。唐代小说承载着唐代作家对于创作的理解，浸润着唐代文人的情感与价值观念。依托唐代小说创作的明清戏曲，必然也会将唐代小说文本所承载的文化信息与艺术手法一并引入戏曲作品之中，这种引入也许是随着文本移植裹挟进来的，当然更主要的是明清戏曲家以所处时代的思想观念审视甄别为我所用的选择。

一 唐代小说与明清戏曲创作理论之比较

唐代小说文体独立，但其并没有完善系统的小说创作理论，理论总结滞后于创作实践。我们可以通过唐代的小说观念以及小说文本中所体现出的创作意识来认识小说作为独立文体所具有的带有规律性的理论内容。明清戏曲理论蔚为大观，以著作或序跋、评点为主要形式。明清戏曲家借鉴唐代小说中的优秀篇章作为故事本事，将小说文本的经典情节与场景加工改编写入戏曲。这就涉及创作理论、创作思想是否通过唐代小说文本的介入体现于明清戏曲家的创作实践之中，或是戏曲理论之中。有意识借鉴，或是无意识介入的理论暗合，可以深化我们对唐代小说与明清戏曲关系的认识。

（一）唐代小说与明清戏曲教化观念之比较

唐代小说与明清戏曲作为叙事文学体裁都强调作品的道德教化功能，体现了儒家文化影响下的文人创作心态。

唐代史学家刘知幾在《史通·杂述》中指出正史之外的"偏记小说"为"史氏流别，殊途并骛"，并划分为偏记、小录、逸事、琐言、郡书、家史、别传、杂记、地理书、都邑簿十种类型。对于这些小说，刘知幾以其是否劝善惩恶、有助名教作为评价的重要标准。如评《列女传》等别传时曰："贤士贞女，类聚区分，虽百行殊途，而同归于善。"评《世说》《语林》等琐言时则曰："固以无益风规，有伤名教者矣。"评《志怪》《搜神》等杂记时指出："若论神仙之道，则服食炼气，可以延年益寿；语魑魅之途，则福善祸淫，可以惩恶劝善，斯则可矣。"[①] 所以，刘知幾作为史学家，在对小说的价值确认与分类过程中，没有忽略小说在道德教化方面的作用。无论小说体现"实录"的史官文化观念，还是追求幻怪离奇的虚构叙事，道德教化的作用始终是衡量小说价值的重要标准。

增长见闻，以资谈助，有益教化是中国古代小说所力求实现的价值，

---

① （唐）刘知幾著，（清）浦起龙释：《史通通释》，上海古籍出版社2009年版，第265页。

唐代小说也毫不例外地继承了这一传统。既表现于继承魏晋发展而来的志人小说与志怪小说之中，也表现于与唐代小说主流不同而有所突破和新变的唐传奇之中。因为，唐人还没有把唐传奇看作小说，而将其看作杂史、杂传，将其归为史部。鲁迅在肯定唐传奇"文采与意想"的特异之趣时，也指出唐传奇"托讽喻以纾牢愁，谈祸福以寓劝惩"①，具有抒发情志与劝惩教化的特征。也就是说，唐传奇对于小说传统的教化功能并没有摈弃，而是继承了下来。唐代李肇的《国史补》是一部排斥神怪内容的志人小说，其在《国史补自序》中指出："言报应，叙鬼神，征梦卜，近帷箔，悉去之；纪事实，探物理，辨疑惑，示劝诫，采风俗，助谈笑，则书之。"② 在强调小说补史作用的同时，其对于小说的内容、原则与功能等问题进行了明确的说明。其中小说具有"示劝诫"与"助谈笑"的功能，即劝惩教化的功能与审美娱乐的功能。李翱《卓异记》则记载"皇唐帝功"与"臣下盛事"的现实小说题材。其在《卓异记序》中强调说："自正人硕贤，守道不挠，立言行己，真贯白日，得以爱慕遵楷。其奸邪之迹，睹而益明。自广利随所闻见，杂载其事，不以次第，然皆是儆惕在心，或可讽叹。且神仙鬼怪，未得谛言非有，亦用俾好生杀，为人一途，无害于教化，故贻自广，不俟繁书以见意。"③ 表达了劝善惩恶的教化思想。同时，对于神仙鬼怪内容，只要"无害于教化"，则持有包容心态。又如，唐刘肃《大唐世说新语序》曰："事关政教，言涉文词，道可师模，志将存古。"④ 参寥子《阙史自序》："可以为夸尚者，资谈笑者，垂训诫者，惜乎不书于书册。"⑤ 可见，唐代笔记小说作家对于小说的教化作用认识是清楚的，其观念通过小说序跋得以表达并作为编撰小说的标准。唐传奇作为小说走向独立的文体，透过华艳的文辞、婉转的叙事，我们依然可以看到表现于作品之中的劝惩之意。李公佐《谢小娥传》在充分肯定谢小娥的忠贞侠行后，指出："余备详前事，发明隐文，暗与冥会，符于人心。知善不录，非《春秋》之义也，故作传以旌美之。"（《太

---

① 鲁迅：《中国小说史略》，人民文学出版社2006年版，第71页。
② 丁锡根编：《中国历代小说序跋集》上册，人民文学出版社1996年版，第283页。
③ 丁锡根编：《中国历代小说序跋集》上册，人民文学出版社1996年版，第284—285页。
④ 丁锡根编：《中国历代小说序跋集》上册，人民文学出版社1996年版，第282页。
⑤ 丁锡根编：《中国历代小说序跋集》上册，人民文学出版社1996年版，第316页。

平广记》卷四九一）既坚持了小说的现实基础，又以"符于人心"作为标准对小说进行必要的艺术虚构，同时在小说中表达了"足以儆天下逆道乱常之心，足以观天下贞夫节妇之节"，使之具有惩恶扬善的教化功能。小说中的议论反映了作者主体的自觉意识。对于沈既济《任氏传》，在赞赏其"著文章之美，传要妙之情"的精彩论述的同时，也不能忽视其"遇暴不失节，徇人以至死，虽今妇人，有不如者矣"的论述中所表达的劝惩意图。作者以文章之美展现缠绵悱恻的恋情，对于人物与情感世界的刻画，既有对任氏痴情与忠贞的礼赞，更有对所处时代妇女的劝诫。此外，《柳毅传》《柳氏传》《南柯太守传》《李娃传》等，这些对明清戏曲创作产生影响的重要作品，无不蕴含教化劝惩的内容。唐传奇以"文采与意想"屹立于古代小说之林，焕发出夺目的艺术光彩，人们似乎不愿意提及其蕴含的教化内容，但这正是其继承史传与小说传统的一个方面的体现，是不容忽视的存在。

戏曲的教化论与儒家的诗乐教化理论一脉相承，作为基本观念贯穿于戏曲的创作之中。《诗大序》所提出的文学作品应具有"风以动之，教以化之"，"经夫妇，成孝敬，厚人伦，美教化，移风俗"的教化观念，深刻地影响到唐代小说作家、元明清戏曲作家的创作。所不同者主要在于元明清对于理学的尊崇。忠孝节义的伦理纲常教义成为作者创作的思想指导，也成为戏曲表现的重要内容。明清两代对程朱理学的尊崇达到极致，虽有王守仁心学兴起所带来的冲击，但程朱理学的主体地位依然保持，深刻影响到叙事文学的创作。即便是李贽、汤显祖、冯梦龙等个性思潮的引领者，也强调戏曲的教化功能。论者常言明清戏曲劝惩教化的创作观念突出，殊不知元代戏曲已领跑先行。元代周德清《中原音韵序》云："自关、郑、白、马一新制作，韵共守自然之音，字能通天下之语，字畅语俊，韵促音调；观其所述，曰忠，曰孝，有补于世。"[①] 对戏曲内容的基本要求是弘扬"忠""孝"，达到"有补于世"的教化功能。夏庭芝则率先将唐传奇与元杂剧的创作目的进行比较，其《青楼集志》云："唐时有传奇，皆文人所编，犹野史也；但资谐笑耳……院本大率不过谑浪调笑，

---

① 吴毓华编：《中国古代戏曲序跋集》，中国戏剧出版社1990年版，第10页。

杂剧则不然……皆可以厚人伦,美风化。"① 虽然,前面我们谈到了唐传奇作家在作品中的劝惩意图,但夏庭芝则认为主要是"资谐笑",而不同于杂剧"厚人伦,美教化"的创作意图。他还列举了以君臣、母子、夫妇、兄弟、朋友为戏曲内容,符合纲常的杂剧作品。对明清戏曲创作产生深远影响的《琵琶记》,第一出《副末开场》中【水调歌头】云:

> 秋灯明翠幕,夜案览芸编。今来古往,其间故事几多般,少甚佳人才子,也有神仙幽怪,琐碎不堪观。正是不关风化体,纵好也徒然。 论传奇,乐人易,动人难。知音君子,这般另做眼儿看。休论插科打诨,也不寻宫数调,只看子孝共妻贤。骅骝方独步,万马敢争先。

作者认为,戏曲无论是才子佳人题材,还是神仙鬼怪题材,如果与风化无关,都不足称道。这一观念,与唐刘知幾对"琐言""无益风规,有伤名教"的批评,以及对"杂记""可以惩恶劝善"的评价是一致的。高明将有益教化的思想内容提高到首要的地位突出强调,同时也十分重视戏曲的艺术表现,使戏曲更好地发挥教化的作用。这使得朱元璋高度认可《琵琶记》,因为通过戏曲可以达到教化观众的目的,这有助于维护其封建统治。朱元璋说:"《五经》、《四书》如五谷,家家不可缺;高明《琵琶记》如珍馐百味,富贵家岂可缺耶!"(黄溥言《闲中今古录》)而后,丘濬《五伦全备记》中《副末开场》言:"若于伦理无关紧,纵是新奇不足传。"邵灿《香囊记》开场词【鹧鸪天】:"今即古,假为真,从教感起坐间人,传奇莫作寻常看,识义从来可立身。"丘濬《五伦全备记》、邵灿《香囊记》将戏曲的教化功能推向极致,没有处理好思想性与艺术性的关系,使戏曲充满了说教的内容而缺少感染人心的力量。

值得注意的是,王守仁这位明代心学家对于戏曲的教化作用颇为认可。王阳明虽然以其心学动摇了程朱理学的统治地位,但其对于戏曲的教化作用与程朱理学的崇信者并无不同。其云:"今要民俗反朴还淳,取今之戏子,将妖淫词调俱去了,只取忠臣孝子故事,使愚俗百姓,人人易

---

① 吴毓华编:《中国古代戏曲序跋集》,中国戏剧出版社1990年版,第15—16页。

晓，无意中感激他良知来，却于风化有益。"① 李开先也在《改定元贤传奇后序》中提出各种题材的戏曲作品"要之激劝人心，感移风化，非徒作，非苟作，非无益而作之者"②。可以说强调戏曲教化功能无可厚非，但关键是不能将戏曲当作道德宣传的工具，如此则扼杀了戏曲鲜活生动的艺术特性。因此，在晚明思潮的影响下，表现人们正常的情感，彰显戏曲的思想性与艺术性，则是对片面追求戏曲教化作用的反拨。强调戏曲的教化功能贯穿于明清戏曲创作的始终，这必然影响以唐代小说为本事的明清戏曲的创作。李贽在《拜月亭序》中指出该剧"当使人有兄兄妹妹、义夫节妇之思焉"。其在《昆仑奴序》中肯定昆仑奴的侠行，总结说："忠臣侠忠，则扶颠持危，九死不悔；志士侠义，则临难自奋，之死靡他。"③ 其更在《焚书》卷四《杂述》中对《红拂记》大加赞赏，提出："孰谓传奇不可以兴，不可以观，不可以群，不可以怨乎？"将传奇的教化功能与《诗经》等量齐观，但他赞美的不是僵化的纲常教义，而是礼顺人情。虎耕山人《蓝桥玉杵记叙》"丐为传奇以风世"，并于《凡例》中提出"首重风化，兼寓玄诠"的创作原则。④ 汤显祖这位喜用唐代小说题材创作的戏曲巨擘，在《宜黄县戏神清源师庙记》中强调了戏曲"可以合君臣之节，可以浃父子之恩，可以增长幼之睦，可以动夫妇之欢，可以发宾友之仪"，得出"岂非以人情之大窦，为名教之至乐也哉"的结论。⑤ 又如，以《柳毅传》为蓝本创作《蜃中楼》传奇的李渔，在《香草亭传奇序》中曰："然卜其可传与否，则在三事，曰情，曰文，曰有裨风教。情事不奇不传；文词不警拔不传；情文俱备，而不轨乎正道，无益于劝惩，使观者听者哑然一笑而遂已者，亦终不传。"⑥ 改编唐代小说的明清戏曲家既有明清宗室如朱有燉、岳瑞，又有理学名臣丘濬，还有高扬个性解放旗帜的汤显祖、冯梦龙，各个阶层人员成分复杂。若以流派划分，昆山

---

① （明）王守仁：《王阳明全集》卷三《传习录》下，上海古籍出版社1992年版，第123页。
② 吴毓华编：《中国古代戏曲序跋集》，中国戏剧出版社1990年版，第52页。
③ 吴毓华编：《中国古代戏曲序跋集》，中国戏剧出版社1990年版，第68页。
④ 吴毓华编：《中国古代戏曲序跋集》，中国戏剧出版社1990年版，第116—117页。
⑤ 徐朔方笺校：《汤显祖全集》，北京古籍出版社1999年版，第1188页。
⑥ 吴毓华编：《中国古代戏曲序跋集》，中国戏剧出版社1990年版，第369页。

派、临川派、吴江派等均有取材唐代小说的作品传世。作家对戏曲的教化功能均有明确的认识，各有侧重、各有差异。就总体倾向而言，以唐代小说本事改编创作的明清戏曲，伦理观念渗透于传奇的肌理，道德教化的意味更加浓厚。

（二）唐代小说与明清戏曲虚实观念之比较

唐代小说，尤其是唐传奇与魏晋志怪、志人小说的最大区别就在于其有意而自觉地运用艺术的虚构。唐代小说一改魏晋志怪小说"发明神道之不诬"的创作态度，而洞悉小说的艺术规律，主动发挥小说艺术虚构的特性。如胡应麟《少室山房笔丛》所云："凡变异之谈，盛于六朝，然多是传录舛讹，未必尽幻设语，至唐人乃作意好奇，假小说以寄笔端。"[①]《玄怪录》中的"元无有"、《东阳夜怪录》中的"成自虚"等，这些子虚乌有的人物形象体现了唐代小说家对于小说虚构属性的认识。志怪传奇如此，反映婚恋世情的《柳氏传》《莺莺传》《李娃传》之类又何尝不是作家恰当处理小说虚实关系的优秀篇章？唐代小说进入创作高峰期后，婚恋世情题材小说能代表这一时期的艺术水准。章学诚评价说：

> 唐人乃有单篇，别为传奇一类。专书一事始末，不复比类为书。大抵情钟男女，不外离合悲欢，红拂辞杨，绣襦报郑，韩、李缘通落叶，崔、张情导琴心，以及明珠生还，小玉死报，凡如此类，或附会疑似，或竟托子虚，虽情态万殊而大致略似。其始不过淫思古意，辞客寄怀，犹诗家之乐府古艳诸篇也。[②]

这些来源于现实生活的题材，被作家加以艺术虚构与想象、文采斐然的笔法，创造出属于小说艺术的真实。积习使文人一再标称其故事的真实性，但文人绝非"实录"，而是有意识之创造。故鲁迅在《中国小说史

[①] （明）胡应麟：《少室山房笔丛》，上海书店2001年版，第371页。
[②] （清）章学诚：《文史通义》卷五内篇五《诗话》，上海世纪出版集团，上海古籍出版社2008年版，第180页。

略》第八章《唐之传奇文》中指出唐传奇"尤显者乃在是时则始有意为小说"。董乃斌指出:"传奇则出于作者有意为之的想象虚构,其追求目标是使本身成为具有独立审美价值之美文。"① 幻设虚构,创造合乎生活情理的艺术真实,使唐代小说脱离子史母体,走向文体之独立。但唐代史学家刘知幾对志怪小说的虚构却持否定批判态度,如其评"逸事"小说《洞冥》《拾遗》曰:"全构虚辞,用惊愚俗,此其为弊之甚者也。"② 韩愈则针对张籍对其"驳杂无实"文章的批评,提出以文为戏,无伤于道的观点。其云:

> 驳杂之讥,前书尽之,吾子其复之,昔者夫子犹有所戏,《诗》不云乎:"善戏谑兮,不为虐兮。"《记》曰:"张而不弛,文武不能也。"恶害于道哉!吾子其未之思也。③

与韩愈游戏笔墨、无伤于道的观点相应,段成式《酉阳杂俎》中也表达了相近的观点。其云:"夫《易》象一车之言,近于怪也;诗人南箕之奥,近乎戏也。固服缝掖者肆笔之余,及怪及戏,无侵于儒。"④ 与韩愈所说"夫子犹有所戏"相类,段成式认为《易经》《诗经》这些儒家经典中也有"近于怪""近乎戏"的内容,而"及怪及戏,无侵于儒"。

无论是"驳杂无实",还是"以文为戏",批评者所关注的焦点都是文体的虚实问题。前面章学诚所提及唐代小说均有相应题材的戏曲作品,小说的虚实问题也潜移默化地影响戏曲作品。唐代小说或实录,或虚构,或虚实结合,在明清戏曲的创作中也存在相应的认识。郭英德指出传奇戏曲故事本事有三种来源:"一是来源于传闻小说,二是来源于正史杂传,三是出自于作家编撰。"⑤ "尚实""务虚""寓言"三种创作倾向,在明清戏曲所借鉴的唐代小说本事中亦有呈现。

---

① 董乃斌:《中国古典小说的文体独立》,中国社会科学出版社1994年版,第171页。
② (唐)刘知幾著,(清)浦起龙释:《史通通释》卷十,上海古籍出版社2009年版,第255页。
③ 屈守元、常思春主编:《韩愈全集校注》,四川大学出版社1996年版,第1334页。
④ 《唐五代笔记小说大观》上册,上海古籍出版社2000年版,第557页。
⑤ 郭英德:《明清传奇戏曲文体研究》,商务印书馆2004年版,第229页。

正如李渔《意中缘》传奇第一出《大意》【西江月】所言：

> 试考《会真》本记，崔张未偶当年。《西厢》也属意中缘，死后别开生面！作者明言虚幻，看官可免拘牵。从来无谎不瞒天，只要古人情愿。①

李渔从唐代小说《莺莺传》中崔张的爱情故事出发，指出《西厢记》对崔张爱情美满结局的处理是理想化的艺术虚构。艺术虚构符合小说、戏曲的创作规律，观众不必拘牵于故事的本事。元稹《莺莺传》本身就是建立在现实生活基础上的小说作品，无论其是否托名张生以自寓，《莺莺传》并非笔记小说之"实录"，而是带有艺术虚构的唐代传奇，这是毫无疑问的。在唐代小说基础上，"明言虚幻"进一步改造故事情节，正是明清戏曲创作精神的体现。其不是对故事的简单模拟复制，而是为我所用，创作提升。关于戏曲创作由实而虚，虚实结合，明清戏曲家多有论述，如胡应麟云：

> 凡传奇以戏文为称也，亡往而非戏也。故其事欲悠谬而亡根也，其名欲颠倒而亡实也，反是而求其当焉，非"戏"也……近为传奇者若良史焉，古意微矣。②

胡应麟批评了当时戏曲创作的征实倾向，传奇有如"良史"，已经违背了戏曲艺术虚实结合的创作规律。吕天成认为戏曲应"有意驾虚，不必与事实相合"③。徐复祚指出："要之传奇皆是寓言，未有无所为者，正不必求其人与事以实之也。"④ 谢肇淛将小说与戏曲并举，明确提出小说

---

① （清）李渔：《李渔全集》第二卷《笠翁传奇十种》，浙江古籍出版社1991年版，第321页。
② （明）胡应麟：《少室山房笔丛》卷四十一《庄岳委谈下》，上海书店出版社2009年版，第425—426页。
③ 俞为民、孙蓉蓉编：《历代曲话汇编——新编中国古典戏曲论著集成》（明代编）第三集，黄山书社2009年版，第84页。
④ （明）徐复祚：《三家村老曲谈》，载俞为民、孙蓉蓉编《历代曲话汇编——新编中国古典戏曲论著集成》（明代编）第二集，黄山书社2009年版，第253—254页。

与戏曲应虚实结合，不可拘泥于史实，其与史传不同之处在于其虚实相半，如果事事以正史为标准，戏曲也就没有存在的必要了。他说：

> 凡为小说及杂剧、戏文，须是虚实相半，方为游戏三昧之笔。亦要情景造极而止，不必问之有无也……必事事考之正史，年月不合，姓字不同，不敢作也，如此，则看史传足矣，何名为戏？①

所以，唐代小说，尤其是体现唐人独创精神的传奇作品得到了明清戏曲家的钟爱。他们继承和发扬唐代小说虚构幻设、虚实相济的创作取向，使以唐代小说为故事本事的戏曲作品成为艺术经典。汤显祖《答吕玉绳》云：

> 弟去春稍有意嘉隆事，诚有之。忽一奇僧唾弟曰："严、徐、高、张，陈死人也，以笔缀之，如以帚聚尘，不如因任人间，自有作者。"弟感其言，不复厝意。②

由此可知，汤显祖听取朋友建议，放弃取材现实内容创作以严嵩、徐阶、高拱、张居正为戏曲人物的历史剧的想法，转而借鉴唐代小说《霍小玉传》《枕中记》《南柯太守传》，创作《紫钗记》《邯郸记》《南柯记》，以虚幻之梦写出真实的世态人情，使其创作达到明清戏曲的巅峰。洪昇《长生殿》三易其稿，改变最初以李泌中兴事和李白事为故事主线的创作想法，汲取唐代小说《长恨歌传》等题材，将现实与浪漫想象有机结合，使《长生殿》成为清代传奇的典范。上述均可以作为所论观点的有力佐证。

（三）唐代小说与明清戏曲"尚奇"观念之比较

唐代小说具有"尚奇"的特点。在题材的开拓、内容的丰富与情节

---

① （明）谢肇淛：《五杂俎》，载俞为民、孙蓉蓉编《历代曲话汇编——新编中国古典戏曲论著集成》（明代编）第二集，黄山书社2009年版，第409页。
② 徐朔方笺校：《汤显祖全集》，北京古籍出版社1999年版，第1301页。

的曲折等方面，无不体现其"尚奇"的特点。誉之者谓"唐三百年，文章鼎盛，独律诗与小说，称绝代之奇"①。毁之者则称"唐士大夫多浮薄轻佻，所作小说，无非奇诡妖艳之事，任意编造，诳惑后辈"②。正如前面所提，唐代小说在创作观念上突破了实录的思想套路，驰骋想象，传述奇异故事。但唐代小说所体现的"尚奇"的创作旨趣与魏晋南北朝志怪小说是有区别的。魏晋南北朝志怪小说以"奇"作为小说创作的标准之一，主要着意于小说的闳诞迂夸，瑰怪奇异。批评者或是以"子不语怪力乱神"的儒家思想为标准，责难小说的浮妄荒唐。或是肯定小说的瑰奇神异，幻怪离奇。唐代小说与魏晋志怪小说相比，既有对幻怪离奇的志怪小说的继承，又有对现实人生的关注，对于现实生活中人生遭际与情感意蕴的反映与挖掘。也就是说，唐代小说不仅表现超现实之奇，也表现现实的世态人情之奇。但是，在继承与创新之间，有些时候并非泾渭分明，常常是难以区分，体现了小说演变过程中渐变的轨迹。胡应麟总结"六朝、唐、宋凡小说以'异'名者甚众"③，唐代小说继承发展了志怪小说，虽有创新变异之处，但"至于志怪、传奇，尤易出入，或一书之中二事并载，一事之内两端具存"。④ 所以，唐代小说述异尚奇，既有对志怪小说的继承，也有艺术虚构方面的突破创新，但往往是"两端并存"，难以划分清楚。志怪小说对于"奇"的标举，主要体现在神怪题材内容的奇异。其在唐代小说中仍然得以延续，唐临《冥报记》、戴孚《广异记》等语涉怪异，因果定命的志怪内容充斥其中。但值得注意的是，唐代小说将"奇"的批评概念引向现实领域，使"奇"的审美内涵发生了转变。诸如，薛用弱《集异记》记载隋唐奇闻佚事，《集翠裘》《王维》《王之涣》等篇被后代戏曲家取材，明清戏曲中有《集翠裘》《郁轮袍》《旗亭记》等。这些题材均为现实生活中文人雅士的故事，收集于"集异"的作品

---

① （明）桃源居士：《唐人小说序》，载程国赋编《隋唐五代小说研究资料》，上海古籍出版社2005年版，第23页。

② （清）钱大昕：《十驾斋养新录》，载程国赋编《隋唐五代小说研究资料》，上海古籍出版社2005年版，第172页。

③ （明）胡应麟：《少室山房笔丛》卷三六《二酉缀遗中》，上海书店出版社2009年版，第364页。

④ （明）胡应麟：《少室山房笔丛》卷三六《二酉缀遗中》，上海书店出版社2009年版，第283页。

中，不再是怪异荒诞的志怪，而是现实生活中的奇闻轶事了。这种转变还表现在其他作品之中，并非孤例，如韦绚《戎幕闲谈序》云："赞皇公博物好奇，尤善话古今异事。"① 李冗《独异志序》云："《独异志》者，记世事之独异也。"② 陈翱（一曰李翱）《卓异记序》云："翱所著《卓异记》，皇唐帝功，瑰特奇伟，前古无可比伦；及臣下盛事，超绝殊常，辉昔而照今。"③ 关注现实题材之奇，是唐代小说在审美旨趣方面表现出的新变化。

胡应麟《少室山房集》卷八三《增校酉阳杂俎序》云："唐段氏《酉阳杂俎》最为迥出。其事实谲宕无根，驰骋于六合九幽之外，文亦健急瑰迈称之。其视诸志怪小说，允谓之奇之又奇也。"④ 唐代小说"作意好奇"的文体特征，对元明清戏曲文学产生影响，使元明清戏曲在创作实践与理论阐述中亦强调"奇"的审美特征。元明清戏曲用"传奇"称谓体裁即可见一斑。如李开先《改定元贤传奇序》云："所谓以奇事为传者是已。然又谓之行家及杂剧、升平乐，今舍是三者，而独名以传奇，以其字面稍雅致云。"⑤ 李开先舍"行家及杂剧、升平乐"等名称不用，而选择"传奇"之名，固然有取其雅致之意，但也说明了元代戏曲"以奇事为传"的特点。

唐代小说中奇人、奇事及曲折离奇的情节能够满足元明清戏曲家"以奇事为传"的取材需求。李贽《玉合记序》云："韩君平之遇柳姬，其事甚奇。设使不遇两奇人，难曰奇，亦徒然耳。"季豹氏《昆仑奴杂剧题后》更提出了事奇足以传世，"以此奇事补史臣所不足"的观点。唐代小说中的奇人、奇事融入了戏曲创作者的"蹈厉不平之气"。⑥ 明代陈与郊将《云溪友议》韦皋与玉箫事改编为戏曲《鹦鹉洲》，其序云："传奇，

---

① 王齐洲、毕彩霞编：《〈新唐书·艺文志〉著录小说集解》，岳麓书社2009年版，第531页。
② 王齐洲、毕彩霞编：《〈新唐书·艺文志〉著录小说集解》，岳麓书社2009年版，第412页。
③ 王齐洲、毕彩霞编：《〈新唐书·艺文志〉著录小说集解》，岳麓书社2009年版，第390页。
④ 吴毓华编：《中国古代戏曲序跋集》，中国戏曲出版社1990年版，第51页。
⑤ 吴毓华编：《中国古代戏曲序跋集》，中国戏曲出版社1990年版，第70页。
⑥ 吴毓华编：《中国古代戏曲序跋集》，中国戏曲出版社1990年版，第84页。

传奇也，不过演奇事，畅奇情。"① 唐代小说的尚奇述异得到了明清戏曲家的认同，他们取材于唐代小说创作戏曲，对唐代小说的奇人、奇事、奇文接受继承，并推陈出新。既有小说到戏曲文体的变化，又有新的时代思想的注入。"演奇事，畅奇情"，并非简单的复制模仿，而是呈现明清戏曲家才情的再创作。明清小说家、戏曲家对于奇的美学特征的把握，不仅仅停留于志怪灵异之奇，也有冯梦龙等小说家对无奇之奇的现实世界的揭示，以及李渔等戏曲家对日常生活中新奇之事的挖掘。李渔指出："即在饮食居处之内，布帛菽粟之间，尽有事之极奇，情之极艳。"② 正如樗道人《巧团圆序》所说"于伦常日用之间，忽然变化离奇之相"，从唐代小说由志怪离奇之事向世俗人情故事的转变，与明清戏曲由神仙道化向婚恋世情的创作转变，一定程度上可以看出小说理论对戏曲创作的影响。

（四）唐代小说与明清戏曲"补史之阙"观念之比较

唐代小说受史传及志怪小说的影响极深，虽然传奇创作使唐代小说走上文体独立之路，但史传、志怪对唐代小说的影响并未因此而消除。传奇发展的过程中，甚至有所反复，即传奇创作后期对史传、志怪创作风格的回归。大量以"传""记""志"命名并仿照史传体例创作的唐代小说足以说明其与史传的渊源。唐代传奇在当时称"杂传""传记"。《旧唐书》将经、史、子、集四部列为甲、乙、丙、丁次序。其小说分类与后世小说有所不同。乙部为史，其中"三曰杂史，以纪异体杂纪""十曰杂传，以纪先圣人物"。杂史中《拾遗录》《王子年拾遗记》《吴越春秋》，杂传中《列仙传》《搜神记》《幽明录》等被后世认定为小说者，在《旧唐书》中均属史部。而丙部为子，小说家则"以纪刍辞舆诵"，包括《鬻子》《燕丹子》《笑林》《博物志》《启颜录》等书。③《新唐书·艺文志》则将《搜神记》《述异记》等从《旧唐书》史部之中杂史、杂传类归为小说，同时唐代的单篇传奇《补江总白猿传》及志怪传奇等小说集亦收录

---

① 吴毓华编：《中国古代戏曲序跋集》，中国戏曲出版社1990年版，第156页。
② （清）李渔：《李渔全集》第二卷，浙江古籍出版社1990年版，第259页。
③ （后晋）刘昫等：《旧唐书》卷四十六《经籍上》，中华书局1975年版，第1963页。

其中。① 无论是志怪、杂俎，还是传奇小说，史学传统中重实录的思想依然不同程度地存在。志怪在搜奇述异的同时，强调"发明神道之不诬"。补史之阙，补史之遗的观念根深蒂固地存在于唐代小说家的创作观念之中。李肇《唐国史补自序》明确提出"虑史氏或阙则补之意"②。其于《唐国史补》卷下评曰："沈既济《枕中记》，庄生寓言之类。韩愈撰《毛颖传》，其文尤高，不下史迁。两篇真良史才也。"李德裕《次柳氏旧闻》则在序文中借高力士之口称："彼皆目睹，非出传闻，信而有征，可为实录。"③ 同时也宣称该书可以"备史官之阙"。此外，卢肇《逸史》、郑綮《开天传信录》、高彦休《阙史》等均体现出摭实征信、补史之阙的创作观念。传奇作家传述奇人奇事，也强调自家言之有据，真实可信。如《离魂记》记叙："玄佑少常闻此说，而多异同，或谓其虚。大历末，遇莱芜县令张仲规，因具述其本末。镒即仲规堂叔，而说极备悉，故记之。"小说以史传的手法叙其本末。作者指出故事流传多有异同，小说男主人公张镒的侄子详细地讲述了此事，这就使虚妄离奇的故事增加了可信度，陈玄佑俨然成为一位客观实录者。故事离奇的唐代小说受史传影响，而书写行事卓异人物的小说不但受史传影响，甚至进入史传。如《纪闻·吴保安》《谢小娥传》等传奇被采入《新唐书》。赵彦卫《云麓漫钞》卷八指出唐代小说具备"史才、诗笔、议论"，其中"史才""议论"，均体现唐代小说与史传的渊源与密切关系。唐代小说被明清戏曲家改编取材，同为叙事文学，戏曲继承了小说创作中"史余"的观念，而呈现"羽翼信史"的倾向。明清戏曲不同程度受史传实录的历史叙事影响，这一点不容置疑。王骥德称"古戏不论事实……后稍就实，多本古史传杂说略施丹垩，不欲脱空杜撰"④，可知戏曲创作所取材的对象中，凭空虚构的作品是极其少见的。他又称："剧戏之道，出之贵实，而用之贵虚。《明珠》、《浣纱》、《红拂》、《玉合》，以实而用实者也；《还魂》、《二

---

① （宋）欧阳修、（宋）宋祁：《新唐书》，中华书局1975年版，第1539—1543页。
② 丁锡根编：《中国历代小说序跋集》上册，人民文学出版社1996年版，第283页。
③ 丁锡根编：《中国历代小说序跋集》上册，人民文学出版社1996年版，第287页。
④ 俞为民、孙蓉蓉编：《历代曲话汇编——新编中国古典戏曲论著集成》（明代编）第二集，黄山书社2009年版，第107页。

梦》，以虚而用实者也。以实而用实也易，以虚而用实也难。"① 可结合李渔论述进一步理解王骥德的观点，李渔曰："传奇所用之事，或古或今，有虚有实，随人拈取。古者，书籍所载，古人现成之事也。今者，耳目传闻，当时仅见之事也。实者，就事敷陈，不假造作，有根有据之谓也；虚者，空中楼阁，随意构成，无影无踪之谓也。"可以看到，王骥德所谓"以实而用实者"，是根据《无双传》《虬髯客传》《柳氏传》改编的《明珠记》《红拂传》《玉合记》；"以虚而用实者"，则是根据《枕中记》《南柯太守传》改编的《邯郸记》《南柯记》。很明显，唐代小说成为戏曲家创作的根据和取材主要来源。这些古书所载的现成故事，尽管承载着唐人的意想与文采，却在戏曲事有所本、不能凭空杜撰的观念指导下被改编。所以，姚华说："曲之于文，盖诗之遗裔，于事则史之支流也。"② "于事则史之支流"的概括是有一定道理的。明清戏曲家改编唐代小说，往往采撷史书文传加以丰富充实，这也可视为戏曲"羽翼信史"观念在创作实践中的体现。当然对于戏曲创作事事以史传为取材依据的做法，有识之士给予了批评。如谢肇淛《五杂俎》云："近来作小说，稍涉怪诞，人便笑其不经。而新出杂剧，若《浣纱》、《青衫》、《义乳》、《孤儿》等作，必事事考之正史，年月不合，姓字不同，不敢作也。如此，则看史传足矣，何名为戏？"③ 此种批评足以说明戏曲创作取材正史杂传的倾向是十分明显的。张凤翼的《红拂记》在改编《虬髯客传》及《本事诗·情感类》中乐昌公主事的同时，将唐史中李靖、杨素、李世民等人事迹写入传奇。事有所本，在唐人小说的基础上丰富史实情节是戏曲创作尚实的体现。正如康熙年间传演唐玄宗与杨贵妃故事的孙郁《天宝曲史》，其称："是集俱遵正史，稍参外传，编次成帙，并不敢窃附臆见，期存曲史本意云尔。"④ 梁廷枏不满《梧桐雨》《彩毫记》《长生殿》诸剧以杨贵妃为

---

① 俞为民、孙蓉蓉编：《历代曲话汇编——新编中国古典戏曲论著集成》（明代编）第二集，黄山书社2009年版，第114页。

② 姚华：《曲海一勺》，载俞为民、孙蓉蓉编《历代曲话汇编——新编中国古典戏曲论著集成》（近代编）第二集，黄山书社2009年版，第195页。

③ 吴毓华编：《中国古代戏曲序跋集》，中国戏剧出版社1990年版，第368页。

④ 俞为民、孙蓉蓉编：《历代曲话汇编——新编中国古典戏曲论著集成》（明代编）第二集，黄山书社2009年版，第409页。

主，取材两唐书及唐人所撰《江妃传》，完成了《江梅梦》。改编唐代小说的明清戏曲创作实践表明，戏曲创作要事有所本，不能全凭虚构。明清戏曲家以唐代小说为素材，辅之以史传，使戏曲创作呈现出虚实相半，征实与尚奇杂糅的特点。

（五）明清戏曲批评论著对唐代小说的评价

通过明清戏曲批评论著，可以了解明清戏曲家对唐代小说本事的揭示，考辨唐代小说源流，述评唐代小说思想艺术价值的内容。在评价明清戏曲作品的过程中，评论者往往是以考据的方法考索戏曲作品所依据的唐代小说故事本事，评点小说的故事情节。虽然这些评点局限于评点者的主观性，没有严整的理论体系，但却揭示了戏曲作品与唐代小说的渊源，使读者从一个层面体会到明清文人对唐代小说的认识与评价。如王世贞《艺苑卮言》中对《莺莺传》的本事进行考辨，他认为："元微之《莺莺传》，谓微之通于姑之子，而托名张生者。有为微之考据，中表亲戚甚明。且《会真诗》止载和章，而阙张本辞。大约可推。"[①] 王世贞还考证高明《琵琶记》，指出："偶阅《说郛》所载唐人小说，牛相国僧孺之子繁，与同人蔡生邂逅文字交，寻同举进士，才蔡生，欲以女弟适之。蔡已有妻赵矣，力辞不得。后牛氏与赵处，能卑顺自将。蔡仕至节度副使。其姓事相同，一至于此，则成何不直举其人，而顾诬蔑贤者至此耶？"[②] 评论体现了王世贞对于戏曲故事事必据实的观念，明清文人对于小说、戏曲的评点，总有一种明显的倾向，即认为文学作品是事有所指、微言大义的影射之作。又如，李贽《绣襦记总评》云："据唐白御史《李娃传》，此妇有大识见、大主张、大经济，男子所不如也。夫何一经法华之手，装点出许多恶态，如马板汤之类，装腔拿班，种种恶态，不可言尽。及考杀马煮汤，乃学士王元鼎与妓女顺时秀事迹，不干元和、亚仙之事，所称点金

[①] 俞为民、孙蓉蓉编：《历代曲话汇编——新编中国古典戏曲论著集成》（明代编）第一集，黄山书社2009年版，第517—518页。

[②] 俞为民、孙蓉蓉编：《历代曲话汇编——新编中国古典戏曲论著集成》（明代编）第一集，黄山书社2009年版，第518页。

为铁，非耶？"① 则有意将《李娃传》与《绣襦记》在情节与人物塑造方面的优劣进行比较研究。很显然李贽对唐传奇中李娃的识见与智慧持肯定的态度，而对于明代传奇《绣襦记》中所增饰的一些故事情节则持否定的态度。认为这些点金成铁的不成功改造，损害了李娃这一艺术形象。胡应麟在《少室山房笔丛·庄岳委谈》中对唐人小说多有精当论述，其将唐代小说与明代戏曲进行比较，如其评价《绣襦记》云："事出于唐人《李娃传》，皆据旧文，第传止称其父荥阳公，而郑子无名字，后人增益之耳。娃晚收郑子，仅足赎其弃背之罪，传者亟称其贤，大可哂也！"②

值得注意的还有徐渭对梅鼎祚《昆仑奴》所作的评价，他提出唐代牛僧孺《玄怪录·张老传》中"张老，仙人也，有仆曰昆仑奴"的记载，作为戏曲中昆仑奴为仙的佐证。由此可知徐渭对唐代小说十分熟悉，通过批评也可了解其戏曲创作取材的方法，即为了使昆仑奴成仙更为可信，借助于唐代小说材料，正如其所说"虽皆是说谎，中都有来历"③，使之事有所本，真实可信。

二 唐代小说与明清戏曲艺术特色之比较

唐代小说与明清戏曲作为不同的叙事文体，在艺术上存在叙事方式、人物塑造等可资比较的方面。唐代小说与明清相同题材的戏曲，相同的故事情节却有着不同的艺术呈现。既有因袭继承、殊途同归之处，也有因艺术形式不同导致的明显差异。

（一）唐代小说的叙事体与明清戏曲的代言体

小说与戏曲虽同为叙事艺术，但小说为叙事体，戏曲则为代言体。唐代小说可以通过阅读或讲述方式展现故事，明清戏曲可以通过人物对话与

---

① 俞为民、孙蓉蓉编：《历代曲话汇编——新编中国古典戏曲论著集成》（明代编）第一集，黄山书社2009年版，第552页。

② 俞为民、孙蓉蓉编：《历代曲话汇编——新编中国古典戏曲论著集成》（明代编）第一集，黄山书社2009年版，第657页。

③ （明）徐渭：《昆仑奴题词》，载吴毓华编《中国古代戏曲序跋集》，中国戏剧出版社1990年版，第66页。

行动展现故事,当然戏曲剧本也可以阅读。所以,唐代小说与明清戏曲的文本均可阅读,但叙事方式则有叙述与代言的区别。同时,唐代小说可以讲述,成为文人"昼宴夜话,各征异说"的谈资,而戏曲则是集多种艺术形式于一身的综合艺术。虽然同小说叙事体不同,戏曲中没有独立于戏曲故事之外的叙述者,但依然可以看到叙述体小说向代言体戏曲转化之轨迹。将《甘泽谣·红线》与梁辰鱼《红线女》杂剧加以比较,可以对同一题材不同艺术形式叙事方式之不同有直观认识。《甘泽谣·红线》开篇对人物介绍如下:

> 唐潞州节度使薛嵩家青衣红线者,善弹阮咸,又通经史,嵩乃俾掌其笺表,号曰"内记室"。

明代《红线女》杂剧中,红线女上场则云:

> 自家潞州节度使薛爷帐下小青衣红线是也,幼谙音律,独擅阮咸,素熟兵机,并驱孙武⋯⋯

两段文字内容大致相同,不同之处在于:一为小说叙事体,一为戏曲代言体。小说重在讲述,而戏曲则通过人物自报家门向戏曲观众交代人物的个人情况。但值得注意的是,这段自报家门深受小说叙事体的影响,其虽模拟红线的口吻,实则具有小说叙事的特征。自报家门向观众或剧本读者介绍人物的姓名、身份等情况,所起到的作用与小说对人物的身份交代并无本质的不同。唐代小说受史传文学影响,《任氏传》《柳氏传》《莺莺传》《谢小娥传》等诸多人物传奇,其开篇对人物的介绍与史传极为相似。这种方式被戏曲所汲取,自报家门即为有力证明。代言体是戏曲区别于小说的文体特性。王国维《宋元戏曲史》第八章《元杂剧之渊源》中指出元杂剧较前代戏曲进步原因有二:一为由叙事体转变为代言体;二为音乐体制比宋人大曲自由,比金诸宫调雄肆。其云:

> 宋人大曲,就其现存者观之,皆为叙事体;金之诸宫调,虽有代言之处,而其大体只可谓之叙事。独元杂剧于科、白中叙事,而曲文

全为代言。①

虽然在戏曲中不会像小说那样有故事的叙述人，但在元明清的杂剧中，我们依然可以感受到人物对叙述者角色的承担。这种超出剧中人物言语范围的讲述，也许正是小说给予戏曲的影响。在阅读明清戏曲作品过程中，唐代小说文本对剧本的影响的直接程度超出笔者的预期。诸多戏曲论著在谈及唐代小说对戏曲的影响时，往往认为唐代小说对戏曲的影响是间接的，经由宋元"说话"伎艺或是话本小说的中介环节。笔者认为这只是一个方面，事实上一些明清戏曲家在借鉴唐代小说时是直接汲取，而非间接引用自宋元话本。唐代小说的故事情节在明清戏曲中的重构，大略说来有两种方式：直接移植与故事改造。当然，这两种方式有些时候会体现于同一戏曲，上面所举《红线女》杂剧对唐代小说《红线》的借鉴就体现出直接移植与故事改造并存的特征。直接移植，就是直接引录唐代小说原文为我所用，使之成为戏曲的有机组成部分。如《红线女》中红线的自报家门与唐代小说的符合度，足以说明梁辰鱼对小说《红线》的直接取材。再举一例，《甘泽谣·红线》中，红线曰：

> 某前世本男子，游学江湖间，读神农药书，救世人灾患。时里有孕妇忽患蛊症，某以花酒下之，妇人与腹中二子俱毙。是某一举杀三人。阴功见诛，降为女子，使身厌罗绮，口穷甘鲜，宠侍有加，荣亦至矣。况国家建极，庆且无疆，此辈背违天理，当尽弭患。昨往魏郡，以示报恩。两地保其城池，万人全其性命；使乱臣知惧，烈士安谋。在某一妇人，功亦不少，固可赎其前罪，还其本形。便当遁迹尘中，栖心物外，澄清一气，生死长存。

这样一大段文字被直接移植于《红线女》杂剧第四折，只是个别字句有细微差异。具体内容详见《盛明杂剧初集·红线女》，于此不再赘述。唐代小说，尤其是传奇作为故事来源为明清戏曲家所喜爱，直接采撷

---

① 俞为民、孙蓉蓉编：《历代曲话汇编——新编中国古典戏曲论著集成》（近代编）第二集，黄山书社2009年版，第546页。

并非孤例。以明代吴江派作家沈璟为例，其《埋剑记》取材于《吴保安》，《红蕖记》则取材于《郑德璘传》。而临川派作家汤显祖"临川四梦"对唐代小说的取材更是人所共知，笔者在唐代小说豪侠题材、婚恋题材在明清戏曲的再创作等章节有专门论述。如上所提，唐代小说直接为明清戏曲家所用，小说中的人物对话被汲取为戏曲中的宾白对话。这就引出一个问题，即何以唐代小说中人物对话、场景被移入戏曲作品中不会有生硬拼凑之感，却显得适合戏曲体例，自然富有机趣呢？显然唐代小说在叙事方式上与明清戏曲有相通暗合之处，否则直接移植必然有排异反应。石昌渝认为唐代小说与史传关系密切，有两种叙事方式：讲述式和呈现式。他指出："呈现式有叙述者的讲述，但事件中的人物各有适如其人的对话和独白，人物的交谈和人物的独白是在一定的时间和空间中进行的，对于这个时空的描摹，就是场景。"[1] 石昌渝认为"场景"很像是戏剧的一幕。由此，我们就不难理解唐代小说经典的场景、情节被明清戏曲所采用的原因了。《虬髯客传》中红拂夜奔、风尘三侠相识于灵石旅舍，这些场景、情节因其戏剧性极强，而被张凤翼、凌濛初、冯梦龙等采用于同一题材的戏曲之中。当然，"呈现式"叙事方式并非唐代小说所独创，其对于史传文学的借鉴是非常明显的。这种文学性的叙事方式在司马迁《史记》中有所运用，众所周知的鸿门宴即为例证。"骚人以自己笔端，代他人口角"[2]，戏曲作家叙事代言之体与唐代传奇"呈现式"叙事有不谋而合之处，所以作家采摭也就合乎情理了。而故事的改造则是依据唐代小说进行改编，或是添加枝叶润饰丰富，或是推陈出新翻案改写。如明清时期思想文化对西厢题材的渗透与改造，戏曲家既有延续"有情人终成眷属"的婚恋故事的作品，也有遏淫止诲的反西厢戏曲创作，拓展了西厢题材戏曲的思想文化内涵，带有鲜明的时代特色。对唐代小说的借鉴与改写，说明了唐代小说题材对明清戏曲的影响。唐代小说文本经由宋元话本或是不通过中间环节，对明清戏曲产生了深刻影响。其中，唐代小说叙事体中"呈现式"叙事方式具备戏曲代言体的特征。综合诸多原因，小说叙事体

---

[1] 石昌渝：《中国小说源流论》，生活·读书·新知三联书店1994年版，第154页。
[2] （明）周之标：《吴歈萃雅题辞》，载俞为民、孙蓉蓉编《历代曲话汇编——新编中国古典戏曲论著集成》（明代编）第二集，黄山书社2009年版，第418页。

转变为戏曲代言体是本质变化。关于戏曲的代言体属性，李渔《闲情偶寄》中的论述非常精当，其曰：

> 言者，心之声也，欲代此一人立言，先宜代此一人立心。若非梦往神游，何谓设身处地？无论立心端正者，我当设身处地，代生端正之想；即遇立心邪辟者，我亦当舍经从权，暂为邪辟之思。务使心曲隐微，随口唾出，说一人，肖一人，勿使雷同，弗使浮泛，若《水浒传》之叙事，吴道子之写生，斯称此道中之绝技。果能若此，即欲不传，其可得乎？[1]

所以，戏曲作家必须深刻体会人物形象的特征，不仅要揣摩其形态、口吻，还要体会其精神世界，才能使人物形神毕肖，使戏曲之代言取得成功。唐代小说经过时间检验已为传世之精品，对话、独白及故事场景为人们所熟知，戏曲家借用经典既符合人们看熟戏的传统，也省了心思和工夫去重新创作。当然，对唐代小说的选取，故事素材的采撷也能体现作家的眼光与艺术功力。所谓取法乎上，就是这个道理。

（二）唐代小说与明清戏曲的人物塑造

在比较唐代小说与明清戏曲叙事方式及文本择取的同时，有必要就小说、戏曲对人物的塑造与刻画进行比较分析，以了解唐代小说在明清戏曲中的改编情况。正如周贻白所说："唐代传奇文成为后世戏剧的本事取材，在内容的思想意识上具有一定的影响，但剧作者借此而另作发挥，则有非唐代传奇文想象所及者。"[2] 思想内容要在人物形象塑造与故事情节的展现中体现，所以，从人物塑造入手，可以了解明清戏曲对唐代小说改编的思想取向。唐代小说，尤其是唐传奇丰富的题材内容及对于各色人物的细腻刻画，使之成为明清戏曲创作的蓝本。文人士子、闺秀狭邪、商贾

---

[1] （清）李渔：《闲情偶寄》卷二《词曲部·宾白第四·语求肖似》，载俞为民、孙蓉蓉编《历代曲话汇编——新编中国古典戏曲论著集成》（清代）第一集，黄山书社 2008 年版，第 276 页。

[2] 周贻白：《中国戏曲发展纲要》，上海古籍出版社 1979 年版，第 60 页。

豪侠、帝王将相，诸色人物的悲欢离合、喜怒哀乐无不成为唐代小说所描写的内容。对现实生活与琐事轶闻的描述，使得唐代小说成为明清文人所乐于汲取的戏曲题材。戏曲作为叙事文学，其对艺术形象的塑造与表现具有自己的艺术方式。小说作家对于人物的刻画通过小说文本的撰写、读者的阅读欣赏去实现。而戏曲则是作家以代言体，通过宾白、科介等综合的艺术形式，经由戏曲艺术的表演得以呈现。因此，小说、戏曲虽然都可以作为阅读文本，但戏曲对于人物的塑造却是综合多种艺术形式，通过作家、演员与观众共同完成的。即使是一部从未付诸演出实践的案头化戏曲，也遵循戏曲的体制规范与约定俗成的套路规范。唐代小说的人物塑造所取得的艺术成就，研究者论述甚多，本节主要结合唐代小说与明清戏曲的人物塑造谈三个方面的认识。

1. 从复杂的人物性格到归于雅正理想的人物性格

唐代小说，尤其是唐传奇已表现出以人物为中心，通过事件和细节塑造人物的艺术自觉。体现唐代小说艺术水准的《任氏传》《李娃传》《霍小玉传》《柳毅传》《南柯太守传》《枕中记》，成为明清戏曲家改编的重要篇章，并非一时偶然，而是因为这些小说创作了足以感动人心的艺术典型。见义勇为、仗义豪侠的柳毅，始乱终弃的李益、张生，痴情至情的霍小玉、莺莺，身份低贱却义合良缘的豪侠昆仑奴等，这些人物形象无不呈现出鲜活的艺术生命，体现出复杂的人物性格。优秀的唐传奇作品在人物塑造的过程中，表现了人物的丰富内涵与独特个性。而明清戏曲在改编时，却受戏曲文化的传统影响，使人物形象在一定程度上泯灭了独特个性，而呈现出类型化的特征。如《李娃传》中的李娃，其行为本有瑕疵，她主动参与"倒宅计"，欺骗了荥阳生。这并不影响李娃这一艺术形象的独特魅力，反而让读者感到真实可信。风尘女子惯于逢场作戏，为了钱财采取欺骗的手段本是轻车熟路，这符合李娃的身份。唐代小说对于表现的人物并不掩饰其性格缺陷，而是按照性格的发展逻辑，写出了李娃情的觉醒。在真情的感召下，她选择了新的人生。李娃这一人物的丰富性与复杂性在明清戏曲创作中被改变。明代徐霖《绣襦记》将这一情节加以改动，使李娃形象得到净化，使之节行瑰奇、贤贞执着，甚至增加了"剔目劝学"的故事情节，以突出李娃的贞烈。而郑若庸的《玉玦记》则化用《李娃传》中情节，写了南宋王商与妻秦庆娘的悲欢离合故事。写李娟奴与鸨母设"倒宅计"欺骗王商，突出了妓女的贪狠无情。将人物形象作类型化处理，将原本丰富复杂的人物变成了善与恶的两极，这恰恰是戏曲创作的习惯选择。又如，《集异记·王维》中王维与张九皋争解头，不惜请托岐王，以优伶身份入见九公主，以《郁轮袍》曲博得九公主欢心，一举登第。小说结尾处还提到安禄山授其伪官，平叛后，其兄王缙请以自己官爵赎王维罪责事。明王衡《郁轮袍》杂剧则将这些情节视为有损王维形象的劣行，而将之移植于王推这一冒充者。《霍小玉》中负心的李益，在明代汤显祖的《紫钗记》中则转变为多情专一的艺术形象。《无双传》中斩草除根的古押衙，在陆采《明珠记》中则转变为忠义而不滥杀的侠义英雄。戏曲作品对于人物角色的处理，往往赋予人物以道德的判断，如忠义与奸邪、善良与丑恶、贞烈与淫纵等，将复杂的社会、复杂的人物做了简单化的两极处理，使人物形象呈现出类型化的特征。而类型化的同时，出于教化的目的，人物形象被赋予了承载作者理想与伦理诉求的理想化人格，呈现出"恶则无一不恶，美则无一不美"的审美取向。所以，唐代小说中复杂的人物性格在明清戏曲中得到了纯化。戏曲家更喜欢将人物塑造为雅正与理想化的完美人物，有意剔除了唐代小说人物的性格瑕疵和行为缺陷，表现出与唐人创作取向的差异。

2. 从渐次展现人物性格到人物出场定型化

唐代小说注重人物形象的塑造，在离奇曲折的情节中，通过外貌描写、细节展现，以及人物的语言和行动塑造鲜活生动的艺术形象。戏曲则通过人物的装扮、宾白、科介来展现人物的外貌与性格。明清戏曲对人物的塑造不是依靠剧情的发展渐次展现人物的性格，而是采取人物出场定型化、类型化的方法交代人物的身份与性格。唐代小说中人物性格随着情节的推进而有一个发展过程，在戏曲中则被直截了当地交代给观众，使人们在掌握人物身份及性格的前提下去欣赏戏曲的矛盾冲突与情节发展。如唐代小说《昆仑奴》中的昆仑奴并非出场就神异非凡，而是随着情节的发展其豪侠的形象得以确立。明清戏曲中的昆仑奴形象塑造与唐代小说中的昆仑奴的明显差异之处，正在于自报家门中对形象的定位。以梅鼎祚《昆仑奴剑侠成仙》为例，昆仑奴大帽青衣登场云：

裘马谁为感激人，岂论书剑与风尘。五湖归去孤舟月，再到天台访玉真。某崔府昆仑奴磨勒是也。本结仙胎，旁通剑术，驱神役鬼，出有入无。只为那尘缘未尽，薄谪难辞，就托迹在崔老爷家做个苍头。见今伏事他郎君在此，尽着他坠镫执鞭，少不得负薪汲水。正要忍辱才是炼魔，直等到主恩少报，限期已满，方可脱身，再图证果……

戏曲通过自报家门，人们在情节尚未展开之前，就已经了解昆仑奴是神仙谪凡，身怀绝技，是一位旁通剑术，具有驱神役鬼之能的剑侠。这与唐代小说中昆仑奴的塑造手法有着明显的不同。同时，戏曲人物的脸谱也起到对人物忠奸善恶性格展现的作用，与人物自报家门相配合，使人物的性格定型化，便于人们掌握。正如孔尚任《桃花扇凡例》所云："脚色所以分别君子小人，亦有正色不足，借用丑、净者。洁面花面，若人之妍媸然，当赏识于牝牡骊黄之外耳。"[①] 戏曲对人物的塑造与小说的不同之处，还在于其将道德评价鲜明地展现在人物身上，如对于反面人物采取自我否定式的介绍即为例证。如根据唐代小说改编的明代戏曲许三阶《节侠记》中李秦授自称："官居补阙，实欠箴规。意在逢君，专工谄佞。"小说中一个奸佞小人是绝不会自我否定，公然宣称自己善于逢迎、专事谄媚的。但在戏曲中则往往突出戏曲的矛盾冲突，将道德评判鲜明呈现，所以反面人物自我否定式的介绍在戏曲作品中是常见的。

唐代小说对于人物的塑造不是先入为主的赋予人物某种道德品质的标签，也并不突出其带有主体倾向性的性格特征。小说一定程度上注意表现社会生活的纷繁复杂以及人物形象的丰富性与复杂性。唐代小说对于人物形象不是简单化地处理，也很少机械僵化地将人物固化为一种类型。所以，唐代小说中的人物形象鲜活生动而富有生活气息，率性张扬而不矫饰做作。而明清戏曲在改编过程中，则突出人物的道德特征，突出人物的主导性格。小说中丰富而复杂的人物形象在适应戏曲的脚色或行当时，往往要先符合行当的类型角色，并归属于忠奸善恶的某一性格范畴。生旦净末丑诸色人等，只要一出场就先有了行当的角色要求，人物已经被赋予了一

[①] 俞为民、孙蓉蓉编：《历代曲话汇编——新编中国古典戏曲论著集成》（清代编）第一集，黄山书社2008年版，第667页。

份道德期许。道德品质被戏曲突出并强化，人物的丰富性与复杂性被人物忠奸贤愚的主导性格所取代。在戏曲中正面人物与反面人物成为忠与奸、善与恶对立的两极，形成高尚与卑鄙的鲜明对照。清代彭邦畴《丹桂传叙》云："其摹写忠孝节烈之人品，贤奸邪正之心术，是非得失，使愚夫愚妇一见而知其孰为善，孰为恶，为之流涕，为之快意，为之不平。不善者怒之骂之，其善者则爱之慕之，且欲从而效法之。"① 戏曲人物的塑造突出类型化特征，人物曲词、宾白要符合生、旦、净、末、丑的行当分工，如有违背则是戏曲的失败体现。凌濛初《谭曲杂札》就批评说："又可笑者：花面丫头、长脚髯奴，无不命词博奥，子史淹通，何彼时比屋皆康成之婢、方回之奴也？总来不解'本色'二字之意，故流弊至此耳！"② 各个行当自有人物身份的基本特征，在凌濛初看来戏曲中丫头、髯奴等形象要符合其身份特征，如果都像文人学士那样精通经史、学识渊博是不符合生活实际的，也违背创作规律。戏曲行当对人物的表现有内在的规定性，演员要按照行当的角色特性与程式技巧去展现类型化的人物形象。李渔说："如在花面口中，则惟恐不粗不俗；一涉生、旦之曲，便宜斟酌其词。无论生为衣冠、仕宦，旦为小姐、夫人，出言吐词，当有隽雅春容之度；即使生为仆从，旦作梅香，亦须择言而发，不与净、丑同声。以生、旦有生、旦之体，净、丑有净、丑之腔故也。"③ 所以，唐代小说中的人物进入明清戏曲之中时，他们首先被赋予了一种行当角色。每种行当的程式对人物形成了表现的规范与要求，正所谓"生、旦有生、旦之体，净、丑有净、丑之腔"。先有行当定位，然后才是戏曲人物之塑造。同时戏曲人物经由演员演绎，需要将演员对于人物的理解转化为演员的带有主体个性的演绎。吴永嘉《明心鉴方法集》卷四云："观像者，观古人品格、贤愚，像古人行藏、虚实，总在曲白内文中，细看道理缘由，生情生意，作状作声。未登场慎思之，既归场审问之，习如古人作事一般，设身处地，出于自然。喜则令人悦，怒则教人恼，苦则动人惨，惊则使人憯，虽则为

---

① （清）江义田：《丹桂传》，清道光十年彩笔堂刊本。
② 俞为民、孙蓉蓉编：《历代曲话汇编——新编中国古典戏曲论著集成》（明代编）第三集，黄山书社2009年版，第195页。
③ 俞为民、孙蓉蓉编：《历代曲话汇编——新编中国古典戏曲论著集成》（清代编）第一集，黄山书社2008年版，第252页。

戏，意当为真。"① 演员要斟酌揣摩，对人物的品格、忠奸体会入微。一旦登场演员对人物角色的把握进入化境，就不是简单摹仿，而是形神兼备的艺术表演。戏曲角色的脸谱在确定人物的道德品质、性格特征方面也起到了外化的作用。观众可以根据脸谱判断人物的行当与主导性的性格。刚正鲁莽的花脸、阴险狡诈的丑角等人物出场时，观众根据黑、白、红、蓝、绿等脸谱就可以判断其中蕴含的形象信息。

3. 从小说叙事中的间接抒情到戏曲中的直接抒情

唐代小说与明清戏曲虽然同为叙事作品，但很明显唐代小说重在叙事，借助于人物形象表达作者的内心情感，随着情节发展间接抒情，而戏曲重在抒情，借助于戏曲人物的对话交流心曲，注重情感的直接表达与抒发。这并不意味着唐代小说不具有抒情的特性。唐代小说较以往小说作品更重视主观情感的抒发。小说中人物形象的诗歌创作或是带有诗意的情感表现出浓郁的抒情特征，"诗笔"成为唐代小说显著的特点。小说强烈的抒情色彩以及小说所具有的诗的意境与韵味，无疑为后世戏曲的改编提供了便利。唐代小说作家将诗文融入小说文本使之成为有机整体，而戏曲作家则将小说叙事情节融入曲文构成戏曲艺术的组成部分。不同之处在于，唐代小说重在叙事兼及抒情，而明清戏曲则重在抒情兼及叙事。即唐代小说汲取了诗歌表意抒情的方法，明清戏曲则采纳了小说叙事的方法，二者均表现出叙事与表意抒情相结合的特征，但却存在着以叙事为主还是以表意抒情为主的不同创作选择。唐代小说在婚恋、豪侠、神怪等题材创作中以抒情见长的作品往往是后世戏曲乐于改编的佳作。唐代小说中抒情意识的自觉，对于爱憎情感的表达，体现了唐人的价值取向，对明清戏曲的改编产生一定影响。清代周克达《唐人说荟序》云："嗣后说部纷纶，非不有斐然可观者，然未能如唐人小说之善，此其人皆意有所托，借他事以导其忧幽之怀，遣其慷慨郁伊无聊之况，语渊丽而情凄婉，一唱三叹有遗音者矣。"② 唐代小说作家在小说创作中有所寄托，借小说抒发忧幽之怀，排遣慷慨郁结的胸臆，个人的情感反映在作品中，使唐代小说具有情感充

---

① 俞为民、黄蓉蓉编：《历代曲话汇编——新编中国古典戏曲论著集成》（清代编）第三集，黄山书社2008年版，第638页。

② 丁锡根编：《中国历代小说序跋集》，人民文学出版社1996年版，1795—1796页。

沛、凄婉动人的抒情特点。

傅谨指出："中国戏曲不像西方戏剧那样，把人物的塑造放在戏剧创作中最核心的位置，这是因为中国的文学传统与西方文学传统不同，对于情感表现的重视要远远超过对于人物塑造的重视。"① 戏曲作品中通过人物抒情言志，对于内心丰富情感的表达是唐代小说所无法比拟的。如张凤翼《红拂记》中，通过曲文展示红拂与李靖彼此钟情的内心世界，比唐代小说《虬须客传》对人物的刻画更为细腻。如第七出《张娘心许》中以【簇御林】曲展现红拂的内心世界。曲云："看他言语慷慨，貌伟然，信翩翩，美少年。私心愿与谐姻眷，只是无媒怎得通缱绻。我有计在此了，且俄延，须教月下，成就这良缘。"第八出《李郎神驰》通过【步步娇】【江儿水】等曲写红拂颇有顾盼之意引起了李靖的注意，使李靖离开杨府后内心亦产生波澜。所以，一位心许，一位神驰，为两人夜奔做了铺垫。这种人物内心的独白是唐代小说原作所没有的，却是戏曲作品塑造人物所惯用的手法。戏曲具有宣泄情感的抒情功能，正如《剑桥中国文学史》总结说："一般说来，挪用是戏曲创作的惯例。几乎这一时期的每一部剧作，都能找到某些出处，这说明戏曲的目的不在于故事结局，而是情感表达。"② 以《长生殿》为例，其受唐代小说影响已成共识。这部五十出的传奇，以第二十五出《埋玉》为界分为两个部分，与前一部分的现实描写相比，后一部分并不重视故事情节的推进，而侧重于李隆基对杨玉环无尽的情思与眷恋。传奇中男女主人公大段的情感表达，是洪昇传奇创作用力最勤处，也是其不同于重视故事情节的唐代小说之处。"听生书，看熟戏"，正说明戏曲并非侧重于故事本身的吸引力，而是侧重于情感的表达和戏曲技巧的展示。

（三）明清戏曲对唐代小说故事情节的借鉴

戏曲往往借助故事情节演绎抒发情志。明清戏曲对唐代小说的故事情节进行充分的借鉴，将小说的故事情节作为戏曲的主体情节加以演绎。同

---

① 傅谨：《戏曲美学》，台湾文津出版社1995年版，第146页。
② ［美］孙康宜、［美］宇文所安主编：《剑桥中国文学史》下卷，第二章《晚明文学文化》，生活·读书·新知三联书店2013年版，第141页。

样作为叙事艺术，小说重在讲述故事，而戏曲则借助情节抒情。小说继承了史官文化的叙事传统，而戏曲则主要继承了诗歌文化的抒情传统。二者因叙事性而结缘，情节的曲折与新奇会调动读者或观众的兴趣。戏曲作为综合艺术，兼顾抒情与叙事，使其在借鉴小说故事本事过程中，必然因作家的思想观念、艺术素养等差异而有不同的处理。思想观念的保守或超前，直接导致在内容的嬗变中体现作家因时代文化差异所做出的改编。而艺术素养的差异，则决定了对故事取舍与创作性演绎的成败。如依据《枕中记》改编的戏曲有元明佚名杂剧《吕翁三化邯郸店》、明代谷子敬《邯郸道卢生枕中记》、车任远《邯郸梦》、汤显祖《邯郸记》，而以汤显祖的创作为最佳，成为明代传奇的代表作品。傅谨指出："戏曲的叙事结构在作品中的重要性要远远逊于戏曲的音乐结构。"① 明清戏曲也继承了抒情传统，但明清戏曲作品对唐代小说题材的借鉴及曲折情节的化用，使明清传奇使用了"传奇"这一名称。但戏曲家借助于史书、小说创作戏曲，并不在意对相同题材的改编，因为熟悉的故事情节更有助于人们对戏曲的欣赏，也省却了戏曲家创作故事所花费的心思与精力，使他们侧重于曲词创作而施展才华，抒发情志。如梁廷枏在《曲话》卷二中指出："元人杂剧多演吕仙度世事，叠见重出，头面强半雷同。马致远之《岳阳楼》，即谷子敬之《城南柳》，不惟事迹相似，即其中关目、线索，亦大同小异，彼此可以移换。"② 汤显祖也继承前代题材，汲取元代戏曲的创作营养。梁廷枏指出："汤若士《邯郸梦》末折《合仙》，俗呼为《八仙度卢》，为一部之总汇，排场大有可观，而不知实从元曲学步，一经指摘，则数见不鲜矣。"③ 由此可见，明清戏曲对同一题材的改编演绎，对前代作品艺术养分的汲取是习以为常的通例，同样的题材在不同戏曲家的创作中风采各异，体现出水平的高低。对于取材前人作品的现象吴梅也有评价，其云："且以愚意论之，用故事较臆造为易，何也？故事已有古人成作在前，其篇幅结构，不必自我用心，但就原文编次，自无前后不接，

---

① 傅谨：《戏曲美学》，台湾文津出版社 1995 年版，第 60 页。
② 俞为民、孙蓉蓉编：《历代曲话汇编——新编中国古典戏曲论著集成》（清代编）第四集，黄山书社 2008 年版，第 24 页。
③ 俞为民、孙蓉蓉编：《历代曲话汇编——新编中国古典戏曲论著集成》（清代编）第四集，黄山书社 2008 年版，第 25 页。

头脚不称之病。至若自造一事，必须先将事实布置妥帖，其有挂漏之处，尤宜随时补凑，以较用故事编次者，其劳逸为何如？事半功倍，文人亦何乐而不为哉？"① 所以，借鉴前代小说题材远比自行创作故事容易，易使戏曲的故事结构严谨，达到事半功倍的效果。当然，戏曲对于小说的改造要使其符合戏曲的体制与表达需要，故事的叙述性要巧妙地改编为戏曲的戏剧性，有意识地增强戏剧冲突，以求更好地展示曲折生动的故事情节。

至于对故事情节的改编，我们在神怪、婚恋、豪侠题材小说与戏曲作品的比较中已经详细论述。值得一提的是，对于故事情节的运用，杂剧和传奇因体制长短而有所区别。明清杂剧往往直接改编唐代小说，就某一单篇作品改编创作，如朱有燉《李亚仙花酒曲江池》、王衡《郁轮袍》、裘琏《旗亭记》、凌濛初《虬髯翁》、梁辰鱼《红线女》、梅鼎祚《昆仑奴》、孟称舜《桃花人面》、尤侗《黑白卫》、王夫之《龙舟会》之类。而明清传奇因篇幅长，多数长达几十出，所以往往增入相关的史书记载和唐代小说素材，对多篇唐代小说进行整合。如张凤翼《红拂记》综合了《虬髯客传》及《本事诗·杨素》的故事情节，使李靖与红拂、徐德言与乐昌公主的婚恋故事一起构成戏曲的情节线索。更生子《双红记》则将唐代小说《昆仑奴》与《红线》合而为一。又如李渔《蜃中楼》将《柳毅传》与《张生煮海》故事合为一戏。这样既丰富了明清戏曲的故事情节，也满足了明清戏曲的双线情节结构的需要。此外，明清戏曲在对唐代小说的改编过程中喜欢设置关涉情节发展及人物悲欢离合的小道具。有些戏曲作品还直接以小道具命名，如《紫箫记》《紫钗记》中的"紫箫""紫钗"。《红拂记》中的"红拂"既可指慧眼识英雄的红拂女，也可指其手中的红拂，它是促进情节发展的重要物件。又如，《玉合记》《明珠记》《玉杵记》《龙沙剑》等均属此类。

同时，明清戏曲往往将唐代小说悲欢离合的悲剧结局转变为大团圆式的故事结局。"十部传奇九相思"，以婚恋题材小说为例，以悲剧结局的唐代小说作品《霍小玉传》《任氏传》《莺莺传》《玉箫化》等，经明清戏曲家改编创作无不以大团圆作为故事结局。王国维在《宋元戏曲史》中指出："明以后，传奇无非喜剧，而元则有悲剧在其中。就其存者言

---

① 吴梅：《顾曲麈谈》第二章《制曲》，上海古籍出版社2000年版，第62页。

之:如《汉宫秋》、《梧桐雨》、《西蜀梦》、《火烧介子推》、《张千替杀妻》等,初无所谓先离后合,始困终亨之事也。"① 王国维认为明代以后传奇戏曲无非是一些"先离后合,始困终亨"的喜剧。这些戏曲一般都有大团圆式的故事结局。

就整体而言,唐代小说经由明清戏曲家的改编,也不可避免地落入"先离后合,始困终亨"的故事套路,但如果据此认为明清戏曲家没有悲剧意识则有失偏颇。卓人月在《新西厢序》中对于悲剧有很深刻的思考,就这一点而言,他的认识比同样陷于喜剧化潮流的王实甫、汤显祖要深刻。他指出:"天下欢之日短而悲之日长,生之日短而死之日长,此定局也。且也欢必居悲前,死必在生后。今演剧者,必始于穷愁泣别,而终于团圆宴笑,似乎悲极得欢而欢后更无悲也,死中得生而生后更无死也,岂不大谬也!"他认为现实世界欢而后悲,生而后死,乃是人生的定式。戏曲大团圆式的故事结局并不符合生活的常态与实际。进而指出:"夫剧以风世,风莫大乎使人超然于悲欢而泊然于生死。"戏曲具有风世教化的功能,如果不能对生死抱以达观超然的心态,沉迷于戏曲表现的生与欢中,戏曲就无法达到风世的目的。卓人月还有意识地将唐代小说与后世戏曲进行比较,其云:"崔莺莺之事以悲,霍小玉之事以死犹终。小说如此者不可胜计,乃何以王实甫、汤若士之慧业而犹不能脱传奇之窠臼耶?余读其传而慨然动世外之想,读其剧而靡焉兴俗内之怀,其为风与否,可知也。《紫钗记》犹与传合,其不合者止复苏一段,然犹存其意。《西厢》全不合传。若王实甫所作,犹存其意;至关汉卿续之,则本意全失矣。"② 卓人月认为王实甫、汤显祖的戏曲创作改变了故事本事的生离死别结局,失去了唐代小说创作意旨,无法达到通过戏曲"使人超然于悲欢而泊然于生死"的风世作用。

因此,可以说卓人月体会到了唐代小说所承载的丰厚的文化意蕴在戏曲创作过程中的嬗变,指出传奇故事陷入模式化的窠臼,即使王实甫、汤显祖这样的一流作家也不免从俗。卓人月的思考虽然深入,但其声音是微

---

① 俞为民、孙蓉蓉编:《历代曲话汇编——新编中国古典戏曲论著集成》(近代编)第二集,黄山书社2009年版,第584页。

② 吴毓华编:《中国古代戏曲序跋集》,中国戏剧出版社1990年版,第298页。

弱的，无法引导戏曲创作的主流趋向。无论是创作者，还是接受者，普遍接受的戏曲创作程式都是始悲终欢、始离终合、始困终亨的惯性模式。因此，明清戏曲对唐代小说的故事情节改编，化悲为喜，化离为合，以大团圆收场也是很自然的事情，这体现了明清戏曲文化的审美取向。

（四）从唐代小说叙事到明清戏曲艺术的挪移

不同的文学艺术形式决定了其不同的艺术表现。唐代小说经由明清戏曲家的再创作，实现了从小说到戏曲不同艺术形式的挪移。从小说叙述到戏曲艺术的空间展现，从语言艺术到综合艺术的展现，使相同题材实现了艺术表现手段的挪移。戏曲艺术最终要付诸视听等综合的艺术表演，所以原有的小说叙事在服从于戏曲艺术的内在要求时，其艺术表现发生了根本性变化。王国维云："然后代之戏剧，必合言语、动作、歌唱，以演一故事，而后戏剧之意义始全。"[1] 其在《戏曲考原》中云："戏曲者，谓以歌舞演故事也。"[2] 所以，用以阅读的唐代小说题材，在明清戏曲中虽有曲本可供阅读，但最终还是要以综合艺术形式呈现。通过音乐和歌唱而付诸听觉，通过艺人的精湛表演而付诸视觉。周贻白也指出："盖戏剧本为上演而设，非奏之场上不为功，不比其他文体，仅供案头欣赏而已足。"[3] 既然戏曲以艺术表演为终极目的，那么小说题材的改编就要适应这种需求。明清戏曲对于音乐化的抒情方式更为重视，在唐代小说的故事情节中，似乎明清戏曲家更重视曲词的音乐性与抒情效果，而非曲折复杂的故事情节。汤显祖之所以受到沈璟的批评，原因之一就是汤显祖更重视戏曲的文学性，而在一定程度上忽略了戏曲的音乐性和曲词唱腔的声韵。与唐代小说创作"事皆摭实"不同，戏曲在演绎过程中，总是力求呈现戏曲表演与现实人生的不同。让人们意识到戏曲舞台上表演的只是戏剧化的人生，是夸张、变形的人生。程式化的表演，使观众更加关注戏曲艺术的表演，而不是阅读小说时对故事情节的关注。于此试举一例，《节侠记》第

---

[1] 俞为民、孙蓉蓉编：《历代曲话汇编——新编中国古典戏曲论著集成》（近代编）第三集，黄山书社2009年版，第510页。

[2] 俞为民、孙蓉蓉编：《历代曲话汇编——新编中国古典戏曲论著集成》（近代编）第三集，黄山书社2009年版，第632页。

[3] 周贻白：《中国戏剧史长编》，上海世纪出版集团2007年版，第1页。

十一出《计谄》中有一段李秦授拜谒武承嗣,谄媚内官的情节:

> (小旦扮内官上)当年许史宅,昭代帝王家。那一个在这里?(丑去须趋揖介)老公公拜揖。补阙李秦授求见大王。(小旦)李补阙是有须的,如何没了须?(丑)老公公不生须,小孩儿焉敢生须。(小旦)这官儿到会讲话,俺与你通报便是。(丑仍上须介,旦向内介)大王有请。

可以说这段戏曲情节将李秦授阿谀奉承的丑恶嘴脸刻画得淋漓尽致,已经超越了唐代小说《裴佣先》的故事本事,展现了戏曲艺术的独特魅力。如果在小说中展现这一故事情节,必然会被读者视为故事纰缪。而在戏曲舞台上,李秦授去须、上须的动作表演,以荒诞、夸张的艺术表演展示了这一人物形象的奸邪面目。不可思议的举动拉开了戏曲舞台与现实人生的距离,表明这一切只是戏曲表演,是戏剧化的人生。但对奸邪狡诈、阿谀奉承的李秦授的刻画却是入木三分的,漫画式反映了现实中的这一类人。从唐代小说到明清戏曲的艺术挪移中,故事得到异代的阐发。在明清戏曲家的创作中,故事得到延伸、增加或删削,呈现戏曲叙事的艺术之美。

第 六 章

唐代小说与明清戏曲文化内涵之比较

唐代小说蕴含着丰富的思想文化内涵，经由明清戏曲的改编，作品的文化内涵已经悄然发生变化。针对唐代小说及明清戏曲的改编，研究文化内涵的异同是十分有意义的。汪辟疆、郑振铎、谭正璧等学者按题材类型对唐代小说进行分类，正如汪辟疆所言"道录三清之境，佛教轮回之思，负才则自放于丽情，摧强则酣讴于侠义"[①]，神怪、婚恋及豪侠题材小说可代表唐代小说的主要题材类型。所以，本书主要对唐代小说与明清相关题材戏曲所反映出的婚恋、宗教及侠义观念进行比较研究，试图发现同中之异与异中之同，以期更清晰地了解唐代小说因革流变的轨辙，以及明清戏曲对唐代小说思想观念的继承与发展。因前文已对唐代神怪、婚恋、豪侠题材小说与明清戏曲进行个案比较研究，故本章重在文化内涵的总体把握，与前文细密比较相辅相成，达到从不同侧面认识唐代小说与明清相关题材戏曲异同的目的。这里说明一点，比较主要针对唐代小说及根据唐代小说改编的明清戏曲进行，对于专章研究的内容从略。

一 唐代小说与明清戏曲婚恋观之比较

唐代的婚恋小说以文学的形式反映了唐代婚丧嫁娶的婚恋习俗与观念，从一个侧面反映了唐代的社会生活与民俗文化的内涵。通过婚恋小说

---

① 汪辟疆：《唐人小说·序》，上海古籍出版社1978年版，第1页。

可以透视唐代社会风气、门第观念及夫妇伦常。被明清戏曲取材改编的唐代婚恋小说，有文士与闺秀、妓女的婚恋故事，也有帝王与妃嫔、将相与名媛的婚恋故事，还有超越现实的人神、人鬼、人与动植物精怪的婚恋故事，可以说涵盖了唐代小说婚恋题材的方方面面。唐代小说所体现的婚恋观既有对传统婚恋观的继承，又有随着时代发展而增加的新内容。就婚恋观而言，唐代相对于理学逐渐强势的后世，思想观念方面更具有包容性，而没有太多的束缚与羁绊。儒家婚恋观的主导地位并没有改变，但却呈现思想的多元化取向，而不似后世那样僵化保守。人的天性真情得以表现张扬，婚恋故事缠绵悱恻，而不似后世总是力求泯灭人的正常欲望，而去维护所谓的天理。

（一）婚恋观与社会风尚

唐代的婚恋题材小说中，士子们有猎艳逐色的特征。他们没有"男女授受不亲"的思想束缚，表现出对美色的渴慕。是社会的浮华风尚使然，还是唐代科举制度实施的深入所引发的社会结构变化使然？总体而言，唐代士子们的婚恋态度与后世相比，逞才放浪的特征较为明显。陈寅恪就曾指出："其由进士出身而以浮华放浪著称者，多为高宗、武后以来君主所提拔之新兴统治阶级也。"[①] 这一阶级并非单纯来源于庶族，也有通过科举进身的公卿贵族子弟及山东士族子弟。可以说，士子们逞才放浪的习气对士族礼法门风产生了冲击与影响。如性情浮躁、傥荡不检的张鷟创作的《游仙窟》中，作者炫耀自己在"神仙窟"的风流艳遇，作品中男女主人公诗歌酬答，情节浮艳秽亵。作者以第一人称叙事，丝毫不掩饰其对美色的占有欲望，该传奇反映了文士的浮浪与放纵。陈玄佑《离魂记》中，王宙见倩娘跣足徒行而来，"欣跃特甚，遂匿倩娘于船，连夜遁去"，而未见其有任何顾虑与迟疑。沈既济《任氏传》中，郑六托身妻族，好酒色，在路上遇到姝丽美貌的任氏，"策其驴，忽先之，忽后之"，继而言语相挑，为任氏所诱。韦崟则惊羡任氏美貌，而欲强施暴力。颇有义烈侠风的韦崟猎艳逐色的欲望十分强烈，任氏竟以报德为由，用蛊惑手段，先后将鬻衣之妇张十娘、刁将军家吹笙娇艳双鬟者供韦崟玩乐，未见

[①] 陈寅恪：《唐代政治史述论稿》，生活·读书·新知三联书店 2001 年版，第 261 页。

作者对其有任何道德谴责。这篇小说所写的是常被人们赞誉的凄美故事，可小说中"时郑子方有妻室，虽昼游于外，而夜寝于内，多恨不得专其夕"的记载，说明这是婚姻之外的恋情。作者叹惋任氏"遇暴不失节，徇人以至死"的品格时，对郑六、韦崟的放浪行为却习以为常。元稹《莺莺传》中，"内秉坚孤，非礼不可入"的张生公然自称："余真好色者，而适不我值。"张生对莺莺的爱并非建立在情感的基础上，而是对莺莺艳异美色的贪恋。张生不接受红娘"何不因其德而求娶焉"的建议，足见其对莺莺的所谓爱恋并不以婚姻为目的，而具有满足其风流艳遇欲望的特征。蒋防《霍小玉传》中李益更是"每自矜风调，思得佳偶，博求名妓"，最终却辜负小玉之深情成为薄幸寡义之人。裴铏《郑德璘传》中，月夜洞庭之畔，德璘见韦氏美艳，便以红绡题诗相挑。《孟子·滕文公章句下》有云："不待父母之命、媒妁之言，钻穴隙相窥，踰墙相从，则父母国人皆贱之。"如以之衡量上述唐代婚恋小说，则均为"钻穴隙"之类，却恰恰是唐代士人浮华放浪的自我标榜，是其诗酒风流的张扬，是萌发于人之天性的男女爱恋之欲。

显然，在明清人眼中，浮华放浪有碍文人的品行，戏曲主人公在追求情感满足的同时，对于礼教的自觉或不自觉回归，让读者感受到士人向品格端方、雅正的转变。如《莺莺传》在明清戏曲的改编中，张生或是延续痴情志诚的形象，或是成为受到鞭挞的反面人物，无疑是明清戏曲家对蕴含于唐代小说中的婚恋观念的一种"纠正"，以使之符合明清时期的审美取向与爱憎标准。同样，《霍小玉传》中的李益，也在汤显祖《紫钗记》、潘炤《鸟阑誓》、蔡应龙《紫玉钗》等戏曲中得以改变，绝情多妒的李益转变为痴情忠贞，虽为权臣胁迫，而不改其衷的痴情形象。唐人小说中逞才放浪的人物形象得到净化和改造，才华横溢、风流潇洒，虽然"始于乱"，但终归于雅正，青年男女圆满结合。但是也必须看到，明清戏曲中体现出的婚恋观受程朱理学的影响极深。程朱理学由于明清统治者的尊崇与极力灌输，在思想意识形态领域起到了极强的禁锢作用。"存天理，灭人欲"，自由自主的婚恋往往遭到无情的打击与遏制。总体而言，明清戏曲的教化创作是主流，程朱理学的道学化倾向渗透于戏曲作品，表现为情与理的矛盾冲突。青年男女的相知相恋的情感不得不服从于礼法的约束。与唐代小说相比，明清戏曲中女性对于男子的依赖依附更为明显。

其缺少一份独立自主的自信，在地位上处于卑弱的状态。《节侠记》《橘浦记》《明珠记》《龙膏记》等根据唐代小说改编的戏曲作品，都将一对青年男女的爱情悲欢改编为多美共事一夫的故事模式。这种故事模式并非个例，而成为明清戏曲的一种套路，这恰恰反映了明清文人以妻妾成群为荣的婚恋文化心态。而女子却要恪守"三从四德"的妇德礼法，不但要从一而终，更要服从于封建社会的妻妾制度，表现出温柔敦厚、贞顺少妒的女性贤德。婚恋观既是文化现象，也是社会现象，反映出家庭制度、风俗习尚与社会的价值取向。明清戏曲素有"十部传奇九相思"的说法，但明清戏曲中对于婚恋思想的表达是以不违背教化传统为前提的。礼法纲常的权威性与绝对性，虽然随着思想禁锢的松动有所动摇，但其仍然居于牢固的主体地位。明清戏曲既表现人之天性的情感欲望，同时又与礼法纲常相调和。戏曲中"父母之命，媒妁之言""郎才女貌，门当户对"的婚恋观根深蒂固，渗透于作品的肌理之中。明清戏曲特别重视男女主人公的德才品貌。因为男子的才华使其"学而优则仕"成为可能，而对于女性美貌的取向，对于女性妇德的要求，无不反映了明清男尊女卑的社会现实。

（二）门第郡望与郎才女貌

唐代重视门第和郡望，这深刻地影响到唐代婚恋题材小说。唐代小说中多高门大姓士族子弟的婚恋故事，凡佳偶多为山东士族五姓女即为明证。门当户对的婚恋观念作为一种习俗，使青年男女的婚姻由个人的相恋相爱变成了家族的利益结合，关涉社会集团、政治利益的结盟。《新唐书》卷一九九《儒学中·柳冲传》引柳芳《氏族论》云：

> 过江则为"侨姓"，王、谢、袁、萧为大；东南则为"吴姓"，朱、张、顾、陆为大；山东则为"郡姓"，王、崔、卢、李、郑为大；关中亦号"郡姓"，韦、裴、柳、薛、杨、杜首之；代北则为"虏姓"，元、长孙、宇文、于、陆、源、窦首之。[①]

[①]（宋）欧阳修、（宋）宋祁：《新唐书》，中华书局1975年版，第3844—3845页。

柳芳按照地域分布及士族来源，介绍了以"侨姓"与"吴姓"为代表的南方士族，以及以山东士族、关中士族与胡姓贵族为代表的北方士族。正如柳芳所总结的那样，"山东之人质，故尚婚娅，其信可与也；江左之人文，故尚人物，其智可与也；关中之人雄，故尚冠冕，其达可与也；代北之人武，故尚贵戚，其泰可与也"。山东士族王、崔、卢、李、郑五姓之女，是唐代士人所渴慕的理想配偶。这种重门第的婚姻观事实上是南北朝婚姻观念的延续，虽经易代鼎革，山东士族已不复有值得夸耀的高官厚禄，远不及关中士族及代北胡姓贵族，但山东高门女子仍然是唐代士子梦寐以求的佳偶。所以，《唐语林》卷四记载薛元超以"恨始不以进士擢第，不娶五姓女，不得修国史"为人生三大恨事。重视门第的婚恋观自然也蕴含于明清戏曲所取材的唐代小说之中。《枕中记》中卢生实现人生抱负即由娶清河崔氏女，举进士登第开始。《柳毅传》中龙女假托范阳卢氏女嫁给柳毅，小说中写道："男女二姓俱为豪族，法用礼物，尽其丰盛。金陵之士，莫不健仰。"《莺莺传》中崔莺莺亦为高门大姓之女。作者元稹先娶韦丛，继娶裴淑，所娶均为关中郡姓之女。《霍小玉传》中，李益出身于门第清显高贵的名门望族，霍小玉托名为霍王小女。李益之母为其订婚于范阳卢氏。《新唐书·窦威传》中，唐高祖李渊与内史令窦威夸耀家世、矜伐郡望，其云"关东人与崔、卢婚者，犹自矜大，公世为帝戚，不亦贵乎"[1]，表明帝王贵戚也重视门第郡望。

唐朝建国后，关中士族与胡姓士族是政权的主体，山东士族的门第郡望影响却依然很大。唐太宗李世民组织修撰《氏族志》，"王妃、主婿，皆取当世勋贵名臣家，未尝尚山东旧族"[2]。体现了其"氏族之美，实系于冠冕"的态度，但事实上无论是李唐宗室，还是房玄龄、魏征、李勣等勋贵，都以能与山东士族联姻为荣耀之事。高宗所废王皇后，就是唐太宗所认可的儿媳出身于太原王氏。据郑樵《通志》卷二五《氏族略第一》可知，至晚唐以后才"取士不问家世，婚姻不问阀阅"。《旧唐书·高士廉传》中唐太宗曰：

---

[1] （宋）欧阳修、（宋）宋祁：《新唐书》，中华书局1975年版，第3842页。
[2] （后晋）刘昫等：《旧唐书》，中华书局1975年版，第2443—2444页。

> 我与崔卢李郑无嫌，为其世代衰微，全无冠盖，犹自云士大夫，婚姻之间，则多邀钱币。才识凡下，而偃仰自高，贩鬻松槚，依托富贵。我不解人间何为重之？①

唐太宗的疑问似可以用唐高宗时苏州刺史袁谊的一段话来回答，其曰："所贵于名家者，为其世笃忠贞，才行相继故也。彼鬻婚姻求禄利者，又乌足贵乎！""世笃忠贞，才行相继"正是山东士族书香继世，保持优良门风的写照，但袁谊也道出了山东士族"鬻婚姻求禄利"的不良现象，与唐太宗反感山东士族借婚姻索财物是一致的。这一不良风气通过唐代小说也能得到验证。《霍小玉传》中太夫人为李益订婚于卢氏，小说中记叙了"卢亦甲族，嫁女于他门，聘财必以百万为约，不满此数，义在不行"。所以，李益四处筹措聘财，十分辛苦。程国赋在总结唐代小说与明清戏曲的嬗变规律时指出："从门第婚至才貌婚的发展，是唐代婚恋小说嬗变的一个重要特征。"② 笔者认为就唐代小说及相关的明清戏曲而言，婚姻中门第观念固然重要，但唐代小说中《李娃传》《霍小玉传》《莺莺传》等却并非肯定门第观念，而是肯定青年男女相知相恋的人之天性。门第观念在小说中甚至成为扼杀美好爱情的阻碍力量。唐代重门第郡望的婚恋观在明清戏曲中已经不再突出，但门当户对的婚恋观依然根深蒂固。明清戏曲中强调郎才女貌，但也反映了来自家族利益，甚至权贵胁迫等婚姻的干扰因素。所以，明清戏曲继承了"愿天下有情的都成了眷属"的美好祝愿，"洞房花烛夜，金榜题名时"成为婚恋故事的套路。所以，明清戏曲中张生欲与莺莺结合，需要博求功名，改变"白衣"的身份。柳毅、张无颇等唐代小说中科举仕进的失意者，在明清嬗变的戏曲中才华横溢、金榜题名。明清戏曲既满足了文人科举仕进的抱负理想，为落魄知识分子吐气，又满足了他们获得红颜知己的婚恋梦想。所以，随着时代推移，同一婚恋题材反映的价值取向、矛盾冲突已悄然发生了变化。

---

① （宋）司马光等著，（元）胡三省音注：《资治通鉴》，中华书局2012年版，第6515页。
② 程国赋：《唐代小说嬗变研究》，广东人民出版社1997年版，第84页。

（三）女性贞洁观的日趋强化

唐代小说与后世嬗变的戏曲在婚恋观上有诸多差异，还表现于夫妇伦常与女性贞洁观方面。唐代小说中有不少人神结合的婚恋故事，如《逸史·太阴夫人》《灵怪集·郭翰》《传奇·封陟》《异闻集·韦安道》等。到了明清两代，婚恋观发生了一些变化。朱有燉云："古人常以鬼神为戏言，或驰骋于文章以为传记者，予每病其媒渎之甚也。夫后土地祇上元夫人，河洛之英，太阴之神，若此者不一，是皆天地之间至精至灵正直之气，安可诬以荒淫，配之伉俪，插入人耳，声于笔舌间也！"① 很明显朱有燉序文所说后土夫人、太阴夫人是针对唐代小说《异闻集·韦安道》《逸史·太阴夫人》而谈的。唐代小说中女神降临人间追求男子婚配的传奇故事，在朱有燉眼中"媒渎之甚""诬以荒淫"，这正是唐代与明清婚恋观差异的反映。唐朝允许再嫁，人们并不以之为异，而明清则觉得有碍女性的贞烈。鲁迅说："清代儒者如看见唐人文章里有公主改嫁的话，也不免勃然大怒道：'这是什么事，你竟不为尊者讳，这还了得！'假如这些唐人还活着，一定要斥革功名，'以正人心而端风俗'了。"② 所以，唐代小说《柳毅传》《柳氏传》《虬髯客传》《昆仑奴》中，龙女、柳氏、红拂、红绡等或为再醮之妇，或为贵胄姬妾私奔，并未见小说作者有鄙夷之意。但如果据此得出唐代女性自由开放，不受礼法束缚，则未免以偏概全。通过《隋书·列女传》可了解魏征等唐代史官的观念，其云："妇人之德，虽在于温柔，立节垂名，咸资于贞烈。温柔，仁之本也；贞烈，义之资也。非温柔无以成其仁，非贞烈无以显其义。"在对抱信含贞、蹈忠践义的列女加以肯定的同时，魏征批评一些王公大人的妃偶，说她们"肆情于淫僻之俗，虽衣绣衣，食珍膳，坐金屋，乘玉辇，不入彤管之书，不需良史之笔，与草木以俱落，与麋鹿而同死，可胜道哉"③。唐代小说中亦对女性的贞烈与妇德持肯定的态度。但值得注意的是，《隋书·

---

① （明）朱有燉：《张天师明断辰钩月·引》，载吴毓华编《中国古代戏曲序跋集》，中国戏剧出版社1990年版，第31页。
② 鲁迅：《鲁迅全集》第1卷，人民文学出版社1980年版，第121页。
③ （唐）魏征等：《隋书》卷八十《列女传》，中华书局1973年版，第1797页。

列女传》所宣扬的贞烈包含贞顺、节义、遵礼、忠君等多重意义,并非明清时代片面强调女子从一而终的贞洁之意。所以,隋文帝第五女兰陵公主,先嫁王奉孝,后改嫁柳述,依然因其对丈夫的忠贞而列入《列女传》。唐代小说中既写了青年男女相知相恋的传奇故事,但也包含着以儒家思想为主体的礼法观念。例如,《离魂记》写了王宙与张倩娘的离奇情事,同时"其家以事不正,秘之"。《任氏传》中任氏明显系郑六婚外恋对象,作者肯定其"遇暴不失节,徇人以至死,虽今妇人,有不如者矣"。《柳氏传》中,许尧佐评柳氏为"志防闲而不克者"。即便是《游仙窟》中的崔十娘与王五嫂也声称"死守一夫""誓不再醮"。《莺莺传》中,莺莺在致张生的书信中对自己"无投梭之拒""自献之羞"耿耿于怀,其"以先配为丑行"反映了唐人的思想认识。《李娃传》中,李娃则"妇道甚修,治家严整",其操行虽古之烈女亦不能及。所以,唐代亦以儒家思想为主导,崇尚妇女的贞烈与节行。非但婚恋题材小说如此,豪侠小说《谢小娥传》也强调"女子之行,唯贞与节,能终使全之者,如小娥,足以儆天下逆道乱常之心,足以劝天下贞夫孝妇之节"。沈亚之也在《冯燕传》中发出"淫惑之心,有甚水火,可不畏哉"的慨叹。李翱在《杨烈妇传》中则评价说:"妇人女子之德,奉父母舅姑,尽恭顺,和于娣姒,于卑幼有慈爱,而能不失其贞者,则贤矣。"

据唐代小说改编的明清戏曲作品对女性贞洁观加以突出强化。如梅鼎祚《玉合记》中柳氏在乱离之中始终保持贞洁之身。戏曲将李王孙塑造为一心修道,不近女色的形象。而沙吒利虽然劫掠柳氏,却因惧内孝母而没有得逞。李渔《蜃中楼》中洞庭龙女也改变其再醮之妇的身份,成为从一而终的贞烈女子。戏曲中,龙女与柳毅有宿世姻缘,私订终身在前。迫于父母之命嫁给泾河小龙后,为柳毅守节抗争,已经不再是唐代小说中的龙女了。由此可见,唐代小说经由明清戏曲的改编,女性更加坚守爱情的盟誓,忠贞不渝地捍卫着自己的贞洁。戏曲作家既表现了人之天性的情感欲望,又最终使之回归于对于礼法规范的自觉认同。

(四)婚恋矛盾与情理矛盾

唐代婚恋题材小说中表现出对至爱真情的礼赞与讴歌,体现了唐代文人对于真情的渴望。在这些小说中,真情以其超越时空、超越世俗功利的巨大力量，拨动人们内心对于真爱的渴望，使人们产生情感的共鸣。唐代文人对于情感的细腻感悟与抒写，蕴含着人们对于美好情感的咏赞与渴望，寄托了人们对于美满婚姻的理想。在小说中男女主人公对于情感的表达是炽热而浓烈的，虽然他们不得不为此付出沉重的代价，但是在凄婉缠绵的情感纠葛中却闪烁着人性的光辉。他们为情所困，为爱痴狂；他们诗酒狂歌，风流洒脱。享受爱情的甘醇美好，却又不得不面对有情人分离的痛苦。有人选择执着坚守，甚至不惜为情殉身；明清戏曲也有继承这一点者，如汤显祖、徐渭、洪昇等，但是占主流的是理学的婚恋观，忽略真情而重道德。李剑国将唐代小说概括为十大主题，其一就是"性爱主题"。他指出唐代小说"所描写的男女之情大都是严肃的崇高的"，他注意到"在爱情关系的描写中，有相当多的情况是爱情与婚姻分离"，"作者们是在有意无意地把握一种感情，把握爱情关系中的人性因素"，描写"爱的自由精神和爱的至上性"，表现出"把对婚姻的交换价值由门第和财富价值转换为爱情价值"进步的婚姻观。[①] 爱情与婚姻的分离与融合，使小说将唐人婚恋的悲欢全方位地精彩演绎。黑格尔指出："在爱情里最高的原则是主体把自己抛舍给另一个性别不同的个体，把自己的独立的意识和个别孤立的自为存在放弃掉，感到自己只有在对方的意识里才能获得对自己的认识。"[②]

以此衡量，张生与莺莺、李益与霍小玉、荥阳生与李娃等在传奇的艺术世界里都是徜徉于爱情海洋中的痴情男女。他们的情感虽然有浮华或瑕疵的因素，但都是以至爱真情为前提的，都是郎才女貌、两情相悦的相互选择。他们沉浸于浪漫的世界中，情感已经彼此融合，似乎爱情成为生命中的唯一。但是，当浪漫感性回归理性时，唐代文人不得不面对爱情与世俗的冲突。礼法门风、道德风尚、律令制度以及仕宦追求等方方面面，都会将理想浪漫的爱情拉回到现实中来。在纯粹对等中男女双方无疑是不存在任何芥蒂的，但浪漫理想幻灭后当男性放弃了爱情的绝对地位，而有了追求仕途或移情别恋的其他选择时，女性却在痴情坚持中丧失了平等地位。如莺莺、霍小玉等承受巨大的爱情与婚姻分离精神痛苦，她们没有男

---

① 李剑国：《唐五代志怪传奇叙录》，南开大学出版社1993年版，第5152页。
② ［德］黑格尔：《美学》第二卷，朱光潜译，商务印书馆1979年版，第326页。

性的选择权利，爱情便是生命的全部，她们随着爱情之花的枯萎而凋零。正如黑格尔所说："爱情在女子身上特别显得最美，因为女子把全部精神生活和现实生活都集中在爱情里和推广成为爱情，她只有在爱情里才找到生命的支持力；如果她在爱情方面遭遇不幸，她就会像一道光焰被第一阵狂风吹熄掉。"① 如果说两情相悦的爱情可以超越一切束缚，婚姻则蕴含着政治、经济以及精神文化等更丰富的内涵，是中国礼教的根本。正如《礼记·昏义》所云："昏礼者，将合二姓之好，上以事宗庙，而下以继后世也，故君子重之。"婚姻事关家族的联盟，事关传宗接代，在一整套的礼法规范下，必须遵循"父母之命"的青年男女已经无法左右自己的姻缘，所以婚恋分离不可避免。而描写为情赴死，复生离魂等的唐代小说也为明清戏曲表现至真情感提供了灵感的源泉。

唐代婚恋题材小说，包括现实与非现实题材的作品，对于人之至真情感的咏赞，无疑影响到明清戏曲对于人性、人情的崇尚。在表现教化与表达情感的双向取舍中，崇尚真情的戏曲创作代表了明清戏曲的艺术水平。李贽、汤显祖、洪昇在重真情的创作观念指导下对唐代小说的汲取，说明了他们的慧眼，以及对至情超越时代的认同感。在明代中晚期的时代思潮影响下，"存天理，灭人欲"的程朱理学受到了质疑，对于人正常情感及真情至性的肯定，也许是戏曲创作取材唐代婚恋小说一个原因。李贽《读律肤说》曰："盖声色之来，发于情性，由乎自然，是可以牵合矫强而致乎？故自然发于情性，则自然止乎礼义，非情性之外复有礼义可止也。惟矫强乃失之，故以自然之为美耳，又非于情性之外复有所谓自然而然也。"② 其对自然情性的肯定，对礼顺人情的肯定，反映了以情为理、即心即理的思想。李贽并不反对"发乎情，止于礼义"，而是强调情性来源于自然，所以反对矫饰之情性。他在评点根据唐代小说改编创作的《玉合记》《昆仑奴》《红拂记》《绣襦记》《明珠记》时，对于促成良缘的许俊、昆仑奴、杨素、古押衙的豪侠义举给予充分肯定。如他评《红拂记》说："乐昌破镜重合，红拂智眼无双，虬髯弃家入海，越公并遣双

---

① ［德］黑格尔：《美学》第二卷，朱光潜译，商务印书馆1979年版，第327页。
② （明）李贽：《焚书》，中华书局1974年版，第369页。

妓，皆可师可法，可敬可羡。"① 这说明李贽对于出于礼顺自然情性的婚恋观是赞赏的，但笔者认为将其观点刻意拔高为反对封建礼法则是不足取的。因为李贽肯定忠孝节义，认可克己复礼，强调礼即本心，已经说明了问题。徐渭在《曲序》中曰："睹貌相悦，人之情也。悦则慕，慕则郁，郁而有所宣，则情散而事已。"② 在《选古今南北剧序》中则曰："人生堕地，便为情使。"徐渭肯定人的正常情感，指出相悦到情散的情感变化轨迹，并认为情是与生俱来的天性。汤显祖则在戏曲创作中突出强调至情。其《牡丹亭题词》云："如丽娘者，乃可谓之有情人耳。情不知所起，一往而深，生者可以死，死可以生。生而不可与死，死而不可复生者，皆非情之至也。梦中之情，何必非真，天下岂少梦中人耶。必因荐枕而成亲，待挂冠而为密者，皆形骸之论也……人世之事，非人世所可尽。自非通人，恒以理相格耳。第云理之所必无，安知情之所必有邪。"③ 必须看到汤显祖所提倡的"至情"虽然具有超越时空、超越生死的巨大力量，表现出对于程朱理学的否定，但并不能据此说明其反对礼教。事实上他与李贽一样，以自然天赋之情教化人心。所以，他在《南昌学田记》中说："圣王治天下情以为田，礼为之耜，而义为之种。"④ 他倾慕唐代"有情之天下"，希望"以人情之大窦，为名教之至乐"。所以，他继承了唐代小说的婚恋观和"为情赴死""死而复生"的故事模式，对于至真情感加以肯定，承认来自人之天性的情感欲求的正当性。但是作者借助于梦境、借助于幽冥世界消解了对于现实礼义规范的否定，回归现实后追求的仍然是奉旨完婚的程式化结局。所以，对于人正常情感的肯定并非没有节制，还是要遵循伦理观念的约束。《牡丹亭》第三十六出中，还魂的杜丽娘要求柳梦梅"必待父母之命，媒妁之言"方可迎娶她，指出"鬼可虚情，人须实礼"。作者甚至特意说明了柳梦梅与杜丽娘虽数度幽期，但还魂后却依然是处子之身，玉体无损。所以，李贽、汤显祖在肯定至情的同时，仍然维护伦理教化，这正说明明清戏曲的道德化特征突出，这也与思

---

① 俞为民、孙蓉蓉编：《历代曲话汇编——新编中国古典戏曲论著集成》（明代编）第一集，黄山书社2009年版，第542页。
② 吴毓华编：《中国古代戏曲序跋集》，中国戏剧出版社1990年版，第66页。
③ 吴毓华编：《中国古代戏曲序跋集》，中国戏剧出版社1990年版，第88页。
④ 徐朔方笺校：《汤显祖全集》，北京古籍出版社1999年版，第1178页。

想开明、没有理学枷锁的唐代小说有着明显的区别。在合乎礼法纲常的前提下，唐代婚恋分离的爱情悲剧被改编为婚恋和谐一致的"大团圆"结局。表现至情，却又不忘调和矛盾，使之遵循礼的规范。随着晚明个性思潮的减弱，道德教化又逐渐占据了上风。孟称舜、李渔、洪昇或是试图调和情理，或是展示情理的矛盾。如孟称舜创作了《桃花人面》戏曲，表现青年男女相知相恋的美好情感。他强调情理的一致性，又肯定情的重要。《贞文记题词》云："男女相感，俱出于情。情似非正者，而予谓天下之贞女必天下之情女何？不以贫富移，不以妍丑夺，从一而终，之死不二，非天下之至钟情者，而能之乎？"[①] 至真情感对于礼法维护的意义，正在于其是支持贞女"不以贫富移，不以妍丑夺，从一而终，之死不二"的精神力量。情支持了理，理包容了情，二者并不对立，而是和谐统一的。李渔在《慎鸾交》第二出《送远》中借华秀之口表达了"名教之中，不无乐地，闲情之中，也尽有天机，毕竟要使道学、风流合而为一，方才算得个学士、文人"[②]的观点。所以，在李渔《蜃中楼》传奇中，龙女与柳毅的爱情故事中增加了符合礼法伦常的内容，龙女更是恪守着"从一而终"的妇德。而洪昇《长生殿》则在批判"逞侈心而穷人欲"的同时，将表现至情作为戏曲创作的主要意图，正如开场所说："借太真外传谱新词，情而已。"总而言之，明清戏曲家对唐人至情的婚恋传奇情有独钟，但因时代观念、作家好恶等因素，情的内涵已悄然发生变化，多了一份理性。程朱理学教化下的或是晚明思潮中的至情至性，此情已非彼情了。但值得肯定的是，与重真情的唐代小说相比，明清戏曲重道德教化是一以贯之的创作主流。

二 唐代小说与明清戏曲侠义观之比较

明清戏曲改编唐代豪侠小说，在篇目的选择上能够体现出明清戏曲家对忠义节烈、扶危济困豪侠精神的认同感。沈璟《义侠记》、郑若庸《大

[①] 吴毓华编：《中国古代戏曲序跋集》，中国戏剧出版社1990年版，第203页。
[②] （清）李渔：《李渔全集》第二卷《笠翁传奇十种》，浙江古籍出版社1992年版，第424页。

节记》根据《纪闻·吴保安》改编。该小说收入《太平广记》卷一六六"气义"类、《新唐书》卷一九一"忠义"。许三阶《节侠记》、王翙《词苑春秋》（一名《留生气》）则根据《纪闻·裴伷先》改编。虽然《太平广记》将该小说收入卷一四七"定数"，但裴伷先无所畏惧，抗颜直谏武则天而被流放边塞，可谓李唐之忠贞节烈之士。所以，许三阶戏曲中以裴伷先为"节侠"。王夫之《龙舟会》则据李公佐《谢小娥传》改编，谢小娥靠智勇为父夫报仇，是"唯忠与节，能终始全之者"。《新唐书》卷二〇五《列女传》及《绿窗女史》"节侠部义烈门"收入此传。陆采《明珠记》、更生子《双红记》等据薛调《无双传》改编。《艳异编》卷二三"义侠"部，《情史》卷四"情侠"类收入此传。《昆仑奴》《红线传》《聂隐娘》也是明清戏曲家乐于改编的作品。明清戏曲家更乐于选择唐代豪侠小说中那些反映忠孝节义精神，有益于敦风俗助教化的作品。宋以后这些作品被归入"忠义传""列女传"，以及这些豪侠被称为"节侠""义侠"，足以证明明清戏曲家的取材标准及价值取向。当然，对于唐代豪侠小说的改编创作也与明清文人崇尚侠义的风气紧密相关。如《红线女》的作者梁辰鱼就很有侠义的风范。钱谦益在《梁太学辰鱼》中说他"身长八尺有奇，虬髯虎颧，好轻侠，善度曲，转喉发音，声如金石"[1]。《玉合记》《昆仑奴》的作者梅鼎祚曾言"余少而谈剑，然未有所遇。年十七八，见刘大司马，闻客言曾中丞规河套时，两道人事甚奇，剑亦诚有术"[2]，可见，梅鼎祚少年时就喜欢豪侠之事，希望能够遇到剑侠奇人。所以，他取材唐代小说创作戏曲，歌咏许俊、昆仑奴这些豪侠，抒发胸中踌厉不平之气。李贽、徐渭、沈璟、汤显祖、冯梦龙、凌濛初这些明代文坛的优秀戏曲家均推崇侠义，或是点评豪侠题材的戏曲，或是创作豪侠题材的戏曲。清代尤侗《黑白卫》中下场词云："六月栖栖日苦多，壮心无计可消磨。偶思剑侠看奇传，漫把长歌续短歌。娶妇当如聂隐娘，愿为磨镜助新妆。人间斩尽奸雄首，坠下驴儿笑一场。"足以反映尤侗对于豪侠小说《聂隐娘》的喜爱程度，其创作《黑白卫》戏曲，甚至提出"娶妇当如聂隐娘，愿为磨镜助新妆"，可见他崇尚侠义之行。除暴安良、

---

[1] （清）钱谦益：《列朝诗集小传》，上海古籍出版社 2008 年版，第 488 页。
[2] 吴毓华编：《中国古代戏曲序跋集》，中国戏曲出版社 1990 年版，第 83 页。

快意恩仇的豪侠体现了文人在面对社会不平时的理想寄托。明清戏曲家笔下，唐代的豪侠维护纲常教义，与权臣奸佞斗争，成为忠义的化身。这些豪侠往往呈现出神道化的特征，值得注意的是明清戏曲中的神仙往往也带有豪侠的特征，可见婚恋、豪侠、神仙题材戏曲的相互影响。

（一）秩序的否定者与纲常的维护者

唐代小说中的许俊、昆仑奴、裴伷先、红拂、红线、聂隐娘等侠者，无论其身份地位如何，无疑都有以武犯禁、扶危济困、重然诺、舍生忘死的特征。这些人物经由明清戏曲家的改编，在情节主体被继承发展的同时，一个重要的变化是这些侠义之士已经由社会秩序的否定者演变成为礼法纲常的维护者。许俊仗义夺柳氏归于韩翃，如小说中侯希逸所说"义切中抱，虽昭感激之诚；事不先闻，固乏训齐之令"，即打抱不平的义举违背了律令法规。作者虽然肯定许俊的义勇，却认为其是"慕感激而不达者也"，其行为"皆不入于正"。梅鼎祚《玉合记》中却通过皇帝的圣谕肯定了许俊"勇张克敌，义切全伦"。唐代小说中"不入于正"的侠行到明代成为维护伦常的义举。《无双传》中的古押衙以奇法救刘无双，以"冤死者十余人"的代价成就了王仙客与刘无双的姻缘。其豪侠行为不恤律令，虽然智慧却血腥无情。而陆采《明珠记》中，古押衙则一改斩草除根的做法，没有像小说中那样为保密而自杀。正如其在《明珠记》中自云："刚直，义胆如天。豪情盖世，孤怀一点赤忠。肯助邪谋，忍把无辜残贼。"（第九出《拒奸》）他救了无双后随茅山道士修道，却尘缘不断，主动接受朝廷赐予的"通灵玄妙先生"道号，宣称"天子所赐，小道怎敢不受"（第四十三出《荣封》）。这位社会秩序的否定者俨然成为维护天子尊严的纲常维护者。戏曲中他不从奸相卢杞之谋而维护忠义，酬报知己不乱杀无辜，是一位忠肝义胆的英雄。汤显祖《紫钗记》中通过皇帝圣谕肯定了黄衫客"拔钗幽淑女，有助纲常；提剑不平人，无伤律令"。昆仑奴、红线等豪侠在明清戏曲家的改编下，都成了谪凡历劫的剑仙。如《剑侠传双红记》将两人事迹合为一部传奇，他们奉了玉皇谕旨谪凡历劫，"立奇功复归于正"。昆仑奴成就良缘、红线盗金盒是为重回天界而立的奇功。梅鼎祚《昆仑奴》、梁辰鱼《红线女》都写了豪侠忧国忧民的情怀，忠君报国的思想意识洋溢其中。综上所述，明清戏曲中的唐代豪侠不再是对秩序礼法无所顾忌的破坏者，而是将豪侠义举视为对纲常教义、皇权尊严的维护。如《红线女》中，红线归隐之际，望北而拜，称"愿朝廷爷万岁万岁万万岁"，其【锦上花】曲云："四海升平，抛鞍弛胄，边警无虞，氛解狼烟收。济济诸公，同调玉烛，灿灿群星，俱朝北斗。夔龙作辅臣，汤武作明后，华辇宵行，翠盖晨游。盛德重熙，皇猷不朽，海晏河清，天长地久。"（《红线女》第四折）红线已经不单纯是唐代小说中的藩镇帐下的豪侠刺客，她更像是一位关心国运兴衰的忠义英雄。她盗取金盒，不仅是报恩，更是保证"皇猷不朽"的维护国家纲纪的义举。唱词中她渴望海内升平，同时寄托了对明君贤臣的希望。李贽在《昆仑奴序》中评价说："忠臣侠忠，则扶颠持危，九死不悔；志士侠义，则临难自奋，之死靡他。"① 他将忠臣孝子、义夫节妇也归于侠。这正说明戏曲中的豪侠忠烈节义，不再是礼法秩序的叛逆者了。更有清代王夫之《龙舟会》（《清人杂剧二集》本），取材于李公佐《谢小娥传》，进一步发展了小说中"足以儆天下逆道乱常之心，足以观天下贞夫孝妇之节"的创作主旨，以谢小娥的贞烈侠行，讽刺背主求荣、不顾君臣纲常的贰臣们。谢小娥不再仅仅是为父亲、丈夫手刃仇人的复仇者，更有作者的理想寄托在她身上。作者希望有谢小娥这样的贞烈侠义之士，忠君爱国，报家仇国恨。作者特意将谢小娥的父亲命名为"谢皇恩"，丈夫命名为"段不降"，将谢小娥复仇的日子安排在重阳龙舟会。如第一折开场小孤神女的道白："万派东流赴海门，中流一柱砥乾坤。大唐国里忘忠孝，指点裙钗与报冤……有谢皇恩女儿小娥，虽巾帼之流，有丈夫之气，不似大唐国一伙骗乌纱帽的小乞儿，拼着他贞元皇帝投奔无路，则他可以替他夫亲、丈夫报冤。"第四折【得胜令】曲云："王右丞称觞在凝碧池，源少卿拜舞在白华殿。破船儿没舵随风转，棘钩藤逢人便拜牵，羞花颜面愁人见，磕头虫腰肢软似绵。堪怜翻飞巷陌乌衣燕，依然富贵扬州跨鹤仙。"朝臣卑躬屈膝变节投降，纲常沦丧，反而是巾帼钗裙谢小娥有不让须眉的英雄气概，作者的悲慨之情表露无遗。

---

① 吴毓华编：《中国古代戏曲序跋集》，中国戏曲出版社1990年版，第68页。

（二）救人危难与铲除奸佞

唐代豪侠在明清戏曲中明显的变化是由特立独行、救人危难的异能之士置身于政治斗争之中，成为忠奸对立中铲除奸佞的正义力量。这一点与其向伦常维护者转变是相一致的，也是明清戏曲对唐代豪侠改编带来的新变化。《无双传》中，王仙客与刘无双婚姻的阻力开始来自舅舅刘震，而后是泾原兵变，刘震受朱泚伪命，叛乱平定后夫妇被处以极刑，无双没入掖庭。所以，古押衙营救刘无双，促成王仙客与刘无双的姻缘，并不涉及政治，更与反权奸的内容无涉。陆采《明珠记》则将王仙客与刘无双的悲欢离合归咎于忠奸的斗争。戏曲中增加了奸邪不忠的卢杞，刘震则成为"言必指佞，难不忘君"的忠臣。在忠奸的较量中，刘震遭受诬陷，以致王仙客与刘无双有情人离散。古押衙拒绝卢杞的贿赂，使其行刺刘震的阴谋未遂。之后出奇谋救无双，使有情人终成眷属。如《明珠记》第五出《奸谋》中，卢杞自云："幸然遭遇圣明，端的恩宠无二。一味甜言，直教天子点头。半腔歹意，惊得百官心碎。断公事只逞私心，决民情全凭势利……真个杀人手段高强，生得利齿伶牙，端的吃人脑髓不恕。诸王公见我低头，众文武谁敢出气。生前得逞雄豪，死后犹然得意。"因为刘震奏其奸恶，卢杞要请刺客刺杀刘震。面对"升官三级，赐千金"的利益诱惑，古押衙断然拒绝。其怒称："说着那蓝面鬼，毛骨都悚，恨不截此佞臣之头，却教我替他伤害善人。古押衙是个好男子，不为此狗彘之事。"古押衙有鲜明的立场，他不为金钱权势所诱，不与奸佞权臣卢杞合作。第三十一出《吐衷》中，古押衙称自己"要斩人间无义汉"，"教诛今日佞臣头"。所以，在古押衙的观念中，忠义与奸佞是势不两立的。唐代"义合良缘"的豪侠在明代戏曲中已经站在了忠义的一方，表现出对于权臣奸佞的切齿仇恨。但《无双传》中的古押衙只是对于卢杞采取不合作的态度并避祸全身，还没有铲除奸佞的行动。创作于明代正德十年（1515）的婚恋戏曲《明珠记》，增加了刘震与卢杞的矛盾冲突，而这一矛盾影响了戏曲情节的发展，影响了男女主人公的悲欢离合。婚恋、豪侠故事与政治斗争的结合是值得注意的新变化。郭英德在谈到嘉靖后期至万历初年出现的《宝剑记》《浣纱记》《鸣凤记》三部传奇时，指出："这三部传奇作品的出现，标志着传奇戏曲发展到了一个崭新的历史阶段，它已经承担起巨大的艺术使命,广泛而深入地涉及了政治、历史与人生。三部传奇中鲜明的忠奸对立观念、强烈的政治参与意识和深广的社会忧患意识,成为明清传奇的重要主题。"[①]《浣纱记》完成于嘉靖二十二年(1543),《宝剑记》完成于嘉靖二十六年(1547),而《鸣凤记》则完成于万历十八年(1590)。可以看到,婚恋戏曲《明珠记》将婚恋、豪侠与政治加以结合更早,笔者认为其创作对于这种风气的引领作用是存在的,明代正德年间的戏曲创作对于政治生活的反映已经露出端倪。忠奸对立作为明清戏曲的重要主题,与嘉靖、万历以后政治生态的恶化直接相关。明代中叶以后政治腐败,皇帝昏庸,权奸与宦官专权,朝臣结党营私,凡此种种促进了作家对于现实的关注。即使是借鉴唐代小说的作品,在这种社会环境与创作风气的影响下,也自觉或不自觉地将忠奸对立反映到作品之中。所以,唐代豪侠在明清戏曲中转变成为铲除奸佞的英雄也就不足为怪了。《霍小玉传》中的黄衫客原本是长安"怒生之薄行"的豪侠,而汤显祖《紫钗记》中,黄衫客不但成全李益与霍小玉姻缘,而且是铲除奸佞卢太尉的正义力量。正是这位豪侠暗通宫掖,利用皇帝对卢太尉专权的猜忌,一举铲除了阴狠毒辣的奸佞。小说中李益与霍小玉悲欢离合的原因在于门第悬殊,戏曲中则变为卢太尉"以势压才,强其奠雁"。许三阶《节侠记》中,以裴炎、裴伷先为忠义一方,以武三思、李秦授为邪恶一方,使裴伷先的豪侠事迹贯穿于维护李唐、反抗奸邪的斗争之中。因此,在明清戏曲中增加了忠奸对立的斗争内容,而扶厄济困的豪侠被赋予了反权奸的责任,他们与文人一道维护纲纪,弘扬正义。

(三)侠义之行与侠义精神

唐代小说侧重于表现豪侠的个人行动与事迹,通过人物的言行与事件的发展塑造人物。对照唐代小说与明清同题材戏曲,明清戏曲中豪侠在维护纲常、铲除邪恶的同时,与唐代小说不同之处还在于对侠义精神的自觉体认。李贽在《昆仑奴序》中总结说:"天地间缓急有用人也,是以谓之侠耳。"李贽还将许俊与昆仑奴并提,在《玉合记序》中认为:"许中丞

[①] 郭英德:《明清传奇史》,江苏古籍出版社1999年版,第111页。

之奇，唯有昆仑奴千载可相伯仲也。"① 这种有意识将类似豪侠进行比较的论述，显示了明清文人对侠义精神的总结与体认。胡应麟也曾采取同样的方法，如其云："红拂、红绡、红线三女子皆唐人，皆见小说，又皆将家，皆姬媵，皆兼气侠，然实无一信者。"② 《明珠记》第九出《拒奸》中，金吾卫将军王遂中受卢杞之托请古押衙行刺刘震。两人畅谈了对锄麑、荆轲的看法。古押衙认为锄麑"平生不识人邪正，到其间悔之无及"，荆轲"事无成枉劳心力，死秦庭分明儿戏"，两人均非义士。古押衙拒绝为奸佞卢杞行刺，声称"清白，腰间匕首光如雪，不染他忠良血迹"。作者借古押衙之口表达了对侠义精神的理解，即要识人心知邪正，审时势明判断，要刚直清白，侠肝义胆。明清戏曲中的唐代豪侠有理性的价值观念，已经不再是仅仅崇尚侠义之行的旧有形象了。不但戏曲创作、评论中有对侠义精神总结的自觉意识，在小说中也不难发现。如凌濛初《初刻拍案惊奇》卷四《程元玉店肆代偿钱，十一娘云岗纵谈侠》也可见明代对于唐代豪侠的评价，以及对于侠义精神的反思。话本指出剑侠"虽非真仙的派，却是专一除恶扶善"。该小说的入话中收录了《红线传》《聂隐娘》《香丸妇人》《崔慎思》《侠妪》《解洵娶妇》《潘将军》《三鬟女子》《车中女子》等剑侠女子故事，虽有罗列之嫌，却可见作者类集小说之用心。小说中韦十一娘与程元玉谈侠，谈到剑术之起源，对唐代藩镇延致刺客持否定态度，指出："不得妄传人，妄杀人；不得替恶人出力害善人；不得杀人而居其名。"这些禁戒与《明珠记》中古押衙所论在内在精神上是一致的。同古押衙一样，韦十一娘也不认同荆轲、专诸、聂政诸人为义气所使而致使自身不保的侠行。她评价虬髯客之事是寓言，指出"就是报仇，也论曲直"。剑侠杀人"皆非私仇"，所必诛者为：世间有做守令官，虐使小民，贪其贿又害其命的；世间有做上司官，张大威权，专好谄奉，反害正直的；世间有做将帅，只剥军饷，不勤武事，败坏封疆的；世间有做宰相，树置心腹，专害异己，使贤奸倒置的；世间有做试官，私通关节，贿赂徇私，黑白混淆，使不才侥幸，才士屈抑的。

由此可见，豪侠意气用事，拼死杀人，不论曲直报私人恩怨并不是作

---

① 吴毓华编：《中国古代戏曲序跋集》，中国戏曲出版社1990年版，第70页。
② （明）胡应麟：《少室山房笔丛》卷四一，上海书店出版社2009年版，第434页。

者所认可的,而真正的侠者是铲奸除恶、维护正义的义士。《黑白卫》杂剧中,作者尤侗借终南老尼这一形象多次阐述对剑术的理解。老尼说:"只因天下乱臣贼子,狂夫荡妇,累累不绝。无论王法难加,便佛出世也救不得,只须囊中匕首,顷刻了事,这是替天行道、为国安民的大作用。"(第一折)又如她说:"我每剑术不比寻常,上可以报君父之仇,下可以诛臣子之恶;明可以雪士民之愤,幽可以驱鬼神之邪。"(第四折)这无疑包含了尤侗对替天行道,为国安民的侠义精神的理解。李贽、梅鼎祚、凌濛初、尤侗等明清小说家、戏曲家在对唐代豪侠小说改编的过程中,已经将富有时代特征的侠义精神贯注于塑造的豪侠形象之中,融化于作品的情节之中了。

(四) 明清戏曲中唐代豪侠的神道化

唐代小说中的豪侠虽然有超凡的武艺与神龙见首不见尾的神异之处,但他们还只是异人,而非神圣。在明清戏曲中,这些唐代豪侠被神道化,甚至被称为"剑仙"。《昆仑奴剑侠成仙》《剑侠传双红记》中的昆仑奴、红线,《明珠记》中的古押衙,《龙膏记》中的袁大娘等,与其说戏曲中塑造的是剑侠,不如说是剑仙。他们或是上界谪凡历劫的神仙,或是因豪侠仗义而修成仙道,呈现豪侠与仙道合流的特征。于此略举几例,以印证这一转变。在明清戏曲家的创作中,昆仑奴呈现出仙道化与文人化的特征。这种变化,使得唐代小说中那位身为仆隶,勇悍豪侠,智勇兼备的昆仑奴有了不同的特征。唐代小说于结尾处告诉读者,昆仑奴十余年后贩药洛阳,容颜依旧,透露了其神异。在明清戏曲中,昆仑奴一出场就是一位有着不凡身世的剑侠。无论在梅鼎祚《昆仑奴剑侠成仙》中,还是更生子《剑侠传双红记》中,昆仑奴都是剑侠与神仙的结合体,他把托迹于仆隶作为凡尘历劫的考验。与小说不同,昆仑奴一出场,就显示出其神异非凡,陈述其"本结仙胎,旁通剑术。驱神役鬼,出有入无"的本领,其谪凡为奴是忍辱炼魔,再证仙果的考验过程。梅鼎祚在《昆仑奴传奇自题》中指出:"传以十余年后,昆仑复卖药于洛阳市中。古所为剑仙者,谓其术精,遂可以冲举,果然乎?"[①] 沈璟《埋剑记》,故事本事唐传

---

① 吴毓华编:《中国古代戏曲序跋集》,中国戏曲出版社1990年版,第84页。

奇《吴保安》本是纪实性的豪侠小说，毫无神怪内容。在沈璟的创作中也增加了神怪内容。传奇第二十六出《除孽》中，吴保安在蛟神庙住宿，黑蛟精作怪侵扰，吴保安经过恶战用郭仲翔所赠龙泉宝剑杀死蛟精为民除害。明代杨珽《龙膏记》（《六十种曲》本）中的袁大娘与昆仑奴、红线、聂隐娘、古押衙又有不同，前者是道教神仙具有豪侠的特征，而后者则是豪侠具有神道化的特征。这正说明了不同题材的相互影响与渗透。袁大娘的角色，通过戏曲可见其豪侠的特征，而这一特征是唐代小说《张无颇》中所不具备的。戏曲第四出《买卜》中通过其徒弟之口介绍说："俺师父隶名仙籍，寄迹人寰。易课卜而指尘世之迷途，通剑术而救人生之危难。囊中丹药，炼金屑玉，可以补髓还精。匣里青锋，阴缦阳文，常是凌霜耀雪……则与红线、隐娘吐火吞刀，果然红霞紫气昼氤氲。空空儿、精精儿，白日击人，矫如俊鹘。红幡子、白幡子，深宫飞入，轻若游蜂。"这位奉玉帝旨意，到人间促成张无颇与元湘英姻缘的神仙，其精通剑术、救人危难的特征与豪侠无异。作者甚至将其与红线、聂隐娘、空空儿、精精儿放在一起比较，说明其出神入化的绝世武功。清代程煐《龙沙剑传奇》中，神仙许逊、樊夫人斩妖降魔，身上都有剑侠的特点，作者还有意对神仙与剑侠的区别进行说明。如第四出《说剑》中，许逊取出太阿、龙泉神剑，准备用其除妖救世。吴猛问许逊说："请问师父，那剑术乃侠士剑客所为，俺道家也仗他成功么？"许逊则以【鹊踏枝】曲说明了神仙与剑侠的不同。其云："那侠士呵，莽荆聂破面贻羞；那剑客呵，任空空妙手难留。俺道家云水无心，不论恩仇；也无甚抱不平，代人眉皱；只是要救生灵，一剑功酬。"神仙斩妖降魔，是为了功德垂世，救生灵于涂炭，与侠客快意恩仇、打抱不平是不同的。但第十九出《救美》中，作者又用红线、昆仑奴、红绡的豪侠行为比喻妙姑、元姑营救萧绛云的剑仙行为，可见虽然作者有意区分神仙与剑侠，但在具体的戏曲情节中又将二者联系在一起。如萧绛云评价两位营救她的仙女说："不料两红妆，青蛇袖中养，双飞紫光。看他模样，不是剑仙行径。她性比兰芳，情同玉朗，哪里是薛府红裙，吓煞魏博儿郎。"当萧绛云逃脱蛟魔魔爪，自云："不是拔刀同赴难，红绡争得越重墙。"很明显萧绛云将营救她的仙女看作同红线、昆仑奴一样的豪侠。尤侗《黑白卫》中终南老尼在杂剧结尾处让弟子聂隐娘、李十二娘、荆十三娘、车中女子、红线等陈述因缘功绩，而后玉帝降旨召终南老尼及弟子赴天庭共论剑术。既赴天庭论剑，称其为剑仙恐怕不会有人质疑吧？清代叶承宗根据《北梦琐言》卷八《荆十三娘》创作了《十三娘笑掷神奸首》杂剧。该剧收入《清人杂剧二集》。荆十三娘为李正郎弟三十九夺回被诸葛殷霸占的爱妓，并为其复仇的故事，经由叶承宗创作也有了神道化的特征。杂剧中荆十三娘能够"驱五丁力士，摄人神魄"，轻松诛杀奸佞诸葛殷，救出庾秋水。李正郎与赵子兴、荆十三娘夫妇话别，见荆十三娘夫妇飘然而去，发出"想是飞仙游侠，偶到人寰"的感叹。所以，唐代豪侠在明清戏曲中的神道化也是小说嬗变过程中值得注意的现象。

三　唐代小说与明清戏曲宗教观之比较

　　道教与佛教文化对唐代小说创作产生了深刻的影响，丰富了小说的创作内容，拓展了小说的题材范围，也使小说的思想文化内涵有了多元的呈现。如在《柳氏传》《谢小娥传》《霍小玉传》等小说中，虽然小说表现婚恋题材、豪侠题材，但还是与道教、佛教产生了联系。《柳氏传》中记载："天宝末，盗覆二京，柳氏以艳独异，且惧不免，乃剪发毁形，寄迹法灵寺。"小说反映了战乱动荡时期，女性为了自我保护剪发毁形，寄身于寺庙避难的现实。柳氏虽有自我保护的意志与行动，但却无法左右自己的命运，被沙吒利劫回府邸，宠以专房。所以，作者认为柳氏是"志防闲而不克者"。而《谢小娥传》中，谢小娥父与夫被强盗所杀，小娥受伤流转乞食，"依妙果寺尼净悟之室"。为了解梦中父亲、丈夫暗示杀人凶手的谜语她到瓦官寺求教于僧人齐悟。齐悟与李公佐言及，解开了谜语。而小娥复仇后，剪发披褐为尼。小说中小娥落难托身于寺院，解谜求教于僧侣，复仇后皈依佛门，既可见小娥的贞烈，又可见其复仇后对尘世了无牵挂的决绝。《霍小玉传》中，霍小玉与李益相约八年之期，说："一生欢爱，愿毕此期。然后妙选高门，以谐秦晋，亦未为晚。妾便舍弃人事，剪发披缁，夙昔之愿，于此足矣。"霍小玉对李益的爱恋是刻骨铭心的，但她又不得不做出选择。将来夙愿尽时，她的选择是伴青灯古佛，了断情缘，这是何等的无奈！小说中女性剪发毁形避难佛寺，还有断发为尼，无疑反映了女性贞烈刚强的性格。她们或是远离尘世的喧嚣求得清净平淡的生活，或是慧剑斩情丝，使炽热的情感归于冷寂。而豪侠题材的《虬髯客传》中虬髯客赴太原望天子气的描写，使小说充满了仙道气息。杜光庭将此小说收入《神仙感遇记》中，后世道教典籍《云笈七签》《道藏》等均加收录。梦幻题材小说《枕中记》《南柯太守传》《樱桃青衣》等小说则宣扬人生如梦，反映了文人士大夫纠结于佛道出世与儒家入世的思想矛盾中，或是出世，或是入世，或是两者的折中调和，影响深远而又常说常新。唐代小说中道教、佛教题材作品数量比较多，但道教小说在数量和质量上超过佛教题材小说。斩妖降魔、道家炼丹飞升的《十二真君传》，神仙度人、经历考验磨难求仙的《玄怪录·杜子春》，仙道灵异的《酉阳杂俎·韩愈从侄事》等小说，经由后世的不断累积发展，明清戏曲作家创作了《许真人拔宅飞升》《龙沙剑传奇》《扬州梦》《韩湘子九度韩文公升仙记》等戏曲作品。

由于篇幅所限，唐代小说所反映的佛道观念主要通过故事情节或人物言行及小说中的"议论"得以表达。《枕中记》中提出了出将入相、钟鸣鼎食的生活并不是理想的人生境界，而"无苦无恙"的闲适生活才是真正的"人生之适"。通过黄粱一梦，卢生彻悟人生，"宠辱之道，穷达之运，得丧之理，死生之情，尽知之矣"，消除永不满足的欲念，才能获得人生之适。《南柯太守传》中，面对富贵荣辱的变迁与生命的无常，"生感南柯之浮虚，悟人世之倏忽，遂栖心道门，绝弃酒色"。《枕中记》《南柯太守传》共同表达了对于利禄穷达皆为虚幻的认识及精神上对于宗教的皈依。《传奇·裴航》中裴航对友人讲了得道之术，其云：

> 老子曰："虚其心，实其腹。"今之人，心愈实，何由得道之理？……心多妄想，腹漏精溢，即虚实可知矣。凡人自有不死之术，还丹之方，但子未便可教，异日言之。

《杜子春》中，落拓任气的杜子春接受一位老者三次赠金，为其守护丹炉，却导致炼丹失败。揭示了只有"喜怒哀惧恶欲皆忘"，才能炼丹成功，修仙得道，将欲念作为修炼成败的决定因素，此故事虽然受《大唐西域记》中《烈士池》影响，但包含了道教静心去欲的观点，反映了外丹修炼向内丹修炼的转化。

唐代小说经明清戏曲家的改编与再创作，原有的故事情节被借鉴吸纳，但值得注意的是融入了明清时代的思想观念，使明清戏曲呈现出新的特征。于此仅就两个方面的突出特征进行简要论述。

（一）宗教叙事模式的套路化

改编自唐代小说的神仙道化题材戏曲，是明清戏曲的有机组成部分。因此，神仙道化题材戏曲所共有的特征，也必然在这些戏曲的创作实践中得到体现。唐代小说在嬗变过程中，一个突出的变化就是在戏曲作品中叙事模式的套路化。具体表现为谪凡历劫、度化升仙、宿命因果的故事框架。在这种叙事模式中，蕴含着元明清以来，道教、佛教及民间俗信的思想认识。余英时在《中国宗教的入世转向》一文中指出："新道教的伦理对中国民间信仰有深而广的影响，其中一个特别值得注意的思想便是天上的神仙往往要下凡历劫，在人间完成'事业'后才能'成正果'、'归仙位'。"[①] 顺着这一思路可以看到谪凡历劫、度化升仙叙事模式对明清小说、戏曲的影响极大。宗教教义与宗教信仰通过通俗的艺术形式体现在小说与戏曲作品之中。例如，《水浒传》《西游记》《红楼梦》《说岳全传》《镜花缘》等小说无不受谪凡历劫、度化升仙等叙事模式的影响。在戏曲创作中这些更成为习惯运用的套路。唐代小说中的豪侠昆仑奴、红线在《剑侠传双红记》中是谪凡下界的天界剑仙，崔千牛、红绡、郭子兴也都是下凡历劫的神仙。唐代小说中因爱欲未泯炼丹失败的杜子春，在岳瑞《扬州梦》中居然是尹喜谪凡，经过太上老君的点化得道升仙。唐代小说中反对佛道的儒臣韩愈在明清小说、戏曲中成了偶动凡念谪降凡尘历劫的卷帘大将，韩湘子对韩愈的度脱点化甚至由"三度"演绎为"九度"，明代戏曲《韩湘子九度文公升仙记》、小说《韩湘子全传》均可佐证。《龙膏记》《玉杵记》《蜃中楼》《龙沙剑传奇》等戏曲，或是谪凡历劫，或是度化升仙，或是因果宿命，形成了有别于唐代小说的叙事套路。以《十二真君传》中许真君斩蛟除魔故事为例，在清人程煐《龙沙剑传奇》中，作者设置了李鹔与萧绛云夫妇，他们是天界金童玉女谪凡，使夫妇两人谪凡历劫与许逊斩蛟降魔的故事结合在一起。即便是汤显祖、沈璟、洪

[①] 余英时：《中国文化史通释》，生活·读书·新知三联书店 2012 年版，第 98 页。

昇、孔尚任这些一流的明清戏曲家，在创作中所受到的影响也十分明显。汤显祖《邯郸记》中吕洞宾对卢生的度化，《南柯记》中契玄禅师对淳于棼的点化，对人生梦幻虚妄的领悟故事，是通过神仙度化的叙事模式加以展现的。所以，汤显祖《邯郸记》《南柯记》是典型的神仙度化剧。应该看到，宗教观念与戏曲固化下来的叙事模式有机地结合在一起，体现了戏曲创作者不同的创作目的。或是通过戏曲宣传宗教信仰与宗教观念；或是借助宗教题材表达作者对于现实世界的思想认识，陶写抑郁不平之气；或是借助宗教人物与素材粉饰太平，营造歌舞升平的盛世华章。在宗教与戏曲的互动之中，宗教观念深刻地影响到戏曲的创作，同时戏曲创作也扩大了宗教观念的影响。与唐代小说相比，明清戏曲中的宗教观念具有明显的世俗化与功利化倾向，体现出三教混融的特征。

（二）劝惩教化功能的强化

明清戏曲在对唐代神怪题材小说加以改编的过程中，在强调戏曲的娱乐功能的同时，强化了劝惩教化的功能。这主要缘于文化政策及宗教信仰中的劝惩教化的思想影响。神怪题材的戏曲也要维护世俗社会的纲常礼法，在娱乐时不能不考虑一些禁忌。明清时期大量粉饰太平、歌舞升平、神仙庆寿的神仙道化剧满足了统治者的娱乐需要。赵翼曾对内府戏班的戏曲演出情况有所论述，其云：

> 所演戏，率用《西游记》、《封神传》等小说中神仙鬼怪之类，取其荒幻不经，无所触忌，且可凭空点缀，排引多人，离奇变诡作大观也。①

可知神仙道化剧荒诞不经、凭空臆造的热闹演出，关键之处在于"无所触忌"，这一点十分重要。明清佛道两教要适应君主专制的政治文化环境，因此，神仙道化剧既有教理教义的宣扬，也有扶持教化纲常思想的表达。正如朱元璋在《三教论》中所说："于斯三教，除仲尼之道祖述

---

① （清）赵翼：《檐曝杂记》卷一，载俞为民、孙蓉蓉编《历代曲话汇编——新编中国古典戏曲论著集成》（清代编）第二集，黄山书社 2008 年版，第 225 页。

尧舜，率三王，删诗制典，万事永赖；其佛仙之幽灵，暗助王纲，益世无穷，惟常是吉。尝闻天下无二道，圣人无两心。三教之立，虽持身荣俭之不同，其所济给之理一。然于斯世之愚人，于斯三教，有不可缺者。"①显示了统治者三教并用，以佛道辅助纲常、维护专制统治的思想。明清两代三教并用的政策也促成了明清文学中三教混融的多元思想表达。这种融合在儒、释、道三教中也同时呈现，如明清心学家王守仁、王畿、罗洪先等对释道思想的吸纳，全真教、正一教、净明教等对释儒思想的借鉴，佛教高僧真可、德清对三教融合的主张等。三教中居于核心地位的仍然是儒家，而非佛道二教。李开先《改定元贤传奇后序》指出："传奇凡十二科，以神仙道化居首，而隐居乐道次之，忠臣烈士、逐臣孤子又次之，终之以神佛、烟花、粉黛。要之激劝人心，感移风化，非徒作，非苟作，非无益而作之者。"②戏曲作品要"激劝人心，感移风化"，神仙道化剧也不例外。陈澜汝《劝善记评》说："其与高则诚君伯嗜劝孝，丘文庄公五伦辅治，同一心也。"③

屠隆《昙花记凡例》指出"极陈因果，专为劝化世人"的创作意图。④ 这与《蓝桥玉杵记凡例》中提出的"首重风化，兼寓玄诠"的创作目的是一致的。⑤ 汤显祖《宜黄县戏神清源师庙记》说戏曲"生天生地生鬼生神，极人物之万途，攒古今之千变"，具有"可以合君臣之节，可以浃父子之恩，可以增长幼之睦，可以动夫妇之欢"等功能。⑥ 文化政策导向与戏曲家的创作思想均强调劝惩教化功能。而如前所述，佛教、道教也具有浓厚的伦常特征。除三教合一特征明显的全真教，太一教也强调笃人伦，翊世教；真大教强调忠于君，孝于亲，诚于人；净明忠孝道更是扶植纲常，以儒家伦理为立教之本。这印证了儒家思想是三教核心与主导的观点。浸润于宗教文化的明清戏曲，自然也深受影响。如《韩湘子九度

---

① 《明太祖文集》卷十，《四库全书》第1223册，第108页。
② 吴毓华编：《中国古代戏曲序跋集》，中国戏曲出版社1990年版，第52页。
③ 吴毓华编：《中国古代戏曲序跋集》，中国戏曲出版社1990年版，第81页。
④ 吴毓华编：《中国古代戏曲序跋集》，中国戏曲出版社1990年版，第103页。
⑤ 吴毓华编：《中国古代戏曲序跋集》，中国戏曲出版社1990年版，第117页。
⑥ 俞为民、孙蓉蓉编：《历代曲话汇编——新编中国古典戏曲论著集成》（明代编）第一集，黄山书社2009年版，第609页。

文公升仙记》受全真教内丹心性理论的影响。又如《龙沙剑传奇》受净明忠孝道的影响，江西梦熊子序曰："乃若救世安民，指为大道；烧丹服气，目以旁门；则是登优孟之场，实足阐圣贤之蕴；述神仙之事，正以辟道书之诬；粹然名理，可兴可观，何必通书正蒙，乃有功于圣学乎？"[①] 综上所述，改编自唐代小说的明清戏曲叙事模式体现了明清宗教观念的变化，明清佛道的世俗化、民间化，促进了三教的混融，在儒家思想的主导下，明清戏曲在娱乐性加强的同时，更突出神仙道化题材的劝惩教化功能，这与婚恋题材、豪侠题材呈现的伦理化特征一致，体现了明清戏曲封建化、神道化、道德化的总体特征。

---

① （清）程燨著，何凤奇、唐家祚合注：《龙沙剑传奇》，黑龙江人民出版社1986年版，第9页。

第 七 章

原创与改编小说、戏曲作品文化背景考索

　　唐代文化灿烂辉煌，唐代的文化政策宽容而充满自信，相形之下，明清两代则显示出文化政策的日趋僵化与保守。为了维护封建皇权的尊严与巩固统治，专制集权在文化政策与统治者心态上表现得非常明显。明代汤显祖在《青莲阁记》中云："世有有情之天下，有有法之天下。唐人受陈隋风流，君臣游幸，率以才情自胜，则可以共浴华清，从阶升，嬉广寒。令白也生今之世，滔荡零落，尚不能得一中县而治。彼诚遇有情之天下也。今天下大致灭才情而尊吏法，故季宣低眉而在此。假生白时，其才气凌厉一世，倒骑驴，就巾拭面，岂足道哉！"[①] 汤显祖注意到明代与唐代不同之处，主要在于其为"灭才情而尊吏法"的"有法之天下"，抑制了文人的才情。就这一点，清代黄宗羲与之不谋而合。黄宗羲认为明代与汉唐相比，在诸多方面毫不逊色，但其注意到明代君主专制对于文人才情的束缚。其《明名臣言行录序》云："三百年来，堂陛之崇严，城邑之生聚，边鄙之干戢，至于末造，清议不衰，明之为治，未尝逊于汉唐也。则明之人物，其不逊于汉唐明矣。其不及三代之英者，君亢臣卑，动以法治束缚其手足，盖有才而不能尽也。"[②] 唐代没有后世理学的束缚与僵化的礼法规范，不似明清君主专制集权，法治严苛，文人可以张扬自我的才情与个性，故而在政治上、文学创作中少了一份顾虑与思想禁忌，显示出蓬

---

　　① 徐朔方笺校：《汤显祖全集》，北京古籍出版社1999年版，第1174页。
　　② （清）黄宗羲：《南雷文定后集》卷一，《丛书集成初编》本，商务印书馆1936年版，第2页。

勃的朝气与活力。因此，其为"有情之天下"。而明清以降随着封建末世的到来，"君亢臣卑"，程朱理学作为官方思想的确立，政治、思想领域的封闭等综合因素促成了明清为理胜于情的"有法之天下"。文学承载着历史文化的信息，唐代小说及以之为本事创作的明清戏曲不可避免地发生变异，浸染了后世思想文化的特征，从而在继承之中有了新变，以适应当世的文化风尚。所以，汤显祖感慨李白生逢其时得以舒展才情，若使生于明代亦无能为也。这也说明作家与时代的双向互动与影响，作家受社会文化环境的影响，同时社会文化环境也因作家的创作取向得以形成。所以，每一个时代的文学有每一个时代的风貌，亦有每一个时代超拔卓群之作品，也许其在文学发展的长河中并不突出，但却是不容忽视的存在。

一 兼收并蓄的文化政策与文化专制禁锢的加强

唐代有着兼收并蓄的文化政策，体现了其国运的繁荣昌盛与天下一统的自信胸怀。正如钱穆所云："中国文化虽则由其独立创造，其四围虽则没有可以为他借镜或取法的相等文化供作参考，但中国人传统的文化观念，终是极为宏阔而适于世界性的，不局促于一民族或一国家。"① 虽然钱穆这段话是针对两晋、南北朝时民族与宗教融合而言的，但借以评价唐代亦无不可。唐代文化观念是"极宏阔而适于世界性的"。正如葛兆光所说："从北宋起，中国政府就渐渐开始改变了唐代以来一贯自信的旧政策，特别禁止知识向外扩散，当然同时也限制了知识的向内传播。"② 这种文化自信的动摇以及天朝大国的唯我独尊，在明清两代体现得更为充分，配合君主专制集权其文化政策更加僵化保守。

（一）政治的宽容与专制集权的加强

魏晋南北朝之后，中国历史上迎来了隋唐的盛世，尤其是唐代以其政

---

① 钱穆：《中国文化史导论》（修订本），商务印书馆1994年版，第149页。
② 葛兆光：《中国思想史》第二卷《七世纪至十九世纪中国的知识、思想与信仰》，复旦大学出版社2001年版，第329页。

治上的宽容、宏阔与明清的高压与集权形成了鲜明的对比。诚如李剑国所云："种种社会条件同小说的昌盛进步并无直接联系。它只是一种环境，一个社会空间。社会一定的因并不必然要结出一定的文学之果。"① 但作家所处的社会文化环境无疑会对其创作风格产生影响。环境的严苛或宽松，使作家的创作表现出有无禁忌之不同，自然直接影响到其情感的表达与创造力的发挥。因此，李剑国在论述唐代小说繁荣的原因时提出："当唐人回顾过去时，固有的传统意识使他们兴奋地迎接着小说传统的惯性冲撞。而且唐人由大一统帝国培养起来的自信心和自豪感，由融合南北文化、中外文化所形成的开放性的文化性格，使唐人比前辈更有着继承发扬一切文化传统的自觉和魄力。"② 在探讨唐代诗歌繁盛的原因时，经常会看到研究者提及唐诗无避讳，不似后世的诗歌创作有更多的顾虑与思想束缚。同理，唐代小说也是在唐代宽松的社会环境中创作完成的，且唐代诗人与小说创作者多有重合。与唐代小说富于"文采与意想"相较，鲁迅认为："宋一代文人之为志怪，既平实而乏文采，其传奇，又多托往事而避近闻，拟古且远不逮，更无独创之可言矣。"③ 这也印证了唐代小说，尤其是传奇婉转华艳的艺术风貌，不托既往且不避近闻的现实性特征。就明清戏曲的创作而言，其以唐代小说等前代作品作为再创作之素材，又何尝不是"多托往事而避近闻"的一种表现呢？唐代小说中唐人写唐事并不新奇，明清戏曲则多有束缚，多借古人之事以写当代人之情怀。如《朝野佥载》所记隋至唐开元间的朝野见闻中反映了朝政的腐败与官吏的凶残腐化。文言小说集《龙城录》，旧题柳宗元撰，其中《魏征嗜醋芹》《太宗沉书于滹沱》等，体现了初唐时君臣的和谐关系及政治上的宽容与开明。牛肃《纪闻》中《裴伷先》则写了裴伷先遭受武则天迫害事。韦瓘伪托牛僧孺撰《周秦行记》借小说诬陷牛僧孺对帝王不恭，而文宗览之而笑，明鉴其必非牛僧孺所作，不予追究。陈鸿《长恨歌传》既写了唐明皇与杨贵妃的爱情，也写了唐明皇的荒淫误国。陆用撰《神告录》中唐高祖李渊被丹丘子超然尘俗的道气所慑服，全无开国君主的尊严。凡

---

① 李剑国：《唐五代志怪传奇叙录》，南开大学出版社1993年版，第11页。
② 李剑国：《唐五代志怪传奇叙录》，南开大学出版社1993年版，第14页。
③ 鲁迅：《中国小说史略》，人民文学出版社2006年版，第113页。

此种种,唐代小说可谓无避讳矣!

而明清两代虽亦有写实性质的小说,但纵观其堪称一流之小说,如《三国演义》《水浒传》《西游记》《金瓶梅》《儒林外史》《红楼梦》无不托以前代故事,对作家所处时代之揭示则隐含于既往之中。戏曲作品堪称一流之佳作,如汤显祖"临川四梦"、洪昇《长生殿》、孔尚任《桃花扇》等也是借唐代传奇或南明旧事创作而成。钱穆从贡举制、府兵制、租庸调制把握盛唐的情态,他进一步强调说:"至于唐人之诗、文、艺术等,乃自唐代之盛况下所孕育,非由此产生唐代之盛况。"① 在兼收并蓄、包容开放的政治环境下,唐代文学的繁荣是必然的。唐代文学也一定程度反映时代的特征。而与之相比,明代则将封建专制集权空前强化。其开国之君朱元璋实行君主集权的统治政策,奠定了明代政治的总基调。其借"胡惟庸案"废除了丞相制,使皇帝集天下大权于一身,为君主的个人独断专行畅通了道路。正如王世贞所说:"收天下之权,以归一人。"② 而朱棣在夺取政权之后,更强化了文化专制,尤其是加强对社会舆论的控制。清代更有过之而无不及,康熙就曾言:"今天下大小事务皆朕一人亲理,无可旁贷。"③ 雍正、乾隆等大兴文字狱,既是对文化的摧残,也培养了奴化的文人性格。明太祖朱元璋《大诰》第十条规定:"寰中士夫不为君用,其罪皆至抄劄。"所以,在"礼乐之盛,声教之美,薄海内外,莫不咸被仁风之帝也"④ 的赞誉声中,是高压文化政策下文人个性的泯灭,不再有"天子呼来不上船,自称臣是酒中仙"(杜甫《饮中八仙歌》)的放浪与狂傲,有的只是迎合统治者口味以求生存的歌功颂德、粉饰太平的作品。这不禁让笔者想到鲁迅《灯下漫笔》中的一段话:"我们极容易变成奴隶,而且变了之后,还万分喜欢。"⑤ 在专制皇权的暴力下,文人们渐渐"心悦诚服,恭颂太平的盛世",成为封建皇帝的顺民和牛马了。

---

① 钱穆:《国史大纲》(修订本),商务印书馆1996年版,第414页。
② (明)王世贞著,魏连科点校:《弇山堂别集》,中华书局1985年版,第1720页。
③ (清)朱轼等:《圣祖仁皇帝实录》,《清实录》第六册,中华书局1985年版,第770页。
④ (明)朱权:《太和正音谱序》,载吴毓华编《中国古代戏曲序跋集》,中国戏剧出版社1990年版,第29页。
⑤ 鲁迅:《鲁迅全集》第一卷,人民文学出版社1973年版,第195页。

（二）思想的多元与宣扬理学教化

唐代思想多元，儒释道三教得到了不同程度的发展。虽然在一定时期出现武则天崇佛抑道、唐武宗灭佛等情况，但三教兼容并包、互相汲取优长乃是发展的主流。唐代小说自然受思想多元的文化环境影响成为这些思想的载体。在唐代小说中，我们看不到一统独尊的思想，唐代思想的多元与包容，是来自唐朝国力强盛的自信，也是儒释道文化激荡与融合的结果。唐代的儒家思想仍然是维护统治秩序与治国安邦的主导思想资源。儒家文化浸润于唐代文学的肌理之中，虽然亦有佛道文化的丰富与渗透，但无法改变儒家思想的主体地位。隋唐两代儒学实为承前启后的发展阶段，开启了宋明理学。葛兆光指出："关于唐代思想，尤其是七至八世纪两百年间，以儒学为中心的主流知识状况和思想形态在普通生活世界的影响，在很多思想史或哲学史著作中几乎是空白。"[1] 公元755年爆发的安史之乱既是唐朝的转折点，也是中国历史的转折点。陈寅恪认为"唐代之史可分为前后两期，而以玄宗时安史之乱为其分界线"[2]，同时他又指出"前期结束南北朝相承之旧局面，后期开启赵宋以降之新局面，关于政治社会经济者如此，关于文化学术者亦莫不如此"[3]。关于唐代历史，日本学者内藤湖南的"唐宋变革论"影响深远。他提出："唐朝是中世的结束，而宋代则是近世的开始，其间包含了唐末至五代一段过渡期……中世和近世的文化状态，究竟有什么不同？从政治上来说，在于贵族政治的式微和君主独裁的出现。六朝至唐中叶，是贵族政治的全盛时代。"[4] 他以东汉中期以前为"上古"，六朝隋唐为"中世"，宋元明清为"近世"。综合陈寅恪、内藤湖南等史家论断，安史之乱前，这一"思想平庸"的时代，正是唐代小说发展的初期。程毅中《唐代小说史》以大历末、建

---

[1] 葛兆光：《中国思想史》导论《思想史的写法》，复旦大学出版社2001年版，第73页。
[2] 陈寅恪：《记唐代之李武韦杨婚姻集团》，《金明馆丛稿初编》，生活·读书·新知三联书店2009年版，第266页。
[3] 陈寅恪：《论韩愈》，《金明馆丛稿初编》，生活·读书·新知三联书店2009年版，第332页。
[4] （日）内藤湖南：《概括的唐宋时代观》，载刘俊文主编《日本学者研究中国史论著选译》，中华书局1992年版，第10页。

中初作为分界，以建中初到大和初为唐代小说的全盛时期，将唐代小说分为三个时期。李剑国《唐五代志怪传奇叙录·唐稗思考录——代前言》将唐五代志怪传奇小说分为五个时期，初兴期为约武德初至大历末。李宗为《唐人传奇》则将之分为初、盛、中、晚四期，初期为高宗咸亨初至代宗大历末。通过唐代思想史与唐代小说史的比照，可以看出思想深刻或平庸的时代会影响到小说创作的水平。初唐小说承袭魏晋南北朝之余绪，呈现出积蓄孕育的状态，《冥报记》《古镜记》《十二真君传》《补江总白猿传》《纪闻》《游仙窟》《朝野佥载》《定命录》等为代表作品。因果报应、感应灵验、妖异志怪的佛道故事数量很多。创作者不但有崇佛的唐临、郎余令等，释道宣、释道世、胡慧超等宗教人物亦参与其中。官吏、外戚、文士、释道参与小说创作，使小说呈现出儒释道思想多元的格局。初兴期的唐代小说被改编为明清戏曲的作品并不多，但却足以代表这一时期小说的水平。以《十二真君传》为本事，明清时期创作了《许真人拔宅飞升》杂剧、《旌阳剑》《獭镜缘》《龙沙剑》传奇。以《纪闻·裴伷先》为本事，明许三阶创作了《节侠记》传奇，清王翃创作了《词苑春秋》传奇。依据《纪闻·吴保安》，明沈璟创作了《埋剑记》传奇，郑若庸创作了《大节记》传奇。经过初兴期的积淀，建中初至大中年间唐代小说进入了鼎盛时期。可以说这一时期的优秀作品基本都有以之为本事的戏曲创作，小说的艺术水平是一个方面，同时也反映出明清戏曲家选择故事素材的眼界与层次。代表唐代小说艺术水平的《离魂记》《任氏传》《柳氏传》《枕中记》《南柯太守传》《莺莺传》《霍小玉传》《柳毅传》《无双传》等，经明清戏曲家的创作焕发新的生命力，谢廷谅《离魂记》、汤显祖"临川四梦"、梅鼎祚《玉合记》、许自昌《橘浦记》等无不显示着明清传奇作家对唐代小说题材的喜爱。

　　唐代前期，孔颖达主持编纂《五经正义》对经典权威的维护，唐太宗政权巩固后对助唐的裴虔通等隋之叛臣的抨击与贬抑等史实，不禁让人想起明成祖朱棣编纂《性理大全》《四书大全》《五经大全》，以及乾隆帝对由明入清贰臣的贬低。对权威思想的确立，对选士制度的运用，对君权至上的肯定，明清两代对唐代有颇多沿袭之处。值得注意的是，唐高祖、唐太宗、唐玄宗等帝王以道教为上，将李唐王朝与道教始祖攀上了亲戚，既肯定了王朝承天受命的正统性，也提升了道教的地位。如武德八年

（625），唐高祖颁布《先老后释诏》云："老教孔教，此土先宗，释教后兴，宜崇客礼，令先老、孔次、末后释宗。"① 而"武周革命"，这种形势又发生变化，改为先释后道了。唐代儒家的地位渐次恢复，但也阻挡不了释道争得一席之地的趋势。韩愈、李翱等士大夫对儒家道统的思考，对《孟子》《中庸》《大学》的重视，则成为日后宋明理学的先声。朱熹《四书集注》在元代被定为取士准则，永乐以后则以《四书大全》《五经大全》为科举考试之准绳。程朱理学自元末明初在统治者的扶持下成为居于主体地位的统治思想。明太祖朱元璋"即位之初，首立太学，命许存仁为祭酒，一宗朱子之学。今学者非五经、孔孟之书不读，非濂、洛、关、闽之学不讲"②。同时为了维护其统治，重人伦教化，禁亵渎先圣先贤及历代帝王的文化政策出台并不断强化。明代顾起元《客座赘语》卷十《国初榜文》记载：

> 永乐九年七月初一日，该刑科署都给事中曹润等奏，乞敕下法司，今后人民倡优装扮杂剧，除依律神仙道扮、义夫节妇、孝子顺孙、劝人为善及欢乐太平者不禁外，但有亵渎帝王、圣贤之词曲、驾头杂剧，非律所该载者，敢有收藏、传诵、印卖，一时拿送法司究治。③

朱权《太和正音谱》中对杂剧十二科的分类正符合明王朝对戏曲的规定，呈现出明代戏曲神道化、封建化的特征。"神仙道化""隐居乐道""披袍秉笏""忠臣烈士""孝义廉节""叱奸骂谗""逐臣孤子""铍刀赶棒""风花雪月""悲欢离合""烟花粉黛""神头鬼面"，这十二种题材分类，是符合"神仙道扮、义夫节妇、孝子顺孙"的题材要求的。朱元璋所喜看的高明《琵琶记》更在其开篇【水调歌头】中云"不关风化体，纵好也徒然"，表现子孝妻贤的审美观。丘濬《五伦全备记》也在

---

① 《续高僧传》卷二十五《唐京西胜光寺释慧乘传》，《高僧传合集》，上海古籍出版社1991年版，第312页。
② （清）陈鼎：《东林列传》卷二《高攀龙传》，江苏广陵古籍刻印社影印本。
③ 《明代笔记小说大观》第二册，上海古籍出版社2005年版，第1463页。

《副末开场》中明确表达了"若于伦理无关系,纵是新奇不足传"的创作思想。嗜谈理学的戏曲家在传奇中演绎纲常伦理,寓以圣贤之言,虽陈腐庸俗,却是程朱理学对戏曲渗透影响的反映。王阳明虽然以其心学动摇了程朱理学的统治地位,但其对于戏曲的教化作用的重视与程朱理学的崇信者并无不同。其云:"今要民俗反朴还淳,取今之戏子,将妖淫词调俱去了,只取忠臣孝子故事,使愚俗百姓,人人易晓,无意中感激他良知来,却于风化有益。"①

即便是到了清代,程朱理学的地位也没有因为易代鼎革而发生根本性改变。为了纠正晚明王学左派思潮之流弊,文人对明朝覆亡的经验进行总结,重新认识朱子并加以推崇。清朝的统治者出于巩固政权的需要,也维护程朱理学的地位。朴趾源《热河日记》中的一段记载颇能说明问题,其云:

> 清人入主中国,阴察学术宗主之所在与夫当时趋向之众寡,于是从众而力主之。升享朱子于十哲之列,而号于天下曰:"朱子之道即吾帝室之家学也。"遂天下洽然悦服者有之,缘饰希世者有之……其所以动遵朱子者非他也,骑天下士大夫之项扼其咽而抚其背,天下之士大夫率被其愚胁,区区自泥于仪文节目之中而莫之能觉也。②

朱彝尊也曾谈论及"以言《诗》、《易》,非朱子之传义,弗敢道也;以言《礼》,非朱子之家礼,弗敢行也。推是而言《尚书》、言《春秋》,非朱子所授则朱子所与也。道德之一,莫逾此时矣"③。综上所述,唐代思想多元环境下创作的小说经由明清戏曲家的再创作,呈现出重伦常教化的理学化特征也就不足为怪了。当然,随着晚明浪漫洪流的到来,以汤显祖为代表的戏曲家也使唐代小说的故事素材成为"以情反理",歌颂真情,批判矫情的故事资源。

---

① (明)王守仁:《王阳明全集》卷三《传习录》下,上海古籍出版社1992年版,第123页。
② 朴趾源:《热河日记》之《审势篇》,北京图书馆出版社1996年版,第450—451页。
③ (清)朱彝尊:《曝书亭集》卷三五《序二·道传录序》,文渊阁四库全书本。

（三）入仕的多途与八股取士制度

唐朝与宋以后朝代在人才的选拔方面明显的区别就在于士人入仕多途，其多样性与唐朝的开放包容的特征相一致。仕途的开放，使得出身寒微的士人参与政治角逐成为可能。科举制度始于隋朝而成于唐朝。《旧唐书·职官志一》记载：

> 有唐已来，出身入仕者，著令有秀才、明经、进士、明法、书算。其次以流外入流。若以门资入仕，则先授亲勋翊卫，六番随文武简入选例。又有斋郎、品子、勋官及五等封爵、屯官之属，亦有番第，许同拣选。天宝三载，又置崇玄学，习《道德》等经，同明经例。自余或临时听敕，不可尽载。①

唐代士人可以通过科举入仕、门荫入仕、流外入仕等多种途径入仕。科举在隋唐时期还处于初始阶段，还没有明清时期那样完善成熟的体制和考核标准，勋贵及士族还在一定程度上保持着入仕的优势。但有迹象表明，随着科举取士的实行，勋贵及士族等各个阶层的知识分子均被吸引而参与其中，并以获得科举成功为傲。崔瑞德指出：

> 有功名的宰相的比例从高祖时的7%上升至太宗时的23%，上至高宗和武后时的35%，上至武周朝的40%。此外，科举制可作为一种重要象征。对一切有资格参加的人来说，特别对提供大部分中试者的低级贵族来说，它就是提高社会和经济地位的关键。对高级贵族来说，它是保持他们地位的最重要的手段。它推动了这两个集团的官僚化和城市化，因此它在削弱它们以前那些地方的、离心倾向的特征方面起了重要作用。②

开元十七年（729），国子祭酒杨玚《谏限约明经进士疏》言："自数

---

① （后晋）刘昫等：《旧唐书》卷四十二，中华书局1975年版，第1804页。
② ［英］崔瑞德主编：《剑桥中国隋唐史》，中国社会科学出版社1990年版，第299页。

年以来，省司定限，天下明经、进士及第，每年不过百人。"而诸色入流则以千计，至开元年间"诸色出身每岁向二千人，方于明经、进士，多十余倍"①。由此可知，诸色入流的人数要远远超出进士、明经的人数。可以说唐代小说作家中进士及制举出身的为数不少。只要看看张鷟、张说、戴孚、顾况、杜确、沈既济、柳宗元、许尧佐、白行简、李公佐、元稹、沈亚之、牛僧孺、薛渔思、薛调等进士或制举出身的作家名单，唐代科举与唐代小说的渊源便不言自明。无论是文人间相互交流娱玩，还是温卷之用，唐代小说鼎盛时期进士、制举出身作家数量增加，创作水平提升是符合实际的。

明代初年，取士主要通过科举、吏员及荐举等途径。其中，吏员为杂流，不由科举出身。荐举则多在建国之初，并非常例。明清两代都很重视人才培养与选拔，设立国家与地方共同培养的体系。京师设国子学，或称国子监。地方则设府、州、县学。这些学校都是科举人才培养的基地，统治者重视学校对于维护统治所需人才的教化作用。明代乡试分为三场考试，分别以四书义、经义，试论、判、诏、诰、章表，以及经史策论作为考试内容。因为关涉成败的首场考试考的是制艺文（或曰时文、八股文），所以，人们常称明清以八股取士。科举严格规定文章的程式，限制以《四书》《五经》及程朱理学经传注疏，形成了对明清文人的思想规范与束缚。赵翼指出："有明一代，最重进士，凡京朝官清要之职，举人皆不得与。即同一外选也，繁要之缺，必待甲科，乙科仅得遥远简小之缺。其升调之法亦多不同。甲科为县令者，抚、按之卓荐，部、院之行取，必首及焉，不数年，即得御史、部曹等职。而乙科沉沦外僚，但就常调而已。"② 明代通过科举选拔人才维护王朝统治，但却剥夺了士人隐而不仕的权利。《明史·刑法二》记载："贵溪儒士夏伯启叔侄断指不仕，苏州人才姚润、王谟被征不至，皆诛而籍其家。寰中士夫不为君用之科，所由设也。"③ 明代学校体系以《四书》《五经》《大明律令》《御制大诰》等作为学习内容。朱元璋对《孟子·离娄篇》"君视臣如草芥，则臣视君如

---

① （清）董诰等编：《全唐文》，中华书局1983年版，第3027页。
② （清）赵翼：《陔余丛考》卷十八"进士之重"条，河北人民出版社2003年版。
③ （清）张廷玉等：《明史》，中华书局1974年版，第2318页。

寇仇"，《尽心篇》"民为贵，社稷次之，君为轻"等触及君权的表述十分恼火，"谓非臣子所宜言，议罢其配享，诏有谏者以大不敬论"①，钱唐抗疏入谏，朱元璋才恢复孟子配享，但命儒臣修《孟子节文》。洪武三年（1370）建立科举制度，规定以八股文取士，以《四书》《五经》命题。洪武之时，选拔人才以荐举、学校为主。建文、永乐之时尚沿袭洪武做法，而后则以科举之途为主。《明史》卷七十一《选举三》云："建文、永乐间，荐举起家犹有内授翰林，外授藩司者。而杨士奇以处士，陈济以布衣，遽命为《太祖实录》总裁官，其不拘资格又如此。自后科举日重，荐举日益轻，能文之士率由场屋进以为荣；有司虽数奉求贤之诏，而人才既衰，第应故事而已。"②

清代科举基本沿袭明制，虽于细微处有所不同，但并无本质区别。清代制科取士亦首重时文。明清两代，对于时文的空疏，以及不能衡量人才的弊端，一直存在批评和争论。如乾隆三年（1738），舒赫德上疏曰："今之时文，徒空言而不适于用，此其不足以得人者一；墨卷房行，辗转抄袭，肤词诡说，蔓衍支离，以为苟可以取科第而止，其不足以得人者二。"③ 鄂尔泰则曰："时艺取士，自明至今，殆四百年，人知其弊而守之不变者，诚以变之而未有良法美意，以善其后……时艺所论，皆孔孟之绪言，精微之奥旨，参之经史子集以发其光华，范其规矩准绳以密其法律，虽曰小技，而文武干济、英伟特达之才，未尝不出乎其中。"明清文人醉心于科举功名，以之为博求功名、改变人生的正途，功利化倾向十分突出。

黄宗羲《明夷待访录·取士上》指出："取士之弊，至今日制科而极矣。"④《明夷待访录·取士下》指出：

　　古之取士也宽，其用士也严。今之取士也严，其用士也宽。古者乡举里选，士之有贤能者，不患于不知。降而唐宋，其为科目不一，

---

① （清）张廷玉等：《明史》，中华书局1974年版，第3982页。
② （清）张廷玉等：《明史》，中华书局1974年版，第1713页。
③ （清）舒赫德：《论时文取士疏》，《皇朝经世文编》影印本卷五七《礼政》四。
④ 《明夷待访录及其他二种》，《丛书集成初编》本，商务印书馆1939年版，第10页。

士不得与于此，尚可转而从事于彼，是其取之之宽也……宽于取则无枉才，严于用则少倖进。今也不然，其所以程士者，止有科举之一途。虽使古豪杰之士，若屈原、司马迁、相如、董仲舒、扬雄之徒，舍是无由而进，取之不谓严乎哉！一日苟得之，上列于侍从，下亦置之郡县，即其黜落而为乡贡者，终身不复取解，授之以官，用之何其宽也。严于取，则豪杰之老死丘壑者多矣；宽于用，此在位者多不得其人也。①

顾炎武在《日知录》卷十六记载其少年时"见有一、二好学者，欲通旁经而涉古书，则父师交相谯呵，以为必不得颛业于帖括，而将为坎轲不利之人"②。其批评科举取士之弊云：

国家之所以取生员而考之以经义、论、策、表、判者，欲其明六经之旨，通当世之务也……舍圣人之经典、先儒之注疏与前代之史不读，而读其所谓时文。时文之出，每科一变，五尺童子能诵数十篇，而小变其文，即可以取功名；而钝者至白首而不得遇。老成之士，既以有用之岁月销磨于场屋之中，而少年捷得之者又易视天下国家之事，以为人生之所以为功名者惟此而已。故败坏天下之人才，而至于士不成士，官不成官，兵不成兵，将不成将。③

明清两代科举制度对于巩固封建统治，引导并钳制文人的思想，培养符合统治需要的人才起到了不可估量的作用。其必然影响到明清戏曲的创作倾向。明代谢肇淛指出："唐宋尚有杂科，而国家则惟有此一途耳。"④明清两代以八股文取士，这对于小说、戏曲的影响也十分明显。熟谙八股文的文人以其术语、文法评价小说、戏曲，丰富了小说、戏曲的评点。但这里必须明确，所谓八股取士只是就考试的重要方面而言，即以《四书》

---

① 《明夷待访录及其他二种》，《丛书集成初编》本，商务印书馆1939年版，第12页。
② （清）顾炎武著，黄汝成集释：《日知录》，上海古籍出版社2013年版，第936页。
③ （清）顾炎武著，黄汝成集释：《日知录》，上海古籍出版社2013年版，第967页。
④ （明）谢肇淛：《五杂俎》，载《明代笔记小说大观》第二册，上海古籍出版社2005年版，第1832页。

《五经》为内容的考试最为重要，此外也要考核论、判、诏、诰之类的文书及经史策论的内容。明清两代取士以进士、贡举为正途，吏员为杂流。如李渔曰："予谓词曲中开场一折，即古文之冒头、时文之破题；务使开门见山，不当借帽覆顶。即将本传中立言大意，包括成文，与后所说家门一词，相为表里。前是暗说，后是明说。暗说似破题，明说是承题。如此立格，始为有根有据之文。"①焦循《易余籥录》则引录《云麓漫钞》唐人以小说为温卷的记载，云："按此则唐人传奇小说乃用以为科举之媒，此金、元曲剧之滥觞也。诗既变为词曲，遂以传奇小说谱而演之，是为乐府杂剧。又一变而为八股。舍小说而用经书，屏幽怪而谈理道，变曲牌而为排比，此文亦可备众体，史才、诗笔、议论……八股出于金、元之曲剧，曲剧本于唐人之小说传奇，而唐人之小说传奇为士人求科举之温卷。缘迹而求，可知其本。"②

唐代小说中科举失利或放弃科举的失意文人，在明清戏曲中大都金榜题名获得成功。略举几例，如李朝威《柳毅传》中的柳毅本是"应举下第"的儒生，而在《橘浦记》《蜃中楼》中则都获取功名。裴铏《裴航》中裴航是"因下第，游于鄂渚"，而在《蓝桥玉杵记》中裴航参加科举策试，获得探花，后为翰林学士兼兵部尚书郎，监军河朔击败了王庭凑。《本事诗·崔护》中崔护"举进士下第"，而在《桃花人面》中则是"喜得一举进士，只恨未逢佳偶"。可见，明清戏曲"洞房花烛夜，金榜题名时"的故事套路影响到戏曲作家对唐代小说的改编，也印证了科举功名的巨大诱惑力，作家乐于写文士科举之成功，而欣赏者也喜欢这类题材的戏曲。科举考试的内容与统治者的文化政策、教化需要紧密结合。如《琵琶记》因其颂扬忠孝贞烈，有益教化，得以与《四书》《五经》的教化作用并称。唐代诗赋取士影响到唐传奇的创作，"史才、诗笔、议论"的文体特征，及行卷、温卷之风足以证明。而明清以时文取士的科举制度及程朱理学的思想统治，也使明清戏曲出现理学味浓厚的教化戏曲，如

---

① （清）李渔：《闲情偶寄·格局第六·家门》，载俞为民、孙蓉蓉编《历代曲话汇编——新编中国古典戏曲论著集成》（清代编）第一集，黄山书社2008年版，第287页。

② 俞为民、孙蓉蓉编：《历代曲话汇编——新编中国古典戏曲论著集成》（清代编）第三集，黄山书社2008年版，第486页。

《五伦全备记》《香囊记》之类。即使是高扬至情的创作，如《紫钗记》《邯郸记》等优秀戏曲，又何尝没有涉及科举的情节内容。除了金榜题名的荣耀，也有王衡《郁轮袍》、尤侗《钧天乐》等对科举舞弊，埋没人才的控诉。嬉笑怒骂之中，作者抒发自己的磊块之愁。

在借鉴唐代小说本事的同时，明清戏曲将科举取士作为重要的内容加以表现。薛用弱《集异记》卷二《王维》就记载了王维通过岐王，请托九公主与张九皋争京兆府解头的故事。傅璇琮指出王维与张九皋争解头是不可能发生的，但"又合乎历史的真实"①。文士间争解头，贵戚对科举的干涉，合乎历史的真实。明代王衡据此创作了《郁轮袍》杂剧。此剧《盛明杂剧初集》收录。王衡是大学士王锡爵之子，于万历十六年（1588）顺天府乡试第一。有人怀疑其舞弊予以攻击，故其创作该剧以自寓。正如沈泰所评："辰玉满腔愤懑，借摩诘作题目，故能言一己所欲言，畅世人所未畅。"此剧借唐代小说加以改易，抒发对明代科举弊端之不满。作者借文殊之口说出："今世人重的是科目，科目以外便不似人一般看承。我要二位数百年后再化身，做一个不由科目，不立文字，干出名宰相事业的。与世上有气的男子立个法门，势利的小人放条宽路。"又如王定保《唐摭言》卷七《起自寒苦》中所载王播木兰院故事，在明代被来集之创作为《碧纱笼》杂剧。《碧纱笼》与《女红纱》合称《两纱》杂剧。《曲海总目提要》卷九、焦循《剧说》卷五均有著录。《剧说》所引毛西《来元成墓志铭》云："君讳集之，字元成。自为志云：'予所著有某书及杂剧之《两纱》、《秋风三叠》而已。'案：《两纱》、《三叠》，史志皆不载，顾予知君事。君以崇祯己巳赴童试，县斥之，粘其文于门。庚午再试，再斥之。然而府试拔第一。时年二十七，始附学。于是作《两纱》剧：一、《红纱》，谓以纱幛目迷五色也；一、《碧纱》，则纱蒙其旧所为诗，贵与贱易见也。夫通塞之难凭如此！"②根据这段记载可知，来集之参加童试两次被斥，且有"粘其文于门"伤其自尊的经历，这对于一个学识渊博的学子是刻骨铭心的耻辱。所以，来集之《两纱》杂剧

---

① 傅璇琮：《唐代科举与文学》，陕西人民出版社2003年版，第65页。
② 俞为民、孙蓉蓉编：《历代曲话汇编——新编中国古典戏曲论著集成》（清代编）第三集，黄山书社2008年版，第437页。

批判科举制度之弊，表达在穷达升降之中所体会到的人情世态。该剧"语次虽带诙谐，绝不修旧怨也。此亦集之自寓之意"[①]。明末黄家舒《城南寺》杂剧则是根据《本事诗·高逸第三·杜牧》创作的二折短剧。剧中弱冠成名、制策登科的杜牧春风得意，旋被授予中书舍人兼知制诰。杂剧第一折极写了其科名鼎贵、翰墨风华的荣艳。各镇节度、各府公侯勋戚、朝中公卿大老、四方山人诗僧举子以及教坊歌妓或有书通候，或遣礼相贺，或前来拜谒，体现了名士登科的一时之盛。而第二折杜牧去文殊寺游赏，无名禅师却不知杜牧姓字，不知其所修何业。剧中借无名禅师之口说道："多少有智慧奇男子，埋没在应举登科。多少没结果小前程，破坏了生天成佛。"杜牧感怀吟诗一首云："家住城西杜曲坊，两枝仙桂一齐芳。禅师都未知名姓，始识空门意味长。"如果说第一折体现杜牧中举得官之喜悦兴奋，那么第二折则是在无名禅师点化下回归冷静，认清红尘的浮华与虚幻，这也许是作家借助唐人小说"于热闹处著一冷眼"，表达"早了却梦黄粱许多兴废"的空幻之思吧。

二 唐代文人与明清文人的文化心态之比较

唐代小说承载着文人的文化心态，这种心态表现为社会环境、个性气质等对作家创作心理的引导作用；表现为时代思潮对作家创作的影响，顺应或逆向取决于作家的革新或保守；表现为作品中作家胸臆的表达或爱憎情感、人格的彰显。复杂丰富的情感世界难以捕捉与认识，但唐代小说经由明清戏曲家借鉴或改造，以戏曲这一文学样式呈现时，唐人文化心态必然裹挟着进入戏曲中，为明清文人的心态呈现服务。程国赋指出唐五代小说作家较为普遍的心理追求为"怀旧心态；宗儒心理；空幻心态；还有些作家利用小说攻击对手"，并分析了初盛中晚唐代士子的文化心态。[②]因其从横纵层面所论甚详，且唐代文人与明清文人心态的比较研究非常复杂，故本节仅从文化政策开明与严苛对文人心态的影响，明代浪漫洪流对

---

① 俞为民、孙蓉蓉编：《历代曲话汇编——新编中国古典戏曲论著集成》（清代编）第二集，黄山书社2009年版，第371页。

② 程国赋：《唐五代小说的文化阐释》，人民文学出版社2002年版，第211—231页。

戏曲家改编唐代小说题材的创作心态影响，华夷一家与华夷之辨的民族情结在文人创作中的体现，借唐代文人本事写意抒怀、消解胸中磊块等方面谈此问题。

（一）文化政策开明与严苛下的文人心态

文化政策的宽容或高压对文人的创作必然产生影响。可以想见，心态平和、无所避忌的创作心态与心绪烦乱、时有履冰之忧的创作心态必然不同。直到今天人们通过《旧唐书》《贞观政要》等文献，还可以感受到大唐政治的开明与君明臣贤的政治局面。魏征等诸多士人直言讽谏君王，体现了唐代统治者的宽容与士人大胆敢言的心态与骨鲠人格。这种坦诚相待、开诚布公、求同存异的君臣关系成为后世君臣关系的楷模，这与明清君主至上、臣子卑弱的专制集权形成鲜明对比。唐太宗说："君，源也；臣，流也；浊其源而求其流之清，不可得矣。君自为诈，何以责臣下之直乎！朕方以至诚治天下，见前世帝王好以权谲小数接其臣下者，常窃耻之。"① 唐太宗以至诚对待大臣，而不以权诈之术驾驭之。而以魏征为代表的士人也表达了"君臣同体，宜相与尽诚"的思想，魏征明确表示他愿为"君臣协心，俱享尊荣"的良臣，而不是"面折廷争，身诛国亡"的所谓忠臣。② 士人能否直言敢谏，取决于君王的宽容与纳谏的诚意，否则士人也不会犯逆鳞，拿自己的性命开玩笑。赵翼评价说："贞观中直谏者首推魏征……至今所传十思十疏，皆人所不敢言，而帝悉听纳之，此贞观君臣间，直可追都俞吁咈之盛也。然其时直谏者不止魏征也。"③ 赵翼的评价中至少有两点值得注意：一是魏征谏言的内容是"人所不敢言"的，但唐太宗却能够予以采纳；二是贞观年间，直言敢谏的士人不止魏征一人，形成了一种良好的言论氛围。而统治者勇于纳谏的胸怀，对于士人骨鲠人格的形成是起到促进作用的。武则天统治时期，虽然其大肆杀戮李唐宗室，酷吏横行，"然其纳谏知人，亦自有不可及者"，朱敬则、桓彦范等"直揭后之燕昵嬖倖，可羞可耻，敌以下所难堪，而后不惟不罪之，

---

① （宋）司马光等著，（元）胡三省音注：《资治通鉴》，中华书局2012年版，第6148页。
② （宋）司马光等著，（元）胡三省音注：《资治通鉴》，中华书局2012年版，第6153页。
③ （清）赵翼：《廿二史劄记》卷十九，上海古籍出版社2011年版，第348页。

反赐敬则彩百段。对宋璟、桓彦范保护倚任"①。唐代小说《纪闻·裴伷先》中，裴伷先伯父裴炎被杀，但其却没有畏惧退缩，而是面见武则天"面陈得失"，体现了奋不顾身的骨鲠人格。唐玄宗执政前期也广开言路，任用贤臣，使国力日臻强盛。如柳芳描述说："姚崇、宋璟、苏颋等皆以骨鲠大臣，镇以清静。朝有著定，下无觊觎。四夷来寇，驱之而已；百姓富饶，税之而已。"② 北宋程颐说："唐有天下，如贞观、开元间，虽号治平，然亦有夷狄之风。三纲不正，无父子、君臣、夫妇，其原始于太宗也。"③ 程颐对于唐代不注重纲常伦理的批评从反面恰恰证明了唐代社会的开放，君臣、父子、夫妇的伦常观念比后世淡薄，没有更多的思想束缚。政治、文化的宽容，使唐代的文人没有过多的思想顾虑与束缚。他们可以率性而为，直陈时弊。南宋洪迈在《容斋续笔》卷二"唐诗无讳避"条中说："唐人歌诗，其于先世及当时事，直辞咏寄，略无避隐。至宫禁嬖昵，非外间所应知者，皆反复极言，而上之人亦不以为罪。"④ 如白居易的讽喻诗创作，与现实政治斗争紧密结合，以意激言质的诗风对社会的弊端进行了批判与揭露。"闻《秦中吟》，则权豪贵近者相目而变色矣。闻《乐游园》寄足下诗，则执政柄者扼腕矣。闻《宿紫阁村》诗，则握军要者切齿矣。大率如此，不可遍举。"⑤ 白居易《长恨歌》对君王荒淫误国有所讽刺，"汉皇重色思倾国""从此君王不早朝"等诗句，对于唐玄宗、杨贵妃之事无所避讳。白居易却没有因为文字得祸，反而得到唐宪宗的赏识，将之召入翰林院为学士。白居易去世，唐宣宗特意写下挽诗，诗中有云："童子解吟长恨曲，胡儿能唱琵琶篇。文章已满行人耳，一度思卿一怆然。"

又如，《朝野佥载》中，也有武则天不以文字罪人的例子：

> 则天革命，举人不试皆与官，起家至御史、评事、拾遗、补阙者，不可胜数。张鷟为谣曰："补阙连车载，拾遗平斗量。杷推侍御

---

① （清）赵翼：《廿二史劄记》卷十九，上海古籍出版社2011年版，第369—370页。
② （清）董诰等编：《全唐文》，中华书局1983年版，第3777页。
③ （宋）程颢、（宋）程颐：《二程集》，中华书局1981年版，第236页。
④ （宋）洪迈：《容斋随笔》，中华书局2005年版，第239页。
⑤ （后晋）刘昫等：《旧唐书》，中华书局1975年版，第4348页。

史,碗脱校书郎。"时有沈全交者,傲诞自纵,露才扬己,高巾子,长布衫,南院吟之,续四句曰:"评事不读律,博士不寻章。面糊存抚使,眯目圣神皇。"遂被杷推御史纪先知捉向左台,对仗弹劾,以为谤朝政,败国风,请于朝堂决杖,然后付法。则天笑曰:"但使卿等不滥,何虑天下人语?不须与罪,即宜放却。"①

明清两代,为了维护思想权威,在统治前期均采取极端高压禁锢政策。在思想文化领域,统治者深文周纳,牵强附会,无中生有,对文人大肆杀戮。文人噤若寒蝉、谨小慎微,唯恐触犯禁忌招来杀身灭族之祸。明太祖朱元璋、明成祖朱棣,清代康熙、雍正、乾隆时期,屡兴文字狱,形成文化禁锢的高压态势。龚自珍有诗云:"避席畏闻文字狱,著书都为稻粱谋。"② 朱彝尊指出了明代前期的文字之祸,其曰:"高季迪之文,苏平仲之表笺,泐公之诗,当时文字之祸烈矣!"③ 赵翼也列举了大量的明初文字之祸,指出:"明祖通文义固属天纵,然其初学问未深,往往以文字疑误杀人,亦已不少。"④ 明代思想家李贽被捕治罪,其中也有刻《藏书》《焚书》等书惑乱人心的原因。天启年间,四川道御史王雅量仍上疏云:"'奉旨,李贽诸书怪诞不经,命巡视衙门焚毁,不许坊间发卖,仍通行禁止。'而士大夫多喜其书,往往收藏,至今不灭。"⑤

明清文字狱对士人人格与生命的摧残,是封建社会末期君主专制集权,思想钳制空前加强的表现。明朝的律令是以唐律为蓝本制定的,但其立法原则与唐代相比更为严苛。吴元年(1367)十月,朱元璋就任左丞相李善长为总裁官,参知政事杨宪、御史中丞刘基等二十人为议律官。李善长等人建议:"历代之律,皆以汉《九章》为宗,至唐始集其成。今制宜遵唐旧。"⑥ 洪武元年(1368)朱元璋又命儒臣四人与刑官讲《唐律》。

---

① 《唐五代笔记小说大观》,上海古籍出版社2000年版,第50页。
② (清)龚自珍:《龚自珍全集》,中华书局上海编辑所1959年版,第471页。
③ (清)朱彝尊:《静志居诗话》卷二,人民文学出版社1990年版,第33页。
④ (清)赵翼:《廿二史劄记》卷三十二,上海古籍出版社2011年版,第663—664页。
⑤ (清)顾炎武撰,(清)黄汝成集释:《日知录集释》,上海古籍出版社2006年版,第1071页。
⑥ (清)张廷玉等:《明史》,中华书局1974年版,第2279页。

洪武六年（1373），刑部尚书刘惟谦进一步详定《大明律》。翌年二月完成，篇目一准于唐，共计六百有六条，分为三十卷。此后又有所更定增损，直至洪武三十年（1397）正式颁布。《明律》三十卷，四百六十条。与唐代士人积极入世，热衷科举功名相比，明代士人视仕宦为畏途。洪武九年（1376）叶伯巨上书说：

> 古之为士者，以登仕为荣，以罢职为辱。今之为士者，以溷迹无闻为福，以受玷不录为幸，以屯田工役为必获之罪，以鞭笞捶楚为寻常之辱。其始也，朝廷取天下之士，网罗捃摭，务无余逸，有司敦迫上道，如捕重囚。比到京师，而除官多以貌选，所学或非其所用，所用或非其所学。洎乎居官，一有差跌，苟免诛戮，则必在屯田工役之科。率是为常，不少顾惜，此岂陛下所乐为哉？诚欲人之惧而不敢犯也。①

赵翼《廿二史劄记》卷三二"明祖晚年去严刑"条引《草木子》云："明祖惩元季纵弛，特用重典驭下，稍有触犯，刀锯随之。时京官每旦入朝，必与妻子诀，及暮无事，则相庆以为又活一日。"② 纵观明代历史，士人屈服于君王的权威之下，动辄惨遭杀戮，或是面临酷法摧残。明代中晚期浪漫洪流也不过是末世思想松弛的一时表现，随着清王朝的建立又回归于正轨。康熙、雍正、乾隆三朝，屡兴文字狱，对思想的控制与明代相比有过之而无不及。但是统治者却希望把自己装扮得大度豁达，似乎是一位政治开明的君主。如乾隆说：

> 文人著书立说，各抒所长，或传闻异辞，或纪载失实，固所不免。果其略有可观，原不妨兼收并蓄。即或字义触碍，如南北史之相互诋毁，此乃前人偏见，与近时无涉，又何必过于畏首畏尾耶！朕办事光明正大，可以共信于天下，岂有下诏访求书籍，顾于书中寻摘最

---

① （清）张廷玉等：《明史》，中华书局1974年版，第3991—3992页。
② （清）赵翼：《廿二史劄记》，上海古籍出版社2011年版，第744页。

疵，罪及收藏之人乎？①

事实上这位自称不以"文字罪人"的所谓盛世君王却制造了不下七十起文字狱。第一章中笔者详细考证的程树榴文字案可为佐证。乾隆还把注意力放到对于戏剧违碍字句的查办方面。乾隆四十五年（1780）十一月乙酉（十一日）谕军机大臣等：

> 前令各省将违碍字句书籍实力查缴，解京销毁，现据各督抚等陆续解到者甚多，因思演戏曲本内亦未必无违碍之处，如明季国初之事有关涉本朝字句，自当一体饬查。至南宋与金朝关涉词曲，外间剧本往往有扮演过当以致失实者，流传久远，无识之徒或至转以剧本为真，殊有关系，亦当一体饬查。此等剧本大约聚于苏、扬等处，着传谕伊龄阿、全德留心查察，有应删改及抽掣者，务为斟酌妥办，并将查出原本暨删改抽掣之篇，一并粘签解京呈览，但须不动声色，不可稍涉张皇。全德向不通晓汉文，恐交伊专办未能妥协，所有苏州一带应查禁者，并着伊龄阿帮同办理。②

此后两年间，根据乾隆上谕、郝硕奏折、图明阿奏折，查检范围不仅包括昆腔文人戏曲，还涉及石碑腔、弋阳腔、梆子腔等地方声腔，销毁《红门寺》《乾坤鞘》《全家福》等，抽改《鸣凤记》《千金记》《种玉记》等。要求戏班"一体遵禁改正，以昭我皇上端本维风之至治"③。

乾隆将帝王的统治与教化权力集于一身，将文人所拥有的对道统的持有权归于帝王，他对于前代的明君汉文帝、唐太宗、宋仁宗没有掌握教化士人的权力颇有微词。乾隆《修道之谓教论》曰："三代以下致治之盛如汉之文帝、唐之太宗、宋之仁宗，皆朝乾夕惕，勤劳非懈，然不图其本而务其末，徒有惠爱之政而无教养之实。方之汉唐则令主，比之三代则庸

---

① 《纂修四库全书档案》，中国第一历史档案馆编，上海古籍出版社1997年版，第68页。
② 《清代文字狱档》，上海书店出版社2011年版，第1100页。
③ 参见《清代文字狱档》，上海书店出版社2011年版，第1100—1103页。

君,此无他,教不能行,则道无由明于天下也。"① 君主对于文化权力的垄断,文字狱频兴,必然使士人惴惴不安,唯求自保,不敢触犯时讳。所以,梁启超说:

> 凡当主权者喜欢干涉人民思想的时代,学者的聪明才力,只有全部用去注释古典。欧洲罗马教皇权力最盛时,就是这种现象,我国雍、乾间也是一个例证。记得某家笔记说:"内廷唱戏,无论何种剧本都会触犯忌讳,只得专搬演些'封神'、'西游'之类,和现在社会情状丝毫无关,不至闹乱子。"②

我们还是以唐代小说与同题材明清戏曲为例,管窥创作心态之不同。李浚《松窗杂录》中记载了李白酒醉进《清平调》三章,得罪高力士、杨贵妃而不得官事。王定保《唐摭言》卷十一《无官受黜》、孙光宪《北梦琐言》卷七《孟浩然赵嘏以诗失意》则记载了孟浩然因"北阙休上书,南山归敝庐。不才明主弃,多病故人疏"诗句而遭退黜,终身不仕之事。李白、孟浩然、罗隐、贾岛在唐人笔记小说中,或是个性张扬狂放,或是深沉苦吟,无疑都是仕途不畅的失意者。明代朱有燉《孟浩然踏雪寻梅》杂剧则"假唐之诗人孟浩然辈,设为故事,亦不论其同时先后,制作传奇一帙"③。杂剧中写了几位诗人诗酒唱和,着重写孟浩然谏朋友之过,批评李白放旷酒色之失,踏雪寻梅,以及与李白评论花品吟诗数篇等故事情节。最后,在李白荐举下,孟浩然以其节操坚贞、志行端洁被皇帝授以翰林学士之职。唐代小说中诗人的张扬个性被泯灭于道德的塑造与表现中。如杂剧中李白与秦娥相悦,孟浩然则欲与之绝交。当李白因秦娥离去若有所失,孟浩然却云:"太白尊兄以功名为念,缘何屑屑留意于此?愿少置之,以全清誉。"这对于标榜处山林之中,喜清高之质的孟浩然形象不能不说是一种损害。但这恰恰体现了朱有燉对明王朝文化政策的遵循与维护。唐代文人与歌妓诗酒风流是洒脱潇洒的体现,而明代却视之为文人

---

① 《清高宗御制诗文全集》第一册,中国人民大学出版社1993年版,第57页。
② 梁启超:《中国近三百年学术史》,上海三联书店2006年版,第18页。
③ (明)朱有燉著,赵晓红整理:《朱有燉集》,齐鲁书社2014年版,第198页。

品行之瑕疵。陈寅恪曾云："唐代新兴之进士词科阶级异于山东之礼法旧门者，尤在其放浪不羁之风习。故唐之进士一科与倡伎文学有密切关系，孙棨《北里志》所载即是一证。"① 所以，剧中李白的行为遭到了孟浩然的质疑。戏曲泯灭了唐代小说中人物原型的鲜明个性，使之成为道德礼法的代言人，其中的文化心态变化是十分明显的。当然，也有借唐代小说写意抒怀为我所用的作品。李白、白居易、王维、李商隐、贾岛、杜牧等文人轶事被写入戏曲作品，或是以文人韵事抒写明清文人的雅士情怀与闲情逸致，或是感慨文人的失意落寞与怀才不遇。如明代茅维融合了《续玄怪录·李卫公靖》《定命录》《谈宾录·马周》《仙传拾遗·马周》等唐代小说，创作了《醉新丰》杂剧。朱有燉亦有《新丰记》杂剧，已佚。茅维，字孝若，归安人。茅维是茅坤之子，他不得志于科举，却以经世自负。钱谦益《列朝诗集小传》中有《茅太学维》小传。《醉新丰》楔子化用《续玄怪录》李靖行雨事为李靖、马周为骊山龙母行雨。其中马周旗亭濯足、凌傲官吏等情节颇能表现士子的才情豪迈与狂放不同流俗的品性。使有关马周的唐代小说有机地结合在一起，颇有徐渭愤世杂剧的意味。而明万历年间，据《传奇·裴航》创作的《蓝桥玉杵记》，则明确提出"首重风化，兼寓玄诠"的创作主旨，要求"本传多圣真登场，演者需盛服端容，毋致轻亵"。可见，唐代神仙题材在创作主旨上发生明显改变，而对神仙扮演不得轻亵的要求，则是明代律法对戏曲创作的约束与规范的结果。以"异端"自许的李贽在《拜月亭序》中云："详试读之，当使人有兄兄妹妹，义夫节妇之思。"在《昆仑奴序》中又云："自古忠臣孝子，义夫节妇，同一侠耳。"一向被人视为反封建礼法的李贽，就其评论而言是高度认同忠臣孝子、义夫节妇的品行的，并认同戏曲作品对这些内容的表现，认为可以达到教化人心的目的。所谓"异端"尚且如此，遵规循矩的文人的创作心态也就不言自明了。庄一拂《古典戏曲存目汇考》中对《王鼎臣风雪渔樵记》的论述也颇能说明问题，其云："此剧将覆水结果加以变更，开脱朱妻，以再团圆终局。按'王鼎臣'，实系朱买臣之替名，明太祖朱元璋晚年肆意诛戮臣民，附会挑剔，无所不极。'朱

---

① 陈寅恪：《唐代政治史述论稿》，生活·读书·新知三联书店2009年版，第281—281页。

买臣'三字实有影射讽刺意味,以故明初凡内府本戏文中,俱改朱为王,藉避禁忌。"① 由此可见统治者的严苛酷烈对戏曲创作的禁锢与影响,戏曲作家不得不有所顾忌以求得自保。

(二) 情理的冲突与个性的高扬

梁启超说:"有思潮之时代,必文化昂进之时代也。"② 明清戏曲对唐代小说题材的借鉴与改编,有一点是值得注意的,即明清戏曲发展的高峰期处于明嘉靖、万历年间至清代乾隆年间。而中唐以后,以传奇为代表的唐代小说创作取得了辉煌的成就。明代中叶以降,在浪漫洪流中,明清戏曲家对唐代中期传奇的优秀作品情有独钟,是很值得深思的。同样处于社会转型发展的关键时期,涌动着社会风尚与思想观念的变化,使得明清戏曲家在情与理的对抗或调和中,发现了唐代小说中蕴含的丰厚内涵,可供他们重新阐释和挖掘。李泽厚指出:"除先秦外,中唐上与魏晋,下与明末是中国古代思想领域中三个比较开放和自由的时期,这三个时期又各有特点。以世袭门阀贵族为基础,魏晋带着更多的哲理思辨色彩,理论创造和思想解放突出。明中叶主要是以市民文学和浪漫主义思潮,标志着接近资本主义的近代意识的出现。从中唐到北宋则是世俗地主在整个文化思想领域内的多样化地全面开拓和成熟,为后期封建社会打下巩固基础的时期。"③ 所以,明清戏曲对唐代小说题材思想内涵的发展方面,其市民化倾向及对于人性人情的抒写是极为明显的变化。与唐代婚恋题材小说对青年男女情感纠葛和故事传奇性的关注不同,明清戏曲在个性解放思潮中,呈现出对于人性的肯定及对情感欲望的张扬。当然,不能过分强调这一思潮的力量,事实上即便是汤显祖这样的作家也不免落入奉旨成婚的故事套路,既歌颂至真至爱的情感,又在寻求合乎礼仪规范的故事展现。以伦理节制为主,还是以人情高扬为主,直接影响到作家的创作取向。与明代前期宣扬礼教的戏曲相比,明代中期以后,反映人的主体意

---

① 庄一拂编:《古典戏曲存目汇考》,上海古籍出版社 1982 年版,第 548—549 页。
② 梁启超:《中国近三百年学术史》,上海三联书店 2006 年版,第 10 页。
③ 李泽厚:《美的历程·韵外之致》,《美学三书》,安徽文艺出版社 1999 年版,第 149—150 页。

识，挣脱礼教禁锢的戏曲无疑代表了这一时期的艺术水准。可以看到，浪漫洪流中的弄潮儿无不对唐代小说题材非常喜爱。以红拂女题材为蓝本创作《女丈夫》的冯梦龙，提出情教说，在《序山歌》中说："借男女之真情，发名教之伪药。"李开先《市井艳词序》云："语意则直出肺腑，不加雕刻，俱男女相与之情，虽君臣友朋，亦多有托此者，此情足以感人也。"[1]李开先不因市井艳词的鄙俚而加以否定贬低，却赞赏出于肺腑、毫无矫饰的真情实感，这不能不说是对程朱理学的反拨，是明代个性解放思潮的先驱。徐渭更是以其愤世嫉俗的疏狂，强调真情的感染力，其在《选古今南北剧序》中云："人生堕地，便为情使……摹情弥真则动人弥易，传世亦弥远，而南北剧为甚。"[2]李贽这位提出童心说，肯定自然天性的人之情感的思想家，对于唐代小说思想内涵的提升，主要着眼于人的真情流露，对于"发于情性，由乎自然"的思想加以肯定。他对取材于唐代小说题材的《西厢记》《红拂记》《玉合记》进行评点，肯定青年男女在至真情感表达中对于传统道德束缚的突破。如他评价《红拂记》时，对红拂女与李靖的婚恋故事给予高度评价。汤显祖是浪漫主义戏曲创作洪流中的佼佼者，其"临川四梦"均以"情"作为创作的出发点。其在戏曲中对至情的礼赞，无疑丰富了唐代小说题材的思想内涵。其在《紫钗记》中提出"人间何处说相思？我辈独钟情似此"。《牡丹亭》中提出"白日消磨肠断句，世间只有情难诉"。《南柯记》中指出"有情歌酒莫教停，看取无情虫蚁，也关情"。《邯郸记》则云"把人情世故都高谈尽"。笔者认为何璧对情的阐释可以用以总结汤显祖的戏曲作品。其云："情也，予尚论情有四种焉。多情则为才子佳人，情之刚处则为侠，情之玄处则为仙，情之空处则为佛。"[3]汤显祖以超越生死的至情，对虚伪的性理之学进行抨击，否定矫饰的伪情。因此，浪漫思潮中戏曲家对唐代小说题材的拓展，主要就在于突破封建传统的樊篱，打破程朱理学的束缚，肯定人的情感欲望，歌颂自然率真的纯真爱情，使旧有故事焕发

---

[1] 吴毓华编：《中国古代戏曲序跋集》，中国戏剧出版社1990年版，第50页。
[2] 吴毓华编：《中国古代戏曲序跋集》，中国戏剧出版社1990年版，第67页。
[3] （明）何璧：《北西厢记序》，载吴毓华编《中国古代戏曲序跋集》，中国戏剧出版社1990年版，第153页。

新的时代光彩。

(三) 华夷观念的淡薄与强化

唐代小说与明清戏曲中华夷之辨的民族情结也有所区别,反映了唐代文人与明清文人创作中的民族心态的差异。唐代是一个多民族融合的时代,其民族文化政策开放包容,使唐代小说中贵华贱夷的观念相对淡薄,较明清之际华夷观念强化有明显差异。鲁迅在《坟·看镜有感》中说:"汉唐虽然也有边患,但魄力究竟雄大,人民具有不至为异族奴隶的自信心,或者竟毫未想到,凡取用外来事物的时候,就如将彼俘来一样,自由驱使,绝不介怀。"① 翻检史书可知隋唐与北魏鲜卑族有着极为密切的渊源。出身于匈奴贵族的独孤氏与鲜卑血统的关陇贵族结有姻亲关系。西魏独孤信的长女是北周明帝的皇后,第七女是隋文帝的皇后,第四女则是唐高祖李渊的母亲。陈寅恪对关陇贵族、山东豪杰胡汉杂糅多有论述,指出:"则李唐一族之所以崛兴,盖取塞外野蛮精悍之血,注入中原文化颓废之躯,旧染既除,新机重启,扩大恢张,遂能别创空前之世局。"② 唐太宗李世民则声称:"自古皆贵中华、贱夷狄,朕独爱之如一,故其种落皆依朕如父母。"③ 唐太宗成为诸夷尊奉的"天可汗"。又如,唐中宗声明:"朕于西夷,亦信而已,来无所拒,去无所留。"④ 唐玄宗提出:"开物所以苞举华夷,列爵所以范围中外"⑤,下诏强调"若脂膏不润,毫发无欺,开怀纳戎,张袖延狄,彼当爱官吏犹父母,安国家如天地"⑥。

我们通过《唐六典》所记载的十部之伎,可从一个侧面感受华夷一统的鼎盛局面。

---

① 《鲁迅全集》第一卷,人民文学出版社1973年版,第183页。
② 陈寅恪:《李唐氏族之推测后记》,《金明馆丛稿二编》,生活·读书·新知三联书店2009年版,第344页。
③ (宋)司马光等著,(元)胡三省音注:《资治通鉴》,中华书局2012年版,第6247页。
④ 《全唐文》卷一七《赐突厥书》,中华书局1983年版,第210页。
⑤ 《全唐文》卷二一《封契丹李失活奚李大酺制》,中华书局1983年版,第249页。
⑥ 《全唐文》卷二七《安置降蕃诏》,中华书局1983年版,第311页。

《唐六典》曰：凡大宴会，则设十部之伎于庭，以备华、夷。一曰宴乐伎，有《景云乐》之舞，《庆善乐》之舞，《破阵乐》之舞，《承天乐》之舞；二曰清乐伎，三曰西凉伎，四曰天竺伎，五曰高丽伎，六曰龟兹伎，七曰安国伎，八曰疏勒伎，九曰康国伎。①

　　就"华夷之辨"而言，其区别标准有以文化衡量和种族区别之说。由此可知，唐代虽然也言华夷之别，但其是以文化作为衡量的标准。唐朝胡汉交融的血统，对异域文化的吸收以及大量任命蕃臣、蕃将，都说明唐朝并不可能采取种族对立的政策。因为如果唐朝以种族的优劣作为判断文化高低的标准，无疑会对自身的权威性构成威胁，如果以文化作为标准，则显示出开阔的政治胸怀与大气包容的心态。

　　陈寅恪、钱穆等均有以文化作为衡量华夷之别的论述。陈寅恪指出："寅恪尝论北朝胡汉之分，在文化而不在种族。"② 钱穆则指出：

　　　　在古代观念上，四夷与诸夏实在另有一个分别的标准，这个标准，不是"血统"而是"文化"。所谓"诸侯用夷礼则夷之，而夷狄进于中国则中国之"，此即是以文化为"华"、"夷"分别之明证。③

　　而宋以后，由于宋金、元明、明清等汉族政权与少数民族政权的斗争从未消歇，以"种族"作为区别华夷的标准成为主流。尤其是外敌凭陵的南宋、晚明更为突出。王夫之提出："天下之大防二，中国、夷狄也，君子、小人也。"④ 这种以种族判别华夷之别的思想在民族大义的背后隐藏着偏激。反倒是雍正《大义觉迷录》论述"有德者可为天下君"⑤ 时，引用了《尚书》中"抚我则后，虐我则仇"及韩愈《原道》中"中国而夷狄也，则夷狄之，夷狄而中国也，则中国之"的论断为理论依据，颇得以文化为衡量华夷标准之真谛。

---

① （宋）司马光等著，（元）胡三省音注：《资治通鉴》，中华书局 2012 年版，第 6272 页。
② 陈寅恪：《柳如是别传》（下），生活·读书·新知三联书店 2009 年版，第 1002 页。
③ 钱穆：《中国文化史导论》，商务印书馆 1994 年版，第 41 页。
④ （清）王夫之：《读通鉴论》卷十四，中华书局 1975 年版，第 431 页。
⑤ （清）雍正皇帝编纂：《大义觉迷录》卷一，上海书店出版社 1999 年版，第 4 页。

第七章　原创与改编小说、戏曲作品文化背景考索　／　323

　　唐代小说中有一些能够反映民族关系的小说，这里不一一列举，仅就被后世改编为戏曲的小说谈此问题。如《纪闻·吴保安》《纪闻·裴伷先》《枕中记》《虬髯客传》等，不同程度上反映了唐朝与南诏、吐蕃、高句丽的关系。《吴保安》中，姚州都督李蒙征讨南蛮兵败身亡，吴保安历尽千辛万苦赎出身陷南蛮备受其苦的郭仲翔。《裴伷先》中，裴伷先仗义直谏武则天，遭遇迫害，流放北庭都护府，娶降胡可汗之女，以财自雄，养客数百人。《枕中记》中，卢生大破吐蕃悉抹逻及烛龙莽军队，开疆拓土，勒石以纪其功。《虬髯客传》则记载虬髯客海外建国扶余之事。这些小说中并没有刻意彰显华夷区别的创作意图，但却以小说的形式反映了唐代与少数民族的战争、交往等情况。这些小说成为明清戏曲创作的故事本事。沈璟《埋剑记》、郑若庸《大节记》据《吴保安》创作完成。许三阶《节侠记》据《裴伷先》创作完成。汤显祖《邯郸记》据《枕中记》创作完成。张凤翼《红拂记》、凌濛初《红拂三传》、冯梦龙《女丈夫》等则据《虬髯客传》创作完成。在这些戏曲中"华夷之辨"的意识明显增强，戏曲内容大幅增加了这一方面的内容，这与民族矛盾日趋激化有着必然的联系，但戏曲中对这部分内容的展现也并非单纯的尊华贬夷，而是呈现出因作家、作品而异的特征。戏曲中往往将少数民族塑造为边境的入侵者。《埋剑记》中借南诏酋望官自言"生憎中国语，尤号我为夷"，"正是由来叛服不常，从古华夷有别"（第三出《称乱》）。传奇中郭仲翔洋溢着建功边疆、封侯济世的理想追求，兵败陷于南诏为虏后，其"身羁异域，还思忠义"，忠贞不屈（第十四出《士节》）。《邯郸记》中的吐蕃、《红拂记》中的高句丽也都是边境秩序的扰乱者与入侵者，均以失败臣服而告终。张凤翼创作《红拂记》于嘉靖二十五年（1545）新婚之际，作品第三十四出以《华夷一统》标目，可以看出其建功边疆的鸿鹄之志。张凤翼《与徐侍读公望书》云："仆自弱冠即有意用世。占毕之暇，每索《阴符》、《六韬》、《孙》、《卫》诸书，究其端绪。且锻炼筋骨，开张胆气。翼一旦为边疆之臣，庶可效一割。"[1] 所以，李靖形象寄寓着张凤翼自己的理想。但他不会想到第二年（1546）直至嘉靖四十三年（1564），

---

[1] （明）张凤翼：《处实堂集》卷五，《续四库全书》一三五三·集部·别集类，上海古籍出版社，第301页。

他六次应乡试失利。其成为"边疆之臣"的梦想也就无法实现了。少数民族在戏曲中有自卑感。许三阶《节侠记》中的思摩可汗、闺华郡主是支持裴伷先反抗武周集团的正义力量，却始终自惭少数民族的身份。思摩可汗不满于奸臣窃柄，对裴炎、裴伷先抗颜直谏表现出的忠贞给予肯定。但其却言"俺这里蛮夷尚识君臣分"（第五出《虏侠》），其中隐含着戏曲家对少数民族的轻视之意。又如第二十二出《奇偶》中，思摩可汗欲将闺华郡主许配给裴伷先，也谦卑自称"自家虽是蛮夷，常怀义侠"。明清戏曲家也未将少数民族简单化或彻底丑化，即使是对战场上的敌人，也会肯定他们的智勇与知恩必报。《邯郸记》吐蕃大将热龙莽感激卢生追剿时为其放条归路，得知卢生受宇文融诬陷蒙冤，让其子充侍子入朝，借奏对之机为卢生申冤。相形之下，宇文融奸佞狠毒，欲置卢生于死地而后快。当民族矛盾激化之时，以种族为标准的狭隘民族主义难以用理性理解，但在血泪交迸的历史关头维护民族利益却又是人之常情。总之，明清戏曲家跳不出所处时代的思维惯性，我们不能简单化地以偏概全，而应着眼于具体作家、作品去体会其创作过程中所反映出的心态。

参考文献

古籍类

（唐）房玄龄等：《晋书》，中华书局1974年版。

（唐）李隆基注，（宋）邢昺疏：《孝经注疏》，《十三经注疏本》，北京大学出版社2000年版。

（唐）刘知幾著，（清）浦起龙通释：《史通通释》，上海古籍出版社2009年版。

（唐）欧阳询撰，汪绍楹校：《艺文类聚》，上海古籍出版社1965年版。

（唐）苏鹗：《苏氏演义》，中华书局2012年版。

（唐）魏征等：《隋书》，中华书局1973年版。

（唐）玄奘、（唐）辩机著，季羡林等校注：《大唐西域记校注》，中华书局1985年版。

（后晋）刘昫等：《旧唐书》，中华书局1975年版。

（宋）程颢、（宋）程颐：《二程遗书》，上海古籍出版社2000年版。

（宋）郭茂倩编：《乐府诗集》，中华书局1979年版。

（宋）计有功：《唐诗纪事》，上海古籍出版社2008年版。

（宋）李昉等编：《太平广记》，中华书局1961年版。

（宋）李昉等编：《太平御览》，中华书局1960年版。

（宋）欧阳修、（宋）宋祁：《新唐书》，中华书局1975年版。

（宋）司马光等著，（元）胡三省音注：《资治通鉴》，中华书局2012年版。

（宋）朱熹：《朱子全书》，上海古籍出版社、安徽教育出版社2002年版。

（明）冯梦龙：《墨憨斋定本传奇》，中国戏曲出版社1960年版。

（明）冯梦龙：《情史类略》，岳麓书社1984年版。

（明）冯梦龙：《太平广记钞》，团结出版社1996年版。

（明）龚正我：《摘锦奇音》，载王秋桂主编《善本戏曲丛刊第一辑13》，台湾学生书局1984年版。

（明）胡文焕：《群音类选》，载王秋桂主编《善本戏曲丛刊第四辑42》，台湾学生书局1987年版。

（明）胡应麟：《少室山房笔丛》，上海书店出版社2009年版。

（明）黄文华：《八能奏锦》，载王秋桂主编《善本戏曲丛刊第一辑15》，台湾学生书局1984年版。

（明）黄文华：《词林一枝》，载王秋桂主编《善本戏曲丛刊第一辑14》，台湾学生书局1984年版。

（明）李维祯：《大泌山房集》，《四库全书存目丛书》集部一五二，齐鲁书社1997年版。

（明）陆采：《陆天池西厢记》，《古本戏曲丛刊初集》，据大兴傅氏藏明周居易刊本影印。

（明）毛晋：《六十种曲》，中华书局2007年版。

（明）沈璟著，徐朔方辑校：《沈璟集》，上海古籍出版社1991年版。

（明）沈泰：《盛明杂剧》（初集、二集），《董氏诵芬室刻本》，中国戏曲出版社1958年版。

（明）王世贞著，魏连科点校：《弇山堂别集》，中华书局1985年版。

（明）熊稔寰：《徽池雅调》，载王秋桂主编《善本戏曲丛刊第一辑17》，台湾学生书局1984年版。

（明）盱江韵客：《玉茗堂批评新著续西厢升仙记》，《古本戏曲丛刊初集》本，据北京大学图书馆藏明来仪山房刻本影印。

（明）许三阶：《节侠记》，《古本戏曲丛刊初集》，影印北京图书馆明刊本。

（明）袁宏道参评，（明）屠隆点阅：《虞初志》，中国书店1986年版。

（明）张凤翼：《红拂记》，《古本戏曲丛刊初集》本，据北京图书馆藏明朱墨刊本影印。

（明）朱有燉著，赵晓红整理：《朱有燉集》，齐鲁书社2014年版。

（清）爱新觉罗·岳端著，陈桂英点校：《玉池生稿》，天津古籍出版社

1990年版。

（清）程煐：《龙沙剑传奇》，黑龙江人民出版社1986年版。

（清）董诰等编：《全唐文》，中华书局1983年版。

（清）李渔：《李渔全集》，浙江古籍出版社1991年版。

（清）李玉：《李玉戏曲集》，上海古籍出版社2004年版。

（清）梁章钜：《退庵随笔》，光绪元年校刊《二思堂丛书》，福州梁氏藏版。

（清）钱谦益：《钱牧斋全集》，上海古籍出版社2003年版。

（清）孙希旦撰，沈啸寰、王星贤点校：《礼记集解》，中华书局1989年版。

（清）西清：《黑龙江外记》，《丛书集成初编》本，商务印书馆1936年版。

（清）杨潮观撰，胡士莹校注：《吟风阁杂剧》，上海古籍出版社1983年版。

（清）雍正皇帝：《大义觉迷录》，上海书店出版社1999年版。

（清）永瑢等：《四库全书总目》，中华书局1965年版。

（清）张廷玉等：《明史》，中华书局1974年版。

（清）章学诚：《文史通义》，上海世纪出版集团、上海古籍出版社2008年版。

（清）朱彬撰，饶钦农点校：《礼记训纂》，中华书局1995年版。

（清）邹式金：《杂剧三集》，《董氏诵芬室刻本》，中国戏曲出版社1958年版。

《唐五代笔记小说大观》，上海古籍出版社2000年版。

《明代笔记小说大观》，上海古籍出版社2005年版。

《清朝文字狱档》（增订本），上海书店出版社2011年版。

《清实录》，中华书局影印本1985年版。

古本戏曲丛刊编委会：《古本戏曲丛刊初集》，商务印书馆影印本1954年版。

古本戏曲丛刊编委会：《古本戏曲丛刊二集》，商务印书馆影印本1955年版。

古本戏曲丛刊编委会：《古本戏曲丛刊三集》，商务印书馆影印本1957

年版。

古本戏曲丛刊编委会：《古本戏曲丛刊四集》，商务印书馆影印本 1958 年版。

古本戏曲丛刊编委会：《古本戏曲丛刊五集》，商务印书馆影印本 1964 年版。

凌景埏校注：《董解元西厢记》，人民文学出版社 1962 年版。

首都图书馆编辑：《明清抄本孤本丛刊》，线装书局影印本 1996 年版。

李时人编校，何满子审定：《全唐五代小说》，陕西人民出版社 1998 年版。

王季烈：《孤本元明杂剧》，中国戏剧出版社 1958 年版。

徐朔方笺校：《汤显祖全集》，北京古籍出版社 1999 年版。

俞为民、孙蓉蓉编：《历代曲话汇编——新编中国古典戏曲论著集成》（唐宋元编），黄山书社 2006 年版。

俞为民、孙蓉蓉编：《历代曲话汇编——新编中国古典戏曲论著集成》（明代编），黄山书社 2009 年版。

俞为民、孙蓉蓉编：《历代曲话汇编——新编中国古典戏曲论著集成》（清代编），黄山书社 2008 年版。

俞为民、孙蓉蓉编：《历代曲话汇编——新编中国古典戏曲论著集成》（近代编），黄山书社 2009 年版。

张继禹主编：《中华道藏》，华夏出版社 2004 年版。

郑振铎：《清人杂剧初集》，长乐郑氏影印本 1931 年版。

郑振铎：《清人杂剧二集》，长乐郑氏影印本 1934 年版。

中国第一历史档案馆编：《乾隆朝上谕档》，中国档案出版社 1998 年版。

[日] 高楠顺次郎、[日] 渡边海旭等监修：《大正新修大藏经》，台湾新文丰出版有限公司 1983 年版。

专著类

蔡毅编：《中国古代戏曲序跋汇编》，齐鲁书社 1989 年版。

陈平原：《千古文人侠客梦——武侠小说类型研究》，人民文学出版社 1992 年版。

陈寅恪：《金明馆丛稿初编》，生活·读书·新知三联书店 2009 年版。

陈寅恪：《金明馆丛稿二编》，生活·读书·新知三联书店2009年版。
陈寅恪：《柳如是别传》，生活·读书·新知三联书店2009年版。
陈寅恪：《唐代政治史述论稿》，生活·读书·新知三联书店2009年版。
陈寅恪：《元白诗笺证稿》，生活·读书·新知三联书店2001年版。
程国赋：《隋唐五代小说研究资料》，上海古籍出版社2005年版。
程国赋：《唐代小说嬗变研究》，广东人民出版社1997年版。
程国赋：《唐五代小说的文化阐释》，人民文学出版社2002年版。
程毅中：《唐代小说史》，人民文学出版社2003年版。
丁锡根编：《中国历代小说序跋集》，人民文学出版社1996年版。
董乃斌：《中国古典小说的文体独立》，中国社会科学出版社1991年版。
段启明：《中国古代小说戏曲述评辑略》，华文出版社2002年版。
冯保善：《凌濛初研究》，人民文学出版社2009年版。
傅谨：《戏曲美学》，台湾文津出版社1995年版。
傅惜华：《元代杂剧全目》，作家出版社1957年版。
傅惜华：《明代传奇全目》，作家出版社1959年版。
傅璇琮：《唐代科举与文学》，陕西人民出版社2003年版。
傅璇琮等主编：《唐代文学研究论著集成》，三秦出版社2004年版。
葛兆光：《中国思想史》，复旦大学出版社2001年版。
关四平：《唐代小说文化意蕴探微》，人民文学出版社2012年版。
郭武：《〈净明忠孝全书〉研究》，中国社会科学出版社2005年版。
郭英德：《明清传奇综录》，河北教育出版社1997年版。
郭英德：《明清传奇戏曲文体研究》，商务印书馆2004年版。
韩云波：《中国侠文化：积淀与承传》，重庆出版社2004年版。
胡世厚、邓绍基：《中国古代戏曲家评传》，中州古籍出版社1992年版。
黄大宏：《唐代小说重写研究》，重庆出版社2005年版。
蒋瑞藻著，江竹虚标校：《小说考证　附续编拾遗》，上海古籍出版社1984年版。
李剑国：《唐五代志怪传奇叙录》，南开大学出版社1993年版。
李兴盛：《东北流人史》，黑龙江人民出版社1990年版。
刘俊文：《日本学者研究中国史论著选译》，中华书局1992年版。
刘师培：《中国中古文学史　论文杂记》，人民文学出版社1959年版。

鲁迅：《鲁迅全集》，人民文学出版社2005年版。
鲁迅：《中国小说史略》，人民文学出版社2006年版。
牟发松：《汉唐历史变迁中的社会与国家》，上海人民出版社2011年版。
钱穆：《国史大纲》（修订本），商务印书馆1996年版。
钱穆：《中国文化史导论》（修订本），商务印书馆1994年版。
钱仲联主编：《清诗纪事》（影印本），凤凰出版社2004年版。
沈新林：《同源而异派——中国古代小说戏曲比较研究》，凤凰出版社2007年版。
石昌渝：《中国小说源流论》，生活·读书·新知三联书店1994年版。
孙楷第：《述也是园旧藏古今杂剧》，图书季刊专刊第一种1940年版。
孙楷第：《戏曲小说书目题解》，人民文学出版社1990年版。
谭正璧、谭寻：《曲海蠡测》，浙江人民出版社1983年版。
谭正璧著，谭寻补正：《话本与古剧》（重订本），上海古籍出版社1985年版。
涂秀虹：《元明小说戏曲关系研究》，上海三联书店2004年版。
汪辟疆：《唐人小说》，上海古籍出版社1978年版。
王梦鸥：《唐人小说研究》，台湾艺文印书馆1978年版。
王齐洲、毕彩霞编：《〈新唐书·艺文志〉著录小说集解》，岳麓书社2009年版。
王秀梅、王弘冰编：《太平广记索引》，中华书局1996年版。
吴光正：《八仙故事系统考论——内丹道宗教神话的建构及流变》，中华书局2006年版。
吴毓华编：《中国古代戏曲序跋集》，中国戏剧出版社1990年版。
吴志达：《中国文言小说史》，齐鲁书社1994年版。
徐大军：《中国古代小说与戏曲关系史》，人民文学出版社2010年版。
徐朔方：《汤显祖评传》，南京大学出版社1993年版。
徐朔方：《晚明戏曲家年谱》，浙江古籍出版社1993年版。
徐文凯：《有韵说部无声戏：清代戏曲小说相互改编研究》，中国传媒大学出版社2010年版。
许并生：《中国古代小说戏曲关系论》，文化艺术出版社2002年版。
薛洪勣：《传奇小说史》，浙江古籍出版社1998年版。

严敦易：《元剧斟疑》，中华书局1960年版。

余英时：《中国文化史通释》，生活·读书·新知三联书店2012年版。

赵景深：《元人杂剧钩沉》，上海古典文学出版社1956年版。

郑振铎：《插图本中国文学史》，北京出版社1999年版。

周贻白：《明人杂剧选》，人民文学出版社1958年版。

周贻白：《中国戏曲发展史纲要》，上海古籍出版社1979年版。

庄一拂：《古典戏曲存目汇考》，上海古籍出版社1982年版。

[澳] 柳存仁：《和风堂文集》，上海古籍出版社1991年版。

[美] 孙康宜、[美] 宇文所安主编：《剑桥中国文学史》，生活·读书·新知三联书店2013年版。

[日] 青木正儿：《中国近世戏曲史》，中华书局2010年版。

[日] 秋月观瑛：《中国近世道教的形成：净明道的基础研究》，中国社会科学出版社2005年版。

论文类

陈友冰：《台湾五十年来唐人小说研究历程及其特征》，《明清小说研究》2001年第4期。

程国赋：《结构的转换——唐代小说与后世戏曲相关作品的比较研究》，《南京大学学报》（哲学·人文科学·社会科学）2002年第1期。

程国赋：《唐代小说嬗变的成因探讨》，《社会科学研究》1995年第1期。

程芸：《明传奇〈李丹记〉作者刘还初新考》，《文献》2011年第1期。

董乃斌：《戏剧性：观照唐代小说诗歌与戏曲关系的一个视角》，《文艺研究》2001年第1期。

杜颖陶：《始得〈李丹记〉校读记》，《剧学月刊》1935年第7期。

景凯旋：《唐代小说类型考论》，《南京大学学报》（哲学·人文科学·社会科学）2002年第5期。

李国文：《明末淫风与文学浊流》，《文学自由淡》2003年第6期。

梁天林、唐家祚：《黑龙江最早的一部传奇〈龙沙剑〉》，《齐齐哈尔师范学院学报》1982年第4期。

刘辉：《论明代小说戏曲空前兴盛之成因——中国小说与戏曲比较研究弁言》，《艺术百家》1987年第3期。

鲁德才等：《小说戏曲关系漫谈纪要》，《明清小说研究》1994年第2期。

么书仪：《元剧与唐传奇中的爱情作品特征比较》，《文学评论》1984年第3期。

潘明福：《明传奇〈李丹记〉作者考补》，《文献》2013年第1期。

润荃：《程瑞屏和他的〈龙沙剑传奇〉》，《黑龙江文物丛刊》1982年第1期。

宋常立：《中国古代小说戏曲中的分层叙述》，《天津师范大学学报》（社会科学版）2006年第5期。

谭帆：《稗戏相异论——古典小说戏曲"叙事性"与"通俗性"辨析》，《文学遗产》2006年第4期。

谭正璧、谭寻：《唐人传奇与后代戏曲》，《文献》1982年第3期。

陶慕宁：《从〈李娃传〉到〈绣襦记〉——看小说戏曲的改编传播轨辙》，《南开学报》2008年第1期。

王全兴：《读〈龙沙剑传奇〉随笔》，《黑龙江图书馆》1981年第Z1期。

王树伟：《记最近所见几部珍本戏曲小说》，《文物》1961年第3期。

徐大军：《关于中国古代小说与戏曲关系研究的回顾与思考》，《甘肃社会科学》2003年第1期。

徐岱：《小说与戏剧》，《小说评论》1987年第1期。

姚民治：《中国古代小说戏曲同源互补论》，《内蒙古民族大学学报》2004年第4期。

尹丽丽：《唐代小说中的任侠风气——兼谈其对明清小说的影响》，《明清小说研究》2010年第2期。

张福星：《流人的戏剧：〈龙沙剑传奇〉研究》，《中华文史论丛》2009年第3期。